—

# 구인회의
# 안과 밖

—

지은이

**현순영**(玄順英, Hyun Soon-Young)_ 제주대학교 사범대학 국어교육과를 졸업했다. 1998년 이화여자대학교에서 「이태준 소설의 아이러니 연구—越北 이전의 掌·短篇을 대상으로」로 석사학위를 받았고, 2010년 고려대학교에서 「九人會 연구」로 박사학위를 받았다. 2013년 여름, 평론 「움직이는 기억과 삶, '무수한 나'—나희덕의 시가 『야생사과』에 이르기까지」로 『서정시학』 신인상을 받아 등단했다. 지금은 전주에 살면서 문학사 및 소설 연구와 시 비평을 병행하고 있고, 전북대학교 등에서 학생들에게 문학과 글쓰기를 가르치고 있다. 곧 첫 번째 평론집을 출간할 계획이다.

# 구인회의 안과 밖

**초판인쇄** 2017년 4월 15일  **초판발행** 2017년 4월 25일

**지은이** 현순영  **펴낸이** 박성모  **펴낸곳** 소명출판  **출판등록** 제13-522호

**주소** 06643 서울시 서초구 서초중앙로6길 15, 1층

**전화** 02-585-7840  **팩스** 02-585-7848  **전자우편** somyungbooks@daum.net  **홈페이지** www.somyong.co.kr

값 33,000원  ⓒ 현순영, 2017

ISBN 979-11-5905-146-3  93810

GUINHOE(THE CIRCLE OF NINE) FROM THE INSIDE OUT :
KNOWNS AND UNKNOWNS OF GUINHOE

# 구인회의
# 안과 밖

**현순영**

소명출판

　이 책, 『구인회의 안과 밖』은 '제1부 구인회'와 '제2부 김유영'으로 구성되어 있다. 저자가 구인회와 김유영을 연구하게 된 사정을 먼저 조금 밝히고 싶다.

　저자는 오래 전 이태준을 공부하던 중 구인회에 관심을 갖게 되었다. 이태준은 이미 여러 관점에서 많이 연구되어 있었기 때문에 그 내용들을 정리하는 것 자체가 중요한 공부였다. 저자는 많은 시간을 들여 이태준에 관한 연구 내용들을 갈래짓고 한 갈래씩 정리해 나갔다. 그런데 이태준과 구인회의 관계를 살피던 중이었다. 구인회를 본격적으로 파고들어봐야겠다는 생각은 정말 섬광처럼 머릿속을 가로질렀다. 아니, 저자는 그 생각에 사로잡혔다. 당시 그 생각은 결코 논리적이지는 않았다. 하지만 시간이 지나면서 저자는 그때 생각한 것들을 이렇게 정리할 수 있었다. ─이태준은 홀로 존재했던 작가가 아니라 그 시대의 사회·문화적 상황 속에서 여러 작가들과 함께 존재했던 작가다. 이태준 소설의 특징이라는 것도 그런 전제 위에서 살필 때에 의미가 있을 것이다. 그렇다면 군이 관심을 이태준에게 한정시킬 필요는 없다. 그 시대 즉 1930년대 전반기에 여러 작가들이 공존했던 양상을 살피는 것은 어떨까. 구인회를 통해 그 양상을 파악할 수 있을 것이다. 즉 구인회를 통해

1930년대 전반기 문학의 여러 분류들이 조화를 이루거나 길항했던 모습을 단적으로 볼 수 있을 것이다. 그뿐만 아니라 1930년대 전반기 문학이 1920년대 문학과 어떻게 연결되는지도 구인회를 통해 여러 측면에서 살필 수 있을 것이다. 무엇보다, 구인회를 연구하면서 다양하고 흥미로운 연구 과제들을 더 발견할 수 있을 것이다. ― 구인회를 연구해야 할 이유는 이 정도로 충분했다.

저자는 구인회를 '닫혀 있는' 연구 대상이 아니라 방사상으로 '열려 있는' 연구 대상으로 다루고 싶었다. 그러나 연구는 구인회의 실체를 정확히 확인하는 데서부터 시작해야 했다. 먼저, 결성에서 소멸에 이르는 구인회의 전모를 살피기로 했다(제1부 2·3장). 그리고 나서, 구인회를 통해 당대 문학의 다양한 국면들이 조화를 이루거나 길항했던 양상(제1부 4장), 구인회가 이전 시대 문학을 수용하거나 거부하면서 문학의 새로운 국면 또는 차원을 열어 갔던 양상(제1부 5장)을 거듭 살피기로 했다.

그 과정에서 저자는 구인회에 관해 꼭 말해야 하는 것들을 누군가의 회고나 떠도는 풍문을 통해서가 아니라 실재하는 자료들에 근거해 말해보고 싶었다. 그리고 구인회에 대한 회고나 풍문까지도 근거가 있는 것인지 확인해보고 싶었다. 또, 구인회에 대한 선행 연구들의 내용도 꼼꼼하게 살펴보고 싶었다. 그래서 구인회에 관한 자료들을 되도록 많이 수집하기 위해 노력했다. 이미 알려진 자료들도 원전을 찾아 확인했다. 그 과정에서 잘못 알려진 자료가 꽤 많다는 사실을 알게 되었고, 새로운 자료들을 발견하기도 했다.

이 책에는 구인회에 대해 이미 알려진 것과 다르게 말한 내용들이 꽤 많다. 실재하는 자료들을 근거로 그렇게 말할 수밖에 없었다. 예컨대, 구인회는 카프가 퇴조한 뒤에 산뜻하게 등장한 모임이 아니었다는 것, 구인회 회원이 언제나 9명은 아니었다는 것, 이상(李箱)은 구인회에 가입하기 전에 「오감도」를 발표했다는 것, 구인회는 이상이 경영하던 다방 '제비'에서 회동하지 않았다는 것 등은 구인회에 대해 이미 두루 알려진 내용들과는 다른데, 모두 회고나 풍문이 아닌 실재하는 자료들을 근거로 추론한 결과들이다. 물론, 이러한 추론들이 이 책의 요지는 아니다.

저자는 구인회 연구를 어느 정도 마무리한 뒤 김유영을 연구하기 시작했다. 그러나 구인회를 연구하기 시작했을 때 이미 저자는 김유영을 생각했었다. 애초에 구인회의 결성을 발의하고 도모했던 인물들 즉 김유영, 이종명, 조용만의 의도가 무엇이었는지를 구체적 자료에 근거해 제대로 밝힐 필요가 있다고 판단했기 때문이다. 그들의 의도를 살피면 구인회의 문학을 비롯한 1930년대 전반기 문학이 1920년대 문학과 연결되는 어떤 지점을 찾을 수 있을 것 같았다. 김유영은 특별히 먼저 확인할 필요가 있었다. 조용만이 여러 회고담에서 김유영에 관해 말한 내용이 석연치 않았기 때문이다. 조용만은 김유영이 카프에서 탈퇴한 뒤 순수예술을 지향하여 이종명, 조용만과 함께 구인회 결성을 도모했고, 정작 구인회가 결성된 뒤에는 모임을 주도하지 못하는 것에 불만을 느껴 곧 탈퇴했다고 회고했다. 여러 연구자들은 조용만의 그런 회고를 의심하지 않고 받아들여 왔다. 그러나 저자는 조용만의 회고 내용을 납득하기 어려웠다. 조용만의 회고를 따른다면, 김유영은 짧은 기간 동안에 카프 탈퇴, 구인회 결성, 구인회 탈퇴의 행보를 보였다고 할 수 있다.

한 예술가가 예술적 행보를 그토록 쉽게 자주 바꿀 수 있는 것인지 묻지 않을 수 없었다. 조용만의 회고가 사실이라면 김유영은 매우 변덕스러운 인물이었거나 문화 권력을 표 나게 쫓는 인물이었을 것이라는 생각이 들었다. 그래서 김유영을 탐구해 보고 싶어졌다.

저자는 김유영이 조용만이 말한 것과는 다른 인물일 것이라는 예감에 의지해 그에 관한 자료들을 모으고 읽고 정리해 나갔다. 그러면서도 그 예감으로 인해 나 자신이 보고 싶은 것만 보고 있지는 않은지 수시로 멈춰 성찰했다. 결과를 말하자면, 김유영이 영화계에 입문한 뒤 구인회의 결성을 도모하기 전까지 벌였던 그 어느 활동에서도 그가 순수 예술로 전향했다고 판단할 근거는 찾을 수 없었다(제2부 1장). 그는 줄곧 프롤레타리아영화 운동의 길을 걸었다. 여러 자료들을 통해, 심지어, 그가 구인회를 결성하려 했던 이유와 구인회에서 탈퇴한 이유마저도 그가 전개했던 프롤레타리아영화 운동의 맥락에서 찾아야 한다고 판단했다(제2부 2장).

그런데 저자는 김유영 연구를 거의 마무리 지을 때쯤 조용만이 김유영을 회고한 문장 하나를 발견했다. 상허학회가 1993년에 발간한 『상허학보』 제1집에는 당시 상허학회 편집위원들이 조용만을 찾아가 그의 회고를 채록한 「이태준 회상기―차고 자존심 강한 소설가」라는 글이 실려 있다. 그 글에 이런 문장이 있었던 것이다. "다만 김유영과 이종명이 프로문학에 관여하고 있었는데, 그것이 이유가 되어 회원 간의 갈등이 빚어졌고, 결국 이들은 모임을 발의했음에도 불구하고 두 번 참석한 후에는 다시 나타나지 않았다." 왜 이 문장을 그때야 읽었는지는 아무리 생각해도 알 수가 없다. 있을 수 없는 일이었다. 그런데 그 일로 저자의 김유영 연구는 조금 극적인 것이 되었다. 「이태준 회상기」의 한 문장은 저자가 김유영에 관해 길고 복잡하게 논하며 밝히려 했던 사실 중 하나, 그가 구인회를 결성한 뒤에도 카프 활동을 했다는 사실을 언급하고 있었던 것이다. 저자는 조용만이 그런 회고를 왜 뒤늦게야 했을까 생각해 보았다. 그리고 그 회고의 시점이 월북 문인들이 해금되는 등 우리 문학이 반공주의의 검열에서 다소 자유로워진 때였다는 점에 생각이 미쳤다. 그 문장을 읽고 저자는 김유영을 연구하며 구인회의 결성을 선입견 없이 살펴보려 했던 노력이 의미 없는 것은 아니었다고 확신하게 되었다. 아이러니컬하게도 저자는 조용만의 회고에 대한 의문을 그의 회고로 해소하고 있는 셈이었다. 물론, 진실은 알 수 없다.

이 책, 『구인회의 안과 밖』은 저자의 첫 책이다. 공부를 시작한 지 꽤 오래되었는데 이제야 첫 책을 내게 되었다. 몇 가지 까닭이 있다. 책상에 앉아 있었을 때에도 책상에 앉을 수 없었을 때에도 시간은 너무 빨리 흘렀고 늘 부족했다. 먼저, 구인회와 김유영에 관한 자료들을 섭렵하는 데에 시간이 많이 들었다. '단체'로서의 구인회에 관한 연구와 김유영에 관한 연구는 드물었다. 새 자료를 찾고 읽고 엮어 나가는 동시에 기존의 자료를 확인하고 재해석하면서 연구를 조금씩 진행해 나갈 수밖에 없었다. 이 책을 완성하기까지 오랜 시간이 흐른 까닭이 또 있다. 구인회와 김유영을 연구하는 동안 두 아이가 태어났고 또 많이 자랐다. 연구에만 집중하기는 어려웠다. '나는 연구하는 사람이다'라는 자의식이 강해지는 순간이면 '나는 참 겁도 없이 결혼을 했고 아이들을 낳았구나' 하는 생각이 저절로 들곤 했다. 연구와 일상을 배타적으로 두는 것이 옳은지, 두 가지를 다 끌어안는 것이 옳은지 고민하고 실험

했다. 결국, 두 가지를 다 끌어안아 보기로 마음먹었다. 일상의 구체적인 국면들을 통해서만 세계를 생생하게 체험할 수 있다는 것을 알았기 때문이다. 다른 무엇이 아닌 '문학'을 공부하는 저자에게 그 깨달음은 매우 소중했다. 그렇게 모색하고 깨닫는 사이에도 시간은 쉼 없이 흐르고 있었던 것이다.

많은 시간이 들었지만, 여러 분들의 격려와 응원과 도움 덕분에 포기하지 않고 이 책을 완성할 수 있었다. 감사드리고 싶다.

먼저, 지도교수님이신 송하춘 교수님께 머리 숙여 감사드린다. 소설을 쓰시며 연구하시는 교수님께 배울 수 있었던 것은 정말 큰 행운이었다. 교수님께서는 사유에 얽매임이 없는 자유로운 작가이시면서도 연구자로서 성실하게 자료를 찾아 모으고 읽는 일이 얼마나 중요한지를 몸소 가르쳐 주셨다. 강현국 교수님, 김찬기 교수님, 김한식 교수님, 박유희 교수님께도 감사드린다. 교수님들께서 해 주셨던 말씀들은 저자의 연구에 절대적으로 소중한 밑거름이 되었다.

저자의 연구와 글쓰기에 관심을 가져 주시는 특별한 다섯 분께 인사드리고 싶다. 먼저, 존경하는 평론가이신 전정구 교수님께 진심으로 감사드린다. 저자는 구인회를 연구하면서 여러 분들에게 구인회에 대해 더 연구할 게 있느냐는 질문을 간간이 받았고 의기소침해지지 않을 수 없었다. 그런데 교수님께서 구인회를 보는 저자의 관점을 이해해 주셔서 정말 큰 힘을 낼 수 있었다. 그리고 존경하는 국어학자이신 최전승 교수님께 깊이 감사드린다. 교수님께서는 저자의 글을 종종 관심을 가지고 읽어 주시고 격려의 말씀을 아끼지 않으신다. 요즘은 강의하는 대학 도서관에서, 교정에서 뵙곤 하는데 책이 다 되어 가는지 궁금해 하시고 책이 나오기를 함께 기다려 주신다. 훌륭한 인류학자이시자 저자에게는 시당숙이 되시는 전경수 교수님께도 감사드리고 싶다. 교수님께서는 저자의 연구 중 구인회와 카프의 구도에 관한 대목을 짚어 주신 적이 있다. 공들여 정리한 것을 알아봐 주셔서 감사했고, 인류학자이신데도 구인회와 카프에 대해 깊이 이해하고 계셔서 놀라웠다. 언제 만나 토론하자 하셨는데, 그동안 뵙지 못했다. 이 책으로나마 소식 전해 드리고 싶다. 자주 만나지 못하지만 늘 마음의 힘이 되어 주는 동학, 정재림 교수에게 고마움을 전한다. 그녀는 이태준에 관한 책을 쓰면서 저자에게 구인회에 대해 여러 가지를 예리하게 질문해 주었다. 그리고 저자가 김유영에 관해 연구하고 쓰는 데에 여러 모로 많은 도움을 주었다. 최동호 교수님께는 감사와 존경의 마음을 어떻게 표현해 드려야 할지 모르겠다. 학문적으로 또 인생에 대해 큰 가르침을 주셨고, 늘 격려해 주시며 지켜봐 주시는 교수님께 보답하기 위해서는 더 치열하게 살고 또 써야 한다.

늘 응원해 주며 많은 것을 생각하게 하는 가족들에게도 인사하고 싶다. 남편 한창훈 교수에게 특별한 고마움을 전한다. 아들 강과 딸 윤은 엄마가 줄곧 마음의 반쪽을 다른 데 두어 와서 많이 심심했을 것이다. 미안하고 고맙다. 멀리서 애들 키우며 공부하고 일한다는 핑계로 네 분 부모님들을 너무 외롭게 해 드렸다. 이 책이 부모님들을 조금이라도 기쁘게 해 드릴 수 있다면 좋겠다.

마지막으로, 소명출판의 선생님들께 감사드리고 싶다. 책이 될까 싶은 원고를 꼼꼼하고 섬세하게 다듬어 책으로 만들어 주신 윤종욱 선생님께 진심으로 감사드린다. 사실은 저자가 책을 내는 데에 진짜 용기를 갖기 시작한 것은 선생님께서 첫 번째 교정본을 보내주셨을 때였다. 그때 저자는 생각했다. 책이 되겠구나! 책을 만드는 동안 친절하고 따뜻한 안내자가 되어 주신 공홍 선생님께 감사의 말씀을 올린다. 그리고 '좋은 책' 『구인회의 안과 밖』을 만들기 위해 크고 깊게 마음을 써 주신 박성모 대표님께 머리 숙여 감사드린다. 숱한 손길을 들여야만, 진실하게 마음을 열고 모아야만 책을, 좋은 책을 만들 수 있다는 것을 소명출판의 선생님들께 배웠다.

많은 분들의 덕분으로 만든 이 책을 제주대학교 국어교육과 은사님 두 분께 먼저 드리고 싶다. 공부의 길로 이끌어 주셨고 큰 사랑을 주셨던 안성수 교수님과 고(故) 양순필 교수님께 이 책을 바친다.

이제 용기를 내어 미지의 독자들에게도 이 책을 보여드리고 싶다. 사실을 압도하거나 사실에서 미끄러져 내리는 창의적 해석과 기발한 담론들이 넘쳐나는 이때에 자료 정리와 사실 확인에 공을 많이 들인 이 책은 참 소박해 보일지도 모르겠다. 좀 더 통찰력 있는 해석을 수행하지 못한 것이 마음에 걸리지만 애초의 계획에 충실했으므로 너무 많이 자책하지는 않으려 한다. 구인회의 안과 밖을 정리한 이 책을 디딤돌 삼아 앞으로 더 깊고 넓게 공부해 나가고 싶다. 이 책에는 저자가 미처 살피지 못한 잘못과 부족함이 반드시 있을 것이다. 공부하면서 고치고 채워 나갈 것을 약속드린다.

2017년 4월
현순영 씀

# [      제2부 **김유영**      ]

# 제1부
# 구인회

# 제1장 ─────── 구인회에 대한 관점

## 1. 왜 구인회인가?

　1933년 8월 김유영, 이종명, 조용만, 이태준, 정지용, 이효석, 이무영, 김기림, 유치진 등 예술인 9명이 구인회(九人會)를 결성했다. 당시 구인회는 '순연한 연구적 입장에서의 회원 상호간 작품 비판', '다독다작', '친목도모', '자유스러운 입장에서의 예술운동 촉발' 등을 결성 목적으로 내세웠다. 구인회는 결성 후 여러 차례 회원 명단을 바꾸면서 작품 합평회를 몇 번 가졌고 집단적으로 칼럼을 연재했으며 문학 강연회를 두 번 열었고 회원 작품집 『시와 소설』을 발간했다. 그러고 나서 1936년 10월 이후 소멸했다.

　여러 연구자들이 구인회가 문학사적으로 중요하다고 평가하고 구인회의 의의를 논해 왔다. 특히 구인회가 한국문학이 근대문학에서 현대문학으로 옮겨가는 데에 교량 역할을 했고 1930년대 순수문학 또는 모더니즘문학을 선도했다는 판단에 많은 연구자들이 동의하고 있다. 일견, 구인회는 충분히 연구된 것으로 보이기도 하며 구인회의 문학사적 의의를 다시 논하는 것은 어렵게 여겨지기도 한다. 그럼에도 불구하고 이 연구는 구인회의 전모를 밝히고 문학사적 의의를 논하는 것을 목적으로 한다. 그 이유는 다음과 같다.

결성 당시의 구인회는 당대 내로라하는 예술인들의 총집합이었다 해도 과언이 아니다. 구인회를 연구하려는 첫 번째 이유는 간단하다. 1930년대 초반 당대의 내로라하는 예술인들이 구인회를 결성한 구체적인 이유가 궁금하기 때문이다. 또, 구인회의 회원 변동이 잦았던 원인이 무엇인지도 궁금하기 때문이다. 구인회가 결성 당시 표명한 모임의 목적은 '순연한 연구적 입장에서의 회원 상호간 작품 비판', '다독다작', '친목도모', '자유스러운 입장에서의 예술운동 촉발' 등이다. 그런데 그러한 목적은 당대 내로라하는 예술인들이 만나고 모인 이유로서는 지나치게 피상적이며 구인회가 결성 이후에 겪은 회원 변동에 관해서는 아무것도 설명해 주지 못한다. 1930년대 초반 당대의 내로라하는 예술인들은 왜 구인회에 모여들었고 또 구인회에서 빠져나갔는가? 구인회의 전모를 밝히는 과정에서 이 질문에 답할 수 있을 것이라고 생각한다.

구인회를 연구하려는 두 번째 이유는 구인회라는 '단체'의 실체를 되도록 상세하고 구체적으로 밝힐 필요가 있다고 생각하기 때문이다. 구인회에 관한 연구는 적잖이 축적되어 있다. 하지만 지금까지 이루어진 연구는 주로 구인회의 회원이었던 몇몇 시인들이나 작가들에 관한 연구였다고 해도 과언이 아니다. 구인회를 단체로 간주하여 그 실체를 밝히려 한 연구가 없는 것은 아니지만 매우 드물고 그 내용에도 부족한 점이 많다. 구인회가 한국의 근대문학을 현대문학으로 이끌었다거나 1930년대 모더니즘문학을 주도했다는 문학사적 판단도 구인회 회원이었던 몇몇 시인과 작가들만을 연구한 결과이며 구인회라는 단체를 상세하게 규명하지는 못한 상태에서 이루어진, 잠정적인 것이다. 단체로서의 구인회의 실체를 되도록 상세하고도 구체적으로 밝힌다면 구인회에 대한 문학사적 판단은 다소 달라질 수도 있다. 그리고 구인회라는 단체가 회원 개인들에게 예술적으로 어떤 영향을 미쳤는지도 가늠해 볼 수 있을 것이다.

구인회를 연구하려는 세 번째 이유는 1930년대가 문학사적으로 매우 중요한 시기이고 구인회는 1930년대의 문학을 파악할 수 있는 매우 중요한 통로라고 판단하기 때문이다. 이러한 판단은 앞서 구인회를 연구한 다른 연구자들의 판단과 같으면서도 다르다. 이에 대해서는 조금 자세히 말해야 할 것 같다.

앞에서 말했듯이, 구인회에 관해서는 이미 많은 연구들이 이루어졌다. 그중에서 구인회를 하나의 단체로 파악한 다음과 같은 논문들을 주목할 필요가 있다.

> 서준섭, 「1930년대 한국 모더니즘문학 연구」, 서울대 박사논문, 1988.
> 이중재, 「'구인회' 연구─이태준, 박태원, 이상의 소설을 중심으로」, 동국대 박사논문, 1996.
> 김민정, 「구인회의 존립양상과 미적 이데올로기의 상관성 연구」, 서울대 박사논문, 2000.

위의 논문들에서 구인회는 공통적으로 1930년대 문학의 문학사적 중요성을 증명하는 근거로 다루어졌다. 그 내용을 먼저 살펴보기로 한다.

서준섭은 1930년대의 모더니즘문학을 연구하는 가운데 구인회를 다루었다. 즉 그는 구인회가 1930년대 모더니즘문학 운동을 주도했다고 판단하고 구인회의 결성과 활동을 밝혔다. 서준섭의 판단에 의하면, 1930년대는 "근대문학의 담당자였던 시인·작가들이 그 문학적 상승과 좌절의 징후를 심각하게 드러내면서, 그 체험을 그들의 문학 속에 날카롭게 투영했던 근대문학사의 한 전환기"였다. 서준섭은 특별히 1933년을 문학사의 분기점으로 설정했다. 1933년에 이르러 1920년대 중반 이래의 리얼리즘문학이 침체되기 시작하고, 창작 기술의 혁신과 문학 형식의 변화를 추구하는 모더니즘문학이 본격화되었다고 보았기 때문이다. 서준섭은 1930년대 모더니즘문학의 속성을 몇 가지 제시했는데, 그중에서 가장 중요한 것은 1930년대 모더니즘문학은 일본 자본주의 난숙기의 사회·문화적 충격에 대한 '근대도시 제1세대'의 문학적 반응 형식이었다는 점이다. 서준섭은 바로 구인회가 '근대도시 제1세대' 작가들의 집합체로서 1930년대 모더니즘문학을 주도했다고 판단하고, 구인회의 결성과 1930년대 모더니즘문학 운동에서 구인회가 어떤 역할을 했는지를 조명했다.

다음으로, 이중재는 두 가지 점을 들어 1930년대가 한국문학사에서 매우 중요하다고 전제했다. 첫 번째는 한국문학이 1930년대에 이르러 양적으로도 질적으로도 괄목할 만한 성장을 보였다는 사실이다. 두 번째는 1930년대에는 1920년대의 목적주의문학에 반발하여 형성된, 이른바 순수문학이 문단을 지배하게 되었다는 사실이다. 이중재는 구인회를 연구해야 할 필요성을 바로 그 사실에서 찾았다. 1930년대를 순수문학의 시대라고 상정할 때 넓은 의미의 순수문학 범주에 속한다고 볼 수 있는 모더니즘문학의 기치를 내세운 구인회는 1930년대 문학에서 결코 가볍게 보아 넘겨서는 안 될 중요한 문학 단체라는 것이 그의 생각이다. 강조할 것은 그가 구인회를 모더니즘문학 단체로 규정하고 연구했다는 점이다.

마지막으로, 김민정은 1930년대 즉 카프가 전환기를 맞고 구인회가 결성되기 시작한 1933년 무렵부터 1930년대 후반까지를 한국문학사의 문제적인 시기로 보았다. 세 가지 이유 때문이다. 첫째, 그 시기 문학의 치열한 문제의식 때문이다. 둘째, 1930년대는 단순한 문학 연구 대상에 그치지 않고 문학과 그것의 타자로서의 현실 또는 이념의 관계를 진지하게 생각해 보지 않을 수 없게 한다는 판단 때문이다. 셋째, 한국 근대문학은 1930년대를 거치면서 기존의 제한된 틀을 뛰어넘어 더 높은 차원으로 도약했다는 판단 때문이다. 즉 1930년대 말에 시작된 근대적인 것으로서의 한국문학은 1930년대에 이르러 본격적인 궤도에 올랐다는 것이다. 김민정은 1930년대 문학이 그러한 의미를 갖게 된 것은 당시의 다양한 문학적 징후들 중에서 특히 여러 문인 집단들이 등장했던 것과 밀접히 관련되어 있다고 보았다. 당시 문인 집단들의 출현은 단순한 문단 현상에 그치지 않았고 창작 방면에서의 성과로 이어졌다는 것이다. 그러한 맥락에서 김민정은 1930년대에 등장했던 문인 집단들 중에서 구인회에 주목했다. 그는 구인회 소속 작가들 예컨대 이상, 박태원, 이태준, 김기림, 정지용 등은 한국 근대문학사에서 그들이 출현하기 전에는 볼 수 없었던 새로운 영역을 개척했고 나아가 후대 문학에도 절대적인 영향을 미쳤는데, 그들 개개인이 누렸던 문학적 전성기가 각자의 구인회 소속 시기와 일치한다는 사실을 주목할 필요가 있다고 했다. 즉 구인회의 문학사적 의미를 밝혀내는 작업에서 구인회 소속 작가 개개인의 텍스트를 면밀히 고찰하는 일 못지않게 그들의 문학적 가능성을 현실화시켜 낸 구조적 요인을 분석하는 일도 중요하다는 것이 그의 생각이다. 따라서 그는 구인회의 집단적 성격과 소속 작가들의 미학적 특징 간의 상호 작용을 구명하고자 했다.

반복컨대, 위의 연구자들은 구인회를 1930년대 문학의 중요성을 증명하는 근거로 다루었다. 서준섭은 1930년대 모더니즘문학을 규명하는 가운데 구인회가 당시 모더니즘문학을 매개하고 주도했다고 판단하고 구인회의 결성과 활동을 살폈다. 이중재 역시 마찬가지다. 그는 1930년대는 순수문학의 시대였고 구인회가 당시 순수문학의 범주에 속하는 모더니즘문학을 수용하고 확대·발전·정착시켰다는 판단 아래 구인회 소속 작가들의 모더니즘적 특징을 규명했다. 좀 더 간추려 말하면, 서준섭과 이중재는 1930년대 모더니즘문학을 말하기 위해 구인회를 말한 것이다. 김민정도 1930년대 문학의 특징 및 중요성을 말하기 위해 구인회를 연구했다는 점에서는 앞의 두 연구자와 같다. 그러나 그는 구인회의 문학을 모더니즘문학으로 규정하지는 않았다는 점에서 두 연구자와 다르다.

이 연구는 1930년대를 문학사의 중요한 시기로 보고 구인회를 1930년대 문학의 중요성을 입증하는 하나의 근거로 본다는 점에서는 위의 연구들과 같다. 그러나 이 연구는 1930년대 문학을 순수문학 또는 모더니즘문학과 같은 어떤 하나의 개념으로 추상하고 그 새로움을 중요하게 다루기보다 또는 그렇게 다루는 관행에 의문을 가지고 1930년대 문학을 선입견 없이 구체적으로 다시 고찰할 필요가 있다고 본다는 점에서는 위의 연구들과 다르다.

1930년대 문학이 중요한 이유는 그것이 결과적으로 새로웠기 때문이기도 하지만 또 그것이 이전 시대의 문학 또는 당시 새롭게 형성된 문학적 환경과 길항하는 양상을 뚜렷이 보여주었기 때문이기도 하다. 1930년대의 문학장은 매우 혼란하고 복잡했다. 1930년대라는 10년 동안의 문학을 하나의 개념으로 추상하는 것은 당시 문학의 다양하고 복잡하고 역동적인 면모들을 지나치게 많이 사상(捨象)하는 일이 될 수도 있다.

이런 맥락에서 1930년대 문학에 대한 미시적인 접근이 필요하다. 그것은 1930년대 문학을 순수문학이나 모더니즘문학과 같은 개념으로 추상하는 것이 온당한가라는 물음을 제기하기 위해서이고, 그러한 개념으로 추상되는 과정에서 사상된 1930년대 문학의 다양하고 구체적인 면모들을 복원하고 의미화하기 위해서이다. 1930년대 문학에 미시적으로 접근하기 위한 방편 중 하나로 우선 1930년대를 전반기와 후반기로 나누어 살필 필요가 있다. 그 분기점은 1935~1936년으로 잡고자 한다. 1935년은 카프가 해체된 해이고 1936년은 구인회가 사실상 소멸된 해이다. 바꿔 말하면, 1930년대 전반기는 카프와 구인회가 공존했던, 1935~1936년 이전을 말한다.

카프 중심의 리얼리즘문학이 쇠퇴하자 구인회 중심의 모더니즘문학이 대두했다는 논리로 1930년대 문학 전체를 조망하는 관점이 두루 통하고 있으나 그 관점을 재고할 필요가 있다. 1930년대 전반기에 카프는 해체 일로에 접어들었던 것이 사실이지만 그 세력은 엄존하고 있었다. 한편, 구인회는 카프의 세력이 여전히 엄존하던 1930년대 전반기에 결성되었다. 흔히 생각하듯이 구인회가 카프의 퇴조 뒤에 문학의 새로운 패러다임을 내세워 돌올하고도 산뜻하게 등장했다고 판단하기는 어렵다. 다시 말하면, 구인회 결성 및 활동의 심층에서는 1930년대 전반기 문학의 많은 분류들이 소용돌이 치고 있었을 것이라고 생각한다. 그런 점에서 구인회는 1930년 전반기 문학의 표층과 심층을 설명하는 매우 중요한 실마리가 될 것이라고 판단된다. 이것이 구인회를 연구하려는 세 번째 이유이자 가장 중요한 이유이다.

구인회를 연구해야 할 네 번째 이유는 구인회를 연구 대상으로 삼고 연구하기 시작하는 순간 분명해진다. 구인회에 관한 연구는 이미 적잖이 축적되었는데 그 내용에 오류가 많다. 그 오류들의 원인은 여러 가지인데, 특히 조용만이 쓴 구인회 회고담을 주요 논거로 삼으면서 많은 오류들이 생겨났다는 사실을 짚을 필요가 있다. 조용만은 구인회의 결성을 발의하고 도모했던 사람들 중 한 명으로서 구인회 회고담이라 할 수 있는 책 또는 글을 11편 정도 남겼다. 지금까지 구인회 연구자들은 조용만의 구인회 회고담을 중요한 논거로 삼아 왔다. 그런데, 조용만의 회고담에는 석연치 않은 내용들이 많이 있다. 즉 하나의 사안에 대해 회고담마다 다르게 적은 경우도 많고, 어떤 사안을 구인회 존립 당시의 자료들—신문, 잡지—과는 다르게 기록한 경우도 많다. 따라서 조용만의 회고담을 논거로 삼을 때에는 신중해야 한다. 그런데 연구자들은 조용만의 회고담 중에서 특정한 것을 특별한 이유 없이 자의적으로 취택하여 논거로 삼아 왔다. 그 결과 많은 오류들이 생겨났다. 그러한 오류

들은 그 자체로서 구인회에 관한 연구 의욕을 강하게 자극한다. 좀 더
객관적이고 신빙성 있는 자료들을 통해 구인회의 전모를 온전히 밝혀
야 할 필요를 느끼게 하며, 그렇게 함으로써 지금까지 알려진 것과는
다른 구인회, 지금까지 알려지지 않은 구인회의 면모를 발견할 수도 있
을 것이라는 기대를 갖게 한다. 요컨대 되도록 많은 자료를 확충하여
구인회에 관한 선행 연구의 오류들을 바로잡으려는 것이 구인회를 연
구하려는 네 번째 이유이다.

## 2. 구인회를 어떻게 보아 왔는가?

### 1) 구인회 담론의 흐름과 내용

다음과 같은 논의들이 지금까지 구인회 연구의 주된 흐름을 이루어
왔다.[1]

---

[1]  구인회에 관한 연구 문헌들을 발행된 순서대로 제시하면 다음과 같다. 1. 백철, 『조선신
문학사조사』(현대편), 백양당, 1949; 2. 조연현, 「한국현대문학사(제32회)」, 『현대문
학』 제38호, 1958.2; 3. 백철, 「구인회 시대와 박태원의 '모더니티'」, 『동아춘추』 제2권
제3호, 희망사, 1963.4; 4. 김우종, 『한국현대소설사』, 선명문화사, 1968; 5. 김시태, 「구
인회 연구」, 『논문집』 제7집(인문·사회과학편), 제주대, 1975; 6. 서준섭, 「모더니즘과
1930년대의 서울」, 『한국학보』 제45집, 일지사, 1986.12; 7. 김윤식, 『이상 연구』, 문학
사상사, 1987; 8. 서준섭, 「1930년대 한국 모더니즘문학 연구」, 서울대 박사논문,
1988.6; 9. 서준섭, 『한국 모더니즘문학 연구』, 일지사, 1988.9; 10. 김윤식, 「고현학의
방법론-박태원을 중심으로」, 김윤식·정호웅 편, 『한국문학의 리얼리즘과 모더니즘』,

민음사, 1989; 11. 서준섭, 「구인회와 모더니즘」, 회강이선영교수회갑기념논총간행위원회 편, 『1930년대 민족문학의 인식』, 한길사, 1990; 12. 김한식, 「구인회 소설 연구」, 고려대 석사논문, 1994.7; 13. 강진호, 「1930년대 후반기 신세대 작가 연구」, 고려대 박사논문, 1994.12; 14. 안숙원, 「구인회와 바보의 시학」, 『서강어문』 10, 서강어문학회, 1994.12; 15. 강진호, 「'구인회'의 문학적 의미와 성격 - 이태준과 박태원을 중심으로」, 『상허학보』 제2집, 상허학회, 1995.5; 16. 강진호, 「1930년대 후반기 신세대 작가 연구」, 『한국근대문학작가연구』, 깊은샘, 1995.10; 17. 이중재, 「'구인회' 연구 - 이태준, 박태원, 이상의 소설을 중심으로」, 동국대 박사논문, 1996; 18. 상허문학회, 『근대문학과 구인회』, 깊은샘, 1996.9; 19. 김은전, 「구인회와 신감각파」, 『선청어문』 24, 서울대 사범대학 국어교육과, 1996.10; 20. 이명희, 「'구인회' 작가들의 여성의식 - 김기림, 박태원, 이태준을 중심으로」, 『어문논집』 6, 숙명여대 국어국문학연구회, 1996.12; 21. 이광호, 「문제는 '미적 근대성'인가? - 상허문학회 지음, 『근대문학과 구인회』(깊은샘, 1996)」, 『작가연구』 3, 새미, 1997.4; 22. 유기룡, 「1930년대 '구인회'의 반이념적 문학의 특성」, 『어문논총』 제31호, 경북어문학회, 1997.8; 23. 김종건, 「'구인회' 소설의 공간설정 연구」, 대구대 박사논문, 1998; 24. 안미영, 「'구인회' 형성기 연구」, 『개신어문연구』 15, 개신어문학회, 1998.12; 25. 이중재, 『'구인회' 소설의 문학사적 연구』, 국학자료원, 1998.12; 26. 박기수, 「서평 : '구인회' 그 정체와 지속 - 이중재, 『'구인회' 소설의 문학사적 연구』」, 『문학과 창작』 46, 문학아카데미, 1999.6; 27. 정지영, 「문학동인 구인회의 소설 연구 - 기관지 『시와 소설』을 중심으로」, 동아대 석사논문, 2000; 28. 강진호, 「'구인회'를 어떻게 볼 것인가」, 『문학과 교육』 12, 문학과교육연구회, 2000.6; 29. 김민정, 「구인회를 둘러싼 몇 가지 문제제기」, 『민족문학사연구』 16, 민족문학사연구소, 2000.6; 30. 김윤식, 「「날개」의 생성과정론 - 이상과 박태원의 문학사적 게임론」, 『한국현대문학비평사론』, 서울대 출판부, 2000.7; 31. 김민정, 「구인회의 존립양상과 미적 이데올로기의 상관성 연구」, 서울대 박사논문, 2000.8; 32. 김종건, 『'구인회' 소설의 공간설정과 작가의식』, 새미, 2004.4; 33. 박헌호, 「구인회를 어떻게 볼 것인가」, 『식민지 근대성과 소설의 양식』, 소명출판, 2004.5; 34. 김민정, 「1930년대 문학적 장의 형성과 구인회」, 『한국근대문학의 유인과 미적 주체의 좌표』, 소명출판, 2004.10; 35. 옥태권, 「구인회 소설의 공간전략 연구」, 『국어국문학』 23, 동아대 국어국문학과, 2004.12; 36. 유철상, 「구인회의 성격과 순수문학의 의의」, 『현대문학이론연구』 제25집, 현대문학이론학회, 2005.8; 37. 김종회, 「박태원의 '구인회' 활동과 이상(李箱)과의 관계」, 구보학회, 『박태원과 모더니즘』, 깊은샘, 2007.1; 38. 김민정, 「'식민지근대'의 문학사적 수용과 1930년대 문학의 재인식 - '카프', '구인회', '단층' 간의 상관성을 중심으로」, 『어문논총』 제47호, 한국문학언어학회, 2007.12; 39. 구보학회, 『박태원과 구인회』, 깊은샘, 2008.8; 40. 현순영, 「회고담을 통한 구인회 창립 과정 연구 - 구인회의 성격 구축 과정 연구(1)」, 『비평문학』 30호, 한국비평문학회, 2008.12; 41. 현순영, 「구인회의 활동과 성격 구축 과정 - 구인회의 성격 구축 과정 연구(2)」, 『한국언어문학』 제67집, 한국언어문학회, 2008.12; 42. 현순영, 「구인회와 카프(1) - 선행 연구 검토」, 『비평문학』 31호, 한국비평문학회, 2009.3; 43. 현순영, 「구인회에 대한 카프계의 논평 - 구인회와 카프(2)」, 『현대문학이

[1]

백철, 『조선신문학사조사』(현대편), 백양당, 1949.


[2]

① 조연현, 「한국현대문학사(제32회)」, 『현대문학』 제38호, 1958.2.

② 조연현, 『한국현대문학사』, 인간사, 1961 : ①을 수록.


[3]

김시태, 「구인회 연구」, 『논문집』 제7집(인문·사회과학편), 제주대, 1975.


[4]

① 서준섭, 「1930년대 한국 모더니즘문학 연구」, 서울대 박사논문, 1988.

② 서준섭, 『한국 모더니즘문학 연구』, 일지사, 1988 : ①과 같음.

---

론연구』 제37집, 현대문학이론학회, 2009.6; 44. 현순영, 「구인회 연구의 쟁점과 과제」, 『인문학연구』 제38집, 조선대 인문학연구원, 2009.8; 45. 현순영, 「구인회 연구」, 고려대 박사논문, 2010; 46. 장영우, 「정지용과 '구인회'―『시와 소설』의 의의와 「유선애상」의 재해석」, 『한국문학연구』 제39집, 동국대 한국문학연구소, 2010.12; 47. 임명선, 「구인회 소설의 공간 표상 연구」, 부산대 석사논문, 2013; 48. 현순영, 「김유영론 1―영화계 입문에서 구인회 결성 전까지」, 『국어문학』 제54집, 국어문학회, 2013.2; 49. 구보학회·한국현대소설학회, 『한국현대소설과 구인회―제43회 한국현대소설학회 제16회 구보학회 연합 학술대회 발표자료집』, 2013.5.25; 50. 한국현대소설학회, 『현대소설연구』 54호, 2013.12; 51. 현순영, 「김유영론 2―구인회 구상 배경과 결성 의도」, 『한국문학이론과비평』 제63집, 한국문학이론과비평학회, 2014.6; 52. 현순영, 「저널리즘의 상업성과 구인회―이태준의 「성모」를 중심으로」, 『백록어문』 제28집, 백록어문학회, 2015.2; 53. 현순영, 「김유영론 3―카프 복귀에서 〈수선화〉까지」, 『한민족어문학』 제70집, 한민족어문학회, 2015.8. 졸고 40~44는 수정·보완하여 45에 포함시켰다. 이 책은 45와 48, 51, 52, 53을 수정·보완하여 묶은 것임을 밝힌다.

[5]

김한식, 「구인회 소설 연구」, 고려대 석사논문, 1994.

[6]

① 이중재, 「'구인회' 연구―이태준, 박태원, 이상의 소설을 중심으로」, 동국대 박사논문, 1996.

② 이중재, 『'구인회' 소설의 문학사적 연구』, 국학자료원, 1998 : ①을 수정.

[7]

① 박헌호, 「구인회를 어떻게 볼 것인가」, 상허문학회, 『근대문학과 구인회』, 깊은샘, 1996.

② 박헌호, 「구인회를 어떻게 볼 것인가」, 『식민지 근대성과 소설의 양식』, 소명출판, 2004 : ①을 수정·보완.

[8]

① 김민정, 「구인회의 존립양상과 미적 이데올로기의 상관성 연구」, 서울대 박사논문, 2000.

② 김민정, 「1930년대 문학적 장의 형성과 구인회」, 『한국 근대문학의 유인과 미적 주체의 좌표』, 소명출판, 2004 : ①을 수정·보완.

위 논의들의 내용을 요약하고 그 연구사적 의의와 한계를 논하는 것은 구인회에 관한 기존의 담론을 검토하는 충분히 타당한 방식이 될 것이다.

또, 그 방식을 통해 구인회에 대한 기존의 관점을 파악할 수 있을 것이다. [2]에서는 ①을, [4], [6], [7], [8]에서는 ②를 살피기로 한다.[2]

[1]에서 백철은 프로문학이 왕성하던 시대에도 그것과 대립하면서 분류(分流)하던 예술파들이 있었음을 상기시키고, 구체적으로는 예술 지상주의를 고수했던 김동인과 서정시 운동을 전개했던 『시문학』, 『문예월간』을 지명했다. 그는 1931년 이후 정세가 악화되어 프로문학이 퇴각하자 예술파적 경향의 문학자들이 새롭게 일어나게 되었고 그런 상황에서 "예술파가 집단적인 형식으로 표현된 것"이 구인회의 등장이었다고 말했다. 백철은 구인회는 카프처럼 행동 강령이 있는 단체가 아니었고 회원들이 순연한 연구적 태도로 상호의 작품을 비판하며 다독다작하는 것을 목적으로 했던 문학적 사교 그룹이었다고 회고했다. 그는 구인회의 중심 구성원은 이태준, 박태원, 이효석, 정지용, 김기림, 이상 등 예술파적인 작가와 기교파적인 시인들이었고 이무영, 조벽암, 조용만 등은 그 모임의 사교적 취지에 찬동해서 참가한 것에 불과했으며 이무영 등의 참가가 결국 구인회 해체의 동기가 되었다고 말했다. 즉 1934년에 이무영이 "변명(變名)으로서 구인회 동인 간의 경향의 불일치와 모순성을 지적한 것"[3]이 분열의 직접 동기가 되어 이무영과 조벽암이 탈퇴했으며 구인회는 그 뒤에 문학적인 공적을 남기지 못한 채 해체되었다고 했다. 단, 백철은 구인회의 출현을 계기로 이태준 등 예

---

2    이후에도 [2]에서는 ①을, [4], [6], [7], [8]에서는 ②를 논의 대상으로 한다.
3    『신동아』 1934년 9월호에 S·K生이 쓴 「最近 朝鮮 文壇의 動向」이라는 글이 있다. 그 글이 바로 백철이 말한 바, 이무영이 "변명(變名)으로서 구인회 동인 간의 경향의 불일치와 모순성을 지적한 것"으로 추정된다. 이에 대해서는 이 책 제1부 '3장-4-2)'에서 상론했다.

술파 작가들은 프로 작가들 대신 화려하게 무대에 등장했고 그 존재가 차츰 커져 나갔다고 했다. 이어서 백철은 구인회 작가들 중에서 이효석, 이태준, 박태원의 작품 경향에 대해 논했다.

요컨대, 백철은 [1]에서 구인회의 등장·목적·회원 구성·소멸·작품 경향에 대해 논했다. 백철의 논의는 구인회를 문학사적 맥락에서 최초로 다룬 것으로서 중요하다. 그러나 카프의 퇴조와 구인회의 등장을 인과적으로 파악한 것, 구인회를 단순히 친목 단체로 파악한 것은 문제 삼을 만하다.

[2]-①에서 조연현은 먼저, 조용만이 『현대문학』1957년 1월호에 발표한 「'구인회'의 기억」을 근거로 하여 구인회의 발족 과정과 회원 동향을 정리했다. 그는 구인회가 프롤레타리아문학에 대한 소극적인 반항과 순수예술에 대한 적극적인 옹호를 발족의 취지 및 동기로 삼았다고 말했다. 그러나 구인회는 강령과 규약을 가진 적극적인 단체가 아니었고 회비를 내어 한 달에 한두 번 모이는 소극적인 친목 단체였다고 규정했다. 조연현은 구인회의 회원 동향에 대해서는, 발족 직후 회합의 발의자인 이종명과 김유영 그리고 평양에 있던 이효석이 탈퇴하고 그 대신 박태원, 이상, 박팔양이 새로 가입했으며 그 후 유치진과 조용만이 탈퇴하고 그 대신 김유정과 김환태가 가입했다고 정리했다. 아울러, 조연현은 구인회가 두 차례의 인적 변동을 겪었지만 회원 수는 늘 9명이었으며 문학적 방향의 변동 없이 약 3~4년 동안 소극적으로나마 단체적인 움직임을 지속해 갔다고 말했다.[4]

---

4    조연현은 조용만의 「'九人會'의 記憶」(『현대문학』, 1957.1)을 근거로 하여 구인회의 회원 변동에 대해 말했다. 그런데 조용만의 글 중에서 구인회의 회원 구성·변동에 관한

이어서, 조연현은 구인회의 특징을 문학적 성격·문학 영역·문단적 지위 또는 문학적 수준의 관점에서 논했다. 첫째, 그는 구인회의 문학적 성격에 대해서, 회원 개개인이 문학적 특색은 상당히 달랐지만 ─그는 이태준, 정지용, 김기림, 김환태, 박팔양의 문학적 특색이 달랐음을 예로 들었다. ─카프와 같은 목적주의적·정치주의적인 방향에서 벗어나려 했고 순수문학을 옹호하려 했던 점에서는 일치했다고 말했다. 둘째, 그는 구인회는 활동 영역을 예술 일반에서 문학 일반으로, 문학 일반에서 시와 소설로 좁혀 갔다고 말했다. 그는 구인회가 초기에 예술 전반을 활동 영역으로 삼았다는 것을 뒷받침하는 근거로 최초 회합의 발의자 중 김유영이 영화감독이었다는 점, 창립 회원에 유치진, 조용만과 같은 극작가가 포함되어 있었다는 점, 조용만이 「'구인회'의 기억」에서 구인회의 목표를 설명하며 "순수'예술'"이라는 말을 사용한 점을 들었다. 그런데 조연현은 차츰 시인과 소설가들이 구인회 회원의 다수를 이루게 되고 그들이 모임의 중심이 되면서 구인회의 활동 영역은 시와 소설로 한정되고 구체화되었다고 설명했다. 그는 구인회 "기관지"의 제명이 "시와 소설"이라는 점은 그러한 사정을 뒷받침한다고 했다. 또 조연현은 그러한 변화가 김유영, 조용만, 유치진이 구인회에서 탈퇴한 원인(遠因)을 설명해 줄 수도 있다고 말했다. 셋째, 조연현은 구인회가 문단적으로는 현역 중견과 현역 신진의 모임이었고, 문학적으로는 역량이

---

내용에는 오류가 많다. 구인회 활동 당시의 자료들에 따르면, 구인회의 회원 명단은 적어도 4번 이상 바뀌었으며, 구인회 회원이었던 인물은 확인된 사람만도 16명(이태준, 정지용, 김기림, 이효석, 유치진, 조용만, 이종명, 이무영, 김유영, 박팔양, 박태원, 조벽암, 김상용, 이상, 김유정, 김환태)이다. 그리고 구인회 회원은 한때 13명에 이르기도 했다. 구인회의 회원 변동에 관해서는 이 책 제1부 '3장-4'에서 자세히 논하였다.

나 특색이 가장 우수하다고 인정되던 사람들의 집합이었다고 규정했다. 이어서 그는 현역 중견을 대표하는 사람으로 정지용과 이태준을, 현역 신진을 대표하는 사람으로 김기림, 이상, 김유정을 들었다.

다음으로, 조연현은 구인회의 활동에 대해 설명했다. 먼저, 그는 구인회가 월 2~3회의 모임을 가졌고, 3~4년 동안에 2~3차의 문예강연회(시 낭송회 포함)를 열었으며, 기관지를 한 번 발행했다고 했다. 그리고 그는 당시 구인회 회원들의 문단적 영향력을 감안해서 구인회의 단체 활동을 중요하게 평가해야 한다고 주장했다. 즉 당시 구인회 회원들은 거의 신문 학예면의 책임자 또는 순문예지나 일반 잡지의 편집인들로서 문단에 영향력을 행사하는 현역들이었기 때문에 구인회의 단체 활동은 미미했지만 그것을 통해서 이루어진 구인회의 순수문학적 지향은 문단에 큰 영향을 미칠 수 있었다는 것이다.

끝으로, 조연현은 구인회의 문학사적 의의를 두 가지로 정리했다. 첫째, 구인회는 '시문학파'의 순수문학적 방향을 계승해 그것을 1930년대 이후 한국문학의 주류로 육성・확대시켰다는 것이다. 그는 '시인부락'을 비롯한 1930년대 이후 순수문학적인 동향은 직간접적으로 모두 구인회의 영향을 조금씩은 다 받은 것이었다고 말했다. 둘째, 구인회가 한국문학이 지녔던 근대문학적 성격을 현대문학적 성격으로 전환시키는 데에 중요한 역할을 했다는 것이다. 조연현은 그것은 구인회가 김기림의 모더니즘적 경향이나 이상의 신심리주의적 경향을 문학적 주방향인 순수문학적 개념 속에 포괄함으로써 가능했다고 말했다.

요컨대, 조연현은 [2]-①에서 구인회의 발족・회원 동향・회원 구성의 특징・활동 내용・문학사적 의의・한계를 밝혔다. 조연현의 논의는 구인회를 일정한 의도와 지향을 지닌 단체로 최초로 규정한 것이라는 점에서 주목할 필요가 있다. 즉 백철은 구인회의 목적을 문인들 간의 친목 도모로 간주했으나 조연현은 구인회의 '문학적' 목적과 취지를 강조했다. 또 조연현의 논의는 구인회의 문학사적 의의를 적극적으로 논한 것이라는 점에서도 중요하다.

[3]에서 김시태는 먼저, 구인회가 당시 문단에 새로운 세력을 형성할 수 있었던 정치적·문단적 상황을 설명했다. 그의 설명을 요약하면 다음과 같다. 당시 일제는 군국주의 체제를 확립하고 통치 정책을 문화정책에서 3·1운동 이전의 무단정책으로 되돌렸다. 따라서 조선의 모든 문화 활동은 정치성과 사상성을 거세당하게 되었다. 문학에서도 이데올로기가 퇴화했고, 그에 따라 순수문학 동인인 구인회가 문단에 자리잡을 수 있었다. 한편, 구인회가 당시 문단에 새로운 세력을 형성할 수 있었던 것은 순수문학 운동의 결과라고도 할 수 있다. 당시 순수문학 운동은 정치적 변동에도 크게 힘입었지만 이데올로기문학의 두 축을 형성해 온 카프파와 민족주의문학파의 근본적인 결함을 반성하면서 새롭게 출발하려 한 순수문학파의 의욕에 자극된 면이 더 많다. 구인회의 결성은 그러한 의욕이 반영된 결과였다.

이어서, 김시태는 조용만의 「나와 '구인회' 시대(1~6)」(『대한일보』, 1969.9.19·24·30; 10.3·7·10)를 근거로 하여 구인회의 형성 과정을 재구(再構)했다.[5] 그리고 구인회에 대한 카프파의 시비(是非)에 대해서도 정리했다.[6]

---

5   그 내용은 이 책 제1부 '2장-1'에서 검토하고 비판했다.
6   그 내용은 이 책 제1부 '4장-1-1)'에서 검토하고 비판했다.

다음으로, 김시태는 정지용, 김기림, 이상, 이태준, 박태원을 들어 구인회의 문학적 방향과 특성을 논했다. 먼저, 그는 구인회가 카프파와 대립했던 30년대 순수문학 계열의 대표적 집단이었음을 상기시키면서, 구인회의 문학적 방향도 순수문학적 기초 위에서 찾아야 한다고 전제했다. 그러한 전제 아래에, 그는 구인회의 문학적 방향은 카프파의 목적주의적 문학관에 대항하면서 시문학파의 과업을 계승하고 그것을 더욱 구체적이며 다양하게 전개하는 쪽이었고, 구인회의 문학적 특성은 모더니즘, 신심리주의 등 여러 경향을 포함하는 것이었다고 주장했다.

이어서, 김시태는 구인회의 문학사적 의의를 다음과 같이 세 가지로 정리했다. 첫째, 구인회 회원들은 자신들의 문학적 이념을 구체적인 작품으로 실현하며 한국문학의 질적 향상을 도모했다. 둘째, 구인회는 시문학파의 문학적 방향을 계승하고 해외문학파의 이론적 지원을 받으면서 30년대 순수문학 운동의 거점이 되었다. 셋째, 구인회는 서구의 현대문학 사조를 받아들이고 그것을 작품으로 구현함으로써 한국문학의 근대문학적 성격을 현대문학적 성격으로 바꾸는 결정적인 계기를 마련했다.

마지막으로, 김시태는 구인회 문학의 한계를 지적했다. 즉 그는 구인회는 사상의 빈곤과 시대에 대한 역사적 통찰력의 결여라는 식민지 문학의 한계를 드러냈다고 지적했다.

김시태의 논의는 연구사적으로 다음과 같은 의의를 지닌다. 첫째, 김시태의 논의는 구인회를 최초로 단일 연구 대상으로 삼은 것이다. 둘째, 김시태는 구인회의 출현을 순수문학 운동의 결실로 파악했는데, 선행 연구자들과는 달리, 순수문학을 추구했던 문학가들이 카프뿐만 아니라 민족주의문학파에 대해서도 대타의식을 가졌었다고 파악하여 구인회의 문학사적 위상에 대해 재고할 수 있는 관점을 제시했다. 셋째, 김시태는 구인회에 대한 카프파의 시비를 최초로 정리하여 당대 문단에서 구인회가 차지했던 자리를 구체적으로 파악할 수 있는 단서를 마련했다.[7]

[4]-②에서 서준섭은 1930년대 한국 모더니즘의 사회적 생산 조건·이론과 작품·수용과 논쟁에 대해 실증적으로 논했다. 그는 그 과정에서 구인회를 1930년대 모더니즘문학 운동을 매개한(주도한) 단체로 규정하고, 그 결성과 역할을 밝혔다.

서준섭은 1930년대 모더니즘은 정치적 상황의 악화, 카프가 중심이 되었던 리얼리즘문학의 상대적 침체, 전대(前代)의 다다이즘 및 표현주의 문학, 서구에서 대도시를 중심으로 하여 일어났던 모더니즘 운동(전위예술 운동) 등이 계기가 되어 등장했다고 보았다. 그리고 1930년대 모더니즘은 현실적인 물질적 토대에 의해 지속적으로 추진되었다고 판단했다. 즉 1930년대 모더니즘은 일제의 시장 확대 정책에 따라 급격히 도시화되어 가던 서울을 거점으로 하여 도시에서 나고 자란 세대에 의해 지속되었고 심화되었다고 말했다. 특히 그는 구인회를 근대 도시 제1세대 시인·작가들의 집단으로 보았고, 구인회가 매개가 되어 1930년대 모더니즘은 본격적인 운동기에 접어들었다고 주장했다.

서준섭은 구인회의 회원은 애초에 저널리즘을 확보하려는 의도에 의해 구성되었고 그로 인해 회원들의 문학 경향이 일치하지 않았다고

---

7  물론 그 내용에 몇 가지 오류가 있기는 하다. 그에 대해서는 이 책 제1부 '4장-1-1)'에서 논했다.

설명했다. 즉 구인회는 처음에는 모더니즘문학 단체로 보기 어려운 점이 있었으나, 활동과 인적 변동을 통해서 순수 모더니즘적인 성격을 분명히 드러내었다고 말했다. 그는 구인회는 한 달에 한 번 회원 작품 합평회를 열었고, 저널리즘을 통해 회원들이 집단적으로 의사를 표명했고, 공개 문학강연회를 두 차례 열었고, 적극적으로 작품을 발표했으며, 『시와 소설』을 발간하는 등의 활동을 벌였다고 정리했다. 서준섭은 그 활동들 중에서 「격(檄)! 흉금(胸襟)을 열어 선배에게 일탄(一彈)을 날림」(『조선중앙일보』, 1934.6.17~29)을 통해 구인회는 그 본질이라고 할 수 있는 세대의식을 드러냈다고 말했다. 그리고 구인회가 두 차례 개최한 문학 강연회를 통해 그 세대의식의 문학이론상의 거점이 언어에 대한 자각과 기술중심주의로 요약되는 모더니즘이라는 것이 분명히 드러났다고 주장했다. 즉 두 차례의 강연회에서 김기림, 정지용, 박태원, 이태준이 계속해서 강사로 나선 점, 특히 두 번째 강연회에서 박태원이 이태준과 함께 2회 강연을 하는 등 중요한 역할을 한 점, 그리고 두 강연의 중심 주제가 시의 근대성, 소설의 기술 또는 기교, 문장 작법 등에 관한 것이었는데 김기림, 이상, 이태준, 박태원이 그러한 주제를 특히 두드러지게 다룬 점 등을 통해 구인회가 모더니즘 단체라는 사실이 분명히 드러났다고 말했다. 또 서준섭은 구인회가 계속적인 회원 변동 과정을 거치면서 모더니즘 시인·작가들이 주도하는 단체가 되었다고 말했다. 즉 이태준, 김기림, 정지용, 박태원과 뒤늦게 가입한 이상 등 모더니즘 시인·작가들이 구인회의 실질적인 주역이었다고 했다.

결론적으로, 서준섭은 구인회는 여러 가지 우여곡절을 거쳐 정립되어 간 모더니즘문학 단체로서 이론과 실천을 겸비하여 1930년대 모더니즘문학 운동의 매개체 역할을 했다고 평가했다. 그는 1930년대 모더니즘문학 운동에서 구인회가 한 역할을 다음과 같이 함축적으로 서술했다.

구인회가 없었다면 김기림·정지용·이상·박태원·이태준의 관계 정립이 어려웠을 것이며, 작품활동을 위한 저널리즘 확보도 곤란하였을 것이다. 그것은 동인들의 문학적 비상을 가능하게 한 '활주로'요 문학 '캠프'이다. 그것을 매개로 하여, 다시 말해 그 힘을 바탕삼아, 김광균·오장환 등등의 신인들에게 비평적 영향을 행사할 수 있었고 드디어 모더니즘의 문단전파를 실현시키게 된다. 『단층』지와의 관계도 마찬가지이다. 『시와 소설』의 종간은 『단층』(1937)지의 출현으로 이어졌고 『시인부락』(1936), 『자오선』(1937) 등의 동인지도 그런 측면에서 파악되어야 한다. 구인회를 빼놓고서는 30년대 후반의 문학 동향을 제대로 설명하기 어렵게 되어 있다.[8]

서준섭의 연구는 다음과 같은 연구사적 의의를 지닌다. 첫째, 서준섭은 선행 연구자들이 조용만의 회고담을 근거로 삼아 논의를 펼쳤던 것과는 달리 구인회의 단체 활동과 그 회원들의 이력에 관한 자료들을 발굴해 제시함으로써 구인회를 분명한 실체로 인식할 수 있게 했다. 둘째, 서준섭은 선행 연구자들과는 다른 관점에서 구인회의 성격을 논했다. 백철, 조연현, 김시태는 구인회를 '예술파와 기교파' 또는 '순수문학파'로 파악했다. 그것은 그들이 결국은 구인회를 카프의 대립 항으로

---

8    서준섭, 『한국 모더니즘문학 연구』, 일지사, 1988, 49면.

간주했다는 것을 의미한다. 그러나 서준섭은 구인회가 형성될 수 있었던 사회적·물질적 토대에 주목함으로써 구인회를 카프의 대립 항으로 파악하는 제한적 관점을 극복했다. 셋째, 서준섭은 선행 연구자들과 다른 관점에서 모더니즘을 논했다. 백철, 조연현, 김시태는 모더니즘을 김기림 개인의 문학적 지향으로 파악했고, 기교주의나 순수문학의 하위 개념으로 상정했다. 그러나 서준섭은 모더니즘을 '1930년대 한국 모더니즘'으로 간주하고 그것의 사회적·예술적 개념을 제시했다. 즉 그는 '1930년대 한국 모더니즘'을 사회적으로는 "근대 파시즘 하에서의 도시 세대 문인들의 문학적 모험" 또는 "근대 도시 세대 문인들이 일본 자본주의 난숙기의 사회·문화적 충격에 대해 문학적으로 반응했던 형식"으로 규정했고, 예술적으로는 "문학 자료의 미적 가공 기술의 혁신과 언어의 세련성을 추구한 작품과 이론으로서 이미지즘·주지주의·초현실주의·신감각파·심리주의 등 여러 가지 경향을 포괄했던 것"으로 설명했다.

물론 서준섭의 논의에도 재고할 점은 있다. 서준섭은 구인회가 1930년대 한국 모더니즘문학 운동을 매개한 단체였다고 주장했다. 그런데 그 주장을 뒷받침하는 과정에서는 구인회가 모더니즘 단체였음을 논증하는 데에 주력했다. 즉 그는 '구인회는 모더니즘문학 운동을 매개한 단체였다'는 명제와 '구인회는 모더니즘 단체였다'는 명제를 명확하게 구분하지 않았다. 그가 이태준의 문학적 경향을 모더니즘이라고 규정하는 데에 어려움이 있음을 표명한 것은 바로 구인회를 모더니즘문학 운동을 매개한 단체로 보는 관점과 모더니즘 단체로 보는 관점을 혼동한 데에서 비롯된 것이라고 할 수 있다. '구인회는 모더니즘문학 운동을 매개한 단체였다'고 말하는 일과 '구인회는 모더니즘 단체였다'고 말하는 일은 다르다. 전자는 구인회의 다른 면모나 성격에 대해서도 논의할 수 있는 여지를 남긴다. 하지만 후자는 그런 논의의 여지를 남기지 않는다.

[5]에서 김한식은 이태준·박태원·이상·김유정의 비평적 글들을 분석하고 종합하여 구인회가 단체로서 지녔던 소설관을 규정하고, 그것이 구인회 작가들의 작품에서 어떻게 구현되었는지를 논했다.

김한식은 소설에 대한 구인회의 새로운 사고는 "형식과 언어에 대한 관심"으로 요약할 수 있다고 했다. 즉 구인회는 "소설에서 사상성과 정치성을 배제하고 기교적인 면을 중시하는 태도"를 새로움으로 내세웠다는 것이다. 또 김한식은 소설에 대한 구인회의 새로운 사고는 "예술가 의식"이라는 말로 표현할 때 그 본질에 접근하기 쉽다고 했다. 즉 앞 세대 문학가들이 문사의식을 지녔던 것과는 달리, 구인회는 '문학하는 사람은 곧 예술가'라는 의식을 지녔다고 말했다.

이어서, 김한식은 구인회 소설관의 구체적 특징 네 가지를 지적했다. 즉 구인회는 리얼리즘으로 대표되는 반영론적 문학관이 아니라 창작자의 개성을 표현하는 표현론적 문학관을 존중했고, 소설 형식 또는 언어 자체에 대해 특별한 관심을 보였으며, 단편소설 양식을 선호하면서 통속소설을 거부했고, 예술가로서의 자부심을 중시했다고 했다.

다음으로, 김한식은 구인회의 그러한 소설관이 이태준에게는 서정적 분위기로, 박태원에게는 기교로, 이상에게는 닫힌 자아에 대한 탐구로 나타났다고 보고, 이태준의 「달밤」과 「손거부」에 나타나는 서정성, 박태원의 「소설가 구보씨의 일일」에 쓰인 기법의 특징, 이상의 「날개」

와 「지주회시」에 등장하는 인물의 특성을 분석했다.

김한식은 구인회의 성격과 구인회 소설의 특질을 밝히는 일은 구인회 작가들 각각의 특성을 밝히는 데에서 출발할 것이 아니라 그들을 구인회로 묶을 수 있는 문학적 성격을 밝히는 데에서 출발해야 한다고 했다. 그의 견해는 구인회 문인들에 관한 개별적인 연구에 비해 단체로서의 구인회에 관한 연구가 제대로 이루어지지 못했다는 문제의식과 통하는 것으로 여겨진다. 다시 말해서, 김한식은 선행 연구자들이 구인회의 특징을 소속 문인들의 문학적 개성의 합(合)으로 보았던 것을 비판하면서, 구인회가 단체로서 견지했던 문학적 특징을 추출하고 그것이 각 회원들의 작품 속에서 어떻게 구체화되었는지를 밝히고자 했다. 그것은 구인회에 대한 새로운 접근 방식이었다는 점에서 매우 중요하다.

그런데 김한식의 연구에 대해서는 다음과 같은 문제를 제기할 수 있다. 먼저, 그의 연구는 구인회의 문학적 성격을 전제한 상태에서 이루어졌다는 점에서 재고의 여지가 있다. 그는 "구인회로 묶일 수 있는 문학적 성격"을 전제하고 그 성격이 "확립된 시기가 기관지인 『시와 소설』이 간행된 1936년 전후"라고 했다. 그리고 이태준, 박태원, 이상, 김유정이 그 성격을 보여주었다고 판단하고 그들만을 연구 대상으로 삼았다. 그에 대해 "구인회로 묶일 수 있는 문학적 성격"을 어떻게 미리 상정할 수 있는가 하는 물음이 제기될 수 있다. 또, 그 성격을 미리 상정할 수 있다고 하더라도 이태준, 박태원, 이상, 김유정의 비평적 글들을 분석하는 것만으로 그것을 입증하려 한 것은 조금 부족해 보인다.

[6]-②에서 이중재는 먼저, 구인회의 문학은 전대(前代)의 이데올로기적인 문학(리얼리즘적 프로문학과 민족주의문학)과 순수문학을 회의하고

부정하는 데에서 비롯된 모더니즘문학이라고 규정했다. 이어서, 그는 조용만의 회고담들을 근거로 하여 구인회의 결성과 활동 그리고 해체에 대해 정리하고,[9] 구인회에 대한 카프의 시비와 그것에 대한 구인회의 대응 방식을 정리했다.[10]

다음으로, 이중재는 구인회 소설가들 작품의 미적 구조를 분석했다. 이중재는 모더니즘문학의 개념을 "언어의 자율적 구조에 의해 이루어지는 미적 자의식과 주관성의 원리 등을 토대로 하는 문학"으로 파악했다. 그는 구인회 작가들 중 이태준, 박태원, 이상이 그러한 의미의 모더니즘적 경향을 보여준 동시에 예술적으로도 성취를 이루었다고 판단하고, 그들이 등단 후부터 광복 전까지 발표한 중·단편을 형식주의 및 구조시학의 방법을 적용하여 살폈다. 그 결과 이중재는 이태준 소설의 미적 특질은 "인간사전의 구축"이라는 말로, 박태원 소설의 미적 특질은 "작중 인물의 내면 의식의 탐구"라는 말로, 이상 소설의 미적 특질은 "서술 문법으로부터의 일탈"이라는 말로 요약하였다. 그러한 고찰 결과를 근거로 하여, 이중재는 구인회 작가들의 문학적 특징을 세 가지로 정리했다. 요약하면 다음과 같다. 첫째, 구인회 작가들은 '무엇을 이야기할 것인가'보다는 '어떻게 이야기할 것인가'에 더 많은 관심을 가지고 있었다. 둘째, 구인회 작가들은 역사와 사회 속 개인의 의미를 탐구하기보다는 역사와 사회로부터 유리된 개인의 모습을 탐구했다. 셋째, 구인회 작가들은 모방론적 또는 반영론적 소설관을 부정하고 표현론적 소설관을 견지했다. 넷째, 구인회 작가들은 소설에 대한 예술가 의식과

---

9   이 책 제1부 '2장-1'에서 그 내용을 검토했다.
10   이 책 제1부 '4장-1-1)'에서 그 내용을 검토했다.

장인 의식을 공유했다.

　마지막으로, 이중재는 구인회 소설의 문학사적 의의를 두 가지로 정리했다. 요약하면 다음과 같다. 첫째, 구인회는 시문학파의 모더니즘적인 문학 이론과 해외문학파의 전문적인 예술가의식을 계승하고 종합하여 1930년대 문학을 한층 더 높은 수준으로 발전시켰다. 둘째, 구인회 작가들의 문학적 특성은 1930년대 후반의 이른바 신세대 작가들에게 그대로 계승되었다. 묘사와 표현을 중시하는, 간결하면서도 절제된 이태준의 문장 미학은 김동리 · 황순원에게 계승되었고, 박태원 · 이상의 심리주의적인 소설 기법은 허준 · 최명익에게 계승되어 삼사문학파와 단층파의 출현으로 이어졌다.

　이중재의 연구는 구인회 소설가들의 작품이 지니는 미적 특징을 구체적인 방법을 적용해 상세히 규명했다는 점에서 의미가 있다. 그럼에도 불구하고 이중재의 연구에도 이의를 제기해야 할 대목이 있다. 이중재의 논문에서 가장 중요한 것은 그가 구인회의 문학을 모더니즘문학으로 규정했다는 것이다. 서준섭이 구인회를 모더니즘문학 운동을 매개한 단체로 보았던 것에서 한 걸음 더 나아가 이중재는 구인회를 모더니즘문학 단체로 규정한 것이다. 그런데 거기에는 세 가지 문제가 있다. 첫째, 그가 전제한 모더니즘의 개념은 역사적인 개념이 아니다. 즉 1930년대 한국 모더니즘의 개념이 아니라 일반적이고 보편적인 모더니즘의 개념인 것이다. 둘째, 그는 구인회의 문학을 모더니즘문학이라고 규정하는 과정에서 모더니즘으로 개념화하기 힘든, 구인회의 면모들은 논의 대상에서 제외했다. 예컨대, 그는 이종명, 이무영, 조용만 등을 논외로 하면서 그들이 "구인회의 창설 멤버이기는 하나 주목할 만한 작품도 발표한 것이 없으며" 또한 그들에 대한 "기존의 문학사적 평가도 실로 미미한 것에 지나지 않는다"고 했다.[11] 그런데 그것은 연구의 편의만을 도모한 언급으로 보인다. 연구 대상에 대한 그런 접근 태도는 결국 그의 연구를 구인회에 대한 기존의 문학사적 평가를 재확인하는 수준에 머물게 했다. 둘째, 구인회의 모든 회원들이 모더니즘을 집단적으로 일관되게 견지했다고 말할 수 있는가 하는 물음을 제기할 수 있다. 뒤에 상론하겠지만, 구인회의 회원 명단은 적어도 네 번 이상 바뀌었고 구인회 회원이었던 인물은 확인된 사람만도 16명에 이른다. 그들의 문학적 성향을 하나의 개념으로 추상하는 것이 옳은지 재고해 보아야 한다.

상허문학회가 발행한 『근대문학과 구인회』(깊은샘, 1996)에 실린 구인회 관련 논문들은 전체적으로 구인회의 특징을 모더니즘으로 전제하고, 그것의 특수성을 식민지적 근대라는 모순 상황과 관련해 논증하려고 했다. 박헌호의 논문 [7]-①은 상허문학회 연구의 기본 방향을 제시한 논문으로서 주목할 필요가 있다.

[7]-①을 수정·보완한 [7]-②에서 박헌호는 구인회가 사회적 영역과 미적 영역을 분리해서 인식하는 식민지 근대 인식의 파행성을 보여주었다고 말했다. 그 내용을 요약하면 다음과 같다. 1930년대에도 봉건적 삶의 양식은 여전히 존재했다. 당시 지식인들은 조선 현실의 그런 열등함을 즉자적으로 부정하며 당위적이고 추상적인 차원에서 대안을 모색했다. 그 대안이 바로 근대화의 논리였다. 그런데 당시 근대화는 일제에 의해 식민지 경영에 유리한 쪽으로 추진되었기 때문에 현실의 곳

---

11  이중재, 『'구인회' 소설의 문학사적 연구』, 국학자료원, 1998, 20~21면.

곳에서 다양하고 심각한 모순이 생겨났다. 식민지 근대화의 모순 때문에 개인들은 서로 모순되는 의식을 동시에 갖게 되거나 사회의 여러 영역에 대한 인식을 유기적으로 통합하지 못하는 문제를 겪게 되었다. 즉 개인들은 식민지 해방에 복무해야 한다는 생각을 잠재의식 깊은 곳에 숨겨둔 채 '생활의 논리'와 '인식의 논리'의 분열을 겪었다. 그리고 예술가들에게서는 사회적 영역에 대한 인식과 예술적 영역에 대한 인식이 분리되는 현상이 빚어졌다. 그런 사정 속에서 구인회는 사회적 영역에 대한 인식을 견지는 하되 문학 활동을 통해서는 드러내지 않고, 예술적 영역에서만 근대성 즉 모더니즘을 추구하는 방향으로 나아갔다. 문장에 대한 이태준의 집착, 기법에 대한 박태원의 자의식, 김기림이 시론과 작품을 통해 보여준 모더니티에 대한 갈망은 미의 영역에서 근대성을 달성하려는 노력의 표현들이었다. 구인회 회원들은 그처럼 식민지시대에는 미적인 영역에서 근대성을 추구함으로써 스스로 반봉건의 과제에 복무하고 있다고 믿었다. 그러다가 해방 후에는 사회적 근대성을 달성할 수 있는 가능성이 열렸다고 믿고 그에 따른 행보를 보였다.

박헌호의 논의는 구인회의 모더니즘이 식민지적 근대라는 모순 상황에서 비롯된 것임을 밝히고, 나아가 구인회 회원들의 해방 후 행적을 설명할 수 있는 논리적 틀을 제시했다는 점에서 중요하다. 그러나 결과적으로 그의 논의는 구인회를 모더니즘 단체로 규정한 것인 동시에 구인회의 주요 회원들이 미적 모더니티를 추구했음을 확인한 것이었다고 할 수 있다. 빈번한 회원 교체를 포함한 구인회 활동의 특이점들을 설명하기 위해서는 '구인회는 모더니즘 단체다'라는 전제를 재고할 필요가 있다.

[8]-②에서 김민정은 한국 근대문학은 1930년대를 거치면서 기존의 제한된 틀을 뛰어넘어 더 높은 차원으로 도약했는데 그것은 당시의 다양한 문학적 징후들 중에서도 특히 여러 문인 집단들의 등장과 밀접한 관련이 있다고 전제하고, 1930년대에 등장했던 문인 집단들 중에서 구인회에 주목했다. 그는 구인회가 존립했던 기간은 비록 3년 정도에 불과했지만 구인회 소속 작가들은 한국 근대문학사에서 그 전에는 볼 수 없었던 문학적 성과를 이루었고 새로운 영역을 개척했으며 후대 문학에 절대적인 영향을 미쳤다고 평가했다. 따라서 그들의 문학적 가능성을 현실화시킨 구인회의 구조적 요인을 분석할 필요가 있다고 했다. 그런 전제 아래에, 그는 문학 집단으로서의 구인회의 역할과 기능, 구인회 회원들이 생산해 낸 문학 텍스트의 효과에 주목했다. 그는 구체적으로는 부르디외(Pierre Bourdieu)의 장(場) 이론과 아비투스(habitus) 개념 그리고 비트켄슈타인(Ludwig Wittgenstein)의 가족유사성 개념을 주로 적용하였다.

선행 연구자들과는 달리, 김민정은 구인회라는 문학 집단의 실체성과 본질을 전제하지 않았다. 그 대신에, 그는 구인회를 구성원들의 "다양한 특성이 서로 겹치고 교차"했던 집단, 즉 구성원들이 "가족유사성"을 토대로 관계를 맺었던 집단으로 간주했다. 김민정은 구인회 구성원들의 가족유사성이란 당시 문학적 장의 구도를 지배하고 있었던 프로문학, 계몽문학, 상업적 통속문학과 같은 "비자율적 문학"에 대한 부정과 배제의 태도였다고 파악했다. 김민정은 구인회는 그러한 비자율적 문학들에 대해 의도적이고 다양한 방식으로 대항하면서 문학적 자율성을 일구어 내는 동시에 당시 문학적 장의 구도를 바꾸었다고 주장했다.

김민정에 따르면, 구인회가 비자율적 문학에 대응하면서 취했던 방식 중에서 가장 핵심적인 것은 저널리즘을 장악하고 그것을 활용한 것이었다. 김민정은 그런 점에서 구인회를 사교 모임인 동시에 정치적 집단이었다고 판단했다. 김민정은 구인회의 그러한 존립 방식은 이중적인 것으로서 그들이 추구했던 미적 자율성의 이율배반성과 상동 관계를 이룬다고 했다. 김민정에 따르면, 구인회는 비자율적 문학에 대해 나름의 방식으로 대응하면서 문학의 미적 자율성을 추구했으나 그것은 부르주아 저널리즘과 긴밀히 연관된 것이었다. 즉 구인회는 문인 기자 집단이라고 할 수 있을 정도로 저널리즘과 긴밀히 연관되어 있었기 때문에 그들이 추구했던 문학의 자율성은 저널리즘의 계급적 성격에 의해서 제약될 수밖에 없었다. 김민정은 구인회의 회원들은 그러한 사실을 자각하고 있었고 문학이 저널리즘에 예속되어 가는 현상에 대한 비판적 의식을 견지했을 뿐만 아니라 저널리즘의 권력지향적 속성을 문학적 정당성을 획득하는 데에 이용함으로써 문단의 헤게모니를 장악하고자 했다고 주장했다. 그리고 그런 점에서 그들이 추구했던 미적 자율성은 이율배반적인 것이었고 이데올로기적인 것이었다고 주장했다.

김민정의 논문은 다음과 같은 연구사적 의의를 지닌다. 첫째, 김민정은 선행 연구자들과는 달리 구인회라는 문학 집단의 실체성과 본질을 전제하지 않았다. 구인회의 성격을 하나의 개념으로 규정하려는 시도는 구인회에 대한 연구가 시작된 이래 계속되어 왔다. 그러나 회원 변동과 활동의 특이점들을 고려하면 구인회의 성격을 하나의 개념으로 추상하기 어렵다. 그런 점에서 구인회에 대한 김민정의 접근 방식은 구인회의 다양한 면모들을 선입견 없이 살펴보려는 시도였다는 점에서 매우 중요하다. 둘째, 김민정의 논문은 구인회와 저널리즘의 관계, 그 관계의 의미에 대해 논의했다는 점에서 주목할 만하다. 구인회와 당시 저널리즘의 관계를 중시한 연구들은 많았지만 그 관계의 의미에 대해 숙고했던 연구는 없었다고 해도 과언이 아니다.

그럼에도 불구하고 김민정의 논문에도 문제는 있다. 김민정은 구인회에 관한 기존의 정보들을 의심하고 확인하여 바로잡는 노력을 소홀히 한 채 새롭게 해석하는 데에 주력했다. 그 과정에서 잘못된 정보를 과해석(過解析)하는 오류를 범하기도 했다.

지금까지 살핀 바에 의하면, 구인회에 관한 기존 담론의 주요 내용은 구인회의 문학적 성격을 규정하고 문학사적 의의를 논하는 것이었다고 할 수 있다. 연구자들이 구인회의 성격을 규정한 방식은 대체로 구인회의 주요 회원들이 지녔던 문학적 특성들을 추상하여 얻은 개념을 구인회의 성격으로 간주하는 것이었다. 연구자들은 그러한 방식을 통해 구인회의 성격을 '예술파와 기교파', '순수문학', '모더니즘' 등의 말로써 규정하고, 그것을 근거로 삼아 구인회는 문학사적으로 새롭거나 진전된 의의를 갖는 문학 집단이었다고 평가했다.


2) 구인회 담론의 쟁점


앞에서 살핀 대로, 구인회에 관한 선행 연구의 주요 내용은 구인회의 성격을 규정하고 문학사적 의미를 논하는 것이었다. 그런데 구인회에 관한 선행 연구들을 자세히 분석해 보면, 명확하게 밝혀지지 않은 채

반복적으로 논의되어 온 몇 가지 문제들이 있음을 알게 된다. 그 문제들은 여러 연구자들이 논하기는 했으나 합의하지는 못한, 구인회 연구의 쟁점들이자, 구인회 담론의 쟁점들이다. 여기서는 그 쟁점들 가운데 가장 중요하다고 할 수 있는 두 가지 즉 구인회와 카프의 관계 그리고 구인회의 성격에 대한 논의들을 재정리해 보기로 한다.

### (1) 구인회와 카프의 관계

구인회에 관한 선행 연구에서 주목해야 할 것 중의 하나는 연구자들이 구인회와 카프의 관계를 어떻게 보아 왔는가 하는 문제이다. 구인회와 카프의 관계에 대한 연구자들의 관점은 대체로 세 가지로 나뉜다.

첫 번째는 카프가 퇴조함으로써 구인회가 등장했고 두 집단은 상호작용하지 않았다고 보는 관점이다. 백철([1]) · 김한식([5]) · 박헌호([7])의 관점이 그에 해당된다.

백철은 1931년 이후 구인회가 등장하기까지의 시기를 "문학 운동의 방황 상태"라고 진단했다. "문학 운동의 방황 상태"란, 정세의 악화로 프롤레타리아문학자 또는 그들과 보조를 같이 했던 경향적인 문학자들이 그때까지 지녔던 사상을 더 이상 견지할 수 없어 퇴각하게 된 상황을 말한 것이다. 백철은 그러한 "문학 운동의 방황 상태"는 예술파가 신흥하는 계기가 되었고 구인회는 예술파가 집단적으로 대두한 것이었다고 말했다. 요컨대, 백철은 카프의 퇴조는 구인회가 대두하는 계기가 되었다고 파악했다.

김한식과 박헌호는 카프의 퇴조를 구인회가 등장한 계기 중의 하나로 파악했다는 점에서 백철의 관점을 계승했다고 할 수 있다. 물론 김한식과 박헌호가 구인회 등장의 계기로 카프의 퇴조만을 거론한 것은 아니다. 김한식은 구인회가 결성되었던 시기에 카프는 만주사변 이후 강화된 일본의 탄압과 지나치게 운동을 강조하던 자체 내의 문제 때문에 침체기를 맞았고, 카프가 침체하면서 프로문학을 반대하던 문학인들이 비로소 그들의 목소리를 내기 시작했다고 했다. 박헌호는 구인회가 결성되던 1933년 전후(前後)를 "이념적 추동력이 상실돼 가던 시기"로 규정하고, 그 시기에는 이념을 통해 작가의 존재 가치를 연역할 수는 없게 되었다고 말했다. 그는 그러한 상황에서 구인회는 이념에 의한 구획 방식을 원천에서 부정하면서 그에 대응하는 새로운 문학적 공통성을 창출해 간 집단, 그러면서도 작품의 완성도를 중심에 놓음으로써 상업주의적 문학뿐만 아니라 딜레탕트(dilettant)한 문학과의 변별성을 강렬하게 인식했던 집단이었다고 말했다.

두 번째는 카프가 퇴조하면서 구인회가 등장했지만 카프는 여전히 문단에서 한 세력을 이루고 있었고 구인회를 일방적으로 공격했다고 보는 관점이다. 김시태([3])와 이중재([6])의 관점이 그에 해당된다.

김시태는 구인회가 등장했던 1933년을 "과도기"로 규정했다. 그 근거는 두 가지다. 첫 번째 근거는 1931년과 1934년에 카프 회원 검거가 있었는데 1933년은 그 중간 시기에 해당한다는 것이었다. 두 번째 근거는 정세의 악화로 카프문학과 민족주의문학과 같은 이데올로기문학이 한계에 부딪치는 한편, 이데올로기문학의 자리를 대신할 순수문학의 기초가 확립되어 가고 있었다는 것이다. 김시태는 구인회의 등장을 계기로 순수문학이 본격적인 양상을 드러내게 되었다고 말했다. 그런데 그는 구인회가 등장하던 시기까지도 카프는 문단을 완전히 장악하고 있었다고 했고, 구인회에 대한 카프파의 시비를 제시하면서 카프는 구인회를 일방적으로 공격했다고 주장했다.

이중재는 김시태의 견해를 그대로 계승했다. 그는 구인회가 결성된 1933년은 비록 제1차 카프 맹원 검거가 있고 난 뒤였지만 여전히 카프파가 막강한 세력으로 문단을 장악하고 있던 때였다고 했다. 그는 획일적이고 도식적인 이데올로기문학만이 최고·최선의 문학으로 인정되던 때에 몇몇 뜻있는 시인과 작가들은 그것에 맞서는 문학 단체를 만들고자 궁리했으며 그것은 해외문학파와 시문학파의 형성으로 비로소 최초의 형태를 보였고 구인회의 결성으로 본격적인 면모를 드러내게 되었다고 했다.

요컨대, 김시태와 이중재는 카프가 여전히 문단에서 세력을 발휘하고 있었고 구인회를 일방적으로 공격했다고 판단했다. 그리고 그들은 구인회에 대한 카프의 시비 내용을 제시하여 그러한 판단을 뒷받침했다.

세 번째는 카프와 구인회가 공존했을 뿐만 아니라 상호 작용함으로써 문학사적 진전을 이루었다고 보는 관점이다. 서준섭([14])과 김민정([8])의 관점이 그에 해당된다.

서준섭은 구인회가 등장한 1933년을 문학사의 "분기점" 즉 리얼리즘과 모더니즘의 분기점으로 판단했다. 그의 판단은 다음과 같이 요약할 수 있다. 카프와 염상섭 등의 리얼리즘문학은 1930년대 초 만주사변과 두 번에 걸친 카프 맹원 검거에 의해 급격한 침체기에 접어들었다. 그 후 리얼리즘 작가들은 이론과 실천 사이에서 심각한 갈등을 경험하면서 침체 상태에 빠져들게 되었다. 그러한 상황에서 문학이 향할 수 있었던 길은 두 가지였다. 하나는 리얼리즘을 완전히 포기하지 않은 상태에서 새로운 창작방법론의 요점인 전형론에 의지해 이론적으로나마 계속 리얼리즘론을 모색하는 것이었다. 다른 하나는 리얼리즘이 아닌 새로운 문학 이론을 마련하는 것이었다. 그중 전자는 30년대 후반에 주로 '구(舊)' 카프계 비평가들에 의해 수행되었고, 후자는 모더니즘 이론을 정립하는 것으로서 구인회를 중심으로 추진되었다.

요컨대, 서준섭은 시대 상황이 악화되면서 카프 중심의 리얼리즘이 침체하자, 문학계가 활로를 모색하던 과정에서 모더니즘이 대두했고 구인회가 그것을 주도했다고 본 것이다. 그러나 그는 다른 논자들과는 달리 구인회(모더니즘)와 카프(리얼리즘)가 서로를 부정하고 배제한 것이 아니라 상대방을 변증법적으로 수용했다고 판단했다. 그의 판단은 그가 임화와 김기림 사이에 벌어졌던 '기교주의 논쟁'에 대해 논한 부분에서 구체적으로 확인할 수 있다. 그는 임화와 김기림의 기교주의 논쟁을 본질적으로 카프계의 대표적 이론가와 구인회의 대표적 비평가 사이의 논쟁으로 규정했다. 서준섭은 그런데 임화와 김기림은 그 논쟁을 통해 "신경향파 시"와 "모더니즘 시"에 대한 상대방의 이견(異見)을 확인했을 뿐만 아니라, 각자 자신의 시관(詩觀)을 반성했다고 판단했다. 그는 특히 '시의 개념'과 '언어'에 대한 두 사람의 반성적 사유에 주목했다.

김민정은 서준섭의 견해를 계승했다고 말할 수 있다. 그는 1930년대의 문학적 장에 공존했던 카프와 구인회는 현실과 문학에 대한 구체적인 인식 방법에 있어서는 대립했지만, 그 대립의 기초를 이루는 원칙에 있어서는 서로 일치하는 바가 있었으며, 그 원칙은 문학의 근대성 기획이었다고 판단했다. 또, 김민정은 프로문학 진영의 이념의 내면화와 구인회의 문학주의가 상호 작용함으로써 작가들의 문학적 인식이 확대·심화되고 창작열이 왕성해지면서 양질의 작품이 생산되었다고 파악했다. 구체적으로 프로문학 진영에서 이루어진 창작방법론의 모색 및 전환·구인회에 대한 비판 그리고 구인회의 문학적 실험·전대(前代) 문인들의 통속화 경향에 대한 비판·프로문학 진영의 공격에 대한 무관심·프로문학 진영의 작품에 대한 검열과 통제 등은 당시 문학적 장에서 상호 작용하며 문학적 영역의 자율성과 그것을 둘러싼 이데올로기를 강화하고 재생산해내었다는 것이다.

지금까지 살핀 대로, 구인회에 대한 선행 연구에서 구인회와 카프의 관계를 보는 관점은 대체로 세 가지로 나뉜다. 첫 번째는 카프가 퇴조함으로써 구인회가 등장했고 두 집단은 상호 작용하지 않았다고 보는 관점이다. 두 번째는 카프가 퇴조하면서 구인회가 등장했지만 카프는 여전히 문단에서 한 세력을 이루고 있었고 구인회를 일방적으로 공격했다고 보는 관점이다. 세 번째는 카프와 구인회가 공존했을 뿐만 아니라 상호 작용함으로써 문학사의 전진을 이루었다고 보는 관점이다.

구인회는 1933년 8월에 창립되었고 1936년 10월쯤에 소멸했다. 한편, 카프는 1925년 8월에 정식으로 발족되었고 1935년 5월에 해산되었다.[12] 그러니까, 구인회와 카프는 시기적으로 1933년 8월부터 1935년 5월까지는 공존했다고 말할 수 있다. 카프와 구인회는 그 시기 동안

---

12　1931년 공산당재건운동과 관련된 카프 맹원들이 검거되었고, 그 여파 속에서 박영희가 1933년 12월 카프에서 탈퇴했다. 그리고 1934년 5월부터 신건설사건으로 불리는 제2차 검거가 시작되었고, 그 사건과 관련된 재판이 진행되는 가운데에 임화가 1935년 5월 카프 해산계를 경기도 경찰부에 제출함으로써 카프는 해산되었다. 권영민, 『한국 계급문학 운동사』, 문예출판사, 1998 참고.

에 공존했을 뿐만 아니라 상호 작용했다. 그 근거로 구인회의 결성 과정, 구인회에 대한 카프계의 논평, 카프계의 논평에 대한 구인회의 대응, 임화와 김기림의 '기교주의 논쟁' 등을 들 수 있다. 카프계 문인들은 구인회의 결성·활동·해체에 이르는 모든 사안에 대해 지속적으로 논평했고, 구인회는 그들의 논평을 소극적으로나마 반박했다. 임화와 김기림의 '기교주의 논쟁'은 카프계 평론가와 구인회 소속 평론가가 서로 다른 문학관을 주장하는 설전(舌戰)이었다기보다는 서로의 문학관이 일치되는 지점을 확인하는 계기였다. 그 점에서 김기림과 임화의 '기교주의 논쟁'은 두 진영이 상호 작용했다는 판단의 근거일 뿐만 아니라 그 상호 작용이 의미 있는 것이었음을 말해주는 근거라고 할 수 있다.[13] 이렇게 본다면, 구인회와 카프의 관계를 보아 온 관점들에는 각각 문제점이 있다고 할 수 있다.

먼저, 카프가 퇴조함으로써 구인회가 등장했고 두 집단은 상호 작용하지 않았다고 보는 첫 번째 관점의 문제점이다. 그 관점은 애초에 백철이 제시한 것이었다. 백철은 카프계 비평가였고 카프가 퇴조함으로써 구인회가 등장했다고 본 그의 관점은 '비(非)-카프계'의 문학사적 추동력(推動力)을 인정하지 않으려는 의도에서 비롯된 것이다. 따라서 그의 관점은 당대 카프계 논자의 관점으로는 수긍할 만하지만 문학사를 객관적으로 볼 필요가 있는 연구자의 관점으로는 합당하지 않다고 판단된다.

두 번째 관점은 구인회와 카프가 공존했으나 상호 작용하지 않았다

---

13  김기림과 임화의 '기교주의 논쟁'에 관해서는 이 책 제1부 '5장-1-2)'에서 상론했다.

고 보는 관점이다. 좀 더 구체적으로 말하면, 카프는 구인회에 대해 지속적으로 '시비'를 걸고 공격했지만 구인회가 그것에 대응하지 않아[14] 구인회와 카프 간에 상호 작용은 일어나지 않았다고 보는 관점이다. 그런데 그 관점은 구인회와 카프의 상호 작용을 밝힐 수 있는 자료를 통해 수정되거나 폐기될 수 있는 관점이다. 구인회가 카프의 시비에 대응하지 않았다는 주장은 몇몇 증언을 근거로 한 것이었다.[15] 그러나 구인회 회원들의 글 속에서 카프의 시비에 반박하는 내용들을 적잖이 찾아볼 수 있다. 게다가 더 중요한 것은 구인회는 비가시적인 방법을 통해 카프를 반박하고 견제했다는 사실이다.

세 번째 관점은 구인회와 카프가 상호 작용했다고 보는 것인데, 그 관점을 취한 연구들은 그 상호 작용의 양상을 제한적으로만 밝히거나 구체적으로 밝히지 않았다는 점에서 한계가 있다. 서준섭은 결론적으로 구인회와 카프 간 상호 작용의 근거로서 임화와 김기림의 논쟁만을 다룬 셈이다. 한편, 김민정은 구인회는 "의식적 무관심"과 "검열에 의한 통제"로 카프에 대응했다고 말했는데, 그는 그것들을 좀 더 구체적으로 논증했어야 했다.

---

14 김시태, 「구인회 연구」, 『논문집』 제7집(인문·사회과학편), 제주대, 1975, 43면; 이중재, 『'구인회' 소설의 문학사적 연구』, 국학자료원, 1998, 83면; 박헌호, 「구인회를 어떻게 볼 것인가」, 『식민지 근대성과 소설의 양식』, 소명출판, 2004, 302면; 김민정, 「1930년대 문학적 장의 형성과 구인회」, 『한국 근대문학의 유인과 미적 주체의 좌표』, 소명출판, 2004, 75~81면.

15 이상, 「編輯後記」, 구인회 회원 편, 『詩와 小說』 창간호, 창문사, 1936.3, 40면; 조용만, 「'九人會'의 記憶」, 『현대문학』, 1957.1, 129면; 조용만, 「九人會 이야기」, 『淸貧의 書－趙容萬 隨筆集』, 교문사, 1969, 21면; 조용만, 『울 밑에 핀 봉선화야』, 범양사 출판부, 1985, 137면.

## (2) 구인회의 성격

구인회의 성격을 어떻게 규정할 것인가 하는 문제는 지금까지 구인회 연구에서 가장 중요한 쟁점이 되어 왔다고 말할 수 있다. 앞에서 살핀 대로, 선행 연구자들은 구인회의 성격을 '예술파와 기교파', '순수문학', '모더니즘' 등의 말로써 규정했다. 그런데 그런 개념들은 연구자들이 구인회의 주요 회원들이 보여주었던 문학적 특성들을 추상하여 얻은 것인 동시에 구인회가 전대(前代) 또는 당대의 문학에서 무엇을 부정했는지를 파악하여 얻은 것들이기도 하다.

백철([1])과 조연현([2])은 구인회가 카프에 대항하거나 카프를 부정하려 했다는 점을 근거로 구인회의 성격을 규정했다. 백철은 구인회를 프로문학에 반대하는 "예술파 작가와 기교파 시인들의 친목 단체"로 규정했다. 조연현도 구인회가 "카프에 대한 소극적 대항과 순수문학에 대한 적극적 추구"라는 일정한 지향과 의도를 지니고 있었다고 말했다. 조연현은 구인회의 성격에 대해 백철이 "예술파와 기교파"라는 표현을 쓴 것과는 달리 "순수문학"이라는 표현을 썼지만 카프에 대한 대항 의도를 근거로 구인회의 성격을 규정한 것은 백철과 같았다.

백철이나 조연현과는 달리, 김시태([3])와 이중재([6])는 구인회가 카프뿐만 아니라 민족주의문학파에 대해서도 회의했다고 보았다. 그러나 두 연구자는 순수문학과 구인회의 관계에 대해서는 각각 다르게 논했다. 김시태는 구인회를 전대 문학의 목적주의적 · 정치주의적 방향에서 벗어나 "순수문학"을 적극적으로 옹호했던 단체로 규정했다. 반면에 이중재는 구인회가 카프와 민족주의문학파뿐만 아니라 전대(前代)

의 순수문학에 대해서도 비판적인 태도를 취했다고 보았다.

김한식([5])은 구인회가 카프, 민족주의문학, 동시대의 통속적 문학을 모두 거부했다고 보았다. 그는 "문사 의식의 탈피"와 "예술가 의식"이라는 말로 구인회의 문학적 성격을 함축했다. 김민정([8])도 김한식과 같은 관점에서 구인회의 문학적 성격을 논했다. 그는 구인회가 프로문학, 계몽문학, 상업적 통속문학 등의 "비자율적 문학"에 대해 나름의 방식으로 대응하면서 문학의 미적 근대성을 추구했다고 판단했다.

박헌호([7])는 구인회가 카프, 상업주의적 문학, 딜레탕트한 문학을 부정하는 태도를 보였다고 주장했다. 그는 구인회는 이념에 의한 구획 방식을 원천에서 부정하면서 그것에 대응하는 새로운 문학적 공통성을 창출해 간 집단, 그러면서도 작품의 완성도를 중심에 놓음으로써 당시의 상업주의적 문학뿐만 아니라 딜레탕트한 문학과의 변별성을 강렬하게 인식했던 집단이었다고 말했다. 박헌호의 주장에 따르면, 그 변별성은 미적 근대성의 형태로 현상했다고 말할 수 있다. 박헌호는 문장에 대한 이태준의 집착, 기법에 대한 박태원의 자의식, 김기림이 시론과 작품을 통해 보여준 모더니티에 대한 갈망이 미의 영역에서 근대성을 달성하려던 구인회의 노력의 표현들이었다고 말했다.

서준섭이 구인회의 성격을 규정한 방식은 다른 연구자들과는 다르다. 다른 연구자들이 대개 문학사 또는 당대 문학의 맥락에서 구인회가 무엇을 부정했는지를 밝히는 방식으로 구인회의 성격을 규정했다면, 서준섭은 구인회의 형성과 지속에 영향을 미친 사회적·예술적 요인을 밝힘으로써 구인회의 성격을 "모더니즘"으로 규정했다.

지금까지 살핀 내용을 따르면, 특히 최근 연구자들이 구인회의 성격을 모더니즘으로 규정하는 데에 대체로 합의하고 있다는 것을 알 수 있다. 그런데 구인회의 성격을 모더니즘으로 규정한 연구자들은 모더니즘을 각각 다르게 지정(指定)하거나 정의(定義)하고 있어 주목할 필요가 있다.

먼저, 조연현([2])과 김시태([3])는 '모더니즘'을 김기림의 것으로 한정하고 순수문학의 하위 개념으로 파악했다. 그러나 애초에 김기림이 모더니즘을 순수문학의 하위 개념으로 상정했었는지는 확인할 필요가 있다.

한편, 서준섭([4])은 '모더니즘'을 "1930년대 한국 모더니즘"으로 한정하고, "근대 파시즘 하에서의 도시 세대 문인들의 문학적 모험" 또는 "근대 도시 세대 문인들이 일본 자본주의 난숙기의 사회·문화적 충격에 대해 문학적으로 반응한 형식"으로 규정했다. 서준섭이 상정한 "1930년대 한국 모더니즘"의 개념 요소들을 정리하면 다음과 같다.

첫째, "1930년대 한국 모더니즘은 역사적인 개념이다. 각 나라와 시대에 따라 모더니즘의 양상은 다르다. 서구에서는 제1차 세계대전 후에 지식인들의 불안이 원인이 되어 전위 예술 또는 모더니즘이 나타났고, 일본에서는 관동대지진을 계기로 모더니즘이 나타났다. 한국에서는 근대사의 특수한 상황을 계기로 하여 1930년대에 모더니즘이 나타났다. 즉 "1930년대 한국 모더니즘"은 "근대 파시즘 하에서의 도시 세대 문인들의 문학적 모험" 또는 "근대 도시 세대 문인들이 일본 자본주의 난숙기의 사회·문화적 충격에 대해 문학적으로 반응한 형식"이었다.

둘째, "1930년대 한국 모더니즘"은 문학 자료의 미적 가공 기술의 혁신과 언어의 세련성을 추구한 작품 및 이론으로서 이미지즘, 주지주의, 초현실주의, 신감각파, 심리주의 등 여러 가지 경향을 포괄한다. 그러나 그러한 문학적 경향을 보였던 시인과 작가들을 모두 모더니스트로 볼 수는 없다. "1930년대 한국 모더니즘"은 사회 변화와 문학 형식의 역사적 변화가 맺는 대응 관계를 인식하면서 구체적인 창작 계획을 가지고 근대성의 구현을 의도적으로 추구한 경우에 한정된다. 이러한 관점에서 정지용, 김기림, 이상, 이효석, 박태원, 김광균, 오장환, 최명익 등을 1930년대의 모더니스트로 볼 수 있다.

셋째, "1930년대 한국 모더니즘"은 도시에서 나고 자란 근대 도시 세대 문인들이 서울을 거점으로 전개한 도시 문학이다. 그것은 현대 문명과 함께 호흡하고자 했던 근대 도시 세대가 시도한 문학이었던 만큼 당시 서울을 중심으로 한 도시의 실상과 그것을 인식하고 표현하는 모더니스트들의 다양한 관심과 태도를 보여준다. 김기림·김광균·오장환의 시, 박태원·이효석·이상의 소설은 도시적 생존 방식과 도시적 감수성의 결합으로 이루어진 도시 문학의 성격을 띠고 있다.

넷째, 구인회는 "1930년대 한국 모더니즘"의 매개적 단체였다. 구인회는 당시 근대 도시 세대 문인들의 집합체였는데 정지용, 김기림, 이효석, 박태원, 이상 등이 모두 구인회 회원이었다. 물론, 구인회의 모든 회원들이 모더니즘 시인·작가들은 아니었지만, 구인회를 "1930년대 한국 모더니즘" 문학의 중심 단체로 보고 그 역할에 주목할 필요가 있다.

서준섭이 말한 모더니즘의 개념이 역사적인 것이라면, 이중재([6])와 박헌호([7])가 말한 모더니즘의 개념은 보편적인 것이다. 그들은 모더니즘을 이데올로기를 거부하고 그 자체의 자율성을 중시하면서 언어와 기법 및 형식의 새로움을 추구하는 문학적 경향으로 파악했다.

한편, 김민정([8])은 구인회가 "미적 근대성"을 추구했다고 주장했다. 그는 "미적 근대성"의 의미를 "근대성을 미학적으로 실현하려는 영역" 또는 "근대의 다른 영역들과 구별되는 미적 영역을 확보하려는 근대성의 자율적인 한 부분"이라고 규정했다. 김민정이 말한 "미적 근대성"은 "미적 자율성"과 같은 의미라고 할 수 있다.

요컨대, 선행 연구자들은 구인회의 성격을 '예술파와 기교파', '순수 문학', '모더니즘' 등의 말로 규정하고, 그것을 근거로 삼아 구인회는 문학사적으로 새롭거나 진전된 의의를 갖는 문학 집단이었다고 평가했다. 그런데 선행 연구자들이 구인회의 성격을 규정해 온 데에는 몇 가지 문제가 있다.

첫째, 선행 연구자들은 대개 구인회를 특정한 성격을 집단적으로 일관되게 견지했던 모임으로 간주했으나 많은 자료들을 통해 구인회의 결성 과정과 활동 내용을 확인해 보면 그러한 선행 연구 결과들을 다시 생각하게 된다. 구인회는 회원을 가려 뽑는 과정에서 문학적 성향만 고려했던 것은 아니다. 그리고 구인회는 적어도 네 번 이상 회원 명단을 바꾸었다. 구인회 회원 수는 한때 13명에 이르기도 했고 구인회 회원이었던 인물은 확인된 사람만도 16명에 이른다. 게다가 그들은 모두 문학적 개성이 뚜렷한 인물들이었다. 그러한 사실들을 감안하면, 구인회가 일정한 성격을 집단적으로 일관되게 유지했다고 말하기는 어렵다.

둘째, 최근 구인회 연구에서 연구자들은 구인회의 성격을 '모더니즘'이라고 보는 데에 대체로 동의하고 있으나 그들은 모더니즘을 각각 다르게 지정하거나 정의하고 있으며 그 과정에서 모더니즘이라는 개념의 내포(intension)를 확장하거나 심화하고 있다. 그것은 구인회의 문학적 특징 즉 구인회 회원들의 다양한 문학적 개성과 그들이 벌였던 다양한 활동의 의미를 하나의 개념으로 추상하려는 시도로 보인다. 그러나 그러한 시도는 구인회의 성격을 선입견 없이 고찰하는 일을 매우 어렵게 하는 주요 원인이 되고 있다.

## 3. 구인회를 어떻게 볼 것인가?

앞에서 제시한 대로, 이 연구의 목적은 구인회의 전모를 밝히고 문학사적 의의를 논하는 것이다. 이 연구에서는 그러한 목적을 구체적으로 달성하기 위해 다음과 같은 과제들을 수행하고자 한다. 첫째, 구인회라는 '단체'의 결성 과정을 살피고자 한다. 둘째, 결성 이후 구인회의 활동 및 변동을 구체적으로 밝히고자 한다. 셋째, 결성 과정과 결성 이후의 활동 및 변동을 근거로 삼아, 구인회가 문학 단체로서 지향했던 것이 무엇인지 논하고자 한다. 구인회가 문학사적으로 의미를 갖는 것은 구인회가 전대 또는 당대의 다른 문학 경향들과 충돌하거나 조화를 이루었던 역동성 때문이다. 그러한 역동성은 구인회 회원들이 지녔던 문학관의 가장 진전되었거나 심화되었던 국면을 통해 드러났다. 구인회 문학관의 그러한 국면을 '구인회 문학관의 지평(地平)'이라고 부를 수 있을 것이다. 이런 관점에서 이 연구에서는 넷째로 구인회 문학관의 지평을 논하고자 한다. 구체적으로는 이태준과 박태원, 김기림과 이상의 문학관을 살펴보고자 한다. 그들의 문학관이 어디에 연원을 두고 어디로 행하는 것이었는지 또 어떤 내용과 수준을 갖춘 것이었는지를 파악하고 그 관계에 대해서도 논하고자 한다. 그리고 그들의 문학관이 전대 또는 당대의 다른 문학관들과 충돌하거나 조화를 이루었던 양상도 규명해 보고자 한다.

위의 과제들은 다음과 같은 방향으로 수행될 것이다.

먼저, 구인회에 관한 기존의 자료들을 다시 정확히 해석하는 한편 구인회에 관한 새로운 자료들을 되도록 많이 찾아 제시하고자 한다. 구인회에 관한 자료는 두 가지로 분류할 수 있다. 하나는 구인회에 관한 개인의 회고담이고 다른 하나는 구인회의 결성·활동 및 변동·소멸에 관한 정보를 담고 있는 당대의 문헌 자료들이다. 구인회 회고담은 구인회 회원이었던 인물들이 구인회가 소멸된 뒤에 구인회에 관해 언급한 글이라고 정의할 수 있다. 그런 의미에서 조용만이 구인회에 대해 쓴 일련의 글들과 김기림의 「문단불참기(文壇不參記)」(『문장』, 1940.2)를 구인회 회고담이라고 할 수 있다. 특히, 조용만의 구인회 회고담들은 구인회의 결성 과정이 언급된 자료들이라는 점에서 중요하다. 물론 회고담은 정확성과 신빙성이 부족할 수 있으므로 되도록 논거로 활용하지는 않을 것이다. 구인회가 결성 이후에 보인 활동 및 변동 그리고 소멸에 관한 당대 문헌 자료들은 적잖이 발굴되었다. 특히 서준섭은 1930년대 한국 모더니즘을 연구하는 과정에서 구인회의 결성·활동 및 변동·소멸과 그 회원들의 이력에 관한 자료들을 발굴해 제시함으로써 구인회를 분명한 실체로 인식할 수 있게 했고 구인회 연구의 지평을 넓혔다. 그런데 서준섭이 발굴한 자료들은 구인회의 전모를 밝히기에는 부족하다. 예를 들어, 서준섭은 구인회가 문학 강연회를 두 번 열었다는 사실과 각 강연회에서 누가 무슨 제목으로 강연했는지는 자료를 통해 밝혔지만, 강연 내용까지는 구체적으로 밝히지 못하고 추정하는 데에 그쳤다. 따라서 이 연구에서는 구인회의 결성·활동 및 변동·소멸을 실증하는 자료들을 적극적으로 발굴해 제시하고 또 이미 발굴된 자료들을 정확히 해석함으로써 구인회의 전모를 좀 더 구체적으로 밝히고자 한다.

다음으로, 구인회에 관한 선행 연구의 내용을 가급적 정확히 제시하고 그것을 비판적으로 극복하기 위해 노력하고자 한다. 이미 발굴된 자료를 정확히 읽고 새로운 자료를 찾아 제시하는 일은 구인회에 관한 선행 연구의 한계를 극복하고 문제점들을 해결하는 가장 중요한 방법이 될 것이다. 예컨대, 앞에서 구인회 연구 또는 담론의 쟁점으로 지적한 문제들 즉 구인회와 카프의 관계를 어떻게 볼 것인가 하는 문제 또는 구인회의 성격을 어떻게 규정할 것인가 하는 문제도 결국은 구인회와 그것이 자리했던 1930년대 문학에 대한 자료들을 확충하고 정확히 읽는 일을 통해 해결할 수 있을 것이다.

제2장 ──────── 구인회의 결성 과정

## 1. 구인회의 결성 과정과 구인회 회고담

구인회에 관한 선행 연구들은 대개 구인회가 결성 이후에 보였던 문학적 행보와 지향, 성취를 논의 대상으로 삼았다. 그러나 그것만으로는 구인회의 전모를 파악하기 어렵다. 구인회의 전모는 결성 과정까지도 살펴야만 온전히 파악할 수 있다.

구인회의 결성 과정을 밝힐 때 근거로 삼을 수 있는 자료는 현재로선 조용만이 쓴 구인회 회고담들뿐이다. 조용만은 구인회 결성에 일익을 담당한 인물이다. 조용만의 구인회 회고담들을 발표된 순서대로 제시하면 다음과 같다.

[1] 「'九人會'의 記憶」, 『현대문학』, 1957.1.

[2] 「側面으로 본 新文學 60年(19) ─九人會」, 『동아일보』, 1968.7.20.

[3] 「九人會 이야기」, 『淸貧의 書-趙容萬 隨筆集』, 교문사, 1969.4, 19
   ~21면.

[4] 「나와 '九人會' 시대(1~6)」, 『대한일보』, 1969.9.19·24·30; 10.
   3·7·10.

[5] 「九人會 만들 무렵」, 『九人會 만들 무렵-趙容萬 創作集』, 정음사,
   1984.5.

[6] 「30년대의 문화계(69~76)」, 『중앙일보』, 1984.10.5~1984.10.18.

[7] 『울 밑에 핀 봉선화야』, 범양사 출판부, 1985, 123~139면.

[8] 「李箱 時代-젊은 예술가들의 肖像(1~3)」, 『문학사상』 174~176호,
   1987.4~6.

[9] 「李箱과 金裕貞의 文學과 友情」, 『신동아』, 1987.5.

[10] 『30년대의 문화예술인들』, 범양사 출판부, 1988, 123~139면.

[11] 「이태준 회상기-차고 자존심 강한 소설가」, 『상허학보』 제1집, 상
   허문학회, 1993.12.


위의 자료들 중 [2]는 내용이 [1]의 내용과 거의 같다. [8]과 [9]는
구인회를 회고하는 내용이 부분적으로만 들어가 있고, 그 내용은 다른
자료들의 내용과 크게 다르지 않다. 그리고 [7]은 [6]을 달리 편집하여
단행본으로 출간한 것이고, [10]는 [7]과 똑같다. [11]은 조용만이 직
접 쓴 글은 아니다. 1993년 11월 3일 당시 상허문학회 편집위원들이
조용만을 찾아가 그가 회고하는 내용을 채록한 글이다. [11]에는 구인
회의 결성 과정에 대해서는 특별히 다른 내용이 없다. 따라서 여기서는
조용만의 구인회 회고담 중에서 [1], [3], [4], [5], [7]을 논의 대상으

로 삼기로 한다.

조용만의 회고담을 근거로 하여 구인회의 결성 과정을 밝히고자 하는 경우, 회고담을 사실의 정확한 기록으로 볼 수 있는가 하는 문제에 부딪히게 된다. 조용만의 회고담은 어디까지나 개인의 기억을 기록한 것이므로 객관성이나 정확성을 문제 삼을 수밖에 없다. 조용만의 회고담들을 분석해 보면, 같은 일이 글에 따라 다르게 기록된 경우도 있고 어떤 일에 대한 기록이 구인회 존립 당시 문헌들의 기록과 다른 경우도 있다. 그러나 이미 말했듯이, 구인회의 결성 과정을 보여주는 자료는 현재로선 조용만의 회고담밖에 없다. 내용의 진위를 판단하기 어렵다고 해서 그 자료들을 배제할 수는 없는 상황이다. 중요한 것은 그 자료들을 다루는 방식이다.

다음과 같은 연구에서 이미 조용만의 회고담을 근거로 삼아 구인회의 결성 과정을 정리한 바 있다.

김시태, 「구인회 연구」, 『논문집』 제7집(인문·사회과학편), 제주대, 1975.
이중재, 『'구인회' 소설의 문학사적 연구』, 국학자료원, 1998.
김민정, 「1930년대 문학적 장의 형성과 구인회」, 『한국 근대문학의 유인과 미적 주체의 좌표』, 소명출판, 2004.

그런데 이 연구들에서 조용만의 회고담이 다루어진 방식에는 몇 가지 문제가 있다.

첫째, 연구자들은 조용만이 쓴 구인회 회고담의 객관성이나 정확성을 의심하면서도 어떤 내용이 문제가 되는지 구체적으로 지적하지 않았다. 김시태는 조용만이 쓴 회고담의 문제점으로 오류가 많다는 점, 자기중심적으로 기술되었다는 점을 비판했다. 그러나 무엇이 오류인지 어느 부분이 자기중심적으로 기술되었는지는 제시하지 않았다. 이중재는 조용만의 회고담이 신빙성과 정확성이 떨어지며 진술이 중복된다고 지적했다. 그러나 진술이 중복되는 것은 문제점이라고 말하기 어렵다. 신빙성과 정확성이 떨어진다는 것은 그 근거를 분명히 밝힌다면 문제삼을 수 있는데, 이중재는 그 근거를 제시하지 않았다. 다만, 『조선중앙일보』 1934년 6월 25일자에 실린 — 이중재는 24일자라고 잘못 적었다. — 구인회 주최 문학 강연회 '시와 소설의 밤'의 광고 기사를 근거로 들어 조용만이 [5], [7]에서 구인회의 첫모임 시기를 잘못 회고했다고 지적했을 뿐이다.[1] 김민정은 조용만의 회고담이 대부분 기억에 의존해 씌어졌고 주관적 편향이 강해 학술 논문의 근거가 될 만한 기본 요건을

---

1    이중재는 구인회의 발회와 창립을 같은 것으로 간주하고 창립을 구인회의 첫 모임으로 보아, 조용만이 구인회의 첫 모임을 잘못 기억했다고 지적한 것인데, 이중재의 의견은 재고할 필요가 있다. 이중재, 『'구인회' 소설의 문학사적 연구』, 국학자료원, 1998, 49면. 즉 조용만이 말한 '발회'와 당시 신문이나 잡지에 기록된 '창립'이 같은 의미인지, '발회'와 '창립' 중에서 어느 것이 구인회의 첫 모임을 의미하는 것인지를 생각해 볼 필요가 있다. 결론부터 말하자면, 구인회는 첫 모임에서 발회하였고, 창립을 위해 다시 모였을 수 있다. 조용만은 주로 구인회의 첫 모임 즉 '발회'를 기억하여 기록했고 당시 신문은 구인회의 '창립'을 보도했던 것으로 보인다. 조용만은 [1]과 [3]에서는 "칠월 그믐" 또는 "팔월 초생"에, [2]에서는 "칠월 그믐"에, [4]에서는 "칠월 하순"에, [5]와 [7]에서는 "칠월 스무날께"에 구인회가 발회했다고 회고했다. 그는 그 시기를 이효석이 교편을 잡고 있던 경성농업학교의 여름방학이 시작되던 때로 기억했다. 또 조용만은 발회 장소를 종로의 명치제과 지점 또는 광교의 양식집으로 회고했다. 한편, 『조선중앙일보』 1933년 8월 31일자에 실린 「文壇人 消息-九人會 組織」에는 구인회가 1933년 8월 26일 아서원 (雅叙園)에서 '조직'되었다고 적혀 있고 같은 신문 1934년 6월 25일자에 실린 '시와 소설의 밤' 광고에는 구인회가 1933년 8월 15일에 '창립'되었다고 적혀 있다. 참고로, 구인회의 발회와 창립을 같은 것으로 간주한 연구가 여럿 있음을 밝혀 둔다. 한 예로, 이현주의 「이효석과 '구인회'」(구보학회, 『박태원과 구인회』, 깊은샘, 2008)를 들 수 있다.

갖추지 못했다고 못 박았다. 김민정의 지적 중에서 조용만의 회고담이 기억에 의존해 씌어졌다는 것은 문제점이라고 할 수 없다. 그것은 회고 담의 본질적 특성이기 때문이다. 주관적 편향이 강하다는 것은 문제가 될 수 있으나 김민정은 그 근거를 구체적으로 제시하지 않았다.

둘째, 연구자들은 조용만의 회고담들 중 특정 자료만을 논거로 삼으면서도 그 이유는 제시하지 않았다. 김시태는 조용만의 회고담 중 [4]를 근거로 하여 구인회의 결성 과정을 정리했다. 김시태가 그 논문을 발표한 시점까지 발표된 회고담은 [1], [2], [3], [4]이다. 그런데 김시태는 그중 [4]만을 논거로 채택하면서 그 이유는 밝히지 않았다. 이중재는 [1], [4], [5], [7], [8]을 참고문헌 목록에 올리고 그중에서 [5], [7]만을 주요 논거로 삼았다. 그러나 그 두 자료만을 논거로 삼은 이유는 제시하지 않았다. 김민정은 [7]과 [8]을 참고했는데, 그중에서도 [7]를 주요 논거로 삼았다. 그러나 마찬가지로 그것을 논거로 삼은 이유는 제시하지 않았다.

연구자가 조용만의 구인회 회고담 중 특정 자료들만을 논거로 채택할 경우, 그 자료를 채택한 이유를 밝히는 일은 매우 중요하다. 예컨대, 김민정의 논의는 그 중요성을 환기한다. 김민정은 어느 자료를 근거로 삼았는지를 밝히지 않은 채, 염상섭을 리더로 추대하자는 이종명, 김유영의 생각에 정지용이 찬성했다고 말했다.[2] 그런데 조용만은 [4]에서는 카프의 공격에 대응하는 일이나 염상섭을 추대하는 일에 정지용이 처음부터 회의적이었다고 회고했고, [5]와 [7]에서는 정지용이 처음

---

2    김민정, 「1930년대 문학적 장의 형성과 구인회」, 『한국 근대문학의 유인과 미적 주체의 좌표』, 소명출판, 2004, 78면.

에는 흔쾌히 찬성했다가 나중에는 반대했다고 회고했다.

셋째, 연구자들은 구인회의 결성 과정을 논하기는 했지만, 그것이 구인회가 결성 이후에 펼친 활동에 비추어 어떤 의미를 갖는지는 적극적으로 논하지 않았다. 즉 구인회의 결성 과정과 결성 이후 활동의 내용 및 특이점 사이의 관련성은 고찰하지 않은 것이다.

여기서는 선행 연구의 부족한 점들을 보완하는 쪽으로 조용만의 회고담을 근거로 삼아 구인회의 결성 과정을 재구성해 보고자 한다. 구체적으로는 다음과 같은 방법을 취하기로 한다.

먼저, [1], [3], [4], [5], [7]의 내용 중 구인회의 결성 과정에 관한 것을 종합하고, 다시 그것을 9개의 시퀀스(sequence)로 나누어 기술하기로 한다. 시퀀스란 "그것 자체 이야기(narrative)로서 기능을 발휘할 수 없는 이야기의 구성단위"를 말한다.[3] 구인회의 결성 과정을 시퀀스로 제시하는 이유는 두 가지이다. 먼저, 구인회 결성 과정을 재구성하는 근거로 삼는 자료가 개인의 회고담인 만큼 그 내용을 사실로 확정할 수 없기 때문이다. 즉 구인회의 결성 과정에 관한 조용만의 회고에 허구적 요소가 가미되었을 가능성을 배제할 수 없기 때문이다. 사실, 구인회의 결성 과정은 조용만의 회고에 의해 하나의 서사로 전해지고 있다. 다음으로, 구인회의 결성 과정은 조용만이 여러 회고담에 쓴 다양한 일화들을 조합하여야 재구성할 수 있다. 시퀀스는 그 일화들이거나 그 일화들을 이루는 요소이다.

그리고, [1], [3], [4], [5], [7]의 내용 중 같은 일을 다르게 기록한 것들이 있다면 그것들을 정확하게 지적하기로 한다. 어느 자료의 내용

---

3 　제럴드 프린스, 이기우·김용재 역, 『서사론사전』, 민지사, 1992, 238면.

이 맞는지를 판단하는 것이 최종적으로 할 일이긴 하지만, 그것은 매우 어려운 일이다. 구인회 결성에 관한 당시의 문헌 기록들이 있어서 그 기록들과 일치하는 회고 내용을 선택할 수 있다면 다행일 것이나 그런 문헌 기록들은 드물다. 따라서 여기서는 각 회고담에 따라 다르게 기록된 내용들을 그대로 드러내는 방식을 취하기로 한다. 그 방식은 두 가지 점에서 유용하다. 첫째, 구인회 결성 과정에 관한 조용만의 회고에서 정확성이 문제되는 부분을 분명히 한정할 수 있을 것이다. 둘째, 같은 사안인데 회고담에 따라 다르게 기록된 경우, 그 내용들을 구인회에 대해 선입견을 버리고 새롭게 묻는 단서로 활용할 수 있을 것이다.

## 2. 구인회의 결성 과정에 관한 아홉 개의 시퀀스

### 1) 이종명, 김유영, 조용만이 모임을 만들기로 하다

조용만의 회고에 따르면, 1933년 봄에 소설가 이종명과 영화감독 겸 연극 연출가 김유영은 청진동에 있는 술집에서 자주 만나 어떤 예술 모임을 만드는 것에 관해 의견을 나누었고, 당시 매일신보사 학예부 기자였던 조용만은 그들과 어울리면서 자연스럽게 그 의견에 동조하게 되었다. 이어서 그들은 모임의 취지와 인선에 대해 논의했다. 각 회고담에서 해당 내용을 인용하면 다음과 같다.

[1] 그해(1933년-인용자) 봄에 이 두 사람(이종명, 김유영-인용자)이 자주 모여서 '카프'에 對抗한다는 것이 아니라, 어쨌든 '카프'는 너무 政治性을 띠었으니, 그런 政治性을 띠지 말고 純粹藝術을 지켜 나가는 사람들이 모여서 俱樂部 形式의 무슨 團體를 가져 보자는 議論이 생겼다. 그때 이 두 사람은 내가 勤務하던 新聞의 단골 投稿家이어서, 나도 자주 그들과 만났었고 그때는 茶房이 흔하지 않던 때라 두 사람이 다 술을 즐기지 않지만 淸進洞 골목 속에 있는 李鍾鳴 氏가 잘 다니는 앉은 술집에서 늘 만났다.(126~127면, 강조-인용자)

[3] 一九三三년 봄이었다. 李鍾鳴이라는 젊은 作家와 金幽影이라는 映畵 演劇의 監督이 내가 관계하는 신문사의 단골 寄稿家였던 관계로 세 사람이 자주 만났었다. 우리들은 純粹文學을 志向하고 있던 패들이라 '카프'에 대항해서가 아니라 純粹文學을 지키고 싶어하는 젊은 사람들끼리 한데 모여서 무슨 서클을 조직하는 것이 어떨까 하는 이야기를 하게 되었다.(19~20면, 강조-인용자)

[4] 이 淸進洞 술집에서 두 사람의 發議로 우리들도 '카프'와는 反對로 순수예술을 지향하는 젊은 작가·시인들의 '그룹'을 만들어 보자는 말이 나왔다.

金幽影이 가장 熱心히 이 일을 추진시켜서 누구누구를 모으느냐는 것을 의논하게까지 되었다.

1933년의 각 신문사 學藝部 責任者를 본다면 東亞日報에 徐恒錫, 朝鮮日報에 洪○文, 中央日報에 李泰○ 그리고 每日申報에 筆者가 있었다. 그래서 우선 이 네 신문의 學藝部 關係者를 넣기로 하여 東亞日報 쪽으로는 學藝部

員은 아니지만 學藝部 客員같이 되어 있는 李無影을 점찍고 朝鮮日報 쪽으로는 學藝部 記者인 金○林 그리고 中央日報는 그 責任者 李泰○, 끝으로 每日申報는 筆者가 그 候補者로 올랐다. 이렇게 우선 신문사 학예부 관계자를 망라한 이유는 우리들의 단체의 宣傳을 하는 데 편리하기 때문이었다. '프롤레타리아' 예술동맹에서는 우리들이 단체를 모았다면 틀림없이 反動이라고 공격해 올 것이고 그때에 이것을 반박한다든지 또는 積極的으로 純粹文學論을 展開시키려면 學藝部를 쥐고 있는 것이 有利하기 때문이었다.

그리고 또 한 가지 目的은 그 당시 각 新聞社에는 단골 執筆者가 있어서 일종의 '섹트'를 이루고 있었다. 가령 東亞日報에는 그 신문에만 집필하는 筆者들이 있어서 이 사람들은 朝鮮日報 같은 데서 原稿를 받아주지 않았다. 각 신문사의 학예부 관계자들이 모여서 한 '그룹'이 된다면 이런 폐단이 없어지고, 여러 집필자가 자유롭게 어느 신문에나 投稿할 수 있게 될 것이라는 展望 때문에 執筆者의 市場擴大를 위하여 이것이 필요하다고 생각하였다. 다행히도 각 신문사의 학예부 관계자에는 '프롤레타리아' 예술동맹의 회원이 없고 모두들 순수문학을 지향하는 사람들뿐이므로 그들을 糾合시키는 일이 어려울 성 싶지 않았다.

그래 李鍾鳴, 金幽影 두 사람에다 네 신문사 학예부 관계자를 합하면 여섯이 되고, 그 밖에 정지용과 李孝石은 꼭 넣어 대강 **열 사람 정도를 모으기로** 하였다.(2회, 강조-인용자)


[5] 두 사람(이종명과 김유영-인용자)이 어떻게 친해졌는지 알 수 없지만, 어쨌든 매우 가까운 사이여서, 그 동안 나와도 자주 만났다. 만나면 카프를 중심으로 한 프로문학 패들이 너무 설치니, 순수문학 패들도 한번 모여서,

프로문학 패들과 대항한다는 것이 아니라, 우리끼리 어떤 작은 그룹을 하나 만들었으면 좋겠다는 이야기를 늘 해 왔다. 두 사람은 나를 보고 내가 신문사 학예부에 있어서 작가들과 접촉이 많고, 더구나 **중앙일보 학예부에는 상허 이태준(李泰俊), 동아일보 학예부에는 객원으로 이무영(李無影) 같은 사람이 있으니, 위선 이 사람들의 의견을 타진해 보라**고 하였다. (…중략…)

이종명이가 각 신문사 학예부 관계자를 회원으로 삼자는 것은 프로문학 측의 공격에 대항할 발판을 각 신문 학예면에 두자는 생각에서였다.(45~48면, 강조—인용자)

[7] 이 청진동 술집에서 그(이종명—인용자)는 우리도 **일본의 신흥예술파와 같이 프로문학에 대항하는 단체**를 하나 만들어보는 게 어떻느냐고 이야기를 꺼냈다. 두 사람은 이미 숙의하여 온 눈치로 김유영이 꼭 그런 단체를 하나 만들어야 한다고 맞장구를 치고 나섰다. 나도 좋다고 찬성하고, 이야기는 진전되어 두 사람은 회원은 누구누구가 좋고, 어떤 방식으로 회를 만들었으면 좋겠다는 복안을 이야기하였다.

당시의 4개 신문사의 학예부 진용을 본다면 동아일보는 徐恒錫이 학예부장이었고, 조선일보에는 洪起文, 중앙일보에는 李泰俊, 그리고 매일신보에는 내가 있었다. 그래서 우선 4개 신문사 학예부 관계자를 넣기로 하여 동아일보에서는 기자는 아니지만 객원인 작가 李無影을 점찍고, 조선일보에서는 학예부 기자인 시인 金起林, 중앙일보에서는 부장인 소설가 尙虛 李泰俊, 그리고 매일신보에서는 나를 후보자로 뽑았다. 이렇게 신문사 학예부 관계자를 우선 점찍은 까닭은 우리들이 선전하는 데 편리하기 때문이었다.

카프 측에서 그 당장에 小부르의 반동 집단이라고 욕설을 해 올 것이 틀림

없고, 그때 이에 대한 반박문을 쓴다든지, 또는 그렇지 않더라도 적극적으로 우리 단체의 순수문학론을 전개하는 데 있어서 신문 학예면을 끼고 있는 것이 유리하기 때문이었다. 이것은 일찍이 좌익 편에 들어 그때의 경험을 살린 金幽影의 발안이었다. 수긍할 수 있는 착상이었다.

다음으로 또 한 가지 신문사 학예부 관계자를 망라한 이유는 당시 각 신문사 학예부의 섹트주의를 타파해 문인들의 집필 범위를 넓히자는 데 그 목적이 있었다.

요새 신문에도 그런 색채가 있는 것 같이 보이지만 그때에는 이 섹트주의가 노골적이어서 어느 신문의 단골 집필자는 다른 신문에서 원고를 실어 주지 않았다. 이 때문에 문인들의 수입이 그나마도 더 적어졌으므로 학예부 관계자가 한 그룹이 된다면 이 폐단을 고칠 수 있을 것이라고 생각한 것이다. 이것은 말할 것도 없이 李鍾鳴의 복안이었다.

이것이 대개 1933년 5, 6월께 일이었다고 기억된다.

4개 신문사 학예부 관계자 4명과 이종명·김유영을 합하면 6명이 되고, 그 외에 李孝石과 鄭芝溶을 꼭 넣어야 한다고 해서 **모두 8명이 되었다.** 다른 사람은 문제가 없고 **정지용과 이태준의 참가 여부가 문제여서 나보고 두 사람을 만나 타진해 달라고 하였다.**(125~126면, 강조 - 인용자)


그런데 회고담들의 내용은 조금씩 다르다. 첫째, 모임의 취지에 대한 내용이 다르다. 조용만은 [1], [3], [5]에서는 카프에 대항하려는 취지는 아니었다고 회고했으나, [7]에서는 "프로문학에 대항하는 단체"를 만들고자 했다고 회고했다. 둘째, 인선에 관한 내용이 다르다. 각 신문사의 학예부 관계자들을 규합하고자 했다는 것은 같지만, 구체적인 인원

수에 관한 언급은 다르다. 조용만은 [4]에서는 10명 정도 모으기로 했다고 회고했고, [7]에서는 8명을 지명했다고 회고했다. 셋째, 조용만은 이종명과 김유영이 자신에게 회원 교섭을 부탁했다고 했는데, 그들이 우선 교섭할 대상으로 지명한 인물은 다르게 회고했다. [5]에서는 이태준과 이무영이라고 했으나 [7]에서는 이태준과 정지용이라고 했다.

이 중에서 첫 번째 차이점은 중요한 질문의 계기가 된다. 그 질문이란 이종명, 김유영, 조용만이 모임을 만들려고 했던 진짜 취지가 무엇이었는가 하는 것이다. 조용만이 [1], [3], [5]에서 말한 것처럼 그들에게 카프에 대항하려는 의도는 없었던 것인지, 아니면 [7]에서 말한 것처럼 그들은 프로문학에 대항하려 했던 것인지를 문제 삼지 않을 수 없다.


### 2) 조용만이 이태준 교섭에 나서다

조용만의 회고에 따르면, 이종명와 김유영은 조용만에게 교섭 대상들을 만나 의견을 타진해 볼 것을 당부했다. 그들이 가장 중요하게 여긴 인물이 이태준이었다는 것은 확실하다고 볼 수 있다. 조용만은 이종명과 김유영의 당부대로 이태준을 만나 얘기할 기회를 만들고자 했다. 그는 연예계 사람들이 신문사 학예부장들을 초청하는 연회가 종종 있는 만큼, 그런 자리에서 이태준을 만나 그의 의견을 타진해 볼 생각이었다. 그러나 그 즈음의 연회에 이태준이 나오지 않아 그럴 기회를 갖지 못했다. [5]와 [7]에 기록된 이야기다.

[5] 그때 각 극장에서는 한 달에 대개 한두 번씩 각 신문사 학예부장을 초대해서 술을 먹였다. 영화나 연극 선전을 해달라고 요리집에서 한턱 잘 내는 것인데, 상허는 술을 좋아하지 않으므로, 선전 자료만 받아 가지고 조금 앉았다가 슬쩍 자리를 떠나 버리기를 잘 하였다. 그래서 좀체로 그 사람을 붙들 수가 없어서 놓쳐 버리는 일이 많았는데, 앞서 번에도 별렀지만 그때는 나오지 않아서 말을 못 했다.(45면)

[7] 演藝 관계 사람들의 학예부장 초대가 내일 있으니 내일 尚虛 李泰俊을 만나서 이야기를 하겠다고 약속하고 두 사람과 헤어졌는데 그날 연회에 이 태준이 안 나왔다. 尚虛는 술을 마시지 않으므로 술 마시는 이런 연회를 싫어 했고, 부득이 나온다고 해도 선전 자료만 받아가지고 조금 앉았다가 슬쩍 자리를 떠 버리기를 잘 하였다. 그래서 이번에는 미리 할 이야기가 있다고 해 놓고 붙들어 앉힐 작정이었는데 처음부터 나오지 않았으니 할 수 없었다.

그렇다고 신문사에 일부러 전화를 걸고 나오라고 해서 그런 이야기를 꺼내기도 쑥스러워서 다음 번 만날 기회를 기다리고 있었다.(126면)

3) 이종명과 김유영이 염상섭을 리더로 추대하자고 제안하다

조용만의 회고에 따르면, 조용만이 이태준에게 모임 결성에 관해 의견을 묻기 전에 이종명과 김유영이 조용만을 찾아와 염상섭을 모임의 리더로 추대하자고 제안했다. 역시 [5]와 [7]에 기록된 이야기다.

[5] 일주일 전인가, 이종명과 김유영(金幽影)이 나를 청진동에 있는 이종 명 단골 앉인술집으로 불러냈다. (…중략…)

그래서 그날 나보고 어떻게 상허와 연락이 되었는지 그것을 알려고 나를 부른 것이었다. (…중략…)

내가 그렇게 이야기를 했더니, 종명은 그것은 그렇고 그동안 더 생각해 보았는데, 우리들이 이 순수문학 운동을 좀 더 강력하게 추진시키기 위해서, 프 로문학 공격에 앞장서 싸우고 있는 횡보 염상섭(廉想涉) 같은 이를 리더로 추대 하는 것이 어떨까 하는데, 상허를 만나거든 그 점도 어떻게 생각하는지 타진 해 보라고 하였다.(44~45면, 강조−인용자)

[7] 그랬는데 다음날 점심 때 李·金 두 사람이 金川食堂에 나타나 나를 불러냈다. 금천식당이란 신문사에 붙어 있는 구내식당으로 사원들이 음식 을 먹고 전표를 써 주고 나오면 월급에서 그 돈을 빼게 되어 있었다. 이것을 알고 있으므로 악당들이 툭하면 이 식당에 나타나 나를 짜먹는 것이었다.

점심을 먹으면서 李鍾鳴이 하는 말이 둘이서 더 생각해 보았는데 우리들 의 순수문학 운동을 더 강력하게 추진시키기 위해서 프로문학 공격에 앞장서 싸 우고 있는 橫步 廉想涉을 리더로 추대하는 것이 어떨까 하고 생각하는데 尙虛 를 만나거든 그 점도 어떻게 생각하는지 타진해 보라고 하였다.(126면, 강 조−인용자)

두 회고담에는 확실치 않은 점들이 있다. 먼저, 이종명과 김유영이 조용만을 찾아온 시점(時點)을 [5]에서는 "일주일 전"이라고 했고, [7] 에서는 "다음날"이라고 했다. 이 두 시점(時點)이 일치하는지, 구체적으로 언제인지는 확인할 수 없다. 또, 세 사람이 만났다는 장소도 확실치 않다. 조용만은 [5]에서는 '청진동에 있는 앉인술집'이라고 했고, [7]에서는 "금천식당"이라고 했다.

이처럼 확실치 않은 점들이 있긴 하지만, 이종명과 김유영이 염상섭을 모임의 리더로 추대하자고 제안했다는 이 시퀀스는 매우 중요하다. 염상섭을 모임의 리더로 추대하려 했다는 것은 그들이 모임을 결성하려 했던 의도를 추정하는 것을 더욱 어렵게 만들기 때문이다. 즉 이 시퀀스는 이종명과 김유영이 모임을 통해 카프에 대항하려 했던 것인지 아닌지 판단하는 것을 더욱 어렵게 한다. 앞에서 살핀 대로, 조용만은 [1], [3], [5]에서는 그들에게 카프에 대항하려는 의도는 없었다고 회고했고 [7]에서는 그들이 프로문학에 대항하는 단체를 만들려고 했다고 회고했다. 이종명과 김유영이 염상섭을 모임의 리더로 추려하려 했다는 시퀀스는 [7]의 회고를 뒷받침하는 근거가 될 수 있다. 그러나 이 시퀀스는 [1], [3], [5]의 회고가 틀리다는 것을 충분히 뒷받침하지는 못한다. 이 시퀀스는 [5]에도 등장하기 때문이다. 조용만은 [5]에서 이종명과 김유영이 "순수문학 패들도 한 번 모여서, 프로문학 패들과 대항한다는 것이 아니라, 우리끼리 어떤 작은 그룹을 하나 만들었으면 좋겠다"는 이야기를 늘 했었다고 회고했다. 이종명과 김유영에게 카프에 대항하려는 의도는 없었다는 얘기다. 그런데 이어서 조용만은 이종명과 김유영이 "순수문학 운동을 좀 더 강력하게 추진시키기 위해서, 프로문학 공격에 앞장서 싸우고 있는 횡보 염상섭 같은 이를 리더로 추대하는 것이 어떨까" 했었다고도 회고했다. 그들에게 카프에 대항하려는 의도가 있었다는 얘기다. 요컨대, 조용만의 회고는 매우 모순적이어서 그것을 근거로 이종명과 김유영이 구인회를 결성하려 했던 의도가 무엇이었는지를 파악하고 단정하기는 어렵다. 구인회의 결성 과정을 알려주는 유일한 자료인 조용만의 회고를 읽고 오히려 구인회 결성 주체들이 애초에 지녔던 의도가 무엇인가를 질문케 된다는 사실은 매우 중요하다. 그 질문은 중요한 연구 과제로 다루어져야 한다.


### 4) 조용만이 정지용에게 생각을 묻다

조용만의 회고에 따르면, 그가 교섭 대상 중에서 가장 먼저 만난 사람은 정지용이었다. 조용만은 정지용을 찾아가 만난 일에 관해 [4], [5], [7]에서 다음과 같이 회고했다.

[4] 그 당시 '프롤레타리아' 문학동맹 – 측이나 그들의 同調者가 아닌 소위 純粹文學家 측에서 가장 囑望하는 작가·시인으로 李泰○·李孝石·鄭芝溶의 세 사람이 있었다. (…중략…)

李鍾鳴과 金幽影의 主動 發議로 우선 이 세 사람에게 接觸하기로 하였는데 두 사람이 다 세 사람과 親分이 없으므로[4] 나를 보고 속을 떠보라고 하였

---

4    조용만은 [4]의 2회에서는 김유영과 이효석이 친한 사이였다고 다음과 같이 회고했다. "또 한 사람 영화감독에 金幽影이란 美靑年이 있었다. 이 사람은 李孝石과 친한 사이였고 李鍾鳴과도 친했는데 "서울·키노"라든가 하는 映畵社를 만들어서 "流浪"이니 "火輪", "昏街", "地下村" 등의 좌익 색채를 띤 영화를 감독·제작하여 그 방면에서 이름을 날리고 있었다." 김유영의 활동을 추적해 보면 김유영과 이효석은 친한 관계였음을 확인할 수 있다. 그리고 영화 〈지하촌〉의 감독은 김유영이 아니라 강호이다. 김유영에 관해서는 이 책 제2부에서 자세히 다루었다.

다. 나는 鄭지용과는 가깝지만 李泰○과는 新聞社 學藝部 關係의 會合에서 가끔 만나서 인사는 하고 지내는 터이지만 별로 가깝지는 않았다.

그래서 먼저 지용을 만나서 이야기하였더니 지용은 文人이란 사람들은 혼자서 흥이 나면 글을 써서 발표하는 것이지 徒黨을 지어 가지고 自己들이 옳고, 남은 그르다고 떠들어대는 것은 좋지 않다고 생각한다고 말하였다. 그러나 李泰○에게 이야기를 해보기는 할 테니 좀 기다리라고 하였다.(3회, 강조-인용자)

[5] 횡보 이야기는 그때 처음 나왔고, 그리고 헤어진 지 이삼 일 뒤에 지용이 주간이 되어서 발간하고 있는 가톨릭청년사에 들렀다가 지용한테 우리 이야기를 꺼냈다. 지용은 누구누구냐고 참가할 사람들의 이름을 묻더니, 당장에 좋다고 자기도 한몫 끼겠다고 하였다. 그는 상허와 아주 가까와서, 상허는 꼭 넣어야 한다고, 무엇하면 자기가 상허를 권유해도 좋다고까지 하였다. 끝으로 이것은 이종명의 개인 생각이니까, 참가할 여러 사람들하고 의논해서 결정할 일이지만, 횡보를 우리 그룹의 리더로 추대하는 것이 어떠냐고 하더라고, 지용의 의향을 떠보았다.

"횡보? 좋지. 유들유들하게 잘 싸우거든. 성미 급한 프로 작가에게는 그런 전법을 써야 해. 나는 찬성인데"
하고 지용은 횡보의 리더 추대를 찬성하였다.(45~46면, 강조-인용자)

[7] 이들과 헤어진 뒤 나는 鄭芝溶이 주간이 되어서 발간하고 있는 가톨릭靑年社에 許保를 데리고 가야할 일이 생겼다. (…중략…)

許保 일을 끝내고 잡담을 하다가 나는 이종명·김유영이 계획하는 순수문학 단체 이야기를 꺼냈다. 芝溶은 매우 흥미있게 내 이야기를 듣고 참가할

예정인 사람들의 이름을 묻더니 당장에 자기도 한몫 끼겠다고 쾌락하였다. 그는 휘문고보 동창 관계로 尙虛와 아주 가까운 터라 상허는 꼭 넣어야 한다고 하면서 자기가 권유해도 좋다고 하였다.

끝으로 나는 이것은 이종명 개인의 제안이므로 여러 사람들의 의견을 들은 뒤에 결정할 일이지만 橫步를 우리 단체의 리더로 추대하는 것이 어떨까 하고 생각하고 있더라고 하여 슬쩍 芝溶[5]의 의향을 떠보았다.

"횡보 …… 좋지. 유들유들하게 잘 싸우거든. 성미 급한 프로패들에게는 그런 전법을 써야 해요. 나는 찬성인데 ―"

하고 芝溶은 橫步 추대를 찬성하였다. 이것으로 지용은 승낙한 것이 되었고 尙虛도 문제 없을 것으로 생각되어 일이 순조롭게 진행될 것 같았다.(126~127면, 강조 ― 인용자)


세 회고담의 내용에는 두 가지 다른 점이 있다. 첫째, 조용만은 [4]에서는 정지용이 모임 결성에 대해 회의적인 반응을 보였다고 회고했으나 [5]와 [7]에서는 적극적으로 동조했다고 회고했다. 둘째, 조용만은 [4]에서는 정지용이 모임 결성에 대해 회의적이었던 만큼 이태준에게도 그것에 관해 이야기해 보겠다는 정도로 반응했다고 회고했으나 [5]와 [7]에서는 정지용이 이태준을 교섭하겠다며 적극적으로 나섰다고 회고했다.

---

5    자료에 따라 '정지용'의 '용'은 '溶'으로 적히기도 했고 '鎔'으로 적히기도 했다.

## 5) 염상섭이 모임 가입을 거절하다

조용만의 회고를 따르면, 조용만은 정지용을 만난 다음에 염상섭을 만났다.[6] [5]와 [7]에 기록된 이야기다. 그 내용을 따르면, 양백화가 『매일신보』 학예면에 낸 희곡 이야기의 원고료를 받은 날, 양백화, 조용만, 방인근, 염상섭은 "오동나무집"이라는 "앉은술집"에서 만났다. 그 자리에서 조용만은 염상섭에게 젊은 문학인들이 모여 순수문학 단체를 만들 생각인데 거기에 동참할 생각이 있는지 물었다.

그런데 조용만이 [5], [7]에서 염상섭의 반응에 관해 회고한 내용은 각각 달라 주목할 필요가 있다. 조용만은 [5]에서는 염상섭이 처음부터 회의적인 반응을 보였고, 그 동안의 경과를 듣고는 자신이 결정할 계제가 아니라고 말했다고 회고했다. 그리고 조용만은 그날 염상섭이 보였던 반응을 뒤에 이효석에게 다음과 같이 전했다고 증언했다.

[5] "횡보 문제는 이래요. 내가 일전에 의향을 떠보았더니, **순수문학을 옹**

---

6   그런데 조용만은 [5]에서 염상섭을 만나기 전 날, 이종명과 김유영을 만났다고 다음과 같이 회고했다. "어제 이종명, 김유영, 두 사람이 신문사에 들렀길래 지용 만난 이야기를 했더니, 그러냐고, 횡보 추대에 찬성이냐고 둘이 좋아하면서, 빨리 상허를 만나 보고 내친 김에 횡보도 만날 수 있거든 한번 의향을 물어보라고 하고, 이종명은 매우 만족한 얼굴로 돌아갔다."(46면) 이 증언의 내용 자체는 그다지 중요하지 않다. 그런데 좀 다른 관점에서 그 의미를 논할 필요는 있다. 조용만의 회고담 중 [5]와 [7]은 픽션에 가까운 특성을 띤다. 사건들의 연결이 인과적이어서 매우 자연스럽다. 특히 [7]에서 조용만은 인물들이 만난 날짜와 시간까지 구체적으로 밝혔는데, 그것은 조용만이 기억을 허구적으로 재구성했다는 느낌을 준다. 조용만이 염상섭을 만나기 전에 이종명과 김유영을 만났다는 것도 이야기를 자연스럽게 연결하기 위해 조용만이 만들어낸 삽화일 가능성이 있다. 또 이 삽화는 회고담을 극적으로 만들어 주기도 한다. 위의 인용에 의하면, 이종명과 김유영은 정지용이 흔쾌히 반응했다는 조용만의 얘기를 듣고 매우 기뻐했다. 그러나 염상섭을 모임의 리더로 추대하려는 계획은 곧 벽에 부딪친다.

호한다는 데는 두말없이 찬성이지만, 리더니 무어니 해 가지고 앞장설 생각은 없다는 것이어요. 젊은 사람들 틈에 끼어서 독불장군으로 우습지 않느냐는 것이죠. 그날 두 군데나 술집에 가서 이야기했는데, 춘해니 백화니 하는 사람들은 장난삼아 부추겼지만, 나 보기에는 횡보가 잘 움직일 것 같지 않습디다."(55~56면, 강조-인용자)

한편, 조용만은 [7]에서는 염상섭이 얘기를 듣자마자 단호하게 거절했다고 회고했다.

> [7] 이렇게 한바탕 웃은 뒤 나는 우리들이 꾸미고 있는 순수문학 단체에 橫步를 리더로 추대하자는 일부의 의견이 있는데 어떻게 생각하느냐고 물었다.
> "젊은 사람들이 하는데 내가 리더는 무슨 리더야! 그 쓸데없는 소리 말라고 그래요."
> 橫步는 참가할 사람들의 이름을 묻고 나서 이렇게 잘라 말했다. 春海와 白華는 좋다고 나서라고 했지만 횡보는 고집이 여간이 아니어서 한번 안 한다면 안 하는 사람이었다.(129면, 강조-인용자)

## 6) 이태준이 적극적으로 나서다

조용만의 회고를 따르면, 염상섭이 모임 가입을 거절한 뒤에 조용만은 이태준과 접촉했고, 이태준은 조용만에게 이종명과 만나게 해달라고 했다. 그 내용을 발췌해 보면 다음과 같다.

[4] 그 후 며칠 뒤에 지용으로부터 李泰○이 뜻이 있는 것 같으니 만나자는 것이었다. **지용과 같이 李泰○을 그가 근무하는 中央日報에서 만났더니** 意外로 積極的이어서 自己도 그런 생각을 가지고 있었으니 **빨리 李鍾鳴과 金幽影을 만나게 해 달라고** 하였다.(3회, 강조-인용자)


[5] 오동나무집에서 횡보를 만난 며칠 뒤 **상허에게서 전화가 왔다.** 일전에 지용에게서 내가 하던 이야기를 자세히 들었는데, 자기는 물론 찬성이고 가까운 시일 안에 **이종명과 만나서 여러 가지 일을 의논하고 싶으니,** 시일을 정해서 통지해 달라고 하였다.(50면, 강조-인용자)


[7] 芝溶과는 이야기도 끝났고, 횡보의 의견도 타진되었으므로 두 사람이 나타나기를 기다렸는데 소식이 없었다. 그러자 **중앙일보에서 전화가 왔다.** 尚虛 말이 어저께 저녁에 지용을 만나 자세한 이야기를 들었는데, 자기네 둘은 인선 등 모든 것에 찬성이지만 단 한 가지 **횡보 문제는 지용과 의견이 다르니까 모든 것을 이종명과 만나 매듭짓겠으니 빨리 李鍾鳴과 만나게 해 달라고** 하였다.(130면, 강조-인용자)


그런데 각 회고담의 내용이 조금씩 다르다. 먼저, 조용만은 [4]에서는 자신과 정지용이 조선중앙일보사로 이태준을 찾아갔다고 했다. 그러나 [5]와 [7]에서는 이태준이 먼저 자신에게 전화를 걸어왔다고 했다. 다음으로, 조용만은 [4]에서는 이태준이 이종명과 김유영을 만나게 해 줄 것을, [5]와 [7]에서는 이종명을 만나게 해 줄 것을 요구했다고 말했다. 마지막으로, 조용만은 [7]에서만 이태준이 자신은 염상섭을 추대하는 문제에 대해 정지용과 다른 의견을 갖고 있다고 말했다고 회고했다.

이렇게 자료에 따라 내용이 다르긴 하지만, 이 시퀀스를 근거로 두 가지 점을 추정할 수 있다. 첫째, 이태준은 모임 결성에 대한 얘기를 어떤 형식으로든 정지용에게 전달받았을 것이라는 점이다. 둘째, 모임을 결성하는 일에 이태준이 매우 적극적으로 나섰을 것이라는 점이다.


### 7) 이종명과 김유영이 염상섭을 리더로 추대하자는 제안을 거둬들이다

조용만의 회고를 따르면, 조용만은 이태준에게서 이종명을 만나게 해 달라는 얘기를 듣고, 곧 자리를 마련했다. 그런데 조용만은 [5]와 [7]에서 이태준을 만나기 전에 있었던 일을 하나씩 증언하고 있다.

먼저, [5]에서는 이태준을 만나기로 한 날 그에 앞서, 이종명과 김유영 그리고 이효석을 만났다고 했다.[7] 그 내용이 매우 길고 상세하다. 이해를 돕기 위해 그 내용을 간추려 보기로 한다.

조용만과 이태준, 이종명, 김유영이 만나기로 한 날 오후, 이종명과 김유영이 이효석을 데리고 금천식당에 와서 조용만을 불러냈다. 당시 이효석은 함경북도 경성에 살고 있었고, 작품 활동을 하면서 경성농업 학교에서 영어를 가르치고 있었는데, 연휴를 맞아 상경한 것이었다. 이 효석은 김유영과 매우 가까운 사이여서 그날도 김유영이 이효석을 데

---

7  [5], 50~58면.

리고 나왔다. 그 자리에서 이종명이 이효석에게 모임에 동참하라고 말했다. 그러나 이효석은 모임에 대한 얘기는 김유영에게 자세히 들어 알고 있으나 자신은 지방에 있으며, 카프 쪽의 욕을 듣고 싶지 않기 때문에 가입은 거절한다고 말했다.[8] 그러자 이종명과 조용만은 자신들이 만들고자 하는 모임은 카프처럼 정치 색채를 띤 문학 운동을 하는 단체도 아니며, 카프와 이론 투쟁을 하는 단체도 아니라고 이효석을 설득했다. 그에 대해 이효석은 염상섭을 리더로 앉힌다는 것은 카프와 싸우겠다는 것밖에 안 된다고 말했다. 결국, 이종명은 염상섭을 리더로 추대하자는 것은 자신의 개인적인 생각일 뿐이며, 이태준과 이효석이 반대한다면 더 이상 문제 삼지 않겠다고 말했다. 그러나 이효석은 염상섭이 문제가 아니라, 자신은 어떤 단체에도 들고 싶지 않다고 하면서 모임에 가입하는 것을 끝내 거절했다. 이효석이 완강하게 거절하자, 이종명은 이효석에게 순수문학을 지향하는 사람들을 모두 망라할 것이니 이름만이라도 걸어 두자고 했다. 그리고 조용만은 뜻을 알았으니 모든 것을 김유영에게 맡기라고 이효석에게 말했다. 하지만 이효석은 조용만에게 자기 이름을 넣지 말라고 못박았다.

이 삽화에서 주목할 것은 두 가지이다. 첫째는 이효석이 모임에 동참하기를 거절한 이유이다. 요약한 대로, 이효석은 자신이 지방에 있다는

---

8  조용만이 [5]에서 회고한 것을 따르면, 이효석은 경성대학 재학 중에 이미 신진 작가로 이름을 날렸고, 작품이 좌익 색채를 띠었으므로 카프 쪽에서는 그를 "동반 작가"라고 불렀다. 그런데 이효석은 대학 졸업 후 취직이 안 되고 생활이 궁핍해지자, 제일고등보통학교 은사인 총독부 경무국 도서과장 구사부까[草深]의 권고로 그곳 검열관으로 취직했다. 그러자 프로문학 측은 물론 일반 지식인들도 그를 비난했다. 결국 이효석은 며칠 못 가서 그 자리를 내놓고 얼마 동안 칩거하다가 처가가 있는 함경도 경성으로 갔다. 그리고 순수문학 쪽으로 전향했다. [5], 51∼52면.

점, 카프 쪽의 비난을 받고 싶지 않다는 점, 궁극적으로는 어떤 단체에
도 들어가고 싶지 않다는 점을 이유로 들어 모임에 가입하는 것을 거부
했다. 둘째는 이효석의 거부에 대한 이종명의 반응이다. 이종명은 염
상섭을 리더로 추대하자는 제안을 이효석을 설득하는 과정에서 거둬
들인다.

한편, 조용만은 [7]에서는 이태준을 만나기 전에, 이종명과 김유영
을 만났다고 회고했다. [7]에서 그 대목을 인용하면 다음과 같다.

> [7] 나는 이종명과 김유영을 금천식당으로 불렀다. 두 사람에게 지용과
> 만난 이야기, 그 뒤에 상허에게서 전화가 온 이야기를 하였다.
>
> 두 사람은 좋아했고, 횡보 문제는 지용은 찬성하지만 尙虛는 생각이 다른
> 모양이더라고 했더니, 그렇다면 고집하지 않겠다고 하였다. 이어 나는 술집
> 에서 白華·橫步·春海를 만나 횡보한테 의견을 타진해 보았는데, 백화·춘
> 해는 해보라고 권했지만 횡보는 고개를 내젓더라는 이야기도 하였다.
>
> 尙虛도 난색이었고, 더군다나 橫步 자신이 싫단다면 그 문제는 꺼내지도
> 않는 게 좋겠다고 金幽影이 결론지었다.(130면)

조용만, 이종명, 김유영, 이효석의 만남에 관한 [5]의 내용과 조용
만, 이종명, 김유영의 만남에 관한 [7]의 내용은 일치하지 않는다. 그
러나 이 내용들은 공통적으로 이종명과 김유영이 염상섭을 리더로 추
대하려던 생각을 염상섭 본인의 거절, 이태준과 이효석의 반대로 결국
거둬들였다는 것을 보여준다.

## 8) 이종명과 이태준이 의견을 나누다

조용만의 회고를 따르면, 조용만은 이태준과 접촉한 후 곧 이종명과 함께 이태준을 만났다. 그 내용은 [5]와 [7]에 나와 있다.[9] [5]와 [7] 의 차이점을 짚은 뒤, 각 회고담의 내용을 간추리기로 한다.

어느 날 저녁 5시에 다방 '제비'에서 조용만과 이종명과 이태준이 만났다. '제비'에서 만나자고 제안한 사람은 이태준이었다. 그날 김유영은 합석하지 않았는데, [5]에는 그가 이효석을 만나 다른 곳으로 갔다고 되어 있고 [7]에는 그가 이종명에게 다른 일로 못 온다고 전한 것으로 되어 있다. 조용만의 소개로 이종명과 이태준은 인사를 나누었고 곧 모임 결성에 관해 구체적으로 논의하기 시작했다. 그런데 [5]에는 이태준이 논의를 주도한 것으로 되어 있고 논의 내용이 자세히 기록된 반면, [7]에는 이종명이 논의를 주도한 것으로 되어 있고 논의 내용이 소략하게 기록되어 있다. 덧붙여서, [5]에는 이태준이 회원을 10명 정도 뽑자고 했다고 되어 있고, [7]에는 9명 정도 뽑자고 했다고 되어 있다.

이런 차이점들을 전제하고, 먼저, [5]의 내용을 요약해 보기로 한다.

이종명은 이태준과 인사를 나눈 후, 모임의 취지를 정리했다. 그는 자신이 구상하는 모임은 "프로문학 패들하고 대항한다는 것이 아니라, 순수문학을 지향하는 사람들끼리 모여서 구락부 같은 것을 만들어 가지고 우의를 돈독하게, 좋은 작품을 쓰도록 서로 격려하는 회합"이라고 말했다. 주목할 것은 이종명이 프로문학 측과 대항할 의도가 없음을 분

---

9   [5], 58~69면; [7], 131~132면.

명히 밝힌 점이다.

다음으로, 이태준이 모임의 운영 방식에 대해 발언했다. 이태준은 무직제, 무회칙으로 자유롭게 모임을 운영할 것, 한 달에 한두 번 저녁에 다방이나 다과점에서 만나 술을 마시지 않고 얘기하다가 각자 회비를 내고 헤어질 것을 제안했다. 이종명과 조용만은 이태준의 제안을 받아들였다.

그다음으로, 조용만이 카프가 공격해 올 경우에 어떻게 대응할 것인가 하는 문제를 제기했다. 좀 더 정확히 말하면, 이종명과 조용만은 앞서 이효석에게는 염상섭을 리더로 추대하려는 생각을 거둘 수도 있다고 했으나, 그 생각을 완전히 포기하지 않고 있었으며, 그 생각에 대한 이태준의 뜻을 타진해 보려고 시도했다. 즉 염상섭을 앞세워 카프의 공격에 대응하는 방식에 대한 이태준의 생각을 떠보려고 했던 것이다. 그에 대해 이태준은 삼십대의 모임에 사십대인 염상섭이 들어오면 어울리기 어려울 것이라는 이유를 들어 염상섭이 모임에 가입하는 것 자체를 반대했다.[10]

[5] "근본적으로 생각할 것은 우리들의 모임이 순전한 삼십 대의 젊은 사람들의 모임이 아녜요. 그런데 거기다가 불쑥 사십 대의 횡보를 넣으면 어떻게 되겠느냐는 말이어요. 횡보 자신은 어떤 생각을 가지고 있는지 모르지만, 그 냥반하구 우리가 잘 어울리겠느냐는 것을 생각해야죠. 횡보 자신도 어색할 게고, 우리들도 거북할 겝니다. (…중략…) 그러니 횡보 이야기는 이형의

---

10 　그러나 당시 이태준을 비롯한 인물들은 거의 이십대였으며 염상섭은 삼십대였다. 이태준의 오류일 수도 있고, 조용만의 오류일 수도 있다.

90　제1부_ 구인회

개인 생각으로 그치게 하고 더 이상 거론하지 않기로 하는 것이 어떨까 해요."(66~67면)

이태준이 염상섭의 모임 가입을 반대하고 이종명이 거기에 동의함으로써 염상섭을 리더로 추대하는 문제는 백지화되었다. 그러나 뒤에 기록된 정황을 감안하면 염상섭을 리더로 추대하는 일을 백지화한다는 것은 이태준과 이종명에게는 각각 다른 것을 의미했다고 판단할 수 있다. 이태준은 카프의 공격에 대응할 것인지를 결정하지 못하고 있었으며, 만약 대응한다고 하더라도 염상섭을 통해서 하지는 않으려 했던 것으로 보인다. 한편, 이종명은 카프의 공격에 대응하는 것은 당연하지만 염상섭을 앞세워 하지는 않겠다고 생각했던 것 같다. 즉 이종명이 염상섭을 리더로 추대하려던 생각을 접은 것은 카프의 공격에 대응하는 유력한 방안 하나를 포기한 것이지 카프의 공격에 대한 대응 자체를 포기한 것은 아니었다고 말할 수 있다.

이 미묘한 입장 차이는 다음 문제를 논의하는 과정에서도 그대로 드러났다.[11] 인선 문제에 대해 논의하면서 이태준은 이종명에게 각 신문사의 학예부 관계자를 망라하려는 이유를 물었고 이종명은 다음과 같이 대답했던 것이다.

[5] "신문사는 무슨 관계가 있어요?"
상허의 당연한 질문이었다.

---

11  조용만의 회고담에는 카프의 공격에 대한 대응 여부가 준비 모임과 발회식에서도 중요한 안건으로 다뤄진 것으로 기록되어 있다.

"아니, 꼭 무슨 관계가 있는 게 아니라 중앙에 이형, 매신에 조형을 꼽고 보니, 나머지 두 신문사에도 좋은 사람이 있어서, 이왕이면 네 신문사를 망라하잔 말이지 별 뜻은 없고, 억지로 뜻을 찾는다면 저쪽에서는『조선지광』이다『비판』이다 하는 잡지를 선전기관으로 가지고 우리들에게 공격을 가하고 있으니, 우리들은 신문사 학예면이나 쥐고 있잔 말이죠, 허허 – "

"신문 학예면을 쥔다니, 학예면에서 프로문학을 치란 말인가요?"

상허도 빙그레 웃었다.

"치자는 게 아니라, 학예면 관계자들이 버티고 앉았으면, 저쪽에서 함부로 댐비지 못하거든요."(68면, 강조 – 인용자)

다음으로 [7]의 내용을 요약해 보자. 먼저, 이종명은 이태준에게 모임의 취지에 대해 "프로문학을 공격하는 운동을 할 것이 아니라, 조용히 좋은 작품을 써 그들을 압도"하는 것이라고 말했다. 이어서, 이종명과 이태준은 "한 달에 한두 번 저녁 때 모여 회식을 한다든지, 차를 마시면서 작품평을 한다든지, 새로 읽은 소설이나 시 이야기를 하고 회비를 거둬 낸 다음 헤어지는 사교 구락부"를 만드는 것에 합의했다. [7]에는 이태준이 이미 전화로 조용만에게 염상섭 추대를 반대한다는 의견을 분명히 전달했으므로 이종명에게는 그 문제를 다시 언급하지 않은 것으로 되어 있다.

## 9) 준비 모임과 발회식

조용만의 회고를 따르면, 조용만, 이종명, 이태준, 정지용, 김유영은 발회를 준비하기 위해 수차례 만났고 구인회는 드디어 발회식을 갖게 되었다. 그에 관한 내용은 [1], [3], [4], [5], [7]에 적혀 있다.

[1]

(준비 모임) 그래서 사람을 추리기로 하여 모인 것이 李○俊, 鄭芝○, 李無影, 李孝石, 柳致眞, 金○林 等이었고 그리고 우리 셋이 끼어서 아홉이 되었다.

봄부터 시작한 것이 서로를 만나고, 意見을 듣고 하여, 이럭저럭 여름이 되었고, 그때 李孝石은 鏡城農業高等學校에서 英語 先生 노릇을 하고 있었으므로 여름 放學에 서울 올라오는 機會를 타서 發會를 하기로 하였다. 亦是 모두들 무슨 綱領이라든지 會規를 만들지 말고 그저 한 달에 한두 번 會費를 가지고 모여서, 서로들의 作品을 評한다든지 그밖에, 文學이야기를 하고, 서로 激勵하여서 많이 읽고, 많이 쓰자는 것이었다. 色彩나 傾向은 뚜렷하지 않지만 隱然히 '카프'에 反對하여 純粹藝術을 擁護하자는 것이 會員들의 똑같은 생각이었음은 勿論이다.(127면, 강조-인용자)

(발회식) 그래서 七月 그믐께이던가 八月 초생에 鐘路 뒤에 있던 明治製菓 支店의 위층에서 처음 會員들이 모두 모였었다고 記憶된다. 모여서 위선 會 이름을 무엇으로 할까가 問題이었었는데, 여러 가지 이름이 나왔지만, 畢竟 '九人會'라고 하기로 하였다. 다만 좀 안된 것은 日本의 新興藝術派의 團體인 十三人

俱樂部를 模倣한 것 같은 느낌을 주는 것이었는데, 그냥 그대로 決定하여 버렸다.(127면, 강조―인용자)


[3]

(준비 모임) 이렇게 해서 同志를 규합하기 시작하여 尙虛, 지용, 片石村 등이 모이게 되고 鍾鳴과 尙虛가 主動이 되어 여러 번 會合을 거듭한 결과 대체로 이렇게 합의되었다.

즉 '카프'가 鬪爭 團體인데 反하여 우리들은 親睦 단체를 만들 것, 따라서 무슨 綱領이라든지 內規같은 것을 전혀 만들지 말고 會長·副會長과 같은 職制도 두지 말고 그냥 한 달에 한두 번씩 다방이나 간단한 음식점에 모여서 작품에 대한 이야기나 하고 서로 친목을 도모하자는 것이었다.

會員도 처음에는 일곱 명으로 하자는 이야기가 나왔으나 결국 아홉 명이 되었고 會 이름도 여러 가지로 말이 나왔지만 九人會로 落着이 되었다. 당시 日本에는 '나프'에 대항해서 新興藝術派의 團體로 '十三人 구락부'가 있었으므로 九人會란 이름이 이것을 모방한 것같이 보여서 창피하다고 하였지만 尙虛의 고집으로 九人會로 되고 말았다.(20면, 강조―인용자)


(발회식) 孝石은 純粹文學 쪽으로 轉向하여 그때 鏡城農業學校에서 영어 선생을 하고 있었으므로 그가 夏期 放學에 上京하기를 기다려서 七月 그믐께 鐘路에 있는 다과店에서 발회하였다. 아홉 명이란 鍾鳴·幽影·尙虛·지용·片石村·孝石·柳致眞·無影 및 筆者이었다.(20면, 강조―인용자)

[4]

(준비 모임) 이리하여 急速히 일이 進行되어서 며칠 뒤에 **다섯 사람**(조용만, 이종명, 김유영, 이태준, 정지용—인용자)이 만났다. (…중략…)

이렇게 五人 會合을 여러 번 열어서 모든 것이 決定되었는데 이야기를 主로 한 사람은 李泰○과 李鍾鳴이었다. 이 會合에서 논의된 것은 첫째로 會名을 뚜렷하게 내걸고 積極的인 투쟁 단체로 나서느냐, 어쩌느냐 하는 것이었다. 左翼에서 무어라고 是非를 걸어 오면 이에 대항해서 덤벼들어 반박하고, 그뿐 아니라 이쪽에서 積極的으로 文學의 政治性을 배격하여 '카프'를 두들기는 글을 쓸 것이냐, 그냥 가만히 앉아서 作品 行動이나 할 것이냐 하는 것을 결정하는 것이었다.

둘째로 會長이니, 副會長이니, 幹事니, 委員이니를 두고, 綱領·規則 같은 것을 만들어서 '카프' 식으로 하느냐 어쩌느냐 하는 것이었다.

이에 따라 會館도 세를 내든지 어쩌든지 해서 장만하고 會費도 받고 하느냐 어쩌느냐 하는 것이 問題되었다.

셋째로 會員을 얼마로 하느냐, 열 명 이상으로 하느냐 열 명 이하로 하느냐 하는 문제와 그 選擇하는 基準을 어디다가 두느냐 하는 문제가 있었다.

여기 대해서 李鍾鳴과 金幽影은 이왕 할 바에는 좀 華麗하게 하자는 편이고 李泰○과 鄭지용은 그럴 것 없이 **아주 消極的으로 조촐한 純粹文學을 志向하는 작가 및 詩人들의 親睦단체나 俱樂部 같은 것으로 만들자**고 하였다.

이렇게 몇 번 會合한 뒤에 모든 일이 거의 李泰○의 意見대로 결정되었다. 즉 會는 會長도 아무것도 없는 俱樂部 식으로 할 것, 會館도 두지 말고 한 달에 한 번 또는 두 번 茶房이나 간단한 음식점에 모여서 會員의 작품을 중심으로 한 合評會나 열고 서로들 激勵해서 좋은 작품을 쓰도록 할 것 – '카프'에서 비난해

오더라도 興奮해서 덤벼들지 말고 그냥 無視해 버릴 것, 우리는 作品 행동으로 우리의 實力만 발휘할 것 – 이런 것들을 결정했는데 제일 문제된 것은 會 이름과 會員 數이었다. 이 문제에 대해서는 모두 意見이 달라서 열 명, 열세 명, 일곱 명 등으로 말이 많았지만 필경, 李鍾鳴, 金幽影의 原案대로 네 신문사 학예부 사람과 그 밖에 李孝石, 鄭지용, 金幽影, 李鍾鳴 등을 합하여 여덟 사람이 되고, 海外文學派에서 唯一한 劇作家인 柳致眞을 넣어서 아홉 사람을 만들기로 하고, 會名은 日本의 "十三人 俱樂部"를 본뜬 것 같아서 안 되었지만 그냥 아홉 사람이 모였으니 아무 뜻 없이 九人會라고 하자고 해 버렸다.(3·4 회, 강조-인용자)

(발회식) 發會하는 첫 번 모임은 廣橋에 있는 간단한 洋食집에서 李孝石의 夏期 休學 上京을 기다려서 7月 下旬에 열었다.

柳致眞은 처음부터 흥미가 없어서 發會하는 모임에도 出席하지 않았던 것같이 기억된다. 그래서 여덟 사람이 모여서 形式 없이 雜談으로 시작하였는데 대부분 李泰○과 李鍾鳴이 主動으로 會 運營이라든지, 그 밖의 여러 가지 문제를 의논하였다. 그러나 처음부터 어떻게 분위기가 잘 어울리지 않는 것 같았다. 李泰○과 李鍾鳴은 서로 '히게머니'를 쥐려고 하는 것 같아서 意見이 잘 맞지 않았고, 지용과 金起○은 많이 李泰○의 편을 들었다.(4회, 강조-인용자)

[5]
(준비 모임) 그 뒤로 종명, 유영, 상허, 지용이 만나서 주로 회원 수와 인선 문제, 회의 명칭 문제를 협의하였다. 상허와 종명의 의견은, 회원을 열 명

정도로 하고, 지금 예정한 사람 외에 한두 사람쯤 더 넣자고 하였다. 그 한두 사람을 누구로 하느냐가 문제였는데, **내가 구보와 이상의 말을 꺼냈지만, 구보는 모두 인사가 없어서 알 수 없다고 했고, 이상은 지용만이 아는데 지용도 이상을 추천하지 않았다.** 여러 가지로 생각한 결과, 영화감독에 유영을 넣었으니, 연극 부문도 넣어서 유치진(柳致眞)을 후보로 뽑았다. 그밖에는 별로 탐탁한 사람이 없어서, **회원은 모두 아홉 명으로 결정해 버렸다.** 이효석은 그동안 나와 유영의 편지로 설득되어서 여름 방학에 서울 올라오기로 되었고, 이것으로 회원 문제는 일단락을 지었다.

**회의 명칭만은 여러 사람의 의견이 구구해서 결정을 못 짓고, 창립 총회 때 전회원이 모여서 결정하기로 하였다.**

회장을 어디로 하느냐는 문제에 **상허는 제비 다방을 꼽았지만,** 이번이 첫 번 발회식이니만큼 다방으로 하지 말고, 조촐한 양식집으로 하자고 하여서 그렇게 하기로 하고, 또 원칙은 술을 내놓지 않기로 하였지만, 이번만은 술을 취하지 않을 정도로 조금 내놓기로 하였다. 좋아한 것은 지용이어서, 자기가 제일 연장자이니까 자기 의견을 따라야 한다고 사회도 자기가 하겠다고 자청해 나섰다.(80~81면, 강조-인용자)


(발회식) 생략.(81~88면)


[7]

(준비 모임) 그 뒤 **상허·종명·유영·지용** 등이 몇 번 만났는데, 여러 가지 문제가 별 의견 차이 없이 잘 합의되었고, 회원 수 문제는 8명은 좋지 않으니 9명으로 한 사람만 더 넣고 끊자는 것이 尙虛를 비롯한 다수의 의견이었으므

로 그렇게 하기로 하였는데, 나는 柳致眞을 천거하였다. 영화인 金幽影이 있으니 연극인도 있어야 한다는 내 생각에서 柳를 천거한 것이었다. 반대하는 사람이 있었으나 종명·유영이 찬성해 유치진으로 낙착되었다. 이리하여 상허·지용·종명·유영·起林·無影·이효석·유치진, 그리고 나까지 합해 9명이 되었다.

會名 문제는 여러 가지 이야기가 나왔지만 총회 때 의논해 결정하기로 했다. 7월이 지났으니 이효석이 여름 방학으로 상경하는 것을 기다려 7월 스무날께 전원이 다 모이는 총회를 열기로 했다.

起林·無影은 별 문제 없이 승낙하였지만 이효석이 앞서 도서과 취직 일 때문에 기분이 좋지 않았으므로, 또 좌익 측에서 욕을 먹는다고 사양하는 것을 김유영이 극력 무마해 입회시켰고, 유치진이 싫다고 하는 것을 내가 억지로 입회시켰다.(133면, 강조−인용자)


(발회식) 이것으로 九人會 아홉 사람의 면면을 소개했는데, 예정대로 李孝石이 7월 스무날께 여름 방학으로 상경하였으므로 스무 며칠 날이던가 종로 광교 천변에 있는 조그마한 양식집에서 저녁 때 모여 발회식을 가졌다.

모든 것을 尙虛 李泰俊이 리드하게 되어 사실상 회장은 그였고 芝溶은 해학으로 옆에서 거들었다. 부회장 격이었다.

먼저 회 이름을 정하는 일인데 회원들로부터 여러 가지 이름이 나왔지만 다 마땅치 않았다. 마침내 尙虛가 아홉 사람이 모였으니 아주 평범하게 九人會라고 하자고 제의하였다. 여러 사람이 찬성하는 눈치였지만 내가 일본의 十三人俱樂部를 본뜨는 것 같아 창피하다고 했더니 모두들 그러면 어떠냐고 그래서 구인회로 결정되었다.

이야기란 그 달에 발표된 회원들의 작품평, '카프' 측 작가들의 작품에 대한 논란을 주로 해서 잡담을 두어 시간 떠들었다. 이종명·金幽影은 아무 말도 안 하고 끝까지 묵묵히 듣고만 있었다.

이렇게 해서 다음 번 모임 날짜를 정하고 헤어졌는데,(134~135면, 강조 －인용자)


인용문에서 알 수 있듯이, 준비 모임과 발회식에 관한 조용만의 회고는 글에 따라 다르다. 그 차이점들을 짚어 보기로 한다.

먼저 준비 모임에 관한 내용을 보자. 조용만은 [1]에서는 준비 모임에 참석한 사람들이 누구였는지 구체적으로 언급하지 않았다. 다만, 회원을 9명으로 확정하고 나서 준비 모임을 가졌던 것으로 회고했다. [3]에서는 자신과 이태준, 정지용, 이종명, 김기림 등이 준비 모임을 가졌다고 회고했다. 그리고 [4], [5], [7]에서는 자신과 이태준, 정지용, 이종명, 김유영 등을 거론했다. 이러한 내용에 비추어 보면, 준비 모임은 수차례 이루어졌는데, 참석자들이 정해져 있었던 것 같지는 않다. 대체로 조용만, 이태준, 이종명, 정지용, 김유영 다섯 사람이 준비 모임을 이끌었다고 짐작해 볼 수 있다.

발회식에 대한 조용만의 회고는 분명하지 않다. 시기·장소·모임 인원에 대한 기억이 일치하지 않는다. 조용만은 [1]에서는 7월 그믐께 또는 8월 초생에 명치제과 지점 위층에서 9명이 모였다고 했고, [3]에서는 7월 그믐께에 종로에 있는 다과점에서 9명이 모였다고 했다. 한편, [4]에서는 7월 하순에 광교에 있는 양식집에서 유치진을 제외한 8명이 모였다고 했고, [5]와 [7]에서는 7월 20일쯤에 광교에 있는 양식집에서 9명이 모였다고 했다.

다음으로, 준비 모임과 발회식에서 논의된 문제들을 정리해 볼 필요가 있다. 그것은 대체로 여덟 가지로 정리할 수 있는데, 조용만은 그것들에 관해서 어떤 글에서는 준비 모임에서 논의했다고 회고했고, 또 어떤 글에서는 발회식에서 논의했다고 회고했다. 여기서는 그 기억의 진위를 따지기보다는 논의 내용을 종합적으로 살펴보기로 한다.

첫째, 모임의 성격. 조용만은 회원들이 모임을 "카프에 반대하여 순수예술을 옹호"하는 모임([1]), 또는 '카프와 같은 투쟁 단체가 아니라 친목 단체'([3], [4])로 규정하는 데에 합의했다고 회고했다.

둘째, 모임의 주기. 조용만은 [1], [3], [4]에서는 한 달에 한두 번 모이기로 결정했다고 회고했고, [5]에서는 한 달에 한 번으로 정하되 필요하면 두세 번 모이기로 결정했다고 회고했다.[12]

셋째, 모임 장소. 조용만은 [3], [4]에서는 다방이나 간단한 음식점에서 모이기로 했다고 회고했다. 특히 [5]에서는 이상이 경영하던 다방 "제비"를 이태준이 모임 장소로 추천했으나 발회식만큼은 조촐한 양식집에서 하기로 했다고 회고했다.[13]

---

12  [5], 86면.

13  조용만이 [5]에 쓴 내용을 따르면, 이태준은 조용만과 이종명을 '제비'에서 처음 만났을 때부터 술집이 아닌 다방 '제비'에서 모임을 갖자고 제안했다. 이태준이 다방에서 모임을 갖자고 제안했던 가장 중요한 이유는 술을 마시는 데 뒤따르는 문제들을 차단하기 위해서였다. 비용 문제, 시간 문제를 애초에 피하고 무엇보다도 술주정 즉 카프에 대한 비난이나 독설로 그들과 대결하는 일을 만들지 않기 위해서였다. 이태준은 그런 이유로 술집이 아닌 다방을 모임 장소로 제안했고, '제비'를 지목했다. '제비'는 신문사에서 가깝고 손님이 없어서 조용해 모임의 근거지가 될 만하다고 판단했던 것이다. 조용만은 그 전에 이태준은 '제비'의 주인인 이상을 만난 적이 없었다고 회고했다. 그 점은 특기할 만하다. 그런데 이태준의 제안대로 구인회가 정말 '제비'에서 모임을 가졌는지, 그렇다면 언제부터 그곳에서 모였는지, 몇 번이나 모였는지에 대해 정확히 말하기는 곤란하다. 1933년 8월

넷째, 인선. 조용만은 회원을 몇 사람으로 할 것인지에 대해서 의견이 분분했다고 회고했다. 그러나 최종적으로 결정된 인원은 이태준, 조용만, 김기림, 이무영, 이종명, 김유영, 정지용, 이효석, 유치진 등 9명이었다고 했다. 조용만은 영화계 인물인 김유영이 있으니 연극계 인물로 유치진을 넣었다고 했는데, [7]에서는 유치진을 자신이 추천했다고 밝혔다. 또 조용만은 [5]에서 인선과 관련된 흥미로운 사실 하나를 더 밝히고 있다. 즉 그는 준비 모임에서 자신이 박태원과 이상을 추천했으나 다른 사람들이 반대했다고 했다.[14]

31일자 『조선중앙일보』에 실린 「文壇人 消息-九人會 組織」에 따르면, 구인회의 창립식은 중국요리집인 아서원(雅敍園)에서 열렸다. 또한 구인회의 제1차 합평회도 아서원에서 이루어졌다.(김인용, 「九人會 月評 傍聽記」, 『조선문학』, 1933.10) 그리고 [7]에서 조용만은 구인회의 세 번째 모임이 있던 날, 자신은 '제비'로 가서 이상을 데리고 그와 함께 모임 장소로 갔다고 회고했다.(136면) 즉 세 번째 모임 장소도 '제비'는 아니었다는 뜻이다. 이상과 박태원이 구인회에 가입한 뒤에 '제비'에서 모임을 가졌다고 말하기도 어렵다. 이와 관련해 김기림의 「文壇不參記」(『문장』, 1940.2)의 다음 부분을 참고할 필요가 있다. "尙虛 芝溶 鐘鳴 仇甫 無影 幽影 其他 몇몇이 九人會를 한 것도 적어도 우리 몇몇은 文壇意識을 갖이고 했다느니보다는 같이 한 번씩 五十錢씩 내갖이고 雅敍園에 모여서 支那 料理를 먹으면서 지꺼리는 것이- 나중에는 仇甫와 箱이 그 達辯으로 應酬하는 것이 듣기 자미있어서 한 것이었다. 그때에는 支那 料理도 퍽 싸서 五十 錢이면 제법 술 한 잔식도 먹었다." 이러한 사실들을 근거로 하면, 구인회 모임이 다방 '제비'에서 이루어졌다고 확언하기 어렵다. 물론 구인회 회원들이 개인적으로 '제비'에 자주 드나들었을 수는 있다.

14  조용만의 회고 내용을 종합해 보면, 조용만은 세 차례에 걸쳐서 박태원이나 이상을 회원으로 추천했다. 먼저, 조용만은 이종명과 김유영이 처음 회합을 도모할 때 박태원을 추천했다. 구체적인 회고 내용을 인용하면 다음과 같다. "나는 鐘鳴이 처음 九人會 인선을 할 때 芝溶·孝石과 함께 泰遠을 넣고자 하였지만 종명이 듣지 않았다"([7], 138면), "처음 이종명과 김유영이 나한테 와서 구인회 조직 발기 이야기를 하고 상허와 이종명의 합작으로 회를 결성할 생각이라고 하면서, 회원 수를 칠팔 명으로 하기로 하고, 그 명단을 내보였다. 그 명단 속에 구보의 이름이 없어서 내가 구보의 이름을 넣자고 하였더니 두 사람이 다 난색을 표하고 응하지 않았다."([8], 2회) 다음으로, 조용만은 준비 모임에서 회원 수를 의논하는 과정에서 박태원과 이상을 추천했다. 회고 내용을 인용하면 다음과 같다. "그 한두 사람을 누구로 하느냐가 문제였는데, 내가 구보와 이상의 말을 꺼냈지만, 구보는 모두 인사가 없어서 알 수 없다고 했고, 이상은 지용만이 아는데 지용도 이상을

다섯째, 모임 이름. 조용만은 [3], [4]에서는 '구인회'라는 이름을 준비 모임에서 결정했다고 회고했다. 반면에 [5], [7]에서는 발회식에서 결정했다고 회고했다. 특히 [5], [7]에서는 그 이름을 이태준이 제안했다는 사실을 밝히고 있다.[15]

여섯째, 모임의 형식. 조용만은 무직제, 무회규, 무강령, 거기다가 회관을 따로 마련하지 않는 구락부 형식의 모임을 만드는 것에 회원들이 합의했다고 회고했다.([1], [3], [4])

일곱째, 모임에서 할 일. 조용만은 [1], [3], [4]에서는 준비 모임을 회고하는 과정에서 그 내용을 언급했고, [5]에서는 발회식을 회고하는 과정에서 그 내용을 언급했다.[16] 그 내용에 따르면, 구인회 회원들은 서로의 작품을 합평하고, 좋은 작품을 쓰도록 서로 격려하며, 외국 작품을 소개하는 등의 일을 하기로 합의했다.

여덟째, 카프의 공격에 대한 대응 방식. 조용만은 그 내용을 [4]와 [5]에서 회고했다. 먼저 [4]에서는 "카프에서 비난해 오더라도 흥분해서 덤벼들지 말고 그냥 무시해 버릴 것", "작품 행동으로" "실력만 발휘할 것"을 결정했다고 회고했다. 그리고 [5]에서는 카프의 공격에 대응할 것인가 하는 문제를 이무영, 이태준 등이 제기했는데 정지용이 카프의 비난을 무시하자고 강력하게 권고했다고 회고했다. 조용만은 정지용이 카프의 대가들인 박영희나 김기진은 먼저 공격할 리가 없다고 단언했고 카프

---

추천하지 않았다."([5], 80면) 마지막으로, 조용만은 이종명, 김유영, 이효석, 유치진의 탈퇴가 확실해진 뒤에 이태준에게 회를 깨뜨리지 않기 위해서 우선 박태원과 이상을 가입시키자고 했다.([4], 4회; [7], 136면; [8], 2회)

15  [5], 83면.
16  [5], 87~88면.

의 젊은 비평가들의 공격에는 대응할 가치가 없다고 못 박았다고 했다.[17]


## 3. 구인회 결성 과정의 의의


지금까지, 조용만의 구인회 회고담을 근거로 삼되 회고담들의 차이를 그대로 드러내면서 구인회의 결성 과정을 재구성하였다. 그 내용을 요약하면 다음과 같다. 이종명, 김유영, 조용만은 1933년 봄에 어떤 예술 모임을 만들자는 데에 뜻을 모았다. 조용만이 주로 회원 교섭에 힘썼고, 이종명과 이태준이 모임의 기본 조건들에 합의한 뒤, 준비 모임과 발회식에서 세부 사항들이 결정됨으로써 1933년 여름 구인회는 결성되었다.

구인회의 결성 과정에 관한 조용만의 회고담들에는 같은 사안이 다르게 기록된 경우가 많다. 그중 조용만, 이종명, 김유영이 애초에 모임을 결성하려 했던 의도를 회고담에 따라 다르게 기록한 것은 주목할 필요가 있다. 조용만은 어떤 회고담에는 이종명과 김유영 그리고 자신은 애초에 카프에 대항하려는 의도는 없었다고 썼고,[18] 또 어떤 회고담에는 카프에 대항하려 했다고 썼다.[19]

---

17  [5], 84~86면.
18  [1], 127면; [3], 20면, [5], 45면.
19  [7], 125면.

그런데 조용만, 이종명, 김유영은 애초에 카프에 대항하려는 의도를 가지고 있었다고 보는 것이 옳을 듯하다. 조용만은 몇몇 회고담에 "순수문학 운동을 더 강력하게 추진시키기 위해서 프로문학 공격에 앞장서 싸우고 있는" 염상섭을 모임의 리더로 추대하려 했다고 썼는데,[20] 그것을 허구로 보기는 어렵기 때문이다. 말하자면, 조용만과 이종명, 김유영은 애초에 어떤 의미로든 카프에 대항하려는 의도를 품고 모임을 만들려 했다고 판단할 수 있다. 그렇다면, 카프의 자장(磁場)이 엄존하던 시기에 카프에 대항하려는 의도를 모임을 통해 구현하려 했던 그들의 시도에 문학사적 의의를 부여해 볼 수도 있을 것이다.

그러나 카프에 대항하려던 그들의 의도는 실현되지 못한다. 조용만은 일이 그렇게 되는 데에 정지용이 결정적인 역할을 한 것으로 회고했다.[21] [5]에는, 발회식에서 카프의 공격에 대응할 것인가 하는 문제를 이무영, 이태준 등이 제기하자, 정지용이 카프의 비난을 무시하자고 강력하게 권고했고, 회원들 중 가장 연장자이기도 했던 정지용의 의견에 다른 회원들이 동의했다는 내용이 나온다.[22] 조용만이 [5]에 쓴 대로

---

20  [5], 45면; [7], 126면.
21  정지용에 관해 조용만이 회고한 내용은 매우 모순적이다. 앞에서 확인했듯이, 조용만은 [4]에서는 정지용이 모임을 결성하는 일에 처음부터 회의적이었다고 회고했다. 그런가 하면 [5]와 [7]에서는 정지용이 모임을 결성하는 일에 처음부터 흔쾌히 찬성했을 뿐만 아니라, 염상섭을 추대하는 일에도 적극적으로 찬성했다고 회고했다. 정지용에 관한 조용만의 회고는 일관되지 않지만, 중요한 것은 조용만은 구인회가 카프의 공격에 대응하지 않기로 결론짓는 데에 정지용이 결정적인 역할을 했다고 회고하기도 했다는 사실이다.
22  [5], 84~86면. 지금까지 몇몇 연구자들이 이종명, 김유영, 조용만이 염상섭을 리더로 추대하려고 했으나 이태준이 결정적으로 반대하여 그 일이 성사되지 않았고 그로 인해 구인회는 카프에 대한 대응 자체를 포기하게 되었다고 정리해 왔다.(이중재, 앞의 책, 46면; 박헌호, 「구인회를 어떻게 볼 것인가」, 『식민지 근대성과 소설의 양식』, 소명출판, 2004. 302면) 그런데 조용만이 정지용에 관해 회고한 내용을 보면 구인회가 카프에 대항하지 않는 것으로 결론짓는 데에 결정적인 역할을 한 인물은 이태준이 아니라 정지용이다.

정지용이 강력하게 나섰기 때문이든 아니면 다른 논의 과정을 거쳐서였든 구인회 회원들이 발회식 때에 카프의 공격에 대항하지 않기로 합의했다는 것은 분명하다.

그런데 카프의 공격에 대항하지 않기로 한 결정이 표면적인 결정이었을 뿐이라는 사실을 인지할 필요가 있어 보인다. 즉 구인회 발회식에서 회원들은 겉으로는 카프의 공격에 대항하지 않기로 합의했지만 각자의 생각은 조금씩 달랐다. 사실, 그 생각의 차이는 염상섭을 리더로 추대하려던 일이 백지화되는 것을 받아들이는 태도에서부터 드러났다. 이종명, 김유영, 조용만은 염상섭을 리더로 추대하려는 생각을 접기는 했지만 카프의 공격에 대한 대응을 포기했던 것은 아니다. 그들은 발회할 때까지도, 카프가 공격하면 대응한다는 생각으로 염상섭을 대신할 방안을 찾으려 했던 것으로 추정된다. 반면, 이태준은 처음부터 발회할 때까지, 염상섭 추대가 백지화되고 나서도 카프의 공격에 대응할 것인지 말 것인지를 결정하지 못했던 것으로 보인다. 또 그는 설령 카프의 공격에 대응한다고 하더라도 염상섭을 앞세우지는 않겠다고 생각했던 것 같다. 조용만의 회고담에 준비 모임이나 발회식에서 카프의 공격에 대한 대응 문제를 논의했다는 내용이 있는 것으로 보아, 이무영을 비롯한 다른 회원들도 이태준처럼 카프의 공격에 대응할 것인지 말 것인지를 결정하지 못했던 것으로 보인다.

정리하여 말하면, 조용만의 구인회 회고담을 근거로 할 때, 구인회의 결성 과정은 구인회가 카프를 대하는 방식을 결정했던 과정으로서 의의를 지닌다. 구인회는 결성 과정에서 카프에 대항하지 않기로 결정했다. 그런데 그 결정은 표면적인 합의에 불과했으며 회원들은 카프에 대한 대항 여부와 방식에 대해 각자 다르게 생각했다. 그 차이가 구인회가 결성 이후에 보인 변동과 변화의 근본적인 원인이었다고 판단된다.

발회식 때에 이미 그 변화와 변동은 시작되었던 것으로 보인다. 조용만은 발회식의 분위기를 여러 번 언급했다.[23] 그는 발회식에서 이태준이 모임을 이끌었고, 김기림과 정지용이 이태준의 편을 들었으며, 이종명과 김유영은 침묵을 지켰다고 회고했다. 이종명이 헤게모니를 쥐려고 이태준과 맞섰다고도 했다. 중요한 것은 조용만이 이종명과 김유영이 발회식 전개에 불만을 품었고 그 불만은 근본적으로 카프의 공격에 대응하지 않기로 한 결정 때문이었다고 회고한 사실이다. [5]의 다음 대목을 통해 그러한 사정을 구체적으로 확인할 수 있다.

[5] 일본 술집에 들어가서 그(정지용—인용자)는 술을 따끈하게 데워 달라고 하였다.

"그런데, 아까 내가 너무 떠들지 않았어? 오늘 눈치를 보니까 나하구 상허가 너무 나댄 것 같애. 종명하구 김유영이 잠자코 앉아 있는 것이 몹시 불쾌한 표정이었어. 너희 둘이 판을 치니 불유쾌하다, 이게 아냐!"

"글쎄, 아뭏든 두 사람이 통 말이 없더군!"

"일전에 조형은 없었구, 상허, 나, 종명, 유영이 만났는데, 그때 유영이 말하는 눈치가 처음에 횡보를 넣어 가지고 한바탕 카프패들하구 싸움을 해볼 작정이었던 것 같애. 그런데 그게 아니구 조용히 작품이나 쓴다니, 기분이 맞지 않을 수밖에. 더구나 오늘 보면 자기 둘은 돌려 놓고, 나와 상허가 채를

---

잡고 이러니저러니 하고 일을 진행시켜 나가니 몹시 불쾌했을 거요. 구인회
인지, 아홉 사람 모임인지 암만해도 전도가 순탄치 않을 것 같은데―"(89~
90면)

앞으로 살펴볼 내용에 따르면, 구인회는 결성과 동시에 균열하기 시
작했고 그 후 여러 번의 변화와 변동을 겪게 된다. 조용만의 회고담을
통해 구인회는, 적어도 표면적으로, 카프에 대항하지 않기로 결정함으
로써 부정할 반대항을 설정하지도 않고 개념과 선례가 분명한 어떤 예
술적 사조를 지향하지도 않는 상태에서 출범했다고 말할 수 있다. 구인
회는 그런 상태에서 여러 회원들의 의도가 조화를 이루거나 충돌하는
과정을 겪을 수밖에 없었을 것인데, 그 과정이 변화와 변동의 양상으로
나타났을 것이라고 생각한다.

요컨대, 구인회의 결성 과정은 구인회가 카프에 대응하는 방식을 결
정했던 과정으로서 의의를 지닌다. 그 과정에서 이종명, 김유영, 조용
만 등이 카프에 맞서려는 의도를 현실화하려고 했던 점은 문학사적으
로 중요하게 평가될 만하다. 또, 구인회가 카프에 대응하지 않기로 결
정한 것은 구인회가 결성 이후에 겪은 변화와 변동의 근원적인 계기로
작용했다는 점에서 역시 중요하다.

# 제3장 ─────────── 구인회의 활동

　이 장에서는 구인회에 관한 당시의 문헌 자료들을 가능한 대로 많이 그리고 정확히 제시하면서 구인회가 단체로서 벌인 활동의 전모를 밝혀 보려고 한다. 그 활동이란 창립, 문학 활동, 회원 변동을 말한다.

　그중 구인회의 문학 활동은 구인회가 활동 과정에서 모임의 응집성이나 결속력을 드러내었는지의 여부에 따라 전반기 활동과 후반기 활동으로 나누어 정리하고자 한다. 전반기는 구인회가 창립된 직후부터 1934년 6월 『조선중앙일보』에 「격(檄)! 흉금(胸襟)을 열어 선배에게 일탄(一彈)을 날림」을 연재하기 전까지이다. 전반기에 구인회는 단체로서의 응집성이나 결속력을 눈에 띄게 드러내지는 않았다. 즉 당시 구인회 회원들은 상이한 문학관을 그대로 드러내며 활동했다. 구인회가 「격! 흉금을 열어 선배에게 일탄을 날림」을 연재한 것부터 1936년 10월경 소멸할 때까지 벌인 활동들을 후반기 활동으로 볼 수 있다. 구체적으로는 이태준이 학예부장으로 근무하고 있던 『조선중앙일보』에 단체로 「격! 흉금을 열어 선배에게 일탄을 날림」을 연재한 일, 그곳의 후원을 받아 문학 강연회를 두 차례 개최한 일, 회원 작품집 『시와 소설』을 발간한 일 등이 후반기 활동들이다. 구인회는 그러한 활동들에서 전반기 활동에서 와는 달리 응집성과 결속력을 비교적 강하게 드러냈다. 그리고 후반기 활동들은 대개 구인회가 '구인회'라는 이름을 내걸고 대중 및 독자를 상대로 벌인 활동들이다. 그 활동들을 통해 구인회는 단체로서의 문학적 지향을 드러냈다고 말할 수 있다.

구인회의 문학 활동은 빈번한 회원 변동과 맞물려 이루어졌다. 그런데 구인회의 회원 변동은 회원들의 자유로운 입회와 탈회에 의해서만 전적으로 이루어진 것은 아니다. 즉 구인회에는 회원을 입회시키거나 탈회시키는 암묵적인 기준이 있었던 것으로 보인다. 그래서 구인회의 회원 변동을 구인회 활동 중의 하나로 보고자 한다. 여기서는 구인회의 회원들이 바뀐 구체적인 양상을 밝히고, 구인회가 회원을 입회시키거나 탈회시켰던 조건들을 추론해 보기로 한다.

## 1. 창립

다음 자료들에서 구인회의 창립 날짜 · 목적 · 회원을 알 수 있다.

[1] 「九人會 創立」, 『조선일보』, 1933.8.30.

純然한 硏究的 立場에서 相互의作品을 批判하며 多讀多作을 目的으로 하

고 아래의 九名은 금번 九人會라는 社交的 "클럽"을 맨들엇다.

李泰俊 鄭芝鎔 李鍾鳴 李孝石 柳致眞 李無影 金幽影 趙容萬 金起林

[2] 「文壇人 消息 - 九人會 組織」, 『조선중앙일보』, 1933.8.31.

左記의 文人 九氏는 二十六日 午後 八時에 市內 黃金町 雅叙園에서 會合하
야 純文學研究團體로 九人會를 組織하얏다는데 沈滯한 朝鮮文壇에 新機軸
을 짓고저 함이 그 目的이라 하며 한 달에 한 번씩 會合을 한다고

幹事 李鍾鳴 李無影

會員 鄭芝鎔 李泰俊 李孝石 李無影 柳致眞 李鍾鳴 金起林 趙容萬 金幽影

[3] 「文人의 新團體」, 『삼천리』, 1933.9.

蕭芯한 秋風이 불자, 最近에 文壇에 喜消息이 들닌다, 李鍾鳴, 金幽影, 李
泰俊, 李孝石, 金起林, 李無影, 趙容万 外 諸氏의 發起로, 新興文藝團體가 結成
되야, 크게 活躍하리라는데, 結社의 主旨는, 文人 相互間의 親睦과 自由스러
운 立場에 서서 藝術運動을 이르킴에 잇다 하는데, 아무튼 今後의 活躍이 期
待된다.

[4] 「九人會 創立」, 『동아일보』, 1933.9.1.

純然한 研究的 立場에서 相互의 作品을 批判하며 多讀多作을 目的으로 한
社交的 "클럽".

會員은 李泰俊, 鄭芝鎔, 李鍾鳴, 李孝石, 柳致眞, 李無影, 金幽影, 趙容萬,
金起林.

[5]「文壇의 一盛事! '詩와 小說의 밤' – 九人會 主催와 本社 學藝部 後援」,『조선중앙일보』, 1934.6.25.[1]

九人會는 昨年 八月 十五日에 創立된, 金起林, 朴八陽, 朴泰遠, 鄭芝溶, 李無影, 柳致眞, 趙容萬, 李孝石, 趙碧岩, 李鍾鳴, 李泰俊 十一氏의 作家 團體로서 朝鮮文壇 우에 巨大한 存在임은 물론이다.


이 자료들 중에서 [2]에는 구인회가 1933년 8월 26일에 창립되었다고 씌어 있고, [5]에는 1933년 8월 15일에 창립되었다고 씌어 있다. 이렇게 자료마다 기록이 달라 구인회 창립 날짜를 정확히 말하기는 어렵다. 그러나 구인회가 1933년 8월에 창립되었다는 것만은 분명하다.[2] 이 자료들에는 구인회의 창립 목적도 제시되어 있다. 구인회의 창립 목적이 [1]과 [4]에는 "순연한 연구적 입장에서 상호의 작품을 비판하며 다독다작"하는 것이라고 되어 있고, [2]에는 '순문학연구단체로서 조선문학의 신기축을 짓는 것'이라고 되어 있으며, [3]에는 '문인 상호 간의 친목과 자유스러운 입장에서 예술운동을 일으키는 것'이라고 되어 있다. 또, 이 자료들 중에서 [1]과 [2]를 통해서는 구인회의 창립 회원이 이태준, 정지용, 이종명, 이효석, 유치진, 이무영, 김유영, 조용만, 김기림임을 알 수 있다.

---

1   서준섭은 이 기사를 발굴해 제시하면서 이 기사의 게재일을 1934년 6월 24일이라고 밝혔다. 서준섭,『한국 모더니즘문학 연구』, 일지사, 1988. 38면. 그 이래로 흔히 이 기사의 게재일은 1934년 6월 24일로 언급되어 왔다. 그러나 이 기사의 게재일은 1934년 6월 25일이다.『조선중앙일보』는 1934년 6월 25일자에 이 기사를 실었고, 26・27・28・30일자에 '시와 소설의 밤'에 대한 광고를 실었다.

2   지금까지 연구자들은 대개 [5]를 근거로 하여 구인회의 창립일은 1933년 8월 15일이라고 말해 왔다. 그런데 이현주는 [2]와 [3]을 발굴해 제시하고, 구인회 창립일은 1933년 8월 26일이라고 주장했다. 이현주,「이효석과 구인회」, 구보학회,『박태원과 구인회』, 깊은샘, 2008, 121~122면 참고.

구인회의 창립 날짜·목적·회원 중에서 창립 목적에 주목할 필요가 있다. 위의 자료들에 따르면, 구인회는 '회원의 친목 도모'와 '문학에 대한 순수한 연구'를 창립 목적으로 내세웠다고 말할 수 있다.—'문학에 대한 순수한 연구'가 '순수문학에 대한 연구'를 뜻하지는 않는다.—그런데 그러한 목적은 매우 모호한 것이 사실이다. 2장에서 살핀 대로, 이종명, 김유영, 조용만은 구인회의 결성을 도모할 당시에 카프에 대항하려는 의도를 가지고 있었으나 구인회는 발회식에서 카프에 대항하지 않기로 결정했다. 구인회가 표방한 창립 목적은 그들이 표면적으로는 카프와 같은 부정해야 할 반대항을 설정하지도 않고 어떤 특정한 예술사조도 추구하지 않는 상태에서 출범했음을 시사하는 것이었다. 백철은 「사악(邪惡)한 예원(藝怨)의 분위기(하)」(『동아일보』, 1933.10.1)에서 구인회를 두고 "무의지파(無意志派)"라고 말했다. 그 말은 구인회의 모호한 창립 목적에 대한 논평이었다고 볼 수 있다.


## 2. 전반기 활동


### 1) 제1회 월평회

구인회의 첫 활동은 월평회를 연 것이었다. 『조선문학』[3] 1933년 10월호에는 구인회의 첫 월평회에 대한 기록인, 김인용의 「구인회 월평

방청기」가 실려 있다. 그 글에 따르면, 구인회의 제1회 월평회는 1933
년 9월 15일 저녁 6시에 중국요리집인 아서원(雅叙園)⁴에서 이효석과
유치진이 불참한 가운데 열렸다.

　김인용의 글은 구인회의 월평회 개최 사실을 알려준다는 것뿐만 아
니라 다른 점에서도 중요하다. 제1회 월평회는 구인회가 창립되고 나
서 약 한 달 만에 열렸다. 그런 만큼 김인용의 글에서는 일정한 활동 방
향을 정하지 않았던 초기 구인회의 모습을 확인할 수 있다. 그 모습은
구체적으로 두 가지 사안을 통해 확인할 수 있다.

　첫째, 구인회는 제1회 월평회에서 시와 소설뿐만 아니라 희곡 작품
도 논의 대상으로 삼았다. 즉 구인회의 제1회 월평회에서는 이종명의
소설 「순이와, 나와」⁵(『삼천리』 제5권 9호, 1933.9), 이태준의 소설 「아담
의 후예(後裔)」⁶(『신동아』 제3권 9호, 1933.9), 김기림·정지용의 시, 그리
고 이무영의 희곡 「아버지와 아들」(『신동아』 제3권 9호, 1933.9)이 논의되

---

3　조용만이 이무영과 『문학타임스』 및 『조선문학』의 관계를 회고한 내용들이 있는데, 정
　확하지 않아 정리할 필요가 있다. 조용만은 「나와 '九人會' 시대(6)」(『대한일보』, 1969.
　10.10)에서 이무영이 구인회 회원이었을 때 독력으로 타블로이드판 월간잡지 『문학타
　임스』를 간행하여 측면적으로 회를 도왔다고 증언했다. 한편 「'九人會'의 記憶」(『현대문
　학』, 1957.1)에서는 "그 當時 李無影 氏가 主宰하던 雜誌 『朝鮮文學』을 보면, 그 合評의
　記錄이 揭載되어 있다"고 했다. 『문학타임스』는 1933년 2월에 창간호가 나왔고, 그 뒤
　한 번 더 발간된 뒤 발간이 중지되었다가 1933년 10월 『조선문학』으로 개제되어 복간되
　었다. 바로 그 복간호에 김인용이 쓴 구인회 첫 월평회 방청기가 실린 것이다. 「月二回刊
　行 『文學타임스』 文壇人 總執筆로 一月末 創刊」, 『동아일보』, 1933.1.6; 「新刊紹介 - 文學
　타임스 創刊號」, 『동아일보』, 1933.2.8; 「文學타임스 原稿 不許」, 『동아일보』, 1933.5.3;
　「新刊紹介 - 朝鮮文學(文學타임스 改題) 十月 復活號」, 『동아일보』, 1933.10.10.

4　김인용의 글에는 '邪叙園'이라고 쓰여 있으나, '雅叙園'이 맞다.

5　김인용의 글에는 "순이와 나"라고 쓰여 있으나, 작품 원본을 찾아보면 '純이와, 나와'가
　맞다.

6　김인용의 글에는 "아담의 後繼"라고 쓰여 있으나, 작품 원본을 찾아보면 '아담의 後裔'가
　맞다.

었다. 구인회가 제1회 월평회에서 희곡 작품도 논의했다는 것은 그 후 구인회 활동에 비추어 보면 매우 예외적인 일이다. 구인회는 1934년 6월에 개최한 제1차 공개 강연회인 '시와 소설의 밤'을 시작으로 하여 『시와 소설』창간에 이르기까지 단체 활동에서 다루는 장르를 시와 소설로 한정하는 행보를 보였기 때문이다. 그러한 행보에 비추어 보면, 제1회 월평회에서 희곡 작품도 다루었다는 사실은 당시에 구인회가 일정한 활동 방향을 정하지 않았음을 보여주는 것이라고 할 수 있다.

둘째, 각 작품에 대해 논평하는 과정에서 회원 개인의 문학관이 선명히 드러나는 동시에 대비되었다. 그 양상은 조금 자세히 살펴볼 필요가 있다.

이무영의 「아버지와 아들」에 대해서는 이종명, 이태준, 김유영, 김기림이 논평했는데, 그들은 모두 작품의 형식적인 면에 주목했다. 그러나 작품에 대한 그들의 평가는 엇갈렸다. 이종명, 이태준, 김유영은 그 작품의 구조적 완결성이나 대화의 기교적 제시 또는 인물의 핍진성에 대해 호평했다. 반면, 김기림은 그 작품을 무대 상연을 전제로 한 희곡으로 보고 결점을 지적했다. 즉 그는 그 작품이 읽는 희곡으로는 성공했지만 무대에 올릴 희곡으로는 실패했다고 평가했다. 또한 아버지가 궁해 하는 것을 아들이 미리 엿듣게 해서 흥미가 꺾였다고 지적했다.

이태준의 「아담의 후예」에 대해서는 이종명, 이무영, 김유영, 김기림이 발언했는데, 그중 이무영과 김기림의 말은 주목할 만하다. 「아담의 후예」의 주인공 안 영감이 양로원에서 빠져나오는 사건을 두 사람이 전혀 다른 시각에서 보았기 때문이다. 이무영은 안 영감이 양로원에서 빠져나오는 '행위'에 대한 불만을, 김기림은 그 행위의 '동기'에 대한 불만을 드러냈다. 이무영은 안 영감이 양로원을 빠져나오는 행위의 동기는 실감나게 그려져 있다고 평가했다. 그는 그 동기를 자유에 대한 그리움이라고 파악했다. 그러나 그는 안 영감이 다른 노인들을 데리고 나오는 것으로 결말을 처리했다면 더 좋았을 것이라고 말했다. 반면에 김기림은 안 영감이 물질적으로 괴로워하는 장면을 좀 더 그렸다면 좋았을 것이라고 말했다. 그 말은 안 영감이 양로원을 빠져나오는 행위의 동기가 잘 드러나지 않았다는 것을 뜻한다.

이태준은 두 사람의 논평 모두에 부정적인 반응을 보였다. 특히 이무영의 논평은 정면으로 반박했다. 그의 말을 인용하면 다음과 같다.

> 그야, 根本問題가 달지요, 나는, 단순이 다가티 남에게 빌어먹으면서도 공연이 미워하고 변태的이라고 할 만콤 우매한 인간을 捕捉한 것이니까, 그런 人物에게서, 무슨 政治的 運動을 바랄 수는 업다고 생각합니다.[7]

이종명의 「순이와, 나와」에 대해서는 이무영, 김유영, 김기림이 논평했는데, 이무영이 논의를 이끌었다. 이무영은 그 작품에 대해 먼저, 인물의 심리 표현에 개연성이 부족하고 인물들의 관계가 모호하다고 비판했다. 김기림과 김유영은 '이종명의 작품에는 열이 없다'라는 말로써 이무영의 논평에 동조하면서도 그러한 점을 이종명의 장기로 보아야 한다고 말했다. 이무영은 또 그 작품 속 세 개의 스토리가 동떨어져 있는 점, 아버지가 들어와서 아들을 때리기 전에 그에게 말을 붙이는 태

---

7    김인용, 「九人會 月評 傍聽記」, 『조선문학』, 1933.10, 86면.

도만으로도 독자가 다음 사건을 예측하게 한 점은 실패라고 지적했다. 그에 대해서는 다른 회원들도 대체로 동의했다. 특히 김기림은 이종명은 심리적 리얼리즘의 작가인데, 작품 속에 세 개의 스토리가 포함되어 있다는 것은 그런 점에서 실패라고 평가했다.

구인회의 제1차 월평회가 열렸던 1933년 9월에 김기림은 『신동아』에 「나의 탐험선」을, 『신가정』에 「임금(林檎)밭」을 발표했다.[8] 그리고 정지용은 『가톨릭청년』에 「임종」, 「별」, 「은혜」, 「갈닐네아 바다」를 발표했다.[9] 그러나 구인회는 제1차 월평회에서 그 시 편들을 논평하지 않고, 두 시인의 시 전반적인 경향에 대해 논평했다.

김기림의 시에 대해서는 김유영, 이태준, 이종명, 정지용, 이무영이 논평했다. 김유영, 이종명, 정지용은 김기림의 시풍을 긍정적으로 보았고, 이태준, 이무영은 비교적 부정적으로 보았다. 먼저, 김유영은 김기림의 시는 비약적이긴 하지만 진보적이라는 의미에서 보수적인 것보다는 낫다고 평가했다. 이종명과 정지용도 김기림이 새로운 조선말을 캐낸다고 긍정적으로 평가했다. 반면, 이태준은 어떤 작품인지 정확히 밝히지 않은 채, 김기림의 시에 조선이 나오다가 러시아가 나오고 그러다가 불란서가 나오고 하는 것은 비약이라고 했다. 이무영은 김기림의 시풍에 대해 가장 부정적으로 논평했다. 그는 김기림의 시가 말에 너무 사로잡혀서 "상(想)이 난(亂)하고 내용이 빈약"하다고 비판했다.

정지용의 시에 대해서는 김기림이 논평했다. 김기림은 정지용이 자

---

8    김학동·김세환 편, 「김기림의 시작연보」, 『김기림 전집』 1, 심설당, 1988, 390면.
9    최동호 편, 「『정지용 전집』 원문확보자료(2015.4.30)」, 『정지용 전집』 1—시, 서정시학, 2015, 696면.

신처럼 새 조선말을 쓰면서도 한자말도 잘 쓴다고 평가했다. 이에 대해 정지용은 조선말을 쓰면 평범한 것 같아 한자말을 쓴다고 답변했다.

이처럼 각 작품에 대한 논평 과정에서 구인회 회원들의 문학관은 선명히 드러났고 대비되었다. 그것은 일정한 방향을 정하지 않았던 초기 구인회의 일면이었다. 그런데 구인회의 제1차 월평회 기록에서 결론적으로 주목하게 되는 것은 이무영과 이태준의 견해 차이이다. 이무영은 회원들 중에서 가장 다른 문학관을 드러낸 인물이다. 그는 월평회에서 시종일관 작품의 내용과 정치성에 대해 논평했고 또 그것을 중시하는 태도를 견지했다. 그러한 태도는 특히 이태준의 「아담의 후예」와 김기림의 시를 논평할 때 분명하게 드러났다. 다른 회원들은 대개 이무영의 생각에 동조하지 않았는데, 특히 이태준은 이무영과는 대립하는 태도를 취했다. 그는 「아담의 후예」의 결말에 대한 이무영의 논평을 정면으로 반박하는가 하면 이무영이 김기림의 시를 비판하자 다음과 같이 말함으로써 이무영의 생각에 맞섰다.

어쨋든 鄭芝鎔 氏와 金起林 氏 두 분에게는 文學史上으로도 큰 期待를 갓습니다. 우리의 말을 좀 더 캐어낸다는 意味에서, 그리고 그것이 完成되는 때는 想도 수습될 것이고, 말로서나 內容으로서나 完全한 作品이 줄밋습니다.(以下는, 九人會의 要求에 依하야 略함)[10]

---

10  김인용, 앞의 글, 88면. 이태준의 말을 마지막으로 김인용의 기록이 끝난다는 것도 주목할 필요가 있다. 김인용은 회원들의 의견 대립을 이태준이 자기 식으로 정리하는 대목에서 기록을 중단하며 "以下는, 九人會의 要求에 依하야 略함"이라는 말을 덧붙였다.

이태준은 정지용이나 김기림이 우리말을 캐냄으로써 즉 말로써 상(想)을 수습할 수 있고 나아가 완전한 작품을 쓸 수 있을 것이라는 기대를 피력했다. 결국, 이무영과 이태준의 견해 차이는 "상(想)"을 중시하는 견해와 "말"을 중시하는 견해의 차이라고 함축할 수 있을 것 같다. "말"이 문학의 언어, 표현, 형식 등을 아우른다면, "상(想)"은 작가의 현실 인식, 주제 의식, 세계관 등을 아우른다.

구인회가 월평회를 언제까지 이어갔는지는 정확히 알 수는 없다. 그러나 발견된 자료에 의하면, 구인회는 적어도 1934년 1월까지는 월평회를 계속했던 것으로 보인다.[11]


## 2) 「창작의 태도와 실제」

1934년 1월 1일부터 25일까지 『조선일보』는 「1934년 문학 건설─창작의 태도와 실제」라는 제목으로 문인 16명의 칼럼을 연재했다. 그 가운데에는 당시 구인회 회원이었던 이태준, 이무영, 이종명, 이효석, 유치진의 글도 있다.

> 「1934年 文學 建設─創作의 態度와 實際」, 『조선일보』, 1934.1.1~1.25.
> (1회) 李泰俊, 「作品과 生活이 競走 中」, 1934.1.1.
> (2회) 宋影, 「現實의 本質을 把握」, 1934.1.2.

---

11  「集會」, 『매일신보』, 1934.1.16. "十七日 午後 五時 九人會에서는 敦義洞 悅賓樓에서 月例會 開催".

(3회) 金岸曙, 「길을 가면서 詩想을」, 1934.1.3.

(4회) 李無影, 「作家 自身의 生活 革命」, 1934.1.4.

(5회) 金南天, 「當面 課題의 認識」, 1934.1.9.

(6회) 李石薰, 「文學 建設의 熱情」, 1934.1.10.

(7회) 蔡萬植, 「似而非 評論 拒否」, 1934.1.11.

(8회) 李鍾鳴, 「文學 本來의 傳統」, 1934.1.12.

(9회) 李孝石, 「浪漫 리알 中間의 길」, 1934.1.13.

(10회) 嚴興燮, 「取材와 實寫的 描寫」, 1934.1.14.

(11회) 金東仁, 「感傷的 氣分 니즌 悲哀」, 1934.1.18.

(12회) 金海剛, 「大衆의 感情을 基調로」, 1934.1.19.

(13회)[12] 李應洙, 「形式 內容의 同等 價値」, 1934.1.20.

(14회)[13] 柳致眞, 「徹底한 現實 把握」, 1934.1.21.

(15회)[14] 白鐵, 「作家와 現實과 作品」, 1934.1.24.

(16회)[15] 民村生, 「社會的 經驗과 手腕」, 1934.1.25.

「1934년 문학 건설―창작의 태도와 실제」에서 필자들은 자신이 추구하는 창작과 실제 창작 사이의 차이·모순·괴리에 대해 말하고 그것을 극복하기 위해 어떻게 노력하고 있는지 또는 어떻게 노력할 것인지에 관해 자유롭게 말했다. 구인회 회원인 이태준, 이무영, 이종명, 이효석, 유치진도 마찬가지다. 그들의 글을 통해서도 일정한 활동 방향을

---

12  자료 원문에는 12회라고 쓰여 있으나 13회가 맞다.
13  자료 원문에는 13회라고 쓰여 있으나 14회가 맞다.
14  자료 원문에는 13회라고 쓰여 있으나 15회가 맞다.
15  자료 원문에는 14회라고 쓰여 있으니 16회가 맞다.

정하지 않고 회원들이 각자의 문학관을 그대로 드러내었던 초기 구인 회의 모습을 확인할 수 있다.

이태준은 「작품과 생활이 경주 중」에서 자신은 묘사력이 부족하고 확고한 철학을 갖지 못해 소설가로서 자부심을 느끼지 못한다고 말했 다. 그는 좋은 묘사가 좋은 소설의 제1조건이라고 믿는 만큼, 소설이 발표되면 먼저 묘사가 잘 되었는지 반성하고, 그다음 테마가 개인적인 지 사회적인지 현대적인지 고전적인지 살핀다고 했다. 그는 집필하기 전에 묘사와 테마를 고려하지 못하고 작품이 발표된 후에 그것들을 살 피게 되는 것은 바로 묘사력이 부족하고 사회와 세계에 대한 철학이 확 고하지 못하기 때문이라고 말했다. 이어서 이태준은 자신이 그때까지 발표한 작품들이 "전통적인 왜소한 세계의 풍경"임을 인정한다고 했다. 그리고 작품의 테마는 현대적이요 암시적이어서 작가가 작품의 뒤를 따라 나아가게 해야 하는데, 자신의 경우는 작품이 대부분 생활보다 뒤 져 있다고 말했다. 그래서 작품이 생활을 따르고 다시 앞서 나가기를 바라며 노력하는 중이라고 했다.

이무영은 「작가 자신의 생활 혁명」에서 자신에 대한 비평가들—임 화, 백철, 김기진, 김동인—의 비판을 "지식(智識)이 결여된 운동에 대한 취재의 비난"이라고 요약하면서 그것을 자성의 계기로 삼았다. 그는 자 신의 작품의 결점은 "인간적으로 루-즈한 생활을 영위"하고 있는 데에 서 비롯된 것이라고 판단하고, 치열하게 생활하고 그 생활을 그대로 표 현하면 대표작이 나올 것이라고 말했다. 동시에 그는 자신이 평자들의 비평에 예민하게 반응해 왔다는 것도 반성했는데, 그런 태도가 창작을 하는 데에 큰 지장을 초래해 왔다고 말했다. 결론적으로 이무영은 "생활 속에서 작품이 비저질 때까지 생활과 싸워" 나가겠다고 선언했다.

이종명은 「문학 본래의 전통」에서 공리적 목적에 의해 제작되는 문학에 대한 회의를 드러냈다. 그는 일정한 사상이나 태도 또는 공리적 목적을 위해 억지로 작품을 쓰는 일은 문학 본래의 전통인 문학의 순수성을 저버리는 일이며, 그러한 작품은 시대를 초월하는 감동을 줄 수 없다고 말했다. 반면, 위대한 작품이란 극히 "낭만적인 무의식" 중에서 제작된 것이며, 그것은 걸작이 아니더라도 작가의 진정을 담는다고 말했다. 이종명의 문맥을 통해 유추하면, 그가 말한 "낭만적인 무의식"이란 작가가 작품을 쓰는 것을 즐기고 그것에 도취되는 것이다. 이종명은 자신은 그러한 "낭만적인 무의식" 중에서 창작을 한다고 밝혔다. 그리고 양심 있는 작가로서 그러한 창작 태도는 정당한 것이라고 믿는다고 말했다. 끝으로, 그는 작품보다 이론을 앞세워 남이 생각하는 것은 모두 잘못인 것 같이 비난하는 비평 경향을 성토하기도 했다.

이효석은 「낭만 리알 중간의 길」에서 자신의 문학관과 창작 방향을 피력했다. 그는 문학은 근본적으로 낭만적이라고 말했다. 그에 따르면, 문학은 근본적으로 '모사(模寫)'가 아니라 소재를 주관적으로 취사선택하고 배열·구성해 가는 '표현'이다. 그런데 그러한 표현의 과정에 작가의 주관이 개입함으로써 문학은 근본적으로 낭만적인 것이 될 수밖에 없다는 것이 이효석의 생각이었다. 그러나 이효석은 문학에 엄연히 리얼리즘의 길이 존재한다고 말했다. 그에 따르면, 그 길이란 부분적·전체적(역사적) 진실에 육박하려는 노력이다. 따라서 그는 최소한도의 낭만과 최대한도의 "리알"을 추구하는 것, 다시 말해 훌륭한 표현을 추구하는 동시에 진실에 육박하려고 노력하는 곳에 참된 문학의 길이 있다고 말했다. 이어서 이효석은 그러한 관점에서 자신의 작품들에는 항상 "리알의 절박"이 부족했고 "낭만적 요소"가 승했다고 반성했다. 그러나 이효석은 "성벽(性癖)에 맞지 안는 까닭"으로 "궁극의 리아리즘의 길을 의식적으로 의도하지 안을" 것이라고 말했다. 즉 자신은 "낭만 리알의 중간의 길"을 추구하는 동시에 "순수한 리아리즘"을 탐구하려고는 하지만, 「돈(豚)」[16]에서 시도한 것 이상으로 할 것인지는 자신의 "성(性)"과 "비위(脾胃)"가 결정할 것이라고 말했다.

유치진은 「철저한 현실 파악」에서 자신을 포함한 당시 인텔리들은 실생활 감정과 지성 사이의 괴리 때문에 이중생활을 하고 있으며 그러한 이중생활이 창작을 방해한다고 진단했다. 그는 창작의 중심은 근본적으로 지성과 감정의 순연한 융합, 사상과 생명의 합치, 그것에 대한 구체적인 표현이며, 그러한 창작만이 실감을 자아낼 수 있다고 말했다. 이어서 유치진은 그러한 관점에서 자신의 작품 「토막」[17]과 「버드나무 선 동리의 풍경」[18]을 자평했다. 그는 그 두 작품을 쓸 때 자신은 지성을 백지에 돌리려고 무한히 애썼으나 두 작품에는 곳곳에 자신의 "소안(素顏)"이 그대로 드러나 있다고 반성했다. 그러면서 그는 농민들에게 두 작품을 상연해 보인다면 두 작품 속의 유머와 페이소스를 그들이 이해할지 의심스럽다고 말했다. 왜냐하면 두 작품의 유머와 페이소스는 인텔리의 눈에 비친 것이지 농민들에게는 아무런 효과가 없는 것이라고

---

16  이효석, 「豚」, 『조선문학』, 1933.10.
17  유치진, 「土幕」, 『문예월간』 2·3호, 1931.12~1932.1; 『삼천리』 59호, 1935.2. 극연 3회 공연.(1933.2.9~10, 경성공회당. 이상우, 『유치진 연구』, 태학사, 1997, 396면 참고)
18  유치진, 「버드나무 선 洞里의 風景」, 『조선중앙일보』, 1933.11.1~15. 극연 5회 공연.(1933.11.28~30, 조선극장. 이상우, 앞의 책, 396면 참고)

판단했기 때문이었다. 따라서 그는 농민을 그리려면 자신의 인텔리적 성향을 더 철저히 소제해야 한다고 말했다. 마지막으로 그는 평론가들이 현실이 아니라 외국 서적에서 배운, 직역된 관념론으로 작품을 재단하는 행태에 대해 불만을 표했다.

　지금까지 살핀 대로, 이태준, 이무영, 이종명, 이효석, 유치진은 각자의 글에서 자신의 창작 태도와 작품 사이의 괴리, 그리고 그 괴리를 극복하기 위해 지향할 것에 대해 말했다. 그들의 생각을 이효석이 말한 '리얼'과 '낭만'을 통해 정리해 볼 수 있을 것 같다. 이효석은 부분적·전체적(역사적) 진실에 육박하려고 노력하는 것을 '리얼'을 추구하는 태도라고 했다. 그리고 문학은 작가가 주관적으로 소재를 취사선택하고 배열·구성해 가는 표현의 형식과 과정을 거치므로 근본적으로 '낭만'적이라고 했다. 그의 설명에 기댄다면, 이무영과 유치진의 창작 태도는 '리얼'을 추구하는 것이라고 할 수 있으며, 이종명과 이효석의 창작 태도는 비교적 '낭만'을 추구하는 것에 가깝다고 말할 수 있다. 그들은 모두 구인회 회원이었으나 지향하고 추구하는 창작은 달랐다. 이러한 사실을 통해서 구인회 회원들은 창립 이후 얼마간 각자의 문학관을 그대로 드러내며 일정한 방향성 없이 활동했다고 말할 수 있다.

## 3. 후반기 활동

### 1) 「격! 흉금을 열어 선배에게 일탄을 날림」

1934년 6월 17일부터 6월 29일까지 『조선중앙일보』에는 「격! 흉금을 열어 선배에게 일탄을 날림」이 연재되었다. 필자와 제목을 제시하면 다음과 같다.

> 「檄! 胸襟을 열어 先輩에게 一彈을 날림」, 『조선중앙일보』, 1934.6.17
> ~29.
> (1・2회) 林麟, 「空超 吳相淳 氏에게(上・下)」, 1934.6.17・19.
> (3・4・5회) 李無影, 「春園 李光洙 氏에게(上・中・下)」, 1934.6.20~22.
> (6회) 李鍾鳴, 「憑虛 玄鎭健 氏에게」, 1934.6.23.
> (7회) 朴泰遠, 「金東仁 氏에게」, 1934.6.24.
> (8・9회) 趙容萬, 「廉想涉 氏에게(上・下)」, 1934.6.26・27.
> (10・11회) GW生,[19] 「朱耀翰 氏에게(上・下)」, 1934.6.28・29.

1934년 6월 25일자 『조선중앙일보』에는 구인회가 문학강연회 '시와 소설의 밤'을 개최한다는 기사가 실렸다. 그 기사에는 구인회 회원이 김기림, 박팔양, 박태원, 정지용, 이무영, 유치진, 조용만, 이효석,

---

19  김기림.

조벽암, 이종명, 이태준 등 11명이라고 적혀 있다. 창립 회원 중에서 김유영이 빠지고 박태원, 박팔양이 새로 들어간 명단이다. 그 명단을 근거로 하면, 「격! 흉금을 열어 선배에게 일탄을 날림」의 필자들은 임린(林麟)을 제외하고는 모두 구인회 회원들이다. 이 칼럼에서 구인회 회원들은 선배 문인들에게 거의 공통적인 주장을 펼쳤다. 그 주장을 통해 구인회는 단체로서 일정한 문학적 지향을 드러내었다고 말할 수 있다. 그 내용을 자세히 살펴보기로 한다.

먼저, 이무영은 「춘원 이광수 씨에게」에서 이광수에게 신문사 일을 그만두고 작가로 돌아올 것, 여력으로 다른 일을 한다면 과학 방면의 공부를 할 것, 진실한 현실 인식을 가질 것을 촉구했다. 그리고 이무영은 이광수의 결점을 비판했다. 이무영은 이광수가 신문사 일을 하면서 갖게 된 직업적 의식 때문에 정치가연한다고 전제하고, 그런 태도가 작품에도 나타난다고 말했다. 이무영은 이광수가 여러 작품에서 농촌으로 돌아가 일하라고 했지만, 농촌은 어떤 곳이며 그 현실은 어떤지 설명하지 않았고 어떤 일을 하라는 것인지도 말하지 않았다고 지적했다. 그 근거로 「흙」[20]에 형상화된 "살여울"과 "허숭"이 핍진하지 않다고 비판했다. 또, 이무영은 이광수가 표방하는 민족주의가 어느 민족의 것인지 분간할 수 없게 변질되었다고 꼬집었다. 아울러 그는 이광수가 옳은 비판에도 일절 응대하지 않는다며, 그것은 이광수가 자신을 반성하지 않는다는 것을 뜻한다고 말했다.

이종명은 「빙허 현진건 씨에게」에서 현진건에게 다시 작가로 활약

---

20  이광수, 「흙」, 『동아일보』, 1932.4.12~1933.7.10.

하라고 촉구했다. 그리고 단편을 쓸 것을 권했다. 또한 현진건 소설의 예리함과 이지적인 면 그리고 그의 장인 정신과 언어를 조탁하고 세련하는 그의 노력을 높게 평가했다.

박태원은 「김동인 씨에게」에서 김동인에게 단편을 쓰라고 촉구하는 한편, 작가의 자존심과 기개를 회복하고, 진정한 문장선(文章選)에 정진해 달라고 말했다. 그러한 권고는 당시 신문연재소설을 쓰는 데에 매달리고 있던 김동인에 대한 비판이었다고 할 수 있다. 박태원은 김동인이 1933년에 발표한 신문소설론에 대해 비판하며,[21] 그 글에는 저널리즘에 영합하려고 노력하는 김동인의 모습이 나타나 있다고 했다.

조용만은 「염상섭 씨에게」에서 선배 문인들은 후배에게 부끄럽지 않은 작품, 조선의 문학이라고 부를 수 있는 작품다운 작품을 쓰지 못했다고 비판했다. 즉 당시 조선문학은 16년 전의 일본 문학을 모방한 것에 불과하다고 했다. 그러나 조용만은 염상섭의 단편들은 수많은 모방 문학과는 다소 다른 조선적인 풍모를 지니고 있다고 평가했다. 조용만은 하지만 염상섭이 단편소설을 버리고 신문소설 작가로 전락했고, 그의 신문소설에서는 단편소설이 지닌 특질, "전편을 통하야 맥맥히 흐

---

21  박태원은 김동인의 다음과 같은 신문소설론들을 비판한 것으로 보인다. ① 김동인, 「新聞小說은 어쩌케 써야 하나—新聞小說이라는 것은 보통小說과는 다르다」, 『조선일보』, 1933.5.14. ② 通俗生, 「新聞小說講座」, 『조선일보』, 1933.9.6~13. ①에서 김동인은 신문소설을 '보통소설'과는 다른 것, 철저하게 신문의 상업성에 복무하는 것으로 보았다. ②가 김동인의 글임을 밝힌 연구를 아직 찾아볼 수는 없다. 그러나 ①과 ②를 견주어 보면 ②를 김동인의 글이라고 판단하지 않을 수 없다. 이에 대해서는 이 책 제1부 '4장-2-1)'에서 상론했다. ②에서 김동인은 '보통소설'과 신문연재소설을 대조하고, 신문연재소설의 작법, 기교, 주제, 플롯, 장면배치 등을 설명했다. 김동인이 1933년 12월 21일부터 27일까지 『매일신보』에 연재한 「小說界의 動向(1~7)」에서도 신문소설에 대한 그의 견해를 파악할 수 있다.

르는, 용이히 침범하고 경멸할 수 업는 이 고삽(苦澁)한 향기"를 맡을 수
없다고 비판했다. 결론적으로 조용만은 염상섭에게 단편을 쓰라고 촉
구했다.

마지막으로 김기림은 "GW생"이라는 필명으로 「주요한 씨에게」를
썼다. 김기림은 그 글에서 주요한의 시적 궤적을 자신이 어떻게 받아들
여 왔는지에 대해 말했다. 그는 주요한의 『아름다운 새벽』[22]에는 감상
주의의 병균이 없었고, 『봉사꽃』,[23] 『조선시인선집』,[24] 『삼인시가집(三
人詩歌集)』[25]에서는 문학적으로 방황하는 요한의 모습을 확인할 수 있었
다고 회고했다. 「아기의 기도」는 타골의 신비적 상징주의에 가까워지
고 있었으며, 동시에 거기에는 민중과 사회의 그림자가 뿌리 깊게 끼어
들기 시작했었다고 말했다. 그리고 「특급열차」를 보고는 주요한이 자
신의 문학적 선배가 되고 말지나 않을까 하는 전율을 느꼈었다고 말했
다.—글의 서두에서 김기림은 자신은 문학에 있어서의 선배를 인정하
지 않는다고 전제했다.—그러나 김기림은 그 후 주요한이 시를 버리고
현실의 삶 속에 뛰어들었다는 의미로, 민중과 사회가 그를 삼켜 버렸다
고 말했다. 주요한의 그러한 변화 또는 변질을 설명하기 위해 김기림은
랭보(Arthur Jean Nicolas Rimbaud)와 주요한을 대조했다. 김기림은, 랭
보는 피투성이인 예술의 길에서 끝까지 그 자신을 부축해 나가지 못하
고 그만 지치고 무서워서 도주해 버렸는데, 사실 그는 예술과 백병전을
치른 뒤에 도주했기 때문에 그 도주는 의미가 있다고 했다. 반면, 김기

---

22  주요한, 『아름다운 새벽』, 조선문단사, 1924.12.
23  주요한, 『봉사꽃』, 세계서원, 1930.10.
24  조태연(趙台衍) 편, 『朝鮮詩人選集』, 조선통신중학관, 1926.10.
25  이광수·주요한·김동환, 『詩歌集』, 삼천리사, 1929.10.

림은, 주요한은 시를 버리고 갔을 뿐이라며 그 점을 혹독하게 비판했다. 결론적으로 김기림은 주요한에게 다시 시인으로 돌아오거나 아니면 현실에서 치열하게 백병전을 치르라고 말했다.

지금까지 요약한 대로 「격! 흉금을 열어 선배에게 일탄을 날림」에서 구인회 회원들은 선배 문인들에게 문학으로 돌아오라고 촉구했다. 문학으로 돌아오라는 말은 두 가지를 뜻했다. 첫째, 말 그대로 다른 직업을 버리고 문학의 현장으로 돌아오라는 것이었다. 이무영이 이광수에게, 이종명이 현진건에게 신문사 일을 접으라고 한 것, 김기림이 주요한에게 시로 돌아오라고 한 것은 그런 뜻이었다. 둘째, 신문연재소설을 쓰지 말라는 것이었다. 신문연재소설을 쓰는 것은 생계를 위해 저널리즘의 상업성과 야합하는 것인데, 그것은 문학이 아니라는 주장이었다. 이무영은 이광수에게, 박태원은 김동인에게, 조용만은 염상섭에게, 이종명은 현진건에게 그렇게 주장했다. 문학의 현장으로 되돌아오라는 것, 신문연재소설을 쓰지 말라는 것은 결국 예술적인 단편소설을 쓰라는 것이기도 했다.

구인회 회원들은 「격! 흉금을 열어 선배에게 일탄을 날림」을 통해 자신들이 생각하는 문학의 본령이 무엇인지를 우회적으로 제시했다고 볼 수 있다. 창작을 생계 또는 그 무엇의 수단으로 삼지 않고 오로지 작품의 미적 완성에만 몰두하는 것, 그것이 바로 그들이 생각했던 문학의 본령이다. 그들은 그것이 문학의 본령임은 선배 문인들의 문학적 성취가 이미 증명했으며 저널리즘의 상업성과 야합하는 신문연재소설을 쓰지 않고 단편소설을 씀으로써 그러한 문학의 본령을 지킬 수 있다고 주장한 것이었다.

## 2) '시와 소설의 밤'과 '조선신문예강좌'

### (1) 자료의 문제

구인회는 조선중앙일보사 학예부의 후원으로 문학 강연회를 두 차례 개최했다. 제1차 강연회인 '시와 소설의 밤'은 1934년 6월 30일 저녁에 종로 중앙기독교 청년회관에서 열었고, 제2차 강연회인 '조선신문예강좌'는 1935년 2월 18일부터 5일 간 청진동 경성보육 대강당에서 열었다.

지금까지 저자가 확인한 '시와 소설의 밤'에 관한 자료는 모두 네 가지이다. 『조선중앙일보』 1934년 6월 25일자에 실린 기사, 같은 신문 26 · 27 · 28일자에 실린 광고, 같은 신문 30일자에 실린 광고, 『동아일보』 1934년 6월 29일자에 실린 기사가 그것들이다. 그중에서 1934년 6월 25일자 『조선중앙일보』에 실린 기사가 가장 많은 정보를 담고 있다. 전문을 소개하면 다음과 같다.

「文壇의 一盛事! '詩와 小說의 밤' ―九人會 主催와 本社 學藝部 後援」, 『조선중앙일보』, 1934.6.25.

九人會는 昨年 八月 十五日에 創立된, 金起林, 朴八陽, 朴泰遠, 鄭芝溶, 李無影, 柳致眞, 趙容萬, 李孝石, 趙碧岩, 李鍾鳴, 李泰俊 十一氏의 作家 團體로서 朝鮮文壇 우에 巨大한 存在임은 물론이다. 이 九人會는 그 동안 每月 月例 硏究會만 繼續해 오든 바 이번에는 "詩와 小說의 밤"이란 이름에서 本社 學藝部 後援으로 一般에 公開하기로 되엿다. 잠잠한 朝鮮文壇에 잇서 一盛事라

아니 할 수 업스며 特히 詩와 小說에 關心하는 文學學徒들을 爲하야 適好한
機會가 될 것을 미리 말할 수 잇다. 當夜의 順序는

　　'創作의 理論과 實際'란 題로 李泰俊 氏
　　'言語와 文章'이란 題로 朴泰遠 氏
　　詩 朗誦 鄭芝溶 氏
　　'詩의 近代性'이란 題로 金起林 氏

이며 時日은 本月 三十日(土曜日)밤 八時 十五分이고 場所는 府內 鐘路中央
基督敎靑年會館이다.

　　會費는 一般 十錢 學生 五錢


한편, '조선신문예강좌'에 관한 자료는 세 가지가 확인된다. 『조선중
앙일보』 1935년 2월 13 · 15 · 16일자에 실린 광고, 같은 신문 2월 17
일자에 실린 광고, 『조선일보』 1935년 2월 17일자에 실린 기사가 그
것들이다. 그중 두 자료의 전문을 소개하면 다음과 같다.


　　[1] 「朝鮮新文藝講座 － 文藝志望人의 絶好한 機會!」, 『조선중앙일보』,
　　1935.2.13.

　　本月 十八日(月)부터 向 五日間 每夜 七時 半 開講, 市內 淸進洞 京城保育
大講堂에서

　　科目과 講師

　　朝鮮新詩史 … 朴八陽 / 詩의 題材 … 金尙鎔 / 詩와 形態 … 李箱
　　詩의 音響美 … 金起林 / 詩의 鑑賞 … 鄭芝溶 / 朝鮮小說史 … 李光洙
　　長篇小說論 … 金東仁 / 小說의 題材 … 李泰俊 / 短篇小說論 … 金東仁

小說과 技巧 ⋯ 朴泰遠 / 小說과 文章 ⋯ 李泰俊 / 小說의 鑑賞 ⋯ 朴泰遠

聽講券 (五日間通用券) 八十錢 (定員 百二十名)

發賣所 (堅志洞 漢城圖書株式會社, 鐘路二丁目博文書館, 西大門町 YWCA, 長谷川町 樂浪)

主催 九人會

後援 朝鮮中央日報社 學藝部


[2] 「九人會의 文藝講座—十八日로 五日間 京保講堂에서」, 『조선일보』, 1935.2.17.

九人會에서는 오는 十八日로부터 五日間 市內 淸進洞 京城保育學校 大講堂에서 朝鮮新文藝講座를 開催한다는데 每夜 七時 半에 開講하며 聽講料는 五日間 通用 八十錢이라고 하며 講師와 擔任課目은 아래와 갓다고 한다.

朝鮮小說史 李光洙

長篇과 短篇 金東仁

詩의 題材 金尙鎔

朝鮮新詩史 朴八陽

詩와 形態 李一箱[26]

詩의 鑑賞 鄭芝溶

小說의 題材 李泰俊

小說과 文章 同

小說과 技巧 朴泰遠

---

26 『조선중앙일보』 광고들에는 "李箱"이라고 적혀 있다.

小說의 鑑賞 同

詩의 音響史[27] 金起林

　구인회가 주최한 '시와 소설의 밤'과 '조선신문예강좌'의 강연 내용
이 어떠했는지를 파악하는 것은 매우 어렵다. 많은 연구자들이 두 강연
회의 강연 내용에 관련된 자료를 찾거나 그 내용을 추적하는 일을 포기
해 왔다. 물론 그러한 노력을 한 연구자들이 없는 것은 아니다. 그러나
그들의 논의는 부족한 면이 있다.

　먼저, 김한식은 이태준과 박태원이 '시와 소설의 밤'에서 강연한 내
용을 각각 「글짓는 법 A·B·C」(『중앙』, 1934.6~1935.1)와 「표현·묘
사·기교」(『조선중앙일보』, 1934.12.17~31)에 실었다고 했다.[28] 그러나
그것만으로는 부족하다.

　또한, 서준섭은 두 강연회에서 이태준, 박태원, 김기림이 강연한 내
용이 다음과 같은 글들에 담겨 있을 것이라고 판단했다.[29]

| 강연자 | 강연회 | 강연 제목 | 강연 내용 관련 자료 |
|---|---|---|---|
| 이태준 | 시와 소설의 밤 | 창작의 이론과 실제 | 「글 짓는 법 A·B·C(1)」,[30] 『중앙』, 1934.6. |
| | 조선신문예강좌 | 소설의 제재 소설과 문장 | |
| 박태원 | 시와 소설의 밤 | 언어와 문장 | 「表現·描寫·技巧」, 『조선중앙일보』, 1934.12.17~31. |
| | 조선신문예강좌 | 소설과 기교 소설의 감상 | |

27　『조선중앙일보』 광고들에는 "詩의 音響美"라고 적혀 있다.
28　김한식, 「구인회 소설 연구」, 고려대 석사논문, 1994, 13면. 김한식은 「表現·描寫·技
　　巧」를 "「表現, 技巧, 描寫」"라고 단어의 순서를 바꾸어 썼다.
29　서준섭, 『한국 모더니즘문학 연구』, 일지사, 1988, 44·79~80면; 서준섭, 「구인회와
　　모더니즘」, 회강이선영교수화갑기념논총간행위원회 편, 『1930년대 민족문학의 인식』,
　　한길사, 1990, 741면.

| | | | |
|---|---|---|---|
| 김기림 | 시와 소설의 밤 | 시의 근대성 | 「포에시와 모더니티」, 『신동아』, 1933.7. |
| | 조선신문예강좌 | 시의 음향미 | 「現代詩의 技術」, 『詩苑』 제1호, 1935.2.<br>「午前의 詩論 技術篇(6·7)」,<br>『조선일보』, 1935.9.27; 10.1. |

그런데 서준섭의 판단에도 문제가 있다. 판단의 근거를 제시하지 않았거나 잘못 제시한 것이다. 그중에서 판단의 근거를 잘못 제시한 경우를 살펴보기로 한다.

서준섭은 김기림이 '조선신문예강좌'에서 〈시의 음향미〉로 강연한 내용의 개요를 「오전의 시론 기술편(6·7)」(『조선일보』, 1935.9.27; 10.1)에서 언급했다고 말했다.[31] 그런데 그것은 재고할 필요가 있다. 그는 그러한 판단의 근거를 「오전의 시론 기술편(5)」(『조선일보』, 1935.9.26)에서 찾았다.[32] 김기림은 「오전의 시론 기술편(5)」의 끝에 언어를 음향, 의미, 형태로 분석하고, 각각에 대해 설명하는 글을 발표해 온 경위와 발표할 계획을 다음과 같이 덧붙였다.

> 아래에 나는 意味論 音響論 形態論의 세 方面을 各各 따로히 생각해 보려고 한다.
> (그 中에서 形態論은 『詩苑』第一號 「現代詩의 技術」 속에서 略述하엿기에 그만두고 音響論은 今春 九人會 主催의 新文藝講座에서 "詩의 音響美"의 題 아래 略述하엿스나 若干의 修正을 加하야 再錄하려고 한다.)

---

30  서준섭은 "「소설 짓는 법 ABC」"라고 잘못 썼다. 서준섭, 『한국 모더니즘문학 연구』, 일지사, 1988, 44면.
31  위의 책, 80면.
32  자료 원문에는 "오전의 시론 기술편(4)"라고 표기되어 있으나 "(5)"가 맞다.

서준섭은 위와 같은 말을 근거로 하여 김기림이 '시의 음향미'에 관해 강연한 내용을 「오전의 시론 기술편(6·7)」(『조선일보』, 1935.9.27: 10.1)에서 언급했다고 판단했다. 그런데 그 글들에는 '시의 음향미'와 관련된 내용이 없다. "용어의 문제"라는 제목이 붙은 「오전의 시론 기술편(6)」은 '시에서 쓰이는 말은 어떤 말이어야 하는가'라는 문제를 다루고 있다.[33] 즉 그 글은 시어의 의미론, 음향론, 형태론을 전개하기에 앞서 펼친 서론에 해당한다고 할 수 있다. 그리고 「오전의 시론 기술편(7)」은 "의미와 주제"라는 제목이 붙어 있는데, 의미론 중의 한 편이다.[34]

이와 같이, '시와 소설의 밤'과 '조선신문예강좌'의 강연 내용에 관해서는 지금까지 별로 밝혀진 것이 없다. 그런데 구인회의 활동 내용을 가능한 대로 정확히 파악하기 위해서는 두 강연회의 강연 내용을 추적

---

[33] 김기림은 「用語의 問題─午前의 詩論 技術篇(6)」(『조선일보』, 1935.9.27)에서 제일 먼저 말은 살아있는 것이라고 전제했다. 그에 따르면, 살아있는 말은 늘 성장한다. 즉 말은 그 자체의 흐름을 가지는 동시에 여러 가지 외적 충격과 영향을 받아서 그 흐름을 굵고 넓게 만들어 간다. 이어서 김기림은 말이 살아있고 또한 시도 살아있는 것이므로 시에 쓰이는 말도 역시 살아있어야 한다고 했다. 시에 쓰이는 말이 살아있어야 한다는 것은 두 가지를 뜻한다. 첫째, 시는 어느 시대에든 그 시대의 말로 쓰여져야 한다는 것이다. 둘째, 시인은 자신이 속한 계급의 말로 시를 써야 한다는 것이다. 같은 시대의 말이라도 그 말은 계급에 따라 다르다. 즉 말은 그 말을 사용하는 계급이 짊어지고 있는 문화적 활력과 피로의 농도를 선명하게 보여준다. 시를 쓰는 사람은 대개 지식 계급에 속하므로 그들은 그 계급의 말에 가장 능란하고 민감하다. 김기림은 유한계급의 말은 기운이 빠졌고 힘이 없고 죽음에 가까워지고 있다고 했다. 그리고 그는 지식 계급의 말도 유한계급의 말만큼은 아니나 그 계급이 짊어진 문화의 피로 때문에 활기를 잃어버리고 있다고 진단했다. 결론적으로, 김기림은 당시 시에 쓰이는 말에는 다소의 피로와 생기가 섞여 있다고 했다. 그러나 김기림은 조만간 시인들이 말을 찾아서 가두(街頭)로 또 육체적 노동의 일터로 나갈 것이라고 말했다. 거기서 오고가는 말은 살아서 뛰고 있는 탄력과 생기에 찬 말인 까닭이다. 그는 가두와 격렬한 육체적 노동의 일터의 말에서 새로운 문체를 조직한다는 것은 "오늘의 시인" 또는 "내일의 시인"의 즐거운 의무일 것이라고 말했다.

[34] 「오전의 시론 기술편(7~9)」(『조선일보』, 1935.10.1·2·4)가 의미론에 해당한다. 그 내용은 이 책 제1부 '5장-2-2)-(1)-①'에서 요약했다.

하는 일을 포기할 수 없다.

　두 강연회에서 강연자로 나섰던 인물들이 그 즈음에 발표한 글들을
비롯해 많은 자료들을 검토한 결과, 다음과 같은 자료들이 강연 내용을
담고 있거나 그 내용과 관련이 있다고 판단하였다.

| 강연자 | 강연 제목 | | 강연 내용을 담고 있거나 강연 내용과 관련 있는 자료 |
| | 시와 소설의 밤<br>(1934.6.30) | 조선신문예강좌<br>(1935.2.18~) | |
| --- | --- | --- | --- |
| 이태준 | 회원<br>〈창작의　이론과<br>실제〉 | 회원<br>〈소설의 제재〉<br>〈소설과 문장〉 | ① 이태준, 「글 짓는 법 A · B · C(1~8)」, 『중앙』, 1934.6~<br>1935.1.<br>② 이태준, 「小說과 文章」, 『사해공론』 제2호, 1935.6. |
| 김기림 | 회원<br>〈시의 근대성〉 | 회원<br>〈시의 음향미〉 | ③ 김기림, 「現代詩의 發展(1~10)」, 『조선일보』, 1934.7.12~<br>15 · 17~22. |
| 박태원 | 회원<br>〈언어와 문장〉 | 회원<br>〈소설과 기교〉<br>〈소설의 감상〉 | ④ 박태원, 「創作餘錄(1~10)－表現 · 描寫 · 技巧」, 『조선<br>중앙일보』, 1934.12.17~20 · 22 · 23 · 27 · 28 · 30 · 31. |
| 정지용 | 회원<br>시 낭송 | 회원<br>〈시의 감상〉 | |
| 이상 | 비회원[35]<br>강연 안 함. | 회원으로 추정됨<br>〈시와 형태〉 | |
| 박팔양 | 회원<br>강연 안 함. | 회원<br>〈조선신시사〉 | ⑤ 박팔양, 「新詩講座-朝鮮新詩運動史」, 『삼천리』, 1935.12.<br>「新詩講座-朝鮮新詩運動史(제2회)」, 『삼천리』, 1936.2.<br>「新詩講座-朝鮮新詩運動史」, 『삼천리』, 1936.4.(목차에 제<br>목만 있음) |
| 김상용 | 비회원<br>강연 안 함 | 회원 여부 모름<br>〈시의 제재〉 | |
| 이광수 | 비회원<br>강연 안 함 | 비회원<br>〈조선소설사〉 | ⑥ 이춘원, 「朝鮮新文藝講座聽講記抄－朝鮮小說史」, 『사<br>해공론』 제1호, 1935.5. |
| 김동인 | 비회원<br>강연 안 함 | 비회원<br>〈단편소설론〉<br>〈장편소설론〉 | ⑦ 김동인, 「小說學徒의　書齋에서(1~7)」, 『매일신보』,<br>1934.3.15~17 · 21~24.<br>⑧ 김동인, 「近代小說의　勝利(1~6)」, 『조선중앙일보』,<br>1934.7.15 · 18 · 19 · 21 · 22 · 24. |

35　이에 대해서는 이 책 제1부 '3장-4-2)'에서 자세히 다루었다.

위의 표에 제시한 자료들 중에서 ②와 ⑥은 강연 내용을 담고 있는 자료라는 점에서 중요하다. ⑥은 이광수가 '조선신문예강좌'에서 '조선 소설사'에 관해 강연한 내용이 담긴 자료이다. 그런데 그 글에는 "조선 신문예강좌청강기초"라는 머리말이 달려 있다. 머리말로 보아, 그 글은 이광수가 직접 쓴 것이 아니라 그 글의 필자가 이광수의 강연을 듣고 그 내용을 요약해 쓴 것일 가능성이 크다. ⑥의 첫 지면에 있는 "이춘원 (李春園)"이라는 기명(記名)은 필자의 이름이 아니라 강연자의 이름을 적은 것으로 보인다. ②는 제목이 '조선신문예강좌'에서 이태준이 했던 강연 제목과 일치한다는 점, 게재지 직전 호 즉 『사해공론』 창간호에 「조선신문예강좌청강기초-조선소설사」가 실렸다는 점으로 미루어, '조선 신문예강좌'에서 이태준이 '소설과 문장'에 관해 강연한 내용을 필자가 옮긴 것이라고 추정된다. 또, 문체의 미숙함과 문장의 부정확성으로 보아 ②를 이태준이 쓴 글이라고 판단하기는 어렵다. ②의 "이태준"이라는 기명도 필자의 이름이 아니라 강연자의 이름을 적은 것으로 보인다. ②와 ⑥을 근거로 삼아 『사해공론』이 '조선신문예강좌'의 청강기 연재를 기획했을 것이라고 추론할 수도 있다.

이제부터, 위의 표에 제시한 ①~⑧을 통해 구인회가 개최한 '시와 소설의 밤'과 '조선신문예강좌'의 강연 내용을 확인하거나 추정해 보기로 한다. 구인회가 개최한 '시와 소설의 밤'과 '조선신문예강좌'에서 행해진 강연의 내용은 크게 두 가지로 갈래지을 수 있다. 하나는 당시 강연자들이 자신의 문학적 미의식을 개념화한 것이고, 다른 하나는 시와 소설을 중심으로 하여 조선문학사를 개관한 것이다.

## (2) 미의식의 개념화

이태준은 '시와 소설의 밤'에서는 〈창작의 이론과 실제〉를, '조선신 문예강좌'에서는 〈소설의 제재〉와 〈소설과 문장〉을 강연했다. ① 「글 짓는 법 A · B · C(1~8)」, ② 「소설과 문장」을 통해 그 강연들의 내용 을 추정하거나 확인할 수 있다.

①의 첫 회 「글 짓는 법 A · B · C(1)」의 끝에는 다음과 같은 '기자주 (記者註)'가 달려 있다.

> 이번 號부터 連載하는 李泰俊 氏의 『글 짓는 법 ABC』는 文藝나 或은 文章 에 對하야 많은 關心을 가지는 初學者에게 둘도 없을 指針이 될 것을 壯談합 니다.
>
> 筆者는 누구나 다 그의 筆名을 잘 아는 新進 作家로서 그의 簡潔하고 條理 잇고 明麗한 文章은 누구보다도 卓越한 境地를 獨占하고 잇는 만치 그는 많 은 硏究를 거듭한 斯界의 唯一한 篤學者입니다. 本篇은 筆者가 일즉 京城保 育學校에서 講義하기 爲하야 힘드려 쓴 것이니 『作文』의 新敎科書라고 말할 수 있는 것으로 보아 回를 따러 精讀함으로써 한 줄의 글이라도 바로 쓰게 되리라는 것을 簡單히 紹介하는 바입니다.

몇몇 연구자들이 작성한 이태준 연보에 따르면, 이태준은 1932년경 부터 이전(梨專), 이보(梨保), 경보(京保) 등에 출강했다.[36] ①은 이태준이

---

36 민충환, 『이태준 연구』, 깊은샘, 1988, 33면; 이병렬, 『이태준 소설 연구』, 평민사, 1998, 391면.

당시에 강의하기 위해 썼던 글로 보인다. 단, 연재된 시기나 내용으로 보아, 그 글이 이태준이 '시와 소설의 밤'과 '조선신문예강좌'에서 강연한 내용과 관련 있을 것이라고 추정할 수 있다.

먼저, ①은 작문론이지만, 소설의 문장은 어떠해야 하는가 또는 소설은 어떻게 쓰는가 하는 문제와 관련되는 내용도 담고 있다. 따라서 그 내용을 살펴보는 일이 필요하다.

①에서, 이태준은 본론을 전개하기에 앞서, 작문이라는 교과목의 목적은 글을 자유롭게 잘 쓰게 하는 것이라고 말했다. 그리고 작문의 교육적 가치 세 가지를 다음과 같이 제시했다. 첫째, 작문은 글을 짓는 것인 동시에 표현을 훈련하는 것이다. 표현은 훈련하지 않고는 결코 원만히 행할 수 없다. 둘째, 작문은 글을 짓는 것인 동시에 인격을 짓는 것이다. 작문은 자기가 이미 아는 것, 자기의 생활 경험 속에서 무엇을 찾아내어 창조하는 것으로서 사색하는 공부이다. 사색이 바로 인격을 짓는 일이다. 셋째, 작문은 글을 짓는 것인 동시에 감수성을 닦는 것이다. 감각하는 능력, 인식하는 능력, 비판하는 능력을 작문에서는 다른 학과에 비해 더 많이 기를 수 있다. 그런 의미에서 작문은 단순히 글 짓는 기술만을 공부하는 데에 그치는 것이 아니라 인간을 문화적으로 교화하는 데에 영향을 미치는 기초 학문이다.

이태준은 작문이라는 교과목의 목적과 교육적 가치에 대한 이러한 전제 아래에서, 글 짓는 행위로서의 작문에 대한 자신의 견해를 개진했다. 구체적으로 말하면, 그는 '무엇을 쓸 것인가', '어떻게 쓸 것인가', '어떤 자세로 쓸 것인가', '글을 왜, 어떻게 고치는가' 등에 대한 자신의 생각을 밝혔다. 이태준은 특히 '무엇을 쓸 것인가', '어떻게 쓸 것인가'

에 대해 말하는 과정에서 바로 소설의 제재와 문장에 대해 언급했다.

먼저, 이태준은 '무엇을 쓸 것인가'에 대해 말하는 과정에서 무엇을 소설의 제재로 삼아야 하는지를 시사했다. 그는 글감은 현실 속에서 찾아야 한다고 말했다. 그것도 평범하고 구체적인 경험을 문제(文題)로 삼아야 한다고 했다. 그런데 이태준이 궁극적으로 말한 글감이란 현실의 경험 속에서 찾은 사건·사실·물상 자체 또는 대상에 대한 개념·지식이 아니라 글을 쓰는 사람이 그것들에 대해 '느낀 내용' 즉 대상을 개성적으로 느껴 갖게 되는 '정서'이다. 심지어 이태준은 창작조차도 어떤 사건·사실·물상에 대해 주관적으로 '느낀 내용'을 제재로 삼는 것이라고 했다.

다음으로, 이태준은 '어떻게 쓸 것인가'에 대해 말하는 과정에서 소설의 문장은 어떠해야 하는지를 우회적으로 설명했다. 그 설명의 핵심은 소설의 문장은 대상을 그럴 듯하게 묘사하여 독자들도 작가가 그 대상에 대해 느낀 정서를 공유할 수 있게 구사해야 한다는 것이다. 즉 그는 소설에서 문장을 구사하는 가장 핵심적인 방식을 묘사로 보았다.

그가 묘사에 대해 설명한 내용을 요약하면 다음과 같다. 묘사는 '그려내는 것'이다. 그림으로 그려내는 것이 아니고 문자로 그려내는 것이다. 글을 본다는 것은 어떤 인물, 정경을 시신경(視神經)으로 직접 느끼는 것이 아니라 그 글의 묘사에 의지해서 마음속에 추상(推想)함으로써 보는 것이다. 그러므로 묘사에 모든 사람이 수긍할 만한 자연스러움과 참다움이 없으면 그 글은 실패한 것이다. 그런데 참됨과 자연스러움은 사실을 떠나서는 얻을 수 없다. 따라서 사실을 밝게 보아 두고 알아 두는 일이 필요하다. 인물을 묘사할 때에는 외모보다 성격을 묘사하는 일이 더 중요하다. 어떤 인물의 성격을 묘사한다는 것은 그가 그 인물이 기 때문에 할 만한 몸짓과 행동을 그리는 것이다. 그런데 그것은 필자의 인간적 경험에서 영향을 받는다. 즉 필자는 어떤 인물이 바로 그이 기 때문에 할 만한 몸짓과 행동을 파악하기 위해 평소에 여러 가지 성격과 입장의 사람들을 유심히 보아 두고 적어 두어야 한다.

이태준은 소설의 문장에 대한 자신의 이러한 생각을 정리하여 '조선신문예강좌'에서 '소설과 문장'이란 제목으로 강연한 것으로 보인다. 앞에서 설명한 대로, 그 강연 내용은 ②에 다음과 같이 요약되어 있다.

小說의 文章에는 會話文과 地文에 두 部分이 있습니다. 우리는 이것을 確實히 區別해야 합니다.

一, 地文에 있어서

1. 鑑賞的이여야 합니다. 感覺的이라야 맛이 잇어야 합니다. 맛을 너무 보지 말어야 합니다. 房이 추잡한 것을 '진날 돼지우리깐 같으다고'하니가 있는데 진날은 고만두는 게 좋읍니다.

2. 形容詞에 眞實性을 重要視해야 합니다. 가령 배가 몹시 곱아서 쓰린 것을 뱃속으로 구르마를 끌고 가는 것 같다'고 한 이가 있는데 이것은 너무 엉뚱합니다. 그러나 勿論 '챗죽 같은 비' '지둥치듯하는 바람'이니 하는 말은 실상은 그렇기야 하겠읍니까만은 우리가 항용하는 말이니 이렇게 써두 좋읍니다. 어느 詩人은 詩를 쓰느라구 몸이 마른다구 합니다. 文章을 쓰는 데두 그래야 합니다. 한자한자를 허술히 쓰지 말어야 합니다.

3. 한 말에게 專權을 주어야 합니다. 한 말을 쓴 다음에는 그 말에 비슷한

말은 쓰지 말아야 합니다. 다음 글에 있어서

'그는 성구의 일행이 탄 배가 까뭇까뭇 저 멀니 보이지 않을 때까지 바다까에 있는 바위 뒤에 홀로 서서 바래주고······ 까뭇까뭇과 저 멀니 있다는 것을 알 수 있읍니다. 또 바다가에 있는 줄 알겠읍니다. 저 멀니와 바다가에 있는 하는 말은 削除하는 게 좋읍니다.

4. 말이 正確해야 합니다. 그러나 이 正確은 科學的 正確과는 區別되어야 합니다.

5. 말에 副作用이 있으면 作用을 妨害합니다.

6. 小主觀을 避해야 합니다. 自己의 主觀을 바루 써서 讀者에게 마치 强制할 게 아니라 讀者가 自然히 感情에서 그 主觀을 얻게 해야 합니다.

7. 標準語를 써야 합니다.


二, 會話에 있어서

音聲 本位어야 합니다. 文法은 생각지 말아야 합니다. 小說에 人物이 이렇게 말한다면······

"아야, 삼막죽이네"

"질아프레, 고깟질"

이렇케 써도 좋읍니다.


지금까지 살핀 내용에 따르면, 이태준은 '시와 소설의 밤'과 '조선신문예강좌'에서 행한 강연을 통해 자신의 소설적 미의식을 개념화했다고 말할 수 있다. 구체적으로 그는 소설의 제재와 소설 문장에 대한 자신의 생각을 '정서'와 '묘사'의 개념으로 추상했다.

김기림은 '시와 소설의 밤'에서 〈시의 근대성〉을 강연했다. 그 내용은 ③「현대시의 발전」을 통해 유추할 수 있다. ③은 당시 『조선일보』에 연재되던 '하기예술강좌' 11~20회에 해당한다. ③과 '시와 소설의 밤' 사이에 시차(時差)가 거의 없고, 두 가지 모두 대중을 대상으로 한 '강연' 또는 '강좌'를 표방했다는 점에서 내용뿐만 아니라 내용의 수준도 관련이 있을 것으로 생각된다. 또한 김기림은 '조선신문예강좌'에서 〈시의 음향미〉를 강연했는데, ③에는 그 내용을 유추할 수 있는 대목도 있다.

김기림은 ③에서 먼저 '낡은 시'와 '새로운 시'를 대하는 방법을 대조했다. 그 내용은 다음과 같다. '낡은 시' 속에는 시인이 계획한 가치가 없다. 그 시 속에서 가치를 발견하는 것은 독자다. 즉 시의 가치는 그 시를 감상하는 독자의 심리 과정 속에서 형성된다. 그뿐만 아니라 그 가치의 수는 독자의 수에 따라 달라진다. 예를 들어, 타골이 '님이여' 하고 노래했을 때에 그 '님'은 독자에 따라서 애인이 될 수도 있고, 신이 될 수도 있고, 자유의 여신이 될 수도 있다. 상징파가 가장 노골적으로 시를 그런 '감상'의 대상으로 썼다. 반면, '새로운 시'는 시인이 그 시 속에서 한 개의 독창적 세계를 설계하고 계획하는 가장 치밀한 정신 활동이다. 다시 말하면 '새로운 시' 속에는 시인이 기도(企圖)한, 오직 하나의 가치가 시인의 의도대로 실현되어 있다. 독자는 그 유일한 가치를 붙잡아야 한다. 따라서 '새로운 시'에 대해서는, 시작(詩作) 과정도 매우 주지적(主知的)이며 그것을 읽는 방법도 지극히 주지적이어야 한다고 말할 수 있다. '새로운 시'는 '감상'의 대상이 아니라 '이해'의 대상이다.

그런데 김기림은 당시 시단에는 상징주의적인 시론과 감상 태도가 미만해 있다고 진단했다. 그리고 그런 상황에서 정지용, 장서언, 조벽암, 이상 그리고 자신의 시는 난해하다는 비난을 받고 있는데, 그 시들은 '새로운 시'들로서 현상적으로는 대개 '쉬르리얼리즘-초현실주의-'을 표준으로 하여, 그것을 넘어서거나 그것에 못 미쳐 있거나 그 속에 멈춰서 있다고 진단했다. 결론적으로 김기림은 당시 시단의 상황을 염두에 두고, 상징주의적인 시를 '낡은 시'로, 초현실주의적인 시를 '새로운 시'로 규정했다고 말할 수 있다.

김기림이 ③에서 궁극적으로 의도한 것은 당시 난해하다는 비난을 받던 '새로운 시'들에 대한 해설이다. 김기림은 그 글에서 정지용, 장서언, 조벽암, 이상의 시가 난해하다는 세간의 공격에 대해, 그런 새로운 시를 이해하려면 먼저 '시의 방법론'인 쉬르리얼리즘을 이해해야 한다고 말했다. 그런 전제 아래에서 그는 쉬르리얼리즘의 핵심 개념인 '꿈', '초현실', '자동기술'과 쉬르리얼리즘에서 언어를 사용하는 방법에 대해 설명했다.

특히 그는 쉬르리얼리즘에서 언어를 사용하는 방법을 중요하게 다루었는데, 구체적으로는 전통적인 문학에서 언어를 다루는 방식과 쉬르리얼리즘 시에서 언어를 다루는 방식을 대조했다. 그 내용을 요약하면 다음과 같다.

전통적인 문학에서는 대상에 부여된 관념을 묘사하거나, 표현하거나, 암시하기 위해 즉 그것을 독자의 의식에 전달하기 위해 언어를 쓴다. 또한 전통적인 문학의 언어는 문장인데, 구절, 문구, 구, 단어는 문장의 의미를 표현하는 데에 동원된다. 반면에, 쉬르리얼리즘에서는 언어의 기호로서의 기능을 높이 평가하고 이용한다. 문장은 두뇌의 산물인 반면, 쉬르리얼리즘의 본질이며 가장 중요한 탐구 대상인 꿈은 두뇌의 산물이 아니고 두뇌의 메커니즘이다. 따라서 꿈은 문장으로는 포착할 수 없다. 다만 기호만이 그것을 나타낼 수 있다. 그리하여 쉬르리얼리즘에서는 언어가 가지고 있는 고유한 의미나 언어 결합의 인습적 법칙을 무시한다. 단어와 단어를 의미에 의해 결합하는 것이 아니고 단순한 기호로 독립하여 쓴다. 즉 쉬르리얼리즘에서는 기호 자체를 기술함으로써 새로운 의미를 만들어낸다. 지극히 관계가 먼 단어들을 결합하거나 반발시킴으로써 미증유(未曾有)의, 의외(意外)의, 돌연(突然)한 의미를 빚어낸다. 이것이 쉬르리얼리즘의 가장 중요하고도 독특한 방법이다. 또한 쉬르리얼리즘은 문자 형태의 음영(陰影)·수효·변화·통일·운동 등의 효과를 추구한다. 즉 언어의 음과 형, 청각적 가치와 시각적 가치를 지극히 높게 평가한다. 형태 자체가 가치이며, 그것 외에 아무런 대상도 미리 상정하지 않는다. 형태 자체의 결합과 구성에 의해 전혀 예상한 일이 없는 의미를 나타낸다.

김기림은 그러한 설명을 바탕으로 하여 이상의 「운동(運動)」,[37] 정지용의 「귀로(歸路)」,[38] 장서언(張瑞彦)의 「고화병(古花瓶)」,[39] 자신의 「서반아(西班牙)의 노래」[40]를 해설했다.[41] 김기림은 그중 정지용의 시를 해설

---

[37] 이상의 「運動」은 1931년 8월 『朝鮮と建築』에 연작시 「烏瞰圖」의 한 편으로 일문으로 발표되었다. 김주현 주해, 『증보 정본 이상 문학전집』 1 – 시, 소명출판, 2009, 233~241면 참고. 김기림은 「現代詩의 發展(7)」(『조선일보』, 1934.7.19)에서 그 시를 번역하고 논평했다.

[38] 『가톨닉 청년』, 1933.10.

[39] 『가톨닉 청년』, 1934.2.

[40] 김기림은 「現代詩의 發展(10)」(『조선일보, 1934.7.22)에서 「西班牙의 노래」를 『여성조선』 제1호에 발표했다고 말했으나 정확하지 않다.

[41] 이상의 「運動」과 김기림의 「西班牙의 노래」에 대한 김기림의 해설은 이 책 제1부 '5장 -2-2)-(1)-①'에서 상론했다.

하면서 '시의 음향미'에 대한 생각을 드러냈다. 김기림의 해설에 따르면, 정지용의 시는 청각에 어필하는 시이다. 그런데 그 음악성은 자연발생적인 시인들의 시에 있는 소박한 음악성과는 다르다. 시인이 특이한 음향을 가진 개개의 말을 주밀하게 취사선택하고, 적당한 위치에 배열하면서 만들어내는 음악성이다. 또한 김기림은 우리말의 운율이 억양에 의해 생긴다고 생각하는데 정지용의 시를 읽으면 억양이 심한 리리시즘(lyricism)을 느끼게 된다고 말했다.

지금까지 살핀 내용을 통해 김기림은 구인회가 개최한 강연회에서 '새로운 시'에 대한 자신의 미의식을 쉬르리얼리즘에 기대어 개념화했을 것이라고 추정할 수 있다.

박태원은 구인회가 개최한 '시와 소설의 밤'에서는 〈언어와 문장〉을, '조선신문예강좌'에서는 〈소설의 기교〉와 〈소설의 감상〉을 강연했다. ④「창작여록(1~10)−표현·묘사·기교」는 두 강연회에서 박태원이 강연한 내용을 추정할 수 있게 하는 글이다. ④의 내용을 구체적으로 살피기 전에 박태원이 그 글에서 사용한 용어들의 뜻을 확인할 필요가 있다. ④에서 박태원이 쓴 "표현"은 '말'을 '글'로 여실(女實)히 바꾸는 것을 뜻한다. 그리고 "언어"는 '말'을 뜻한다.

먼저, 박태원의 〈언어와 문장〉 강연 내용은 ④의 1~3회를 근거로 하여 추정할 수 있다. 박태원은 그 부분에서 소설을 쓸 때 인물의 회화(會話)를 여실히 "표현"하는 방법 몇 가지를 제안했다. 그 방법들은 말과 글의 차이를 인식하여 고안한 것들이다. 박태원이 말과 글의 결정적 차이로 파악한 것은 말에는 어조(語調)가 있지만 글에는 어조가 없다는 것이다. 박태원에 따르면, 어조는 감정이나 성별 등에 따라 달라지는

데, 어조에 따라 말의 내용이 달라지기도 한다. 따라서 소설에서 인물의 회화를 형상화할 때에는 그 어조를 방불케 할 방법을 적용해 말하는 인물의 태도까지도 정확하게 표현해야 한다는 것이 박태원의 생각이다. 박태원은 그 방법으로서 문장부호나 된소리를 효과적으로 그리고 적극적으로 사용할 것을 제안했다. 그러나 박태원은 그런 방법들을 연구하고 적용하는 것은 부차적인 문제라고 못 박았다. 그는 소설에서 어떤 인물의 회화를 능숙하게 형상화하려면 무엇보다도 그들을, 그들의 심리를, 그들의 심정의 기미를 속 깊이 파헤쳐 들어가야 한다고 했다. 그는 모든 회화의 요체는 그런 노력을 통해서만 체득할 수 있는 것이므로, 표현의 기술을 끊임없이 연마하는 동시에 인생에 대한 연구를 열심히 하지 않으면 안 된다고 했다.

다음으로, 박태원의 〈소설의 감상〉 경연 내용은 ④의 4회를 근거로 하여 추정해 볼 수 있다. 그는 "문예 감상이란, (늘 하는 말이지만) 구경(究竟), 문장의 감상이다"라고 말했다. 문장을 감상한다는 것은 문장의 내용을 통해 의미를 파악하는 동시에 문장의 음향을 통해 어떤 분위기(암시)를 느끼는 것이라는 말이다. 박태원은 물론 음향은 분위기(암시)를 만들어내는 데에 그치는 것이 아니라 의미에 간섭하기도 한다고 했다. 박태원은 문장이 내용을 통해 의미를 전달하고 음향을 통해 분위기(암시)를 빚어낼 때, 그 문장은 문체 즉 스타일(style)을 가졌다고 말할 수 있다고 했다. 또 그는 음향뿐만 아니라 자형(字形), 자체(字體)의 영향으로도 문체는 달라질 수 있다고 했다.

마지막으로, 박태원의 〈소설의 기교〉 강연 내용은 ④의 6~7회를 근거로 하여 추정할 수 있다.[42] 박태원은 소설의 기교는 말을 조작하는 차원의 기지(機智)나 단순한 기법(技法)에 머물러서는 안 되고, 본질적으로 작품이 독자에게 감동을 주는 데에 기여해야 한다고 말했다. 그는 그러한 기교의 예로 알퐁스 도데(Alphonse Daudet)의 작품 「사포(Sapho)」의 한 대목, 주인공인 하층계급 젊은이가 정부(情婦)인 상류계급 여인을 안고 층계를 올라가다가 너무 힘들어서 여인에게 분노를 느끼는 장면을 인용했다.

第一層은 한숨에 올러가 버렷다. 통통한 두 팔이 목을 안어 감기는 感觸이란 아모것과도 비길 수 업게스리 조왓다.

第二層은, 勿論, 훨신 길엇다. 게집의 몸이 추욱 늘어진 까닭에, 훨신 짐이 묵어워젓다. 처음에는 다만 근질어운 것이 一種 快感을 주엇든, 銅銀팔찌가 차즘차즘 살에 박이기 始作하엿다.

第三層에서는, 그는 마치 피아노 運搬夫와 가티 헐떡어렷다. 숨이 가뻣다. 게집은 꿈꾸는 듯이 눈을 가늘게 뜨고 "아이 조화라, …… 아니 조화 ……" 하고 중얼거렷다. 한거름 올라가 마즈막 二三段이, 그에게는 엄청나게나 노픈 사다리와 가티 생각되엿다. 兩녁의 壁이며, 欄干이며, 좁은 窓이며, 모든 것이 限업시 기인 螺旋形으로 보엿다. 그가 안고 잇는 것은, 이미 게집이 아

---

42  박태원은 '기법'과 '기교'를 구별해서 인식했던 것으로 보인다. 그에 따르면, 기교는 기법 보다 한 차원 심화된 것이다. 예컨대, 그는 ④의 10회 "13. 이중노출"에서 영화의 '오버랩(overlap)' 수법에 대해 말했는데, 오버랩 자체는 기교가 아니라 기법이라고 할 수 있다. 그는 새로운 기법의 구사는 필요하고 의의 있는 일이라고 전제하고, 새로운 예술인 영화에는 배울 만한 기법이 많다고 했다. 그중 자신은 특히 오버랩 기법에 흥미를 느끼며 실제로 「소설가 구보씨의 일일」에 그것을 시험해 보았다고 했다. 그는 오버랩 기법이 '현재와 과거의 교섭(交涉), 현실과 환상의 교착(交錯)' 같은 것을 효과적으로 표현하는 데에 필요하다고 보았다.

니엿다. 숨이 막히도록 엄청나게나 묵어운, 그냥 무슨 物件이엿다. 一種의
憤怒조차, 이제는, 느끼며, 산산조각에나라고, 아모러케나, 그곳에 내여던
지고만 시퍼 못견듸엿다. …(下略)…

(武林無想奄氏 譯에 依함)[43]


또 박태원은 소설의 기교에 대한 자신의 생각을 단편소설의 결말을
어떻게 구성할 것인가 하는 문제로 구체화했다. 그는 단편소설의 기교
가 지니는 중요성에 대해 다음과 같이 말했다.


短篇小說이란, 元來가 藝術的 洗鍊이 업시는 애초부터 成立되지 못하는
것이라, 그 "終結이 非技巧的일진대, 그 作品은 大槪 失敗作이 아닐 수 업다.
勿論, 이것은 結末의 問題에만 끄티는 것이 아니다. "技巧"라는 것은 短篇小
說 製作에 잇서 至極히 重要한 問題요, 또 따라서 모든 卓越한 短篇作家들은,
同時에, 그러케도 優秀한 技巧家이엿다.[44]


그는 단편소설에서 기교는 지극히 중요한데, 특히 결말이 기교적인지
의 여부가 그 소설의 성패를 판가름한다고 말했다. 그는 단편소설 결말
의 그러한 중요성을 고려해 만들어진 수법으로서 결말에 경이(驚異)를
담는 것에 대해 거론했다. 그는 그것을, 줄거리의 가장 중요한 부분을
될 수 있는 대로 최후까지 보류해 두었다가 결말에서 비로소 공개하는
것이라고 설명하고, 모파상(Henri Rene Albert Guy de Maupassant)의 「목

---

43　박태원, 「創作餘錄(7)―表現·描寫·技巧」, 『조선중앙일보』, 1934.12.27.
44　위의 글.

걸이」가 그 수법을 사용한 대표적인 예이며, 오 헨리(O. Henry)도 거의 모든 작품에서 그 수법을 구사했다고 말했다. 그런데 그는 그 수법이 기교적이고 효과적이지만 그 한 개의 기교를 위해 예술작품으로서 기교 이상으로 존중해야 마땅한 것들을 희생시키는 위험을 범하기도 한다고 경계했다.[45]

이제까지 살핀 내용을 통해 박태원은 '시와 소설의 밤'과 '조선신문 예강좌'에서 소설에 대한 자신의 미의식을 어조, 문체, 기교 등의 개념으로 추상했다고 말할 수 있다.

김동인은 구인회 회원이 아니었는데도 '조선신문예강좌'에서 〈단편 소설론〉과 〈장편소설론〉을 강연했다. 그러나 그 강연록은 남아 있지 않다. 그러나 그 즈음 김동인이 쓴 글들 중에서 ⑦「소설학도의 서재에 서(1~7)」와 ⑧「근대소설의 승리(1~6)」을 통해 단편소설과 장편소설 에 대한 김동인의 생각을 파악할 수 있고, 강연 내용도 추정할 수 있다.

먼저, 김동인은 ⑦의 5회 "장편소설과 단편소설"에서 장편소설과 단 편소설을 구별하고 후자의 특징을 강조했다. 그 내용을 요약하면 다음 과 같다. 장편소설은 "비교적 산만한 인생의 기록"이고, 단편소설은 "단일한 효과를 나타내이는 압축된 인생 기록" 즉 "한 개의 의미를 나 타내기 위하여 가장 간단한 필치로 기록된 가장 간명한 형식의 소설"이 다. 장편소설에서는 정서나 인상의 통일이 필요 없으며 그러한 것을 요 구하는 것이 무리지만 단편소설에서는 다르다. 단편소설은 통일된 인

---

45 김동인도 「小說學徒의 書齋에서(1~3)」(『매일신보』, 1934.3.15~17)와 「小說界의 動 向(6)」(『매일신보』, 1933.12.26) 중 "李泰俊씨"에서 단편소설의 그와 같은 결말 처리 방식의 문제점을 지적했다. 그리고 그러한 결말 처리 방식을 자주 쓰는 이태준을 비판 했다.

상, 단일한 정서, 기교적인 필치를 특징으로 한다. 독자 입장에서는 다 읽고 난 뒤 "단일적으로 예각적으로 보다 더 순수하게 감수"되는 것은 단편소설이고 "침중하게 광의적으로 산만되게 감수"되는 것은 장편소설이다.

또, 김동인은 ⑧의 6회 "근대소설의 형적(型的) 구분"에서도 장편소설과 단편소설을 구별하고 각각의 특징을 설명했다. 그 내용은 ⑦의 5회 "장편소설과 단편소설"에서 논한 내용과 거의 비슷하다. 그런데 김동인은 ⑧의 6회에서는 장편형 소설은 차차 낡아 가고 전 세계적으로 단편형 소설이 전성기를 이루고 있다고 진단했다. 그리고 그 원인으로 생활이 점점 복잡해지면서 긴 소설을 읽을 시간이 없어졌다는 점, 날카로운 감을 주는 단편형 소설이 아닌 상반한 감정을 느끼게 하는 장편형 소설은 감수될 수 없게 되었다는 점을 들었다.


### (3) 조선문학사 개관

박팔양은 '조선신문예강좌'에서 〈조선신시사〉를 강연했다. 그 강연 내용은 ⑤ 「조선신시운동사(1·2)」를 통해 추정할 수 있다. 그는 그 글에서 조선신시가 전개된 과정을 약술했다.

박팔양은 최남선이 1909년 4월 『소년』에 발표한 「구작삼편(舊作三篇)」을, 정확히 말하면, 그 '삼편(三篇)'을 포함한 최남선의 '구작(舊作)'들을 조선 최초의 자유시—"운율의 자유성을 고조하는" 시—로 규정했다. 박팔양은 그 근거가 최남선이 「구작삼편」 끝에 붙인 말임을 밝히고 해당 부분을 인용했다. 그 부분을 원문에서 찾아 인용하면 다음과 같다.

丁未(1907년-인용자)의,條約이,締結되기前,三朔에,붓을,들어,偶然히,생각한대로,記錄한것을,始初로하야,三四朔동안에,十餘篇을,엇으니,이,곳,내가,붓을,詩에,쓰던,始初오,아울너,우리國語로,新詩의,形式을,試驗하던,始初라. 이에,揭載하난바,이것三篇도,그中엣,것을,摘錄한것이라.이제,偶然히,舊作을,보고,그時,自己의,想華를,追懷하니,坯한,深大한,感興이업지못하도다. 公六 識[46](강조-인용자)

박팔양은 조선 신시 초창기 작품의 특징으로 인도주의적 경향을 꼽았다. 그는 초창기 신시가 인도주의적 경향을 띠게 된 배경으로 최남선이 조선 최초의 자유시를 쓴 1907년의 사회 정세를 언급했다. 특히 1907년 7월 이후의 상황에 주목했다. 잘 알려진 대로, 1907년 7월에는 '헤이그밀사 사건'이 있었다. '헤이그밀사 사건'은 이준이 헤이그에서 을사조약이 고종의 뜻이 아니었음을 주장하면서 분사(憤死)한 사건이었다. 그런데 그 사건은 일제가 조선에 발판을 다지는 또 하나의 계기가 되었다. 그 사건을 계기로 하여, '한·일신협약(정미7조약)'이 체결되어 군대가 해산되었고, 고종이 양위하고 순종이 즉위했다. 박팔양은 그런 정세 속에서 정치에 눈뜬 사람들은 혼란을 느끼면서도 일본을 통해 밀려들어오는 신문명에 대한 동경을 금치 못했다고 말했다. 즉 오랫동안 민중을 지배하던 봉건세력의 지반이 흔들리자 소수의 선구자들과 청소년은 평등·정의·인도의 세계를 동경할 수밖에 없었다는 것이다. 그는 그러한 동경이 신시(新詩)에서는 인도주의적 경향으로 나타났다

---

46    최남선, 「舊作三篇」, 『소년』 제2년 제4권, 1909.4, 3면.

고 말했다. 그리고 박팔양은 그러한 인도주의적 경향의 시들은 『소년』, 『아이들보이』, 『새별』, 『청춘』 등에 지속적으로 발표되었다고 했다.

박팔양은, 이어서, 조선 신시 운동의 제2기를 기미(己未) 이전 즉 1919년 이전으로 보고, 그 시기에 대해 설명했다. 박팔양은 그 시기에는 잡지 『태서문예신보』, 『여자계(女子界)』, 『삼광(三光)』, 『창조』 등을 중심으로 하여 이광수, 주요한, 전영택, 김억, 김소월, 이동원(李東園) 등이 시를 발표했는데, 그들의 시는 구성과 표현 수법이 초기 신시들과는 완전히 달랐다고 말했다. 즉 그들의 시는 "비로소 교훈적 의미가 없는 순수예술적인 시가"들이었고, 조선신시사의 괄목할 만한 진보였다고 평가했다. 박팔양은 그런데 그들의 시에서는 어떤 보편적인 경향을 발견할 수 없다고 했다. 즉 그는 조선 신시 운동 제2기에는 유미주의적(唯美主義的)인 시, 신이상주의적(新理想主義)인 시, 낭만주의적인 시, 감상주의적(感傷主義的)인 시들이 공존하고 또 서로 혼합되었다고 말했다. 박팔양은, 특히, 그 시기에 창간된 잡지 『창조』의 시사적(詩史的) 중요성을 강조했다.

박팔양의 「조선신시운동사」는 거기서 끝난다. 『삼천리』 1936년 4월호에 실린 "삼천리문예강좌" 란의 목차에 "조선신시운동사—박팔양"이라는 표제가 적혀 있긴 하지만 그 표제에 해당하는 글은 그 책 속에 없다. 그래서 박팔양이 조선 신시 운동의 제3기 즉 1919년 이후의 시를 어떻게 인식했는지는 알 수 없다.

그런데, 사실, 중요한 것은 박팔양이 1919년 이후의 시를 어떻게 인식했는가 하는 것이다. 1919년 이후의 시에 대해 말하려면 프로 시에 대한 관점을 암시적으로든 명시적으로든 제시할 수밖에 없다. 박팔양은 구인회 회원이었지만, 초기 카프의 회원이기도 했다.[47] 따라서, 만약, 박팔양이 1919년 이후의 시에 대해 말한 자료를 찾을 수 있다면, 프로 시에 대한 그의 관점을 파악할 수 있을 것이다. 그리고 카프 회원이었던 그가 구인회에 가입한 문학사상적 배경에 대해서도 추정할 수 있을 것이다.

이광수는 김동인처럼 구인회 회원이 아니었으면서도 '조선신문예강좌'에서 〈조선소설사〉를 강연했다. 앞에서 설명한 대로, 그 내용은 이광수의 강연 내용을 요약한 것으로 보이는 ⑥ 「조선신문예강좌청강기초 ─조선소설사」에서 확인할 수 있다. ⑥의 내용을 요약하면 다음과 같다.

조선문학은 조선말로 쓰여지거나 번역된 문학이다. 조선말 즉 조선문학의 용기(容器)가 될 수 있는 말은 이두(吏讀)와 한글이다. 서구 문학 관념에 의하면, 시(詩)나 문(文)만이 아니라, 소설 그것도 문학적 소설뿐만 아니라 "얘기책적 소설"도 문학 속에 포함시킬 수 있다. "얘기책적 소설"이란 신소설 이전의 고전소설들이다. 신라 시대에도 이두로 된 소설이 있었을 것이나 나라가 망하면서 소멸했을 것이다. 김시습의 한문소설 「금오신화」를 효시로 하여 "조선시대"의 소설이 시작되었고 그 뒤를 이어 김만중의 한문소설 「구운몽」과 「사씨남정기」 등이 나왔다. 그 중에서 「구운몽」은 이후 누군가에 의해 한글로 번역되었고, 그 번역본은 조선소설사에 큰 영향을 주었다. "구운몽식 소설" 다음에 「심청전」과 「춘향전」이 나왔는데 그 소설들은 우리 문학의 "지보(至寶)"다. 구체적으로는 리듬감 있는 언어로 되어 있다는 점, 조선과 조선인을 그렸다

---

47  박팔양은 1925년에 카프에 가담한 것으로 알려져 있다. 권영민, 『한국 계급문학 운동사』, 문예출판사, 1998, 377면.

는 점, 희곡적 요소가 많다는 점, 유형적 묘사를 잘 했다는 점, 「춘향전」의 경우 어휘가 풍부한 점이 훌륭하다. 단 "소위 문짜를 늘어놓은 것", "초인간적 초자연적인 것"이 등장하는 것은 결점이다. 25년 전쯤부터 이인직 등의 신소설이 나왔는데, 그 시기는 사조가 로맨티시즘 고전주의에서 자연주의로 한창 옮아갈 때였고 이광수도 그때 소설을 썼다. 그 뒤 사실주의 소설, 상징주의 소설(김동인, 염상섭의 소설)이 등장하고, 기미(己未) 이후에는 사회가 변동하면서 형식을 무시하는 '이데올로기 소설'이 나오게 되었다. 끝으로 소설에서는 문체가 매우 중요하다.


### 3) 『시와 소설』

구인회의 문학적 활동 중 가장 중요한 것은 1936년 3월 회원 작품집 『시와 소설』을 창간한 것이다. 2장에서 제시한 대로, 조용만은 구인회 회고담을 여러 편 남겼다. 그 글들을 통해 『시와 소설』의 창간 경위를 알아볼 수 있다.

> 李箱은 茶房(제비 – 인용자)을 집어치우고 具本雄 畵伯이 經營하는 彰文社라는 印刷所에 들어가서 校正을 보아주고 있었다. 그래서 具畵伯의 好意로 그 이듬 이듬해 一九三五年 四月에 '詩와 小說'이라는 題目으로 九人會 機關紙가 나왔다. 五六十장의 얇다란 雜誌로서 仇甫와 金裕貞이 短篇을 썼고, 編輯은 李箱이 맡아 하였다. 定價는 拾錢으로 記憶되는데 잘 팔리지 않았는지 한 번밖에 못 내고 말았다.[48]

一九三五년 봄에 李箱이 彰文社 主人 具本雄을 움직여서 機關紙 『詩와 小說』을 한 號 出刊하였다.[49]

李상은 이 모든 것에 실패한 후 서양화가 具本雄이 경영하는 인쇄소 彰文社에 교정부원으로 들어갔다. 여기서 具화백의 원조를 얻어서 九人會 동인지 『詩와 小說』을 창간하였다. 그것이 1935년 겨울이었든지, 1936년 봄이었든지, 지금 생각이 잘 나지 않는다. 창간호를 한번 내고 李상은 彰文社를 나와서 동경으로 가 버렸다.[50]

(이상은)구인회에 가입해 크게 좋아하였고 彰文社 主인 화가 具本雄의 원조로 구인회 기관지 『詩와 小說』을 발간하였다. 李箱의 힘이었다.[51]

이상은 창문사에 근무하는 동안에 구본웅 화백을 졸라서 구인회 기관지로 『시와 소설』을 발간하였다. 물론 돈 한 푼 안 내고 거저 낸 것인데 모무("모두"의 오기 – 인용자) 합해서 40페이지밖에 안 되는 얇은 잡지이니까 비용이 얼마 들지는 않았다.

거기다가 이상은 「가외가전(街外街傳)」이라는 오감도와 비슷한 시를 발표하였다. 이것이 1936년 8월이었다.[52]

---

48   조용만, 「'九人會'의 記憶」, 『현대문학』, 1957.1, 128면.
49   조용만, 「九人會 이야기」, 『淸貧의 書』, 교문사, 1969.4, 21면.
50   조용만, 「나와 '九人會' 시대(6)」, 『대한일보』, 1969.10.10.
51   조용만, 『울 밑에 핀 봉선화야』, 범양사 출판부, 1985, 139면.
52   조용만, 「李箱 時代 – 젊은 예술가들의 肖像(3)」, 『문학사상』 176호, 1987.6, 309~310면.

이 구인회를 가장 정성스럽게 끌어간 사람이 이상과 이태준이었는데 특히 이상은 회장격인 이태준과 가까운 터라 모든 기획을 이태준과 둘이서 해나갔다. 구인회의 기관지인 『詩와 小說』도 두 사람이 의논해서 발간하였는데 그때 이상이 창문사란 인쇄소에 근무하는 관계로 돈 한푼 들이지 않고 이상의 힘만으로 잡지를 발간했다.

김유정의 입회만 해도 몇 사람이 반대했지만 이상이 우격다짐으로 이태준을 설복시켜서 결국 가입시킨 것이다. 『詩와 小說』 창간호에 김유정의 소설 「두꺼비」가 실렸는데, 이상이 이 소설을 걸작이라고 떠들고 다녔다.

이것이 1935년경의 일이고 ······[53]

조용만의 회고에 따르면, 이상은 다방 '제비'를 그만두고 나서 구본웅이 경영하던 인쇄소인 창문사에서 교정 일을 했다. 이상은 거기서 구본웅의 도움을 받아 『시와 소설』을 창간했다. 조용만은 그 시기를 1935년이라고도 했고 1936년이라고도 했다. 그리고 『시와 소설』의 분량에 대해서도 5,60페이지라고도 했고 40페이지라고도 했다. 그러나 『시와 소설』은 40페이지 분량으로 1936년 3월에 창간되었다.[54]

이상이 구본웅의 도움을 받아 『시와 소설』을 창간했다는 것은 『시와 소설』 창간호에 이상이 쓴 「편집 후기」에서도 확인할 수 있다.

전부터 몇 번 궁리가 있었으나 여의치 못해 그럭저럭 해 오든 일이 이번에 이렇게 탁방이 나서 會員들은 모두 기뻐한다. 위선 畵友 具本雄 氏에게 마음

---

53   조용만, 「李箱과 金裕貞의 文學과 友情」, 『신동아』, 1987.5, 561~562면.
54   구인회 회원 편, 『詩와 小說』 창간호, 창문사, 1936.3.

으로 치사해야 한다. 쓰고 싶은 것을 써라 채을낭 내 만들어 주마 해서 세상에 혼이 있는 별별 글탄 하나 격지 않고 깨끗이 誕生했다. 일후도 딴 걱정 없을 것은 勿論이다. 깨끗하다니 말이지 겉表지에서 뒷表지까지 예서 더 할 수 있으랴 보면 알 게다.[55]

『시와 소설』의 「편집 후기」를 통해서는, 그뿐만 아니라, 구인회 또는 이상이 『시와 소설』을 계속해서 발간하려 했다는 사실도 확인할 수 있다. 이상은 다음과 같이 썼다.

차차 페이지도 늘일 작정이다. 會員밖의ㅅ 분 것도 勿論 실닌다. 誌面 벨으는 것은 의논껏하고 編輯만 印刷所 關係上 李箱이 맡아보기로 한다.[56]

위의 글에서 이상은 자신이 『시와 소설』의 편집을 맡아서 할 것이며 차차 분량도 늘리고 회원도 늘릴 것이라는 의욕을 내보였다.

그러나 『시와 소설』은 더 이상 발간되지 않았다. 그 사정은 이상이 김기림에게 보낸 편지들에서 확인할 수 있다. 이상은 편지에서 김기림에게 『시와 소설』 제2호를 발간하려고 하나 다른 회원들이 협조가 부족해서 어려울 것 같으니 『시와 소설』을 아예 폐간하겠다고 말했다.

九人會는 그 後로 모이지 않았오이다. 그러나 兄의 安着은 그럭저럭들 다 아나봅디다.

---

55   위의 책, 40면.
56   위의 책, 40면.

(…중략…)

『詩와 小說』은 會員들이 모두 게을러서 글렀오이다. 그래 廢刊하고 그만 둘 心算이오. 二號는 會社 쪽에 내 面目이 없으니까 내 獨力으로 내 趣味雜誌를 하나 만들 作定입니다.[57]

九人會는 人間最大의 怠慢에서 浮沈 中이오. 八陽이 脫會했오―雜誌二號는 흐지부지요. 게을러서 다 틀려먹을 것 같소.[58]

요컨대, 『시와 소설』은 이상이 창문사에서 일하면서 그곳 주인인 구본웅의 도움을 받아 창간했다. 그러나 그 후 다른 회원들이 적극적으로 동조하지 않아 『시와 소설』은 창간호만 나오고 폐간되었다.

『시와 소설』의 내용 중에서 가장 먼저 살필 것은 구인회의 회원 명단이다. 『시와 소설』의 첫 장에는 구인회 회원 명단이 다음과 같이 실려 있다.

朴八陽, 金尙鎔, 鄭芝溶, 李泰俊, 金起林, 朴泰遠, 李箱, 金裕貞, 金煥泰[59]

---

57　김주현은 이 편지를 "私信(二)"로 명명했다. 그리고 이상이 이 편지를 1936년 4월 6일에서 6월 6일 사이에 썼다고 추정했다. 그런데 김주현은 이상이 「私信(三)」을 1936년 5월 11일에 썼다고 추정했으므로, 이상이 「私信(二)」를 쓴 시기는 1936년 4월 6일에서 1936년 5월 10일 사이로 좁혀 볼 수 있을 것이다. 김주현 주해, 『증보 정본 이상 문학전집』 3―수필・기타, 소명출판, 2009, 250~255면 참고. 아울러, 김윤식은 이 편지를 "私信(三)"으로 명명했음을 밝힌다. 김윤식 편, 『원본・주석 이상 문학전집』 3―수필, 문학사상사, 1993, 225~228면 참고.

58　김주현 주해, 앞의 책, 242~243면 참고. 김주현은 이 편지를 "私信(三)"으로 명명했다. 그리고 이상이 이 편지를 1936년 5월 11일에 썼다고 추정했다.

59　구인회 회원 편, 앞의 책, 2면.

이 중 김유정과 김환태는 『시와 소설』 창간 즈음에 새로 가입한 사람들이었다. 이상이 쓴 「편집 후기」에서 그 사실을 확인할 수 있다.

으쩌다 例會라고 뭉이면 出席보다 缺席이 더 많으니 변변이 이야기도 못하고 흐지부지 헤여지곤 하는 수가 많다. 게을은 탓이겠지만 또 各各 매인 일이 있고 역시 그도 그럴 수밖에 없다고 해서 會員을 너무 동떨어지지 안는 限에 맞어 보자고 꽤 오래 전부터 말이 있어 왔는데 그도 또 자연 허명무실해 오든 차에 이번 機會에 金裕貞 金煥泰 두 군을 맞었으니 퍽 좋다. 두 군은 전부터 會員들과 친분이 없지 않든 터에 잘됐다.[60]

회원 명단 다음에는 회원들의 권두언이 실려 있다. 그 내용을 소개하면 다음과 같다.[61]

값있는 삶을 살고 싶다. 비록 단 하로를 살드라도—麗水

結局은 "인텔리겐챠"라고 하는 것은 끈어진 한 部分이다. 全體에 대한 끈임없는 鄕愁와 또한 그것과의 먼 距離 때문에 그의 마음은 하로도 鎭定할 줄 모르는 괴로운 種族이다. —起林

小說은 人間辭典이라 느껴젓다. —尙虛

---

60　위의 책, 40면.
61　위의 책, 3면.

벌거숭이 알몸으로 가시밭에 둥그러저 그 님 한번 보고지고—裕貞


努力도 天稟이다.—泰遠


어느 時代에도 그 現代人은 絶望한다. 絶望이 技巧를 낳고 技巧 때문에 또 絶望한다.—李箱


言語美術이 存續하는 以上 그 民族은 熱烈하리라.—지용


불탄 잔디의 싹이 더욱 푸르다.—尙鎔


藝術이 藝術된 本領은 描寫될 對像에 있는 것이 아니라 그를 綜合하고 再建設하는 自我의 內部性에 있다.—煥泰


『시와 소설』에는 평론 1편, 수필 3편, 시 7편, 소설 2편이 실려 있다. 작품이 실린 순서대로 저자와 제목을 제시하고, 갈래를 밝히면 다음과 같다.

金起林, 「傑作에 對하여」(평론)
李泰俊, 「雪中訪蘭記」(수필)
金尙鎔, 「詩」(수필)
朴泰遠, 「R氏와 도야지」(수필)
鄭芝溶, 「流線哀傷」(시)[62]
金尙鎔, 「눈오는 아츰」·「물고기 하나」(시)

白石,「湯藥」·「伊豆國湊街道」(시)

李箱,「街外街傳」(시)

金起林,「除夜」(시)

朴泰遠,「芳蘭莊主人―星群 中의 하나」(소설)

金裕貞,「두꺼비」(소설)

　작품 다음에는 이상이 쓴 「편집 후기」가 실려 있다. 앞에서 부분 부분 살폈듯이, 이상은 「편집 후기」에서 『시와 소설』 창간 경위를 밝히고, 창간에 도움을 준 구본웅에 대한 고마움을 표현하고, 김유정과 김환태의 가입 경위를 밝혔으며, 『시와 소설』 속간 계획에 대해서도 말했다. 그밖에, 이상은 박태원이 첫딸을 낳은 소식을 전했으며, 회원들의 주소도 밝혔다.

　구인회가 창립 이후에 벌인 일련의 활동을 통해 구인회는 언어에 관해 숙고함으로써 문학이 무엇인지 또는 새로운 문학이 무엇인지를 말하려 했다고 볼 수 있다. 그러나 구인회 앞에는 두 가지의 장애물이 있었다. 하나는 카프였고, 다른 하나는 저널리즘의 상업성이었다. 카프는 일종의 억압으로서 구인회에 지속적으로 작용했다. 뒤에서 살필 것인데, 카프계 논자들이 구인회의 활동에 대해 끊임없이 논평했다는 사실, 구인회가 그 논평에 예민하게 반응했다는 사실이 그것을 말해준다.[63] 저널리즘의 상업성과 구인회의 관계도 뒤에서 자세히 살필 것인데,[64]

---

62　『詩와 小說』 표지에·있는 목차에는 "流線型哀傷"이라고 적혀 있다.
63　구인회에 대한 카프계의 논평과 그 논평에 대한 구인회의 대응은 이 책 제1부 '4장-1'에서 자세히 다루었다.
64　저널리즘의 상업성과 구인회에 대해서는 이 책 제1부 '4장-2'에서 자세히 다루었다.

여기서 그 관계를 미리 요약적으로 제시하고 그것을 근거로 하여 『시와 소설』의 의의를 논할 필요가 있겠다.

구인회는 저널리즘과 깊은 관계를 맺으면서 출발했고 저널리즘과 성공적으로 제휴해 나갔지만, 그 회원들은 문학이 저널리즘의 상업성에 복무해서는 안 된다고 주장했고 또 스스로 저널리즘의 상업성에 복무하는 것을 단호히 거부했다. 저널리즘과 손잡으면서도 저널리즘의 상업성에 복무하지 않으려는 구인회 회원들과 상업적 이익을 위해 독자의 기호에 민감할 수밖에 없었던 저널리즘은 자주 마찰을 빚었다. 독자들은 번번이 구인회 회원들의 작품에 이의를 제기했고 저널리즘은 그럴 때마다 독자의 편에 섰다. 저널리즘은 구인회 회원들에게 작품 게재 중단을 고하기도 하고 독자의 입맛에 맞게 작풍(作風)을 바꿀 것을 요구하기도 했다. 그런 상황 속에서 일련의 사태가 벌어졌다. 이상은 1934년 7월 24일부터 8월 8일까지 『조선중앙일보』에 「오감도(烏瞰圖)」를 연재하다 중단했고, 박태원은 1935년 2월 27일부터 5월 18일까지 같은 신문에 「청춘송(青春頌)」을 연재하다 중단했다. 이태준은 「오감도」와 「청춘송」 연재 당시 조선중앙일보사의 학예부장이었는데, 「청춘송」 연재가 중단되자 1935년 5월경 퇴사했다.[65]

『시와 소설』은 구인회가 문학의 예술성에 대한 소신을 저널리즘의 상업성 또는 대중적 취미의 간섭을 받지 않고 온전히 드러내기 위해 마련한 것이었다는 데에 일차적인 의의가 있다.[66] 구인회는 이상의 「오감

---

65  이에 대해서는 이 책 제1부 '4장-2-2)'에서 자세히 다루었다.

66  『詩와 小說』을 구인회와 관련해 어떻게 부를 것인지 재고할 필요가 있다. 많은 연구자들이 조용만의 회고담(「'九人會'의 記憶」, 『현대문학』, 1957.1; 「九人會 이야기」, 『清貧의 書』, 교문사, 1969.4; 『울밑에 핀 봉선화야』, 범양사 출판부, 1985)에 근거해 『詩와 小

도」 연재 중단, 박태원의 「청춘송」 연재 중단, 이태준의 조선중앙일보 사 퇴사 등의 사건을 겪으면서 자신들의 예술적 소신이 저널리즘의 상 업성 또는 대중적 취미와 충돌할 뿐만 아니라 타협할 수 없다는 것을 새삼 인식했을 것이다. 그래서 그들은 자신들의 예술적 소신을 자율적 으로 펼쳐 보일 수 있는 장(場)이 필요하다고 생각했을 것이다. 『시와 소설』은 그러한 의도에서 기획된 것이었다고 말할 수 있다. 그도 그럴 것이 『시와 소설』에 실린 작품들 중에는 이상의 「가외가전(街外街傳)」, 박태원의 「방란장주인(芳蘭莊主人)」 등 작자의 미의식이 극대화되어 구 현된 것들 즉 언어에 대한 극단적인 천착을 보여준 작품들이 있다.

그러나 『시와 소설』 발간이 구인회의 결속력과 응집력을 회복하거 나 강화하는 계기가 되지는 못했다. 구인회는 『시와 소설』 창간호를 내 고 나서 얼마 뒤에 소멸했다. 조용만은 "활동가이던 이상이 동경에 간 뒤에 구인회는 흐지부지 소멸되어 버렸다"라고 말한 바 있다.[67] 김주현 이 정리한 이상 연보에 따르면, 이상은 1936년 10월 중순경 동경으로 갔다.[68] 이러한 정황들을 종합해 보면, 구인회는 1936년 10월 이후에 자연스럽게 해체된 것으로 추정된다.

說』을 구인회의 "기관지(機關誌)"라고 불러 왔다. 그러나 그것은 적절한 표현이 아니다. 구인회를 기관(機關)으로 볼 수는 없기 때문이다. 그런가 하면, 조용만은 「나와 '九人會' 시대(6)」(『대한일보』, 1969.10.10)에서는 『詩와 小說』을 구인회의 "동인지"라고 명명 했다. 그 명명도 적절치 않다. 구인회를 일정한 문학적 취향을 공유했던 동인으로 보기도 어렵기 때문이다. 따라서 이 책에서는 『詩와 小說』을 '구인회 회원 작품집'이라고 명명했다.
67   조용만, 『울밑에 핀 봉선화야』, 범양사 출판부, 1985, 139면.
68   김주현 주해, 앞의 책, 334면.

## 4. 회원 변동

### 1) 과정과 양상

조용만은 일련의 구인회 회고담에서 구인회의 회원 변동에 대해 언급했다. 그런데 그 내용은 회고담에 따라 다르다. 먼저, 조용만은 「'구인회'의 기억」(『현대문학』, 1957.1)에서는 구인회가 2차례의 회원 변동을 거쳤다고 회고했다. 즉 구인회의 1차 회원 변동에서는 창립 회원 중 이효석, 이종명, 김유영이 탈퇴하고 그 대신에 박태원, 이상, 박팔양이 가입했다고 했다. 그리고 2차 변동에서는 조용만과 유치진이 탈퇴하고 그 대신 김환태와 김유정이 가입했다고 했다. 한편, 조용만은 「구인회이야기」(『청빈의 서』, 교문사, 1969.4)에서는 이종명과 김유영이 탈퇴한 뒤 이효석과 유치진과 조용만이 탈퇴했고 그 뒤에 박태원, 이상, 금여수(金麗水),[69] 김환태, 김유정이 가입했다고 했다. 다음으로, 조용만은 「나와 '구인회' 시대(1~6)」(『대한일보』, 1969.9.19・24・30; 10.3・7・10)에서는 이종명, 김유영이 탈퇴한 후, 1934년에 박태원, 이상을 가입시켰고, 그 뒤에 박팔양이 가입했다고 했다. 그리고 그다음에 이효석, 유치진, 조용만이 탈퇴했고, 이어서 김환태와 김유정이 가입했다고 했다. 그런가 하면, 조용만은 『울 밑에 핀 봉선화야』(범양사 출판부, 1985. 123~139면)에서는 세 번째 모임 때에 이종명, 김유영이 탈퇴를 통보하고 불

---

69  박팔양의 필명.

참하자 바로 이상과 박태원을 가입시켰다고 회고했다. 그리고 그 뒤에 이효석과 조용만이 탈퇴하였고 그다음에 김유정과 김환태가 가입했다고 말했다. 아울러, 조용만은 유치진이 첫 모임 이후로 불참했다고 했는데 그가 탈퇴한 시기를 정확히 언급하지는 않았다.

이처럼, 구인회의 회원 변동에 대한 조용만의 회고 내용은 일관되지 않음에도 불구하고 연구자들은 조용만의 회고담들 중에서 하나를 선택해 거기에 언급된 내용을 근거로 삼아 구인회의 회원 변동에 대해 논의해 왔다. 예를 들어 조연현과 김윤식은 조용만이 「'구인회'의 기억」(『현대문학』, 1957.1)에서 회고한 내용을 근거로 하여 구인회는 2차례의 회원 변동을 거쳤다고 말했으며,[70] 이중재는 주로 조용만이 『울 밑에 핀 봉선화야』(범양사 출판부, 1985, 123~139면)에서 회고한 내용을 근거로 하여 구인회의 회원 변동에 대해 논의했다.[71]

구인회에 대한 자료들을 분석·종합한 결과, 구인회는, 다음과 같이, 적어도 네 차례 이상 회원 변동을 겪었다고 판단된다.

① 「九人會 創立」, 『조선일보』, 1933.8.30.

「文壇人 消息-九人會 組織」, 『조선중앙일보』, 1933.8.31.

「九人會 創立」, 『동아일보』, 1933.9.1.

9명 : 이태준, 정지용, 김기림, 이효석, 유치진, 이종명, 이무영, 조용만, 김유영

---

70  조연현, 「한국현대문학사(제32회)」, 『현대문학』 제38호, 1958.2, 271면; 김윤식, 『이상 연구』, 문학사상사, 1987, 156면.
71  이중재, 『'구인회' 소설의 문학사적 연구』, 국학자료원, 1998, 52~57면.

② 김인용, 「九人會 月評 傍聽記」, 『조선문학』, 1933.10.

　　9명 : 이태준, 정지용, 김기림, 이효석, 유치진, 이종명, 이무영, 조용
　　만, 김유영

②와 ③ 사이 : 1차 회원 변동

**특기사항 : 김유영 탈퇴.**

**박팔양, 박태원, 조벽암 가입.**

③「文壇의 一盛事! '詩와 小說의 밤'」, 『조선중앙일보』, 1934.6.25.

　　11명 : 이태준, 정지용, 김기림, 이효석, 유치진, 이종명, 이무영, 조용
　　만, 박팔양, 박태원, 조벽암

③과 ④ 사이 : 2차 회원 변동

**특기사항 : 조용만 탈퇴.**

④ S・K生, 「最近 朝鮮 文壇의 動向」, 『신동아』, 1934.9.

　　10명 : 이태준, 정지용, 김기림, 이효석, 유치진, 이종명, 이무영, 박팔
　　양, 박태원, 조벽암

④와 ⑦ 사이 : 3차 회원 변동

**특기사항 : 이상, 김상용, 김유정, 김환태 가입.**

**이효석, 유치진, 이종명, 이무영, 조벽암 탈퇴.**

⑤「文藝志望人의 絶好한 機會! −朝鮮新文藝講座」, 『조선중앙일보』, 1935.

　2.13.

　이상이 강연자 명단에 있음. 이상은 회원으로 추정됨.


⑥ 박승극, 「朝鮮文學의 再建設」, 『신동아』, 1935.6.

　구인회 회원은 모두 13명이라고 말함.

　이무영과 조벽암의 탈퇴를 언급함.


⑦ 구인회 회원 편, 『詩와 小說』, 창문사, 1936.3.

　9명 : 이태준, 정지용, 김기림, 박팔양, 박태원, 이상, 김상용, 김유정,

　김환태


⑦과 ⑧ 사이 : 4차 회원 변동

특기사항 : 박팔양 탈퇴.


⑨ 이상이 1936년 5월 11일에 김기림에게 쓴 편지.[72]

　박팔양이 탈퇴했다고 씀.


72　김주현 주해, 앞의 책, 254~255면.

## 2) 회원 입·탈회의 조건

구인회의 회원 변동은 회원들의 자유롭고 자발적인 가입과 탈퇴에 의해서만 전적으로 이루어진 것은 아니다. 구인회는 회원들을 뽑거나 탈퇴시키는 암묵적인 기준을 가지고 있었다. 그 기준은 회원들의 '인지도나 예술적 성취 수준', '정치적 의도의 소유 여부'와 관련이 있었을 것으로 보인다. 그리고 전자는 주로 회원을 입회시키는 기준으로 작용했고,[73] 후자는 주로 회원들을 탈퇴시키는 명분으로 작용했다.

먼저, 구인회가 '인지도나 예술적 성취 수준'을 자격 요건으로 삼아 회원을 입회시켰다는 것을[74] 이상의 구인회 가입 경위를 통해 밝혀 보

---

[73] 아울러, 조용만의 회고에 따르면, 구인회는 새 회원을 가입시킬 때에는 기존 회원 전원이 찬성해야 한다는 조건을 두었다. "구인회는 1933년에 李泰俊·李鍾鳴·金幽影·鄭芝溶·李無影·金起林·李孝石·柳致眞·趙容萬 등 아홉 사람이 모여서 만든 순수문학단체였다. 그때는 프롤레타리아문학의 전성시대여서 모두들 그리로 몰렸지만, 이에 굴하지 않고 순수문학을 지키고자 젊은 작가들이 단체를 결성한 것이었다. 회장도 규약도 없이 회원들이 날짜를 정해서 자유롭게 모이는 젊은 문인들의 친목구락부였다. 이렇게 아무 목적도 없이 모여서 이야기나 하다 헤어지는 권위 없는 단체였건만 안회남 같은 사람은 처음부터 자기를 회원에 넣어주지 않았다고 회원들을 욕하고 폭력을 행사하기까지 했다. **새로 가입하려면 회원 전원이 찬성해야 되는데** 이 회는 회원의 출입이 빈번해서……."(조용만, 「李箱과 金裕貞의 文學과 友情」, 『신동아』, 1987.5, 561면, 강조─인용자)

[74] 조용만의 회고는 이런 추정을 가능케 한다. 조용만의 회고에 따르면, 구인회는 당시 문단이나 독자들이 인정하는, 그야말로 문학적 성취 수준을 평가할 만한 작가들을 회원으로 만들려고 했던 것 같다. 당시에 높이 평가받던 이효석과 유치진 같은 이들은 첫 모임 이후로는 한 번도 참석하지 않았음에도 불구하고 그 이름을 계속 회원 명단에 올려놓았다. 반면 그들에 비해 인지도가 낮았던 박태원과 신예 이상은 조용만이 반복해서 추천했지만 다른 회원들이 거절해서 쉽게 가입할 수 없었다. 또 안회남 같은 작가도 구인회에 가입하고 싶어 했으나 거절당했고, 그 때문에 구인회 회원들에게 행패를 부리기도 했다. 조용만, 『울 밑에 핀 봉선화야』, 범양사 출판부, 1985, 137면; 조용만, 「李箱 시대─젊은 예술가들의 肖像(3)」, 『문학사상』 176호, 1987.6, 306면; 조용만, 「李箱과 金裕貞의 文學과 友情」, 『신동아』, 1987.5, 561면 참고. 그런데 조용만의 구인회 회고담 중에서 구인회 결성 이후의 내용은 당대 문헌 기록과 다른 점이 많다. 따라서 결성 이후의 구인회에 대해 논할 때 조용만의 회고담을 근거로 삼는 것은 다소 문제가 있다. 그런 이유 때문에,

고자 한다.

조용만은 구인회 회고담에서 자신이 박태원과 이상을 함께 두 번에 걸쳐 회원으로 추천했으며, 두 번째 추천했을 때 그들은 구인회에 가입할 수 있었다고 증언했다. 즉 발회 준비 모임에서 인선에 대해 논의하면서 그들을 추천했을 때는 다른 사람들이 반대했으나,[75] 이종명, 김유영, 이효석, 유치진의 탈퇴가 확실해진 다음 모임을 깨뜨리지 않기 위해 다시 추천했을 때는 그들을 가입시킬 수 있었다고 회고했다.[76]

한편, 조용만은 이상이 『조선중앙일보』에 「오감도」를 연재한 일에 대해서도 회고했다. 그런데 그 내용은 자료에 따라 다르다. 조용만은 「나와 '구인회' 시대(4)」(『대한일보』, 1969.10.3)에서는 이상이 1934년에 구인회에 가입하고 나서 이태준에게 부탁해 『조선중앙일보』 학예면에 「오감도」를 열흘이 넘게 연재했다고 했다. 그러나 조용만은 『울 밑에 핀 봉선화야』(범양사 출판부, 1985)에서는 「오감도」 연재는 이상이 구인회에 가입하기 전에 이루어졌다고 회고했다. 즉 조용만은 『울 밑에 핀 봉선화야』에서 이종명, 김유영, 이효석, 유치진의 탈퇴가 확실해진 다음 모임을 깨뜨리지 않기 위해 자신이 이태준에게 박태원과 이상을 회원으로 추천했고 이태준과 의논하여 그들을 구인회의 세 번째 모임 장소에 데리고 갔다고 했다. 조용만은 그런데 그때 이미 이태준과 이상은 구면이었다고 했다. 이상이 정지용을 통해 이태준을 졸라 『조선중앙일

---

구인회가 '인지도나 예술적 성취 수준'을 가입에 필요한 조건으로 삼았다는 주장에 대해서 조용만의 회고는 본문에서는 가급적이면 근거로 제시하지 않았다.

75　조용만, 「九人會 만들 무렵」, 『九人會 만들 무렵』, 정음사, 1984.5, 80면.

76　조용만, 「나와 '九人會' 시대(4)」, 『대한일보』, 1969.10.3; 조용만, 『울 밑에 핀 봉선화야』, 범양사 출판부, 1985, 136면; 조용만, 「李箱 時代－젊은 예술가들의 肖像(2)」, 『문학사상』 175호, 1987.5, 179면.

보』에 「오감도」를 발표했던 일로 두 사람은 이미 서로를 알고 있었다는 것이다.[77] 그런가 하면 조용만은 「이상(李箱) 시대-젊은 예술가들의 초상(1)」(『문학사상』 174호, 1987.4)에서는 정지용, 박태원, 정인택이 이상의 「오감도」를 『조선중앙일보』에 발표하게 해 달라고 이태준을 설복했다고 증언했다. 구인회 회원이 아니었던 정인택이 「오감도」 연재에 관여했다는 조용만의 회고는 「오감도」 연재가 구인회를 통해 이루어진 일이 아닐 수도 있으며 이상이 구인회에 가입하기 전에 이루어진 일일 수 있다는 가능성을 시사한다.

구인회 연구자들은 조용만의 회고를 자의적으로 선택하고 조합하여 박태원과 이상은 구인회에 동시에 가입했고 그 뒤에 이상은 「오감도」를 『조선중앙일보』에 연재했다고 말해 왔다.[78] 그런데 그러한 선행 연구의 내용은 구체적인 자료를 근거로 삼아 재고할 필요가 있다. 즉 박태원과 이상이 동시에 구인회에 가입했는지, 이상이 「오감도」를 연재한 것은 그가 구인회에 가입하기 전인지 후인지를 확인할 필요가 있다.

먼저, 이상과 박태원은 구인회에 동시에 가입했다고 보기 어렵다. 앞에서 구인회의 회원 변동에 대해 정리한 내용에 따르면, 박태원이 구인회에 가입한 시기는 1933년 10월에서 1934년 6월 24일 사이이고, 이상이 구인회에 가입한 시기는 1934년 9월에서 1935년 2월 17일 사이이다. 두 사람이 구인회에 가입한 시기 사이에는 시차(時差)가 있다.

다음으로, 이상이 『조선중앙일보』에 「오감도」를 연재한 것은 구인

---

77  조용만, 『울 밑에 핀 봉선화야』, 범양사 출판부, 1985, 136면.
78  박헌호, 「구인회를 어떻게 볼 것인가」, 『식민지 근대성과 소설의 양식』, 소명출판, 2004, 305면 등.

회에 가입하기 전일 가능성이 크다. 「오감도」는 1934년 7월 24일부터 1934년 8월 8일까지 연재되었다. 그리고, 앞에서 말한 것처럼, 이상은 1934년 9월에서 1935년 2월 17일 사이에 구인회에 가입했다.

이상과 박태원이 구인회에 동시에 가입하지 않았으며, 이상이 『조선중앙일보』에 「오감도」를 연재한 것은 그가 구인회에 가입하기 전이라는 사실은 구인회가 '인지도나 예술적 성취 수준'을 회원들의 자격 요건으로 삼았을 가능성을 시사한다고 생각한다. 박태원과 이상이 구인회에 가입한 시기 사이에 존재하는 시차는 무엇을 의미하는 것일까? 박태원이 구인회에 가입한 뒤로부터 이상이 가입할 때까지 이상의 예술적 능력에 대한 구인회의 검증이 이루어졌다고 생각한다. 그 검증은 '「오감도」 연재'와 '「소설가 구보씨의 일일」의 삽화'를 통해 이루어졌을 가능성이 크다. 「오감도」는 비난 속에서 연재가 중단되었으나 이상은 그 사건으로 인해 인기를 얻었다.[79] 한편, 박태원은 1934년 8월 1일부터 9월 19일까지 『조선중앙일보』에 「소설가 구보 씨의 일일」을 연재했는데, 이상이 '하융(河戎)'이라는 이름으로 삽화를 그렸고, 그 삽화는 독자들에게 좋은 반응을 얻었다.[80] 이상이 「오감도」를 연재해 얻은 인기와 「소설가 구보 씨의 일일」의 삽화를 그려 증명해 보인 예술적 감각이 구인회가 그를 회원으로 받아들이는 결정적인 계기로 작용했을 것이라고 생각한다.

요컨대, 이상이 『조선중앙일보』에 「오감도」를 연재한 경위와 구인

---

79  박태원, 「李箱의 片貌」, 『조광』, 1937.6, 304면; 조용만, 「李箱과 金裕貞의 文學과 友情」, 『신동아』, 1987.5, 558면.

80  조용만, 「李箱 時代－젊은 예술가들의 肖像(2)」, 『문학사상』 175호, 1987.5, 180면.

회에 가입한 경위를 통해서 구인회는 '인지도나 예술적 성취 수준'을 은연중에 회원의 자격 조건으로 삼았을 것이라고 추정할 수 있다.

다음으로, 구인회가 '정치적 의도의 소유 여부'로 회원을 탈퇴시키기도 했다는 것은 이태준의 언급을 통해 확인할 수 있다.

우리는 會員의 思想을 强制하지 안는다. 어느 團體에 끼여 어떤 思想行動을 하거나 어떤 傾向을 作品에서 强調하거나 絶對 自由다. 다만 九人會 그것을 自己가 利用하려 들어서도 안 된다. 그런 野心人이 생기면 벌서 友誼에 不純이 생기기 때문에 不可不 남이 될 수박에 업는 것이다. 이러한 意味에서 우리들에게 이미 남 되어 주기를 要求바든 會員도 잇섯다. 그럼으로 九人會 그 自體에게 어떤 政治的인 行動을 期待하는 것은 九人會의 性格을 모르기 때문이다. 九人會員인 작가가 個人으로나, 혹은 다른 團體에 끼어선 어떤 行動이던 할 수 잇되 九人會로서는 "글공부" 그 以上에 나서지 못한다. 그러타고 그것이 九人會를 爲해서 슬퍼하거나 못맛당해 할 理由는 아모 것도 업다. 애초에 붓으로 맨 것은 글을 쓰는 것으로 맛당하고 비로 맨 것은 마당을 쓰는 것만으로 맛당한 것이다.[81]

위에 인용한 글에서 이태준은 구인회는 회원들에게 사상을 강제하지 않는다고 했다. 즉 어떤 단체에 끼어 어떤 사상적인 행동을 하거나 작품에 어떤 경향을 강조하거나 그것은 회원들의 절대 자유라고 했다. 단, 정치적 의도를 지니고 구인회를 이용하려고 하거나 구인회에 정치

---

81  이태준, 「九人會에 對한 難解 其他」, 『조선중앙일보』, 1935.8.11.

적인 행동을 기대했던 회원들은 탈퇴시키기도 했다고 말했다.

그런데 중요한 것은 실제로 그런 이유로 구인회에서 탈퇴한 인물이 있는지, 있다면 누구인지를 밝히는 일이다. 이무영의 구인회 탈퇴 경위는 구인회가 '정치적 의도의 소유 여부'로 회원을 탈퇴시키기도 했을 것이라는 추정을 강하게 뒷받침한다.

백철은 『조선신문학사조사』(현대편)(백양당, 1949)에서 이무영이 1934년에 "변명(變名)으로서 구인회 동인 간의 경향의 불일치와 모순성을 지적한 것이 분열의 직접 동기가 되어"[82] 이무영과 조벽암이 탈퇴했으며, 구인회는 그 뒤에 문학적인 공적을 남기지 못한 채 해체되었다고 했다. 그런데 『신동아』 1934년 9월호에는 'S·K생'의 「최근 조선 문단의 동향」이라는 글이 실려 있다. 그 글이 바로 백철이 말한 바, 이무영이 "변명으로서 구인회 동인 간의 경향의 불일치와 모순성을 지적한 글"로 추정된다. 그 글의 발표 시기와 내용, 특히 구인회 회원 10명의 이름과 구인회의 활동 계획을 구체적으로 언급하고 있다는 사실이 그러한 추정을 뒷받침한다.[83]

이무영이라고 추론되는 'S·K생'은 그 글에서 이태준, 김기림, 박태원, 이종명, 이효석, 정지용, 유치진, 이무영, 조벽암, 박팔양 등 "회원 전부(10명)"가 문단에 뿌리를 박고 있는 작가라는 점, 그러면서도 회원들의 색채가 다르다(없다)는 점이 구인회의 특색이라고 말했다. 즉 그

---

82  백철, 『조선신문학사조사』(현대편), 백양당, 1949, 212면.
83  지금까지 몇몇 연구자들이 이 글을 카프계 논자의 글로 추정해 왔다. 그러나 그렇게 추정한 근거는 제시하지 않았다. 김민정, 「1930년대 문학적 장의 형성과 구인회」, 『한국 근대 문학의 유인과 미적 주체의 좌표』, 소명출판, 2004, 71면; 박헌호, 「구인회를 어떻게 볼 것인가」, 『식민지 근대성과 소설의 양식』, 소명출판, 2004, 311면 등.

는 회원 중에서 이태준, 김기림, 정지용, 이종명, 박태원, 이효석, 박팔양은 "예술파"에 속하는 작가이고, 이무영, 유치진, 조벽암은 그와는 색채가 다른 작가라고 구별했다. 이어서 그는 이무영, 조벽암, 유치진의 동향에 따라 구인회는 융합하거나 분열할 것이라고 전망했다. 즉 구인회는 그들이 예술파에 동화됨으로써 융합하거나, 그들이 만든 균열을 이기지 못해 예술파가 해소됨으로써 분열할 것이라고 예측했다. 나아가 그는 구인회가 융합한다면 구인회에 대진할 새로운 조직체가 만들어질 것이며, 구인회가 분열한다면 카프계 작가들이 모여 카프를 대신할 새로운 조직체를 만들고 예술파와 대진하게 될 것이라고 전망했다. 그는 융합 또는 분열의 결과는 이후 구인회의 활동을 통해 구체적으로 확인하게 될 것이라고 말했다. 즉 "곧 발간될 것"이라는 구인회 기관지에 실리는 작품들의 색채와 "기회가 될 때마다 개최될 것"이라는 '시와 소설의 밤'과 같은 행사에서 이무영, 조벽암, 유치진이 어떤 행보를 보이는지에 따라 확인할 수 있을 것이라고 말했다. 그러한 맥락에서 그는 구인회가 '시와 소설의 밤'에서 이태준, 박태원, 김기림만을 강연자로 내세운 사실을 상기시키기도 했다.

이태준은 이무영이 「최근 조선 문단의 동향」에서 정치적 의도를 드러내었으며 구인회에 정치적 행동을 기대한다고 판단하지는 않았을까? 그리고 이태준 또는 구인회는 그 글을 계기로 하여 이무영에게 탈퇴를 권고했던 것은 아닐까?

1935년 6월 3일 『조선문단』에서 마련했던 문예좌담회를 기록한 자료에는 그 무렵에 이무영과 조벽암이 구인회에서 탈퇴했다는 내용이 나온다.

李石薰 九人會員은 몇 名이나 됩니까.

鄭芝溶 十三人입니다.

方人根 그러면 十三人會라고했으면 좋겠군요.

鄭芝溶 直木十三五 格입니까?

金南天 그 동안 會員 變動이 있지 않았습니까 李無影 趙碧岩 兩人이 脫退했지요.

金光燮 李無影 氏도 여기 앉어 게시니 무슨 理由로 脫退했는지 알고 싶습니다.

李無影 여기선 말 안 것이 좋겠지요.

金光燮 퍽 듣고 싶은데요 直接 脫退한 분이니 이야기해도 좋껜지요.

李無影 글노는 發表할 수 있는 性格이지만 여기선 말할 수 없습니다.

咸大勳 九人會員들이 多作이더군요.

金南天 九人會의 集會 組織 계획 等을 알고 싶습니다.

鄭芝溶 무슨 계획이나 綱領이 반드시 있어야 愉快하겠습니까? 글 좋아하는 친구끼리 모혀 보니 九人會가 되였지요.[84] (강조-인용자)


참가자 중 한 사람이었던 김남천이 그 무렵에 이무영과 조벽암이 구인회에서 탈퇴한 사실을 거론했다. 또 그 자리에서 김광섭은 이무영에게 탈퇴한 이유를 물었으나, 이무영은 그 이유를 글로는 발표할 수 있어도 말할 수는 없다고 했다. 탈퇴에 어떤 사정이 개입했음을 짐작케 하는 장면이다. 그 사정이 무엇이었는지는 분명히 밝히기 어렵다. 그러

---

84  조선문단 편집국, 「文藝座談會」, 『조선문단』, 1935.8, 143~144면.

나 적어도 이무영이 구인회에서 탈퇴한 것이 전적으로 그의 의지에 의한 행동만은 아니었음을 짐작할 수는 있다.

그런데 이무영의 구인회 탈퇴는 그가 구인회를 정치적 관점에서 논하는 글을 발표했고 이태준이 그것을 구인회의 목적인 "글공부" 이상으로 판단하여 반발한 결과라고만 볼 수는 없다. 이무영의 구인회 탈퇴는 근본적으로 "색채"의 차이에서 비롯된 구인회 회원 간의 갈등의 결과라고 볼 수도 있다. 즉 구인회 또는 이태준은 "색채"가 다른 회원들, 동반자적 회원들의 제명(除名)을 기도(企圖)했을 가능성이 크다.

이무영은 구인회에서 가장 이질적인 문학관을 지녔던 인물이다. 그 차이가 가장 먼저 그리고 구체적으로 드러난 것은 1933년 9월 15일에 있었던 구인회의 첫 번째 합평회에서이다. '3장-2-1)'에서 살핀 대로, 『조선문단』 1933년 10월호에 실린 김인용의 「구인회 월평 방청기」는 구인회의 첫 번째 합평회를 취재하여 기록한 글이다. 그 글을 통해서 창립 직후 구인회 회원들이 각자의 문학관을 그대로 드러내는 모습을 확인할 수 있다. 특히 그 글에 이무영은 회원들 중에서 가장 다른 문학관을 드러내었던 것으로 기록되어 있다.

이무영의 '문학관이나 문학적 지향'이 구인회의 다른 회원들의 그것과는 판이하게 달랐다는 사실은 이무영에 대한 카프계의 논평을 통해서도 확인할 수 있다. 이무영은 카프계가 구인회 회원들 중에서 가장 호의적으로 평가했던 작가이다.

먼저, 김기진은 『신동아』 1933년 12월호에 발표한 「1933년도 단편 창작 76편」에서 이무영이 1933년 한 해 동안 가장 많은 작품을 쓴 작가였음을 강조하고, 다음과 같이 그를 "동반자적 경향 작가"로 평가했다.

이 作家는 文壇的으로 말해서 인제는 確乎한 位置를 占領하고 잇다고 볼수 있다. 그리고 이 사람의 思想的 傾向으로 말하면 自由主義者이오 作家的 分野로 보면 同伴者的 傾向 作家이다. 그의 前記 作品들은 各篇마다 '운동가'라는 人物이 나온다. 十萬長者로 菓子 상자를 들고 約婚한 女子를 訪問하는 紳士風의 靑年도 운동가로서 登場하고 잇다(「破鏡」). 自殺開業으로 술값을 버는 靑年도 '루바슈-카'를 닙고 와서 참된 사람이 되엇다고 前過를 容恕하야 달나함애 눈물이 날 만큼 그의 單純한 感情과 誠意에 感動되어서 同志로서의 握手를 許한다(「류바슈-카」). 이만큼 이 作家는 그 운동가가 어떤 운동을 하는 운동가인지는 모르나 漠然히나마 推測되는 階級…… 運動家에게 同情과 好意를 붓치고 잇는 것만은 事實이다. 運動에 對한 充分한 智識과 그 實踐의 客觀的 具象化의 方法을 習得하는 때 이 作家는 지금보다 갓가히 프롤레타리아 陣營으로 올 사람이다. 그리고 그것은 한 발자욱쯤박게 남지 아니하는 距離에 잇다.[85] (강조-인용자)

이무영을 호의적으로 평가했던 카프계 비평가는 김기진만이 아니다. 홍효민은 『조선문단 및 조선문학의 진전』(『신동아』, 1935.1)에서 이무영은 다작이어서 가끔 태작을 발표하기도 하지만 질이나 양에서 꼽을 만한 작가라고 말했다. 그리고 박승극은 「조선문단의 회고와 비판」(『신인문학』, 1935.3)에서 이무영을 "부단히 고민하며 무엇을 탐색하기에 게을리하지 않는 작가", 현실 사회의 적극적인 일면을 탐색하려고 하는 점에서 구인회의 다른 회원들이 추종하지 못할 만큼 진보적이라고 평가했다.

---

85   김기진, 「一九三三年度 短篇 創作 七十六 篇」, 『신동아』, 1933.12, 26면.

이처럼, 이무영의 '문학관이나 문학적 경향'은 구인회 주요 회원들의 그것과 판이하게 달랐으며, 그것은 구체적으로 동반자적 경향을 띠는 것이었다고 정리할 수 있다. 그런데 주목할 것은 그러한 사실에서 파생된 문제들이다. 먼저, 이무영은 그러한 작품 경향으로 인해 이태준과 대립했다. 즉 구인회의 첫 번째 월평회는 이무영의 '문학관이나 문학적 경향'이 다른 회원들의 그것과 다르다는 것을 확인하는 계기였을 뿐만 아니라, 이무영과 이태준이 문학관의 차이로 대립하는 계기이기도 했다. 다음으로, 김기진과 박승극은 단순히 이무영의 작품을 호평하는 데에 머물지 않았다. 그들은 이무영이 프로 문학 진영으로 선회할 것에 대한 기대를 표명했던 것이다. 특히 박승극의 기대 표명은 노골적이었다. 그는 이무영이 저널리즘에 이용당하지 않고 "지드적인 길"로 나가는 데서만 장래를 약속할 수 있을 것이라고 했다.[86] "지드적인 길"로 나간다는 것은 앙드레 지드(Andre Paul Guillaume Gide)가 1920년대 말 공산주의로의 전향을 선언한 것처럼 좌경(左傾)하는 것을 말한다.

요컨대, 이무영은 동반자적 작품 경향으로 인해 이태준과 대립했고, 카프계에게는 호의적인 관심의 대상이 되었다. 그러한 사실들은 구인회 안에서 이무영의 입지를 축소하는 원인으로 작용했을 것이다. 이무영은 구인회가 1934년 6월에 열었던 '시와 소설의 밤'에서 사회를 맡은 것 말고는 구인회의 단체 활동에서 별다른 역할을 하지 않았다.[87] 구인회 창립 당시에 간사를 맡았음에도 불구하고 그의 역할은 미미했다.[88] 이무영은 1935년 6월 이전에 구인회에서 탈퇴했다. 그가 구인회

---

86  박승극, 「朝鮮文壇의 回顧와 批判」, 『신인문학』, 1935.3, 78~79면.
87  S·K生, 「最近 朝鮮 文壇의 動向」, 『신동아』, 1934.9, 151면.

에 오래 소속되어 있었고 구인회의 창립 목적에 맞게 성실하게 "다작
(多作)"했음에도 불구하고 그처럼 구인회 내에서 미미한 역할을 하는
데 머물고 결국 탈퇴했던 것은 바로 그의 동반자적인 작품 경향이 파생
한 문제들 때문이었을 것이다.

　그런데 흥미로운 것은 동반자적 작품 경향으로 인해 구인회 내에서
입지를 넓히지 못하고 결국은 탈퇴한 것이 이무영만은 아니라는 사실
이다. 이무영의 탈퇴를 즈음해서 조벽암도 구인회를 탈퇴했다는 것은
앞에서 확인한 대로이다. 요컨대, 구인회는 동반자적 작품 경향을 지닌
회원들의 역할을 제한함으로써 그들의 입지를 축소하고 결국은 탈퇴를
유도했던 것으로 보인다.

88　「文壇人 消息—九人會 組織」, 『조선중앙일보』, 1933.8.31.

이 장에서는 구인회 회원들이 당대의 문학 환경에 대응했던 방식 및 태도를 구인회의 지향(志向)으로 보고 논하고자 한다. 여기서 당대의 문학 환경이란 카프계의 시선과 상업적 저널리즘 또는 저널리즘의 상업성을 말한다. 그것들에 대응했던 구인회의 방식과 태도 즉 구인회의 지향은 구체적 활동은 아니다. 그러나 그 지향은 구인회 회원들의 일련의 움직임 속에서 분명히 포착된다.

## 1. 탈(脫)-카프

'3장'에서 살핀 대로, 구인회는 1933년 8월에 창립되었고 1936년 10월쯤 소멸했다. 한편, 카프는 1925년 8월에 정식으로 발족되었고

1935년 5월에 해산되었다.[1] 군이 따지자면 카프와 구인회는 구인회 결성 즈음부터 카프 해산 시점까지 공존했다고 말할 수 있다. 그들은 공존했을 뿐만 아니라 상호 작용했다. 그 근거로 구인회의 결성 과정, 구인회에 대한 카프계(系)의 논평, 카프계의 논평에 대한 구인회의 대응 등을 들 수 있다.

조용만의 회고를 통해 구인회의 결성 과정을 재구성해 보면, 구인회는 김유영, 이종명, 조용만이 카프의 자장(磁場) 안에서 카프를 의식하면서 결성했다고 말할 수 있다. 그들은 카프에 대항하려는 생각은 없었다고 해도 결국은 카프를 인정하고 그것에 대한 일종의 대응 태도를 강구했다고 볼 수 있기 때문이다. 한편, 제2부 '1장'과 '2장'에서 다룰 내용을 미리 말하면, 애초에 구인회의 결성을 발의하고 도모했던 김유영은, 사실, 구인회를 통해 계급적 이데올로기를 파악한 전문적인 시나리오 작가, 각색자, 감독의 연대를 이루고 조선 농촌 또는 농민의 현실을 사실적·객관적으로 반영하는, 프롤레타리아영화의 시나리오를 얻으려 했던 것으로 보인다. 물론 그의 의도는 실현되지 않았다. 그렇지만 김유영이 벌였던 활동의 맥락 속에서 구인회의 결성을 보면 김유영이 카프의 자장 안에서 카프의 존재를 인정하는 가운데 구인회를 결성하려 했다고 판단하지 않을 수 없다.

구인회가 카프와 상호 작용했다고 말할 수 있는 또 다른 근거는 카프계가 구인회에 대해 지속적으로 논평했고 구인회가 거기에 대응했다는 것이다. 즉 카프계 문인들은 구인회의 창립·활동·해체에 이르는 모

---

1    권영민, 『한국 계급문학 운동사』, 문예출판사, 1998 참고.

든 사안에 대해 지속적으로 논평했고, 구인회 회원들은 그들의 논평에 소극적이지만 문제적인 방식으로 대응했다.

구인회가 카프와 공존했고 카프와 구인회가 상호 작용했다는 것에 대해서는 이론의 여지가 별로 없어 보인다. 여기서 문제 삼으려 하는 것은 구인회가 카프를 대했던 방식과 그 의미이다. 구인회가 카프를 대했던 방식은 '반(反)-카프'나 '항(抗)-카프'가 아니라 '탈(脫)-카프'라 할 만하다. 그것은 카프를 분명히 의식하고는 있으나 카프와 맞서 논쟁하거나 카프에 반대하는 노선을 분명히 취하는 것이 아니라 카프와의 대립 구도가 만들어지는 것 자체를 피하는 방식이었다. 즉 카프에 정면으로 맞서서 대항하는 것이 아니라 우회적으로 카프와 카프적인 것을 거부하는 것, 카프의 자장에서 벗어나는 것이었다.

이 절에서는 구인회의 그러한 탈(脫)-카프 지향을 논증하고자 한다. 구인회의 탈(脫)-카프 지향은 구인회가 동반자적 경향의 회원을 탈퇴시켰던 방식과 카프계의 논평에 대응했던 방식에서 구체적으로 드러난다. 구인회가 회원을 탈퇴시켰던 방식에 대해서는 '3장-4-2)'에서 상론했으므로 여기서는 구인회가 카프계의 논평에 대응했던 방식을 논의 대상으로 삼고자 한다. 즉 구인회에 대한 카프계의 논평 내용을 정리하고 그 논평에 대한 구인회의 대응 내용 및 양상을 살피고자 한다. 이것은 구인회에 관한 선행 연구들에서 중요하게 행해졌던 작업이기도 하다. 그러므로 선행 연구의 내용을 먼저 살필 필요가 있다.

1) 카프계의 논평과 구인회의 대응에 관한 선행 연구 검토

다음과 같은 연구들에서 구인회에 대한 카프계의 논평이나 그 논평에 대한 구인회의 대응을 정리한 바 있다.

[1] 김시태, 「구인회 연구」, 『논문집』 제7집(인문·사회과학편), 제주대, 1975.

[2] 구자황, 「'구인회'와 주변 단체」, 상허문학회, 『근대문학과 구인회』, 깊은샘, 1996.

[3] 이중재, 『'구인회' 소설의 문학사적 연구』, 국학자료원, 1998.

[4] 김민정, 「1930년대 문학적 장의 형성과 구인회」, 『한국 근대문학의 유인과 미적 주체의 좌표』, 소명출판, 2004.

김시태는 [1]에서 "카프 파의 시비"라는 절을 통해 구인회에 대한 카프 파의 논평 내용을 최초로 정리했다. 그는 구인회에 대한 카프 파의 논평 자료를 다음과 같이 제시했다.

1. 백철, 「사악한 예원(藝苑)의 분위기」, 『동아일보』, 1933.9.29~10.1.

2. 홍효민, 「1934년과 조선 문단」, 『동아일보』, 1934.1.1~10.

3. 김두용, 「'구인회'에 대한 비판」, 『동아일보』, 1935.7.28~8.1.

4. 박승극, 「문예와 정치」, 『동아일보』, 1934.6.5.

5. 신고송, 「문단시감」, 『조선중앙일보』, 1935.11.16~17.

김시태는 위의 글들은 구인회를 부정하는 것과 긍정하는 것으로 나뉜다고 말하고 전자를 대표하는 것으로 1을, 후자를 대표하는 것으로 2를 꼽아 주로 분석·논평했다. 이어서 김시태는『시와 소설』의「편집 후기」에서 이상(李箱)이 한 말을 근거로 삼아, 카프 파의 비난과 공격에 대해 구인회는 단 한 번도 응답한 사실이 없다고 단언했다. 그리고 그것을 통해 구인회는 창작만을 최대의 과제로 삼았다는 것, 구인회와 카프는 문학적 이념과 특성이 전혀 달랐다는 것을 알 수 있다고 했다.

구자황은 [2]에서 구인회와 카프의 관계에 대해 논했다. 그는 다음과 같은 글들을 근거로 하여, 정세가 변함에 따라 구인회에 대한 카프의 평가도 달라졌다고 말했다.

1. 백철,「사악한 예원의 분위기(하)」,『동아일보』, 1933.10.1.

2. 홍효민,「1934년과 조선 문단」,『동아일보』, 1934.1.4~10.

3. 임화,「1933년의 조선문학의 제 경향과 전망」,『조선일보』, 1934.1.1 ~14.

4. 홍효민,「조선 문단 및 조선문학의 진전」,『신동아』, 1935.1.

5. 박승극,「조선문학의 재건설」,『신동아』, 1935.6.

6. 김두용,「'구인회'에 대한 비판」,『동아일보』, 1935.7.28~8.1.


먼저, 구자황은 1930년대 초반에는 카프가 구인회를 평가하면서 "프로문학의 단절론적 시각"을 고스란히 드러냈다고 말하고 그 근거로 1과 2를 거론했다. 구자황의 문맥에서, "프로문학의 단절론적 시각"이란 1930년대 초반 프로문학이 근대란 용어를 자본주의 부르주아와 같은 의미로 사용하며 근대문학 전체를 부르주아문학으로 규정하고 부정의 대상으로 삼았던 태도, 그들이 대체로 근대 이후의 문학을 미학적으로 지향함으로써 동시대 진보적 문학 경향들을 부르주아문학으로 매도했던 태도를 의미한다. 즉 구자황은 백철이 1에서 구인회를 "무의지파"라고 불렀던 것, 홍효민이 2에서 구인회를 "새로운 반동시대의 전위파" 또는 "동반자적 그룹"이라고 평가했던 것을 근거로 하여 1930년대 초반에 카프는 구인회를 부르주아문학 단체로 규정했다고 판단했다.

이어서, 구자황은 1934년을 경과하면서 카프는 구인회라는 존재를 인정하게 되었다고 말했다. 그리고 그것과 관련해 박승극이 5에서 '구인회는 조선문학계에 있어서 카프에 버금가는 문제의 문학 단체'라고 말한 것과 홍효민이 4에서 사회 정세가 급각도로 변하지 않는 한 구인회가 수 년 동안 지속되리라고 예견한 것을 거론했다. 즉 구자황은 당시 카프는 해체 국면에 있었던 반면 구인회의 문단적 위상은 높아지고 있었는데 카프는 그런 정세 변화를 수용해 구인회의 존재를 인정하게 되었다고 분석했다.

마지막으로, 구자황은 김두용이 6에서 구인회에 대해 카프의 기존 시각과는 다른 시각을 드러냈다고 말했다. 즉 기존의 카프는 구인회를 부르주아문학 단체로 규정했지만 김두용은 구인회를 중간파적 성격을 지닌 동반자적 문학 단체로 보고, 구인회의 역할 그리고 카프와 구인회의 연대 가능성에 주목했다는 것이다. 구자황은 김두용이 그렇게 한 것은 당시 국제적으로 논의되던 '반파시즘 인민전선'에 영향을 받았기 때문이라고 추론했다. 그러나 구자황은 김두용이 '반파시즘 인민전선'을 일정한 미학적 범주로까지 구체화시키지는 못했다고 평가했다. 즉 그가 구인회에 '연대'를 제의한 것은 미학적 매개항 없이 단순히 객관적 정세의 변화만을 수용한, 전술적·조직적 차원의 논의였을 뿐이라고 말했다.

한편, 구자황은 다음과 같은 글들을 인용하면서, 구인회가 카프에 대한 반감 나아가 공리적 문학관에 대한 거부를 드러냈다고 말했다.

김기림, 「문예시평－현 문단의 부진과 그 전망」, 『동광』, 1932.10.

정지용, 「한 개의 반박」, 『조선일보』, 1933.8.26.

이태준, 「소설의 어려움 이제 깨닫는 듯」, 『문장』, 1940.2.

이중재는 [3]에서 "구인회와 카프"라는 절을 두어 구인회에 대한 카프 측의 시비 양상을 정리했다. 그는 구인회에 대한 카프 측의 시비 양상을 살펴볼 수 있는 자료들을 다음과 같이 제시했다.

1. 백철, 「사악한 예원의 분위기」, 『동아일보』, 1933.9.29~10.1.

2. 홍효민, 「1934년과 조선 문단－간단한 회고와 전망을 겸하여」, 『동아일보』, 1934.1.1~10.

3. 박승극, 「문예와 정치－정치의 우월성 문제」, 『동아일보』, 1934.6.5.

4. 박승극, 「조선문학의 재건설－상반기 창작 급 평론의 비판과 일반 문학 문제에 관한 토구」, 『신동아』, 1935.6.

5. 김두용, 「구인회에 대한 비판」, 『동아일보』, 1935.7.28~8.1.

6. 신고송, 「문단시감」, 『조선중앙일보』, 1935.11.16~17.

이중재는 이 자료들 중에서 3은 구인회를 간접적으로 비판한 자료라고 했고, 6은 본론에서 언급하지 않았다. 결국 이중재는 1·2·3·4·5의 내용을 근거로 하여, 카프 측 논자들은 구인회에 대해 논평하면서 대개 카프 측의 획일적인 문학관을 그대로 드러냈다고 비판했다.

한편, 이중재는 카프 측의 비난과 공격에 대해 구인회는 철저하게 방관자적 태도를 취했다고 판단했다. 그는 그 판단의 근거로 이상이 『시와 소설』의 「편집 후기」에서 말한 것과 박승극이 4에서 말한 내용을 제시했다.

김민정은 [4]에서 구인회가 당시 문학적 장에서 구사했던 차별화의 전략을 논의하기에 앞서 구인회에 대한 카프 측의 반응을 정리했다. 그는 구인회에 대한 카프 측의 반응을 살필 수 있는 자료들을 다음과 같이 제시했다.

1. 백철, 「사악한 예원의 분위기(상·하)」, 『동아일보』, 1933.9.29; 10.1.

2. 권환, 「33년 문예평단의 회고와 신년의 전망」, 『조선중앙일보』, 1934.1.1 ~4.

3. 홍효민, 「1934과 조선 문단」, 『동아일보』, 1934.1.10.

4. S·K생, 「최근 조선 문단의 동향」, 『신동아』, 1934.9.

5. 홍효민, 「조선 문단 및 조선문학의 전진」,[2] 『신동아』, 1935.1.

6. 박승극, 「조선 문단의 회고와 비판」, 『신인문학』, 1935.3.

7. 박승국,[3] 「조선문학의 재건설」, 『신동아』, 1935.6.

---

2  '진전(進展)'의 오기.
3  '박승극'의 오기.

8. 김두용, 「구인회에 대한 비판」, 『동아일보』, 1935.7.28~8.1.

9. 한효, 「문학비평의 신임무」, 『조선중앙일보』, 1935.8.14.

10. 박승극, 「문예시론」, 『조선중앙일보』, 1935.11.6.


  김민정은 이 자료들 중에서 1·2·3·6·8만을 논의 대상으로 삼았다. 그리고 그것들을 통해, 카프 측 논자들은 구인회를 "소부르적"이라고 보는 계급환원적 태도를 취하기도 하고 "중간파적 작가"나 "동반자 그룹"으로 보는 통일전선적 관점을 취하기도 했다고 정리했다. 그는 카프 측 논자들은 비판의 수위나 관점은 달랐지만 공통적으로 구인회에 대해서도 자신들과 동일한 체계와 구조를 취할 것을 강요했고, 나아가 구인회를 카프 내부로 견인할 대상으로 간주했다고 말했다.

  그리고, 김민정은 이상이 『시와 소설』의 「편집 후기」에서 말한 내용을 근거로 삼아, 구인회는 신문 학예면을 장악하고 있었지만 카프 측의 노골적인 공격성 발언에 대해서 한 번도 공개적으로 대응한 일이 없었다고 말했다.

  이제까지 선행 연구자들이 구인회에 대한 카프계의 논평과 그 논평에 대한 구인회의 대응을 정리한 내용을 살펴보았다. 이제, 그 문제점을 지적해 보기로 한다.

  첫째. 구인회 회원들이 쓴 글을 적극적으로 찾아 읽어 보면, 구인회 또는 구인회 회원들이 카프의 논평에 소극적이고 산발적으로나마 대응했던 사실을 확인할 수 있다. 그럼에도 불구하고 김시태, 이중재, 김민정 등 선행 연구자들은 한정된 자료만을 근거로 삼아 대개 구인회가 카프의 논평에 아무런 대응도 하지 않았다고 판단했다.[4]

둘째. 카프계 문인들은 구인회를 논평하면서 구인회의 변동과 구체적인 활동 양상을 근거로 삼았는데, 연구자들은 대개 그 사실을 간과했다. '3장'에서 자세히 밝혔듯이, 구인회는 1933년 8월에 창립되어 1936년 10월경에 소멸했다. 약 3년간 존재했던 셈이다. 그런데 구인회는 짧은 기간 동안만 존재했음에도 불구하고 끊임없이 모양새를 바꾸었던 모임이다. 앞으로 확인하게 되겠지만, 카프계 문인들은 구인회의 혼선과 변동을 민감하게 의식했으며, 그 혼선과 변동을 구인회 논평의 근거로 삼았다. 구체적으로 말해서, 구인회의 '혼선'이란 지향이 분명하지 않았던 창립과 창립 초기의 활동을 뜻하며, '변동'이란 활동 양상의 변동 그리고 회원 변동과 그에 따르는 사상적 경향의 변동을 뜻한다. 그러나 연구자들은 구인회에 대한 카프계 문인들의 논평을 정리하면서 그 점을 거의 고려하지 않았다. 즉 그들은 카프계 문인들이 구인회를 고정된 실체로 간주하고 논평했던 것으로 정리했다. 구인회에 대한 카프계의 관점이 시간적으로 변화했다고 파악한 구자황도 그 변화의 원인을 구인회의 변동보다는 주로 정세의 흐름이나 카프의 상황 변화에서 찾았다.

셋째. 연구자들은 카프계 문인들이 구인회에 대해 논평하면서 드러낸 개인적 견해를 카프 측의 일반적 관념으로 환원해 버렸다. 카프계 문인들이 설령 구인회에 대해 대체로 같은 주장을 펼쳤다고 해도 그 주장의 맥락은 다를 수 있다는 것을 간과해서는 안 된다. 그런데 선행 연구자들은 카프계 문인들이 구인회를 논평하면서 드러낸 개인적 견해를 카프

---

4   김시태, 이중재, 김민정 외에 박헌호도 이상이 『詩와 小說』의 「偏執 後記」에서 말한 내용을 근거로 삼아 구인회는 "카프 측의 비난에 일체 묵묵부답으로 일관"했다고 말했다. 박헌호, 「구인회를 어떻게 볼 것인가」, 『식민지 근대성과 소설의 양식』, 소명출판, 2004, 302면.

측의 일반적 관념으로 환원함으로써 그 차이들을 무시하는 결과를 낳았다. 김시태, 이중재의 논의에서 그러한 양상을 분명히 확인할 수 있다.

먼저, 김시태는 다음과 같이 말했다.

叙上에서 指摘한 바와 같은 白·洪(백철과 홍효민—인용자) 兩人의 見解差는 個人的인 것이기 前에 一九般的("一般的"의 오기—인용자)인 性格을 띠고 있는 것으로서 轉向論의 擡頭와 함께 急速度로 渦解되기 시작한 카프派의 分裂相을 端的으로 立證해 주는 것이라고 하겠다. 그러나 九人會가 結成된 1933年까지만 하더라도 카프派가 文壇의 絶對多數를 차지하고 있었으며, 뿐만 아니라 카프 組織이 解體된 1935年 以後에도 그 잔당들은 文壇의 第二線에 물러앉아서 純粹文學側과 지속적으로 對決하는 姿勢를 취했기 때문에 白鐵流의 名分論이 當時로서는 카프側의 一般的인 立場을 더 많이 代表했던 것으로 보는 것이 妥當하리라고 생각된다.[5]

다음에서 확인하게 되겠지만, 김시태는 백철의 「사악한 예원의 분위기」의 내용을 잘못 이해한 면이 많다. 그런 오독으로 인해 초래된 문제점일 수 있는데, 그는 위의 인용문에서 확인되듯이, 백철이 「사악한 예원의 분위기」에서 구인회에 대해 말한 내용을 당시 카프의 일반적인 입장을 대표하는 것이었다고 보았다. 그러나 그것은 오류이다. 백철은 당시 카프계 문인들 중에서는 예외적으로 「사악한 예원의 분위기」에서 구인회의 진보성에 주목했기 때문이다.

---

5   김시태, 「구인회 연구」, 『논문집』 제7집(인문·사회과학편), 제주대, 1975, 43면.

한편, 이중재는 김시태의 오류를 극복하지 못한 상태에서, 다음과 같은 논리적 결절들을 연결해 나가면서 카프 측 문인들이 구인회에 대해 논평한 내용은 카프의 일반적인 관념을 드러낸 것들로서 궁극적으로 같다고 말했다.

'구인회'를 '현실적으로 존재할 아무 적극적 의의를 갖고 있지 못한, 의지와 방향을 잃고 있는 존재'로 파악하고 이를 '무의지파' 또는 '자유주의전파'로 규정하고 있는 백철의 비판 태도는 카프파의 획일적인 문학관을 그대로 드러내 보이고 있다.[6]

'구인회'를 무조건 배척하고 있는 백철과는 달리 홍효민은 '구인회'의 존재 이유를 부분적으로나마 인정해 주고 있으나, '구인회'를 바라보는 기본적인 입장은 결국 백철과 같다.[7]

홍효민이 '구인회'를 프로문학파와 민족주의문학파와의 중간에 위치해 있는 '동반자적 그룹'으로 파악하고 있는 바와 같이 김두용 역시 홍효민과 같은 시각에서 '구인회'를 바라본다.[8]

이밖에 직접적이지는 않지만 간접적으로 '구인회'를 비판한 글로서 박승극의 '문예와 정치'가 있다.[9]

---

6    이중재, 『'구인회' 소설의 문학사적 연구』, 국학자료원, 1998, 75면.
7    위의 책, 75면.
8    위의 책, 78면.
9    위의 책, 81면.

카프의 해체가 임박해 있던 때임에도 불구하고 박승극의 '구인회'에 대한 비판은 여전히 서슬이 퍼렇게 살아있다.[10]

넷째. 연구자들이 자료를 잘못된 방식으로 다룸으로써 결론적으로 자료를 오독했다는 점은 가장 근본적인 문제점이라고 할 수 있다. 이 문제점으로 인해 다른 문제점들이 초래되었기 때문이다. 연구자들은 자신이 목록에 제시한 자료들을 모두 검토하지 않고 그중 특정 자료만을 선택해 검토했다. 게다가 연구자들은 선택한 자료 중에서도 구인회에 대해 언급된 부분만을 발췌해 읽은 경우가 많다. 그런 경우에 연구자들은 자료 전체의 맥락을 파악하지 못함으로써 구인회에 대해 언급된 부분을 잘못 해석하는 오류를 범했다.

백철의 「사악한 예원의 분위기(상·중·하)」(『동아일보』, 1933.9.29~10.1)와 권환의 「33년 문예평단의 회고와 신년의 전망(1~4)」(『조선중앙일보』, 1934.1.1~4)은 연구자들의 오독의 정도가 가장 심한 자료들이다. 연구자들이 이 두 편의 글에 대해 말한 내용 속에는 자료를 다루는 방식의 문제점과 그로 인한 오독의 문제점이 고스란히 함축되어 있다. 이에 대해서는 조금 더 상세히 논할 필요가 있다.

백철은 1933년 9월 29일부터 10월 1일까지 『동아일보』에 「사악한 예원의 분위기(상·중·하)」를 발표했다. 그 글은 구인회가 창립 사실을 공지했을 뿐 구체적인 활동을 벌이지는 않은 시점(時點)에 발표된 것이다.

백철은 그 글에서 당시를 전세계적인 비상(非常) 시기라고 진단했다.

---

10  위의 책, 83면.

특히 문화 영역의 비상한 상황은 "자유주의 문화인" 전부를 압박하고 있다고 했다. 백철은 문화 영역의 위기를 대변하는 사건으로 "나치스의 분서(焚書) 사건"과 "경대(京大) 교수 사건"을 들었다.

1933년 5월 10일, '독일이 지향하는 가치에 적합하지 않은 것들에 대한 조처'의 일환으로 베를린 오페라 하우스 광장과 여러 대학도시들에서 많은 책들이 소각되었다. 당시 소각된 책들은 주로 바이마르 문화의 성가(聲價)를 드높였던 책들과 소위 '더 이상 용납될 수 없는' 유대 지식인들의 '퇴폐적이고 파괴적인' 책들이었다. 구체적으로는 하인리히 하이네, 프로이트, 레마르크, 하인리히만, 케스트너 등의 저서였다. 이것이 "나치스의 분서 사건"이다.[11]

"경대(京大) 교수 사건"은 1933년에 교토[京都] 대학에서 일어났던 '다키카와 유키토키[瀧川辛辰] 사건'이다. 1933년 4월 일본에서 문부대신 하토야마 이치로가 교토제국대학 법학부 교수인 다키카와 유키토키의 해임을 요구했다. 그 이유는 다키카와 유키토키의 발언과 학설이 불온하다는 것이었다. 이에 대해 교토제국대학 측은 일치단결해 저항했고, 갈등은 그해 9월까지 계속되었다. 그 과정에서 도쿄대, 도호쿠대에서도 항의 행동을 벌여 전국적인 학원 소요가 일어났다. 그러나 결국은 대학 측이 패배해 교토제국대학에서 다키카와 유키토기를 포함한 교수 7명, 조교수 5명, 강사 2명, 조수 4명, 부수 2명이 사직했다.[12]

두 사건은 공통적으로 자유주의에 대한 전체주의의 탄압으로 볼 수

---

11 마틴 키친, 유정희 역, 『케임브리지 독일사』, 시공사, 2001, 300면; 하겐 슐체, 반성완 역, 『새로 쓴 독일 역사』, 지와사랑, 2000, 266면.
12 다치바나 다카시, 이규원 역, 『천황과 도쿄대―현대 일본을 형성한 두 개의 중심축』 2, 청어람미디어, 2008, 9~101면.

있다. 백철은 그러한 사건들이 일반 진보적 인텔리겐치아 문화인 즉 자유주의 문화인 전부를 압박하고 있다고 판단했던 것이다. 또, 백철은 그러한 사건들이 자유주의 문화인들을 압박하는 동시에 그들의 양심을 강개(慷慨)시키고 있다고 했다. 그는 "나치스의 분서 사건"에 대해 일본·영국·미국의 지식인들이 항의한 사실과 "경대 교수 사건"이 일어났을 때 일본의 자유주의 양심을 가진 인텔리겐치아 교수들이 분기(憤起)한 사실을 거론했다.

백철이 그런 사실을 전제로 하여 문제 삼은 것은 당시 조선 문화계 특히 문단의 상황이다. 백철은 당시 정세에 비추어 조선 문단에서도 일부 좌익 문인을 포함한 자유주의 문인 전체가 결속할 필요가 있고 그 결속은 어느 정도 가능하다고 진단했다. 그러나 백철은 조선 문단이 그런 필요와 가능성을 거스르고 있다고 파악했다. 즉 그는 "나치스의 분서 사건"과 "경대 교수 사건"에 대해 조선 문인들이 항의하지 않은 사실을 근거로 하여, 조선 문단에서 자유주의적 양심은 사멸했다고 비판했다. 그것뿐만 아니라 조선의 문인들은 자유주의적 양심을 회복하기 위해 반성하거나 분기하기는커녕 오히려 분열하고 있다고 성토했다. 백철은 구인회 등 현실적 기초(基礎)가 없는 모임들이 결성되는 것과 좌익 작가를 모욕하는 논문들이 발표되는 것을 그런 분열의 양상으로 지적했다. 그리고 그런 분열의 양상을 "사악한 예원의 분위기"라고 표현했다.

백철이 좌익 작가를 공격하는 논문들이라고 문제 삼은 것은 윤형중(尹亨重)의 "카토리시즘 문화에 대한 논문"[13]과 정인섭(鄭寅燮)의 "프로레

---

13　윤형중의 다음과 같은 글들로 추정된다. 「카톨니시즘은 現代文化에 잇서서 엇던 位置에 섯는가?」, 『조선일보』, 1933.8.26·27; 「카톨닉은 政治를 廻避한다」, 『조선일보』, 1933.

타리아 문학 진영에 대한 항의 논문"[14]이다. 백철은 그 논문들이 마르크스주의를 추방하기 위한 의도로 씌어졌다는 점에서 같다고 전제하고, 특히 정인섭의 논문에 비판의 초점을 맞추었다. 먼저, 그는 정인섭의 논문은 내용이 천박하고 불성실하다고 비판했다. 그리고 당시 정세로 보아 조선 문단에서 문학의 자유를 지키기 위해서는 일부 좌익 문인을 포함한 자유주의 문인 전체의 결속이 필요한데, 정인섭의 논문은 프로 작가와 일반 인텔리겐치아 작가를 이간·분리하고 조선 문단에 요구되는 진보적 분위기를 파괴하는 간책적(奸策的) 성질을 띠고 있다고 단언했다.

다음으로, 백철은 구인회에 대한 논의를 통해 현실적 기초가 없는 모임들이 결성되는 풍조를 비판했다. 백철은 구인회에 대해 침체한 문단에 불만을 느끼고 암담한 정세에 불안과 공포를 느낀 문인들이 그런 상황에서 도피하기 위해 방향성 없이 결성한 모임이라고 말했다. 방향성이 없다는 것은 현실적으로 특정한 예술 사조(思潮)나 경향을 표방하지 않았다는 것이었다. 다음 인용문에서 그것을 확인할 수 있다.

첫재로 이 그룹은 過去의 自然主義派 寫實主義派 理想主義 等의 時代的 潮流를 代表하고 잇는 意味의 存在는 本來부터 아니엇다. 그러타고 하여서 그것은 部分的으로 藝術的 傾向을 가치하고 잇는 藝術家의 一定한 存在, 例를 들면 未來派, 立體派, 超現實主義派, 그리고 日本의 新興藝術派 같은 內容을 가진 그룹도 아니엇다. 웨 그러냐 하면 나는 이 그룹의 構成 멤버를 볼 때에

---

8.29; 「카톨닉은 젊은 '인텔리' 계급의 模倣熱을 排擊함」, 『조선일보』, 1933.8.30·31; 9.1; 「暗黑한 中世紀 그것은 참말인가?」, 『조선일보』, 1933.9.2; 「카톨닉의 戰爭 理論」, 『조선일보』, 1933.9.3·5.

14    정인섭, 「文壇是是非非, 低能揶揄家에의 忠告」, 『동아일보』, 1933.9.1.

李孝石 氏와 李泰俊 氏 사이에도 아무 共通的 傾向을 발견할 수 없으며 그러타고 하여서 金起林 氏의 詩的 傾向을 鄭芝鎔 氏의 카톨릭 詩와 合致시킬 수도 없으니까 ⋯⋯ 15

백철은 구인회가 특정한 예술적 사조나 경향을 표방하지 않음으로써 구심점이 없는 산만한 모임이 되었고, 그런 산만한 모임에서는 '순연한 연구적 입장에서 상호의 작품을 비판하며 다독다작'한다는 그들의 목표를 제대로 이루기 어렵다고 말했다. 또 설령 그 목표를 이룬다고 해도 그것만으로 구인회에 어떤 의미를 부여할 수는 없다고 했다. 백철은 구인회는 결국 지속될 만한 현실적 기초가 없어 자연히 소멸할 것이며 그런 의미에서 "무의지파"라고 말했다. 결국, 백철이 구인회를 "무의지파"라고 말한 것은 구인회가 내세운 모호한 창립 목표를 문제삼은 것이라고 할 수 있다.

그런데 백철은 구인회가 즉시 소멸되지 않는다면, "자유주의의 전파(前派)"가 되어야 한다고 말했다. 즉 당시 정세로 보아 조선 문단에서는 자유주의 문인 전체의 결속이 필요하고 또 그것은 어느 정도 가능한데, 구인회는 회원 대다수가 자유주의적 성향을 지녔으므로 자유주의의 전파로 나가야 한다고 말한 것이었다. 백철은 구인회는 그렇게 해야만 일시적이나마 사회적으로 존재할 의의를 갖게 될 것이며 진보적 임무를 다하게 될 것이라고 말했다.

요컨대, 백철은 "무의지파"라는 말로써 결성 당시의 구인회를 진단

---

15   백철, 「邪惡한 藝苑의 雰圍氣(下)」, 『동아일보』, 1933.10.1.

했고, "자유주의의 전파"라는 말로써 구인회가 나아갈 방향을 제언했다. 중요한 것은 백철이 구인회를 자유주의적 성향을 지닌 문인들의 모임으로 파악했다는 사실이다. 그것은 아마도 창립 당시에 이무영, 이효석, 유치진, 이종명, 김유영 등 카프와 관련이 있거나 작품 경향이 진보적인 인물들이 회원 명단에 이름을 올리고 있었기 때문이었을 것이다. 그런 의미에서 구인회의 진로에 대한 백철의 제언은 구인회의 진보성에 대한 기대를 표현했던 것이라고 말할 수 있다.

연구자들은 백철의 「사악한 예원의 분위기」를 구인회에 대한 카프측 최초의 비판으로 간주하면서 중요하게 언급해 왔다. 그런데 연구자들은 그 글 전체를 살피지 않고 구인회가 언급된 「사악한 예원의 분위기(하)」(『동아일보』, 1933.10.1)만을 발췌하거나 인용함으로써 글 전체의 논지를 잘못 이해하는 오류를 범했다.

김시태는 백철이 문학을 정치적인 목적 달성의 수단으로 여겨 온 카프 파 종래의 관점을 그대로 고집하여 순수문학 단체인 구인회를 무조건 거부 또는 배격하려는 저의를 드러냈다고 비판했다. 그런데 김시태의 논의에는 몇 가지 오류가 있다.

첫째, 김시태는 구인회를 순수문학 단체로 파악했다. 그리고 그는 백철도 구인회를 순수문학 단체로 파악한 것으로 이해했다. 그러나 백철의 글 속에서 그가 구인회를 어떤 의미로든 순수문학 단체로 파악했다고 볼 만한 근거는 찾기 어렵다.

둘째, 김시태는 백철이 말한 "무의지파"나 "자유주의의 전파"라는 말의 의미를 다음과 같이 자의적으로 해석했다.

즉, 白鐵은 九人會 會員들을 가리켜서 '無意志派 내지 自由主義前派'라고
지적한 바 있다. 이것은 分明히 오해다. 여기서 '無意志派'라고 함은 社會的
信念이나 改造의 意志가 없는 非行動的인 文學人들의 集結體라는 말이 될 것
이며, '自由主義前派'라 함은 이러한 非行動的인 文學人들은 社會主義文學人
들이 항상 敵對視해 온 부르조아의 文學世界로 다시 復歸하는 結果를 가져왔
다는 말이 될 것이다.[16]

그러나 "무의지파"와 "자유주의 전파"라는 말을 김시태처럼 이해하
기는 어렵다. 앞에서 말했듯이, 백철이 구인회를 "무의지파"라고 진단
한 이유는 구인회가 특정한 예술 사조나 경향을 표방하지 않았기 때문
이었다. 백철은 구인회가 그렇게 함으로써 구심점이 없는 산만한 모임
이 되었고, 결국 자연히 소멸할 것이며, 그런 의미에서 "무의지파"라고
말했던 것이다. 또한 백철은 구인회가 나아갈 방향을 제언하면서 "자유
주의 전파"라는 말을 썼다. 즉 당시 정세로 보아 조선 문단에서는 자유
주의 문인 전체의 결속이 필요하고 또 그것은 어느 정도 가능한데, 구
인회는 회원 대다수가 자유주의적 성향을 지녔으므로 자유주의 전파의
역할을 해야 한다고 말했던 것이다. 여기서 백철이 말한 "자유주의"의
의미를 상기할 필요가 있다. 백철은 좌익 문인과 문화인뿐만 아니라 진
보적 인텔리겐치아 문화인 전부를 자유주의 문화인이라고 말했다. 그
점을 감안하면, 백철이 말한 "자유주의"란 부르주아의 개인주의가 아
니라, 전체주의에 반하는 진보적 사상으로서의 마르크시즘에 가깝다고

---

16  김시태, 앞의 글, 44면.

할 수 있다.[17]

셋째, 백철이 구인회를 부정적으로 보았다는 김시태의 판단은 잘못된 것이다. 백철은 창립 당시의 구인회에 대해서는 "무의지파"라고 지칭하며 회의했지만, 구인회의 진로에 대해서는 "자유주의의 전파"라는 말로써 기대를 드러내었다. 즉 백철이 구인회를 부정적으로만 보았다고 판단하기는 어렵다. 그런데 김시태는 「사악한 예원의 분위기」에 담긴 백철의 주요 전언을 면밀히 분석하지 않은 채, 그것을 카프 측의 일반적 관념으로 환원해 버렸다. 그렇게 함으로써 김시태는 "무의지파"와 "자유주의 전파"라는 말의 의미가 다르다는 것을 밝히지 못했고, 백철이 구인회를 부정적으로만 보았다고 오판했다.

이중재는 김시태와 거의 같은 구도로 백철의 글을 논평했다. 이중재의 논의에서도 김시태의 글에서 보이는 오류들이 발견된다. 게다가 이중재의 논의에서는 백철이 말한 "사악한 예원의 분위기"의 의미를 잘못 파악한 점도 더 지적할 수 있다. 백철은 당시 정세에서는 조선 문단에서도 일부 좌익 문인을 포함한 자유주의 문인 전체가 결속할 필요가 있고 그 결속은 어느 정도 가능하다고 진단했다. 그러나 백철은 당시 조선 문인들은 그런 필요와 가능성을 거스르고 있다고 파악했다. 즉 그는 "나치스의 분서 사건"과 "경대 교수 사건"에 대해 조선 문화인들이 항의하지 않은 사실을 근거로 하여, 조선 문단의 "자유주의적 양심"은 사멸했

---

17  백철은 「인테리의 名譽」(『조선일보』, 1933.3.3)에서 자신이 「동반자 작가 문제」(『문학타임스』, 창간호, 1933.4)에서 사용한 "동반자 작가"란 말은 진보적 인텔리 작가를 지칭하는 매우 광범위한 용어이며 프롤레타리아문학과 같은 방향을 걷고 있는 경향 작가에 대한 호의적이며 우호적인 용어라고 밝힌 바 있었다. 김영민, 『한국문학비평논쟁사』, 한길사, 1992, 339면 참고.

다고 비판했다. 그 뿐만 아니라 조선의 문화인들은 자유주의적 양심을 회복하기 위해 반성하거나 분기하기는커녕 오히려 분열하고 있다고 성토했다. 백철은 그런 분열의 양상을 "사악한 예원의 분위기"라고 표현했던 것이다. 그런데 이중재는 "사악한 예원의 분위기"를 카프와 카프 문학을 압박하던 당시의 문단 상황을 표현한 말이라고 해석했다.

이는 말할 것도 없이 제1차 카프 맹원 검거 사건이라는 된서리를 맞은 카프 측의 입장에서 바라본 문단 상황이다. 카프에 대한 일제의 와해 공작에다가 1930년대에 들어서서 점점 그 기세가 확산되어 가고 있는 반카프문학의 기운, 게다가 자체의 내부 분열까지 겪고 있는 카프 측으로서는 당시 문단을 '사악한 분위기'가 가득한 상황으로 파악할 수밖에 없었던 것이다.[18]

한편, 구자황은 백철이 당시 부르주아문학은 역사적 의의를 상실했다고 보았고 구인회를 부르주아문학 단체로 파악했으며 따라서 구인회를 현실적으로 존재할 의의가 없는 단체로 판단했다고 정리했다. 그리고 백철이 구인회를 "무의지파"라고 명명했던 것은 부르주아문학의 무의미 내지 진보성 상실을 의미하는 것이었다고 말했다.[19] 그런데 구자황의 논의는 백철의 논지와는 완전히 다르다. 앞에서 여러 번 밝혔듯이, 백철은 구인회를 자유주의 문학인들의 단체로 파악했고, 백철이 말한 자유주의란 부르주아의 개인주의가 아니라 진보적인 사상으로서의 마르크시즘에 가깝다. 또 백철이 말한 "무의지"란 구자황이 해석한 것

---

18  이중재, 앞의 책, 74면.
19  구자황, 「'구인회'와 주변 단체」, 상허문학회, 『근대문학과 구인회』, 깊은샘, 1996, 133면.

처럼 "부르주아문학의 무의미 내지 진보성 상실"을 의미했던 것이 아니라, 구인회가 모임을 지속시킬 현실적 기초로서의 특정 예술 사조나 경향을 표방하지 않았음을 의미했던 것이다.

김민정은 "백철은 '구인회'를 "현실적으로 존재할 아무런 의의를 가지지 못하는 무의지파 내지 자유주의 전파"라며 거의 맹목적으로 비판"했다고 짧게 언급했다.[20] 김민정의 논의에서도, 백철이 쓴 "무의지파"와 "자유주의 전파"라는 말의 의미가 다르다는 것을 밝히지 않은 점, 백철이 구인회를 맹목적으로 비판했다고 본 점 등의 오류를 지적할 수 있다.

권환은 1934년 1월 1일부터 4일까지 『조선중앙일보』에 「33년 문예평단의 회고와 신년의 전망(1~4)」을 발표했다. 권환은 그 글에서 당시를 "과도기-반동기"라고 규정하고 엄정하고 준열한 과학적 평론이 필요한 때라고 말했다. 그는 그런 상황에서 1933년에는 반동적 논진과 진보적 논진이 모두 혼탁한 상태를 겪었다고 전제하고, 여섯 가지 사안에 초점을 맞추어 1933년의 문예 평단을 회고했다. 그가 거론한 사안은 다음과 같다. 첫째, 파시즘 문학을 언급한 평론들. 둘째, 1933년에 발표된 평론의 모순점들. 셋째, 1933년에 카톨릭 문학 문제를 언급한 평론들. 넷째, 임화, 김남천, 박승극이 벌인 논쟁. 다섯째, 김기림과 현민의 평론에 나타난 자기합리화의 양상. 여섯째, 사회주의 리얼리즘에 대한 평론들. 권환은 그렇게 1933년 문예평론계를 회고・비판하고 나서 1934년의 평단을 우익과 좌익으로 나누어 전망했다. 그는 1934년에 좌익 평단에서는 사회주의적 리얼리즘이 활발하게 논의될 것이며

---

20   김민정, 「1930년대 문학적 장의 형성과 구인회」, 『한국 근대문학의 유인과 미적 주체의 좌표』, 소명출판, 2004, 72면.

그에 대한 반론도 활발하게 제기될 것이라고 전망했다. 그리고 우익 평단에서는 모더니즘에 논의가 집중될 것이라고 전망했다. 특히 그가 우익 평단에 대해 전망한 내용은 구인회와 관련되어 있어 주목할 필요가 있다. 그는 1933년에 모더니즘 문예가들의 조직인 구인회가 결성된 것은 조선의 모더니즘이 발아기(發芽期)에 있었음을 말해주는 일이었고, 1934년에는 우익 평론가들의 논의가 모더니즘에 집중됨으로써 조선의 모더니즘은 발화기(發花期)에 접어들 것이라고 보았다. 그런데 그가 궁극적으로 문제 삼은 것은 모더니즘 시인이면서 구인회 회원인 김기림과 정지용의 시가 발전할 수 있었던 물질적 근거가 무엇인가 하는 것이었다. 그는 그것을 '현실도피적·고답적 문학을 필연적으로 발생케 하는 객관적 정세'라고 말했다.

선행 연구자들 중에는 권환의 「33년 문예평단의 회고와 신년의 전망(1~4)」 전체를 읽지 않음으로써 결론적으로 잘못 읽은 경우가 있다. 권환은 1934년에 우익 평단이 구인회에 주목할 것이라고 말했는데, 선행 연구자들은 권환이 1934년에 평단 전체가 구인회에 집중할 것으로 전망했다고 말했다. 그리고 권환은 구인회의 모더니즘을 '현실도피적·고답적 문학을 필연적으로 발생케 하는 객관적 정세'의 산물로 부정적으로 보았으나, 선행 연구자들은 권환이 구인회에 대해 긍정적으로 전망했다고 말했다.

예컨대, 서준섭은 다음과 같이 말했다.

한편 모더니즘 시에 대한 독자의 긍정적인 반응도 발견된다. 모더니즘문학단체인 '구인회'의 출현을 '물질적 기반의 변화'에 따른 필연적인 현상으

로 인식하면서 정지용·김기림의 시에 대한 기대를 보인 권환의 견해가 대표적인 예이다.[21]

또, 김민정은 다음과 같이 말했다.

앞서 살펴보았듯이 '구인회'에 대한 비판이 무성한 가운데서도 '카프' 진영의 작가이자 논객인 권환은 1933년의 평단을 회고하며, 김기림과 정지용의 작품을 매우 높이 평가하고 이들 문학에 많은 주의(注意)와 박수가 집중될 것으로 내다보았다.[22]


## 2) 구인회에 대한 카프계의 논평

앞에서 구인회에 대한 카프계 문인들의 논평을 정리한 선행 연구의 내용을 살피고 그 문제점을 지적했다. 지금부터 선행 연구의 문제점을 극복하는 방향으로 구인회에 대한 카프계의 논평을 자세히 정리해 보고자 한다.

선행 연구자들이 발굴해 논의한 자료 목록을 바탕으로 하여 저자가 자료를 수집하고 확인한 결과, 부분적으로나 전체적으로 카프계 문인들이 구인회에 대해 논평한 글이라고 판단한 것들을 발표된 순서대로 제시하면 다음과 같다.

---

21  서준섭, 『한국 모더니즘문학 연구』, 일지사, 1988, 200면.
22  김민정, 앞의 글, 74면.

白鐵, 「邪惡한 藝苑의 雰圍氣(上·中·下)」, 『동아일보』, 1933.9.29~
　　10.1.

金八峯, 「一九三三年度 短篇創作七十六篇」, 『신동아』, 1933.12.[23]

洪曉民, 「一九三四年과 朝鮮文壇－簡單한 回顧와 展望을 兼하야(1~4)」,
　　『동아일보』, 1934.1. 1·4·5·10.

權煥, 「三三年 文藝 評壇의 回顧와 新年의 展望(1~4)」, 『조선중앙일보』,
　　1934.1.1~4.

林和, 「一九三三年의 朝鮮文學의 諸傾向과 展望(1~8)」, 『조선일보』, 1934.1.1
　　~3·5·7·10·13·14.

洪曉民, 「朝鮮文壇 및 朝鮮文學의 進展－新年에의 展望을 兼하야」, 『신동
　　아』, 1935.1.

朴勝極, 「朝鮮文壇의 回顧와 批判－昨今의 情況을 主로 하야」, 『신인문
　　학』, 1935.3.

朴勝極, 「朝鮮文學의 再建設－上半期 創作 及 評論의 批判과 一般 文學 問
　　題에 關한 討究」, 『신동아』, 1935.6.

金斗鎔, 「'九人會'에 對한 批判(1~4)」, 『동아일보』, 1935.7.28·30·

---

23　조용만은 「나와 '九人會' 시대(6)」(『대한일보』, 1969.10.10)에서 "그때 '카프'를 영도하
던 金八峯이 九人會를 가리켜서 퇴폐한 '부르좌' 문단의 졸도들의 준동이라고 욕하던
것을 기억하고 있는데 딴은 위세를 떨치던 '카프' 측에서 본다면 너무나 나약한 순수예술
사도들의 준동이었을는지 모른다"라고 말했다. 그리고 「九人會 이야기」(『淸貧의 書』,
교문사, 1969.4. 20면)에서는 "'카프'에서는 民村이 부르조아文學의 卒徒들의 妄動이라
고 攻擊의 화살을 던졌다"라고 했으며, 『울 밑에 핀 봉선화』(범양사 출판부, 1985, 137
면)에서는 "카프측에서는 九人會가 조직되었다는 학예면 기사가 나자 李箕永이 댓바람
에 小부르들의 망동이라고 욕설을 퍼부었지만"이라고 말했다. 조용만은 김기진이나 이
기영의 발언을 회고했는데, 그 회고의 진위 여부를 확인할 수 있는 자료들은 발견되지
않는다. 단, 여기서 제시한 팔봉 김기진의 「一九三三年度 短篇創作七十六篇」(『신동아』,
1933.12)은 그 자료들 중 하나로 추정된다.

31; 8.1.

韓曉, 「文學批評의 新任務−새로운 方法論的 見地와 批評家的 態度에 關하야(1~4)」, 『조선중앙일보』, 1935.8.13~16.

朴勝極, 「文藝時論(1~6)」, 『조선중앙일보』, 1935.11.2 · 3 · 5~8.

金斗鎔, 「朝鮮文學의 評論 確立의 問題」, 『신동아』, 1936.4.

朴勝極, 「九人會의 地位」, 『비판』, 1936. 6.


'3장'에서 살핀 대로, 구인회의 창립 이후 활동은 그 양상에 따라 전반기 활동과 후반기 활동으로 나누어 볼 수 있다. 그런데 후반기를 이태준이 조선중앙일보사를 그만둔 일을 기점으로 해서 양분할 수도 있다. 그렇게 본다면, 구인회는 창립 이후 세 단계의 활동 과정을 거치면서 존재했다고 말할 수 있다. 첫 번째 단계는 창립 초기로서, 구인회 회원들이 1934년 6월 『조선중앙일보』에 「격! 흉금을 열어 선배에게 일탄을 날림」을 연재하기 전까지이다. 그 시기에 구인회 회원들은 각자의 문학관을 그대로 드러내면서 활동했다. 따라서 그 시기 구인회의 활동에는 일정한 방향성이 없다. 두 번째 단계는 구인회가 『조선중앙일보』를 거점으로 하여 단체 활동을 활발히 벌이던 시기로서, 「격! 흉금을 열어 선배에게 일탄을 날림」 연재 이후 1935년 2월 '조선신문예강좌'를 개최한 때까지이다. 그 시기에 구인회는 단체로서의 응집성과 결집력 그리고 일정한 방향성을 드러내었다. 세 번째 단계는 1935년 5월경 이태준이 조선중앙일보사를 그만둔 뒤[24] 1936년 3월 『시와 소설』을

---

[24] 「朴泰遠 氏의 藝術的 良心」, 『조선문단』, 1935.8. 이 글에는 박태원의 「靑春頌」 연재가 중단된 것 때문에 이태준이 조선중앙일보사를 그만두었다고 적혀 있다.

발간하고 나서 소멸한 때까지이다. 그 시기에 구인회는 단체 활동을 벌이지 않았다. 다만 구인회의 주요 회원들이 각자 창작에 주력하면서, 축적한 문학적 성과를 정리하는 방향으로 활동했다. 그러나 그 시기에도 구인회는 회원의 입회와 탈퇴에 대한 암묵적인 기준을 유지·적용하는 한편, 『시와 소설』을 창간함으로써 단체의 명분을 유지해 나갔다. 아울러, 구인회의 그러한 활동 과정은 4차례 이상의 회원 변동과 맞물려 전개되었다.

카프계 문인들은 구인회의 그러한 활동과 회원 변동의 양상을 논평의 중요한 대상 또는 근거로 삼았다. 그들은 특히 구인회의 회원 구성과 변동·작품 경향·민족주의문학파에 대한 친화성 등에 주목했다. 그런데, 그러한 논평의 양상은 1935년 5월 카프가 해체되면서 달라진다. 즉 카프계 문인들은 카프의 해체를 인정하고 프롤레타리아문학의 재건을 도모한다는 관점에서 구인회에 진로를 권고하였다.

### (1) 회원 구성과 변동에 대한 판단

'3장-1'에서 살핀 대로, 구인회의 창립 회원은 이태준, 정지용, 이종명, 이효석, 유치진, 이무영, 김유영, 조용만, 김기림이었고 그들은 '회원의 친목 도모'와 '문학에 대한 순수한 연구'를 창립 목적으로 표방했다. 카프계 문인들은 구인회의 그러한 회원 구성과 창립 목적을 논평의 중요한 근거로 삼았다. 특히 창립 회원 중에서 이종명, 이효석, 유치진, 이무영, 김유영 등 5명이 카프와 관계가 있거나 동반자 작가로 불리던 인물들이라는 사실을 카프계는 구인회 논평의 일차적 근거로 삼았다.

백철은 구인회가 창립되고 나서 한 달 남짓 뒤에 「사악한 예원의 분위기(상·중·하)」(『동아일보』, 1933.9.29~10.1)를 발표했다. 앞에서 요약한 대로, 그 글에서 백철은 구인회의 창립 목적과 창립 회원들의 사상적 경향을 논거로 삼아 구인회를 논평했다. 그 논평의 핵심은 창립 당시의 구인회를 진단하고 구인회가 나아갈 방향을 제언한 것이었다. 구체적으로 백철은 "무의지파"라는 말로써 결성 당시 구인회가 내세운 창립 목적의 모호함을 문제 삼았고, "자유주의의 전파(前派)"라는 말로써 구인회의 진보성에 대한 기대를 드러내었다. 반복컨대, 백철이 말한 "자유주의"란 부르주아의 개인주의가 아니라, 전체주의에 반하는 진보적 사상으로서의 마르크시즘에 가깝다.

백철이 구인회를 두고 "자유주의의 전파"가 되어야 한다고 말할 수 있었던 것은 당시에 이무영, 이효석, 유치진, 이종명, 김유영 등의 이름이 구인회 회원 명단에 올라 있었기 때문이었을 것이다. 앞에서 말했듯이, 그들은 카프와 관련이 있거나 동반자적 경향을 지닌 인물들이었다. 그들의 존재를 근거로 하여 백철은 구인회를 자유주의적 성향을 지닌 문인들의 모임으로 파악했고 그들에게 진보적 자세를 가질 것을 촉구했던 것이다.

홍효민도 「1934년과 조선문단(1~4)」(『동아일보』, 1934.1.1·4·5·10)에서 구인회 창립 회원들의 사상적 경향을 근거로 삼아 구인회를 규정하고 논평했다. 홍효민은 그 글에서 구인회를 '카프의 결함이 빚어낸 동반자적 작가·시인들의 모임'으로 파악했다. 홍효민도 백철처럼 구인회 창립 회원 중의 다수가 카프와 관련이 있거나 동반자적 경향을 띠는 문인들이라는 점을 근거로 하여 구인회를 동반자적 문인들의 모임으로 규정했던 것이다. 그러나 홍효민이 구인회를 논평한 내용은 백철이 논평한 내용과는 달랐다. 홍효민은 구인회가 1933년 말부터 시작된 '반동시대 제2기'에는 '반동시대의 전위파'로서 중추적 임무를 다할 것이라고 전망했다. 그리고 그는 구인회를 매개로 해서 일어날 새로운 민족주의문학—국민문학—은 사회주의문예에 적극적으로 대항하는 '파쇼'의 길로 나가게 될 것이라고 전망했다. 백철이 구인회의 동반자적 회원들이 지닌 진보성에 대해 기대를 드러냈던 것과는 달리, 홍효민은 그들이 반동화할 것이라고 전망했다.

여러 번 얘기한 대로, 구인회의 창립 회원은 9명이었고 그중에 5명이 카프와 관련이 있거나 동반자적 경향을 띠는 문인들이었다. 그러나 구인회의 회원 명단은 창립 이후 4차례 이상 바뀐다. 많은 회원들이 들고 났는데, 카프계 문인들은 특히 동반자적 경향을 띠는 인물들이 탈퇴하는 것에 주목했다. 즉 카프계 문인들은 이효석, 조벽암, 이무영의 탈퇴를 근거로 하여 구인회를 우익 문인 집단으로 규정하거나 구인회가 해체 국면에 접어들었다고 주장했다.

앞서 구인회를 '카프의 결함이 빚어낸 동반자적 작가·시인들의 모임'으로 규정했던 홍효민은 「조선문단 및 조선문학의 진전」(『신동아』, 1935.1)에서는 구인회를 '중간적 존재'라고 명명했다. '동반자적 모임'이 구인회 회원들 '개인'의 사상적 경향에 중점을 준 말이었다면, '중간적 존재'란 구인회를 좌익적 문인과 우익적 문인이 섞여 있는 '집단'으로 파악한 말이었다. 홍효민은 구인회 회원 중에서 동반자적 작가로 불리던 이효석과 조벽암이 탈퇴하자 구인회를 우익적 문인들의 집단으로 판정했던 것이다. 한편, 박승극은 「조선문학의 재건설」(『신동아』, 1935.6)

에서 조벽암과 이무영이 탈퇴한 사실을 근거로 하여 구인회가 결정적으로 해체 국면에 접어들었다고 주장했다.


## (2) 작품 경향에 대한 비판

카프계는 구인회 회원들의 작품을 시종일관 부정적으로 평가했다. 구인회 회원들의 작품이 현실도피적이기 때문이라는 것이 가장 중요한 이유였다. 그러나 카프계는 구인회 회원들 중에서 이무영에 대해서만큼은 호의적이었다. 카프계는 이무영의 작품이 동반자적 경향을 띤다고 판단했다. 구인회의 작품에 대한 김기진, 홍효민, 권환, 임화, 박승극의 논평 내용을 구체적으로 살펴보기로 한다.

김기진은 「1933년도 단편 창작 76편」(『신동아』, 1933.12)에서 먼저, 1933년에 발표된 단편소설 76편의 경향을 근거로 하여 조선문학이 반동화하고 있다고 진단하고 그에 대한 우려를 드러냈다. 그는 반동의 목적은 일반적으로 시대나 사회의 자연적 · 역사적 추이와 발전을 무시하고 저해하는 것이며 현실을 정상적인 궤도로부터 역전시키는 것이라고 전제하고, 1933년 이래 조선 사회는 반동화하고 있다고 진단했다. 그리고 그러한 정세에 편승해서 조선문학에서도 초현실적 · 초계급적 · 향락주의적 · 정신주의적 · 개인주의적인 경향이 횡행하고 있다고 성토했다. 이어서, 김기진은 비(非)-카프 문학 진영에서 문제 삼을 만한 작가로 이무영, 이태준, 이종명, 박태원을 지명하고 그들의 문학적 경향에 대해 논평했다. 그는 '구인회'를 언급하지는 않았지만, 그가 지명한 인물들은 모두 당시 구인회 회원이었다. 따라서 그의 논평은 구인회의 작품 경향에 대한 것으로 간주할 수 있다. 김기진은 이무영이 1933년 한 해 동안 다작했음을 강조하고, 그를 "동반자적 경향 작가"로 판단하면서 그가 곧 카프 진영으로 올 것이라는 기대를 표명했다. 반면, 김기진은 이태준, 이종명, 박태원의 작품에 대해서는 현실도피적인 경향을 보인다고 비판했다. 특히, 그는 박태원을 가장 반동적이고 부르주아적인 작가로 꼽았다.

권환은 「33년 문예 평단의 회고와 신년의 전망(1~4)」(『조선중앙일보』, 1934.1.1~4)에서 구인회를 모더니즘 문예가들의 단체로 파악했다. 그런데 그가 궁극적으로 문제 삼은 것은 모더니즘 시인이면서 구인회 회원인 김기림과 정지용의 시가 발전할 수 있었던 물질적 근거가 무엇인가 하는 것이었다. 그는 그것을 '현실도피적·고답적 문학을 필연적으로 발생케 하는 객관적 정세'라고 말했다.

임화는 「1933년의 조선문학의 제 경향과 전망(1~8)」(『조선일보』, 1934.1.1~3·5·7·10·13·14)에서 조선의 근대문학은 신경향파 및 카프계의 문학인 '진보의 문학' 그리고 이광수, 김동인, 염상섭 등과 그 추종자들의 문학인 '퇴영의 문학'이 맞서는 양상으로 전개되었다고 말했다. 그리고 당시 '퇴영의 문학'이 드러내고 있던 구체적 양상 세 가지를 거론했다. 그중 하나는 새로 등장한 작가와 시인들이 현실에 대해 안한(安閒)한 소극성을 취하며, 절망과 환각, 애상과 고독 속으로 도피하는 경향을 보인다는 것이었다.[25] 임화는 그러한 경향을 이태준, 안회남, 박

---

25 임화는 그런 경향은 원래 서구에서는 반동화한 소시민과 부르주아 지식층의 문학 경향이었다고 말하고 그것에 대해 자세히 설명했다. 그의 설명을 요약해 보기로 한다. 서구의 반동화한 소시민과 부르주아 지식층은 사회적으로 어떤 물질적 힘도 가지지 못했기 때문에 현실의 발전과 세계의 위기 속에서 부르주아와 같이 보수적 고집으로 충만하지도 못

태원, 이종명, 김기림 등의 작품에서 발견할 수 있다고 지적했다. 임화는 그 글에서 구인회를 거론하지는 않았지만, 그 지적은 당시 구인회 회원들의 작품 경향에 대한 비판으로 간주할 수 있다. 임화는 이태준, 박태원, 이종명이 순수한 심리주의적 경향의 작가들은 아니지만 지극히 협소한 개인적 생활에서 제재를 취하는 점, 현실을 항상 우연의 관점에서 파악하는 점, 말초적 감각과 기교를 따르는 점에서 일치한다고 말했다.[26] 그리고 그는 김기림을 말초적인 찰나적 감격을 노래하는 시인이라 평하고, 그의 시는 현실에 의식적으로 무관심하며 감각적 포말을 어루만지는 것에 지나지 않는다고 비판했다. 그런데 임화는 그들의 작품 경향을 '모더니즘'이나 '감각파'라는 말로 규정하는 것에는 반대했다. 일본의 '모더니즘'이나 '신감각파'는 사회나 시대 생활과 관련을 맺지만 이태준, 박태원, 이종명 등의 작품은 그렇지 못하기 때문이라는 것이 그 이유였다.

---

했고 신흥 계급과 같이 전진할 용기도 없어 무력과 절망에 지배당했다. 그래서 그들은 몽환적 의식과 순간적 감각의 세계에 들어앉은 채 현실에 무관심하려고 했다. 그런 사정으로 '현실의 반분(半分)'을 점령하고 있는 현실'인 의식의 세계를 추구한다는 '의식의 흐름'과 '심리주의'가 현대 부르주아문학의 중요한 경향이 되었다. 그 경향은 마르셀 프루스트(Marcel Proust)의 '기억 탐구'와 제임스 조이스(James Augustine Aloysius Joyce)의 '의식의 흐름'으로부터 유명해져 이후 각국에 전파되었다. 그런데 문학이 풍부한 내용을 반영함으로써 자기를 형성하는 것이라면, 그런 경향은 문학의 발전적인 형태라 할 수 없다. 또 그런 경향은 의식을 대상으로부터 분리하는 절대적 주관주의가 표현된 것으로서 반동적이다.

26  덧붙여서 임화는 특히 이태준의 작품에서 소설의 수필화 경향이 나타난다고 진단하고, 그 경향을 몇몇 문학자들이 수필 문학에 대해 관심을 높이는 것과 관련해 주목해야 한다고 말했다. 임화는 소설의 수필화는 정신적·물질적으로 파산하고 현실을 맹목적으로 대하려는 소시민적 문학인들의 양식적 방황의 표현이라고 말했다. 즉 그것은 서구의 소부르주아 작가들이 과거 부르주아문학의 양식에 대해 막연한 "아나키적 불만"을 느끼면서도 양식의 발전에 대한 과학적인 예정(豫定)을 갖지 못해 방황했던 것과 중대한 관계를 갖는다는 것이었다.

권환과 임화는 모두 구인회 결성 초기 회원들의 작품 경향에 주목했으며, 궁극적으로는 그 경향을 모더니즘이라고 부를 수 있을 것인지를 문제 삼았다. 그러나 그 판단은 달랐다. 권환은 구인회를 모더니즘 문예가들의 단체라고 말했지만, 임화는 구인회 회원들의 작품 경향을 모더니즘이라고 규정하는 것에 반대했다. 그들이 모더니즘의 개념을 다르게 이해한 데에서 그 차이는 비롯되었다. 권환은 모더니즘을 현실도피적이고 고답적인 문학의 특징으로 파악한 반면, 임화는 그것을 일본의 모더니즘 또는 신감각파의 개념에 기대어 이해했다. 즉 임화는 일본 모더니즘 또는 신감각파 문학이 그러하듯이, 모더니즘은 현실을 대면하는 방식을 포함하는 개념이라고 이해했다.

권환과 임화는 모더니즘을 달리 이해했고 구인회의 작품 경향을 모더니즘으로 볼 것인지에 대해 견해를 달리 했지만, 결국 구인회 결성 초기 회원들의 작품 경향을 현실도피적이라고 본 점에서는 같았다.

구인회는 1934년 중반부터 주목할 만한 단체 활동을 벌였다. 그리고 작품 발표 지면을 장악해 나갔다. 따라서 카프계는 구인회를 하나의 조직으로 인정하지 않을 수 없게 되었고, 구인회가 문단에서 차지하는 비중을 간과하기 어렵게 되었다.

홍효민은 「조선문단 및 조선문학의 진전」(『신동아』, 1935.1)에서 구인회가 1934년에 작품도 많이 발표하고 문예강연도 여는 등 활발하게 활동했다는 사실을 인정했다. 그리고 구인회 회원 중에서 정지용, 이무영, 박태원의 작품에 대해 논평했다. 그는 먼저, 정지용과 이무영에 대해서는 호평했는데, 정지용은 1934년의 가장 우수한 시인이라고 했고 이무영은 다작이어서 가끔 태작을 발표하기도 하지만 질이나 양에서 꼽을 만한 작가라고 말했다. 그러나 박태원의 작품에 대해서는 "너무 기교를 부리다가 자기 기교에 속고마는 통폐"가 있다고 혹평했다.

다음으로, 박승극은 「조선문단의 회고와 비판」(『신인문학』, 1935.3)에서 구인회라는 조직을 부정적인 관점에서 인정했다. 그는 구인회가 문예작품의 발표를 좌우할 권력을 가지고 있으며 1934년에 그 권력을 제멋대로 행사했다고 비판했다. 그리고 이무영, 이상, 박태원의 작품에 대해 논평했다. 박승극은 이상의 「오감도」(『조선중앙일보』, 1934.7.24~8.8)는 정신이 온전한 사람으로서는 이해하지 못할 "붓방아"라고 했고, 박태원의 「소설가 구보 씨의 일일」(『조선중앙일보』, 1934.8.1~9.19)과 「애욕」(『조선일보』, 1934.10.6~23)에 대해서는 딱하다고 표현했다. 특히 그는 박태원이 「주로 창작에서 본 1934년의 조선문단」(『중앙』, 1934.12)에서 "순문학(純文學)의 승리"에 대해 말했던 것을 상기시키면서 「소설가 구보 씨의 일일」이나 「애욕」이 순문학이라면 순문학은 붓장난이며 맹인극이 아니냐고 야유했다. 반면에 박승극은 이무영을 부단히 고민하며 무엇을 탐색하기에 게을리 하지 않는 작가라고 평가하고, 이무영의 작품인 「(희곡)톨스토이」(『신동아』, 1934.11~1935.1), 「용자소전(龍子小傳)」(『신가정』, 1934.11·12), 「노래를 잊은 사람」(『중앙』, 1934.11·12)에 대해 논했다. 그는 이무영은 「톨스토이」에서 나타나듯이, 작품을 통해 똑바른 의식을 표현하는 것은 늘 부족하지만, 「용자소전」, 「노래를 잊은 사람」에서처럼 현실 사회의 적극적인 일면을 탐색하려고 하는 점에서 구인회의 다른 회원들이 추종하지 못할 만큼 진보적이라고 평가했다. 그러나 박승극은 이무영이 저널리즘에 이용당하지 않고 "지드적인 길"로 나아가야만 장래를 약속받을 수 있을 것이라고 했다. "지드적인 길"로 나아간다는 것은 앙드레 지드(Andre Paul Guillaume Gide)가 1920년대 말 공산주의로의 전향을 선언한 것처럼 좌경(左傾)하는 것을 뜻한다. 박승극은 이무영에 대해 긍정적으로 평가하긴 했지만 결론적으로 구인회가 1934년에 발표한 작품들 대다수가 박태원의 것과 다르지 않다고 말함으로써 구인회를 비판했다.

구인회의 작품 경향에 대한 카프계의 논평은 구인회에서 동반자적 경향을 지닌 작가들이 모두 탈퇴하자 완전히 혹평으로 바뀌었다. 박승극은 「조선문학의 재건설」(『신동아』, 1935.6)에서 이무영과 조벽암이 탈퇴함으로써 구인회는 완전히 반동화했고 결정적으로 해체 국면에 접어들었다고 말했다. 그리고 구인회 회원들의 작품에 대해서도 예외 없이 혹평했다. 그가 구인회 회원 중에서 유일하게 긍정적으로 평가했던 이무영의 탈퇴를 감안하면, 그것은 당연한 일이었다. 박승극은 먼저 이태준과 박태원 등을 '민족 부르주아문학의 정통을 계승하려는' 작가로 파악하고, 그들의 작품에 대해 논했다. 그는 이태준의 「애욕의 금렵구」(『중앙』, 1935.3)는 청초한 맛이 있는 것은 탁월하나 애욕을 애욕으로만 본 것은 잘못이라고 지적했다. 그리고 박태원의 「길은 어둡고」(『개벽』, 1935.3)에 대해서는 작가가 "별난 수법"으로 쓴 작품이지만 "인텔리"와 "타락된 계집"을 묘사한 것일 뿐 내용은 특별하지 않다고 했다. 박승극은 박태원의 경우에는 평론에 대해서도 혹평했다. 즉 그는 김환태가 「신춘창작총편」(『개벽』, 1935.3)에서 그랬고, 김동인이 「이월창작평(1~8)」(『매일신보』, 1935.2.9·10·13~17[27]·19)에서 그랬던 것처럼, 박태원

---

27　17일자에는 연재 번호가 "六"이라고 적혀 있으나 "七"이 맞다.

도 「문예시감(1~10)」(『조선중앙일보』, 1935.1.28·29·31; 2.1·3·6~8·10·13)에서 현실 사회를 똑바로 보고 진실을 묘사하는 진보적 작가의 작품은 일률적으로 배격했다고 비판하고 순수예술이라는 "비진실적에서 출발한 미적 관점"을 가지고 남의 작품을 재지 말라고 성토했다.


## (3) 민족주의문학파와의 친화성 비판

카프계 문인들은 1935년에 들어서면서 구인회를 하나의 단체로 인정했다. 그런데 이 말은 카프계 문인들이 구인회를 긍정적으로 인식했다는 것을 뜻하지는 않는다. 당시 카프계는 구인회가 반동화하는 조짐을 보이고 있다고 비판했다. 그들이 그렇게 판단한 근거는 대체로 두 가지다. 하나는 앞에서 말한 대로, 구인회 회원들 중에서 동반자적 작가들인 이효석, 이무영, 조벽암이 탈퇴한 사실이었다. 또 다른 하나는 구인회가 단체 활동을 통해 민족주의문학파들에 대해 친화적 태도를 보인 사실이었다.[28] 카프계가 그런 관점에서 문제 삼은 구인회의 단체 활동은 1934년 6월 『조선중앙일보』에 「격! 흉금을 열어 선배에게 일탄을 날림」을 연재한 것과 1935년 2월 '조선신문예강좌'를 개최한 일이었다.

'3장-2-1)'에서 살핀 대로, 「격! 흉금을 열어 선배에게 일탄을 날

---

28 김윤식을 따르면, 민족주의문학 진영이란 조선주의를 바탕으로 한 국민문학으로 대두했고, 절충주의적 민족주의 문학운동을 전개했으며, 1925년에서부터 1930년 이후까지 프로문학과 함께 한국 문단을 양분했던 문학 진영이다. 김윤식은 민족주의문학지를 계급문학에 대한 대타의식의 소유 여부에 따라 의식적인 부류와 무의식적인 부류로 나누었는데, 특히 절충파로 자칭했던 양주동 그리고 이광수, 김동인, 염상섭을 전자로 분류했다. 김윤식, 『한국근대문예비평사연구』, 일지사, 1976, 107~133면 참고.

림」에서 당시 구인회 회원이었던 이무영, 이종명, 박태원, 조용만, 김기
림은 각각 이광수, 현진건, 김동인, 염상섭, 주요한에게 문학으로 돌아
올 것을 대동소이하게 촉구했다. 거기서 중요한 것은 구인회 회원들이
선배 문인들이 당시에 보여 주고 있던 행보는 비판했지만 그들이 과거
에 보여주었던 문학적 행적은 인정하고 높이 평가했다는 사실이다. 즉
선배 문인들이 창작을 생계의 수단으로 삼지 않고 오로지 작품의 미적
완성에만 몰두했던 것을 바람직한 창작의 자세였다고 긍정한 것이다.
그런데 그 선배 문인들이란 바로 민족주의문학 진영에 있었던 인물들
이었다. 그 사실을 근거로 하여 카프계는 구인회가 민족주의 작가들에
대해 친화적 태도를 취했다고 판단했다.

또 구인회는 '조선신문예강좌'에서 구인회 회원이 아닌 이광수와 김
동인을 강연자로 내세웠다. 이광수는 '조선소설사'를, 김동인은 '단편
소설론'과 '장편소설론'을 강연했다. 카프계는 그 일을 두고도 구인회
가 민족주의문학파들에 대해 친화적 태도를 취했다고 판단했다.

홍효민은 「조선문단 및 조선문학의 진전」(『신동아』, 1935.1)에서 구인
회의 활동을 전망하면서 회원 변동과 단체 활동의 양상에 주목했다. 앞
에서 살핀 대로, 홍효민은 그 글에서, 당시 구인회 회원 중에서 동반자적
작가로 불리던 이효석과 조벽암이 탈퇴한 점을 감안해 사실상 구인회를
부르주아 문인들의 집단으로 판정했다. 그리고 구인회 회원 중 "일파"가
'조선 문단이나 문학의 정통성'을 꾀하게 될는지도 모른다고 말했다.

박승극은 「조선문학의 재건설」(『신동아』, 1935.6)에서 구인회가 완전
히 반동화했고 해체 국면에 접어들었다고 판단하고, 구인회가 해체 국
면에 접어들기까지의 과정을 설명했다.[29] 그 내용을 요약하면 다음과

같다. 구인회는 목적주의적인 조직이 아니었기 때문에 처음부터 분해될 운명을 지니고 있었다. 구인회는 창립 당시부터 좌익 문인들에게 비판을 받았지만 별다른 대응을 하지 않았다. 그것이 구인회가 목적주의적인 문학 단체가 아니라는 것을 증명한다. 그런데 기성 민족적 부르주아 작가들이 운둔·실족·전향·몰락하고, 해외문학파가 민족적 부르주아 작가들의 기반과 이권을 계승·독점하면서 구인회는 유리한 기회를 맞이하게 되었다. 구인회는 그 기회를 계기로 중간층의 탈을 벗어야 했다. 즉 권위를 내세우고 적극성을 취해야 했던 것이다. 그래서 구인회는 강연회도 열고 강좌도 열었는데, 그 과정에서 구인회의 분해는 빠르게 진행되었다. 예컨대, 1935년 2월에 개최된 '조선신문예강좌'는 구인회의 자가선전을 목적으로 하는 것이었으며, 그들이 말하는 '신문예'란 신진 부르주아의 문예를 가리키는 것이었고, 강사와 강좌(의 제목)에서 기성 부르주아 문단의 정통을 답습하려는 경향이 분명히 나타났다. 구인회는 그러한 과정을 통해 분해를 겪다가, 조벽암과 이무영이 탈퇴하면서 마침내 해체 국면에 접어들었다.

박승극의 설명에서 주목할 것은, 그 역시 구인회가 '조선신문예강좌'의 강사와 강좌를 통해 기성 부르주아 문단의 정통을 답습하려는 경향을 드러냈다고 판단한 것이다. 박승극이 이광수와 김동인이 강연자로 나선 사실을 중요하게 생각했을 것임은 분명하다.[30]

---

29  박승극은 「朝鮮文壇의 回顧와 批判」(「신인문학」, 1935.3)에서는 구인회를 중간층 즉 소부르주아 작가들의 조직체로 보고 그들이 사상적으로 반동화한 것에 대해 논평하고 그들에게 좌경(左傾)할 것을 권고했다. 그런데 그는 「朝鮮文學의 再建設」(『신동아』, 1935.6)에서부터는 구인회가 해체되어야 한다고 주장했다.

30  또 박승극은 「文藝時論(1~6)」(『조선중앙일보』, 1935.11.2·3·5~8)에서 구인회가 민족주의문학 진영과 제휴한 이후의 상황까지 논하고 있어 주목할 필요가 있다. 그는

## (4) 진로에 대한 권고

김두용은 카프 해체 직후인 1935년 7월 28일부터 8월 1일까지『동아일보』에 「'구인회'에 대한 비판(1~4)」을 발표했다. 그는 그 글에서 구인회를 개인주의적인 순문학을 추구하는 단체로 규정했다. 그에 따르면, 구인회가 추구하는 순문학이란 사상성이 없는 문학이다. 그런데 그는 사상성이 없는 문학이란 없으며 사상성과 높은 예술 형식의 종합이 문학의 근본 문제라고 못 박으면서 구인회를 비판했다. 그리고 그는 사상성 즉 위대한 정신이 있어야만 위대한 예술이 창조될 수 있으며 위대한 새 시대를 바라는 조선 민중의 예술이 될 수 있다고 했다. 그리고 위대한 정신은 구인회가 추구하는 개인주의적 자아의 완성이 아니라 조선 근로 대중의 사상이라고 했다. 이어서 김두용은 구인회가 어느 방향으로 나아가야 할지에 대해 논했다. 그는 구인회가 카프의 미약한 활동과 정세의 곤란을 계기로 성립되었고 회원들이 중간적 입장을 취하고 있는 이상, 소부르주아적 문학의 방향을 취할 것이 명백하다고 했다. 즉 문학의 당파성을 배척하고 순수문학을 추구하는 만큼 프롤레타리아문학의 방향과는 배치되는 중간적 입장의 문학, 소부르주아적 문학의 방향으로 나아갈 것이라고 말했다. 그러나 김두용은 조선의 프로 작가와 비평가는 카프가 해체된 상황에서 과거를 재비판하고 자기 자신의 실력을 강화하는 동시에 그 힘으로 구인회 작가와 손잡고 그들을

구인회의 이태준, 정지용, 박태원 등이 작품과 행동을 통해 민족주의문학 즉 민족부르주아문학의 정통을 계승하려 했으나 식민지 조선의 민족부르주아는 미력하고 민족부르주아문학자들의 토대는 더욱 미약해서, 이것도 저것도 뜻대로 되지 않아 일부 회원은 침묵을 지키고 또 일부는 탈퇴해 버려 구인회는 침체에 이르고 말았다고 분석했다.

지도하면서 전진해야 한다고 주장했다. 동시에 구인회 작가들에게는 예술에 대한 열정뿐만 아니라 조선의 민중을 사랑하는 정열, 위대한 정신을 가지라고 촉구했다. 요컨대, 김두용은 카프의 해체를 인정한 상태에서 프롤레타리아문학 운동의 재건을 위해 카프계의 자기비판과 반성을 촉구했고 카프계가 구인회를 이끌어야 한다고 말했다.

그런데 구인회에 대한 김두용의 논의에는 몇 가지 문제점이 있다. 먼저, 그는 구인회의 창립 초기 회원 구성과 활동만을 논거로 삼았다. 즉 그는 구인회의 변동을 감안하지 않고 논의를 전개했다. 그래서 다른 논자들—박승극, 홍효민, 임화—은 소부르주아 문인들의 집단이었던 구인회가 이미 반동화했다고 판단했던 반면, 김두용은 구인회를 여전히 사상적 유동성을 지닌 소부르주아적 문인 집단으로 규정했다. 다음으로, 김두용은 다른 논자들이 구인회에 대해 언급한 내용을 비판했는데, 그 부분에도 문제가 있다. 즉 홍효민이 「1934년과 조선문단」(『동아일보』, 1934.1.1·4·5·10)에서 구인회를 두고 '장래 일어날 민족문학-국민문학의 매개 형태가 되어 필연적으로 통제된 파쇼의 길로 나갈 것'이라고 말한 것에 대해 김두용은 조선의 민족주의나 사회주의 조류 가운데서 파쇼의 조류는 발견되지 않고 있다며 홍효민이 말한 파쇼의 의미가 무엇인지 물었다. 그런데 김두용은 홍효민이 이미 스스로 폐기한 발언을 문제 삼은 것이었다. 홍효민은 「조선문단 및 조선문학의 진전」(『신동아』, 1935.1)에서는 사회주의라는 테제에 대한 안티테제로서의 파시즘 운동이 조선에서는 가능하지 않다고 말함으로써, 구인회가 통제된 파쇼의 길로 나갈 것이라는 전망 즉 구인회가 문학적 파시즘 운동의 선두에 설 것이라는 전망을 폐기했다.

한효는 김두용과는 완전히 다른 견해를 피력했다. 한효는 「문예비평의 신임무(1~4)」(『조선중앙일보』, 1935.8.13~16)에서 당시 새롭게 제창되던 창작방법론인 사회주의적 리얼리즘에 근거해 당시 조선 평론계를 비판하고 조선 평론계가 나아갈 길을 밝혔다. 그 과정에서 그는 조선 비평의 오류를 지적한 논문들 중의 하나로 김두용의 「'구인회'에 대한 비판」을 거론했고, 그 글을 비판하면서 결과적으로 구인회를 비판했다. 한효는 김두용이 카프 작가는 구인회와 손잡아야 한다고 말한 것에 대해서 비양심적이고 패배주의적이며 개량주의적이라고 공격했다. 한효는 카프 해산은 신흥문학이 더 높은 단계로 발전하는 과정에서 생긴 일인데 김두용은 카프 해산을 계기로 해서 진보적 작가들을 정당한 활동과 이연(離緣)시키고 그들에게 반동적 문학 단체인 구인회에 가입할 것을 권유했다고 비판했다.[31] 요컨대, 한효는 구인회를 완전히 반동화한 집단으로 파악했고 프롤레타리아문학의 재건과 관련해 구인회에 기대할 것은 아무것도 없다고 판단했다.

한효보다 앞서, 박승극도 「문예시론(1~6)」(『조선중앙일보』, 1935.11.2·3·5~8)에서 한효와 비슷한 의견을 제시했다.[32] 박승극은 그 글에서 진정한 조선의 문학이 될 수 있는 것은 사회 발전의 중추가 되는 근로 층의 문학밖에 없다고 못 박았다. 그리고 비록 근로 대중의 세력이 약해진 탓에 부르주아문학가와 그들의 작품들만 기세를 올리고 있지만, 근로 대

---

31  김두용은 이에 대해 「朝鮮文學의 評論 確立의 問題」(『신동아』, 1936.4)에서 자신은 구인회 작가와 협력하고 그들을 지도하자고 말한 것이지 그들과 타협하자고 말한 것이 아니라고 해명했다.

32  박승극은 카프 해소론자였는데, 카프 해체 직전에 썼다고 볼 수 있는 「朝鮮文學의 再建設」(『신동아』, 1935.6)에서 한효의 카프 해소 주장에 동의하기도 했다.

중이 존재하는 한 근로 층의 문학은 멸망할 리가 없으므로 위기를 극복하고 타개해서 진정한 근로 대중의 문학을 달성해야 한다고 말했다. 그런 의미에서 박승극은 당시를 문학적 전환기로 진단했다. 이어서 박승극은 전환기 문학의 여러 문제들, 기성 문인들과 신진 문인들의 작품·창작 방법·문학의 당파성·구인회·문학 단체 조직·출판물에 대한 문제 등을 근로 대중의 문학 즉 프롤레타리아문학의 달성이라는 관점에서 논했다. 박승극은 그 과정에서 근로 대중의 문학을 달성하기 위해서, 완전히 반동화한 구인회는 해체하는 것이 바람직하다고 주장했다.

　김두용과 한효, 박승극이 구인회의 진로에 대해 다른 의견을 내놓았던 것은 그들이 구인회의 사상적 경향을 다르게 파악했기 때문이다. 한효와 박승극은 소부르주아 문인들의 집단이었던 구인회가 이미 반동화했다고 판단했지만, 김두용은 구인회의 회원 변동을 감안하지 않고 창립 초기의 회원 구성과 활동만을 근거로 삼아 구인회를 사상적 유동성을 지닌 소부르주아적 문인 집단으로 파악했다. 즉 김두용은 이미 탈퇴한 이효석, 이무영, 유치진 등 동반자적 경향의 작가들을 그대로 구인회 회원으로 간주해 논의를 전개했다. 그래서 한효와 박승극은 구인회에 기대할 것이 없다고 했지만 김두용은 카프계가 구인회를 견인해야 한다고 말할 수 있었던 것이다. 김두용의 오류를 감안한다면, 결국 카프계는 구인회는 완전히 반동화했으므로 해체해야 한다고 주장했다고 볼 수 있다.

　결론적으로 말한다면, 구인회에 대한 카프계의 논평은 동반자론(同伴者論)의 연장선상에 있었다고 할 수 있다.[33] 카프계가 구인회를 논평하

---

[33]　동반자론(同伴者論)에 대해서는 김영민, 『한국문학비평논쟁사』, 한길사, 1992, 319~348면 참고.

면서 가장 중요한 근거로 삼았던 것은 구인회 회원들의 사상적 경향이었다. 달리 말하면, 카프계는 구인회에 동반자적 작가들이 포함되어 있는지의 여부를 구인회를 논평하는 가장 중요한 근거로 삼았다. 그것을 통해, 구인회에 대한 카프계의 논평은 동반자론의 맥락 속에 있는 것이었다고 말할 수 있다.


### 3) 카프계의 논평에 대한 구인회의 대응

구인회 존립 당시의 자료, 구인회 회고담, 구인회에 대한 선행 연구 등을 통해 구인회는 카프의 공격이나 비난에 일절 대응하지 않았다고 알려져 왔다.[34] 그러나 구인회 회원들은 카프의 논평에 개인적이고 산발적으로나마 대응했다. 그중 이태준과 김기림의 경우를 살펴보기로 한다.

카프계 평론가인 백철은 1933년 9월 29일부터 10월 1일까지 『동아일보』에 「사악한 예원의 분위기(상·중·하)」를 발표했다. 백철은 그 글에서 구인회가 특정한 예술적 사조나 경향을 표방하지 않음으로써 구심점이 없는 산만한 모임이 되었다고 주장했다. 그는 그 과정에서 다음과 같이 말했다.

---

34   이상, 「編輯後記」, 구인회 회원 편, 『詩와 小說』, 창문사, 1936.3, 40면; 조용만, 「'九人會'의 記憶」, 『현대문학』, 1957.1, 129면; 조용만, 「九人會 이야기」, 『淸貧의 書』, 교문사, 1969.4, 21면; 조용만, 『울 밑에 핀 봉선화야』, 범양사 출판부, 1985, 137면; 김시태, 「구인회 연구」, 『논문집』 제7집(인문·사회과학편), 제주대, 1975, 43면; 이중재, 『'구인회' 소설의 문학사적 연구』, 국학자료원, 1998, 83면; 박헌호, 「구인회를 어떻게 볼 것인가」, 『식민지 근대성과 소설의 양식』, 소명출판, 2004, 302면; 김민정, 「1930년대 문학적 장의 형성과 구인회」, 『한국 근대문학의 유인과 미적 주체의 좌표』, 소명출판, 2004, 75~81면.

첫재로 이 그룹은 過去의 自然主義派 寫實主義派 理想主義 等의 時代的 潮流를 代表하고 잇는 意味의 存在는 本來부터 아니엇다. 그러타고 하여서 그것은 部分的으로 藝術的 傾向을 가치하고 잇는 藝術家의 一定한 存在, 例를 들면 未來派, 立體派, 超現實主義派, 그리고 日本의 新興藝術派 같은 內容을 가진 그룹도 아니엇다. 웨 그러냐 하면 나는 이 그룹의 構成 멤버를 볼 때에 李孝石 氏와 李泰俊 氏 사이에도 아무 共通的 傾向을 발견할 수 없으며 그러타고 하여서 金起林 氏의 詩的 傾向을 鄭芝鎔 氏의 카톨릭 詩와 合致시킬 수도 없으니까······[35]

백철의 이 글이 발표되고 나서, 이태준은 1933년 10월 14일 『조선일보』에 「평가(評家)여 좀더 겸손하여라」를 발표했다. 이태준은 그 글에서 당시 비평가들의 비평 태도를 비판하면서, 위에 인용한 백철의 말을 다음과 같이 반박했다.

요즘 白鐵 氏가 평을 만히 쓴다. 이 분도 자주 無謙遜한 文句를 보혀준다. 中央日報(『동아일보』를 잘못 쓴 것임-인용자)에 九人會도 餘地업시 눌러 볼 셈을 차리엇다. 氏는 원체 쩐쩍하면 惡趣味니 消毒을 해야 하느니 하는 말을 金言처럼 즐기는 분이지만 九人會를 들춘 것도 評家의 態度에서 멀다. 九人會가 생겻스니 거기 對해 무얼 쓰시오 해서 억지로 썻든 그러치 안흐면 消毒狂의 發症 밧게는 아모것도 아닌 것이 李孝石과 李泰俊이가 갓지 안코 金起林과 鄭芝鎔도 가튼 데가 업고 그런데 어쩌케 會가 되느냐고 하엿다.

---

35  백철, 「邪惡한 藝苑의 雰圍氣(下)」, 『동아일보』, 1933.10.1.

가튼 사람만 모혀야 會가 된다는 會學을 우리는 모르거니와 밋지도 앗는다. 社會는 監獄이 아니거든 制服을 즐길 必要는 업는 것이다. 애초부터 우리는 文學 공부를 위해서 단순한 友誼로 모힌 것이다. 우리가 가끔 맛나 文學 공부를 함에 朝鮮文壇에 害毒이 될 것은 무엇인가? 이야말로 天下의 不可思議다.[36]

또, 카프계 평론가 김두용은 1935년 7월 28일부터 8월 1일까지 『동아일보』에 「'구인회'에 대한 비판(1~4)」를 연재했다. 앞에서 살핀 바 있듯이, 김두용은 그 글에서 구인회를 개인주의적 순문학을 추구하는 단체로 규정하고, 그 순문학의 개념을 비판했다. 그에 따르면, 구인회가 추구하는 순문학이란 사상성이 없는 문학이다. 결론적으로 그는 구인회는 소부르조아적 문학의 방향으로 나갈 것인데, 카프계 문학인들은 자기 반성과 실력 배양을 통해 구인회를 지도하면서 전진해야 해야 한다고 주장했다. 아울러, 구인회 작가들도 예술적 정열과 함께 민중의 식을 가져야 한다고, 다음과 같이, 촉구했다.

同時에 '九人會' 作家들도 朝鮮民衆이 生活의 길을 찾으려 헤매는 이때에 自我의 完成 속에 들어백이지 말고 참으로 붓을 칼날로 삼고 勇進하여야 될 것이다. 이것만이 作家的 名譽를 保證할 것이다. 九人會 作家여! 藝術에 對한 熱情을 가지는 同時에 朝鮮의 民衆을 사랑하는 熱情을 가지라. 또 偉大한 精神을 가지라![37]

---

36  이태준, 「評家여 좀더 謙遜하여라」, 『조선일보』, 1933.10.14.
37  김두용, 「'九人會'에 對한 批判(4)」, 『동아일보』, 1935.8.1.

김두용이 그 글을 발표하고 나서 열흘 뒤인 8월 11일에 이태준은 『조선중앙일보』에 「구인회에 대한 난해 기타」를 발표했다. 그런데 그 글에는 김두용의 글을 반박하려는 의도가 담겨 있다. 이태준은 그중에서도 특히 위에 인용한 대목을 거론하고 반박했다.

作家가 小數인데 比해서 또 그 作家들이나마 質로 量으로 貧作인데 比해서 그것들을 物論하는 評論, 短評, 까십은 넘우 흔해 버려진 데가 朝鮮文壇이다. 作品은 잇던 업던 事件은 잇던 업던 新聞은 新聞대로 나와야겟고 雜誌는 雜誌대로 나와야겟스니까 어떤 것은 編輯者가 억지로 問題를 삼고 어떤 것은 評者가 拒絶하지 못해 억지로 붓을 잡는 그런 딱한 사정도 모르는 바는 아니다. 그러나 어떤 경우엔 그것이 심하다. 個人에게 團體에게 人格과 體面을 無視하고 막 덤비는 惡意의 發露가 수두룩하다.

그러타고 九人會에 對해서도 그다지의 惡意의 人士가 잇섯다는 것은 아니나 때로는 題材에 窮하야 九人會를 들추는 것도 갓고 때로는 誠意는 가지고 取題하엿으나 넘우 九人會를 크게 보고 지나친 難解釋을 부리다가 自己自身이 誤解하는 것은 무론 讀者로 하여금 九人會에 엉뚱한 期待 혹은 失望을 갓게 하는 것은 事實이다.

(…중략…)

쓸 데 업시 무슨 靑年 雄辯大會에서나처럼 주먹을 부르쥐고 '九人會는 百害無一利'니 '九人會 作家여 勇敢하여라 民衆도 생각하여라!' 하는 것들은 참으로 무엇에 그러케 놀낸 사람들인지 알 수가 업다. 우리도 그만한 民衆觀念 그만한 自己反省에 게을리지안는다. 그냥 漠然히 民衆 云云한다고 지금은 수가 아니다. 會에도 여러 가지가 잇는데 九人會가튼 會도 잇거니 하는 것은 會에 對한

常識일 것이다.[38](강조-인용자)


이태준뿐만 아니라, 김기림도 카프계의 논평에 대응한 경우가 있다. 김기림은 「문예시평(3)－비평의 태도와 표정」(『조선일보』, 1934.3.30)에서 당시 비평가들이 대상을 분석·설명해야 하는 직능은 잊은 채 조급하게 판단만 하려 든다고 지적했다. 그리고 그 예로 임화가 「1933년의 조선문학의 제 경향과 전망(1~8)」(『조선일보』, 1934.1.1~3·5·7·10·13·14)에서 정지용, 이태준, 이종명, 박태원, 김기림, 안회남 등에 대해 말한 것을 다음과 같이 비판했다.[39]

例를 들면 批評家 林和 氏는 매우 率直하고 單純한 人間學을 가지고 잇다. 그의 批評의 視野에는 作品이 먼저 드러오는 것이 아니고 階級的 化粧을 입은 作者의 얼골이 먼저 드러온다. 거기서부터 作品에 對한 價値 判斷이 아니고 作者의 人間에 對한 무수한 判斷들이 뛰여나온다. "이것은 小뿌르가······ 그러니까 砂上의 殿閣이다 ······ 破産된 精神이다. 物質的으로 破産햇다 ······" 는 等等하고 그는 자못 峻嚴하게 論告한다. 그러한 論告들은 "푸로레타리아는 조타 적어도 푸롤레타리아인 체하는 것만 해도 조타 小뿌르는 나뿌다"라는 그의 例의 單純한 "모랄"에서 나오는 것이다.[40]

---

38　이태준, 「九人會에 對한 難解 其他」, 『조선중앙일보』, 1935.8.11.
39　서준섭은 임화가 「一九三三年의 朝鮮文學의 諸傾向과 展望(1~8)」(『조선일보』, 1934. 1.1~3·5·7·10·13·14)에서 "이상의 형태 파괴적인 시"에 대해서도 비판했다고 했다. 서준섭, 『한국 모더니즘문학 연구』, 일지사, 1988, 200면. 그러나 임화는 그 글에서 이상은 거론하지 않았다.
40　김기림, 「文藝時評(3)－批評의 態度와 表情」, 『조선일보』, 1934.3.30.

### 4) 구인회의 탈(脫)-카프 방식

구인회는 동반자적 경향을 지닌 회원들의 역할과 입지를 제한함으로써 결국은 그들을 탈퇴시키고 카프계의 논평에 소극적으로나마 반응함으로써 카프에 대응했다고 말할 수 있다. 그런데 구인회가 카프에 대응했던 방식에는 특이한 점이 있다. 그것은 카프가 제기하는 논점들에서 벗어나 버리는 방식이면서 카프의 문제 제기 자체를 무력화하는 방식이다. 곧 그것은 항(抗)-카프나 반(反)-카프의 방식이 아니라 탈(脫)-카프의 방식이었다.

그러한 방식은 이태준에게서 분명하게 파악된다. 이태준은 백철이 「사악한 예원의 분위기(하)」(『동아일보』, 1933.10.1)에서 구인회 회원들의 예술적 경향이 분명하지 않은 것을 문제 삼자 백철이 비평가로서 겸손하지 못하다고 비판했고, 김두용이 「'구인회'에 대한 비판(4)」(『동아일보』, 1935.8.1)에서 구인회 회원들에게 민중을 사랑하는 열정을 가지라고 촉구하자 "막연히 민중 운운은 지금은 때가 아니다"라는 말로 응대했다. 그의 방식은 카프계가 제기하는 문제의 초점에서 벗어남으로써 더 이상의 논쟁을 불가능하게 만들어 버리는 방식이다. 구인회의 회원을 받아들이고 탈퇴시키는 일을 주재했던 인물도 구인회의 사실상의 리더였던 이태준이었다고 할 수 있다. 즉 그가 동반자적 경향을 지닌 회원들을 탈퇴시키는 데에 결정적인 역할을 했다고 말할 수 있다. 동반자적 경향을 지닌 회원들의 역할과 입지를 축소함으로써 결국 그들이 탈퇴하게 하는 방식 또한 카프와의 관계가 성립되는 것 자체를 원천적으로 피하는 방식이었다고 할 수 있다. 즉 카프의 자장에서 벗어나는 탈(脫)-카프의 방식이었던 것이다.

요컨대, 구인회가 카프에 대응했던 방식은 항(抗)-카프나 반(反)-카프의 방식이 아니라 탈(脫)-카프의 방식이었고 그것은 이태준에 의해서 주도되었다고 말할 수 있다.


## 2. 저널리즘의 상업성 극복[41] ─ 이태준의 「성모」의 경우


구인회 회원들은 저널리즘과 문학의 관계를 구체적으로 고민했고 저널리즘과 손잡으면서도 그것의 상업성을 극복하려고 했다. 이 절에서는 이태준의 「성모(聖母)」(『조선중앙일보』, 1935.5.26~1936.1.20)를 중심으로 하여 그 사실을 논증하고자 한다. 이를 위해 다음과 같은 두 가지 문제들을 먼저 해결해야 한다. 첫째, 구인회가 결성되고 활동한 1930년대 전반기에 저널리즘과 문학의 관계를 둘러싸고 형성되었던 담론의 내용과 쟁점을 파악해야 할 것이다. 둘째, 저널리즘과 문학의 관계에 대한 당시 구인회의 관점과 태도를 파악할 필요가 있다. 이 두 가지 문제를 해결하고 그 결과를 전제로 하여 저널리즘과 문학의 관계에 대한 이태준의 관점과 태도가 구인회의 그것과 같은 맥락에 있었으면서도 변별되는 것이었음을 밝히고자 한다. 나아가, 이태준의 「성모」를 저널

---

41 이 부분은 다음 논문을 수정한 것이다. 현순영, 「저널리즘의 상업성과 구인회 ─ 이태준의 「성모」를 중심으로」, 『백록어문』 제28집, 백록어문학회, 2015.2.

리즘의 상업성과 문학을 관련짓는 그의 방식이 구현된 대표적 작품으로 보고 그 문제성에 대해 논하고자 한다.


### 1) 저널리즘의 상업성과 문학의 관계에 대한 1930년대 전반기의 담론

저널리즘과 문학의 관계에 대한 1930년대 전반기의 담론은, 구체적으로 말하면, 신문과 문학의 관계에 대한 담론이었으며, 더 구체적으로 말하면, 신문연재소설에 대한 담론이었다. 그 담론의 내용과 쟁점을 파악하기 위해서는 다음과 같은 자료들을 숙독해야 한다.

1. 尹白南, 「新聞小說 그 意義와 技巧」, 『조선일보』, 1933.5.14.
2. 金東仁, 「新聞小說은 어쩌게 써야 하나－新聞小說이라는 것은 보통小說과는 다르다」, 『조선일보』, 1933.5.14.
3. 安懷南, 「文藝時評－最近 創作 槪評(1~4)：新聞小說 小考」, 『조선일보』, 1933.5.24~27.
4. 通俗生, 「新聞小說 講座」, 『조선일보』, 1933.9.6~13.
5. 李無影, 「新聞小說에 對한 管見」, 『신동아』, 1934.5.
6. 李健榮, 「쩌날리즘과 文學」, 『신동아』, 1934.5.
7. 金八峰, 「新聞 長篇小說 時感」, 『삼천리』, 1934.5.
8. 丁來東, 「三大 新聞 長篇小說 論評」, 『개벽』, 1935.3.

위의 자료들을 분석해 보면, 신문연재소설에 대한 1930년대 전반기의 담론 안에는 '같지만 다른' 주장 두 가지가 공존하고 있었다는 것을 알 수 있다. 하나는 신문을 팔기 위한 수단으로서 신문연재소설의 효용을 인정하고 그 특유의 기교와 작법을 중시해야 한다는 주장이다. 이런 주장을 편 대표적인 인물은 김동인이다. 다른 하나는 신문연재소설은 근본적으로 신문을 팔기 위한 수단에 지나지 않으므로 작가들은 되도록 신문연재소설을 써서는 안 되지만 만약 쓸 수밖에 없다면 예술성을 살려서 써야 한다는 주장이다. 이런 주장을 편 대표적인 인물은 이무영이다. 위에 제시한 자료들 중 김동인과 이무영의 글을 자세히 읽어 보기로 한다.

위에 제시한 글들 중에서 2와 4가 김동인의 것이다. 그 글들의 내용을 살피기 전에, 4가 김동인의 글임을 밝힌 연구를 아직 찾아볼 수는 없으나 2와 4를 견주어 보면 4를 김동인의 글이라고 판단하지 않을 수 없다는 사실을 특기해 두고자 한다. 2와 4는 "보통소설"이라는 용어를 사용한 점, 신문연재소설과 "보통소설"을 대조한 점, 신문연재소설의 작법 또는 기교를 주제, 플롯, 장면배치 등을 꼽아 설명한 점 등에서 같다. 그리고 2의 어떤 문장은 4에 거의 그대로 쓰이기도 했다. 김동인이 2와 4에서 신문연재소설에 대해 개진한 내용을 요약하면 다음과 같다.

신문소설은 신문사가 신문을 팔기 위해 즉 신문 구독자 수를 유지하고 늘리기 위해 연재하는 소설이다. 신문연재소설은 보통소설과는 작법과 기교가 다르다. 신문 독자는 여러 계급과 계층에 걸쳐 있다. 따라서 신문연재소설은 특정 계급 또는 계층의 독자만이 아니라 여러 계급과 계층의 독자 대다수에게 두루 애독되어야 한다. 신문연재소설을 쓰는 작가는 그 점을 목표로 삼아 작법 또는 기교를 구사해야 한다. 주제는 독자 대다수의 흥미를 끌 만한 것이어야 한다. 보통소설의 주제가 인생의 어떤 문제를 제기하고 사상에 근저(根底)를 둔 것이라면 신문연재소설의 주제는 사건 중심의, 흥미 있는 것이어야 한다. 구체적으로는 독자들이 본능적 또는 본성적으로 흥미를 느낄 수 있는 '엽기물어(獵奇物語)', '연애의 갈등', '협사물어(俠士物語)', '복수물어(復讐物語)', '비화(悲話)', '애화(哀話)', '고사(孤敍)', '환희', '피학대(被虐待)', '힘군세임', '요염함', '간사함', '잔혹함' 등이 신문연재소설의 주제가 된다. 또 당시에 생겨나서 광범한 사람들에게 센세이션을 일으킨 시화(時話)도 흥미를 끌기에 좋은 주제다. 신문연재소설에서는 이런 주제들 중 적어도 몇 가지를 합쳐서 잘 빚어야 한다. 플롯도 독자의 흥미를 끌 만한 것이어야 한다. 보통소설에서는 주제가 '주(主)'이고 경개(梗概)가 '종(從)'이지만 신문연재소설에서는 주제와 경개가 동일한 가치를 지닌다. 경개란 '기(起)'가 있고 '복(伏)'이 있고 '종(終)'이 있는 '일관된 이야기'다. 신문연재소설에서는 주제에 맞는 재미있는 경개를 만들어야 한다. 거기에 수수께끼적인 요소가 있어야 한다. 또, 신문연재소설에서는 장면을 사건이 전개되는 시간 순서에 따라 배치하는 것이 아니라 은폐하거나 생략하기도 한다. 즉 불필요한 장면은 생략하고 그 밖의 장면은 필요에 따라 순서를 바꾸기도 한다. 장면을 배치할 때에는 '템포'도 고려해야 한다. 긴장과 흥분의 장면이 얼마 동안 계속되었다면 그 뒤에는 느린 템포의 고요한 장면을 배치하는 것이 좋다. 무엇보다도, 신문연재소설은 '일회분일정량(一回分一定量)'이라는 특수한 조건을 가진다는 사실이 중요하다. '일회분일정량'이란 신문 일일분에 게재되는 소설의 양이다. 일회분은 소설 전체, 일관된 이야기의 한 부분이어야 한다. 일회분 자체가 재미있어야 하고 일회분에 클라이막스가 있어야 한다. 또, 일회분은 '전일분의 계속'이어야 하고 '명일분의 복선'이어야 한다. 문장은 '충동적'이어야 한다. 보통의 느린 문장으로는 온갖 사물에 마비된 현대인의 감정을 움직일 수 없기 때문이다. 결말과 제목도 독자의 흥미를 끌 만한 것이어야 한다.

김동인이 상업적 관점에서 신문연재소설의 효용성을 인정하고 그 작법과 기교에 주목했다면, 이무영은 예술적 관점에서 신문연재소설의 폐단을 비판했다. 이무영이 6에서 말한 내용을 요약하면 다음과 같다.

세계 여러 나라를 막론하고 저널리즘과 문학은 '견원(犬猿)' 사이가 되었다. 구미의 여러 나라는 물론 중국이나 일본에서도 문학에 대한 진실한 열정이 저널리즘에 부식되고 있고 조선에서는 그런 현상이 현실의 특이성 때문에 더욱 심각하다. 문학은 시대에 대한 절대적 탐구를 수행할 때 예술이 될 수 있다. 즉 문학은 그 시대의 생생한 현실을 포착함으로써 천부의 특성을 발휘할 수 있다. 그러나 신문연재소설은 시대에 대한 절대의 탐구를 거부하기 때문에 정당한 예술로 평가받지 못하고 작가들에게 증오의 대상이 되고 있다. 기업화한 신문 경영자와 지식수준, 취미, 기호가 그 시대 최저 수준인 신문연재소설 독자는 신문연재소설이 시대에 대한 절대의 탐구를 수행하는 것을 거부한다. 그들은 신문연재소설이 그 시대의 현실을 포착하여 그것의 정체를 보여주고 까다로운 철학적 견해를 베푸는 것보다는 그 시대의 피상적인 모양 즉 시대상을 보여주는 것에 만족한다. 그들은 예술성을 원하는 것이 아니라 재미를 원한다. 작가들은 생계를 위해 원고료를 목표로 저널리즘의 사도(使徒)가 되어 신문연재소설에 본의 아닌 사건과 '야마 — 클라이막스―'를 넣으며 하루하루 예술적 향기를 잃고 강담작가로 전락한다. 작가로서 자살의 길을 밟는다. 그래서 신문연재소설은 작가들에게 증오의 대상이 된다. 조선에서 이러한 현상이 더욱 심화되는 것은 문학에 대한 조선 사회 전체의 무지(無知) 때문이다. 첫째, 조선에서는 신문연재소설을 쓰는 작가 또는 쓴 작가만 인정받는다. 둘째, 조선에서는 작가를 불량배와 같이 천대한다. 편지 한장 제대로 못 쓰는 자들이 문학이나 작가에 대해 이러쿵저러쿵 평하고, 청년을 교육하는 자들이 문예배격론을 제창한다. 셋째, 잡지나 신문의 편집자들도 문학에 관해 너무 무지하다. 조선의 문학을 이끌어가려는 작가들이라면 당연히 신문연재소설에서 손을 떼야 한다. 그러나 조선에서 작품을 발표할 수 있는 지면은 매우 부족하고 원고료도 박하다. 따라서 작가들은 신문연재소설을 쓸 수밖에 없다. 이런 상황에서 작가로서 느끼는 환멸, 자기연민, 불안, 자책감, 부끄러움은 이루 말할 수 없다. 신문연재소설을 쓰는 작가라 해도 작가적 양심의 소유자라면 독자에 끌려 다소간은 희생한다고 하더라도 작품을 어느 정도까지는 예술적으로 살릴 수 있을 것이다. 최저 수준에서 방황하고 있는 독자의 저급한 지식과 비속한 취미에 영합하려 힘쓰기보다 그들을 고급 문학 작품의 이해자로 만드는 것이 불가능하지 않다. 그러나 조선의 작가들은 너나 할 것 없이 그런 노력이 부족하다.

## 2) 저널리즘의 상업성과 구인회

앞에서 살핀 내용에 따르면, 당시 구인회 회원이었던 이무영은 저널리즘의 상업성이 문학을 부식시키는 것을 우려하면서도 저널리즘과 손잡을 수밖에 없다는 태도, 작가로서 저널리즘과 손잡으면서도 문학의 예술성으로 저널리즘의 상업성을 극복해야 한다는 태도를 취했다. 그러한 태도는 다소 모순적이고 역설적이다. 그런데 그의 태도는 저널리즘과 문학의 제휴에 대해 당시 구인회 회원들이 주로 취했던 태도이기도 하다. 구인회 회원들은 저널리즘과 손잡으면서도 그것의 상업성과는 완전히 타협하려 하지 않았다. 그 사실은 여러 자료를 통해 확인할 수 있다.

조용만은 구인회 회고담 여러 편에 자신과 이종명, 김유영은 구인회의 결성을 도모하면서 '의도적으로' 저널리즘과 손잡으려 했다고 썼다.[42] 즉 그는 구인회를 결성하는 과정에서 우선 일간지 학예부 관계자들과 손잡으려 했고, 그래서, 당시 매일신보 학예부 기자였던 자신이 나서서 조선중앙일보 학예부장 이태준, 조선일보 학예부 기자 김기림, 동아일보 학예부 객원 기자 이무영을 영입했다고 썼다. 그리고 그는 그것이 두 가지 계산 때문이었다고 밝혔다. 하나는 그들이 순수문학 모임을 만들었다는 것이 알려지면 카프가 공격할 것이므로 그때에 반박하거나 순수문학론을 전개하려면 각 신문의 학예부를 쥐고 있는 것이 유

---

42  조용만, 「나와 '九人會' 시대(2)」, 『대한일보』, 1969.9.24; 조용만, 「九人會 만들 무렵」, 『九人會 만들 무렵』, 정음사, 1984, 45·68면; 조용만, 『울 밑에 핀 봉선화야』, 범양사 출판부, 1985, 125면.

리할 것이라는 계산이었다. 다른 하나는 각 신문 학예부 관계자들이 회원이 된다면 그들을 통해 다른 회원들이 작품 발표 지면을 쉽게 얻을 수 있을 것이라는 계산이었다.

조용만이 회고한 내용이 모두 사실이라고 확언할 수는 없다. 모호한 점들이 몇 가지 있기 때문이다. 먼저, 조용만이 이무영의 이력을 말한 내용은 정확하지 않다. 조용만은 이무영이 구인회 결성 당시에 동아일보 학예부의 객원 기자였다고 회고했으나, 여러 가지 자료들을 확인해 보면 그렇게 말하기 어렵다.[43] 또, 카프의 공격에 반박하거나 '순수문학론'을 전개할 지면을 쉽게 얻기 위해 각 신문 학예부 관계자들을 규합하려 했다는 내용도 석연치 않다. '제2부'에서 자세히 다루겠지만, 애초에 구인회 결성을 발의하고 도모했던 김유영은 당시에 이른바 '순수예술'을 지향하지 않았기 때문이다.

그러나 조용만의 회고가 구인회가 결성 당시에 저널리즘과 긴밀한 관계를 맺었던 사실에 관한 증언인 것만은 분명하다. 구인회 결성 이후 그 회원들은 그들의 네트워크를 통해 일간지와 그 자매지들의 지면을 안정적으로 확보해 나갔다.[44] 그러한 사정은 여러 문헌을 통해 알 수 있

---

43  동아일보사가 작성한 『동아일보사사(東亞日報社史)』에는 해방 전의 객원 기자로는 정인보, 오천석, 윤백남, 유진오, 노동규 5명만이 1933년 10월부터 어느 시기까지 활동한 것으로 기록되어 있다. 동아일보사사 편찬위원회, 『동아일보사사』 1, 동아일보사, 1975, 481면. 그런데 『이무영 문학 전집』 6의 「연보」에는 이무영이 구인회가 결성된 뒤인 1934년에 동아일보에 입사하여 학예부 기자로 일하기 시작했다고 기록되어 있다. 이무영문학전집 편집위원회 편, 「연보」, 『이무영 문학 전집』 6, 국학자료원, 2000, 579면.

44  여기서 당시 각 일간지의 자매지들에 대해 살펴볼 필요가 있다. 먼저, 『동아일보』의 자매지로는 『신동아』와 『신가정』이 있었다. 『신동아』는 1931년 11월호가 창간호이고, 『신가정』은 1933년 1월호가 창간호이다. 두 잡지는 모두 동아일보의 "일장기말소사건"이 원인이 되어 1936년 9월호를 마지막으로 폐간되었다.(동아일보사사 편찬위원회, 앞의 책, 349~353・367~368면) 『조선일보』의 자매지로는 『신조선』, 『조광』, 『여성』, 『소

으며, 특히 카프계 비평가였던 박승극의 「조선 문단의 회고와 비판」(『신인문학』, 1935.3)에서 '인상적으로' 파악할 수 있다. 앞에서 그 글을 언급한 바 있는데, 이해를 돕기 위해 다시 한번 더 그 내용을 요약하기로 한다.

박승극은 그 글에서 1934년의 조선 문단은 사회 정세로 인해 침체했다고 진단했다. 구체적으로는 '민족 부르주아 작가'와 '프롤레타리아 작가'가 모두 침체한 가운데 "중간층 청년작가"들이 문단을 독점했고, 그 사실에서 1934년 문단의 특징들이 비롯되었다고 판단했다. 그 특징들 중 박승극이 제일 먼저 거론한 것은 『조선문학』, 『형상』, 『문학창조』 등의 잡지가 휴간되어 재래 프로파 작가들이나 진보적 작가들이 작품을 발표할 수 있는 지면이 줄어든 사실이었다. 그리고 박승극은 신문과 잡지들이 재래 프로파 작가나 진보적 작가의 작품은 실어 주지 않고 편집자와 친분이 있거나 "일류 문사"라는 타이틀이 있거나 특정 그룹에 소속되어 있는 작가들의 작품만, 그것도 매우 질이 낮은 작품만 실었다는 것을 1934년 문단의 가장 중요한 특징으로 꼽았다.

---

년』 등이 있었다. 『신조선』은 1927년 2월호가 창간호이고 동년 3월호가 나오고 나서 폐간되었다. 『조광』은 1935년 11월호가 창간호이고 1944년 8월호가 나오고 나서 일시적으로 폐간되었다가 1946년 3월호가 나오면서 속간되었고, 1948년 12월호를 끝으로 완전히 폐간되었다. 『여성』은 1936년 4월호가 창간호이고 1940년 12월호를 끝으로 폐간되었다. 『소년』은 1937년 4월호가 창간호이고 1940년 12월호까지 나오고 폐간되었다. 『조선중앙일보』의 자매지로는 『중앙』과 『소년중앙』이 있었다. 『중앙』은 1933년 11월호가 창간호이고 1936년 9월호를 끝으로 폐간되었다. 『소년중앙』은 1935년 1월호가 창간호이고 1940년 12월호까지 나오고 폐간되었다. 이 잡지들 중에서 유소년 잡지를 제외하고, 구인회의 존립 기간 동안에 발행되었던 잡지는 『신동아』, 『신가정』, 『조광』, 『여성』, 『중앙』이다. 그중 『조광』과 『여성』은 구인회가 소멸 단계에 접어들던 시기에 창간되었다. 따라서 구인회 활동의 장(場)으로서 의미를 갖는 잡지는 『동아일보』의 자매지인 『신가정』과 『신동아』 그리고 『조선중앙일보』의 자매지인 『중앙』이라고 할 수 있다.

특히, 박승극은 작품 발표 지면의 불충분·불균형과 관련해 구인회를 주목했다. 먼저, 그는 구인회는 "조선 문단의 크고도 두터운 회색 장막과 같은 존재"인데 그것은 구인회가 표면과 이면이 다른 조직이기 때문이라고 말했다. 구인회는 결성 당시 "다독다작"만을 표방했고 1934년에도 강연회를 한 번 개최했을 뿐이었지만, 그 이면은 다르다는 것이 박승극의 판단이었다. 즉 구인회의 동체이명(同體異名)인 극예술연구회는 카프와 엄연히 대립하며 구인회 회원들은 중요한 신문과 잡지의 우이(牛耳)를 잡고 있다는 것이었다. 요컨대, 박승극은 카프와 대립하는 구인회가 문예 작품의 발표를 주도하는 권력을 가지고 있으며 1934년에 그 권력을 제멋대로 행사했다고 비판했다.

박승극의 판단대로, 구인회는 1934년 이후 신문과 잡지의 지면을 장악해 나갔다. 그러나, 구인회는, 처음 의도대로 저널리즘과 성공적으로 제휴해 나가면서도, 저널리즘의 상업성에 복무하는 것은 단호히 거부했다.

먼저, 1934년 6월 17일부터 29일까지 『조선중앙일보』에 게재된 「격! 흉금을 열어 선배에게 일탄을 날림」에서 당시 구인회 회원들은 선배 작가들이 상업적인 저널리즘에 기대는 것을 강도 높게 비판했다.[45] 특히 박태원과 조용만의 주장에 주목할 필요가 있다. 박태원은 김동인에게 신문연재소설을 쓰지 말고 단편을 쓰라고 촉구하는 한편, 작가의 자존심과 기개를 회복하고 진정한 문장선(文章選)에 정진해 달라고 말했다. 그는 김동인이 1933년에 발표한 신문연재소설론에 대해서도 비판했는

---

45  이 책 제1부 '3장-3-1)' 참고.

데, 그 글에는 저널리즘의 상업성에 영합하려고 노력하는 김동인의 모습이 나타나 있다고 했다.[46] 조용만은 염상섭이 단편소설을 버리고 통속소설 즉 신문연재소설 작가로 전락했고, 그의 통속소설에서는 단편소설이 지닌 특질, "전편을 통하여 맥맥히 흐르는, 쉽게 침범하고 경멸할 수 없는 고삽(苦澁)한 향기"를 찾아볼 수 없다고 비판했다. 결론적으로 조용만은 염상섭에게 단편을 쓰라고 촉구했다. 요컨대, 박태원과 조용만은 통속적 신문연재소설을 쓰는 것은 생계를 유지하기 위해 저널리즘의 상업성에 복무하는 것인데, 그것은 문학이 아니라고 주장한 것이었다.

다음으로, 구인회 회원들은 스스로가 저널리즘의 상업성에 복무하는 것을 단호히 거부했다. 저널리즘과 손잡으면서도 저널리즘의 상업성에 온전히 복무하지 않으려는 구인회 회원들과 상업적 이익을 얻기 위해 독자의 기호에 민감할 수밖에 없는 신문은 자주 마찰을 빚었다. 독자들은 번번이 구인회 회원들의 작품에 이의를 제기했고 신문은 그럴 때마다 독자의 편에 섰다. 신문은 구인회 회원들에게 작품 게재 중단을 고하기도 하고 독자의 입맛에 맞게 작풍(作風)을 바꿀 것을 요구하기도 했다. 그러나 구인회 회원들은 작품 게재를 중단할망정 작풍을 바꾸거나 하는 제스처(gesture)는 취하지 않았다. 이상, 박태원, 이태준의 이야기다.

먼저, 이상은 1934년 7월 24일에서 8월 8일까지 『조선중앙일보』에 「오감도」를 연재하다 중단했다. 박태원이 쓴 글들과 조용만의 회고담을 통해 그 사건에 관해 알 수 있다.

---

46  박태원은 김동인의 「新聞小說은 어써게 써야 하나—新聞小說이라는 것은 보통小說과는 다르다」(『조선일보』, 1933.5.14)와 「新聞小說 講座」(『조선일보』 1933.9.6~13)에 대해 언급한 것으로 보인다.

박태원은 「이상의 편모(片貌)」(『조광』, 1937.6)와 「제비(하)」(『조선일보』, 1939.2.23)에서 그 사건에 관해 언급했는데, 특히 「이상의 편모」에서 자세히 회고했다. 그 내용을 요약하면 다음과 같다.

어느 날 박태원은 이상과 당시 조선중앙일보사에 있던 이태준을 만나 이상의 시 「오감도」를 『조선중앙일보』에 발표할 것을 의논했다. 「오감도」가 발표되자 신문사에는 매일같이 독자들의 투서가 잇따랐다. 독자들은 「오감도」를 "정신이상자의 잠꼬대"라고 했고 그것을 게재하는 신문사를 욕했다. 「오감도」는 신문사 안에서도 물의를 빚었다. 결국 이상은 박태원과 상의한 뒤에 「오감도」 연재를 중단했다. 박태원은 이상이 「오감도」 연재를 중단하며 쓴 글이라고 밝히면서 「오감도 작자의 말」을 소개했다.

> 웨 미쳤다고들 그리는지 대체 우리는 남보다 수十年식 떠러저도 마음놓고 지낼 作定이냐. 모르는 것은 내 재주도 모자랐겠지만 게을러빠지게 놀고만 지내든 일도 좀 뉘우처 보아야 아니 하느냐. 열아문개쯤 써 보고서 詩 만들 줄 안다고 잔뜩 믿고 굴러다니는 패들과는 물건이 다르다. 二千點에서 三十點을 고르는데 땀을 흘렸다. 三十一年 三十二年 일에서 龍대가리를 떡 끄내여 놓고 하도들 야단에 배암꼬랑지커녕 쥐꼬랑지도 못달고 그만두니 서운하다. 깜박 신문이라는 답답한 조건을 잊어버린 것도 실수지만 李泰俊, 朴泰遠 두 兄이 끔찍이도 편을 들어준 데는 절한다. 鐵-이것은 내 새길의 暗示요 앞으로 제아모에게도 屈하지 않겠지만 호령하여도 에코-가 없는 무인지경은 딱하다. 다시는 이런-勿論 다시는 무슨 다른 方途가 있을 것이고 위선 그만둔다. 한동안 조용하게 工夫나 하고 딴은 정신병이나 고치겠다.[47]

한편, 조용만은 「나와 '구인회' 시대(4)」(『대한일보』, 1969.10.3)와 『울 밑에 핀 봉선화야』(범양사 출판부, 1985. 136면), 「이상(李箱) 시대 – 젊은 예술가들의 초상(1)」(『문학사상』, 1987.4)에서 그 사건을 언급했다. 그중 에서도 특히 「이상(李箱) 시대 – 젊은 예술가들의 초상(1)」에서 자세히 회고했다.[48] 그 내용을 요약하면 다음과 같다.

이상은 정지용을 끼고 이태준을 졸라서 『조선중앙일보』에 「오감도」 를 발표했다. 그 무렵 이상은 금홍과 이별해 생활이 말이 아니었다. 그 런 이상을 딱하게 여긴 정지용, 정인택, 박태원이 이태준을 설복해 「오 감도」를 『조선중앙일보』에 발표할 수 있게 해 주었다. 「오감도」가 연 재되자 독자들이 전화와 투서로 중단하라고 야단을 쳤다. 독자뿐만이 아니라 신문사 안에서도 「오감도」 연재에 대해 말이 많았다. 그러자 이 태준이 박태원을 불러서 「오감도」 연재를 중단할지도 모르겠다는 것을 이상에게 전하라고 했다. 박태원은 정인택과 함께 이상을 찾아가 그 소 식을 전했다. 정인택은 이상이 소식을 전해 듣고 다음과 같이 말했다고 조용만에게 전했다.

왜, 날보구 미쳤다고 그러는 거야. 그럼 우리가 남보담 백년이나 떨어져 지내도 좋단 말야! 천만에 말씀! 독자라는 우맹(愚氓)들을 상대로 하는 내 가 불쌍하지만 그렇지만 나는 누구에게도 굴복하지 않을 거야. 나는 그냥 내 갈 길을 갈 거야![49]

---

47  박태원, 「李箱의 片貌」, 『조광』, 1937.6, 303~304면.
48  『울 밑에 핀 봉선화야』(범양사 출판부, 1985, 136면)의 내용도 「李箱 時代 – 젊은 예술가 들의 肖像(1)」(『문학사상』, 1987.4)의 내용과 거의 같다. 『울 밑에 핀 봉선화』에는 이상 이 구인회에 가입하기 전에 「오감도」를 발표했다고 적혀 있다.

'3장-4-2)'에서 논한 대로, 이상이 당시에 구인회 회원이었다고 단정하기는 어렵다. 그러나 당시 이상이 구인회 회원이 아니었다고 해도 「오감도」 연재 중단은 문학의 예술성을 제일의 가치로 삼은 구인회와 저널리즘의 상업성이 충돌했던 단적인 예라고 할 수 있다. 왜냐하면, 「오감도」 사건에는 이태준, 박태원, 정지용 등 구인회 회원들이 관련되어 있었기 때문이다.

다음으로, 박태원은 1935년 2월 27일부터 5월 18일까지 『조선중앙일보』에 「청춘송(靑春頌)」을 연재하다 중단했다. 그 사실은 1935년 8월호 『조선문단』에 실린 「박태원 씨의 예술적 양심」을 통해 확인할 수 있다. 그 글에 따르면, 박태원의 「청춘송」이 연재되자, 그 소설이 재미없으니 연재를 중단하라는 독자들의 투서가 있었고 조선중앙일보사 측은 박태원에게 소설을 재미있게 쓰라고 주문했다. 그러나 박태원은 재미있는 소설이란 연애담을 말하는 것인데 자신은 그런 소설을 쓸 수 없다고 하여 연재를 자진해서 중단했다.

마지막으로, 이태준은 1935년에 조선중앙일보사의 학예부장직을 내놓았다. 그 까닭도 「박태원 씨의 예술적 양심」에서 확인할 수 있다. 그 글에는 이태준이 박태원의 「청춘송」 연재가 중단된 것 때문에 신문사를 그만두었다고 되어 있다. 조용만은 「나와 '구인회' 시대(4)」에서, 이상의 「오감도」 연재로 물의가 빚어졌을 때에도 만일 신문사 간부가 연재를 중단하라고 하면 내려고 사표를 주머니 속에 늘 준비하고 다녔다고 이태준이 나중에 말하는 것을 들은 일이 있다고 증언했다. 자신이

---

49  조용만, 「李箱 時代-젊은 예술가들의 肖像(1)」, 『문학사상』, 1987.4, 116면.

학예부장으로서 주재하는 지면에 실리던 작품들이 번번이 연재 중단되는 일을 겪으면서 이태준은 신문사의 상업적 이익을 위해 일하는 것과 예술적 소신을 지키는 일 사이에서 갈등했을 것이다. 그런데 그는 결국 학예부장직을 내놓고 신문사를 그만둠으로써 예술적 소신을 지키는 길을 선택했다고 말할 수 있다.[50]

요컨대, 구인회 회원들은 저널리즘과 손잡고 동행하면서도 저널리즘의 상업성이 문학을 부식하는 것은 우려하고 혐오했다. 바꿔 말할 수도 있다. 구인회 회원들은 저널리즘이 문학을 부리려는 것에 저항하면서도 그런 저널리즘과 절연하지는 않았다. 그 이유는 여러 가지였다. 당시 문인들은 신문에 작품을 발표해야만 인지도를 높일 수 있었으며, 작품 발표 지면이 절대적으로 부족했고, 생계를 해결하기 어려웠다. 물론 구인회 회원들이 그런 이유들을 대놓고 거론하지는 않았다. 신문연재소설을 성공적으로 쓰곤 했던 이무영과 이태준이 생계의 문제를 거론한 것은 오히려 특이한 일이었다.[51] 이상과 박태원은 문학과 생계를 연관시키지 않았다.

---

50  1946년 8월 동광당서점에서 발간한 『黃眞伊』의 「책 뒤에」에 이태준이 쓴 것에 따르면, 그는 조선중앙일보를 그만둔 뒤에도 일정 기간 동안은 객원 신분으로 그곳과 관계를 유지했던 것으로 보인다. 이태준, 『황진이』, 깊은샘, 1999, 224면 참고. 그런 가운데 그는 『조선중앙일보』에 『聖母』를 1935년 5월 26일부터 1936년 1월 20일까지 연재 완료한다. 이태준은 『聖母』 연재를 끝낸 뒤 1936년 6월 2일부터 1936년 9월 4일까지 같은 신문에 「黃眞伊」를 연재하다가 중단한다. 그는 「黃眞伊」 연재를 중단한 뒤부터 『조선중앙일보』가 폐간되던 1937년 11월 5일까지는 그 신문에 소설은 발표하지 않았다.

51  이무영, 「新聞小說에 對한 管見」, 『신동아』, 1934.5; 이태준, 「朝鮮의 小說들」, 『尙虛文學讀本』, 백양당, 1946, 83면. 이태준이 「朝鮮의 小說들」을 언제 어디에 처음 발표했는지는 알 수 없다. 그런데 이태준은 그 글을 1938년에 썼을 가능성이 매우 크다. 그 글 가운데 "昨年 「東京朝日」에서 永井荷風의 「墨東綺譚」을 실어"라는 언급이 있다. 永井荷風의 「墨東綺譚」은 『朝日新聞』에 1937년 4월 16일부터 6월 15일까지 연재되었다. 정인문, 『일본 근·현대 작가 연구』, 제이앤씨, 2005, 242~243면 참고.

그런데 주목할 것은 구인회 회원들이 거의 공통적으로 신문에 작품을 싣는 일의 예술적 명분을 마련하려 했다는 사실이다. 그 명분이란 신문에 싣는 작품에 계몽 의식을 구현하는 것이었다. 그 계몽 의식은 문학에 대한 것이거나 사회에 대한 것이었다. 이무영, 이상, 박태원은 문학에 대한 계몽 의식을 구현하려 했다. 즉 그들은 신문에, 신문의 필요에 따라, 작품을 싣긴 하나 예술성을 살림으로써 조선문학의 수준을 높이고 문학에 대한 조선 사회의 무지를 타파하겠다고 생각했다. 물론 그들이 생각하는 문학의 예술성이라는 것은 다 달랐다. 이무영은 문학이 현실을 절대적으로 탐구할 때 예술이 될 수 있다고 믿었고,[52] 박태원은 소설의 문장과 기교에 대한 탐구를 통해 문학의 예술성을 구현하려 했다.[53] 이상은 조선문학을 정신의 차원에서 초극하려 했다.[54] 이무영, 이상, 박태원 등과는 달리 이태준은 사회에 대한 계몽 의식을 구현하려 했다. 즉 그는 사회에 대한 계몽 의식의 구현을 신문연재소설 쓰기의 명분으로 삼았다. 이태준이 신문연재소설 쓰기에 그런 명분을 부여할 수 있었던 배경은 두 가지 정도라고 할 수 있다. 먼저, 그는 소설의 장르들을 철저히 구분하고 각 장르의 특성을 잘 이해하고 있었다. 즉 이태준은 문학에 대한 계몽 의지는 주로 단편소설의 영역에서 발휘했다.[55] 그리고, 그는

---

52  이무영, 앞의 글 참고.
53  이 책 제1부 '5장-2-1)-(2)' 참고.
54  이 책 제1부 '5장-2-2)-(2)' 참고.
55  이태준은 「朝鮮의 小說들」에서 당시 조선의 소설들을 먼저, "구식(舊式)소설"과 "현대소설"로 분류했다. 그리고, 전자를 "고대소설"과 "신소설"로, 후자를 "장편(掌篇)소설", "단편소설", "중편소설", "장편(長篇)소설"로 구분했다. 그런데 그는 장편(長篇)소설이 "신문소설", "전작소설", "역사소설"로 나뉘어 불리지만 역사소설은 하나의 범주로 인정할 수 없다고 판단했다. 결국 그는 장편(長篇)소설을 "신문소설"과 "전작소설"로 나눈 셈이다. 그리고 그는 "신문소설"에 관해 공들여 설명했다. 그에 따르면, "신문소설"은 "신문에

저널리즘이 상업적이기도 하지만 공익성을 지니고 있다는 것도 잘 이해
하고 있었다.


### 3) 이태준의 「성모」가 지니는 문제성

이태준의 세 번째 신문연재소설 「성모」는 문학과 저널리즘을 관계
짓는 이태준의 방식을 가장 잘 보여주는 문제적인 작품이다. 「성모」가
복잡한 사정들 속에서 탄생한 작품이라는 사실이 그런 판단을 더욱 확
고하게 뒷받침한다.

먼저, 「성모」는 『조선중앙일보』에 박태원의 「청춘송」이 연재되다 중
단된 뒤 그 후속작으로 연재된 소설이다. 상황이 그러했으므로 이태준

날마다 일정한 분량으로 끊어 내이도록 쓴 소설", 독자들로 하여금 "오늘 신문을 봤기
때문에 내일 신문을 기다리게 하는 연락성"을 신문이 갖추기 위해 싣는 소설, 신문이
"舊讀者를 잃지 않고 新讀者를 끌어들이는 미끼로" 싣는 소설이다. 그는 작가에게 "신문
소설"은 "쓰는 소설"이 아니라 "씨키는 소설"이라고 말했다. 작가는 신문에 이용되는 줄
알면서도 "쓰는 소설"만으로는 경제적으로 불리하니까 "씨키는 소설"을 쓴다는 것이었
다. 이어서 그는 신문소설의 조건과 한계에 관해 다음과 같이 설명했다. "新聞小說은 날마
다 一定한 分量으로 끊되 單一化한 內容이 강한 印象으로 二十四時間 동안 여러 가지의
讀者 머리속에 또렷이 남게 할 것, 그렇면서도 다음 回를 마음이 조려 기다리게 하는 魅力
을 남길 것, 물건 싸온 新聞紙에서 中間의 어느 한 回치를 읽고라도 그 小說 때문에 곧
그 新聞의 새 讀者가 되고 말게 할 것, 그렇쟈니까 每回每回가 알기 쉽고 새롭기는 첫머리
같고 아기자기하고 다음 回엔 무슨 結末이 날 것 같기는 끝으머리 같도록 할 것 이런
것들이 아마 新聞小說의 重要한 條件들일 것이다. 더구나 朝鮮 新聞 讀者의 大部分은 男女
를 물론하고 겨우 한글이나 부처 읽는 사람들이다. / 따라서 以上의 '强한 印象'이니 魅力
이니 하는 것들도 大多數인 그런 讀者의 趣味와 敎養을 標準하는 것도 勿論이다. / 이런
程度의 諸條件을 살리며 自己의 創作 意慾도 살릴 수 있는 小說이란 거의 空想이 아닐
수 없을 것이다. 그러니까 新聞小說은 新聞小說로서의 길에 맡겨두고 純粹한 文學으로서
의 小說은 連載 條件에 걸리지 않는 短篇小說과 全作小說에서 發育이 可能하리라 보는
것이 妥當할 것이다."

은 「성모」를 그야말로 '신문연재소설답게' 쓰려 했을 것이다. 이태준이 「성모」를 연재하면서 '신문연재소설답지 않았던' 「청춘송」을 의식하지 않았을 리 없다.

그런데, 이태준은 「성모」를 조선중앙일보사를 그만둔 뒤에 썼다. 앞에서 살폈듯이, 이태준은 이상의 「오감도」에 이어 박태원의 「청춘송」마저 연재 중단되자 조선중앙일보사를 그만두었고, 그것은 신문의 상업성을 거부하며 예술적 소신을 표현한 일이었다. 그렇다면 이태준은 「성모」를 쓰면서 그 전에 신문연재소설 「제이의 운명」이나 「불멸의 함성」을 쓸 때와는 다른 자세를 취했으리라 추정할 수 있다. 『조선문단』 1935년 8월호에 실린 "일기자(一記者)"의 「이태준 씨 가정 방문기」는 이런 추정을 조금 더 뒷받침해 준다. 그 글의 필자는 이태준이 조선중앙일보사의 학예부장으로 있으면서 장편 두 편 즉 「제이의 운명」(1933.8.25 ~1934.3.23)과 「불멸의 함성」(1934.5.15~1935.3.30)을 썼지만 학예부의 일을 보면서 썼기 때문에 의도대로 안 되었고, 딴 사정도 있고 또 「성모」를 쓰기 위해 신문사를 그만두었다고 기록했다. 즉 이태준은 「성모」를 「제이의 운명」이나 「불멸의 함성」보다 의도대로 더 잘 쓰기 위해서 신문사를 그만두었다는 것이다. 또 이태준은 『조선중앙일보』에 「성모」를 연재하기 직전에 게재한 「작가의 말」(『조선중앙일보』, 1935.5.22)에 다음과 같이 썼다. "한가지 안 해도 조흘 말이나 내 자신에게 챗죽질하기 위해 드리는 말슴은 이제부터는 창작에만 충실하려 다른 직무에서 손을 떼인 것입니다. 잡념없이 오즉 이 붓한자루에만 전심전력할 것을 여러분과 약속합니다." 이태준은 신문의 상업성에 반발하면서도 신문연재소설을 쓰는 모순된 상황에서 그 소설을 전심전력을 다해 쓰겠다고 말했던 것이다. 그 말의 의미는 무엇일까? 그 말은 「성모」가 비록 신문연재소설이긴 하나 「성모」를 단지 신문연재소설로서 완성하는 데에 그치지 않고 그 안에 자신의 예술적 태도나 메시지를 담겠다는 의도를 표현한 것으로 받아들여진다.

이태준은 「성모」에서 어떤 방식으로 그 의도를 구현했을까? 앞에서 말한 것처럼, 이태준은 사회 계몽 의식의 구현을 신문연재소설쓰기의 명분으로 삼았다. 그의 경우, 아마 신문연재소설을 쓰고 있다는 또는 써야 한다는 자의식이 강할수록 그 명분을 내세우고자 하는 욕망도 강해졌을 것이다. 이태준의 「성모」에서는 작가의 사회 계몽 의식이 그가 그 전에 쓴 신문연재소설인 「제이의 운명」이나 「불멸의 함성」에서보다 더 분명하게 작용한다. 더 정확하게 말하면, 「성모」에서는 작가의 사회 계몽 의식이 주제의식으로서 작품의 내용적·형식적 요소들이 일관되고 개연성 있게 조직되게 작용하는 양상을 보인다.[56]

---

56  「聖母」의 줄거리는 다음과 같다. "안순모는 동향 선배인 덕인의 집에 기거하면서 서양 부인의 도움으로 학교에 다니는 여학생이다. 같은 집에 하숙을 든 상철에게 마음이 있는 덕인은 자신보다 예쁜 순모가 연예에 대해서는 아무것도 모르는 것에 안심한다. 그러나 순모 역시 상철에게 정을 느끼고 있다. 방학이 되어 상철과 함께 귀향한 순모는 그의 열렬한 구애를 받고 마음이 동하면서도 신체적 접촉에 약간의 거부감을 갖는다. 이후 상철은 따로 방을 얻어 나가고 덕인과 순모는 상철과의 관계를 서로에게 숨긴 채 번갈아 그곳에 드나들게 된다. 순모는 거기에서 상철의 친구인 미술학도 정현을 만나고 그의 진지함과 예술에 대한 식견에 감동한다. 생활이 어려운 정현을 위해 순모는 고민하다 반나체로 졸업 작품의 모델이 되어 주는데, 정현과 순모의 관계가 가까워지는 것에 자극받은 상철이 순모에게 청혼한다. 순모는 학업이 중단될 것을 염려하면서도 이를 받아들이고 기뻐한다. 그러나 덕인의 적극적인 구애로 상철은 그녀와 통정하게 되고 둘의 관계를 수상히 여긴 순모가 그러한 광경을 목격한다. 순모는 배신에 대한 반동으로 자신에게 마음이 있음을 내비치던 정현에게 찾아가 그와 관계를 가진다. 집안을 등지고 상철마저 팽개친 순모는 정현과 살림을 차리나, 정현의 생활력 부족으로 궁핍한 생활을 면치 못한다. 모교에서 도화 교원이 되는 것조차 좌절되자 정현은 재력있는 부전을 마음에 두고 상철과의 관계를 빌미로 순모를 괴롭히다 부전과 동경으로 떠나 버린다. 혼자 남은 순모

이태준이 「성모」를 연재하기 전에 발표한 「작자의 말」의 앞부분을 보자.

> 소설 이름을 성모(聖母)라 햇습니다. 종교 사회에서 일르는 그 성모는 아니요 다만 '가장 훌륭한 어머니'란 뜻으로 부첫습니다. 한 훌륭한 어머니 그의 사랑이면 그의 지혜이면 그의 의지(意志)이면 모든 것을 밋고 오직 머리 숙이고 십흔 거룩한 어머니 그런 어머니를 그리는 마음은 어느 시대에서나 어느 사회에서나 모든 사람들 가슴 속에 끈히지 않을 것입니다. 나도 그 마음이 진작부터 간절한 바 잇섯기 때문에 여기서 '오늘의 한 훌륭한 어머니'를 생각해 보려 함입니다.[57]

위의 글을 통해 이태준이 "오늘의 한 훌륭한 어머니"를 그려보겠다는 분명한 주제의식을 가지고 「성모」를 쓰려 했다는 것을 알 수 있다. 주제의식이란 작가가 붓을 들기 전에 취하는 사상적인 안목 또는 제재를 선택하는 시각으로서 기법 및 기법을 통한 형상화 등 작품의 미적 구조를 지배한다. 「성모」에서 내용과 형식을 아우르는 미적 구조는 "오

---

는 자신이 정현의 아이를 임신한 것을 알게 된다. 자신의 아이가 사생아가 될 것을 염려한 순모는 아이 낳기를 망설이지만 모성애를 느끼고 아이를 위해 충실히 살 것을 다짐한다. 상철의 계속되는 구애도 거절하고 상품진열관에 취직하여 출산을 준비하는 순모는 정현의 이별 통고와 상철 어머니의 원망에도 개의치 않고 아이만을 생각한다. 주인 할머니와 어머니의 도움으로 순모는 아들 철진을 출산하고 그를 데려가려는 어머니를 물리친 채 육아와 교육에 온 정성을 다 한다. 순모의 헌신으로 올곧게 성장한 철진은 상철의 딸 옥경과 우정 이상의 사이가 된다. 그러나 순모는 연애보다 큰 뜻을 품을 것을 아들에게 권한다. 얼마 후, 철진은 비밀결사로 활동한 사실이 발각되어 중국으로 피신한다. 뒤에 남은 순모와 옥경은 민족의 지도자가 될 인물을 훌륭히 키워내겠다고 다짐한다." 송하춘, 『한국현대장편소설사전』, 고려대 출판부, 2013, 251~252면.

57  이태준, 「作者의 말」, 『조선중앙일보』, 1935.5.22.

늘의 한 훌륭한 어머니"를 그려보겠다는 작가의 주제의식에 의해 일관되게 구축되고 응축된다.

이런 관점에서 가장 먼저 눈에 띄는 것은 「성모」에서 사건들이 제시되는 양상이 「제이의 운명」이나 「불멸의 함성」에서와는 다르다는 점이다. 채트먼(Chatman, Seymour)의 용어를 빌려 말하면, 「제이의 운명」이나 「불멸의 함성」에서는 "위성(satellite)" 즉 "부차적 플롯 사건"이 자주 등장하는 반면, 「성모」에서는 "중핵(kernel)" 즉 "주요 사건"들로 플롯이 일관되게 구성되어 가는 양상을 볼 수 있다. 채트먼에 따르면, "중핵"은 생략할 경우 작품 전체의 서사적 논리가 파괴되지만 "위성"은 생략해도 플롯의 논리가 파괴되지 않는다.[58]

이와 관련해 삼각관계 모티브가 「제이의 운명」이나 「불멸의 함성」에서 활용되는 양상과 「성모」에서 활용되는 양상을 주목할 필요가 있다. 「제이의 운명」이나 「불멸의 함성」에서는 인물들이 맺는 애정의 삼각관계가 부수적인 사건들을 만드는 계기로만 활용되고 해소되는 경우가 많다. 반면, 「성모」에서는 삼각관계가 앞뒤 사건들과 필연적으로 연결된다. 「제이의 운명」에는 '필재-천숙-순구', '필재-정구-수환', '필재-마리아-기헌', '필재-마리아-천숙'의 삼각관계가 그려진다. 그런데 그중 '필재-정구-수환', '필재-마리아-기헌'의 삼각관계는 전체 이야기의 전개 및 흐름에 별 기여를 하지 않는 "위성"일 뿐이다. 「불멸의 함성」에는 '두영-원옥-형옥', '두영-원옥-오상', '두영-정길-원옥'의 삼각관계가 그려진다. 그중 '두영-원옥-형옥'의 삼각관계는 정길을 등

---

58    시모어 채트먼, 김경수 역, 『영화와 소설의 서사구조』, 민음사, 1990, 61~65면.

장시키는 부자연스러운 계기로서만 작용할 뿐 곧 해소되고 만다. 반면, 「성모」에 그려지는 삼각관계는 좀 다르다. 「성모」에는 '순모-상철-덕인', '순모-상철-정현', '순모-정현-부전'의 삼각관계가 그려진다. 이 삼각관계들은 서로 인과관계를 맺으면서 순모가 정현의 아이를 가진 것을 알고 당황하고 절망하는 단계까지의 플롯을 일관되게 구축해 나간다.

　"오늘의 한 훌륭한 어머니"를 그려보겠다는 작가의 주제의식에 의해 「성모」의 내용과 형식이 일관되게 구축되고 응축되어 나간다는 점은 작품의 개연성 면에서도 확인할 수 있다. 예컨대, 「제이의 운명」의 주인공 필재나 「불멸의 함성」의 주인공 두영이 수난을 겪는 모습보다는 「성모」의 주인공 순모가 수난을 겪는 모습이 비교적 개연성 있게 그려진다. 필재와 두영은 세계의 공격이나 방해보다는 그 자신의 우유부단한 성격, 모호한 태도로 인해 고난을 겪는 경우가 많다. 특히 「제이의 운명」의 필재는 개연성 없는 오판과 머뭇거림으로 고난을 자초하는 것처럼 보이기도 한다. 반면, 「성모」의 주인공 순모는 남성 인물들인 상철과 정현의 배신으로 인해 고난을 겪는다. 즉 그녀가 겪는 고난은 원인이 분명하고 개연성이 있다.

　그러나 이태준이 「성모」를 집필하기 전에 확고히 다졌던 주제의식, "오늘의 한 훌륭한 어머니"를 그려보겠다는 사회 계몽 의식이 「성모」의 미학적 구조에 긍정적으로 기여한 것만은 아니다. 계몽적 주제의식의 과잉으로 인해 순모가 철진의 '어머니'로 살아가는 내용을 다룬 후반부에서는 순모가 사건들 속에서 훌륭한 어머니로 그려지기보다는 계몽적 작가의 대변자로 나서는 경우가 많아진다.

「성모」의 후반부에서 순모가 세계 또는 타인과 갈등하는 양상은 현격히 약화된다. 순모는 세계와 치열하게 갈등하지 않는다. 그녀는 임신한 상태에서도 순조롭게 취직을 하고 호구책을 마련한다.[59] 상철의 어머니가 순모를 찾아와 행패를 부리고 순모의 어머니가 갓 태어난 철진을 숨겨서 그녀를 고통스럽게 하기는 한다. 그러나 그 사건들이 순모에게 큰 영향을 끼치지는 않는다. 순모가 철진을 기르는 동안에도 세계는 순모를 크게 공격하지도 방해하지도 않는다. 순모는 철진을 낳은 뒤에도 계속 직장에 다니고 친정 식구들의 도움을 받아가며 똑똑한 철진을 잘 키운다. 독자들은 철진이 사생아로서 고통을 겪을 것이며 그것이 순모를 고통스럽게 할 것이라고 예상하지만 그런 일은 거의 벌어지지 않는다. 철진의 담임이 철진이 사생아임을 확인하고 낯빛을 바꾸는 정도의 일만 일어난다. 게다가 상철의 끊임없는 구애에도 순모는 흔들리지 않는다. 그러면서 순모는 훌륭한 어머니의 관점에서 자신의 교육관을 설파하고 사회를 비판한다. 요컨대, 순모는 세계와 갈등하는 과정에서 훌륭한 모성을 '획득하여 보여주지' 않고 작가를 대신해 훌륭한 모성이 어떤 것인지를 '말해준다'.

그것은 이태준이 「제이의 운명」에서 마리아와 필재의 역경을 통해 농촌계몽운동 또는 교육운동의 필요성을 간접적으로 제시하고 그 실상을 그려냈던 것, 「불멸의 함성」에서 두영이 미국이라는 낯선 땅에서 고생하는 과정을 통해 민족의식의 고취를 간접적으로 도모했던 것과는

---

59  많은 연구자들이 이에 대해서 개연성이 없다고 비판했다. 한 예로 다음 논의를 들 수 있다. 이정옥, 「「성모」, 끝없이 이어지는 신화의 재생산―이태준 장편소설에 나타난 모성성 연구」, 서강여성문학연구회 편, 『한국문학과 모성성』, 태학사, 1998, 119~138면.

다른 방식이다. 이태준은 두 작품에서 '보여주기(Showing)'를 통해 사회 계몽 의식을 간접적으로 드러냈다면 「성모」에서는 '말하기(telling)'을 통해 사회 계몽에 대한 생각을 직접적으로 제시했다.

　정리하면, 구인회 회원 이태준이 저널리즘과 밀접히 연관을 맺으면서도 그것의 상업성을 극복하려 했던 방식은 사회적 계몽 의식의 구현을 신문연재소설 쓰기의 명분으로 삼는 것이었다. 즉 신문연재소설을 써서 저널리즘의 상업성에 복무하면서도 신문연재소설에 사회 계몽 의식을 담아 문학의 사회적 임무를 수행하고자 했던 것이다. 이태준의 그러한 의도가 가장 잘 표출되었던 작품이 「성모」이다. 이 말은 「성모」가 좋은 작품이라는 뜻은 아니다. 「성모」에서는 사회 계몽 의식 즉 주제의식으로 인해 내용과 형식이 비교적 일관되게 구축되는 면이 있으나 또 그 주제의식이 너무 강해 미처 형상화되지 못하고 노골적으로 표출되기도 한다. 신문연재소설로서 「성모」가 지니는 공과 과는 저널리즘의 상업성을 인정하면서도 극복하려 했던 작가 이태준의 모순적인 의식의 결과라 할 수 있다. 이것이 「성모」가 문제적인 작품인 이유이다.

제5장 ──────── 구인회 문학관의 지평(地平)

　'3장'과 '4장'에서는 구인회가 단체로서 벌인 활동의 내용을 정리하고 구인회의 문학적 지향(志向)에 대해 논했다. 그런데 구인회가 어떤 새로움을 보여주었다면 그것은 구인회의 몇몇 회원들이 전대 문학의 어떤 측면을 수용하거나 거부하고 당대에 부각된 문학적 환경에 대응하는 가운데 문학관의 새로운 지평을 제시했기 때문일 것이다. 그런 회원들을 구인회의 주요 회원이라 할 수 있을 것이며 그들의 문학관을 밝히는 일은 중요하다고 말하지 않을 수 없다.

　이런 관점에서 이 장에서는 이태준과 박태원, 김기림과 이상의 문학관을 살펴보고자 한다. 구체적으로 그들의 문학관이 어디에 연원을 두고 어디로 행하는 것이었는지 또 어떤 내용과 수준을 갖춘 것이었는지를 밝히고 그 관계에 대해서도 논하고자 한다. 그리고 그들의 문학관이 전대 또는 당대의 다른 문학관들과 충돌하거나 조화를 이루었던 양상도 규명해 보고자 한다.

# 1. 계급주의문학에 대한 거리(距離)

먼저 구인회 회원 이태준과 김기림이 당대의 계급주의문학관에 대해 취했던 거리를 가늠해 보고자 한다.

## 1) 이광수의 민족문학론과 이태준

앞에서, 구인회의 문학적 지향 중의 하나를 '탈(脫)-카프'라 보고, 구인회가 카프계의 논평에 대응했던 사실과 방식, 동반자적인 회원들을 의도적으로 탈퇴시켰던 것을 그 근거로 제시했다. 그런데 거기에 하나의 근거를 더 보탤 수 있다. 구인회가 민족주의문학파에 대해 친화적 태도를 취했다는 것이다. 구인회는 「격! 흉금을 열어 선배에게 일탄을 날림」과 '조선신문예강좌'를 통해, 전대(前代)에 카프 또는 계급주의문학과 대립하면서 존재의 논리를 다졌던 민족주의문학파의 문학적 성취를 옹호하고 그들에게 문학적 견해를 공개적으로 드러낼 기회를 주었다. 그것은 구인회가 민족주의문학파의 문학 이념에 동의하고 그것을 수용하는 것이었으며 카프 또는 계급주의문학을 거부하겠다는 의지를 드러내는 것이었다.

구인회가 계급주의문학을 거부했다면, 그것은 이태준에 의해 주도되었다고 말할 수 있다. 따라서 계급주의문학에 대한 이태준의 관점을 파악할 필요가 있다. 여기서는 그것을 조금 우회적인 방식으로 파악해 보고자 한다.

 '2장'에서 살펴보았듯이, 조용만은 구인회 결성 과정에서 이종명과 김유영은 카프에 효과적으로 대항하기 위해 염상섭을 추대하자고 제안했으나 염상섭 본인이 거절하고 누구보다도 이태준이 강력히 반대하여 그 제안은 받아들여지지 않았다고 회고했다. 이태준은 삼십대들의 모임에 사십대인 염상섭이 들어오면[1] 서로 불편할 것이라는 이유를 들어 염상섭을 반대했다는 것이다. 조용만의 회고는 이태준이 앞 세대 문학인들과 거리를 두려고 했던 것이 아닌가 하고 생각하게 한다. 그러나 그 뒤 구인회의 행보를 살펴보면 이태준이 전적으로 세대만을 문제 삼은 것은 아니라고 생각하게 된다.

 구인회는 '조선신문예강좌'에서 앞 세대 문학인인 이광수와 김동인을 강연자로 내세웠다. '조선신문예강좌'는 조선중앙일보사 학예부 후원으로 열렸고, 당시 이태준은 구인회의 좌장 격이면서 조선중앙일보사의 학예부장이었다. 그가 강연자 선정에 깊이 관여했을 것은 당연하다. 이광수와 김동인을 강연자로 영입한 것을 보면, 이태준은 앞 세대 문학인들과 거리를 두려 했던 것은 아니라고 말할 수 있다. 즉 이태준이 거부한 것은 '이광수나 김동인과 다른' 염상섭이었지, '세대가 다른' 염상섭이 아니었다. 이태준이 염상섭은 거부하고 이광수와 김동인은 강연자로 영입한 것은 무엇을 의미할까? 그것은 이태준이 계급주의문학에 대한 자신의 관점을 드러내는 방식은 아니었을까? 즉 이태준은 계급주의문학에 대한 염상섭의 관점은 배제하고 이광수나 김동인의 관점을 계승했

---

1    그런데 이 책 제1부 '2장'에서 지적했듯이, 구인회 결성 당시 염상섭은 사십대가 아니라 삼십대였고 그 외의 회원들은 삼십대가 아니라 이십대였다.

던 것은 아닐까? 그렇게 추론하려면, 우선 계급주의문학에 대한 염상섭의 관점과 이태준 또는 김동인의 관점이 다르다는 것을 구체적으로 밝혀야 한다. 따라서 여기서는 계급주의문학에 대한 염상섭과 이광수의 관점을 각각 정리하고, 두 사람의 관점을 비교·대조하기로 한다.

먼저, 계급주의문학에 대한 염상섭의 생각을 다음과 같은 자료들을 통해 파악해 보기로 한다.

[1] 「作家로서는 無意味한 말」, 『개벽』, 1925.2.

[2] 「階級文學을 論하야 所謂 新傾向派에 與함(1~12)」,[2] 『조선일보』, 1926. 1.22~2.2.

[3] 「푸로레타리아文學에 대한 '피' 氏의 言」, 『조선문단』 제6호, 1926.5.

[1]은 1925년 2월호 『개벽』의 특집 「계급문학시비론」에 실린 글이다.[3] [2]와 [3]은 염상섭이 박영희와 논쟁을 벌이면서 쓴 글들이다.[4]

2  자료 원문에서는 연재 번호 6이 3번, 8이 2번 반복된다. 따라서 총 연재 횟수는 12이다.
3  그 특집에 실린 글들을 소개하면 다음과 같다. 八峰, 「피투성이 된 푸로 魂의 表白」; 金石松, 「階級을 爲함이나 文藝를 爲함이나」; 金東仁, 「藝術家 自身의 막지 못할 藝術慾에서」; 月灘, 「人生生活에 必然的 發生의 階級文學」; 朴英熙, 「文學上 公利的 價值 如何」; 廉想涉, 「作家로서는 無意味한 말」; 稻香, 「쓸르니 푸로니 할 수는 업지만」; 李光洙, 「階級을 超越한 藝術이라야」. 이 특집의 의의에 대해서는 김영민, 『한국문학비평논쟁사』, 한길사, 1992, 226면 참고.
4  조용만의 회고에 의하면, 김유영, 이종명, 조용만은 구인회 결성 과정에서 바로 이 논쟁을 근거로 하여 염상섭을 모임의 리더로 추대하려고 했다. 박영희와 염상섭이 벌인 논쟁의 과정은 다음과 같다. 박영희, 「新傾向派의 文學과 그 文壇的 地位」, 『개벽』 제64호, 1925.12; 염상섭, 「階級文學을 論하야 所謂 新傾向派에 與함」, 『조선일보』, 1926.1.22~2.2; 박영희, 「新興藝術의 理論的 根據를 論하야 廉想涉 君의 無知를 駁함(1~14)」, 『조선일보』, 1926.2.3~8·10·12·13·15~19; 염상섭, 「푸로레타리아文學에 대한 '피' 氏의 言」, 『조선문단』 제16호, 1926.5. 이 논쟁의 내용과 의미에 대해서는 김경수, 「프로문학과의 논전과 그 의미」, 『염상섭과 현대소설의 형성』, 일조각, 2008, 117~139면 참고.

각 편의 내용을 살펴보자.

[1]에서, 염상섭은 시대의 필연적 경향이나 물산(物産) 또는 어떤 작가의 소질로 인해 계급문학이 형성되고 출현한다면 그것은 문학계의 자연스러운 현상으로 용인할 수 있다고 했다. 그리고 계급의식이라는 말이 무산계급이 계급적으로 자각하여 갖게 되는 의식을 의미한다면, 계급문학은 무산계급의 문학이라고 할 수 있다고 말했다. 그러나 그는 계급문학이 무산계급의 문학이라 하더라도 그것은 여러 가지로 해석할 수 있다고 했다. 즉 계급문학은 첫째, 무산계급의 생활과 분위기에서 취재(取材)하는 문학, 둘째, 계급의식을 고취하고 계급적 자각을 촉진하여 계급전(階級戰)을 독려하고 고무하는 선전적 태도와 작품, 셋째, 교양이 부족한 무산계급이 쉽게 이해하도록 표현한 문학으로 해석할 수 있다는 것이었다. 염상섭은 문학은 어떠한 것에도 예속된 것이 아니기 때문에, 계급문학을 어떻게 해석하든 "계급문학"이라는 규모(規模)를 만들어 놓고 그것에 들어맞는 작품을 만들려고 하거나 만들라고 주문하는 것은 안 된다고 말했다.

[2]에서, 염상섭은 박영희의 「신경향파의 문학과 그 문단적 지위」(『개벽』 제64호, 1925.12)를 반박하고, 프롤레타리아문학의 존부(存否), 방향, 기조 등에 대해 논했다.

염상섭은 그 글에서도 프롤레타리아문학의 존재를 인정한다고 말했다. 즉 계급이 부르주아와 프롤레타리아로 나뉘고 각 계급의 생활상이 다르므로, 부르주아의 "생활상을 담은" 문예와 프롤레타리아의 "생활상을 담은" 문예가 형성될 수 있다는 것, 두 문예가 내용이 다르므로 경향이나 수법도 다를 수 있다는 것을 인정한다는 것이었다. 그러나 그는 두 문예의 차이를 확인하거나 인정하기는 어렵다고 했다.

이어서, 염상섭은 당시 프롤레타리아문예 지지자들이 주장하는 프롤레타리아문학의 의의를 분석하고 반박했다. 즉 그는 프롤레타리아를 위하고 프롤레타리아의 계급해방을 위해서 필연적 운명을 가지고 출현한 문학, 프롤레타리아 자신의 문학, 프롤레타리아의 절규에서 나온 문학, 프롤레타리아의 생활에서 제재를 취하고 선전에 공헌하는 문학은 논리적으로 성립될 수 없는 개념들임을 밝혔다.

결국, 염상섭은 프롤레타리아문학을 두 가지로 나누어서 생각했다. 하나는 부르주아가 몰락하여 계급의식이라는 것이 사라진 세계, 프롤레타리아 세계의 문학이다. 염상섭은 그것을 진정한 프롤레타리아문학이라고 보았다. 그는 진정한 프롤레타리아문학은 부르주아 몰락 이후에, 완전히 해방된 프롤레타리아, 재생된 프롤레타리아가 잃었던 자기 의지를 되찾고 자유롭게 흐르는 위대한 생명을 예찬하기 위하여 건전한 정신과 사상에서 성장하는 문학이어야 할 것이라고 말했다. 새로운 인생관, 새로운 사회관, 새로운 예술관 등 인류가 가져 보지 못한 모든 아름다운 사상을 길러주고, 풍윤(豊潤)하고 순진한 정서로 생명의 미와 생활의 유쾌를 한층 더 꾸미고 맛보게 하기 위하여 존재할 문학이라고 했다. 그리고 그것은 신인도주의, 신인생주의, 신"로맨티시즘"일 것이라고 했다. 다른 하나는 그러한 진정한 프롤레타리아문학을 이루기 위한 과정 또는 수단으로서의 프롤레타리아문학, 부르주아문학과 대조되는 프롤레타리아문학이다. 염상섭은 후자의 프롤레타리아문학이 수행해야 할 가장 중요한 과제로 "관념의 파기"를 들었다. 즉 그는 물질적 조건이 아무리 사람의 정신을 지배한다고 하더라도, 소생한 프롤레타리아의 유토피아적 생활을 인류에게 제공함으로써 인간성을 탈환할 수 있다는 것을 믿는다 하더라도 타성이라는 것이 기계 문명에 있어서 중요한 것과 같이 사람의 생활에 있어서도 중대한 세력을 차지하고 있는 이상 "관념의 세력"이 강하다는 사실을 결코 경시하여서는 안 된다고 했다. 그리고 "관념의 파기"는 계급 해방 운동에 있어서 정책적 운동에 못지않게 중요하며 프롤레타리아의 해방이라는 이상을 실현하기 전보다도 실현한 후에 중대한 의의를 가질 것이라고 말했다.

[3]에서, 염상섭은 당시 일본에 체류 중이었던 러시아 문학가 보리스 필냐크(Boris Pilnyak)[5]가 『마이니치신문[朝日新聞]』에 발표한 글을 옮김으로써 박영희를 위시한 조선의 프롤레타리아문학론자들을 공격하고자 했다. 염상섭은 보리스 필냐크가 러시아 예술의 혁명적 기획이 동양으로 그 진로를 취했다고 말했고 일본의 서구화(西歐化)를 도리어 야유했으며 러시아의 수도에서 소비에트협회 주최로 일본문예연구회가 성황리에 개최되었다고 말했다고 전했다. 염상섭은 필냐크의 말을 통해, 조선의 프롤레타리아문학 제창자들은 낭만주의나 자연주의적인 것 일체를 부르주아적이라고 배척하는데, 그렇다면, 생활 전체가 자연주의적으로 세련되었으며 또 그 기초 위에 재건된 일본의 문학과 문화를 러시아 문인들이 연구하는 것은 한갓 광태에 불과한 것이냐고 물었다.

[1], [2], [3]을 통해 프롤레타리아문학에 대한 염상섭의 생각을 세 가지로 간추릴 수 있다. 첫째, 염상섭은 프롤레타리아문학의 존재를 용인했다. 둘째, 염상섭은 프롤레타리아문학의 계급적 기원을 인정하지

---

5    보리스 필냐크(Boris Pilnyak)에 대해서는 김경수, 위의 책, 125면 참고.

않았다. 즉 그는 프롤레타리아문학도 부르주아문학의 자양(慈養) 속에서 생겨난 것으로 보았다. 셋째, 염상섭이 생각한 프롤레타리아문학의 역할은 당시 프롤레타리아문학론자들이 주장하던 것과는 다르다. 프롤레타리아문학론자들이 프롤레타리아문학을 프롤레타리아계급의 해방을 위한 선전 또는 전투의 수단으로 생각했던 것과는 달리, 염상섭은 프롤레타리아문학의 가장 중요한 역할은 "관념(전통)의 파기"라고 주장했다. 그런데 "관념(전통)의 파기"란 굳이 프롤레타리아문학의 역할이라고만 볼 수는 없는, 문학의 보편적인 역할이었다.

다음으로, 계급문학에 대한 이광수의 생각을 다음과 같은 자료들을 통해 파악해 보기로 한다.

[1] 「階級을 超越한 藝術이라야」, 『개벽』, 1925.2.
[2] 「中庸과 徹底 – 朝鮮이 가지고 십흔 文學(1·2)」, 『동아일보』, 1926. 1.2·3.
[3] 「梁柱東 氏의 「徹底와 中庸」을 닑고(1~4)」, 『동아일보』, 1926.1.27 ~30.
[4] 「文學과 '브르'와 '프로'」, 『조선문단』, 1926.3.
[5] 「余의 作家的 態度」, 「동광」, 1931.4.


[1]은 1925년 2월호 『개벽』의 특집 「계급문학시비론」에 발표된 글이고, [2], [3], [5]는 이광수가 양주동과 논쟁을 벌이면서 쓴 글들이다.[6] 각 편의 내용을 살펴보자.

[1]에서, 이광수는 계급문학이라는 말에 그다지 흥미를 갖지 않는다

고 말했다. 지식계급이 좋아하는 문학, 유산계급의 취미에 맞는 문학, 다수의 무식무산계급이 좋아할 만한 문학이 있을 것인데, 만약 계급문학이 무식무산계급이 좋아할 만한 문학이라면 자신은 그런 문학이 많이 생기기를 원한다고 했다. 그리고 계급문학을 주장하는 것은 비평가들의 일일뿐 실제 창작과는 별 상관이 없을 것이라고 했다. 또 자신은 계급을 초월한 예술의 존재 즉 계급을 초월해서 사람이면 누가 보아도, 볼 줄을 모르면 듣기만 해도 효과를 발휘할 수 있는 문학의 존재를 믿는다고 했다. 이광수는 그러므로 "참으로" "자연스럽게" "힘을 다하여" 계급을 초월하는 문학을 지으려 할 뿐이라고 했다.

[2]에서 계급문학에 대한 이광수의 생각을 비교적 선명하게 파악할 수 있다. [2]에서 이광수는 무엇에나 "상(常)"과 "변(變)"이 있듯이 문학을 포함한 모든 예술에도 "상(常)"적인 것과 "변(變)"적인 것이 있다고 했다. 그가 말하는 "변(變)"적인 문학이란 혁명적인 문학이다. 그는 때로 혁명은 필요하며 혁명이 필요한 경우에 그것을 꺼리는 것은 어리석고 비겁한 일이고, 혁명이 필요하므로 혁명적인 문학도 때로는 필요하다고 했다. 그는 그러나 혁명은 일종의 "병(病)"으로서 "상(常)"적이지 않고 "변(變)"적이고 따라서 혁명적인 문학도 "상(常)"적이지 않고 "변(變)"적이라고 했다. 이광수는 사회가 혁명을 요구하는 시대에는 흔히 "병(病)"적인 추리와 감정이 민심을 지배한다고 했다. 즉 그런 때에 민

---

6    이광수가 양주동과 벌였던 논쟁의 과정은 다음과 같다. 이광수, 「中庸과 徹底─朝鮮이 가지고 십흔 文學(1·2)」, 『동아일보』, 1926.1.2·3; 양주동, 「徹底와 中庸─現下 朝鮮이 가지고 십흔 文學(1·2)」, 『조선일보』, 1926.1.23·24; 이광수, 「梁柱東 氏의 「徹底와 中庸」을 닑고(1~4)」, 『동아일보』, 1926.1.27~30; 양주동, 「文壇側面觀─左右派 諸家에게 質問(1~6)」, 『조선일보』, 1931.1.1~6; 이광수, 「余의 作家的 態度」, 『동광』, 1931.4.

심은 자연과 인생의 암흑면, 병적 부분만 확대하여 보고 증오, 살육, 자포자기, 저주, 질투, 투쟁과 같은 열등한 감정에 지배당한다는 것이다. 그러나 이광수는 그러한 감정의 고취가 혁명의 고취는 아니며 진정한 혁명의 고취는 정의와 진리와 동포에 대한 사랑과 그것을 실현하기 위한 헌신과 협동과 적성(赤誠)과 용기와 경건의 정신에서 비롯된다고 했다. 이광수는 당시 조선이 혁명을 필요로 하는 상황에 있다는 것을 조심스럽게 인정했다. 그런데 그는 당시 조선인은 중병을 앓고 난 사람처럼 육체적으로도 허약하고 정신적으로도 허약하기 때문에 문학적으로 원기를 보양하는 것이 극히 필요하다고 했다. 즉 당시 조선은 힘과 정열과 용기가 필요하기 때문에 힘과 정열과 용기를 주는 문학이 필요하다는 것이었다. 그는 그것을 가능하게 하는 문학은 "상(常)"적 문학, "정(正)"적 문학, 평범한 문학, 영문학적(英文學的) 문학이지, "병(病)"적이고 "변(變)"적인 문학 즉 혁명적 문학이 아니라고 주장했다. 그가 말한 "혁명적 문학"을 계급문학으로 이해할 수 있다. 결론적으로 그는 당시 조선 상황에서는 계급문학 자체가 필요하지 않다고 말한 것이다.

[3]에서, 이광수는 양주동이 「철저와 중용(1・2)」(『조선일보』, 1926.1. 23・24)에서 자신을 비판한 내용을 요약하고 그것에 대해 반박했다. 그 과정에서 이광수는 [2]에서 펼쳤던 주장을 반복했다.

[4]에서, 이광수는 인류가 부르주아와 프롤레타리아라는 두 계급으로 나뉘는 것, 재래의 사회는 부르주아의 사회이고 미래의 사회는 프롤레타리아의 사회라는 계급주의자들의 주장을 일단 긍정한다. 그리고 부르주아와 프롤레타리아의 사상과 감정이 다를 수 있다는 것도 인정한다. 그 상태에서 이광수는 두 계급의 사상과 감정이 얼마나 차이가

나며 그것이 문화에 미치는 영향은 어느 만큼인지에 대해 문제를 제기한다. 그리고 그 문제를 해결하는 데에서 프로문화라는 무산계급 특유의 문화의 존립 이유와 그 본질이 밝혀질 것이라고 했다. 그러나 그것에 대해 구체적인 논의를 펼치지는 않았다.

덧붙여, [2]와 [3]에서 이광수는 문학의 윤리적 공리성을 중시하는 태도를 드러내었다. 그는 문학이 사회에 즉 "민심"에 윤리적이고 공리적인 좋은 영향을 주어야 한다고 주장했다. 그런데 그는 당시 신경향파 문학이나 프로문학은 사회에 영향을 미치기는 하나 좋은 영향을 미치는 것은 아니라고 보았던 것이다.

요컨대, 염상섭은 계급주의문학의 존재를 용인하는 상태에서 그 방법과 주조를 문제 삼았다. 그러나 이광수는 계급주의문학의 존재나 필요성 자체를 인정하지 않았다. 이태준이 염상섭이 아닌 이광수를 선택했다고 말할 수 있다면, 그것은 그가 계급주의문학의 필요성 자체를 거부하는 방식이었다고 말할 수 있다. 굳이 말하자면, 인류보편적 계급 관념보다는 민족을 우선순위에 두는 태도의 선택이었다고 볼 수 있다.


## 2) 김기림의 전체시론(全體詩論)과 임화


이른바 '기교주의 시'를 화제로 하여 임화와 김기림이 벌였던 논쟁을 통해 임화의 계급주의적 문학관과 김기림의 모더니즘이 교차했던 희귀한 지점을 발견할 수 있다. 그 지점은 구인회의 문학관이 진보적인 방향에서 확보했던 하나의 지평이었다고 말할 수 있다.

'4장-1-3)'에서 살핀 바 있듯이, 임화는 「1933년의 조선문학의 제경향과 전망(8)」(『조선일보』, 1934.1.14)에서 김기림에 대해 말초적이고 찰나적인 감격을 노래하는 시인이라고 말하고, 그의 시는 현실에 의식적으로 무관심하며 감각적 포말을 어루만지는 데에 지나지 않는다고 비판했다. 그러자 김기림은 「문예시평(3) - 비평의 태도와 표정」(『조선일보』, 1934.3.30)에서 임화의 비판은 작품의 가치에 대한 판단이 아니라 시인의 계급성에 대한 비난이라고 반박했다.

그런데 임화와 김기림의 대립은 임화가 1935년 12월 『신동아』에 발표한 「담천하(曇天下)의 시단 1년」을 계기로 하여 새로운 국면으로 접어든다. 즉 임화의 그 글에 대해 박용철과 김기림이 반론을 제기하고 그것에 대해 임화가 다시 반박하면서 논쟁의 양상을 띠게 되었던 것이다. 즉 다음과 같은 글들을 통해 그 논쟁은 전개되었다.

> 林和, 「曇天下의 詩壇 一年」, 『신동아』, 1935.12.
> 朴龍喆, 「乙亥詩壇總評(1~4)」, 『동아일보』, 1935.12.24·25·27·28.
> 金起林, 「詩人으로서 現實에의 積極 關心(1~3)」, 『조선일보』, 1936.1. 1·4·5.
> 林和, 「技巧派와 朝鮮 詩壇」, 『중앙』, 1936.2.
> 朴龍喆, 「詩壇時評(1~5)」, 『동아일보』, 1936.3.18·19·21·24·25.

그 논쟁이 이른바 '기교주의 논쟁'이다.[7] 그런데 여기서는 기교주의 논쟁 전체를 다루기보다는 그 논쟁의 과정에서 임화와 김기림이 의견을 주고받았던 부분만을 집중적으로 고찰하기로 한다.

임화는 「담천하의 시단 1년」(『신동아』, 1935.12)에서 시인의 자격과 명예는 시인이 시대 현실의 본질과 세세한 전이(轉移)를 민첩하고 정확하게 인지하고 그 시대가 역사적 진전을 위해 체현한 시대적 정신을 솔직하고 대담하게 대변하는 데서 생긴다고 전제하고, 1933년의 시단을 개관했다. 그가 문제 삼은 것은 "고전주의의 재음미", "고전부흥" 등의 구호 아래 대두된 "복고주의",[8] "기교파의 시", "프롤레타리아 시"이다. 임화는 그중에서 "기교파의 시"에 대해 개관하면서, 그것을 비판하는 한편, 김기림이 그것을 반성하면서 취했던 관점과 방식도 비판했다.

임화는 "기교파의 시"를 1932년 이래 가장 왕성하게 번영하고 있는 시단 일방의 주류라고 지정(指定)하고, 그것이 발전할 수 있었던 계기 두 가지를 지적했다. 즉 그는 "기교파의 시"가 프롤레타리아시의 쇠퇴를 계기로 하여, 신시(新詩)와 프롤레타리아시의 언어적 약점을 딛고 발전했다고 했다. 즉 기교파는, 외국의 기교파나 순수시인들처럼 시는 언어의 기교라고 말하는 대신에, 신시와 프롤레타리아시의 언어적 결함

---

7  '기교주의 논쟁'에 대해서는 다음과 같은 논저들을 참고할 수 있다. 김용직, 「시문학파 연구」, 『한국현대시연구』, 일지사, 1974, 192~262면; 김윤식, 「순수시론 – 박용철론」, 『한국근대작가론고』, 일지사, 1974, 124~145면; 김윤식, 『한국근대문예비평사연구』, 일지사, 1976, 454~461면; 한계전, 「하우스만 시론의 수용과 순수시론」, 『한국현대시론연구』, 일지사, 1982, 135~153면; 서준섭, 『한국 모더니즘문학 연구』, 일지사, 1988, 197~216면; 이명찬, 「박용철 시론의 의미」, 오세영 외, 『한국현대시론사』, 모음사, 1992; 진영복, 「반파시즘 운동과 모더니즘 – 김기림의 모더니즘관을 중심으로」, 상허문학회, 『근대문학과 구인회』, 깊은샘, 1996; 이미경, 「1930년대 '기교주의 논쟁'의 전개 양상과 그 의미」, 『한국 낭만주의문학 연구』, 역락, 2009.

8  임화의 「曇天下의 詩壇 一年」(『신동아』, 1935.12)에는 "後古主義"라고 되어 있으나, "復古主義"의 오기인 듯하다. 1940년 학예사에서 출간한 임화의 『文學의 論理』(611면)에는 "復古主義"라고 표기되어 있다.

을 공격하면서 "조선적 언어의 옹호자"로 등장했다는 것이다.

임화는 기교파가 시에서 내용과 사상은 방기(放棄)하고 언어 표현의 기교만을 중시하는 '낭만주의의 무조건적인 부정자이며 고전주의의 질서와 냉질(冷質)한 지성의 찬미자'라고 비판했다. 또, 임화는 기교파가 사상과 통하는 "감정"을 노래하는 것을 멸시하고 "감각"을 노래한다고 했으며, 그들은 사유를 통해 자연이나 인간 생활을 시로 표현하는 것이 아니라 시의 제작만을 위해 사유한다고 했다. 즉 그는 기교파가 "생활자"가 아니라 "생활 제작기"에 불과하다고 비판했다. 그런 관점에서 임화는 정지용, 신석정, 김기림을 작품 경향이 다소 다름에도 불구하고 모두 기교파로 규정했다. 그들은 시의 내용보다 기교를 중시하고, 현실 생활에 관심을 두지 않고 현실이나 자연의 단편에 대한 감각만을 노래한다는 것이 그 이유였다.

기교파의 시를 부정적으로 파악한 임화가 그것의 문화사적 의의를 부정하는 것은 당연한 일이었다. 임화는 김기림이 「시에 잇서서의 기교주의의 반성과 발전(상·중·하)」(『조선일보』, 1935.2.10·13·14)에서 "기교파의 시"에 문화사적 의의를 부여한 것을 비판했다.

김기림은 그 글에서 "기교주의"란 "시의 가치를 기술(技術)을 중심으로 하여 체계화하려는 사상에 근거를 둔 시론"인데 그것은 "예술을 위한 예술론", "이스테티시즘", "예술지상주의"와 같은 낡은 시론들과는 엄연하게 구별된다고 했다. 즉 그는 "예술지상주의"는 윤리학의 문제에 속하나 "기교주의"는 순전히 미학 권내의 문제라고 했다. 이어서 김기림은 조선 시단에서 "기교주의"가 발생할 수 있었던 배경으로 "시단의 원시적 상태"와 "선진 제국 시운동의 영향"을 들었다. 전자는 로맨티시즘과 관념주의에 의해 시의 빈곤이 초래되었던 상황을 뜻한다. 그리고 후자는 주로 영국이나 프랑스에서 근대시로부터 현대시에 이르는 과정에서 나타났던 순수화(純粹化)[9] 경향─순수화[10]의 주장과 포말리즘(형태주의(形態主義))─의 영향을 뜻한다. 김기림은 조선에서 기교주의와 시의 순수화에 대한 기도(企圖)는 운동의 형태를 갖춘 일도 없고 일반의 의식(意識)에 뚜렷하게 떠오르지도 못했으나 1930·31년 이래로는 시단에서 얼마간 개별적으로 지적할 수 있고, 또 하나의 경향으로 충분히 인식할 수 있었다고 말했다. 그는 조선의 "기교주의"는 시단의 원시적 상태에 대한 부정(否定)과 반동(反動)이었다고 평가하고, 그런 관점에서 그것에 문화사적 의의를 부여할 수 있다고 했다. 즉 그는 조선의 "기교주의"는 강렬한 문화적 욕구로 시의 소박한 자연 상태를 정리하고 고도의 문화 가치를 실현하려고 하는, 진정한 시적 자각 또는 시적인 사고와 형상에의 자각이라고 평가했다.

김기림의 그러한 발언에 대해 임화는 김기림이 "예술지상주의"와 "기교주의"라는 완전한 동의어를 논리의 기교로 이분했으며, "기교주의"를 "예술지상주의"와 같이 진부한 것이 아니라 무슨 방법으로든 현실과 관련하고 또 예술적으로 구출될 수 있는 가능성을 지닌 것, 전대(前代)의 모든 시가로부터 구별되는 진보적·반항적인 것으로 파악하여 그것에 적극적인 의의를 부여했다고 비판했다. 즉 임화는 김기림이 "기교파의 시"를 "입체파", "다다", "초현실파"와 같은 계열에 속하는

---

9    김기림은 "순수화"라는 말을 두 가지 의미로 썼다. 이 "순수화"는 시에서 언어의 특정 요소 즉 소리나 형태만을 중시하는 경향을 뜻한다.
10   이 "순수화"는 시에서 언어의 소리 즉 음악성만을 극대화시키는 경향을 뜻한다.

혁명적인 예술, 완전한 전체시(全體詩)로 진화하는 과정에 있는 시로 파악했는데, 그것은 논리의 기교이거나 지식 계급의 완전한 주관적 환상이라고 비판했다.

임화는 지식 계급의 환상 즉 인텔리겐치아의 환상은 지식이나 관념의 변혁이 현실 생활을 좌우할 수 있다는 인텔리겐치아의 자기 과신이라고 단언했다. 그는 서구에서 전후(戰後)의 신흥 예술이 가지고 있던 환상은 그러한 인텔리겐치아의 환상이 예술에 반영된 것, 신시대의 예술적 창조자는 인텔리겐치아이며 그들의 급진적인 예술이 곧 혁명의 예술이라고 오인하는 것이었다고 설명했다. 이어서 임화는 그러한 환상은 유럽에서는 전후(戰後)의 혼란 속에서, 러시아에서는 내란 시대의 무질서 가운데에서, 역사 과정의 합법칙성을 인식하지 못했던 급진적 소시민의 주관적 환상에서 비롯되었다고 말했다.

임화는 그런데 서구에서는 전후 예술의 급진성은 이미 사라졌으며 모든 사상성이 거세된 양식상의 변형만이 남아 있다고 지적했다. 그리고 조선에서도 그런 변화를 포착할 수 있다고 했다. 즉 그는 조선에서도 10년 전 "다다"나 "표현파"를 모방했던 박팔양, 김화산, 자신 등은 시의 사상과 내용에, 즉 시 양식과 생활 또는 세계관 모두에 반항했지만, 기교파는 시의 내용과 사상은 방기하고 언어 표현의 기교만을 중시한다고 비판했다.

이렇게 임화는 "기교파의 시"를 비판하고 김기림이 그것에 문화사적 의의를 부여한 것을 비판했을 뿐만 아니라, 김기림이 그것을 반성하면서 취했던 관점과 방식에 대해서도 비판했다.

앞에서 말한 대로 김기림은 「시에 잇서서의 기교주의의 반성과 발전

(상·중·하)」(『조선일보』, 1935.2.10·13·14)에서 기교파의 시에 문화사적 의의를 부여했다. 그러나 그가 그 글에서 궁극적으로 의도한 것은 시의 순수화—시에서 언어의 소리나 형태만을 부각시키는 것—운동을 비판하고, 기교주의에 대한 반성을 촉구하는 것이었다. 그는 시에서 언어의 소리나 형태 중 어느 한 가지만을 추상하여 고조하는 것은 시의 순수화가 아니고 시의 일면화 또는 편향화라고 비판했다. 그리고 그는 음악성이나 형태를 그 속에 통일시키는 더 높은 체계인 "전체로서의 시"를 통해 기교주의의 한계를 극복해야 한다고 말했다.

김기림의 그런 발언을 임화는 두 가지 점에서 비판했다. 첫째, 임화는 김기림이 근대시를 계급 분화 이전의 것으로 한정하고 근대시의 진정한 계승자가 프롤레타리아시라는 것을 몰각했다고 비판했다. 즉 임화는 김기림이 시의 일면화 또는 편향화라고 비판한 현상은 "시의 위기", "시의 상실"이라 할 만한 것인데, 그것은 시 전체의 문제점이 아니라 역사성을 상실한 부르주아시의 퇴화 양상에 국한한다고 말했다. 둘째, 임화는 김기림이 역사 발전에 대한 시각을 갖추지 못함으로써 문명의 합칙적(合則的) 활로를 보지 못하고 문명을 부정하는 데에 그치고 있으며, 시의 내용과 기교의 분열을 문명에 대한 비평적 지성이란 것으로 통일하려고 하고 있는데, 그것은 시의 기술적(技術的)인 질서화를 기도(企圖)하는 일에 지나지 않는다고 말했다. 임화는 시의 창작 과정에 대한 김기림의 사유를 다음과 같이 간추렸다.

氏의 思惟過程은 못적 單純하야 全혀 一直線的으로 通行되고 있다.

技巧主義에 對한 反省―그 發展으로서의 새로운 內容性의 設定 卽 文明批

判의 意識을 注入한다—이곳에 反省은 發展한다—그리하야 한 개 批判的 知性의 獲得의 地點에 安心하고 上陸한다.

　이곳에서 詩에 製作過程은 批判的 知性에 依한 秩序에의 意志로부터 始作하야—詩的 對象 自然 及 社會의 秩序는 詩的 秩序로 飜譯되며—그것은 最後的으로 言語의 秩序化를 過程하야—한 個의 完成된 詩에 到達한다.

　이것이 氏의 思惟 及 詩的 創造 過程의 企路程으로서 情緒와 感情이 存在할 位置는 一分도 없고 感覺까지도 批判의 知性에 依하야 驅逐된다.[11]

　김기림이 기교주의를 반성하면서 취했던 관점과 방식에 대해 임화가 비판한 내용의 핵심은 김기림의 시적 사유에는 정서와 감정이 존재할 여지가 없고, 김기림이 감각까지도 비판적 지성으로 구축(驅逐)하려 든다는 것이었다. 임화는 김기림의 이론은 지성과 감성을 절대적으로 분리하는 것이며, 사유하는 두뇌와 감각하는 신경을 무기적으로 절단하는 것이라고 말했다. 임화는 그러나 인간은 정감(情感)하지 못하면 지각할 수도 비판할 수도 없고, 감정이 없으면 시도 문학도 없다고 했다. 거기서 임화는 감정을 감상주의와는 구별했는데, 감정은 정관적(靜觀的) 감상(感傷)이 아니라 행동에의 충동이라고 했다. 임화는 행동하지 않으려는 인간에게는 감정이 없는데 김기림의 지성이란 비행동성의 산물이며 김기림이 감정과 정서를 기피하는 것은 행동을 기피하는 것이라고 했다. 또 김기림의 지성적 비판이라는 것도 현실에 대한 행동으로서의 비판이 아니라 사고로서의 비판에 불과하다고 했다.

---

11　임화, 「曇天下의 詩壇 一年」, 『신동아』, 1935.12, 174면.

한편, 김기림은 「시인으로서 현실에의 적극 관심(1~3)」(『조선일보』, 1936. 1.1·4·5)에서 임화를 반박했다. 김기림의 그 글은 새해를 맞아 그가 시단에 건의하는 내용 세 가지를 담은 글이다. 그 글에서 김기림은 첫째, 시의 세계를 비좁은 서정의 영토에만 제한하지 말고 새로운 종류로 더 넓게 확장하자고 제안했다. 특히 그는 장시(長詩)의 필요성을 역설했다. 둘째, 그는 시에 대해 '전체주의적' 견해―'전체로서의 시'에 대한 추구―를 가질 것을 건의했다. 셋째, 일종의 윤리감을 가지고 조선말을 지키고 길러 나가야 한다고 역설했다. 특히 김기림은 두 번째 문제, 즉 시에 대해 전체주의적 견해를 가질 것을 건의하면서, 기교주의를 거듭 비판하고 임화가 「담천하의 시단 1년」(『신동아』, 1935.12)에서 자신을 비판한 내용을 반박했다. 그 내용을 구체적으로 살펴보기로 한다.

김기림은 4,5년 동안 기교주의가 시단의 주류를 이루었다는 사실을 환기했다. 그리고 기교파를 정밀한 언어에 대한 고전적인 신념을 시론으로 하는 일파, 첨예한 형이상학파, 수적으로 우세한 사상파(寫象派)로 분류했다. 그런데 김기림은 그들이 모두 현실에서 도망하려는 자세를 가졌다는 점에서 일치한다고 했다. 김기림은 기교파가 현실에서 도망하려는 자세를 가지게 된 원인을 두 가지로 분석했다. 하나는 현실의 악화였고, 다른 하나는 서양 근대시의 영향이었다. 김기림은 후자를 중요하게 다루었다. 즉 그는 보들레르에서 초현실파에 이르는, 프랑스를 중심으로 하는 서구 근대시의 특징은 현실을 추악한 것으로 보고 그것을 초월한 곳에 아름다운 시의 세계를 놓은 것이었으며, 조선의 기교파는 서양 근대시의 그러한 특징을 자양으로 섭취했다고 파악했다. 그는 그러나 조선 기교파의 현실도피적 태도 속에는 서양 초현실주의자들의 그것에 필적할 만한 현실 증오의 감정이 흐르고 있지 않다고 진단했다. 즉 조선 기교파의 시에는 현실에 대한 관심, 문명을 비판하고 초극하려는 정신이 없다고 비판했다. 기교파의 시에 대한 김기림의 비판은 다음과 같은 대목에 함축되어 있다.

지난해 六月에 巴里에서 文化의 擁護를 위한 國際作家會議가 열렷슬 때 그들은 어떠한 文化를 擁護할 것인가? 하는 問題를 위선 考慮하지 안으면 아니 되엿다고 한다. 그것은 勿論 오늘의 文明의 現實을 支持하는 文學은 아니다. 차라리 그것을 批判하고 超克하려는 文化일 것이다.

果然 우리들의 技巧派的 ○詩는 擁護되여야 할 文學 中에 드럿슬가? 그보다 國際作家會議가 敵對하려는 勢力이 無害無益한 可憐한 '카나리아'로써 放任하거나 도리혀 獎勵할 그러한 種類의 文學 속에 들지나 안엇슬가? 萬若에 그러타면 그것은 바로 文詩의 名譽가 아니고 屈辱일 것이다.[12]

김기림은 기교주의 시의 문제점을 극복하기 위해 현실에 적극적으로 관심을 가져야 한다고 제의했다. 그러나 그는 자신의 의견이 기교주의 대신 내용주의를 주장하는 것으로 이해되어서는 곤란하다고 했다. 즉 자신이 주장하는 것은 내용과 기교의 통일을 지향하는 이른바 '전체주의적' 시론이라고 말했다.

이어서, 김기림은 임화가 「담천하의 시단 1년」(『신동아』, 1935.12)에서 자신을 비판한 것에 대해 반론을 폈다. 먼저, 그는 자신이 프로시를

---

12 김기림, 「詩人으로서 現實에의 積極 關心(2)」, 『조선일보』, 1936.1.4.

간과했다고 임화가 비난한 것에 대해서 말했다. 김기림은 자신이 시를 쓰고 또 생각하기 시작한 때는 프로시가 이미 쇠퇴하여 왕성하지 못했기 때문에, 프로시가 자신의 사고를 압박하지 않았다고 했다. 그러나 김기림은 자신이 말한 전체시론의 과제를 프로시가 이미 해결한 것처럼 임화가 말한 것은 착오이거나 무고 같다고 반박했다. 그는 1930년 전의 프로시는 내용 편중의 오류에 빠졌던 것 같고, 프로시가 기교를 의식하고 기교와 내용을 통일한 전체로서의 시에 도달하는 것은 해결해야 할 과제가 아닌가 생각한다고 했다. 덧붙여서 그는 자신은 우(右)로부터 기울어지는 전체주의의 선을 그려 보았고 프로시가 만약에 전체주의의 선을 쫓아서 발전을 꾀한다면 그것은 좌(左)로부터의 선일 것이라고 했다. 김기림은 두 선이 어떠한 지점에서 서로 만날지 또 반발할지는 모르나 자신은 같은 세대의 동료들에게 계속해서 시에 대한 전체주의적 견해를 가질 것을 건의하려 한다고 말했다.

임화는 「기교파와 조선 시단」(『중앙』, 1936.2)에서 자신의 글 「담천하의 시단 1년」(『신동아』, 1935.12)에 대한 반론인, 박용철의 「을해 시단 총평(1~4)」(『동아일보』, 1935.12.24・25・27・28)과 김기림의 「시인으로서 현실에의 적극 관심(1~3)」(『조선일보』, 1936.1.1・4・5)에 대해 다시 반론을 폈다. 그런데 임화는 박용철에 대해서는 강하게 반발한 반면, 김기림에 대해서는 비교적 수용적인 태도를 취했다. 그것은 임화가 김기림이 「시에 잇서서의 기교주의의 반성과 발전(상・중・하)」(『조선일보』, 1935.2.10・13・14)과 「오전의 시론」(『조선일보』, 1935.4.20~10.4)을 거치면서 기교주의를 반성하고 「시인으로서 현실에의 적극 관심(1~3)」(『조선일보』, 1936.1.1・4・5)에서 상당히 명확한 현실적 자각에 도달했다고 판단했기 때문이다.

임화는 김기림이 시에서 현실적 관심을 갖는 새로운 태도를 "전체주의"라는 개념으로 명명했고 그 개념에는 내용과 형식을 동렬에 놓는 낡은 형식논리의 여훈(餘薰)이 적지 않지만, 기교를 가지고 시의 전체를 삼음으로써 현실로부터 완전히 도피하던 기교주의에 비해 김기림의 "전체시론"은 괄목할 만한 전환이라고 평가했다.

그러나 임화는 김기림이 「시인으로서 현실에의 적극 관심(1~3)」(『조선일보』, 1936.1.1·4·5)에서 드러낸 견해에 전적으로 동의하지는 않았다. 먼저, 임화는 자신이 「담천하의 시단 1년」(『중앙』, 1935.12)에서 프로시의 역사적 지위와 근대시의 발전 도정에 대해 말한 것을 김기림이 오인했다고 반박했다. 즉 자신은 김기림이 이해한 것처럼, 프로시가 근대시의 전체적 과정을 완전히 졸업했다고 말한 것이 아니라고 해명했다. 그는 1930년 전의 프로시가 내용 편중의 공식주의에 빠져 있었고 그것의 해결이 과제로 남아 있다는 김기림의 지적을 긍정한다고 했다. 그는 그러나 프로시의 근대시사적(近代詩史的) 지위와 성질은, 그것이 창작의 면에서 완성되지 못했음에도 불구하고, 필연적인 것이었다고 주장했다.

다음으로 임화는 김기림이 말한 "전체주의 시"가 시의 이상적 상태로서, 내용과 기교를 통일한 전체로서의 시임은 틀림없으나, 그것을 전체주의라고 명명하는 것보다는 가장 완성된 시, 다시 말하면 유일의 완성된 시라고 보는 것이 타당하다고 했다. 즉 임화는 김기림이 제시한 "전체주의 시"라는 개념의 외연을 "완성된 프로시"로 한정하고자 했던 것이다. 임화는 "전체주의 시"에서 기교와 내용은 등가적으로 균형을 이루는 것이 아니라 우선 전체로서의 양자를 가능케 하는 물질적·현실적 조건이 성립된 뒤에 그것에 의존하여 통일되며, 동시에 내용의 우위성을 유지하는 가운데에서 양자가 형식 윤리학적으로가 아니라 변증법적으로 통일되는 것이라고 했다. 그는 그 통일과 전체에 대한 변증법적 이해가 부족할 때 균형론 또는 형식논리가 군림하는 것이며, 김기림이 그것에 대한 이해를 결하고 있으므로 자신은 김기림의 전체라는 개념에 대해 형식논리적 여훈이 남아 있다고 말한 것이라고 했다.

지금까지 임화와 김기림이 기교주의 시를 화제로 하여 벌였던 논쟁의 과정과 내용을 정리해 보았다. 임화와 김기림은 모두 당시의 기교주의 시에 대해서 비판적이었다. 두 사람의 논쟁은 기교주의 시를 비판하는 관점과 방식의 차이에서 비롯된 것이다. 그 차이는 기교주의의 개념, 조선 근대시의 흐름, 전체시의 본질에 대한 이해의 차이를 함축하는 것이기도 했다.

김기림은 기교주의 시가 시에서 언어의 음악성이나 형태 중 어느 하나만을 추상하여 고조하는 것은 시의 일면화 또는 편향화라고 비판하고, 그러한 문제를 해결하기 위해 음악성이나 형태를 통일시키는 전체로서의 시를 추구해야 한다고 했다. 이것이 이른바 그의 "전체시론"의 요지이기도 하다. 한편, 임화는 기교주의 시가 내용과 사상을 방기한 채 기교만을 중시한다고 비판했다. 즉 그는 기교주의 시는, 현실에 무관심하고 행동 의지가 결여된, 지적 유희에 불과하다고 보았다. 그런데 임화는 기교주의 시의 그러한 문제점이 김기림이 주장하는 "전체시론"으로 해결될 수 있다고 생각하지 않았다. 임화는 김기림의 전체시론이란 시에서 내용과 형식을 등가적으로 통일하는 형식논리에 지나지 않는다고 평가했다. 임화는 "기교주의 시"의 문제점을 해결하는 문제에 대해서는 고민하지 않았다. 그러한 차원을 넘어서, 그는 조선 근대시의 완성을 이념으로 상정하고 있었는데, 그것은 프로시의 완성이었으며 프로시를 통한 완성이었다. 즉 임화가 "전체주의 시"라는 개념의 외연을 "완성된 프로시"로 전환하고자 했던 것, 시에서 기교와 내용의 통일이 이루어지기 위해서는 그것을 가능하게 하는 물질적·현실적 조건이 먼저 성립되어야 한다고 주장한 것, 그리고 기교와 내용의 통일은 내용의 우위성을 인정하는 상태에서 변증법적으로 이루어져야 한다고 주장한 것은 바로 프로시의 완성을 위한 조건들을 말한 것이었다.

이렇게, 김기림과 임화가 기교주의 시를 비판했던 관점과 방식은 확연히 달랐다. 그런데 그 차이는 본질적으로 조선 근대시사에 대한 관점의 차이에서 비롯된 것이었다고 판단된다. 김기림은 조선 근대시사에서 프롤레타리아시를 배제하거나 간과한 반면, 임화는 프롤레타리아시에 의해 조선에서 진정한 근대시의 역사가 시작되었고 근대시의 완성 또한 프롤레타리아시의 완성에 의해서만 가능하다고 믿었다.

그러한 차이에도 불구하고, 김기림과 임화의 논쟁은 두 사람의 시적 사유의 교차점을 보여주었다는 데에 의미가 있다. 즉 시가 현실의 문제를 끌어안아야 된다는 것에 두 사람이 동의했던 것이다. 여러 번 말한 대로, 김기림의 전체시론의 핵심은 시가 언어의 요소 또는 효과인 음향, 형태, 의미 중에서 음향이나 형태만을 중시하는 기교주의에서 벗어나 "의미"와 그것들의 조화인 "전체"의 차원으로 나아가야 한다는 것이었다. "의미"가 현실과 매개되어 있는 개념임은 물론이다. 그리고 임화는 시에서 현실에 대한 관심과 행동의 의지를 토대로 하는 내용을 우위로 하여 내용과 형식의 변증법적 통일을 추구해야 한다고 했다. 그리고 그런 관점에서 김기림의 전체시론을 부분적으로 긍정했다.

임화가 김기림의 전체시론을 부분적으로 긍정했던 그 지점은 계급주의적 문학관과 탈(脫)-계급주의적 문학관이 교차했던 지점이라고 할 수 있다. 임화의 시적 사유를 카프의 문학관과 연결 짓는 것은 큰 문제가 없다. 다만, 기교주의 논쟁이 벌어졌던 시점이 카프가 해체된 후였다는 점을 감안하면, 그 논쟁에서 임화가 주장했던 것은 카프의 문학관을 대변한 것이었다기보다는 반성한 것이었다고 말할 수 있다. 한편, 김기림의 시적 인식이 구인회 전체의 것이었다고 말하기는 어렵다. 그러나 김기림이 기교주의라고 명명했던 시적 경향을 정지용, 이상과 같은 구인회 소속 시인들이 주도했다는 점, 역시 구인회 소속이었던 김기림 자신이 기교주의적 경향을 반성하고 그 대안으로서 전체시론을 주장하고 그 시론에 맞는 시 창작을 시도했다는 점에서, 그의 시적 인식은 구인회의 시 의식이 반성적으로 이론화된 가장 분명한 예였다고 말할 수 있다. 그런 점에서 김기림의 전체시론은 구인회의 문학관이 진보적인 방향에서 확보했던 지평이었다고 말할 수 있다.

## 2. 예술성 추구의 깊이

구인회는 전대(前代) 또는 기존 문학의 언어와는 다른 언어를 천착함으로써 새로운 문학 또는 문학의 새로움을 구현하려 했다. 구인회는 그렇게 문학의 예술성을 추구했다고 말할 수 있다. 여기서는 구인회 회원들이 소설과 시에서 그러한 의미의 '문학의 예술성'을 추구해 나갔던 양상들을 밝히고, 그 내용과 수준을 비교·대조하고자 한다.

## 1) 소설론의 수준

### (1) 이태준의 문장·정서·묘사

'3장-3-2)-(2)'에서 정리한 대로, 「글 짓는 법 A·B·C」(『중앙』, 1934.6~1935.1)에 따르면, 이태준은 어떤 대상에 대한 작가의 주관적 정서를 소설의 제재로 삼아야 한다고 보았다. 그런데 그는 소설의 제재인 작가의 정서를 독자들에게 그대로 설명하거나 표현하거나 전달하는 것이 아니라 독자들로 하여금 그 정서를 추체험(追體驗)하게 하는 쪽으로 소설의 문장을 구사해야 한다고 했다. 즉 그는 대상을 여실히 묘사하는 데에 효과를 발휘하는 쪽으로 소설의 문장을 구사해야 한다고 말한 것이다.

그런데 이태준의 그러한 소설관은 그의 문장관에서 비롯되었고, 그의 문장관은 한문 투의 문장을 어떻게 극복할 것인가 하는 문제의식에서 비롯되었다고 판단된다. 여기서는 먼저, 한문투의 문장에 대한 이태준의 문제의식이 문장관으로 발전하고, 그 문장관이 소설관으로 연결되는 경로를 살피고자 한다. 다음으로, 「달밤」(『중앙』, 1933.11)에서 그의 소설관이 구현된 양상을 논하고자 한다. 그것을 통해 구인회 활동 당시 이태준이 지니고 있었던 소설관의 근원과 내용 그리고 수준을 가늠할 수 있을 것이다.

한문 투의 문장을 어떻게 극복할 것인가에 대한 이태준의 문제의식은 「글 짓는 법 A·B·C」의 "4. 음풍영월식(吟風詠月式)을 버리자"에 집약되어 있다. 이태준은 "4. 음풍영월식(吟風詠月式)을 버리자"에서 한문은 "엄살"과 "풍"과 "엉터리"가 많다고 했다. "엄살"과 "풍"이란 과장을 뜻하고, "엉터리"란 과장으로 인해 글이 리얼리티(reality)를 잃은 것을 말한다. 이태준은 조선 사람들은 한문을 숭상해 왔기 때문에 한글로 글을 쓸 때에도 엄살과 풍을 부리려 하고 전혀 어울리지 않는 엉뚱한 한자어를 섞어 쓴다고 지적했다. 또 조선 사람들은 글이라면 으레 옛날 풍월로만 짐작해서 걸핏하면 "우주"니 "천하"니 "청산"이니 "명월"이니 하는 "들은 풍월"을 나열한다고 비판했다. 그러한 내용에 따르면, 이태준이 한문 투의 글에서 문제 삼은 것은 크게 두 가지라고 말할 수 있다. 하나는 한문 투의 글에는 필자의 개성이 드러나지 않는다는 것이고, 다른 하나는 한문 투의 글은 현실감이 없다는 것이다.

한문 투 문장에 대한 이태준의 문제의식은 그의 문장관의 근본을 이루고 있다. 「글 짓는 법 A·B·C」는 그의 문장관을 구체적으로 설명한 글이라고 할 수 있는데, 그 글의 전반적인 내용은 결국 그 글의 "4. 음풍영월식(吟風詠月式)을 버리자"에서 제기한 문제 즉 한문 투 문장의 문제점을 어떻게 해결할 것인가에 대한 답을 제시하는 데에 집중되어 있기 때문이다. 그 글은 26개의 소주제로 구성되어 있다.[13] 그 내용을 분

---

13　이태준이 쓴 「글 짓는 법 A·B·C(1~8)」(『중앙』, 1934.6~1935.1)의 내용 구성은 다음과 같다. 1회, 1934.6 : 一. 作文이란 무엇인가? / 二. 作文의 目的 / 三. 무엇을 쓸가 / 四. 吟風詠月式을 버리자 / 五. 空想보다 體驗 속에서 // 2회, 1934.7 : 六. 平凡한 속에서 / 七. 日記를 하라 / 八. 제 힘에 만만한 것으로 // 3회, 1934.8 : 九. 批判的 意識을 거쳐서 / 十. 主眼點을 把握하라 / 十一. 오래 보고 오래 생각하고 / 十二. 내 것을 쓰자 // 4회, 1934.9 : 十三. 글은 그 사람이다 / 十四. 먼저 靜坐하고 / 十五(원문에는 十四로 오기).

석·종합해 보면, 이태준은 그 글에서 '무엇을 쓸 것인가', '어떻게 쓸 것인가', '어떤 자세로 쓸 것인가', '글을 왜, 어떻게 고치는가' 등의 문제에 대해 답하고 있다고 할 수 있다. 그리고 그가 제시한 답은 개성적이고 현실감 있는 문장을 쓰기 위한 구체적인 방법들과 통한다.

이태준의 소설관은 바로 개성과 현실감을 중시하는 이태준의 문장관에서 비롯된 것이다. 이태준은 「글 짓는 법 A·B·C」에서 '무엇을 쓸 것인가', '어떻게 쓸 것인가'의 문제를 '소설에서는 무엇을 제재로 삼고 어떻게 문장을 구사할 것인가'의 문제로 연결시켰다.[14] 결론적으로 말해서, 그는 소설에서는 어떤 대상에 대해 작가가 느낀 주관적 "정서"를 제재로 삼음으로써 작가의 개성을 드러내야 하고, 대상을 여실히 "묘사"하는 쪽으로 문장을 구사함으로써 현실성을 확보하는 한편, 독자들도 작가가 그 대상에 대해 느낀 정서를 추체험하도록 해야 한다고 말했다.

「글짓는 법 A·B·C」를 전후로 하여 이태준이 소설의 제재에 대한 생각을 구체화한 자료는 눈에 띄지 않는다. 그러나 이태준이 소설의 문장에 대해 말한 내용을 요약한 것 같은 자료가 한 편 있다. '3장-3-2)-(2)'에서 살핀 바 있는 「소설과 문장」(『사해공론』 제2호, 1935.6)이 그것이다. 「소설과 문장」에 의하면, 이태준은 소설의 문장을 회화문(會話文)과 지문(地文)으로 나누고 그것들을 확실히 구별해야 한다고 생각했다. 그리고 지문과 회화문의 요건을 다음과 같이 생각했다고 말할

---

眞情에서 // 5회, 1934.10: 十六. 唯一語를 고르자 / 十七. 첫 印象과 첫 생각 // 6회, 1934.11: 十八(원문에는 5로 오기). 感覺的으로 / 十九. 彈力的으로 // 7회, 1934.12: 二十. 描寫에 對하여 / 二十一. 咏嘆에 대하여 // 8회, 1935.1: 二十二. 글의 統一 / 二十三. 點睛의 妙 / 二十四. 作文의 修正과 處理 / 二十五. 文題, 書式, 其他 / 二十六. 作文의 四多—多讀, 多作, 多寫, 多改.

14  이에 대해서는 이 책 제1부 '3장-3-2)-(2)'에서 자세히 밝혔다.

수 있다. 먼저, 이태준이 생각했던 지문의 요건이다. 첫째, 감상적(鑑賞的)·감각적(感覺的)이어야 한다. 둘째, 형용사의 진실성을 중시해야 한다. 셋째, 비슷한 말을 연이어 쓰지 말아야 한다. 넷째, 정확해야 한다. 다섯째, 작가의 감정을 독자에게 강요해서는 안 되고 독자가 자연스럽게 그 감정을 느끼도록 해야 한다. 여섯째, 표준어를 써야 한다. 이태준은 지문의 그러한 요건들과 함께 회화문은 문법보다는 음성 본위여야 한다는 요건을 덧붙였다. 이 요건들은 모두 「글 짓는 법 A·B·C」에서 드러낸 소설의 문장에 대한 생각을 보완한 것이라고 할 수 있다.

요컨대, 이태준은 한문 투의 문장을 어떻게 극복할 것인가에 대한 문제의식 위에 자신의 문장관을 수립했고, 그 문장관을 소설관으로 연결시켰다. 이제, 이태준의 소설관이 작품 속에서 어떻게 구현되었는지를 살필 차례이다. 그의 소설관이 잘 구현된 예로서 「달밤」(『중앙』, 1933.11)을 들 수 있다. 「달밤」은 서술자인 '나'가 서울의 변두리 성북동으로 이사 가서 신문 보조 배달부인 "못난이" 황수건을 알게 된 일과 그로 인해 느낀 정서를 다룬 작품이다.

앞에서 밝힌 대로, 이태준은 어떤 대상에 대한 작가의 주관적 정서를 소설의 제재로 삼아야 한다고 보았다. 이것을 구현하기 위해 이태준이 「달밤」에서 구사한 방식은 두 가지라고 할 수 있다. 첫째, 「달밤」에서 "대상"은 바로 황수건이라는 인물인데, 이태준은 그를 사건 속에서 행동하는 주체, 세계와 갈등하는 주체로 그려내지 않고 움직임이 없는, 정적인, 관찰의 대상으로 그려냈다. 즉 이태준은 "못난이" 황수건을 형상화한 것이다. 황수건은 움직임이 거의 느껴지지 않는 인물이다. 못난이기 때문에 세상의 자극에 대해 제대로 반응하지 못한다. 갈등을 무릅쓰고 자신의 욕망이나 욕구를 추구하는 법이 없다. 세계가 어떻게 변하든 못난이 황수건은 못난이 황수건인 채로 있을 것임은 의심의 여지가 없다. 황수건의 그러한 비역동성으로 인해 서술자는 그를 관찰하기가 용이해진다. 어떤 대상이 역동적일 때 그 대상에 대한 관찰은 쉽지 않다. 그러나 그 대상이 정적일 때 관찰은 훨씬 쉬워진다. 둘째, 이태준은 「달밤」에서 황수건이라는 대상에 대한 작가의 정서를 효과적으로 전달하기 위한 방법으로 작가 자신을 연상시키는 1인칭 서술자를 내세웠다. 그렇게 함으로써 서술자가 황수건이라는 대상에 대해 또는 그로 인해 갖게 되는 생각이나 정서나 감정에 독자가 특별한 거리감을 느끼지 않게 하였다.

그러나 이태준은 「달밤」에서 서술자로 하여금 그가 황수건으로 인해 느낀 감정을 독자에게 그대로 서술하게 하지는 않았다. 앞에서 정리한 대로, 이태준은 소설의 제재인 작가의 정서를 독자들에게 그대로 설명하거나 표현하거나 전달하는 것이 아니라 독자들로 하여금 그 정서를 추체험하게 하는 쪽으로 소설의 문장을 구사해야 한다고 보았다. 즉 그는 대상을 여실히 묘사하는 데에 효과를 발휘하는 쪽으로 소설의 문장을 구사해야 한다고 본 것이다. 이를 위해 그가 「달밤」에서 구사한 방식은 황수건의 언행을 여실히 묘사하는 것, 그리고 그에 관한 일화들을 병렬적으로 소개하는 것이었다.

이태준은 「달밤」을 자신의 첫 번째 작품집의 표제작으로 삼았다.[15] 추론컨대, 그것은 그가 「달밤」에서 자신의 소설관을 성공적으로 구현했다고 판단했기 때문이었을 것이다. 그런데 이태준은 첫 창작집 『달

---

15 이태준, 『달밤』, 한성도서주식회사, 1934.

밤』를 내면서 자신의 소설관을 작품 속에 좀 더 구체적으로 구현하려고 했던 것으로 보인다. 그것은 「달밤」을 『달밤』에 실으면서 개작한 양상을 통해 확인해 볼 수 있다.

『중앙』1933년 11월호에 처음 발표되었던 「달밤」과 1934년 7월 한성도서주식회사에서 발행한 『달밤』 초판본에 수록된 「달밤」의 차이는 이미 민충환이 지적하고 정리한 바 있다.[16] 여기서는 『중앙』1933년 11월호에 처음 발표되었던 「달밤」과 1935년 7월 한성도서주식회사에서 발행한 『달밤』 재판본에 실린 「달밤」을 대조해 보고자 한다.[17] 단, 띄어쓰기의 차이는 고려하지 않았다. 인용 부분의 띄어쓰기는 현재 띄어쓰기 규정에 맞게 고쳤다.

| | [1] 『중앙』, 1933.11. | | [2] 『달밤』(재판), 1935.7. |
|---|---|---|---|
| 139면 | 동리에 처음 ⓐ드러서는 ⓑ객에게 | 141면 | 동리에 처음 ⓐ들어서는 ⓑ손에게 |
| 140면 | 그의 생김을 내다보니 ⓒ첫눈에 두드러지는 것이 | 142면 | 그의 생김을 내다보니 ⓒ눈에 얼는 두드러지는 |
| 140면 | 그는 큰 눈과 큰 입이 (ⓓ) ⓔ히죽거리며 | 143면 | 그는 큰 눈과 큰 입이 ⓓ일시에 ⓔ히죽어리며 |
| 140면 | 나도 ⓕ정령하게 내 ⓖ이름을 ⓗ대엿다. | 143면 | 나도 ⓕ깍듯이 내 ⓖ성명을 ⓗ대었다. |
| 142면 | 마음 속으로 ⓘ실로 ⓙ즐거웟다. | 147면 | 마음 속으로 ⓘ진실로 ⓙ즐거웠다. |
| 143면 | ⓚ다라나는 색시가 ⓛ잇스리라 | 150면 | ⓚ달아나는 색씨가 ⓛ있을 걸 |
| 143면 | 이 선생님 ⓜ게십쇼? | 151면 | 이 선생님 ⓜ겝쇼? |
| 144면 | ⓝ우두는 ○○○ 들이 조선 사람 힘 못 쓰라고 넣어주는 것인뎁쇼 | 154면 | ⓝ생략됨 |
| 144면 | 삼산학교 학생들이 저를 ⓞ어떠케 좋아하겝쇼 (ⓟ) | 155면 | 삼산학교 학생들이 저를 ⓞ어떻게 좋아하겝쇼. 를 선생들보다 낫게 치는뎁쇼 |

16 민충환, 『이태준 연구』, 깊은샘, 1988, 276~277면 참조. 민충환은 『중앙』의 면수를 잘못 밝혔다. 그리고 『중앙』140면, "나도 정령하게 내 이름을 대엿다"의 "대엿다"를 "대윗다"라고 썼다.
17 『달밤』 재판본은 태학사에서 펴낸 『한국근대단편소설대계』25에 실려 있다.

| | | |
|---|---|---|
| 미천만 ⓠ**까먹고** (ⓡ) 그까짓 것보다 | 155면 | 미천만 ⓠ**까먹었고**, ⓡ**또** 그까짓 것보다 |
| 그런데 ⓢ**메칠** ⓣ**전이엇다.** | 155면 | 그런데 ⓢ**요며칠** ⓣ**전이었다.** |
| 그는 벙긋거리며 ⓤ**첫마듸로** | 155면 | 그는 벙긋거리며 |
| 그의 뒤를 딿아 ⓥ**딿더니** | 156면 | 그의 뒤를 딿아 ⓥ**들어오더니** |
| 어느 틈에 ⓦ**가고** ⓧ**없엇다.** | 156면 | 어느 틈에 ⓦ**사라지고** ⓧ**보히지 않었다.** |
| 그가 나를 (ⓨ) 무안해 할 일이 ⓩ**잇는** 것을 생각하고 | 156면 | 그가 나를 ⓨ**보면** 무안해 할 일이 ⓩ**있는** 것을 생각하고 |

[1]과 [2]의 차이를 표시하면 ⓐ~ⓩ와 같다. ⓐ~ⓩ는 다시 4가지 유형으로 갈래지을 수 있다.

첫째, 단어와 표현의 차이이다.

> ⓑ 객→손 / ⓒ 첫눈에→눈에 얼는 / ⓕ 정령하게→깍듯이 / ⓖ 이름 →성명 / ⓘ 실로→진실로 / ⓛ 잇스리라→있을 걸 / ⓜ 게십쇼→겝쇼 / ⓠ 까먹고→까먹었고, / ⓢ 메칠→요며칠 / ⓥ 들더니→들어오더니 / ⓦ 가고→사라지고 / ⓧ 없엇다→보히지 않었다

둘째, 표기법의 차이이다. 이 차이는 대체로 조선어학회가 1933년에 제정·공표한 「한글마춤법통일안」에 의거해 [1]을 교정한 결과들로 보인다.[18]

> ⓐ 드러서는→들어서는 / ⓔ 히죽거리며→히죽어리며 / ⓗ 대엿다→ 대었다 / ⓙ 즐거윗다→즐거웠다 / ⓚ 다라나는 색시→달아나는 색씨 /

---

18 이에 대해서는 좀 더 분명히 확인해야 한다. 조선어학회는 1933년 10월에 『한글마춤법 통일안』을 발간했고, 1934년 1월에 「한글마춤법통일안 全文」을 『한글』 제10호에 수록 했다. 이 책에서는 『한글』 제10호에 실린 「한글마춤법통일안 全文」을 참고했다.

ⓞ 어떠케→어떻게 / ⓣ 전이엇다→전이었다 / ⓩ 잇는→있는

셋째, [1]에 있던 문장이나 어절이 [2]에서는 삭제됨으로써 생긴 차이들이다.

ⓝ 우두는 ○ ○○ 들이 조선 사람 힘 못 쓰라고 넣어주는 것인뎁쇼→삭제 / ⓤ 첫마듸로→삭제

넷째는 [1]에는 없었던 어절이나 문장이 [2]에 삽입됨으로써 생긴 차이들이다.

ⓓ→일시에 / ⓟ→저를 선생들보다 낫게 치는뎁쇼 / ⓡ→또 / ⓨ→보면

그런데, ⓐ-ⓩ의 차이들 중에서 이태준이 그의 소설관을 좀 더 구체적으로 구현하기 위해 노력한 결과들로 보이는 것들은 ⓜ, ⓝ, ⓟ이다. 「소설과 문장」(『사해공론』 제2호, 1935.6)에 따르면, 이태준은 회화문은 문법보다는 음성 본위여야 한다고 여겼다고 할 수 있다. 따라서 그는 황수건의 말도 그의 음성을 여실히 살리는 쪽으로 수정했을 것이다. ⓜ 즉 "게십쇼"를 "겝쇼"로 고친 것은 그런 의도 때문일 것이다. 그런데 이태준은 황수건의 말을 고치면서 음성 본위여야 한다는 것 외에 다른 사항을 더 고려했다고 판단된다. 그것은 황수건의 인물됨 즉 못난이다움을 여실히 드러내는 것이다. ⓝ과 ⓟ는 그런 점을 고려해 수정한 결과

이다. 먼저, ⓟ를 통해, 즉 "저를 선생들보다 낮게 치는뎁쇼"를 삽입함으로써 황수건의 바보스러움이 부각된다. 바보 황수건은 학생들이 자신을 좋아하며 선생들보다 낮게 여긴다고 생각한다. ⓝ은 더욱 주목할 만하다. "우두는 ○ ○○ 들이 조선 사람 힘 못 쓰라고 넣어주는 것인뎁쇼"라는 말은 못난이 황수건의 입을 통해 일제를 비판하는 효과를 발휘한다. 그런데 그 말이 생략됨으로써 [2]의 황수건은 작가의 현실 비판 의도를 대변하는 못난이 같지 않은 못난이에서 온전한 못난이로, 바보 같지 않은 바보에서 온전한 바보로 바뀐다.[19] 즉 [2]는 황수건이라는 못난이를 온전하고 여실하게 묘사하는 데에만 초점을 둔 작품이 된다.


## (2) 박태원의 문장 · 묘사 · 기교

'3장-4-1)'에서 추정한 대로, 박태원은 1933년 10월에서 1934년 6월 24일 사이에 구인회에 가입하였다. 그리고 그는 구인회 활동 기간에 다음과 같은 평문들을 썼다.

「三月創作評(1~6)」, 『조선중앙일보』, 1934.3.26~31.

「李泰俊 短篇集 『달밤』을 읽고(上・下)」, 『조선일보』, 1934.7.26・27.

「主로 創作에서 본 一九三四年의 朝鮮文壇」, 『중앙』, 1934.12.

「創作餘錄(1~10) 表現・描寫・技巧」, 『조선중앙일보』, 1934. 12.17~

      20・22・23・27・28・30・31.

---

19 물론 이러한 변화는 고스란히 이태준의 소설관이 자족적으로 심화된 결과라고도 볼 수 있지만, 검열에 의해 생긴 것이라고도 볼 수 있다.

「文藝時感−新春 作品을 中心으로 作家, 作品 槪觀(1~10)」, 『조선중앙
일보』, 1935.1.28 · 29 · 31; 2.1 · 3 · 6~8 · 10 · 13.


위의 글들에서 박태원의 소설관이 요약된 두 개의 명제를 찾을 수 있
다. 하나는 "문예(文藝)의 미(美)는 구경(究竟) 문장(文章)의 美다"이다. 박
태원은 이 명제를 '문예 감상이란 구경 문장의 감상이다'라고 바꿔 말하
기도 했다. 다른 하나는 "무릇 문예(文藝)의 전부(全部)는 묘사(描寫)에 있
다"이다.

박태원이 "문예(文藝)의 미(美)는 구경(究竟) 문장(文章)의 美다"라는
말을 처음 한 것은 1933년 9월 21일에 『매일신보』에 쓴 「문예시평(2)
−평론가에게」에서이다. 그는 그 글에서 당시의 평론가들을 비판하면
서 그렇게 말했다. 즉 그는 당시의 평론들이 작품을 해설하는 수준에
머물고 있는데 그나마도 잘못 해설하는 경우가 많고, 결과적으로 조선
문학에 아무런 기여를 하지 못하고 있다고 단언했다. 그는 평론가는 풍
부한 소양(素養), 인생을 비평할 수 있는 충분한 견식(見識)과 구상(構
想), 문장(文章)의 기품과 기교를 갖추어야 하는데, 당시의 '이른바 평론
가'들은 그렇지 못하다고 비판했다. 특히 그들의 문장은 치졸하다고 비
난했다. 그는 평론가들이 그들보다 구상과 표현, 묘사에 대해 훨씬 더
많이 고심하고 노력하는 작가들의 작품을 타당하게 평하려면 표현과
문장에 힘을 기울여야 한다고 말했다.


文藝의 美는 究竟 文章의 美다. 表現에 對한 苦心과 努力이 업는 그들이
무릇 作品 批評에 씨워지는 왼갓 術語를 機械的으로 羅列하여 노핫슬 싸름인

拙劣한 文章으로서 그 構想에 잇서서 그 表現 模寫에 잇서서 確實히 그들보다 훨신 苦心하고 努力한 남의 作品을 論難하는 것은 滑稽이요 同時에 冒瀆이다.[20]

다음으로, 박태원은 「삼월창작평(1)」(『조선중앙일보』, 1934.3.26)에서 "문예(文藝) 감상(鑑賞)이란 구경(究竟) 문장(文章)의 감상(鑑賞)"이라고 말했다. 그 글에서 박태원은 1934년 3월에 발표된 작품들을 평하기에 앞서서 작품을 보는 자신의 관점을 밝혔다. 박태원은 다른 평자들은 작품 월평을 할 때에 내용이나 이데올로기에 중점을 두지만 자신은 형식과 문장에 중점을 두겠다고 밝히면서 "문예 감상이란 구경 문장의 감상"이라고 말했다.

마지막으로, 박태원은 「창작여록(4)―표현・묘사・기교」(『조선중앙일보』, 1934.12.20)에서 "문예(文藝) 감상(鑑賞)이란 (늘 하는 말이지만) 구경(究竟), 문장(文章)의 감상(鑑賞)이다"라고 말하고, 그 말의 의미를 구체적으로 밝혔다. '3장-3-2)-(2)'에서 그 내용을 요약한 바 있는데, 이해를 돕기 위해 여기서 다시 한 번 더 요약하기로 한다.

박태원은 문장을 감상한다는 것은 문장의 내용을 통해 의미를 파악하는 동시에 문장의 음향을 통해 어떤 분위기(암시)를 느끼는 것이라고 했다. 그리고 그는 음향은 분위기(암시)를 만들어낼 뿐만 아니라 의미에 간섭하기도 한다고 했다. 박태원은 문장이 내용을 통해 의미를 전달하고 음향을 통해 분위기(암시)를 빚어낼 때, 그 문장은 문체 즉 스타일(style)

---

20   박태원, 「文藝時評(2)―評論家에게」, 『매일신보』, 1933.9.21.

을 가졌다고 말할 수 있다고 했다. 그는 또 음향뿐만 아니라 자형(字形), 자체(字體)의 영향으로도 문체는 달라질 수 있다고 했다. 박태원의 그러한 설명에 따르면, '문예 감상이란 구경 문장의 감상이다'라는 말은 '문예 감상이란 구경 '문체(文體)'의 감상이다'라고 바꿔 이해할 수 있다.

박태원의 말로서, 그의 소설관이 요약되어 있는 두 번째 명제는 "무릇 문예(文藝)의 전부(全部)는 그 묘사(描寫)에 있다"이다. 박태원이 그 말을 처음 한 것은 「문예시평(3) ─구월창작평」(『매일신보』, 1933.9.22)에서이다. 그 글에서 박태원은 이태준의 「아담의 후예」(『신동아』, 1933.9)를 평하기에 앞서서 다음과 같이 말했다.

> 무릇 文藝의 全部는 그 描寫에 잇다고 할 것이다. 描寫가 拙劣한 作品은 어써한 사람의 손으로 어써한 素材가 取扱되엿다 하드라도 그것을 文藝라고 할 수는 업슬 것이다. 이와 反對로 描寫가 能熟한 作品에서 우리는 '眞'과 '美'와 짜라서 '喜悅'까지를 찾는다.[21]

지금까지 살핀 대로, 박태원은 문장과 묘사를 매우 중시했고, 그것을 소설 평가의 기준으로 삼았다. 박태원이 소설평에서 문장에 대해 논한 내용은 대체로 두 가지로 나눌 수 있다. 하나는 대상 작품의 문장의 오류를 지적한 것이고, 다른 하나는 어떤 작품의 문장을 문체로 간주하여 그 특징을 밝힌 것이다.

먼저, 박태원이 문체의 차원에 다다르지 못한 문장을 지적한 경우는

---

21 박태원, 「文藝時評(3) ─九月創作評」, 『매일신보』, 1933.9.22.

대단히 많다. 그 사례들을 통해 박태원이 생각했던 소설 문장의 기본 조건들을 짐작할 수 있다. 그 사례들 중에서 몇 가지를 살펴보기로 한다. 박태원은 「삼월창작평(2)」(『조선중앙일보』, 1934.3.27)에서 김기진의 「봄이 오기 전」(『신가정』, 1934.3)을 평하면서, 그 작품의 문장에는 억양이 결여되어 있다고 비판했다. 즉 전편을 통해 한결같은 어조를 씀으로써 결말에서 내용의 감격성을 살리지 못했다고 말했다. 또 「삼월창작평(3)」(『조선중앙일보』, 1934.3.28)에서 석북진(石北鎭)의 「꽃 피였던 섬」(『신동아』, 1934.3)을 평하면서, 문장에 지방어가 많이 섞여 있다고 지적하고 지방색을 드러내기 위한 것이 아니라면, 표준어를 써야 한다고 했다. 그리고 「삼월창작평(4)」(『조선중앙일보』, 1934.3.29)에서 최독견의 「약혼전야」를 평하면서는 유모어 소설에서도 유머러스한 내용보다 더 중요한 것은 유머러스한 문장을 구사하는 것이라고 했다. 박태원이 행한 소설평의 목적 자체가 문장에 대한 평가였다고 해도 과언이 아닐 정도다.

문장이 문체의 차원에 이른 작품에 대한 박태원의 평은 곧 묘사에 대한 평이었다. 그에 따르면, 묘사의 핵심은 문체인 까닭이었다. 즉 그는 내용을 전달할 뿐만 아니라 분위기나 암시를 만들어내는 문체를 통해 묘사의 개연성과 진실성을 확보할 수 있다고 보았다. 박태원이 구인회에 가입하기 전에 쓴 글의 부분들이긴 하나, 이태준과 김유정의 묘사를 호평한 대목들을 통해 그것을 확인할 수 있다. 박태원은 「문예시평(3) ─ 구월창작평」(『매일신보』, 1933.9.22)에서 이태준의 「아담의 후예」를 평하면서, 그 작품에서 안 영감의 성격과 생활에 대한 묘사가 용의주도하고 치밀하여 빈틈이 없다고 했다. 또 그는 「문예시평(10) ─ 구월창작평」(『매일신보』, 1933.10.1)에서 김유정의 「총각과 맹꽁이」(『신여성』, 1933.9)

를 평하면서, 주인공 덕만이에 대한 묘사가 다소 부자연스럽고 불충분하기는 하지만, 작가는 허식과 기교가 없는 소박한 농민들의 언어와 심리를 능숙하게 묘출했다고 했다. 특히 다음의 장면은 활화(活畵) 즉 살아 있는 그림이라고 극찬하면서 인용했다.

> 닭의 장문을 조심해 열엇다. 섭을 집어너 손에 닷는 대로 허구리께를 슬슬 긁어 주엇다. 팔아서 등걸잠뱅이 해 입는다는 닭이엇다. 한 손이 재바르게 목째기를 홈켜잡자 다른 손이 날개쭉지를 홈킬랴 할 제 고만 빗낫다. 한 놈이 풍기니까 뭇놈이 푸드둑하며 대구 골골거린다.

지금까지 살핀 대로, 소설의 문장 또는 문체에 대한 박태원의 천착은 집요했고 치열했다. 그런데 박태원의 소설관에 더욱 주목하게 되는 것은 기교에 대한 그의 사유 때문이다. 기교에 대한 그의 생각은 「창작여록(6·7·10)—표현·묘사·기교」(『조선중앙일보』, 1934.12.23·27·31)를 통해 분명하게 확인할 수 있다. '3장-3-2)-(2)'에서 그 내용을 요약한 바 있는데, 여기서 그 주요 내용을 한 번 더 상기할 필요가 있다.

박태원은 '기법'과 '기교'를 구별해서 인식했다. 그에 따르면, 기교는 기법보다 한 차원 심화된 것이다. 박태원은 소설의 기교는 말을 조작하는 차원의 기지(機智)나 단순한 기법(技法)에 머물러서는 안 되고, 본질적으로 작품이 독자에게 감동을 주는 데에 기여해야 한다고 말했다. 그는 그러한 기교의 예로 알퐁스 도데(Alphonse Daudet)의 작품 「사포(Sapho)」의 한 대목, 주인공인 하층계급 젊은이가 정부(情婦)인 상류계급 여인을 안고 층계를 올라가다가 너무 힘들어서 여인에게 분노를 느끼게 되는 장면을 인용했다.

또한 그는 소설의 기교에 대한 자신의 생각을 단편소설의 결말을 어떻게 구성할 것인가 하는 문제로 구체화했다. 그는 단편소설에서 기교는 지극히 중요한데, 특히 결말이 기교적인지의 여부가 그 소설의 성패를 판가름한다고 말했다. 그는 단편소설 결말의 그러한 중요성이 감안된 수법으로서 결말에 경이(驚異)를 담는 기법에 대해 거론했다. 그는 그 기법을, 줄거리의 가장 중요한 부분을 될 수 있는 대로 최후까지 보류해 두었다가 결말에서 비로소 공개하는 것이라고 설명하고, 모파상(Henri Rene Albert Guy de Maupassant)의 「목걸이」가 그 수법을 사용한 대표적인 예이며, 오 헨리(O. Henry)도 거의 모든 작품에서 그 수법을 구사했다고 말했다. 그런데 그는 그 수법이 기교적이고 효과적이지만 기교를 위해 예술작품으로서 기교 이상으로 존중해야 마땅한 것들을 희생시키는 위험을 범하기도 한다고 경계했다.

단편소설에서 결말에 경이를 담는 기법에 대한 박태원의 비판은 매우 문제적이다. 왜냐하면, 그 안에는 당시 신문과 잡지의 편집 관행에 대한 문제의식과 작가의 도덕성에 대한 문제의식이 깃들어 있기 때문이다. 그는 「문예시평(1)─소설을 위하야」(『매일신보』, 1933.9.20)에서 다음과 같이 말한 바 있다.

小說의 虐待가 今日과 가치 尤甚한 者는 업슬 것이다. 每月 名色으로 陳列하여 놋는 것이 數篇에 不過하고 그것들조차 擧皆 四五페이지에 지나지 안는 '콩트'類라는 것은 朝鮮文壇에서만 볼 수 잇는 怪現象이다. 作家가 全力量을 發揮하려도 지나치게 甚한 枚數의 制限은 片片한 小品박게 發表할 機會를 갓지 못한다. 賢明한 頭腦와 果斷한 氣性이 缺乏된 朝鮮의 雜誌 編輯者들의 雅量은 五六十枚 乃至 百枚까지의 堂堂한 作品을 슬치 안코 한번에 發表할 만큼 그만큼 深遠하지 못하다. 設或 愚昧한 讀者들이 低劣한 雅文類에 心醉傾倒한 다손 치드라도 그러한 低級 讀者群의 好尙에 迎合하는 것이 쩌-낼리스트로서 策의 得한 자는 아닐 것이다.

朝鮮 東亞 兩 新聞이 十面이 되여 學藝面이 擴張되고 그 동안 休刊 中이든 『文學타임스』가 『朝鮮文學』이라 改題하야 수히 續刊되리라는 이제에 잇어서 今春에 趙容萬 氏의 입으로 提議되엇든 小說 擁護 問題를 다시 한번 들어 新聞雜誌 編輯者들의 一考를 促하는 것도 無意味한 일이 아닐 것이다.[22] (강조-인용자)


박태원에 따르면, 당시 신문이나 잡지에서는 평론이나 수필에 비해 단편소설에는 지면을 많이 내주지 않았다. 그래서 작가들은 역량을 충분히 발휘하지 못하고 "편편한 소품"을 발표할 기회밖에는 가질 수 없었다. "편편한 소품"이란 장편(掌篇)을 말하는 것이다.

그런데 박태원이 말한 결말에 경이를 담는 기법은 '반전(反轉)'의 기법으로서 주로 장편(掌篇)에서 자주 구사되는 기법이었다. 이태준을 통해 그러한 사정을 확인할 수 있다.[23] 이태준은 월북(越北) 이전에, 구체적으로는 등단 초기에 장편(掌篇)을 7편 썼는데, 그중 「빙점하의 우울」(『학등』, 1934.3)을 제외한 6편에서 반전이 나타난다.

---

22  박태원, 「文藝時評(1)-小說을 爲하야」, 『매일신보』, 1933.9.20.
23  이태준의 장편(掌篇)에 나타나는 반전에 관해서는 현순영, 「이태준 소설의 아이러니 연구-월북(越北) 이전의 장·단편(掌·短篇)을 대상으로」, 이화여대 석사논문, 1998, 15~29면 참고.

「모던 썰의 만찬」(『조선일보』, 1929.3.19)과 「백과전서의 신의의」(『신소설』, 1930.1)에서는 트릭스터(trickster)에 의해 반전이 이루어진다. 「모던 썰의 만찬」에서 꽃분이에게 쪽지를 준 남자와 「백과전서의 신의의」의 아버지를 트릭스터라 할 수 있다. 트릭스터는 트릭(trick)을 거는 자, 지적인 유희인 트릭을 구사하는 자로 정의할 수 있다.

「모던 썰의 만찬」의 꽃분이는 풀장사의 딸이면서 '모던 걸'이다. 어느 날 저녁 극장에서 한 남자가 그녀에게 쪽지를 건네주었다. 쪽지에는 다음 날 저녁 다섯 시에 KK동 일번지에서 만나자고 씌어 있었다. 다음 날, 꽃분이는 정성들여 준비를 하고 KK동 일번지를 찾아간다. 그런데 KK동 일번지는 서대문 형무소 곧 감옥이었다. KK동 일번지가 감옥으로 밝혀지는 반전에 의해, 화려한 만찬에 대한 꽃분이의 기대는 허망하게 무너져 내린다.

「백과전서의 신의의」의 주인공은 아내와 이혼하고 신여성과 재혼하기를 원한다. 어느 날 그는 고향에 있는 아버지로부터 편지 한 통을 받는다. 편지에는 순 한문 투로 그의 이혼이 완전히 이루어졌고, 누이의 친구인 한 신여성이 집에 와 유숙하고 있는데 인물과 학식이 뛰어나고 음악에도 재능이 있으니 즉시 내려와 신식으로 만나보고 혼사를 정하도록 하라고 씌어 있었다. 그런데 주인공이 집에 가 보니, 그 신여성이란 백과전서와 유성기였다.

「미어기」(『동아일보』, 1933.7.23)에서는 우연에 의해 반전이 이루어진다. 「미어기」의 주인공 오군은 수영을 잘하기로 유명하다. 그는 아내를 쫓아내 버리고 몇 해째 여름 보트철만 되면 만사를 제쳐놓고 한강에 나와 물에 빠진 미인이나 장자(長者)의 딸을 구해내는 기연(奇緣)이 자신에게 찾아올 것을 고대하고 있다. 어느 날, 그는 물에 빠진 한 여학생을 구해낸다. 그런데 그 여학생은 그에게 버림받은 그의 아내였다.

지금까지 살펴본 장편(掌篇)들에서는 타인에 의해 주인공의 인식이나 상황이 반전된다. 그러나 「천사의 분노」(『신동아』, 1932.5)에서는 주인공이 자신의 위선을 스스로 폭로함으로써 반전이 이루어진다. '자비한' P 부인은 크리스마스에 거지들을 위해 자선 파티를 벌인다. 그런데 이튿날 아침 자신이 초대한 거지들 중에서도 제일 보기 흉한 늙은 거지가 자신의 새 자동차 안에서 얼어 죽은 것을 발견하고는 '분노'를 터뜨린다.

이처럼 이태준은 등단 초기에 쓴 장편(掌篇)에서 반전의 기법을 자주 구사했다. 그런데 그것은 기법이라기보다는 거의 작법(作法)으로 구사된 것이었다. 즉 반전은 그의 글을 소설로 완성시키는 중요한 방법이며 전략이었다.

요컨대, 박태원의 글에 의하면, 작가들이 당시에 장편(掌篇)을 썼던 것은 잡지나 신문에서 지면을 제약했기 때문인 경우가 많았다. 그리고 이태준의 작품들을 통해서 확인할 수 있듯이, 결말에 경이를 담는 기법은 흔히 장편(掌篇)에서 구사된 경우가 많았다. 결국, 작가들이 결말에 경이를 담는 기법을 구사한 것은 근본적으로는 당시 잡지나 신문의 편집 관행 때문이었다고 말할 수 있다.

하지만 그렇다고 하더라도, 당대 비평적 안목의 소유자들은 어떤 작가가 그런 기법을 여러 작품에서 계속 구사하는 것은 문제 삼을 만한 일이라고 보았다. 왜냐하면, 그것은 그 작가가 지닌 인간관의 문제점을 드러내는 일이라고 보았기 때문이다. 예컨대, 김동인은 결말에 경이를

담는 기법을 비판하면서, 그 기법을 자주 쓰는 이태준을 다음과 같이
거듭 비판했다.

李泰俊氏

世相의 畸形的 一面을 붓들어서 小說化하는 것이 이 作家의 特色이다.

그러나 氏의 作品은 全部가 모다 너무도 "기오고노무(奇を好む)"하는 편
으로 흐른다. 그것은 嚴肅한 의미로 小說이라기보다 한 '에피-소드'에 지나
지 못한다.

그 用語는 豊富치 못하나 相當히 熟練된 文章이오 表現도 相當한 域에까지
이르럿스나 그의 作品 全體가 모도 한갈가치 人生의 너무도 奇異한 한 面만
을 골라 내이기 째문에 一種의 奇癖師라는 느낌을 더 만히 주는 作家다.

「슬픈 勝利者」에 잇서서 「아담의 後裔」에 잇서서 「어떤 젊은 어미」에 잇서서
「코가 붉은 女子」에 잇서서 其他 氏의 作品 全體에 잇서서 讀後에 오히려 鑑賞者
로 하여금 눈쌀을 씨프리게 하는 것은 氏의 너무도 奇異한 事實의 追求 째문이다.

'오-·헨리'를 正當한 小說家로서 認定할 만한 寬大心을 못 가진 吾人은
氏에게도 方向의 轉換을 바라지 안흘 수가 업다.[24] (강조─인용자)

同情하여야 할 만한 일을 쓰면서도 一面으로는 讀者에게 同情함을 禁하는 態
度로 붓을 잡은 이런 物話는 한 個의 奇譚으로 存在할 價值가 잇슬넌지 모르나
小說로는 存在할 價值가 업다. 이것은 人類의 道德性이라 하는 것을 유린하여
버리려는 不快한 일이다.

---

24   김동인, 「小說界의 動向(6)」, 『매일신보』, 1933.12.26.

지금 一世에 그 名聲을 風靡하는 헨리 씨지만 不道德과 輕薄과 奇警이 流
行하는 지금의 世態가 좀 安頓되는 때에는 氏의 名聲은 저절로 消滅되여 버
릴 것이다. (…중략…) 조선에 잇서서 O‧헨리 씨의 뒤를 밟는 사람ㅅ 가운
데 李泰俊 氏가 잇다. 再考 三考 할 일이다.[25](강조-인용자)

결말에 경이를 담는 기법에 대한 박태원의 반성적 논의도 김동인의
논의와 같은 선상에 있는 것이었다. 앞에서 살폈듯이, 그는 그 수법이 기
교적이고 효과적이긴 하지만, 예술작품에서 기교 이상으로 존중해야 마
땅한 것들을 기교를 위해 희생시키는 위험을 범하기도 한다고 경계했다.
그렇다면 소설에서 기교 이상으로 존중해야 하는 것들이란 무엇일까?
그것은 김동인이 말한 것과 같은 의미에서의 작가의 도덕성이다. 박태
원은 이태준의 「아담의 후예」를 논평하는 글에서 다음과 같이 말했다.

그러나 이것은 世所謂 深刻美를 지닌 作品은 아니다. 장사마누라들가티
'불상한 늙은이라'거니 '늙어서 고생하긴 젊어서 죽는 이만 못하다'거니 하
는 그러한 同情을 우리는 안영감에게 가질 수는 업다. 爲先 作者 自身부터가
안영감에 對하야 興味와 好奇 以外의 感情을 가지고 잇지 안헛다. 그러한 態度
는 흔히 作品을 輕薄한 것으로 만들어 노키가 쉽다. 彼此間 人生을 깁게
觀察할 工夫를 하여야 할 것이다.[26](강조-인용자)

---

25  김동인, 「小說 學徒의 書齋에서(2)」, 『매일신보』, 1934.3.16.
26  박태원, 「文藝時評(4)-九月創作評」, 『매일신보』, 1933.9.23.

## 2) 모더니즘 시론의 정립과 모더니즘 초극(超克)

### (1) 김기림의 모더니즘 시론

미리 말하자면, 김기림이 말한 모더니즘이란 '새로운 언어로써 문명 비판의 정신을 형상화하는 것'이었다. 그것은 여러 가지 경로를 통해 확인할 수 있다. 여기서는 김기림이 언어와 시어(詩語)에 대해 지녔던 생각과 문제의식 그리고 그가 당대의 '새로운 시'들을 해설하고 논평했던 내용을 정리하여 그의 모더니즘론이 정립된 과정과 그것의 내용을 확인하기로 한다.

#### ① 형태, 음향, 의미의 조화
언어와 시어에 대한 김기림의 생각과 문제의식은 다음과 같은 글들에 잘 나타나 있다.

> 「現代詩의 技術」, 『詩苑』, 1935.2.
> 「言語의 要素－午前의 詩論 技術篇(4·5)」, 『조선일보』, 1935.9.22·26.
> 「意味와 主題－午前의 詩論 技術篇(7~9)」, 『조선일보』, 1935.10.1·2·4.

김기림은 「언어의 요소－오전의 시론 기술편(4·5)」(『조선일보』, 1935. 9.22·26)에서 구텐베르크(Gutenberg, Johannes)의 활자인쇄술 발명은 시 역사상 결정적 혁명이었다고 말했다. 즉 활자 인쇄술의 발명으로 '노래되는 시'는 '읽혀지는 시'로 변했으며 사람들은 시를 눈으로 보기도 한다는 생각을 가지게 되었다고 했다. 따라서 시의 기술(技術)을 연구할 때에도 '말해지는 말'이 아니라 '씌는 말'을 대상으로 하게 되었으며 특히 ('씌는 말'의) 모양을 중시하게 되었다고 말했다.

김기림은 자신이 시의 기술론(技術論)에서 대상으로 삼는 것도 '씌는 말'임을 분명히 하고, 그 요소를 다음과 같이 음향(音響), 의미(意味), 모양(模樣)으로 분석했다.

> 의미[sense]＝가상적(可想的, Thinkable)
>
> 말[word]・음향[sound]＝가청적(可聽的, Audible)
>
> 모양[form]＝가시적(可視的, Visible)[27]

이어서, 김기림은 말의 단위란 "개개의 말"인데, 그것은 단독으로도 시에 참여하지만 여러 가지 방식으로 결합해 구(句. phrase), 문구(文句. clause), 구절(句節. sentence) 등의 "문장(文章)"으로도 시에 참여하여 의미・음향・모양의 면에서 효과를 낸다고 했다.

> 문장(文章)
>
> 1. 의미(Suggestion 또는 Idea, Pensée, Significance, Thought)
> 2. 음향(개개의 말의 음향(音響)의 연락(連絡), 반발(反撥), 충돌(衝突)에서 생기는 단음(單音) 자체의 효과・선율(旋律)・운(韻)・율(律)・두운(頭韻)・각운(脚韻)・유음(類音) 등등……)
> 3. 모양(배열(配列)의 모양)[28]

---

27  김기림, 「言語의 要素－午前의 詩論 技術篇(5)」, 『조선일보』, 1935.9.26.

또한 김기림은 "개개의 말"이 결합해 만들어지는 구, 문구, 구절이 상호 작용하면서 감각(感覺), 상징(象徵), 영상(影像), 은유(隱喩), 기지(機智), 속도(速度), 구성(構成), 위치(位置), 유머(humor), 아이러니(Irony), 사타이어(satire), 운동(運動), 몽타주(montage), 관념(觀念), 무용(舞踊) 등의 시적 효과를 발생시킨다고 했다.

요컨대, 김기림은 「언어의 요소―오전의 시론 기술편(4·5)」(『조선일보』, 1935.9.22·26)에서 시의 언어를 '씌는 말'로 규정하고 그것을 세 요소 즉 의미, 음향, 모양의 결합으로 파악했다. 그는 시에서는 "개개의 말"의 요소인 의미, 음향, 모양이 효과를 내는 동시에 "개개의 말"들이 결합해 이루어지는 구, 문구, 구절 등도 의미, 음향, 모양의 측면에서 효과를 낸다고 설명했다.

김기림은 「언어의 요소―오전의 시론 기술편(5)」(『조선일보』, 1935.9.26)의 끝에 단어 또는 문장의 의미, 음향, 모양에 대해 다룬 글을 발표해 온 경위와 발표할 계획을 다음과 같이 덧붙였다.

아래에 나는 意味論 音響論 形態論의 세 方面을 各各 따로히 생각해 보려고 한다.

(그 中에서 形態論은 『詩苑』第一號 「現代詩의 技術」속에서 略述하였기에 그만두고 音響論은 今春 九人會 主催의 新文藝講座에서 '詩의 音響美'의 題 아래 略述하엿스나 若干의 修正을 加하야 再錄하려고 한다.)[29]

28  위의 글.
29  위의 글.

이 인용문에 근거해 확인한 결과, 김기림은 「현대시의 기술」(『시원』, 1935.2)에서는 주로 '모양(형태)'에 대해 말했고, 「의미와 주제 ─ 오전의 시론 기술편(7~9)」(『조선일보』, 1935.10.1 · 2 · 4)에서는 주로 '의미'에 대해 말했다. 그런데 '음향'에 대해 구체적으로 말한 글은 찾아볼 수 없다.[30] 위의 인용문에 따르면, 「오전의 시론 기술편(6)」(『조선일보』, 1935.9.27)이 음향론이 아닌가 생각할 수도 있으나 그 글 역시 음향론은 아니다. "용어의 문제"라는 제목이 붙은 그 글은 '시에서 쓰이는 말은 어떤 말이어야 하는가'라는 문제를 다루고 있다. 즉 그 글은 의미론, 음향론, 형태론을 전개하기에 앞서 펼친 서론에 해당한다. 따라서 여기서는 김기림이 언어의 모양 즉 형태에 대해 말한 「현대시의 기술」(『시원』, 1935.2)과 의미에 대해 말한 「의미와 주제 ─ 오전의 시론 기술편(7~9)」(『조선일보』, 1935.10.1 · 2 · 4)만을 살펴보기로 한다.

김기림은 「현대시의 기술」(『시원』, 1935.2)에서, 먼저, 시의 역사에서 감정이 어떻게 다뤄져 왔는지에 대해 설명했다. 그의 설명에 따르면, 로맨티시즘은 모든 속박에서 감정을 제한 없이 해방하는 것이 목적이었다. 그러므로 로맨티시즘 시대는 서정시의 황금시대였다. 상징주의는 감정의 지극히 담백한 상태인 정서(기분)를 사랑했다. 따라서 상징주의 시대 역시 서정시의 시대였다. 이미지즘은 이미지의 창조를 목적으로 하면서 감각을 새로운 가치로 삼았다. 그러나 이미지즘 역시 영상의 감각을 통해 감정의 세계를 상징하려고 했으므로 서정시의 범주를

---

30 이 책 제1부 '3장-3-2)-(1) · (2)'에서는 김기림이 '조선신문예강좌'에서 강연한 〈시의 음향미〉의 내용을 「現代詩의 發展(1~10)」(『조선일보』, 1934.7.12~15 · 17~22)을 근거로 추정했다.

완전히 벗어나지는 못했다.

김기림은 그럼에도 불구하고 시의 역사는 감정을 차츰차츰 떨쳐 버리면서 전개된 것으로 볼 수 있다고 했다. 그는 희로애락(喜怒哀樂)이라는 가장 원시적인 감정을 대상으로 했던 시의 시대는 독일의 '폭풍 노도의 시대'를 최고조로 하여 훨씬 옛날에 지나갔고 상징주의 시대에 시는 감정의 거친 부분을 더 많이 떨쳐 버렸다고 말했다. 그리고 이미지즘은 정서까지 완전히 떨쳐 버리지는 못했지만 이미 그 내부에 서정시의 강대한 적을 지니고 있었다고 했다.

김기림에 따르면, 시의 역사가 감정을 떨쳐 버리는 쪽으로 전개되었다는 것은 곧 음악성을 버리고 회화성(繪畫性)을 추구하는 쪽으로 전개되었다는 것을 의미한다. 김기림은 20세기 시에서 음악성(音樂性)을 구축(驅逐)한 회화성이란 무엇이며, 그것은 대체로 어떤 형태로 나타났는지를 간단히 설명했다. 그의 설명에 따르면, 20세기 시의 회화성은 두 가지이다. 하나는 '문자가 활자로 인쇄될 때의 자형 배열의 외형적인 미'이다. 그것은 시가 단순히 낭독되는 것이 아니라 인쇄되어 읽혀지기 시작한 뒤에 시의 새로운 속성으로 등장한 것이다. 아폴리네르(Wilhelm Apollinaris de Kostrowitzki) 콕토(Cocteau, Jean) 등의 입체파 이래 그것은 상식이 되었고, 시에서 활자의 외형적 형태미만을 추구하는 극단적 유파인 포멀리즘(formalism)까지 생겨났다. 다른 하나는 '독자의 의식에 가시적(可視的)인 영상을 출현시키는 것을 목적으로 하는, 시의 내용으로서의 회화성'이다. 그것은 파운드(Pound, Ezra Loomis)가 말한 "파노포이아"에 해당한다.[31]

그런데 김기림은 그 글의 말미에서 시가 기술적(技術的)으로 어떤 길로 나가야 할지를 말함으로써 회화성을 동경하는 현대시의 경향을 간접적으로 비판했다. 즉 그는 시인들은 앞으로 선인들이 노력해서 발견한 새로운 방법들을 종합하여 시를 한 개의 "전체(全體)"로서 파악해야 한다고 했다. 그가 말한 "전체"란 시에서 단어나 문장의 의미, 형태, 모양이 조화를 이룬 상태를 뜻한다. 그는, 단, 시를 단순히 기술의 종합으로 파악하고 만다면 일방적인 형식주의에 떨어지고 말 것이라고 전망했다. 그는 기술에 대한 새로운 인식에는 능동적인 시 정신과 불타는 인간 정신이 수반되지 않으면 안 된다고 했다. 그리고 잃어버린 인간 정신은 생활 속에서, 아름다운 정신 속에서 찾아야 한다고 했다.

이처럼, 김기림은 「현대시의 기술」(『시원』, 1935.2)에서 회화성 즉 넓은 의미의 형태미를 추구하는 쪽으로 전개되어 온 시의 역사를 성찰했다.

한편, 그는 「의미와 주제-오전의 시론 기술편(7·8·9)」(『조선일보』, 1935.10.1·2·4)에서는 '의미'를 방기하는 현대시의 경향을 비판했다. 그 글에서 김기림은 현대시에서 의미는 매우 폄하되었고 의식적으로 거부되었다고 지적했다. 그리고 그 원인으로 '시를 독립시키려는 요구', '사상의 혼미와 상실', '말에 대한 인식의 부족', '인간 거부의 문학 사조'를 들었다. 김기림은 그러나 시는 의미로부터 멀리 떨어지면 사멸

---

31  김기림은 「現代詩의 技術」(『詩苑』, 1935.2)에서 에즈라 파운드가 시를 세 가지로 분류한 것을 다음과 같이 소개했다. "1. 멜로포이아-거기서는 言語는 그 平凡한 意味를 超越하야 音樂的 資産으로써 채워진다. 그래서 그 音樂的 含蓄이 意味의 內容을 指示한다. 2. 佛노포이아-可視的인 想像 우에 影像의 무리를 가져온다. 3. 로고포이아-言語 사이의 理智의 舞蹈 卽 그것은 言語를 그것의 直接한 意味 때문에 쓰는 것이 아니다. 言語의 習慣的 使用 言語 속에서 發見하는 文脈, 日常 그 相互 連絡 그것의 旣知의 承認과 및 反語的 使用의 獨特한 方法을 考慮한다.(How to Read, p.25) 그 中에서 主로 귀로써 들을 수 있는 것은 '멜로포이아'뿐이오 다음의 둘은 하나는 主로 視覺에 다른 하나는 그러한 官能을 通하지 않고 直接 意識 속에 享受되는 것이다."

할 것이라고 주장했다. 그는 시에서 의미를 말의 다른 요소인 음향, 모양과 함께 정확한 계산에 의해 운용함으로써 명석하고 분명하게 제시해야 한다고 말했다.

또한 김기림은 의미와 관련해 주제에 대해서도 논했다. 그는 개개의 시 작품은 그 자체의 질서를 가지고 있으며, 그 시의 의미와 소리와 모양은 서로 어깨를 겯고 그 질서에 합치한다고 말했다. 그와 같이 어떤 시 작품 전체를 통일하는 질서를 규정하는 것을 김기림은 주제라고 단언했다. 김기림은 그런데 현대시는 의미와 함께 주제도 방기(放棄)해 왔다고 지적하고, 그 양상을 다음과 같이 설명했다. 첫째, 의미를 거부한 현대시의 과격파들이 주제마저 내던져 버렸다. 둘째, 자기분열의 고민은 현대시에 여러 가지 영상을 공존시키고 무질서하게 연상을 비약시켜 인상의 혼란을 가져왔는데, 거기에 주제는 고려될 여지가 없었고, 의식의 혼란만이 탁류와 같이 흘러넘쳤다. 셋째, 시를 시 외의 가치에 예속시키려는 모든 기도(企圖)로부터 시의 자율성을 옹호하여 온 현대시는 시의 자율성을 헤치는 모든 외적 가치를 거부하기 위해 그것들이 가장 접근하기 쉬운 관문인 주제를 전적으로 방기했다. 김기림은 시에서 주제를 회복하는 일이 필요하다는 것을 말하기 위해 특히 세 번째 양상에 대한 자신의 견해를 밝혔다. 그는 현대시가 모든 철학적 주제와 정치적 주제의 복귀를 거부할 만큼 편협해서는 안 된다고 말했다. 그는, 단, 철학이나 사상이 시에 들어올 때에는 시적인 것으로서 완전히 시 속에 용해되고 시의 질서에 일치되어야 한다고 했다.

이제까지 살핀 내용을 근거로 삼아 김기림은 시에서 단어나 문장의 요소 또는 효과인 의미, 형태, 음향 중에서 어느 한 가지만을 중시하는 시적 전통 또는 시적 경향을 비판하고 극복하려 했다고 말할 수 있다. 그는 시에서는 의미, 형태, 음향이 조화를 이루어야 한다고 역설한 것이다. 특히 그가 의미와 주제를 중시했다는 것은 주목할 필요가 있다. 먼저, 그는 주제가 시 작품 전체를 통일하는 질서를 규정한다고 했다. 그리고 시에서 단어나 문장의 의미, 음향, 형태는 그 질서에 합치된다고 했다.

김기림이 시에서 의미를 중시하는 양상은 「의미와 주제─오전의 시론 기술편(7~9)」(『조선일보』, 1935.10.1 · 2 · 4) 이전의 글에서부터 나타난다. 구체적으로 「현대시의 발전(5~7 · 10)」(『조선일보』, 1934.7.17 · 18 · 19 · 22)에서 그 양상을 확인할 수 있다. 그는 그 글에서 쉬르리얼리즘의 언어를 설명하면서 의미를 중요하게 다루었다. 즉 쉬르리얼리즘의 언어 운용 방식은 전통적인 문학의 그것과 다르지만, 그것도 결국은 미증유의, 의외의, 돌연한 '의미'를 창출하는 것으로 귀결된다는 것을 설명했으며, 또한, 쉬르리얼리즘의 시가 난해하긴 하지만 이해할 수 없는 것은 아님을 강조했다. 즉 그는 쉬르리얼리즘의 시에서조차도 의미의 국면은 분명히 존재한다는 것, 궁극적으로 시에서 의미를 방기해서는 안 된다는 것을 역설(力說)한 것이다. 또, 김기림은 그 글에서 이상(李箱)의 「운동」과 자신의 「서반아(西班牙)의 노래」를 쉬르리얼리즘적 관점에서 해설했는데,[32] 그 과정에서 단어와 문장의 요소 또는 효과인 의미 · 음향 · 형태의 안배 및 의미를 중심에 두는 조화를 중시했다.

김기림은 이상을 가장 뛰어난 쉬르리얼리즘의 이해자라고 평가하면

---

32 이상의 「運動」과 김기림의 「西班牙의 노래」의 출전에 대해서는 이 책 제1부 '3장 -3-2)-(2)' 참고.

서 그의 「운동」 전문을 다음과 같이 번역하여 제시하고 그에 대해 해설했다.

一層 우의二層 우의三層 우의屋上庭園에를올라가서 南쪽을보아도 아모 것도업고 北쪽을보아도 아모것도업길래 屋上庭園아래 三層아래 二層아래 一層으로나려오닛가 東쪽으로부터 떠올은太陽이 西쪽으로저서 東쪽으로떠서 西쪽으로저서 東쪽으로떠서 하눌한복판에와잇길래 時計를 꺼내여보닛 가 서기는 섯는데 時間은맛기는하지만 時計는나보다 나히 젊지안흐냐는 것 보다도 내가 時計보다 늙은게아니냐고 암만해도 꼭 그런것만 갓해서 그만나 는時計를 내여버렷소.[33]

첫째, 김기림은 이 시에는 아무런 의미가 없다고 했다. 즉 이상은 어 떤 의미나 이야기를 미리 정해 놓고 그것을 이 시에서 표현하거나 전달 하려고 계획하지 않았다고 말했다. 둘째, 김기림은 이 시에는 19세기 조선 시단에 팽배했던 로맨티시즘이나 상징주의적 감격 또는 애수가 없다고 말했다. 김기림은 그런 맥락에서 이상을 조선의 시인들 중에서 누구보다도 뛰어난 '쉬르리얼리즘의 이해자'라고 평가했다. 그리고 「운동」도 쉬르리얼리즘의 시로 규정해도 좋을 것이라고 말했다. 그러 나 김기림은 이상이 쉬르리얼리즘의 가장 현저한 방법상의 특색인 형 태나 음에 대한 추구—언어의 가시적이고 가청적인 외적 형태에 대한 시험—는 별로 하지 않고 "언어 자체의 내면적인 에너지"를 포착해 그

---

33   김기림, 「現代詩의 發展(7)」, 『조선일보』, 1934.7.19.

곳에서 내면적 운동의 율동을 발견하려고 했는데, 그 점이 독창적이라고 평가했다. 그리고 그런 점에서 이상은 "스타일리스트"라고 말했다.

김기림이 말한, '언어의 내면적 에너지'는 의미이다. 즉 김기림은 이상의 시가 외적으로 쉬르리얼리즘의 언어 사용 방식을 취했을 뿐, 의미를 중요하게 끌어안고 있다고 판단한 것이다. 김기림이 그렇게 판단했다는 것은 그가 이상이 죽은 후에 쓴 「이상의 모습과 예술」(『이상 선집』, 백양당, 1949)을 통해 뒷받침할 수 있다. 김기림은 그 글에서 이상 시의 언어적 특징을 "의미의 질량의 어떤 조화 있는 배정에 의하여 구성하는 새로운 화술"이라고 요약했다. 김기림은 이상이 언어의 형태와 음향에 대한 탐구 못지않게 의미에 대한 집중 또는 긴장을 늦추지 않았다고 본 것이다.

다음으로, 김기림은 자신의 「서반아의 노래」 전문을 다음과 같이 소개하고 그에 대해 해설했다.

'포플라'의 마른가지에 가마귀한마리

검은묵바을가튼 검은가마귀

'웨스트민스터'의 寺院의종이

大英帝國의黃昏을느껴(껴, 껴, 껴) 우는소리—

가마귀는 거문'징키쓰시칸'의 後裔올시다

하나 지금은 營養不足으로卒倒의症勢까지보입니다

紳士는아니외다

葬式의行列에 끌려가는 '알폰소' 廢皇降下의帽子는四十五度로 기우러저 잇습니다

'사모라'의 키보다큽니다

'칼멘'아 노래불러라

西班牙의피를 마시면서─[34]

김기림이 「서반아의 노래」를 해설한 부분을 인용하면 다음과 같다.


이 詩는 速度를 나타내려고 했다. 速度를 나타내는 方法으로는 活字의 直線的 橫列, 音響의 繼續 等 外的 方法과 '이메지'의 飛躍에 依한 內的 方法의 두 가지를 筆者는 試驗해 보앗다.

여기 씨여진 方法은 後者의 例다. 그래서 詩의 各行이 代表하는 '이메지'는 各各 다르며 그것들이 눈이 부시게 飛躍한다. 다시 말하면 聯想作用에 依하야 이 '이메지'는 다른 '이메지'를 그 '이메지'는 또다른 '이메지'를 불러온다. 나는 이것을 '聯想의 飛行'이라 부른다.

그리고 手法으로는 '슈-르레알리즘'의 方法을 만히 應用하면서도 엇더한 主題에 依하야 意味의 統一을 企圖하엿다.

單語의 結合은 각각 無目的的인 것 가트면서도 어떠한 意味에 依하야 有機的으로 結合하려는 志向을 가지고 잇다.

이 詩의 主題는 다른 것이 아니다. 沒落의 前夜를 마즌 主人公으로 하는 世界 그것의 悲劇이다.

寺院의 종소리, 不吉한 가마귀, 廢皇, 이는 모다 悲劇을 强調하기 위한 素材로 쓴 것이다.

"느껴"의 "껴"字의 音을 가마귀의 우름소리와 목메인 鐘 소리에 부처서

---

34  김기림, 「現代詩의 發展(10)」, 『조선일보』, 1934.7.22.

(껴, 껴, 껴,)하고 連續함으로써 擬音의 直接的인 效果를 나타내려고 했다. "營養不足의 가마귀"는 大英帝國의 말발굽 아래 깔려 잇는 東方의 諸民族의 '메타폴'임은 勿論이다.

그래서 이 詩는 現代文明 그것의 爆音이려고 企圖하엿으며 그러함으로 現代文明에 대한 한 개의 批判이려고 하엿다.[35]


김기림에 따르면, 「서반아의 노래」의 주제는 몰락을 맞은 세계의 비극이다. 김기림은 그 주제를 "속도"로 형상화하려고 했고, 구체적으로는 활자의 직선적 횡렬, 음향의 계속 등 외적 방법과 이미지를 비약적으로 연결하는 내적 방법으로 "연상의 비행"을 구사했다고 밝혔다. 단, 활자를 배열하고 음향을 나열하는 등 언어를 쉬르리얼리즘의 방법으로 운용하면서도 주제를 통해 시어의 의미, 형태, 음향을 통일하려 했다고 밝혔다.

② 김기림, 이상(李箱), 『시와 소설』
'3장-3-3)'에서 『시와 소설』은 구인회 회원 작품집으로서 구인회가 문학의 예술성에 대한 소신을 저널리즘의 상업성 또는 대중적 취미의 간섭을 받지 않고 온전히 펼쳐 보이기 위해 마련한 것이었다는 데에 그 의의가 있다고 말하였다. 그런데 관점을 조금 달리하면, 『시와 소설』은 구인회라는 단체의 것이기도 했지만 이상 개인의 것이었다고 말할 수도 있다. 즉 『시와 소설』은 이상이 자신의 예술적 역량을 집약해 발휘한 결과라고 볼 수도 있다. 게다가 이상은 김기림에 의해 정립된 모더

---

35  위의 글.

니즘론을 『시와 소설』을 통해 구인회의 문학 이념으로 삼으려 했다고 판단된다.

『시와 소설』이 구인회의 것이기도 하지만 이상 개인의 것인 측면이 많다는 주장에 대한 일차적 근거는 『시와 소설』의 창간과 폐간 경위를 밝힘으로써 제시할 수 있다. '3장-3-3)'에서 정리했듯이, 『시와 소설』은 이상이 창문사에서 일하면서 그곳 주인인 구본웅의 도움을 받아 창간했다. 『시와 소설』의 창간은 전적으로 이상에 의해 이루어졌다. 즉 이상 혼자 『시와 소설』의 원고 수합, 편집, 발간, 발송을 도맡았던 것이다. 그리고 『시와 소설』은 다른 회원들이 적극적으로 동조하지 않아 창간호만 나오고 폐간되었다. 이상은 김기림에게 보낸 편지에서 『시와 소설』 제2호를 구인회 이름으로 내지 않겠다고 말했다.[36] 이상이 『시와 소설』의 폐간을 혼자 결정할 수 있었다는 것은 『시와 소설』이 구인회의 것이기도 했지만 이상 개인의 것이기도 했음을 말해 주는 결정적인 근거이다.

이상이 김기림에 의해 정립된 모더니즘론을 『시와 소설』을 통해 구인회의 문학 이념으로 삼으려 했다는 판단의 근거로 『시와 소설』의 편집 체제를 들 수 있다.

먼저, 『시와 소설』에는 다음과 같이 7편의 시가 실려 있다.

　　鄭芝溶, 「流線哀傷」

　　金尙鎔, 「눈오는 아츰」·「물고기 하나」

---

36　"「詩와 小說」은 會員들이 모두 게을러서 글렀오이다. 그래 廢刊하고 그만 둘 心算이오. 二號는 會社 쪽에 내 面目이 없으니까 내 獨力으로 내 趣味雜誌를 하나 만들 作定입니다." 이상, 「私信(2)」, 김주현 주해, 『증보 정본 이상 문학전집』 3─수필·기타, 소명출판, 2009, 251면.

白石, 「湯藥」·「伊豆國湊街道」

李箱, 「街外街傳」

金起林, 「除夜」


위의 시인들은, 김상용을 제외하면, 모두 김기림이 새로운 시의 시인들로 평가했던 사람들, 즉 모더니스트로 평가했던 인물들이다. 이를 구체적으로 논증하기 위해, 김기림이 정지용, 백석, 이상, 김기림 자신에 대해 해설하거나 논평한 내용을 살펴볼 필요가 있다. 그런데 김기림이 이상과 김기림 자신의 시에 대해 해설한 내용은 앞에서 살펴보았으므로 여기서는 정지용과 백석에 대해 논평한 내용만을 살펴보기로 한다.

먼저, 김기림은 「모더니즘의 역사적 위치」(『인문평론』 창간호, 1939.10)에서 정지용에 대해 다음과 같이 평가했다.


假令 最初의 '모더니스트' 鄭芝溶은 거진 天才的 敏感으로 말의 (主로) 音의 價値와 '이메지', 淸新하고 原始的인 視覺的 '이메지'를 發見하였고, 文明의 새 아들의 明朗한 感性을 처음으로 우리 詩에 이끌어 드렸다.[37]


즉 김기림은 정지용을 최초의 모더니즘 시인으로 규정했다. 그는 정지용에 의해 언어의 가치에 대한 새로운 인식과 문명의 감수라는 모더니즘의 본질이 최초로 구현되었다고 평가했다.

그러한 평가는, 김기림이 그 전에 정지용의 시에 대해 논평하거나 해

---

37 　김기림, 「모더니즘의 歷史的 位置」, 『인문평론』, 1939.10, 84면.

설했던 내용을 종합한 것이라고 할 수 있다. 김기림이 정지용의 시에 대해 논평하거나 해설한 글로는 다음과 같은 것들이 있다.

「一九三三年의 詩壇의 回顧와 展望(3・4)」, 『조선일보』, 1933.12.9・10.

「現代詩의 發展(8)−아름다운 音樂性」, 『조선일보』, 1934.7.20.

「乙亥年의 詩壇」, 『학등』, 1935.12.

「鄭芝溶 詩集을 읽고」, 『조광』, 1936.1.

이 글들의 내용을 종합하면, 김기림은 정지용의 시가 전대(前代) 시의 감상적 낭만주의를 극복했다고 판단했고, 그 판단을 근거로 삼아 정지용을 모더니즘의 선구자로 평가했다고 말할 수 있다. 김기림에 따르면, 정지용의 시가 전대 시의 감상적 낭만주의를 극복했다고 말할 수 있는 근거는 세 가지이다.

첫 번째 근거는 언어를 사용하는 방식이 전대 시의 그것과는 다르다는 것이다. 김기림에 따르면, 정지용은 우리말 각개의 단어가 가지고 있는 무게와 감촉과 광(光)과 음(陰)과 형(形)과 음(音)을 적확히 식별하여 구사했다. 그뿐만 아니라 단어와 단어의 특이한 결합에 의하여 언어의 향기를 양출해 낼 줄 알았다. 또한 정지용은 김억 등이 쓰던 '하여라', '잇서라' 등의 용어에서 오는 부자연하고 기계적인 리듬의 구속을 아낌없이 깨어 버리고 일상 대화의 어법을 그대로 시에 인용해 생기 있고 자연스러운 내적 리듬을 창조하였다. 마지막으로, 시는 산문과 달라서 응결하는 데에 생명이 있는데, 정지용은 그의 시에서 모든 불필요한 부분을 털어 버리고 어떤 때에는 시의 한 행을 오직 한 개의 단어에 집약하여 시를 가장 단순한 형태로까지 순화시켰다.

두 번째 근거는, 앞에서 말한 것과 같은 언어 사용 방식에서 빚어진 효과이기도 한데, 정지용의 시에서 감지되는 음악성이 전대 시의 그것과는 질적으로 다르다는 것이다. 김기림은 정지용 시의 음악성은 소박하고 자연발생적인 음악성이 아니라 시인이 시작술(詩作術)에 의해 개개의 말을 주밀하게 취사선택하고 그것들이 가진 특이한 음향을 고려해 그 말들을 적당한 위치에 배열함으로써 일어나는 효과라고 했다.

세 번째 근거는 정지용의 시에 흐르는 영탄의 내용과 그것을 표현하는 방식이 전대 시의 그것들과는 다르다는 것이다. 김기림은 정지용의 시에 흐르는 영탄은 음산한 센티멘털리즘이 아니라, "근대적인 애수"라고 했다. 그리고 영(咏)이라고 하는 것은 처음에는 물론 어떤 대상 즉 동기를 가진 것이나 결과적으로는 주체의 표정에 지나지 않는다고 하며, 정지용은 매우 심각한 감성의 소유자인데 그 감성이 외부의 어떤 대상을 향해 발화하지 않고 주체의 내부로 향하고 있다고 했다. 그리고 구체적으로 정지용은 메타포(metaphor)를 통해 그 감성을 표현하는 것으로 파악했다. 그런 관점에서 김기림은 정지용의 「귀로」에 대해 다음과 같은 해설을 덧붙였다.

'가버리는 제비'나 '숨는 薔薇'는 아마 이 詩人의 靑春 幸福 지나가 버린 모-든 아름다운 過去의 '메타폴'이며 '마음이 안으로 차는 喪章'은 일허버린 모든 것 그리고 分裂과 幻滅에 느껴 우는 一近代人의 失望의 가장 아름답고 또한 全然 누구의 模倣이 아닌 獨唱的인 '메타폴'의 美를 가지고 잇다고 생각한다.[38]

요컨대, 김기림은 정지용의 시는 전대 시의 특징인 감상성과 음악성을 지니고 있으면서도 그것의 내용과 그것을 드러내는 방식이 다르다고 판단했다. 김기림은 그런 점에서 정지용을 모더니즘의 선구자로 평가했다.

다음으로, 김기림이 백석에 대해 논평한 글을 살펴보자. 김기림은 1936년 1월 29일 『조선일보』에 「『사슴』을 안고―백석 시집 독후감」을 발표했다. 그 글에서 김기림은 '유니크'하다는 말로써 백석의 작품성과 시인으로서의 태도를 평했다. 김기림은 다음과 같이 말했다.

詩集 『사슴』의 世界는 그 詩人의 記憶 속에 쭈그리고 잇는 童話와 傳說의 나라다. 그리고 그 속에서 實로 소김없는 鄕土의 얼골이 表情한다.

그러컨만은 우리는 거기서 아모러한 回想的인 感傷主義에도 부어오른 復古主義에도 맛나지 안어서 이우혜업시 유쾌하다.

白石은 우리를 充分히 哀傷的이게 맨들 수 잇는 世界를 주무르면서도 그것 속에 빠저서 어쩔 줄 모르는 것이 얼마나 醜態라는 것을 가장 切實하게 깨다른 詩人이다. 차라리 거의 鐵石의 冷淡에 匹敵하는 不拔한 情神을 가지고 對象과 마조선다.

그 點에 『사슴』은 그 外觀의 徹底한 鄕土趣味에도 不拘하고 주착업는 一聯의 鄕土主義와는 明瞭하게 구별되는 '모더니티'를 품고 잇는 것이다.

'유니-크'하다는 것은 그의 作品의 性格에 대한 形容이지만 또한 그 態度에 잇서서 우리를 敬服시키는 것은 한거름의 讓步의 餘地조차를 보이지 안

---

38    김기림, 「現代詩의 發展(8)」, 『조선일보』, 1934.7.20.

는 그 懺烈한 非安協性이다. 어대까지든지 그 一流의 風貌를 일치 아니한 한 卷의 詩集을 그는 實로 한 개의 砲彈을 던지는 것처름 새해 첫머리의 詩壇에 내던젓다.

그러나 그는 그가 내던진 砲彈의 影響에 대하야는 도모지 考慮하는 것 갓지도 안타. 그는 決코 일부러 사람들에게 向하야 그 自身을 認定해 주기를 바라지 안는다. 阿諛라고 하는 것은 그하고는 무릇 距離가 먼 ○○다. 그러면서도 사람으로 하여금 끗내 그를 認定시키고야만다. 누가 그 純潔한 姿勢에 惑하지 안을 수가 잇슬가?[39]

김기림은 백석이 향토적 세계를 다루면서도 회상적인 감상주의나 복고주의적 태도를 일체 드러내지 않는 모더니티를 구현했다고 말했다. 또, 시인 백석은 타인의 평가에 초연한 모더니스트로서의 면모를 보여주었다고 평가했다.


## (2) 이상(李箱)의 모더니즘 초극(超克)

### ① 모더니즘의 역사적 과제

1939년 10월 『인문평론』 창간호에 실린 김기림의 「모더니즘의 역사적 위치」는 구인회가 소멸한 뒤에 발표된 글이긴 하지만, 김기림이 그 이전부터 구축해 온 모더니즘론의 핵심을 정리한 글로 판단된다. 그 글에서 김기림은 '신시(新詩)의 발전은 문명에 대한 태도의 변천의 결

---

39   김기림, 「『사슴』을 안고-白石 詩集 讀後感」, 『조선일보』, 1936.1.29.

과'였다는 전제 아래, 조선 신시의 흐름을 약술했다. 그중에서 김기림이 1930년대 모더니즘에 대해 설명한 부분에 주목할 필요가 있다. 그 내용을 요약하면 다음과 같다.

30년대에 들어서면서 등장한 모더니즘은 로맨티시즘과 세기말 문학의 말류인 센티멘털 로맨티시즘을 부정하는 동시에 경향문학의 편내용주의를 부정했다. 즉 모더니즘은 센티멘털리즘에 대해서는 내용이 진부하고 형식이 고루하다고 공격했으며, 편내용주의에 대해서는 내용이 관념적이고 말의 가치를 소홀히 한다고 공격했다.

그러나 모더니즘은 1930년대 중반에 위기를 맞았다. 그 위기는 두 가지였다. 하나는 모더니즘 내부의 것으로서, 모더니즘의 말류가 말을 말초화함으로써 말을 중시하는 모더니즘의 태도를 타락시켜 간 것이었다. 다른 하나는 모더니즘 외부의 것으로서, 모더니즘이 명랑한 전망 아래 감수하던 문명이 점점 심각하게 어두워지고 이지러져 간 것이었다.

이에 시단(詩壇)의 과제 또는 진로는 분명해졌다. 시단은 시를 말초적 기교주의에서 끌어내야 했다. 그리고 문명을 감수하는 것에서 비판하는 것으로 태도를 바꾸어야 했다. 그것은 우선 말의 가치에 대한 인식을 통해서 사회성과 역사성을 형상화하는 일이었다. 즉 사회성과 역사성에 의해 말의 함축을 깊어지게 하고 넓어지게 하고 다양해지게 함으로써 정서의 진동을 더욱 강하게 하는 것이었다. 그것은 시단의 관점에서는 전대의 경향파와 모더니즘의 종합이기도 했다. 그러나 시단은 그러한 과제를 수행하지 않았으며, 수행하지 못했다. 즉 시단은 그 과제를 수행하는 데에 태만했으며, 현실의 악화와 문명의 병증은 그러한 과제의 수행을 불가능하게 했다. 그에 따라 1930년대 시단은 혼미한 상태에 놓이게 되었다.

그런 맥락에서 이상은 가장 우수한 최후의 모더니스트였으며 모더니즘의 초극이라는 심각한 운명을 한 몸에 구현한 비극의 담당자였다.

김기림은 「모더니즘의 역사적 위치」에서 1930년대 모더니즘의 역사적 과제 즉 모더니즘의 초극과 그 과제의 해결을 불가능하게 했던 장애들에 대해 말했다. 그러나 그는 궁극적으로 1930년대 모더니즘의 좌절에 대해 이야기한 것이 아니라, 1930년대 모더니즘에 부여되었던 역사적 과제가 여전히 미해결인 채로 남아 있으며 그것을 해결하기 위해서는 다시 모더니즘으로부터 출발해야 한다는 것을 역설한 것이다.

새로운 進路는 發見되어야 하겠다. 그러나 그것이 어떤길이던지간에 '모더니즘'을 쉽사리 잊어버림으로써 될 일은 決코 아니다. 무슨 意味로던지 '모더니즘'으로부터의 發展이 아니면 아니 된다.[40]

② 이상(李箱)의 방식

김기림이 「모더니즘의 역사적 위치」에서 역설했던 모더니즘의 역사적 과제란, 모더니즘을 통해 획득한 말의 가치에 대한 인식을 바탕으로 하여 사회성과 역사성을 형상화하는 일이었다. 그것을 김기림은 "모더니즘의 초극"이라고 명명했다. 그리고 김기림은 이상은 가장 우수한, 최후의 모더니스트였으며 모더니즘의 초극이라는 심각한 운명을 한 몸에 구현한 비극의 담당자였다고 말했다. 그 말은 이상이 모더니즘 초극

---

40    김기림, 「모더니즘의 歷史的 位置」, 『인문평론』 창간호, 1939.10, 85면.

의 가능성과 좌절을 한몸에 구현한 시인이었다는 뜻이다.

김기림이 이상을 가장 우수한 모더니스트, 모더니즘의 초극이라는 과제를 구현할 수 있는 가능성을 지닌 유일한 모더니스트로 변별할 수 있었던 것은, 첫째, 이상이 문명을 대하는 태도의 문제성 때문이었으며, 둘째, 이상이 언어를 사용하는 방식의 독창성 때문이었다. 즉 이상이 문명을 대하는 태도와 언어를 다루는 방식은 김기림으로 하여금 이상의 시에서 모더니즘적 언어를 통해 역사성과 사회성이 획득되는 것 즉 문명 비판의 정신이 형상화되는 것을 기대하게 했으며 또 목도하게 했던 것이다. 김기림이 이상에게서 줄곧 보았던 것은 바로 그 "모더니즘 초극"의 의지였다. 아니, 김기림이 이상에게서 본 것은 그것의 의지라기보다는 그것의 체현이었다.[41]

## ㄱ. 나르시스의 문명 비판

"모더니즘의 초극"의 한축이 문명에 대한 비판이라면, 이상의 몸과 삶은 바로 문명에 대한 반항 그 자체였다고 말할 수 있다. 문명에 대한 이상의 반항은 곧 세속에 대한 반항이었다. 김기림은 이상에게서 세속에 반항하는 정신을 보았다고 거듭 말했다. 아니, 이상은 세속에 반항하는 정신 그 자체였다고 거듭 말했다.

> 箱이 우는 것을 나는 본 일이 없다. 그는 世俗에 反抗하는 한 惡한(?) 精靈
> 이었다. 惡魔다려 울 줄을 몰은다고 해서 비웃지 마러라. 그는 울다울다 못

---

41    김윤식, 「「쥬피타 추방」에 대한 6개의 주석―이상과 김기림」, 『한국현대문학사상사론』, 일지사, 1992, 76~108면 참고.

해서 인제는 淚腺이 말러 버려서 더 울지 못하는 것이다. 箱이 所屬한 二十世紀의 惡魔의 種族들은 그러므로 繁榮하는 僞善의 文明에 向해서 메마른 찬 웃음을 吐할 뿐이다.[42]


게다가 그는 늘 인생의 테두리에서 한 걸음만 비켜 서 있었던 것이다. 또 다른 의미에서는 그의 말대로 현실에 다소 지각하였거나 그렇지 않으면 현실이 그보다 늘 몇 시간 뒤떨어졌던 것이다. 그러므로 그는 나면서부터도 한 인생의 망명자였던 것이다. 그러니까 그의 本名은 金海卿이면서도 공사장에서 어느 인부군이 그릇 "이상—" 하고 부른 것을 존중하여 "李箱"이라고 해 버려두어도 상관없었다.

차마 타협할 수가 없는 더러운 세계와 현실의 등 뒤에 돌아서서 킥킥 웃어 주었으며 때로는 놀려 주면서 달아나는 것이었다. 그러므로 그는 詩 속에 아무런 結論도 준비할 필요를 느끼지 않았던 것이다. 自然 그것에라도 필적할 "無關心"의 극치를 빼앗아 낸 예술이었다.[43]


이 인용문들에 따르면, 이상은 '세속에 반항하는 한 악한(?) 정령'으로서, '번영하는 위선의 문명'을 향해서 메마른 냉소를 보냈다. 즉 '차마 타협할 수 없는 더러운 세계와 현실'을 비웃고 희롱했다. 이상은 늘 인생의 테두리에서 한걸음 비켜서 있었다. 그런데 세속에 대한 반항이란 이상에게는 필연적인 귀결이었다. "그는 울다울다 못해서 인제는 누선이 말라 버려서 더 울지 못하는 것이다"라는 김기림의 말은 이상이

---

42    김기림, 「故 李箱의 追憶」, 『조광』, 1937.6, 312면.
43    김기림, 「李箱의 모습과 藝術」, 『이상선집』, 백양당, 1949, 2면.

세상 또는 현실로 인한 절망 끝에 그것에 대한 반항의 태도를 취하게 되었음을 뜻한다.

김기림에 따르면, 이상이 세속에 반항하는 방식은 '비정상적인 세상에서 정상적으로 사는 일을 거부하는 것'이었다. 그것은 자기 자신을 통해서, 자기 자신을 모두 걸고 하는 것이었다. 그렇다면 이상의 시선(視線)은 세상을 향하기보다는 궁극적으로 자기 자신을 향하게 되었을 것이다. 이상은 자기가 선택한, 자기를 내건 방식에 의해 자기가 어떻게 반응하는지를 거울을 통해 들여다보게 되었을 것이다. 그것은 현상적으로는 나르시스의 방식이며, 매우 치열한 방식이었을 것이다. 김기림은 다음과 같이 말했다.

李箱은 그러므로 자기의 詩와 꿈과 육체와 또 그 육체가 게굴스러운 병균들의 무수한 주둥아리에 녹아들어가는 것조차를 거울 속에서 은근히 즐기고 있는, 저 "나르시쓰"의 一面을 가지고 있은 듯하다.[44]

李箱을 가리켜 혹은 惡德의 시인, '데카당'의 작가라 한다. 그가 그리는 세계가 주장 '데카당'적 생활면이요, 또 등장시키는 인물이 주로 女給이라든지 거기 붙어사는 생활력 없는 '거미' 같은 사람이라 해서 하는 소리일 게다. 그러나 그것은 언뜻 보아 눈에 뜨이는 표면이고 하나하나의 작품에 지니고 있는 '모랄'의 핵심은 차라리 추한 현실과 '데카당'의 진흙탕을 넘어 愛情과 人間性의 절대의 경지를 추구해 마지않는 어찌 보면 淸敎徒的인 면에 있는 듯하다.[45]

---

44 위의 글, 5면.
45 김기림, 「李箱의 文學의 한모」, 『태양신문』, 1949.4.26~27.(김학동·김세환 편, 『김기

김기림에 따르면, 세속에 대한 이상의, 자기를 통한, 자기를 내건 반항은 세 가지 방식으로 구체화되었다.

첫째는 건강을 돌보지 않는 것이었다. 김기림은 다음과 같이 말했다.

> 平素부터도 箱은 健康이라는 俗된 觀念은 完全히 超越한 드시 보였다. 箱의 앞에 설 적마다 나는 아츰이면 丁抹體操를 잊어버리지 못하는 내 自身이 늘 부끄러웠다. 무릇 現代的인 頹廢에 대한 眞實한 體驗이 없는 나는 이 點에 대해서는 늘 箱에게 敬意를 表했다. 그러면서도 그를 아끼는 까닭에 健康이라는 것을 너무 賤待하는 벗이 限없이 원망스러웠다.[46]

> 사실상 나는 李箱의 사생활은 丘甫만치는 알지 못한다. 알려고도 하지 않았다. 소중한 것은 그의 天才였고, 세상 사람들의 속된 속살질이 아니었기 때문이다. 그보다도 내 관심을 끈 것은 그의 건강이었다. 세상에서 쓰는 화폐와는 종류가 다른 화폐를 쌓고 있는 그는, 건강이라든지 그런 것조차도 세상 사람의 속된 가치체계에 속하는 것이라 하여 돌보려 들지 않는 듯했다. 불규측하고 비위생적인 생활이 이 소중한 천재의 그나마 굳건치 못한 육체를 너무 탕진할까 바 나는 속으로 걱정이었던 것이다.[47]

위의 인용문에 따르면, 이상에게 건강이란 "속된 관념", "세상 사람의 속된 가치 체계에 속하는 것"이었다. 이상은 자신의 건강을, 몸을 돌

---

림 전집』 3, 심설당, 1988, 181면에서 인용·)

46  김기림, 「故 李箱의 追憶」, 『조광』, 1937.6, 314면.

47  김기림, 「李箱의 모습과 藝術」, 『이상선집』, 백양당, 1949, 5면.

보지 않음으로써 즉 불규칙하고 비위생적인 생활로 자신의 육체를 탕진해 버림으로써 그 "속된 관념", 그 "속된 가치 체계"에 반항했다.

둘째는 정상적인 직업을 팽개치는 것이었다. 김기림은 다음과 같이 말했다.

스물넷인가 다섯이라는 젊은 土木技師는 제도와 관청지위를 바로 팽개치고 그 대신 음악과 詩와 그림을 산, 말하자면 서투른 흥정을 해 버린 지 얼마 안 되는 적이언만, 그 노숙한 풍모란 인생의 산전수전을 다 겪은 늙은이로도 당할 수 없었다.[48]

그가 세상 사람들에게서 흔히 눈총을 맞게 된 것은 技師의 자리를 내찬 뒤에 그가 관계한 사업이라고 하는 것이 찻집이 아니면 "카페"와 같은 좀 난잡한 방면이었던 때문이었다. 그러나 "카페"를 가장 나무라는 사람이 실은 가장 그런 데를 드나들기 좋아하는 사람이며, 도덕과 윤리를 이미팍에 뒤집어 붙이고 댕기는 부류일수록, 남보지 않는 곳에서는 가장 도덕과 윤리의 얼굴에 흙칠을 하는 패인 것이 세상이 아니냐? 그러니까 그는 그들의 假面을 벗기면서 "꼴 좀 보자쿠나"고 기껏 놀려주고 싶었던 것이다. 정상한 직업을 가지고 정상한 생활을 해 가기에는, 그에게는 현실이란 것 자체가 도대체 우수꽝스럽고 무의미하기 짝이없는 것이다.[49]

위의 인용문들에 따르면, 이상은 토목기사라는 제도권의 직업을 '내

---

48 위의 글, 1~2면.
49 위의 글, 4면.

팽개쳤다'. 정상적인 직업을 가지고 정상적인 생활을 해 가기에는, 이 상에게 현실이란 우스꽝스럽고 무의미하기 짝이 없는 것이었다. 이상은 토목기사라는 직업을 버린 뒤에 찻집이나 카페를 운영했다. 그것 역시 세속에 반항하기 위한 선택이었다는 것이 김기림의 생각이다. 즉 이상은 카페를 나무라는 사람이 실은 그런 데 드나들기를 가장 좋아하는 사람이며 도덕과 의리를 내세우는 사람들일수록 남이 보지 않는 곳에서는 가장 비도덕적이고 비윤리적이라고 생각하고 그들의 가면과 위선을 벗기면서 희롱하고자 했다는 것이다.

셋째는 사랑과 결혼의 관습과 위선을 거부했다는 것이다. 김기림은 다음과 같이 말했다.

또 이른바 "品行方正"에 속하지 못하는 그의 사생활을 나무라는 편도 없지 않았다. 인간과 세계가 비극이 아니라 차라리 희극으로밖에는 눈에 비치지 않는 그가, 예복을 입고 너울 쓴 색시 팔을 끼고 몬지 낀 종이꽃을 느린 속을 音階 틀린 "웨딩마―치"에 가까스로 맞추어 걸어 볼 흥미나 염치나 비위가 어떻게 있었을까 보냐? 그러면서도 그는 실상은 메마른 형식이 아니라 "絶對의 愛情"을 찾어 마지않는 한 "퓨리탄"이었던 것이다.[50]

자발적인 의사가 참여하지 않는 男女의 형식뿐인 結合이야말로 賣淫이 아니고 무엇이랴. 진정한 사랑에 찬 빛을 쐬면서 오는 적만 女性은 天使이나 그 밖의 경우에는 제 아무리 혼인이라는 제약 때문에 되풀이하여 돌아들고

---

50  위의 글, 4~5면.

돌아든다 할지라도 그것은 산 天使가 아니라, 천사의 시체에 지나지 않는다는 것이다.

그가 원하는 것은 바로 이 천사였다. 사람들은 이 무수한 천사의 시체에 사회적 위신이라는 옷을 입혀 놓고 다만 천사인 듯한 착각을 피차에 하고 있는 데 지나지 않는지도 모른다. 李箱은 이 눈부신 옷을 벗겨 놓고 인간의 실체, 실사회의 정체를 들추어 내 보이려는 듯했다. 그러므로 옷을 벗기우는 편으로는 그를 惡德의 詩人이라고 불러 경계할 뻔도 하다. 그러나 그 자신으로서는 이러한 '모랄'은 도리어 구식이었으며 19세기적인 것으로밖에 보이지 않았던지도 모른다.[51]

위의 인용문에 따르면, 이상은 흔히 결혼으로 이루어지는 "메마른 형식", "자발적인 의사가 참여하지 않는 남녀의 형식뿐인 결합"을 비웃고 거부했다. 그 대신, 그는 "절대의 애정", "진정한 사랑"을 찾는 퓨리턴(puritan)이었다. 그는 사랑에 덧씌워진 사회적 위선을 벗겨내고 인간의 실체, 사회의 실체를 들추어 보려고 했다. 그가 사랑하는 방식은 세속적 관점에서는 악덕이라고 비난받을 만했지만, 사실은 하나의 "모랄"이었다.

요컨대, 김기림은 이상이 문명의 악의에 지배당하는 세속에 대해 나르시스적인 태도로 반항함으로써 문명비판이라는 모더니즘의 한 과제를 수행했다고 보았다.

---

51 김기림, 「李箱의 文學의 한모」, 『태양신문』, 1949.4. 26~27.(김세환·김학동 편, 『김기림 전집』 3, 심설당, 1988, 182면에서 인용)

ㄴ. 「가외가전(街外街傳)」

이상이 『시와 소설』에 발표한 시 「가외가전(街外街傳)」은 김기림이
말한 '모더니즘 초극'의 정신이 작품으로 구현된 한 예라고 할 수 있
다.[52] 여기서는 그러한 관점에서 이상의 「가외가전」에 대한 해석을 시
도해 보기로 한다. 이 시의 시어나 표현에 대한 기존의 해석 또는 그것
들의 사전적 의미들 중 여기서 채택한 것들은 각주로 밝혔다.

喧噪[53]때문에磨滅[54]되는몸이다. 모도少年이라고들그리는데老爺[55]인氣色
이많다. 酷刑[56]에씻기워서[57]算盤알[58]처럼資格넘어로튀어올으기쉽다. 그렇
니까[59]陸橋우에서또하나의편안한大陸을나려다보고僅僅이[60]삶다.  동갑네
가시시거리며[61]떼를지어踏橋[62]한다. 그렇지안아도陸橋는또月光으로充分히

---

52  이 시의 해석에 대해서는 다음과 같은 논저들을 참고할 수 있다. 이어령 교주(校註), 『이
    상 시 전작집』, 갑인출판사, 1978, 67~70면; 이승훈 편, 『이상 문학 전집』1-시, 문학사
    상사, 1989, 64~71면; 김인환, 「이상 시 연구」, 『영양학술연구논문집』 제4회, 1996,
    190면; 김인환, 「이상 시의 계보」, 『기억의 계단』, 민음사, 2001, 293면; 이보영, 「불행한
    트릭스터의 공헌-「가외가전」」, 『이상의 세계』, 금문서적, 1998, 321~351면; 이경훈,
    「「가외가전」 주석」, 『이상, 철천의 수사학』, 소명출판, 2000, 248~263면; 조해옥, 『이상
    시의 근대성 연구』, 소명출판, 2001, 74~79면; 김주현 주해, 『증보 정본 이상 문학 전집』
    1-시, 소명출판, 2009, 112~115면; 하재연, 「이상의 「가외가전」과 글쓰기에 관한 의식
    연구」, 『비평문학』 42호, 한국비평문학회, 2011, 463~484면; 신형철, 「'가외가(街外
    街)'와 '인외인(人外人)'-이상의 「가외가전」(1936)에 나타난 일제강점기 도시화 정책
    의 이면」, 『인문학연구』 50권, 조선대 인문학연구원, 2015, 39~67면.
53  시끄럽게 지껄이며 떠듦. 훤화(喧譁).
54  갈려서 닳아 없어짐.
55  노옹(老翁).
56  가혹하게 벌함. 또는 그런 형벌. 심형(深刑).
57  누명, 오해, 죄과 따위에서 벗어나 다른 사람 앞에서 떳떳한 상태가 되어서.
58  이승훈은 이것을 "주판알"로 해석했다. 이승훈 편, 앞의 책, 66면.
59  그러니까. 앞에서 말한 내용을 다시 설명하는 말.
60  어렵사리. 겨우.
61  실없이 웃으며 거볍게(생각이나 언어, 행동이 점잖지 못하거나 경솔하게) 자꾸 지껄이며.

天秤처럼제무게에끄덱인다. 他人의그림자는위선넓다. 微微한그림자들이
얼떨김에모조리앉어버린다. 櫻桃가진다. 種子도煙滅[63]한다. 偵探[64]도흐지
부지―있어야옳을拍手가어쨓서없느냐. 아마아버지를反逆한가싶다. 默默히
―企圖를封鎖한채하고말을하면사투리다. 아니―이無言이喧噪의사투리리
라. 쏜으랴는노릇―날카로운身端[65]이싱싱한陸橋그중甚한구석을診斷하듯
어루많이기만한다. 나날이썩으면서가르치는指向으로奇蹟히[66]골목이뚤렸
다. 썩는것들이落差나며골목으로몰린다. 골목안에는侈奢스러워보이는門
이있다. 門안에는金니가있다. 金니안에는추잡한혀가달닌肺患[67]이있다. 오
―오―. 들어가면나오지못하는타잎기피가臟腑[68]를닮는다. 그우로짝바뀐
구두가비철거린다. 어느菌이어느아랫배를앓게하는것이다. 질다.

反芻한다. 老婆니까. 마즌편平滑[69]한유리우에解消[70]된政體[71]를塗布[72]한
조름오는惠澤이뜬다. 꿈―꿈―꿈을짓밟는虛妄한勞役―이世紀의困憊와殺氣
가바둑판처럼넓니깔였다. 먹어야사는입술이惡意로구긴진창우에서슬몃이
食事흉내를낸다. 아들―여러아들―老婆의結婚을거더차는여러아들들의육

---

62 다리밟기.
63 자취도 없이 모두 없어짐. 또는 그렇게 없앰.
64 드러나지 않은 사정을 몰래 살펴 알아냄. 탐정(探偵).
65 이승훈은 이것을 "날카로운 신체의 끝, 손이나 발"이라고 해석했다. 위의 책, 67면. 그러
   나 여기서는 "눈[目]"으로 해석했다.
66 이승훈을 이것을 "기적처럼"이라고 해석했다. 위의 책, 67면.
67 이보영을 이것을 "폐병 환자" 즉 "폐병에 걸린 창녀"라고 해석했다. 이보영, 앞의 글, 341면.
68 내장(內臟).
69 평평하고 미끄러움.
70 어떤 단체나 조직 따위를 없애 버림.
71 국가의 통치 형태.
72 약 따위를 겉에 바름. 도피(塗被).

중한구두―구두바닥의징이다.

　　層段[73]을몇벌이고아래도나려가면갈사록우물이드믈다. 좀遲刻해서는텁
텁한바람이불고―하면學生들의地圖가曜日마다彩色을곷인다. 客地에서道
理없어다수굿하든집웅들이어물어물한다. 卽이聚落은바로여드름돋는季節
이래서으쓱거리다잠꼬대우에더운물을붓기도한다. 渴―이渴때문에견듸지
못하겠다.

　　太古의湖水바탕이든地積[74]이짜다. 幕을버틴기둥이濕해들어온다. 구름이
近境에오지않고娛樂없는空氣속에서가끔扁桃腺들을알는다. 貨幣의스캔달―
발처럼생긴손이염치없이老婆의痛苦하는손을잡는다.

　　눈에띠우지안는暴君이潛入하얏다는所聞이있다. 아기들이번번이애총[75]
이되고되고한다. 어디로避해야저어른구두와어른구두가맞부딧는꼴을안볼
수있스랴. 한창急한時刻이면家家戶戶들이한데어우러저서멀니砲聲과屍班이
제법은은하다.[76]

　　여기에있는것들은모도가그尨大한房을쓸어생긴답답한쓰레기다. 落雷심
한그尨大한房안에는어디로선가窒息한비들기만한까마귀한마리가날어들

73 층계.
74 땅의 넓이.
75 어린 아이의 무덤. 아총.
76 은연하다. ① 겉으로 뚜렷하게 드러나지 아니하고 어슴푸레하며 흐릿하다. ② 소리가
　　아득하여 들릴 듯 말 듯하다.

어왔다. 그렇니까剛하든것들이疫馬잡듯[77]픽픽씰어지면서房은금시爆發할만큼精潔하다. 反對로여기있는것들은통요사이의쓰레기다.

간다.『孫子』[78]도搭載한客車가房을避하나보다. 速記[79]를펴놓은床几[80]웋에알뜰한접시가있고접시우에삶은鷄卵한개—또—크로터뜨린노란자위겨드랑에서난데없이孵化하는勳章型鳥類—푸드덕거리는바람에方眼紙[81]가가찌저지고氷原웋에座標잃은符牒[82]떼가亂舞한다. 卷煙에피가묻고그날밤에遊廓도탔다.繁殖한고거즛天使들이하늘을가리고溫帶로건는다. 그렇나여기있는것들은뜨뜻해지면서한꺼번에들뜬다. 厖大한房은속으로곪마서壁紙가가렵다. 쓰레기가막붙는다.

—李箱,「街外街傳」


이 시의 화자는 이 시를 쓴 시인 이상(李箱) 자신이다. 시인은 남들이 자신을 소년이라고 부르는 것과는 달리, 자신에게는 "노야(老爺)"의 기색이 많다고 한다. "훤조(喧噪)"로 몸이 마멸(磨滅)되는 탓이다. "훤조"란 시인에게 쏟아지는 혹평(酷評)이다. 시인은 그것을 "혹형(酷刑)"이라고 인식한다. 그 이유는 두 가지이다. 그리고 그 이유들은 서로 모순적이다. 시인이 혹평을 가혹한 형벌로 인식하는 첫 번째 이유는, 그것으로 인해 시인은 몸이 마멸되어 노인의 기색을 띠게 되었다는 것이다. 즉 혹평에 고통을 겪었다는 것이다. 두 번째 이유는, 그것으로 인해 시

---

77  이승훈은 이것을 "말이 전염병에 걸리듯"이라고 해석했다. 위의 책, 69면.
78  손자병법.
79  ① 꽤 빨리 적음. ② 속기법으로 적는 일. 또는 그런 기록.
80  이승훈은 이것을 "책상"이라고 해석했다. 위의 책, 70면.
81  모눈종이.
82  이승훈을 이것을 "증거가 되는 서류"라고 해석했다. 위의 책, 70면.

인은 어떤 죄를 씻었다는 것이다. "酷刑에씻기워서算盤알처럼資格넘어로튀어올으기쉽다"라는 말은 혹형을 치름으로써 죄를 벗었다는 것, 죄인의 자격을 벗었다는 것을 뜻한다. 어떤 죄인지는 아직 알 수 없다. 시인은 노인의 기색이 많으니까, 그러니까, 육교 위에서 "또 하나의 편안한 대륙"을 내려다보고 노인답게 근근이 산다.

시인이 서 있는 육교를 "동갑네"들이 "시시거리며" 밟는다. "동갑네"들은 시인과 같은 시대를 살아가는 사람들이며, "시시거림"은 바로 "훤조"요, 시인을 향한 혹평이며, "혹형"이다. 시시거리는 "동갑네"들의 움직임이 육교를 흔들리게 한다. 그렇지 않아도 육교는 제 무게만으로도 "천칭(天秤)"처럼 흔들리는데 말이다. 시인이 서 있는 육교는 불안한 세계, 편안하지 않은 세계이다.

시인에게 "동갑네"들은 "타인"이다. 시인은 "他人의그림자는위선넓다"고 말한다. "타인의 그림자"란, 시인에 대해 동시대인들이 쏟아 놓는 혹평이 드리우는 그늘이다. 그 그림자는 다른 모든 미미한 그림자들을 삼켜 버린다. "앵두[櫻桃]"도 "종자(種子)"도. 그러나 "앵두"나 "종자"는 결코 미미한 것이 아니다. 그것은 새로운 시의 열매이며 씨앗이다. 결국, 시인의 시를 동시대인들이 혹평하는 것은 새로운 시의 열매와 씨앗을 "인멸"해 버리는 일이다.

"동갑네", "타인"들은 시인의 시를 혹평하기만 하는 것이 아니라, 아예 무시해 버리기도 한다. 시인은 그들의 무시 즉 "무언(無言)"조차도 훤조의 사투리, 혹평의 한 방식이라고 생각한다. 그래서 시인은 말한다. "偵探도흐지부지─있어야옳을을拍手가어쨌서없느냐"고. 그리고 시인은 추측한다. "아마아버지를反逆한가싶다"고. 즉 시인은 동시대인들이 자신의 시를 혹평하는 것은, 자신의 시에 박수를 치지 않는 것은 자신의 시가 아버지를 반역했기 때문일 것이라고 생각한 것이다. 아버지를 반역했다는 것은 시의 역사와 전통을 부정했다는 것이다.

아버지를 반역한 것, 시의 역사와 전통을 부정한 것, 그것이 바로 시인의 죄이다. 그러나, 앞에서 시인은 혹평이라는 가혹한 형벌을 치름으로써 그 죄를 씻었다고 말했다. 그리고 시인은 노인처럼 되어 육교 위에서 "또 하나의 편안한 대륙"을 내려다보고 노인답게 근근이 산다고 말했다.

노인답게 근근이 산다는 것은 어떻게 산다는 것일까? 세상과 대결할 뜻 따위는 버리고 세상과 타협하면서 또는 세상을 견디며 사는 것이다. 시인이 그렇게 산다는 것은 어떻게 산다는 것일까? 그것은 세상의 구미에 맞는 시를 쓰면서 산다는 것을 뜻한다. 즉 그것은 동시대인들의 미적 감각과 타협하면서 시를 쓰고 그것을 통해 생계를 유지하는 일 따위를 뜻하지 않을까?

노인답게 근근이 사는 시인이 육교 위에서 바라보는 "또 하나의 편안한 대륙"은 "골목"이다. 그 골목의 풍경은 일종의 환영(幻影)이다. 그 골목 안에는 또 하나의 시인, 돈을 받고 시를 파는, 매춘부와 같은 시인이 있다. 시인은 그런 또 하나의 시인이 존재하는 골목의 풍경에 대해 말한다. 그것은 비정상적인 세계에서 비정상적으로 살아가면서, 그런 자신을 관찰하는, 이상의 나르시스적인 세계 비판 방식과 통한다. 즉 시인은 자기의 분신으로 하여금 자신의 시를 거부하는 세계와 타협하는 비정상성을 취하게 하고, 그 상황을 관찰하는 것이다.

시인은 "날카로운 신단" 즉 예리한 시선으로 육교의 "심(甚)한" 구석을 진단하듯이 바라본다. 육교의 심한 구석, 깊은 구석이란 계단이다. 그 계단은 육교를 골목으로 이어주는 통로이다. 그런데 "나날이썩으면서 가르치는指向으로奇蹟히골목이뚫렸다. 썩는것를이落差나며골목으로몰린다"라는 말로 보아, 골목은 썩은 존재들이 모여드는 타락한 공간이다.

시인은 육교 위에 서 있으므로 골목을 한눈에 볼 수 있다. 게다가 골목의 풍경은 환영이므로, 시인은 골목의 어느 부분에 대해 애기한 다음 인과적·논리적 연결을 고려하지 않고 다른 부분에 대해서 애기할 수 있다. 일종의 콜라주(collage)를 만드는 것과 같은 화법(話法)이 가능해지는 것이다. 시인은 골목의 입구에서부터 안쪽으로 시선을 옮기면서 보이는 것들에 대해 말한다.

골목 안에는 사치스러워 보이는 "문(門)"이 있다. 그 문 안에는 또 하나의 시인이 있다. 그는 더 이상 육교 위에서 동갑네들의 휜조 때문에 불안을 느끼는 존재가 아니다. 그는 그들과 타협하고 거래한다. 그는 "금니"를 한, "폐환"의, "추잡한 혀"를 가진, 늙은 매춘부와 같다. 앞에서 시인은 자신에게는 노인의 기색이 많다고 했다. "금니"는 그런 자아관의 표상이다. 그리고 여러 연구자들이 지적했듯이, "폐환"은 폐병을 앓았던 이상에 대한 환유이다. "추잡한 혀"란 독자들의 비위에 맞추거나 또는 그들의 말초적 감각을 자극하기 위해 시인이 내뱉는 거짓 시이다. 그렇다면, 시인이 시를 쓰고 그 시가 독자들에게 읽히는 일은 매춘과 같다.

매춘이 성을 사는 사람들을 앓게 할 수 있듯이, 거짓 시도 그것을 수용하는 사람들을 병들게 한다. 시인은 말한다. "들어가면나오지못하는타잎기피가臟腑를닮는다. 그우로짝바뀐구두가비철거린다. 어느菌이어느 아랫배를 앓게 하는 것이다. 질다"라고. 독자에게 거짓 시는 빠져나올 수 없는 깊이를 지닌 늪과 같다. 거짓 시의 독자들은 성을 산 남성이 균을 얻어 비틀거리듯이, 그 시로 인해 비틀거린다. 시인이 보기에 그 광경은 "질다". 즉 진창과 같다.

진창의 풍경이다. 금니에, 추잡한 혀에, 폐환을 앓고 있는 매춘부는 반추(反芻)한다. 그녀(그)가 반추한다는 것은 노인들이 흔히 그렇듯이 지난 일들에 대해 거듭거듭 생각한다는 것이다. 늙은 매춘부는 유리창 앞에 앉아 있는데, 그 유리창 위에는 "해소(解消)된 정체(政體)" 즉 빼앗긴 나라에 대한 기사가 실린 신문지가 발려 있다. 노파는 그 앞에 앉아 졸고 있는 것이다. 빼앗긴 나라와는 상관없이 졸고 있으니 그것은 어쩌면 "혜택(惠澤)"인지도 모른다. 노파에게 고통을 주는 일은 나라를 빼앗긴 것이 아니라 매춘이다. 그것은 그녀의 꿈을 짓밟는 허망한 노역이다. 노파의 매춘은 정체의 해소 즉 나라의 상실이라는 상황 속에서 이루어지는 것이다. 격자 모양의 유리창마다 신문지들이 발려 있고 그 신문지에는 "이 세기(世紀)의 곤비(困憊)와 살기(殺氣)"에 대한 기사가 가득하다. 노파의 매춘은 그런 신문지들로 가려진 유리창 안에서 이루어지는 일인 것이다. 다만 먹기 위해서 이루어지는 것이다. 그녀의, 먹어야 사는 입술이 악의(惡意)로 굳어진 진창 속에서 즉 유곽에서 식사 흉내를 낸다. 매춘을 통해 먹고 사는 일은 그저 식사 흉내일 뿐이다. 매춘부가 노파이므로 "아들"이란 그녀를 찾는 자들이다. 그들은 노파의 "결혼" 즉 그녀의 꿈을 걷어찬다.

진창의 풍경은 계속된다. 육교의 계단을 몇 벌이고 내려가면 갈수록, 그 계단은 골목과 통하므로 골목 깊이 들어가면 갈수록 우물이 드물다.

골목 깊은 곳은 대로변에서 그만큼 떨어진 곳이므로 우물이 드물다. 즉 매춘부가 적다. 유곽에는 조금만 지각하면 매춘을 할 수가 없다. "객지에서 도리없어다수굿하던집웅"들은 고향을 떠나 도시로 유학 온 학생들을 연상하게 한다. 학생들은 유곽 근처를 어물어물한다. "여드름 돋는 계절"의 학생들 즉 성욕에 찬 학생들이 유곽 근처를 헤맨다. "갈"이란 우물이 없어 목이 마른 것, 성욕을 말한다. 즉 골목 깊숙한 곳에는 매춘부가 드물어 성욕을 해소할 수 없으므로 성욕은 더욱 강해진다.

눈에 띄지 않는 폭군이 잠입했다는 소문이 무엇인지, 눈에 띄지 않는 폭군이 무엇인지는 확실히 알 수 없다. 그러나 그 폭군으로 인해 생긴 일이 다음에 진술되므로 그 폭군의 의미를 유추할 수는 있다. 폭군의 잠입으로 아기들이 번번이 "애총"이 된다고 했다. 그것은 매춘으로 생긴 태아들이 낙태되는 상황을 말한 것이라고 해석할 수 있다.[83] 시인은 이어서 어디로 피해야 저 어른구두와 어른구두가 맞부딪는 꼴 즉 매춘과 그로 인한 폭력을 피할 수 있는지 묻는다. "한창 급한 시각" 즉 유곽이 한창 붐비는 시각이면 유곽의 모든 집들에서 폭군의 포성이 들리고 폭군에 의해 죽임을 당한 시체들의 시반이 은은하다.[84]

타락한 시작(詩作)은, 더구나 나라 상실이라는 상황 속에서 행해지는 매춘과 같은 시작(詩作)은 "먹어야사는입술이惡意로구긴진창우에서슬멋이食事흉내를" 내는 일이며, "화폐의 스캔달"이다. 독자들이 타락한 시를 수용하는 것은 시인의 꿈, 새로운 시를 잉태할 가능성을 걷어차는 것이다. 그런 시의 수용은 설혹 시인이 새로운 시의 생명을 탄생시켰다

---

83  조해옥, 앞의 책, 78면.
84  "은은하다"는 소리와 색채에 대해 모두 쓰일 수 있는 형용사이다.

고 해도 그것을 인멸해 "애총"을 만들어 버리는 일이다. 그것은 시인에 대한 동시대인들의 혹평이 새로운 시의 열매와 씨앗을 인멸시키는 것과 다르지 않다. 시인은 어떻게 해야 새로운 시에 대한 폭력을 피할 수 있는지 묻는다.

그런데 시인은 "여기" 있는 것들은 모두 "그 방대한 방"을 쓸어 생긴 답답한 쓰레기라고 말한다. "여기"란, 육교와 골목이다. "그 방대한 방"이란, 과거의 공간이다. 그 방에는 낙뢰가 심했고, 그리고 어디선가 질식한 비둘기만한 까마귀 한 마리가 날아들어 왔다. 그러자 방안에 있던, 강하던 것들이 픽픽 쓰러졌고 방은 금세 폭발할 만큼 정결해졌다. 방이 정결해졌다는 것은 그 곳에 있던 것들이 쓰러져 없어졌다는 뜻이다. 그 방대한 방이 정결해진 반면에 여기 즉 육교와 골목은 온통 쓰레기로 가득 찼다.

"간다 손자도 탑재한 객차가 방을 피하나 보다"의 뜻은 그 이후의 내용을 보아야 알 수 있다. 그 이후의 내용은 또다시 "그 방대한 방"의 묘사이다. 방안에는 속기를 펴 놓은 상궤가 있다. 그 위에는 접시가 있다. 접시 위에는 삶은 계란 한 개가 있는데, 포크로 노른자위를 터뜨리자 난데없이 훈장형의 조류가 푸드덕거리면서 날아오른다. 생명이 없는 삶은 달걀에서 훈장형의 조류가 날아오르는 것은 낙뢰와 같은 것이다. 그 조류의 비상(飛翔)으로 모조지가 찢어지고 빙원 위에 부첩들이 좌표를 잃고 난무한다. 모조지가 찢어지고 빙원 위에 부첩들이 좌표를 잃고 난무하는 것은 건축기사라는 직업을 가진 현실인으로서의 시인의 방이 혼란에 빠진 것을 의미한다. 그래서 그 혼란한 방을 피해 "손자도 탑재한 객차가" 가버린 것이다.

"권련에 피가 묻고"는 담배에 불을 붙여 물었다는 것이다. 그리고 그 날 밤에 유곽도 탔다는 것은 시인이 담뱃불로 유곽에 불을 질렀다는 것이다.[85]

불이 나자 번식한 거짓 천사들은 온대로 피한다. 그러나 여기(유곽과 육교)는 불이 붙어 뜨뜻해지면 한꺼번에 들떠든다. 그 쓰레기는 계속 이곳에 쌓일 것이다.

지금까지 이상의 「가외가전」을 김기림이 말한 '모더니즘 초극'의 정신이 작품으로 체현된 한 예라고 전제하고 해석해 보았다. 김기림이 말한 '모더니즘의 초극'이란, 새로운 언어로서 문명비판의 정신을 형상화하는 것이었다.

이 시는 '문명 비판'이라는 주제의식을 분명히 담고 있다. 유곽에서 벌어지는, 매춘과 매춘으로 인한 폭력은 방대한 방이 파괴된 결과이다. 방대한 방은 시인의 과거에 머물렀던 세계, 건축기사라는 직업인으로서 현실과 손잡으려 했던 과거의 삶을 말한다. 그러나 그 방이 세기의 폭력으로 파괴되었고 시인은 육교 위에 서 있다. 방대한 방이란 모조지가 있었던 공간임을 감안하면 이상이 건축기사라는 직업을 가지고 생활과 문명과 호흡하려 했던 과거의 삶을 상징한다. 그러나 그러한 삶은 "낙뢰"와 "까마귀"로 상징되는 문명의 폭력에 의해 파괴되었고, 시인은 시를 선택했다. 그러나 세상은 그의 시를 거부했고, 그는 노인과 같은 무기력과 불안에 시달린다. 그런 상황에서 그는 매춘과 같은 거짓 시의 세계로 그 자신을 밀어 넣고, 그 세계에서 고통당하는 자신을 예리한

---

85  이보영, 앞의 글, 335면 참고.

시선으로 정탐한다. 그것은 비정상적인 세계에 비정상적으로 맞서는 자신을 관찰하는 나르시스의 방식이다. 그러나 그는 그 세계에 불을 지핌으로써 문명의 폭력에 대한 비판의 의도를 분명하게 드러낸다.

「가외가전」이 문명비판의 주제의식을 다루고 있음은 이와 같이 명백하다. 그러나 그 시가 언어를 새로운 방식으로 운용하고 있다는 것을 증명하기 위해서는 다른 시와 이 시를 대비하는 일이 필요하다. 따라서 이 시와 함께 『시와 소설』에 실린 정지용의 「유선애상」과 김기림의 「제야」를 살펴보기로 한다.

　　生김生김이 피아노보담 낫다.
　　얼마나 뛰여난 燕尾服맵시냐.

　　산뜻한 이 紳士를 아스빨트우로 곤돌란듯
　　몰고들다니길래 하도 딱하길래 하로 청해왔다.

　　손에 맞는 품이 길이 아조 들었다.
　　열고보니 허술히도 半音키─가 하나 남었더라.

　　줄창 練習을 시켜도 이건 철로판에서 밴 소리로구나.
　　舞台로 내보낼 생각을 아예 아니했다.

　　애초 달랑거리는 버릇때문에 구진날 막잡어부렸다.
　　함초롬 젖어 새초롬하기는새레 회회 떨어 다듬고 나슨다.

대체 슬퍼하는 때는 언제길래

아장아장 꽥꽥거리기가 위주냐.


허리가 모조리 가느러지도록 슬픈行列에 끼여

아조 천연스레구든게 옆으로 솔처나쟈ㅡ


春川三百里 벼루ㅅ길을 냅다 뽑는데

그런 喪章을 두른 表情은 그만하겠다고 꽥ㅡ 꽥ㅡ


몇킬로 휘달리고나 거북처럼 興奮한다.

징징거리는 神經방석우에 소스듬 이대로 견딜 밖에,


쌍쌍히 날러오는 풍경들을 뺨으로 헤치며

내처 살폿 어린 꿈을 깨여 진저리를 쳤다.


어느 花園으로 꾀여내여 바늘로 찔렀더니만

그만 胡蝶같이 죽드라.

ㅡ정지용, 「流線哀傷」[86]

---

86   구인회 회원 편, 『詩와 小說』 창간호, 창문사, 1936.3, 10~11면. 이 시의 해석에 대해서
는 다음 논저들을 참고할 수 있다. 신범순, 「정지용 시에서 병적인 헤매임과 그 극복의
문제」, 『한국 현대시의 퇴폐와 작은 주체』, 신구문화사, 1998, 57~94면; 이숭원, 『정지
용 시의 심층적 탐구』, 태학사, 1999, 138~143면; 황현산, 「정지용의 '누뤼'와 '연미복
의 신사'」, 『현대시학』 373호, 2000.4, 194~202면; 김명리, 「정지용 시어의 분석적 연구
ㅡ시어 '누뤼(알)'과 '유선'의 심층적 의미를 중심으로」, 동국대 석사논문, 2002, 37~52
면; 이숭원 주해, 『원본 정지용 시집』, 깊은샘, 2003, 238~240면; 이근화, 「어느 낭만주

지금까지 「유선애상」에서 시인이 말하고 있는 대상이 무엇인지에 대해 여러 연구자들이 여러 가지 주장을 펼쳐 왔다. 신범순은 "현악기"라고 했고,[87] 황현산은 "자동차"라고 했다.[88] 이숭원은 나중에 "자동차"라고 의견을 수정하긴 했으나 "오리"라고 말한 적이 있으며,[89] 김명리는 "곤충"이라고 했고,[90] 이근화는 "담배 파이프"라고 했다.[91] 그리고 권영민은 "자전거"라고 했다.[92] 그런데 이 시에서 화자가 말하고 있는 대상은 자동차가 맞는 것 같다. 화자는 1연에서 그 대상에 대해 "생김 생김이 피아노보담 낫다. / 얼마나 뛰어난 燕尾服맵시냐"라고 말한다. 시인이 대상의 외양을 환기하기 위해 피아노와 연미복의 이미지를 사용했다는 사실에 주목할 필요가 있다. 말하자면, 시인이 말하고자 하는 대상은 원관념이고 피아노와 연미복은 보조관념이다. 보조관념은 원관념과 유사한 점이 있는 것으로서 원관념을 표현하기 위해 동원된다. 그런데 일반적으로 보조관념은 원관념에 비해 낯설지 않다. 바꿔 말하면, 원관념은 보조관념보다 낯설거나 새로운 것인 경우가 많다. 이 시가 발표된 시대에 현악기, 오리, 곤충, 담배 파이프, 자전거 등(원관념)은 피아노나 연미복(보조관념)보다 낯선 것들은 아니었다. 그러나 유선형의

---

의자의 외출」, 최동호·맹문재 외, 『다시 읽는 정지용 시』, 월인, 2003, 142~159면; 권영민, 「종래의 지용 시 해석에 대한 문제 제기―「바다 2」와 「유선애상」을 중심으로」, 『현대문학』, 2003.8, 229~239면; 장영우, 「정지용과 '구인회'―『시와 소설』의 의의와 「유선애상」의 재해석」, 『한국문학연구』 제39집, 동국대 한국문학연구소, 2010.12 등.

87  신범순, 앞의 글, 66~68면.
88  황현산, 앞의 글, 199~202면.
89  이숭원, 『정지용 시의 심층적 탐구』, 태학사, 1999, 139~143면.
90  김명리, 앞의 글.
91  이근화, 앞의 글.
92  권영민, 앞의 글.

자동차(원관념)는 피아노나 연미복(보조관념)보다 훨씬 낯설고 새로운 것이었다.[93]

이 시의 시적 대상을 자동차로 보는 이상, 황현산이 「정지용의 '누뤼'와 '연미복의 신사'」(『현대시학』, 2000.4)에서 이 시를 해석한 내용을 따르지 않을 수 없다. 여기서는 그의 해석을 거의 그대로 따르고 몇몇 부분에 대해서만 다르게 해석하는 것에 그칠 수밖에 없을 것 같다.

황현산은 「유선애상」을 "자동차를 하루 빌려타고 춘천에 갔던 이야기를 서술한 것"이라고 했다. 그는 1930년대에 서울에는 100여 대의 택시가 있었는데, 하루나 한나절을 빌리는 전세제와 오늘날처럼 미터기로 요금을 산정하는 요금제 등 두 가지 방식으로 영업을 했다고 설명했다.[94] 그의 설명에 따르면, 2연의 "하로 청해 왔다"는 표현은 시인이 택시를 하루 동안 빌렸다는 것을 뜻한다. 그런데 2연에서 시인은 택시를 하루 동안 빌린 이유를 "산뜻한 이 紳士를 아스빨트우로 곤돌란듯 / 몰고들다니길래 하도 딱하길래"라고 말하고 있다. 이 대목은 "하도 딱하길래"를 어떻게 보느냐에 따라 두 가지로 해석할 수 있을 것이다. 첫째, "딱하다"의 뜻을 '사정이나 처지가 애처롭고 가엾다'로 볼 수 있다. 그렇게 보면, 시인은 무대 위에 있어야 할 것 같은, 연미복 입은 산뜻한 신사와 같은 유선형 자동차를 사람들이 아스팔트 위로 몰고들 다녀서, 자동차가 애처롭고 가여웠고 그래서 그것을 하루 동안 빌린 것이 된다. 둘째, "딱하다"의 뜻을 '일을 처리하기가 난처하다'로 볼 수 있다. 그렇

---

93  백남준은 「뉴욕 단상」(『공간』, 1968.8)에서 1937년에 종로에서 유선형 택시 시보레를 처음 타고 신기해했던 일을 피력한 바 있다.
94  황현산, 앞의 글, 199면.

게 보면, 시인은 자동차가 없어서 어떤 일을 처리하기가 난처해서 그것을 즉 택시를 하루 동안 빌린 것이 된다. 황현산은 첫째와 같이 해석하고 있으나[95] 둘째 해석이 조금 더 타당하지 않을까 생각한다.

이어서 3연에서 시인은 택시와의 첫 대면에 대해 말한다. "손에 맞는 품이 길이 아조 들었다"는 시인이 택시 문을 열 때 느낀 것을 표현한 것이라고 할 수 있다. 즉 시인은 택시 문을 열면서 아주 익숙한 물건을 만지는 듯한 느낌을 받았다고 말하는 것이다. 그 말은 택시의 문이 잘 열렸다는 뜻이기도 할 것이다. 시인은 택시 문을 열고 안에 반음키가 하나 남아 있는 것을 발견한다. 이숭원은 반음키를 "피아노의 반음키처럼 검은 손잡이"라고 해석했고,[96] 황현산은 클랙슨이라고 해석했다.[97] 반음키가 손잡이인지 클랙슨인지 또 다른 무엇인지 확실히 알 수는 없다. 그러나 다음에 이어지는 내용에 의하면, 그것은 분명히 자동차의 작동과 관련된 장치이다. 그런데 시인은 왜 그 반음키가 "허술히도" "하나" 남았더라고 표현했을까? 시인은 1연의 첫머리에서 자동차의 생김생김이 피아노보다 "낫다"고 말했다. 그런데 자동자의 문을 열어보니 피아노의 생김새를 연상시키는, 피아노의 생김새보다 나을 것 없는, 반음키를 닮은 장치가 하나 있었던 것이다. 그래서 그것을 "허술히도" "하나" 남았더라고 표현한 것이다.

피아노의 반음키와 같은 것이 있다고 해도, 피아노와 생김새가 비슷

---

95   "시인은 이 유선형 자동차가 똑같이 연미복 차림을 한 피아노보다 더 우아하다고 여기는데(제1연), 피아노가 무대에 놓여 대접을 받는 반면 자동차는 아스팔트 위에 '꼰돌라처럼' 끌려다니는 것이 안타까워 하루는 그 차를 빌려왔다(제2연)." 황현산, 앞의 글, 199면.
96   이숭원 주해, 『원본 정지용 시집』, 깊은샘, 2003, 238면.
97   황현산, 앞의 글, 199면.

하다고 해도 택시를 무대 위에 세울 수는 없다. 그것의 소리 때문이다. 시인은 4연에서 택시의 소리를 "철로판에서 밴 소리" 즉 철도 공사 현장에서 배운 소리 또는 그곳에서 익숙해진 소리라고 말한다. 그 소리 때문에 택시는 피아노처럼 무대에는 세워질 수 없고 거리로 몰고 나설 수밖에 없다. 이에 대해 황현산은 다음과 같이 말했다. "꽥꽥거릴 줄밖에 모르는 그 경적음이 귀에 거슬린다. 역시 자동차는 무대에 모실 것이 아니라 길거리고 끌고 다니는 것이 제격이다."[98]

하필 "구진날", 비도 좀 내리는 날, 시인은 굳이 택시를 빌려 타고 나선 것이다. 그것은 시인의 달랑거리는 버릇 때문이다. 그런데 달랑거리는 것은 시인만이 아니다. 시인이 탄 택시도 "함초롬 젖어" "새초롬하기는" 커녕 빗물을 회회 털며 나선다. 전혀 슬퍼하는 때라곤 없는 것처럼 "아장아장 꽥꽥거"린다. 길에 나선 택시는 "허리가 모조리 가느러지도록 슬픈行列"에 끼어 아주 천연스럽게 군다. 전혀 슬퍼하는 기색이 없다. 문제는 '허리가 모조리 가느러지도록 슬픈 행렬'이 무엇이냐 하는 것이다. 비에 젖어 느리게 느리게 이어지는 사람들의 행렬일 수 있는데, 중요한 것은 그 이미지와 그 행렬에 끼어 "천연스레" 나아가는, 시인이 탄 택시의 이미지가 대조된다는 사실이다.

그렇게 비에 젖은 사람들의 행렬에 끼어, 그 행렬의 우수에 찬 분위기에는 아랑곳하지 않고 천연스럽게 움직이던 택시는 진로를 바꾸어 옆으로 벗어나자 속도를 내기 시작한다. "춘천 삼백리 벼루ㅅ길"을 냅다 달리는 것이다. 황현산은 다음과 같이 말했다.

---

98  위의 글, 199~200면.

1930년대에 서울의 택시들은 업무용으로보다는 유람용으로 더 많이 이용되었다. 당시에 손님이 운전기사에게 '전선 누버로 가자'고 하면 한강철교를 넘어 남쪽으로 가자는 뜻이었고 '오줌 고개로 가자'고 하면 지금의 정릉 아리랑 고개를 넘어 청량리 길을 지나 춘천쪽으로 달리자는 뜻이었다는 한량들의 추억담을 60년대까지만 해도 심심찮게 들을 수 있었다.[99]

즉 택시는 속력을 내며 춘천 쪽으로 달린 것인데, 시인은 택시가 속력을 내며 달리는 모습을 "그런 喪章을 두른 表情은 그만하겠다고 꽉-꽉-"이라고 표현한다. 택시가 속력을 내며 달리는 모습은 빗속에 사람들이 줄을 지어 우울하게 걸어가는 모습과는 대조적이다. 시인의 눈에 빗속을 걸어가는 사람들의 모습은 "상장을 두른 표정"으로 비쳤을 수 있다. 따라서 시인이 탄 택시가 고속으로 달리는 것은 그런, 상장을 두른 표정을 거부하는 것이다. 택시는 그렇게 몇 킬로를 휘달린다.

9연에서 시인은 "몇킬로 휘달리고나 거북처럼 興奮한다"라고 말한다. 이에 대해 황현산은 "자동차는 그 위험한 길을 몇 킬로 달리고나자 아예 거북이처럼 막무가내로 흥분하여 더욱 높은 속도로 치닫는다"라고 했다.[100] 그런데 몇 킬로 휘달린 주체와 흥분하는 주체를 모두 거북으로 보는 것은 매우 어색하다. 속력을 내어 달리는 택시의 이미지와 움직임이 느린 거북의 이미지는 맞지 않기 때문이다. 또, 시인이 택시의 소리를 계속 "꽉꽉"이라는 의성어로 표현해 왔다는 점도 기억할 필요가 있을 것 같다. "꽉꽉"이 거북을 연상시키지는 않는다. 몇 킬로 휘

---

99  위의 글, 200면.
100  위의 글, 200면.

달린 주체는 택시가 맞다. "휘달리고나"의 "-고나"는 감탄형 어미로 보는 것이 타당할 것 같다. 그러나 거북처럼 흥분한 주체는 택시가 아니라 질주하는 택시를 타고 있는 시인이다. 곧 이어 시인은 "징징거리는 神經방석우에 소스틈 이대로 견딜 밖에"라고 말하고 있다. 택시가 질주하자 시인은 그 속도로 인해 흥분한 것이다. 그러나 택시는 여전히 고속으로 달리고 있는 중이므로 시인은 "징징거리는 신경 방석" 즉 흔들리는 택시 좌석에서 그 속도를 견딜 수밖에 없다.

시인은 10연에서 "쌍쌍히 날러오는 풍경들을 뺨으로 헤치며 / 내처 살풋 어린 꿈을 깨여 진저리를 쳤다"고 말한다. 시인은 양옆 차창 밖으로 풍경들이 스쳐지나가는 것을 보았을 것이다. 그리고 풍경의 아름다움에 잠시 취해 속도를 망각했는지 모른다. 속도를 잊은 그 상태 또는 속도와 하나가 된 상태를 시인은 "살풋 어린 꿈"으로 표현한 것이 아닐까. 물론 황현산의 해석대로 시인은 "두 뺨에 스치는 바람처럼 달려오는 그 풍경들을 감상하다가 살풋 잠이" 들었던 것인지도 모른다. 중요한 것은 시인이 이내 꿈 또는 잠에서 깨어 다시 속도를 느끼며 진저리를 쳤다는 것이다.

시인은 마지막 11연에서 "어느 花園으로 꾀여내여 바늘로 찔렀더니만 / 그만 胡蝶같이 죽드라"라고 말한다. 이에 대해 황현산은 해석이 쉽지 않다고 전제하고 다음과 같이 말했다.

몇 가지 가정을 해볼 수 있다. 단순히 어느 경치 좋은 곳에 도착하여 운행을 정지했다는 뜻일 수 있다. 이 이미지스트에게서라면 자동차에 핸드브레이크(그때도 핸드브레이크가 있었을까)를 곧추세워둔 모습은 나비를 채집

하여 바늘로 고정시킨 모습으로 비유될 수 있다. 어쩌면 이 '화원'과 '바늘'은 자동차에 대한 여성적 비유와 관련된 성적 표현일 수도 있다. 그런데 진실은 더 은밀한 데 있을 것 같다. 우리는 자동차에 관해 말하면서 그 운전수에 대해서는 입을 다물었다. 사색이 된 승객을 아랑곳하지 않고 차가 벼랑길을 그렇게 난폭하게 달렸던 것은 운전수가 '기술자곤조'를 부렸기 때문이다. 그래서 그를 '화원으로', 즉 여자들이 있는 음식점으로 데려가, '바늘로 찔렀더니만' 즉 돈을 몇 푼 찔러주었더니만, 다소곳해지더라고 시인은 말하는 것이리라.

그렇더라도 '죽드라'가 과도한 표현인 것은 사실이다.[101]

그런데 10연과 11연의 의미는 "살폿 어린 꿈을 깨여", "호접" 등의 표현이 서로 영향을 주고받으면서 상징적으로 확대된다. "살폿 어린 꿈을 깨여"의 '꿈'은 뒤에 나오는 "호접"과 연결됨으로써 호접몽을 연상하게 한다. 시인은 자신이 잠깐 풍경에 빠져들었던 상태를 꿈이라고 표현했다. 다시 말하면 그 상태는 시인이 풍경을 보느라 차의 속도를 망각한 상태, 속도와 하나가 되었던 상태라고 할 수 있다. 그러나 시인은 그 꿈에서 이내 깨어났다. 그러면서 시인은 속도의 위험을 느끼고 진저리를 쳤다. 즉 자동차와 자신을 다시 분리함으로써 속도를 객체로 느끼고 또 그것에 대해 공포를 느낀 것이다. 그리고 어딘가에 주차하고 시동을 껐다. 물론 전세제로 하루 빌린 택시이니 자동차의 시동을 끈 것은 시인이 아니고 운전수였을 것이다. 그러나 시인이 "화원으로 꾀어내

---

101  위의 글, 201면.

여"라고 말한 것으로 보아 택시를 정차하도록 한 것은 시인이고 그 장소는 진로에서 다소 벗어난 곳이라는 것을 짐작할 수 있다.

시인에게 택시는 호접(胡蝶)이다. 장자(莊子)가 자신이 나비인지 나비가 자신인지 분별할 수 없는 즐거운 꿈에서 깨어나 인생의 무상함을 깨달은 것처럼, 시인은 자신이 자동차인지 자동차가 자신인지 분별할 수 없는, 속도감을 잊은 상태에 잠시 빠져들었다가 각성하고 다시 속도의 공포를 느낀 것이다. 그리고 호접을 화원으로 꾀어내어 바늘로 찔러 죽인다. 즉 운전수로 하여금 차를 진로를 벗어난 곳에 잠시 세우고 시동을 끄게 했다. "화원"은 호접과 연결하기 위해 주차한 공간을 비유적으로 표현한 것이다.

정지용은 「유선애상」에서 자동차 즉 택시를 타고 나갔던 경험을 통해 문명의 속도에 대한 공포를 그렸다. 이 말은 정지용이 문명을 두려워하면서도 그것을 좇았다는 말과 다르지 않다. 즉 「유선애상」에서는 문명의 속도에 대한 공포도 드러나지만 문명의 속도에 대한 동경이 드러나는 것도 사실이다. 이로써 정지용은 문명의 위선과 폭력을 온 몸으로, 온 언어로 폭로하고 비판하고 초극하려 했던 이상(李箱)과는 다른 태도와 언어로 문명을 대하였다고 말할 수 있다.

다음으로 김기림의 「제야」를 살펴보기로 한다.

光化門 네거리에 눈이오신다.
꾸겨진 中折帽가 山高帽가 『베레』가 조바위가 四角帽가 『샷포』가
帽子 帽子 帽子가 중대가리 고치머리가 흘러간다.

거지아히들이 感氣의危險을 列擧한

노랑빛 毒한 廣告紙를

軍縮號外와함끠 뿌리고갔다.


電車들이 주린 鱇魚처럼

殺氣띤 눈을 부르뜨고

사람을찾어 안개의海底로 모여든다.

軍縮이될리있나? 그런건

牧師님조차도 믿지않는다드라.


『마스크』를 걸고도 國民들은 感氣가 무서워서

酸素吸入器를 携帶하고 댕긴다.

언제부터 이平穩에 우리는 이다지 特待生처럼 익숙해버렸을까?


榮華의歷史가 이야기처럼 먼 어느 種族의 한쪼각부스러기는

조고만한 醜聞에조차 쥐처럼卑怯하다.

나의外套는 어느새 껍질처럼 내몸에 피여났구나.

크지도 적지도않고 신기하게두 꼭맞는다.


市民들은 家族을 위하야

바삐바삐 『데파-트』로 달린다.

(그 榮光스러운 遺傳을 지키기위하야………)

愛情의 牢獄속에서 나는 언제까지도 얌전한 捕虜냐?

안해들아 이 달지도못한 愛情의 찌꺽지를
누가 목숨을내놓고 아끼라고 배워주드냐?
우리는 早晚間 이 기름진 補藥을 嘔吐해버리자.


아들들아 여기에 준비된것은
어여쁜 曲藝師의 敎養이다.
나는 차라리 너를들에노아보내서
獅子의 우름을 배호게하고십다.


컴컴한 골목에서 우리는 또
차디찬손목을 쥐였다놓을게다.
그리고 뉘우침과 恨歎으로 더려펴진
간사한 一年의 옷을찢고
피묻은 몸둥아리를 쏘아보아야 할게다.


戰爭의요란소리도 汽笛소리도 들에 멀다.
그무슨感激으로써 나에게
『카렌다』를 바꾸어달라고 命하는
『바치칸』의 鍾소리도 아모것도 들리지않는다.


光化門 네거리에 눈이오신다. 별이어둡다.
몬셀卿의演說을 짓밟고 눈을차고
罪깊은 복수구두 키드구두

강가루 고도반 구두 구두 구두들이 흘러간다.

나는 어지러운 安全地帶에서

나를삼켜갈 鱌魚를 초조히 기다린다.

―김기림, 「除夜」[102]

제야의 광화문, 눈이 내린다. 시인은 전차를 기다리며 군중 속에 서 있다. 사람들의 모자가 보인다. 거지 아이들이 감기의 위험을 알리는 광고지와 군축에 관한 기사가 실린 호외를 뿌리고 갔다. 시인은 호외를 한 장 주워 든다. 3연에서 시인은 안개 낀 역으로 전차가 들어오는 모습을 묘사했다. 안개 낀 역을 해저에 비유했고, 사람을 태우기 위해 들어오는 기차를 사람을 향해 살기 띤 눈을 부릅뜨고 모여드는 상어에 비유했다. 근대 문명의 상징인 전차를 살기 띤 굶주린 상어로 표현한 것은 근대 문명이 인간을 위협한다는 것을 말하기 위함이다. 시인은 상어의 이미지와 "군축이 될 리 있나? 그런 건 / 목사님조차도 믿지 않는다드라"라는 두 시행을 같은 연으로 구성함으로써 문명 비판의 의도를 부각했다. 4연에서 시인은 국민들은 마스크를 걸고도 감기가 무서워서 산소흡입기를 휴대하고 다닌다고 말한다. 산소흡입기가 무엇을 비유하는 것인지는 분명히 알 수 없다. 시인은 감기의 위험을 느끼는 상황(군축이 될는지 안 될는지 모르는 상황)을 평온이라는 말로 표현했다. 일종의 반어이다. 그런데 그런 평온에 특대생처럼 익숙해져 있다고 말한다. 그것은 위험을 느끼는 상황을 그대로 받아들이는 것 즉 위험에 언제나 지속적으로 노

---

102  구인회 회원 편, 앞의 책, 20~22면.

출되어 있음을 말하는 것이다. 5연에서 시인은 식민지 조선의 현실이 비겁한 것임을 노래했다. "나의 외투는—꼭 맞는다"에서 외투의 의미는 뉘우침과 한탄이다. 6연에서 시인은 시민들이 가족을 위해 서둘러 귀가 하는 모습을 노래한다. 그러나 시인은 가정이 하나의 이데올로기적 구속이라고 말한다. 7연에서 시인은 교육현실을 비판한다. 즉 아들들에게 곡예사의 교양이 아닌 사자의 울음을 배우게 하고 싶다고 말한다. 8연에 따르면, 지난 일 년은 시인에겐 피 묻은 해였다. 그런데 뉘우침과 한탄 즉 몸에 꼭 맞는 외투로 그 피의 흔적은 가려져 있다. 뉘우침과 한탄을 거둬내고 지난 일 년의 잔혹함을 냉정하게 보아야 한다. "컴컴한 골목"은 해가 바뀌는 시점이다. 9연에서 시인은 전쟁소리도 기적 소리도 바티칸의 종소리도 들리지 않는다고 말한다. "그 무슨感激으로써 나에게 / 『카렌다』를 바꾸어달라고 命하는 / 『바치칸』의 鐘소리도 아모것도 들리지않는다"는 것은 해가 바뀌는 것이 전혀 감격스럽지 않다는 것이다. "몬셀卿의演說을 짓밟고 눈을차고"는 당시 영국 해상이었던 몬셀이 해군군축회의에서 제시한 것을 일본이 거부했다는 것이다. 그 구절에는 군축협상에 반대하고 전쟁으로 치닫는 일제에 대한 비판 의식이 담겨 있다.

이상이 「가외가전」에서 구사한 언어는 정지용이 「유선애상」에서, 김기림이 「제야」에서 구사한 언어와는 다르다. 그 언어의 특징을 어떻게 개념화할 것인지에 대해서 연구자들의 생각은 각각 다르다. 예컨대, 이보영은 그것을 다다이즘이나 쉬르리얼리즘의 언어라고 했고,[103] 김

---

103 이보영, 앞의 글.

인환은 그렇게 보아서는 안 된다고 했다.[104] 그러나 이상이 매우 낯선 언어로 문명에 대한 비판 의식을 형상화하려고 했던 것만은 분명하다. 아니, 그는 언어 자체가 문명의 비극성을 초극하는 것이 되기를 희망했는지 모른다.

---

104  김인환, 「이상 시의 계보」, 『기억의 계단』, 민음사, 2001, 295면.

# 제6장 ——— 구인회의 문학사적 의의

이 연구는 구인회(九人會)의 전모를 밝히고 그 문학사적 의의를 논하는 것을 목적으로 삼았다. 구인회를 연구 대상으로 삼은 이유는 몇 가지가 있으나 그중 가장 중요한 이유는 1930년대가 문학사에서 중요한 시기이고 구인회는 1930년대 특히 1930년대 전반기의 문학을 파악할 수 있는 매우 중요한 통로라고 판단했기 때문이다. 1930년대 문학이 중요한 이유는 그것이 결과적으로 새로웠기 때문이기도 하지만 또 그것이 이전 시대의 문학 또는 당시 새롭게 형성된 문학적 환경과 길항하는 과정을 뚜렷이 보여주었기 때문이기도 하다. 작품의 양적·질적 성과, 후대 문학에 미친 영향 등을 생각할 때 1930년대 문학이 중요하다는 판단에 이의를 제기하기는 어려울 것이다. 그런데 엄밀히 말하면, 그 판단은 후대 문학사를 기준으로 1930년대를 본 결과이다. 1930년대를 앞 시기와 연결해 어떻게 설명할 것인지를 고민한다면 즉 문학사의 연속성을 고려한다면 1920년대와 1930년대가 어떻게 연결되는지를 살펴야 하고 1930년대 전반기의 문학을 살펴야 한다. 구인회는

1930년대 전반기의 문학에 접근하는 매우 중요한 관문이다. 여기서는 지금까지의 연구를 통해 파악한 구인회의 전모에 관한 내용을 간추리고, 그것을 토대로 구인회의 문학사적 의의를 논하여 이 연구를 마무리 짓고자 한다.

구인회의 결성 과정은 조용만이 남긴 일련의 구인회 회고담들을 근거로 하여 재구(再構)하였다. 그 내용을 요약하면 다음과 같다. 이종명, 김유영, 조용만은 1933년 봄에 어떤 예술 모임을 만들자는 데에 뜻을 모았다. 조용만이 주로 회원 교섭에 힘썼고, 이종명이 이태준과 모임에 관한 중요 사항들에 합의한 뒤, 준비 모임과 발회식에서 세부 사항들을 결정함으로써 1933년 8월 구인회는 결성·창립되었다. 구인회의 창립 당시 회원은 김유영, 이종명, 조용만, 이태준, 정지용, 이효석, 이무영, 김기림, 유치진이었고 그들은 '순연한 연구적 입장에서의 회원 상호간 작품 비판', '다독다작', '친목도모', '자유스러운 입장에서의 예술운동 촉발' 등을 창립 목적으로 내세웠다.

조용만의 구인회 회고담들을 근거로 할 때, 구인회의 결성 과정은 구인회가 카프를 대하는 방식을 결정했던 과정으로서 의의를 지닌다. 구인회는 결성 과정에서 카프에 대항하지 않기로 결정했다. 그런데 그 결정은 표면적인 합의에 불과했으며 회원들은 카프에 대한 대항 여부와 방식에 대해 각자 다르게 생각했다. 그 차이가 구인회가 창립 이후에 보인 변동과 변화의 근본적인 원인이었다고 판단된다. 즉 구인회는, 적어도 표면적으로, 카프에 대항하지 않기로 결정함으로써 부정할 반대 항을 설정하지도 않고 개념과 선례가 분명한 어떤 예술적 사조를 지향하지도 않는 상태에서 출범했다. 구인회는 그런 상태에서 여러 회원들의 의도가 조화를 이루거나 충돌하는 과정을 겪을 수밖에 없었을 것인데, 그 과정이 변화와 변동의 양상으로 나타났을 것이라고 생각한다.

구인회가 창립 이후에 벌인 활동은 구인회가 활동 과정에서 모임의 응집성이나 결속력을 드러내었는지의 여부에 따라 전반기 활동과 후반기 활동으로 나누어 볼 수 있다. 전반기는 구인회가 창립된 직후부터 1934년 6월 『조선중앙일보』에 「격(檄)! 흉금(胸襟)을 열어 선배에게 일탄(一彈)을 날림」을 연재하기 전까지이다. 전반기에 구인회는 회원들이 상이한 문학관을 그대로 드러내는 방식으로 활동했다. 즉 그 시기에 구인회는 응집성이나 결속력을 눈에 띄게 드러내지는 않았다. 김인용이 쓴 구인회 제1회 월례 합평회 방청기인 「구인회 월평 방청기」(『조선문학』, 1933.10)와 「창작의 태도와 실제」(『조선일보』, 1934.1.1~25)에 구인회 회원들이 기고한 글들을 통해 그 양상을 확인할 수 있다. 구인회가 「격! 흉금을 열어 선배에게 일탄을 날림」을 연재한 것부터 1936년 10월경 소멸할 때까지 벌인 활동들을 후반기 활동으로 볼 수 있다. 구체적으로는 이태준이 학예부장으로 근무하고 있던 『조선중앙일보』에 단체로 「격! 흉금을 열어 선배에게 일탄을 날림」(1934.6.17~29)을 연재한 일, 조선중앙일보사의 후원을 받아 '시와 소설의 밤'(1934.6.30)과 '조선신문예강좌'(1935.2.18)를 개최한 일, 회원 작품집인 『시와 소설』(1936.3)을 발간한 일 등이 후반기 활동들이다. 구인회는 그러한 활동들을 벌이면서 전반기 활동에서와는 달리 응집성과 결속력을 비교적 강하게 드러냈다. 그리고 후반기 활동들은 대개 구인회가 '구인회'라는 이름을 내걸고 대중 및 독자를 상대로 하여 벌인 활동들이다.

구인회의 문학 활동은 적어도 네 차례 이상의 빈번한 회원 변동과 맞물려 이루어졌다. 그런데 구인회의 회원 변동은 회원들의 자유로운 입회와 탈회에 의해서만 전적으로 이루어진 것은 아니다. 즉 구인회에는 회원을 입회시키거나 탈회시키는 암묵적인 기준이 있었던 것으로 보인다. 그 기준은 회원들의 '인지도나 예술적 성취 수준', '정치적 의도의 소유 여부'와 관련이 있었을 것으로 보인다. 그리고 전자는 주로 회원을 입회시키는 기준으로 작용했고, 후자는 주로 회원들을 탈퇴시키는 명분으로 작용했다. 구인회가 '인지도나 예술적 성취 수준'을 자격 요건으로 삼아 회원을 입회시켰다는 것은 이상(李箱)의 구인회 가입 경위를 통해 추정할 수 있다. 또, 구인회는 정치적 의도를 소유했다고 판단되는 회원들 즉 동반자적 경향을 지닌 회원들의 역할을 제한함으로써 그들의 입지를 축소하고 결국은 그들의 탈퇴를 유도했던 것으로 보인다. 이무영의 구인회 탈퇴 경위를 추정함으로써 그것을 뒷받침할 수 있다.

구인회 회원들이 당대의 문학 환경에 대응했던 방식 및 태도를 구인회의 지향이라 보고 논하였다. 여기서 당대의 문학 환경이란 카프계의 시선과 저널리즘의 상업성을 말한다. 그것들에 대응했던 구인회의 방식과 태도 즉 구인회의 지향은 물론 구체적인 활동은 아니다. 그러나 그 지향은 구인회 회원들의 일련의 움직임 속에서 분명히 포착된다. 구체적으로는 탈(脫)-카프의 태도와 저널리즘의 상업성을 극복하려는 노력을 구인회의 지향으로 보았다.

구인회가 카프와 공존했고 카프와 구인회가 상호작용했다는 것에 대해서는 이론의 여지가 별로 없어 보인다. 중요한 것은 구인회가 카프를 대했던 방식이다. 그 방식은 '반(反)-카프'나 '항(抗)-카프'가 아니라 '탈(脫)-카프'라 할 만하다. 그것은 카프를 분명히 의식하고는 있으나 카프와 맞서 논쟁하거나 카프에 대해 반대 노선을 분명히 취하는 것이 아니라 카프의 문제의식을 무력화하고 카프가 제기하는 논점에서 벗어나 버리면서 카프와의 대립 구도가 형성되는 것을 원천적으로 피하는 방식이다. 구인회가 회원들의 탈퇴를 유도했던 방식, 카프의 논평에 대응했던 태도 등이 탈(脫)-카프의 방식을 보여준다.

한편, 구인회는 저널리즘과 제휴하면서도 그 상업성은 철저히 거부하는 태도를 취하였다. 조용만은 구인회 회고담들을 통해 구인회가 결성 당시에 저널리즘과 긴밀한 관계를 맺었다는 사실을 증언했다. 그리고 당시의 여러 자료들에 따르면, 구인회 결성 이후 그 회원들은 그들의 네트워크를 통해 일간지와 그 자매지들의 지면을 안정적으로 확보해 나갔다. 그러나 구인회 회원들은 저널리즘과 성공적으로 제휴해 나가면서도 문학이 저널리즘의 상업성에 복무해서는 안 된다고 주장했고 또 스스로 저널리즘의 상업성에 복무하는 것을 단호히 거부했다. 바꿔 말할 수도 있다. 구인회 회원들은 저널리즘이 문학을 부리려는 것에 저항하면서도 그런 저널리즘과 절연하지는 않았다. 그 대신 그들은 거의 공통적으로 저널리즘과 손잡는 일의 예술적 명분을 마련하려 했다. 그 명분이란, 구체적으로 말해서, 신문에 싣는 작품에 계몽 의식을 구현하는 것이었다. 그 계몽 의식은 문학에 대한 것이거나 사회에 대한 것이었다. 이무영, 이상, 박태원은 문학에 대한 계몽 의식을 구현하려 했다. 즉 그들은 신문에, 신문의 필요에 따라, 작품을 실긴 하나 예술성을 살림으로써 조선문학의 수준을 높이고 문학에 대한 조선 사회의 무지를 타파하겠다고 생각했다. 물론 그들이 생각하는 문학의 예술성이라는 것은 다 달랐다. 이무영은 문학이 현실을 절대적으로 탐구할 때 예술이 될 수 있다고 믿었고, 박태원은 소설의 문장과 기교에 대한 탐구를 통해 문학의 예술성을 구현하려 했다. 이상은 조선문학을 정신의 차원에서 초극하려 했다. 이무영, 이상, 박태원 등과는 달리 이태준은 사회에 대한 계몽 의식을 구현하려 했다. 즉 그는 사회에 대한 계몽 의식의 구현을 신문연재소설쓰기의 명분으로 삼았다.

그런 맥락에서 이태준의 「성모」는 매우 문제적이다. 이태준은 신문연재소설을 씀으로써 저널리즘의 상업성에 복무하면서도 신문연재소설에 사회 계몽 의식을 담아 문학의 사회적 임무를 수행하고자 했다. 「성모」는 이태준의 그러한 의도가 잘 표출된 작품이다. 그러나 이 말은 「성모」가 좋은 작품이라는 뜻은 아니다. 「성모」에서는 작가의 사회 계몽 의식 즉 주제의식으로 인해 내용과 형식이 비교적 일관되게 구축하는 면이 있으나 또 그 주제의식이 너무 강해 미처 형상화되지 못하고 노골적으로 표출되기도 한다. 신문연재소설로서 「성모」가 지니는 공과과는 저널리즘의 상업성을 인정하면서도 극복하려 했던 작가 이태준의 모순적인 의식의 결과라 할 수 있다. 이것이 「성모」가 문제적인 작품인 이유이다.

구인회가 새롭다면 그것은 구인회의 몇몇 회원들이 전대 문학의 어떤 측면을 수용하거나 거부하고 당대에 부각된 문학적 환경에 대응하는 가운데 문학관의 새로운 지평을 제시했기 때문일 것이다. 그런 회원들을 구인회의 주요 회원이라 할 수 있을 것이며 그들의 문학관을 밝히는 일은 중요하다고 말하지 않을 수 없다. 이런 관점에서 이태준과 박태원, 김기림과 이상의 문학관을 살펴보았다. 그들의 문학관이 어디에 연원을 두고 어디로 행하는 것이었는지 또 어떤 내용과 수준을 갖춘 것인지를 밝히고 그 관계에 대해서 논하였다. 그리고 그들의 문학관이 전대 또는 당대의 다른 문학관들과 충돌하거나 조화를 이루었던 양상도 규명해 보았다.

먼저, 기존의 문학 즉 계급주의문학에 대해 이태준과 김기림이 취했던 거리를 파악해 보았다. 이태준은 계급주의문학에 대한 염상섭의 관점보다는 이광수의 관점을 수용함으로써 우회적으로 계급주의문학과 거리를 두었던 것으로 보인다. 한편, 김기림은 임화와 이른바 '기교주의 논쟁'을 벌였는데, 그 과정에서 임화의 계급주의적 문학관과 김기림의 모더니즘이 교차하는 희귀한 광경이 벌어졌다. 그들의 문학관이 교차했던 지점은 구인회의 문학관이 진보적인 방향에서 확보했던 하나의 지평이었다고 말할 수 있다.

다음으로, 이태준과 박태원 그리고 김기림과 이상이 언어 또는 문명을 반성함으로써 새로운 문학, 문학의 새로움을 구현하려 했던 양상을 살펴보았다. 이태준은 어떤 대상에 대한 작가의 주관적 정서를 소설의 제재로 삼아야 한다고 보았다. 그런데 그는 소설의 제재인 작가의 정서를 독자들에게 그대로 설명하거나 표현하거나 전달하는 것이 아니라 독자들로 하여금 그 정서를 추체험(追體驗)하게 하는 쪽으로 소설의 문장을 구사해야 한다고 보았다. 즉 그는 대상을 여실히 묘사하는 데에 효과를 발휘하는 쪽으로 소설의 문장을 써야 한다고 본 것이다. 그런데 이태준의 그러한 소설관은 그의 문장관에서 비롯되었고, 그의 문장관은 한문 투의 문장을 어떻게 극복할 것인가 하는 반성과 문제의식에서 비롯되었다고 판단된다. 박태원은 소설의 문장 또는 문체를 집요하고 치열하게 천착했다. 그 집요함과 치열함은 소설의 기교에 대한 그의 문제의식에서 비롯되었다. 그리고 그 문제의식은 당시 신문과 잡지의 편집 관행에 대한 문제의식과 작자의 도덕성에 대한 문제의식과 연결되어 있어 중요하다. 구인회가 언어에 대한 반성과 천착을 통해 새로운 문학, 문학의 새로움을 추구했다고 말할 수 있다면, 김기림과 이상은 그런 면에서 가장 깊이가 있었으며 치열했다고 할 수 있다. 그 이유는 언어에 대한 그들의 사유가 근대 또는 문명에 대한 고민에서 비롯된 것이었기 때문이다. 김기림은 문학 즉 언어로써 문명의 퇴폐를 극복하는 일에 대한 사유를 모더니즘론으로 구축했고 이상은 삶과 언어로써 문명 또는 근대의 모순을 체현하고 비판하고 궁극적으로 초극하려 했다.

이제 구인회의 결성 및 창립, 활동, 지향 그리고 그들이 확보했던 문학관의 지평에 대한 논의를 토대로 하여 구인회의 문학사적 의의를 논할 차례이다. 먼저, 지금까지의 논의에 의해 증명되듯이 구인회는 1930년대 전반기 문학의 횡단면을 보여준다는 점에서 중요하다. 또, 구인회는 1930년대에 새로운 문학 또는 문학의 새로움을 전방위적으로 추구했던 예술인들의 모임 또는 움직임으로서 문학사적 의의를 지닌다. 달리 말하면, 구인회의 문학사적 의의는 구인회의 몇몇 회원들의 작품이 지닌 새로움보다는 구인회라는 모임이 기존의 문학 즉 '조선문학'을 반성하고 새로운 문학을 추구했던 움직임 속에서 찾아야 한다. 즉 그들이 전대의 문학인 민족주의문학과 계급주의문학을 포섭하거나 배제했던 방식과 태도, 당대에 새롭게 부각된 문학적 환경, 대표적으로 저널리즘의 상업성 등에 대응했던 방식과 태도가 문학사적 의미를 지닌다. 그들이 당면했던 목적주의문학이라는 장애 그리고 문학과 저널리즘의 상업성의 관계 문제는 그 이후에도 계속 우리의 문학이 부딪쳐 온 문제들이다. 구인회는 목적주의문학에 대해서는 '반(反)'이나 '항(抗)'이 아니라 다소 무반성적인 '탈(脫)'의 태도를 취하였다. 그런가 하면 저널리즘에 대해서는 이중적인 태도를 취하였다. 즉 저널리즘과 제휴하면서도 그 상업성은 단호히 거부하는 태도를 취하였다. 그 이후의 문학들이 그런 문제들에 어떻게 대응해 왔는지를 생각할 때 구인회는 하나의 중요한 참조점이 될 것이다.

# 참고문헌

## 1. 자료

1) 칼럼·평문·기타

權煥, 「三三年 文藝評壇의 回顧와 新年의 展望(1~4)」, 『조선중앙일보』, 1934.1.1~4.

金起林, 「文藝時評−現 文壇의 不振과 그 展望」, 『동광』, 1932.10.

_____, 「문예인의 새해 선언−써클을 선명히 하자」, 『조선일보』, 1933.1.4.

_____, 「作家가 본 作家(9·10)−스타일리스트 李泰俊 氏를 論함(1·2)」, 『조선일보』, 1933. 6.25·27.

_____, 「'포에시'와 '모더니티'」, 『신동아』, 1933.7.

_____, 「文藝에 잇서서의 '리알리티' '모랄' 문제(1·2)」, 『조선일보』, 1933.10.22·24.

_____, 「一九三三年의 詩壇의 回顧와 展望(1~6)」, 『조선일보』, 1933.12.7~10·12·13.

_____, 「文藝時評(1)−文學에 對한 새 態度」, 『조선일보』, 1934.3.25.

_____, 「文藝時評(2·3)−批評의 態度와 表情」, 『조선일보』, 1934.3.28·30.

_____, 「文藝時評(4)−作品과 作者의 거리」, 『조선일보』, 1934.4.1.

_____, 「文藝時評(5)−'인텔리겐챠'의 눈」, 『조선일보』, 1934.4.3.

_____(GW生), 「檄! 胸襟을 열어 先輩에게 一彈을 날림(10·11)−朱耀翰 氏에게(上·下)」, 『조선중앙일보』, 1934.6.28·29.

_____, 「現代詩의 發展(1~10)」, 『조선일보』, 1934.7.12~15·17~22.

_____, 「將來할 朝鮮文學은?(1)−文學上 朝鮮主義의 諸 樣姿」, 『조선일보』, 1934.11.14.

_____, 「將來할 朝鮮文學은?(2)−朝鮮의 舞臺에서 世界文學의 方向으로」, 『조선일보』, 1934. 11.15.

_____, 「將來할 朝鮮文學은?(3)−新휴매니즘의 要求」, 『조선일보』, 1934.11.16.

_____, 「將來할 朝鮮文學은?(4·5)−怠慢 休息 脫走에서 批評文學의 再建에」, 『조선일보』, 1934. 11.17·18.

_____, 「新春의 朝鮮 詩壇(1~5)」, 『조선일보』, 1935.1.1~5.(1회의 제목은 "新春朝鮮詩壇展望"으로 되어 있음)

_____, 「現代時의 技術」, 『詩苑』 제1호, 1935.2.

_____, 「詩에 잇서서의 技巧主義의 反省과 發展(上·中·下)」, 『조선일보』, 1935.2.10·13·14.

_____, 「午前의 詩論−第一篇 基礎論(1~4)」, 『조선일보』, 1935.4.20·21·23·24.

_____, 「午前의 詩論−基礎篇 續論(1~6)」, 『조선일보』, 1935.6.4~8·12.

_____, 「時代的 苦悶의 深刻한 縮圖」, 『조선일보』, 1935.8.29.

_____, 「午前의 詩論－技術篇(1~9)」, 『조선일보』, 1935.9.17~19・22・26・27; 10.1・2・4.

_____, 「現代 批評의 '딜렘마'－批評・鑑賞・製作의 限界에 對하야(1~5)」, 『조선일보』, 1935. 11.29; 12.1・3・5・6.

_____, 「乙亥年의 詩壇」, 『학등』, 1935.12.

_____(片石寸), 「鄭芝鎔 詩集을 읽고」, 『조광』, 1936.1.

_____, 「詩人으로서 現實에의 積極 關心(1~3)」, 『조선일보』, 1936.1.1・4・5.

_____, 「『사슴』을 안고－白石 詩集 讀後感」, 『조선일보』, 1936.1.29.

_____, 「故 李箱의 追憶」, 『조광』, 1937.6.

_____, 「모더니즘의 歷史的 位置」, 『인문평론』 창간호, 1939.10.

_____(片石寸), 「文壇不參記」, 『문장』 제2권 제2호, 1940.2.

_____, 「李箱의 모습과 藝術」, 『이상선집』, 백양당, 1949.

金基鎭(八峰), 「階級文學是非論－피투성이 된 푸로 魂의 表白」, 『개벽』, 1925.2.

_____(金八峰), 「一九三三年度 短篇創作 七十六篇」, 『신동아』, 1933. 12.

_____(金八峰), 「新聞 長篇小說 時感」, 『삼천리』, 1934.5.

金南天, 「1934年 文學 建設－創作의 態度와 實際(5)－當面 課題의 認識」, 『조선일보』, 1934.1.9.

金東仁, 「階級文學是非論－藝術家 自身의 막지 못할 藝術慾에서」, 『개벽』, 1925.2.

_____, 「不振한 文壇 그 打開策은?－文人側의 見地에(1~5)」, 『매일신보』, 1932.4.7~10・12.

_____, 「新聞小說은 어쩌게 써야 하나－新聞小說이라는 것은 보통小說과는 다르다」, 『조선일보』, 1933.5.14.

_____(通俗生), 「新聞小說 講座」, 『조선일보』, 1933.9.6~13.

_____, 「小說界의 動向(1~7)」, 『매일신보』, 1933.12.21~27.

_____, 「1934年 文學 建設－創作의 態度와 實際(11) : 感傷的 氣分 니즌 悲哀」, 『조선일보』, 1934.1.18.

_____, 「作家로서 評論을 評論－文藝批評과 이데오로기(上・中・下)」, 『조선일보』, 1934.1.31; 2.1・2.

_____, 「小說學徒의 書齋에서(1~7)」, 『매일신보』, 1934.3.15~17・21~24.

_____, 「近代小說의 勝利(1~6)」, 『조선중앙일보』, 1934.7.15・18・19・21・22・24.

_____, 「二月創作評(1~8)」, 『매일신보』, 1935.2.9・10・13~17・19.

_____, 「三月의 創作(3)－이 作家의 濫作 李泰俊 氏 「愛慾의 禁獵區」」, 『매일신보』, 1935.3.27.

_____, 「三月作品評(6)－日就月將 李無影 氏 「萬甫老人」」, 『매일신보』, 1935.3.30.

金斗鎔, 「'九人會'에 對한 批判(1~4)」, 『동아일보』, 1935.7.28・30・31; 8.1.

_____, 「朝鮮文學의 評論 確立의 問題」, 『신동아』, 1936.4.

金石松, 「階級文學是非論－階級을 爲함이냐 文藝를 爲함이냐」, 『개벽』, 1925.2.

金岸曙, 「1934年 文學 建設－創作의 態度와 實際(3) : 길을 가면서 詩想을」, 『조선일보』, 1934.1.3.

金仁鏞, 「九人會 月評 傍聽記」, 『조선문학』 제1권 제3호, 1933.10.

金海剛, 「1934年 文學 建設－創作의 態度와 實際(12) : 大衆의 感情을 基調로」, 『조선일보』, 1934.1.19.

金煥泰, 「尙虛의 作品과 그 藝術觀」, 『개벽』, 1934.12.

_____, 「新春創作總評」, 『개벽』, 1935.3.

羅稻香(稻香), 「階級文學是非論－쌀르니 푸로니 할 수는 업지만」, 『개벽』, 1925.2.

朴勝極, 「文藝와 政治－政治의 우월성 문제(上・中・下)」, 『동아일보』, 1934.6.5・8・9.

_____, 「朝鮮文壇의 回顧와 批判－昨今의 情況을 主로 하야」, 『신인문학』, 1935.3.

_____, 「朝鮮文學의 再建設－上半期 創作 及 評論의 批判과 一般 文學 問題에 關한 討究」, 『신동아』, 1935.6.

_____, 「文藝時論(1~6)」, 『조선중앙일보』, 1935.11.2・3・5~8.

_____, 「九人會의 地位」, 『비판』, 1936.6.

朴英熙, 「階級文學是非論－文學上 公利的 價値 如何」, 『개벽』, 1925.2.

_____, 「新傾向派의 文學과 그 文壇的 地位」, 『개벽』, 1925.12.

_____, 「新興藝術의 理論的 根據를 論하야 廉想涉 君의 無知를 駁함(1~14)」, 『조선일보』, 1926.2.3~8・10・12・13・15~19.

_____, 「初秋의 文學－九月創作評과 若干의 時評(4・5)」, 『조선중앙일보』, 1934.9.19・20.

朴龍喆, 「乙亥詩壇總評(1~4)」, 『동아일보』, 1935.12.24・25・27・28.

_____, 「詩壇時評(1~5)」, 『동아일보』, 1936.3.18・19・21・24・25.

朴鍾和(月灘), 「階級文學是非論－人生生活에 必然的 發生의 階級文學」, 『개벽』, 1925.2.

朴泰遠, 「文藝時評(1)－小說을 爲하야」, 『매일신보』, 1933.9.20.

_____, 「文藝時評(2)－評論家에게」, 『매일신보』, 1933.9.21.

_____, 「文藝時評(3~10)－九月創作評」, 『매일신보』, 1933.9.22・23・26~30; 10.1.

_____, 「三月創作評(1~6)」, 『조선중앙일보』, 1934.3.26~31.

_____, 「檄! 胸襟을 열어 先輩에게 一彈을 날림(7) : 金東仁 氏에게」, 『조선중앙일보』, 1934.6.24.

_____, 「李泰俊 短篇集『달밤』을 읽고(上・下)」, 『조선일보』, 1934.7.26・27.

_____, 「朝鮮文學建設會」, 『중앙』, 1934.8.

_____, 「主로 創作에서 본 一九三四年의 朝鮮文壇」, 『중앙』, 1934.12.

_____, 「創作餘錄(1~10)－表現・描寫・技巧」, 『조선중앙일보』, 1934.12.17~20・22・23・27・28・30・31.

_____, 「社會여 文壇에도 一顧를 보내라(2)－朝鮮文學建設會나 朝鮮作家擁護會를」, 『조선중앙일보』, 1935.1.2.

_____, 「文藝時感－新春 作品을 中心으로 作家, 作品 槪觀(1~10)」, 『조선중앙일보』, 1935.1.28・29・31; 2.1・3・6~8・10・13.

_____, 「李箱의 片貌」, 『조광』, 1937.6.

_____, 「제비(上・下)」, 『조선일보』, 1939.2.22・23.

_____, 「李箱의 秘戀」, 『여성』, 1939.5.

朴八陽, 「新詩講座－朝鮮新詩運動史」, 『삼천리』, 1935.12.

_____, 「新詩講座－朝鮮新詩運動史(제2회)」, 『삼천리』, 1936.2.

方仁根, 「창작가의 편으로부터(1)－쩌날리즘에 警告! 劣惡한 評文에 쏀이코트 하라」, 『조선일보』, 1933.10.3.

_____(方春海) 외, 「朝鮮文壇 合評會－七月創作總評」, 『조선문단』 11호, 1925.9.

백남준, 「뉴욕 단상」, 『공간』, 1968.8.

白鐵, 「인테리의 名譽」, 『조선일보』, 1933.3.3.

_____, 「히틀러－와 獨逸文學의 慘禍(1~5)」, 『조선일보』, 1933.5.17~20·23.

_____, 「邪惡한 藝苑의 雰圍氣(上·中·下)」, 『동아일보』, 1933.9.29~10.1.

_____, 「1934年 文學 建設－創作의 態度와 實際(15)：作家와 現實과 作品」, 『조선일보』, 1934.1.24.

_____, 「文章과 思想性의 檢討－내가 쓰는 作家 李泰俊論」, 『동아일보』, 1938.2.15·16.

_____, 「九人會 時代와 朴泰遠의 '모더니티'」, 『동아춘추』, 제2권 제3호, 희망사, 1963. 4.

宋影, 「1934年 文學 建設－創作의 態度와 實際(2)：現實의 本質을 把握」, 『조선일보』, 1934.1.2.

申鼓頌, 「文壇時感(1~5)」, 『조선중앙일보』, 1935.11.14~17·19.

安夕影(夕影生), 「流線型 時代(1)－砲彈과 現代의 愛人」, 『조선일보』, 1935.2.2.

_____, 「流線型 時代(2)－대머리 先生 成層圈 飛行」, 『조선일보』, 1935.2.3.

_____, 「流線型 時代(3)－標準 달러진 美男美女氏」, 『조선일보』, 1935.2.5.

_____, 「流線型 時代(4)－流線型 都市 바비론城人」, 『조선일보』, 1935.2.6.

_____, 「流線型 時代(5)－白頭山 打令 알프스 打令」, 『조선일보』, 1935.2.7.

安懷南, 「文藝時評－最近 創作 槪評(1~4)：新聞小說 小考」, 『조선일보,』 1933.5.24~27.

_____, 「文藝時評－最近創作槪評(6)」, 『조선일보』, 1933.5.30.

_____, 「九月創作評(下)－「아담의 後裔」와 「總角」－實物描寫와 이야기를 爲한 敍述의 差」, 『조선일보』, 1933.9.28.

_____, 「文章論－現役 作家들의 技術：그들의 個性과 領分에 關한 小考(1~3)」, 『조선일보』, 1936.9.3~5.

알파, 「九人會는 어디로?」, 『동아일보』, 1935.3.10.

梁柱東, 「徹底와 中庸－現下 朝鮮이 가지고 십흔 文學(1·2)」, 『조선일보』, 1926.1.23·24.

_____, 「文壇側面觀－左右派 諸家에게 質問(1~6)」, 『조선일보』, 1931.1.1~6.

_____, 「文壇側面觀의 續(1~6)－無産派 文藝의 立場 問題」, 『조선일보』, 1931.1.7~10·13·14.

_____, 「시끄럽게 함부로 날쒸는 아지 못하는 批評 退治」, 『조선일보』, 1933.10.4.

嚴興燮, 「1934年 文學 建設－創作의 態度와 實際(10)：取材와 實寫的 描寫」, 『조선일보』, 1934.1.14.

廉想涉, 「階級文學是非論－作家로서는 無意味한 말」, 『개벽』, 1925.2.

_____, 「階級文學을 論하야 所謂 新傾向派에 與함」, 『조선일보』, 1926.1.22〜2.2.

_____, 「푸로레타리아文學에 對한 '피' 氏의 言」, 『조선문단』, 1926.5.

柳致眞, 「1934年 文學 建設－創作의 態度와 實際(14) : 徹底한 現實 把握」, 『조선일보』, 1934. 1.21.

尹白南, 「新聞小說 그 意義와 技巧」, 『조선일보』, 1933.5.14.

尹亨重, 「카톨니시즘은 現代文化에 잇서서 엇던 位置에 섯는가?」, 『조선일보』, 1933.8.26・27.

_____, 「카톨닉은 政治를 廻避한다」, 『조선일보』, 1933.8.29.

_____, 「카톨닉은 젊은 '인텔리' 계급의 模倣熱을 排擊함」, 『조선일보』, 1933.8.30・31; 9.1.

_____, 「暗黑한 中世紀 그것은 참말인가?」, 『조선일보』, 1933.9.2.

_____, 「카톨닉의 戰爭 理論」, 『조선일보』, 1933.9.3・5.

李健榮, 「쩌날리즘과 文學」, 『신동아』, 1934.5.

李光洙, 「階級文學是非論－階級을 超越한 藝術이라야」, 『개벽』, 1925.2.

_____, 「中庸과 徹底－朝鮮이 가지고 십흔 文學(1・2)」, 『동아일보』, 1926.1.2・3.

_____, 「梁柱東 氏의 「徹底와 中庸」을 닑고(1〜4)」, 『동아일보』, 1926.1.27〜30.

_____, 「文學과 '브르'와 '프로'」, 『조선문단』, 1926.3.

_____, 「余의 作家的 態度」, 『동광』, 1931.4.

_____, 「朝鮮의 文學」, 『삼천리』, 1933.3.

_____(李春園), 「朝鮮新文藝講座聽講記抄－朝鮮小說史」, 『사해공론』 제1호, 1935.5.(실제 필자 는 이광수가 아님)

李箕永(民村生), 「1934年 文學 建設－創作의 態度와 實際(16) : 社會的 經驗과 手腕」, 1934. 1.25.

李無影, 「評壇에 보내는 말－公正한 評家여 나오라」, 『조선일보』, 1933.10.10.

_____, 「1934年 文學 建設－創作의 態度와 實際(4) : 作家 自身의 生活 革命」, 『조선일보』, 1934. 1.4.

_____, 「新聞小說에 對한 管見」, 『신동아』, 1934.5.

_____, 「檄! 胸襟을 열어 先輩에게 一彈을 날림(3〜5) : 春園 李光洙 氏에게(上・中・下)」, 『조선 중앙일보』, 1934.6.20〜22.

李箱, 「社會여 文壇에도 一顧를 보내라(6)－文學을 버리고 文化를 想像할 수 없다」, 『조선중앙일 보』, 1935.1.6.

李石薰, 「1934年 文學 建設－創作의 態度와 實際(6) : 文學 建設의 熱情」, 『조선일보』, 1934.1.10.

李應洙, 「1934年 文學 建設－創作의 態度와 實際(13) : 形式 內容의 同等 價値」, 『조선일보』, 1934.1.20.

李鍾鳴, 「作家의 立場을 理解하는 嚴正하고 純粹한 批評家의 出現」, 『조선일보』 1933.10.3.

_____, 「1934年 文學 建設－創作의 態度와 實際(8) : 文學 本來의 傳統」, 『조선일보』, 1934.1.12.

_____, 「檄! 胸襟을 열어 先輩에게 一彈을 날림(6) : 憑虛 玄鎭健 氏에게」, 『조선중앙일보』, 1934. 6.23.

李泰俊, 「藝術의 東西(上・下)」, 『조선일보』, 1933.8.31; 9.1.

_____, 「評家여 좀더 謙遜하여라」, 『조선일보』, 1933.10.14.

_____, 「1934年 文學 建設－創作의 態度와 實際(1)－作品과 生活이 競走 中」, 『조선일보』, 1934.1.1.

_____, 「글 짓는 법 A・B・C(1~8)」, 『중앙』, 1934.6~1935.1.

_____, 「作者의 말」, 『조선중앙일보』, 1935.5.22.

_____, 「小說과 文章」, 『사해공론』 제2호, 1935.6.(실제 필자는 이태준이 아님)

_____, 「九人會에 對한 難解 其他」, 『조선중앙일보』, 1935.8.11.

_____, 「新春創作槪觀－簡單한 讀後感(1~10)」, 『조선중앙일보』, 1936.1.17~19・21・23~26・28・29.

_____, 「李光洙 氏의 全作 『사랑』을 推薦함」, 『조선일보』, 1938.11.11.

_____, 「小說의 어려움 이제 깨닷는 듯」, 『문장』, 1940.2.

_____, 「國語에 對하야」, 『대조』 제1권 제2호, 1946.4.

_____, 「朝鮮의 小說들」, 『尙虛文學讀本』, 백양당, 1946.9.

李軒求, 「評壇에 보내는 말－內面的 이데올로기에」, 『조선일보』, 1933.10.8.

李孝石, 「創作家의 便으로부터(2)－創作 活動의 旺盛과 批評의 天才를 大望」, 『조선일보』, 1933.10.4.

_____, 「1934年 文學 建設－創作의 態度와 實際(9) : 浪漫 리알 中間의 길」, 『조선일보』, 1934.1.13.

一記者, 「李泰俊 氏 家庭 訪問記」, 『조선문단』, 1935.8.

林麟, 「檄! 胸襟을 열어 先輩에게 一彈을 날림(1・2) : 空超 吳相淳 氏에게(上・下)」, 1934.6.17・19.

林和, 「一九三三年의 朝鮮文學의 諸傾向과 展望(1~8)」, 『조선일보』, 1934.1.1~3・5・7・10・13・14.

_____, 「曇天下의 詩壇 一年」, 『신동아』, 1935.12.

_____, 「技巧派와 朝鮮 詩壇」, 『중앙』, 1936.2.

_____, 『文學의 論理』, 학예사, 1940.

張桂春, 「九人會와 『詩와 小說』」, 『조선중앙일보』, 1936.4.7.

丁來東, 「三大 新聞 長篇小說 論評」, 『개벽』, 1935.3.

鄭寅燮, 「文壇是是非非, 低能揶揄家에의 忠告」, 『동아일보』, 1933.9.1.

朝鮮文壇 編輯局, 「文藝座談會」, 『조선문단』 제4권 제4호, 1935.8.

조선어학회, 「한글마춤법통일안 全文」, 『한글』 제10호, 조선어학회, 1934.1.

趙容萬, 「文藝時評－文學에의 情勢 其他(4)」, 『조선일보』, 1933.1.28.

_____, 「檄! 胸襟을 열어 先輩에게 一彈을 날림(8・9)－廉想涉 氏에게(上・下)」, 『조선중앙일보』, 1934.6.26・27.

_____, 「李泰俊氏 短篇集 『달밤』을 읽고(上・下)」, 『매일신보』, 1934.8.4・5.

_____, 「'九人會'의 記憶」, 『현대문학』, 1957.1.

_____, 「側面으로 본 新文學 60年(19)−九人會」, 『동아일보』, 1968.7.20.

_____, 「九人會 이야기」, 『淸貧의 書−趙容萬 隨筆集』, 교문사, 1969.4.

_____, 「나와 '九人會' 시대(1~6)」, 『대한일보』, 1969.9.19・24・30; 10.3・7・10.

_____, 「九人會 만들 무렵」, 『九人會 만들 무렵−趙容萬 創作集』, 정음사, 1984.5.

_____, 「30년대의 문화계(69~76)」, 『중앙일보』, 1984.10.5~1984.10.18.

_____, 『울 밑에 핀 봉선화야』, 범양사 출판부, 1985.

_____, 「李箱 時代−젊은 예술가들의 肖像(1~3)」, 『문학사상』 174~176호, 1987.4~6.

_____, 「李箱과 金裕貞의 文學과 友情」, 『신동아』, 1987.5.

_____, 『30년대의 문화예술인들』, 범양사 출판부, 1988.

_____, 「이태준 회상기−차고 자존심 강한 소설가」, 『상허학보』 제1집, 상허문학회, 1993.12.

蔡萬植, 「1934年 文學 建設−創作의 態度와 實際(7) : 似而非 評論 拒否」, 『조선일보』, 1934.1.11.

韓雪野, 「文藝時感−技巧主義의 偏向」, 『비판』, 1936.9.

韓曉, 「文學批評의 新任務−새로운 方法論의 見地와 批評家的 態度에 關하야(1~4)」, 『조선중앙일보』, 1935.8.13~16.

洪曉民, 「一九三四年과 朝鮮文壇−簡單한 回顧와 展望을 兼하야(1~4)」, 『동아일보』, 1934.1.1・4・5・10.

_____, 「朝鮮文壇 및 朝鮮文學의 進展−新年에의 展望을 兼하야」, 『신동아』, 1935.1.

B記者, 「文壇新聞」, 『신인문학』 제1권 제3호, 1934. 10.

S・K生, 「最近 朝鮮 文壇의 動向」, 『신동아』 4권 9호, 1934.9.


2) 기사(시기순)

「月二回刊行 『文學타임스』 文壇人 總執筆로 一月末 創刊」, 『동아일보』, 1933.1.6.

「新刊紹介−文學타임스 創刊號」, 『동아일보』, 1933.2.8.

「文學타임스 原稿 不許」, 『동아일보』, 1933.5.3.

「나무와 꽃 속에 싸인 草屋−小說家 李泰俊 氏 宅」, 『신가정』, 1933.7.

「九人會 創立」, 『조선일보』, 1933.8.30.

「文壇人 消息−九人會 組織」, 『조선중앙일보』, 1933.8.31.

「文人의 新團體」, 『삼천리』, 1933.9.

「九人會 創立」, 『동아일보』, 1933.9.1.

「新刊紹介−朝鮮文學(文學타임스 改題) 十月 復活號」, 『동아일보』, 1933.10.10.

「集會」, 『매일신보』, 1934.1.16.

「文壇의 一盛事! 詩와 小說의 밤」, 『조선중앙일보』, 1934.6.25.

「詩와 小說의 밤」, 『조선중앙일보』, 1934.6.26~28.

「'九人會' 主催의 '詩와 小說의 밤'」, 『동아일보』, 1934.6.29.

「詩와 小說의 밤」, 『조선중앙일보』, 1934.6.30.

「朝鮮新文藝講座」, 『조선중앙일보』, 1935.2.13・15・16.

「九人會의 文藝 講座」, 『조선일보』, 1935.2.17.

「朝鮮新文藝講座」, 『조선중앙일보』, 1935.2.17.

「小說 揭載 中止」, 『조선중앙일보』, 1935.5.20.

「朴泰遠 氏의 藝術的 良心」, 『조선문단』, 1935.8.

3) 작품 · 작품집 · 전집

九人會 會員 편, 『詩와 小說』 창간호, 창문사, 1936.3.

金起林, 「나의 探險船」, 『신동아』, 1933.9.

_____, 「林檎밭」, 『신가정』, 1933. 9.

金基鎭(八峰), 「봄이 오기 전」, 『신가정』, 1934.3.

金裕貞, 「총각과 맹꽁이」, 『신여성』, 1933.9.

김윤식 편, 『원본 · 주석 이상 문학전집』 3—수필, 문학사상사, 1993.

김주현 주해, 『증보 정본 이상 문학 전집』 3—수필 · 기타, 소명출판, 2009.

_____, 『증보 정본 이상 문학 전집』 1—시, 소명출판, 2009.

김학동 · 김세환 편, 『김기림 전집』 1~6, 심설당, 1988.

깊은샘 자료실 편, 『원본 신문연재소설 전집』 4, 깊은샘, 1987.

朴泰遠, 「누이」, 『신가정』, 1933.8.

_____, 「오월의 薰風」, 『조선문학』, 1933.10.

_____, 「落照」, 『매일신보』, 1933.12.8~29.

_____, 「食客 吳參奉」, 『월간매신』, 1934.6.

_____, 「小說家仇甫氏의 一日」, 『조선중앙일보』, 1934.8.1~9.19.

_____, 「딱한 사람들」, 『중앙』 11, 1934.9.

_____, 「愛慾」, 『조선일보』, 1934.10.6~10.23.

_____, 「靑春頌」, 『조선중앙일보』, 1935.2.27~5.18.(연재중단)

_____, 「길은 어둡고」, 『개벽(속간)』 4, 1935.3.

_____, 「顚末」, 『조광』 2, 1935.12.

_____, 「距離」, 『신인문학』 11, 1936.1.

_____, 「舊痕」, 『학등』 22, 1936.1.

_____, 「悲凉」, 『중앙』 29, 1936.3.

_____, 「惡魔」, 『조광』 5 · 6, 1936.3 · 4.

_____, 「陣痛」, 『여성』, 1936.5.

_____, 「最後의 億萬長者」, 『조선일보』, 1936.6.25~7.1.

_____, 「川邊風景」, 『조광』 10~12, 1936.8~10.

_____, 「報告」, 『여성』, 1936.9.

石北鎭, 「꽃 피였던 섬」, 『신동아』, 1934.3.

柳致眞, 「土幕」, 『문예월간』 2 · 3호, 1931.12; 1932.1.

_____, 「버드나무 선 洞里의 風景」, 『조선중앙일보』, 1933.11.1~15.

_____, 「土幕」, 『삼천리』, 1935.2.

李光洙(春園), 「흙」, 『동아일보』, 1932.4.12~1933.7.10.

李無影, 「어머니와 아들」, 『신동아』, 1933.6.

_____, 「아버지와 아들」, 『신동아』, 1933.9.

_____, 「脫出」, 『신동아』, 1933.11.

_____, 「노래를 잊은 사람」, 『중앙』, 1934.11 · 12.

_____, 「龍子小傳」, 『신가정』, 1934.11 · 12.

_____, 「톨스토이」, 『신동아』, 1934.11~1935.1.

이무영문학전집 편찬위원회 편, 『이무영 문학 전집』 1~6, 국학자료원, 2000.

李箱, 「烏瞰圖」, 『조선중앙일보』, 1934.7.24~8.8.

이숭원 주해, 『원본 정지용 시집』, 깊은샘, 2003.

이승훈 편, 『이상 문학 전집』 1-시, 문학사상사, 1989.

이어령 교주, 『이상 시 전작집』, 갑인출판사, 1978.

李鍾鳴, 「純이와, 나와」, 『삼천리』 42호, 1933.9.

李泰俊, 「모던 껄의 晩餐」, 『조선일보』, 1929.3.19.

_____, 「天使의 憤怒」, 『신동아』, 1932.5.

_____, 「꽃나무는 심어놓고」, 『신동아』, 1933.3.

_____, 「미어기」, 『동아일보』, 1933.7.23.

_____, 「第二의 運命」, 『조선중앙일보』, 1933.8.25~1934.3.23.

_____, 「아담의 後裔」, 『신동아』, 1933.9.

_____, 「어떤 젊은 어미」, 『신가정』, 1933.10.

_____, 「달밤」, 『중앙』, 1933.11.

_____, 「水點 下의 憂鬱」, 『학등』, 1934.3.

_____, 「不滅의 喊聲」, 『조선중앙일보』, 1934.5.15~1935.3.30.

_____, 「點景」, 『중앙』, 1934.9.

_____, 「꽃나무는 심어놓고」, 『삼천리』 60호, 1935.3.

_____, 「愛慾의 禁獵區」, 『중앙』, 1935.3.

_____, 「聖母」, 『조선중앙일보』, 1935.5.26.~1936.1.20.

_____, 『달밤』(재판), 한성도서주식회사, 1935.7.

_____, 「색시」, 『조광』 1, 1935.11.

_____, 「孫巨富」, 『신동아』 49, 1935.11.

_____, 「純情」, 『사해공론』 7, 1935.11.

_____, 「가마귀」, 『조광』 3, 1936.1.

_____, 「三月」, 『사해공론』 9, 1936.1.

_____, 「黃眞伊」, 『조선중앙일보』, 1936.6.2~9.4.(연재 중단)

_____, 「바다」,『사해공론』15호, 1936.7.

_____, 「장마」,『조광』12호, 1936.10.

_____, 「鐵路」,『여성』, 1936.10.

_____,『불멸의 함성』1・2, 서음출판사, 1988.

_____,『불멸의 함성』상・하, 깊은샘, 1988.

_____,『성모』, 깊은샘, 1988.

_____,『성모』, 서음출판사, 1988.

_____,『제이의 운명』, 깊은샘, 1988.

_____,『달밤』, 깊은샘, 1995.

_____,『황진이』, 깊은샘, 1999.

李孝石, 「豚」,『조선문학』, 1933.10.

張瑞彦, 「古花甁」,『가톨닉 청년』, 1934.2.

鄭芝溶, 「海峽의 午前 二時」,『가톨닉 청년』, 1933.6.

_____, 「갈닐네아 바다」,『가톨닉 청년』, 1933.9.

_____, 「별」,『가톨닉 청년』, 1933.9.

_____, 「恩惠」,『가톨닉 청년』, 1933.9.

_____, 「臨終」,『가톨닉 청년』, 1933.9.

_____, 「歸路」,『가톨닉 청년』, 1933.10.

崔南善, 「舊作三篇」,『소년』제2년 제4권, 1909.4.

최동호 편,『정지용 전집』1・2, 서정시학, 2015.


## 2. 논저(소논문・학위논문・단행본・평론)

강상희,『한국 모더니즘 소설론』, 문예출판사, 1999.

강옥희,『한국 근대 대중소설 연구』, 깊은샘, 2000.

강진호, 「이태준 연구」, 고려대 석사논문, 1987.

_____, 「1930년대 후반기 신세대 작가 연구」, 고려대 박사논문, 1994.

_____, 「'구인회'의 문학적 의미와 성격─이태준과 박태원을 중심으로」,『상허학보』제2집, 상허학회, 1995.5.

_____, 「1930년대 후반기 신세대 작가 연구」,『한국근대문학작가연구』, 깊은샘, 1995.10.

_____, 「'구인회'를 어떻게 볼 것인가」,『문학과 교육』12, 문학과교육연구회, 2000.6.

공종구, 「박태원 소설의 서사지평 연구」, 전남대 박사논문, 1992.

_____,『한국 현대소설의 윤리』, 박문사, 2009.

구보학회,『박태원과 구인회』, 깊은샘, 2008.

구보학회・한국현대소설학회,『한국현대소설과 구인회─제43회 한국현대소설학회 제16회 구보학회 연합 학술대회 발표자료집』, 2013.5.25.

권영민,『한국 계급문학 운동사』, 문예출판사, 1998.

_____,『한국현대문학사』1, 민음사, 2002.

_____,「종래의 지용 시 해석에 대한 문제 제기-「바다 2」와「유선애상」을 중심으로」,『현대문
　　　학』, 2003.8.

김경수,「프로문학과의 논전과 그 의미」,『염상섭과 현대소설의 형성』, 일조각, 2008.

김명리,「정지용 시어의 분석적 연구-시어 '누뤼(알)'과 '유선'의 심층적 의미를 중심으로」, 동국
　　　대 석사논문, 2002.

김민정,「구인회를 둘러싼 몇 가지 문제제기」,『민족문학사연구』16, 민족문학사연구소, 2000.6.

_____,「구인회의 존립양상과 미적 이데올로기의 상관성 연구」, 서울대 박사논문, 2000.8.

_____,「1930년대 문학적 장의 형성과 구인회」,『한국 근대문학의 유인과 미적 주체의 좌표』,
　　　소명출판, 2004.

_____,「'식민지근대'의 문학사적 수용과 1930년대 문학의 재인식-'카프', '구인회', '단층' 간의
　　　상관성을 중심으로」,『어문논총』제47호, 한국문학언어학회, 2007.12.

김병익,『한국문단사 1908~1970』, 문학과지성사, 2001.

김시태,「구인회 연구」,『논문집』제7집(인문·사회과학편), 제주대, 1975.

김영민,『한국문학비평논쟁사』, 한길사, 1992.

김영희,「일제 지배시기 한국인의 신문 접촉 경향」,『한국언론학보』제46-1호, 2001.겨울.

김용직,「시문학파 연구」,『한국현대시연구』, 일지사, 1974.

_____,『한국현대시사』1·2, 한국문연, 1996.

_____,『김기림』, 건국대 출판부, 1997.

김우종,『한국현대소설사』, 선명문화사, 1968.

김유중,『한국 모더니즘문학의 세계관과 역사의식』, 태학사, 1996.

_____,『한국 모더니즘문학과 그 주변』, 푸른사상, 2006.

김윤식,「순수시론-박용철론」,『한국근대작가론고』, 일지사, 1974.

_____,『한국근대문예비평사연구』, 일지사, 1976.

_____,『이상 연구』, 문학사상사, 1987.

_____,「고현학의 방법론-박태원을 중심으로」, 김윤식·정호웅 편,『한국문학의 리얼리즘과 모
　　　더니즘』, 민음사, 1989.1.

_____,「이태준론」,『현대문학』, 1989.5.

_____,「「쥬피타 추방」에 대한 6개의 주석-이상과 김기림」,『한국현대문학사상사론』, 일지사,
　　　1992.8.

_____,『한국현대문학사』, 서울대 출판부, 1992.11.

_____,『임화 연구』, 문학사상사, 1993.

_____,「「날개」의 생성과정론-이상과 박태원의 문학사적 게임론」,『한국현대문학비평사론』,
　　　서울대 출판부, 2000.

김윤식·김현,『한국문학사』, 1973.

김윤식·정호웅,『한국소설사』, 예하, 1993.

김윤정,『한국 모더니즘 문학의 지형도』, 푸른사상, 2005.

김은전,「구인회와 신감각파」,『선청어문』24, 서울대 사범대학 국어교육과, 1996.10.

김인환,「이상 시 연구」,『영양학술연구논문집』제4회, 1996.

김인환,「이상 시의 계보」,『기억의 계단』, 민음사, 2001.

김재홍,「갈등의 프로 시인, 박팔양」,『카프시인비평』, 서울대 출판부, 1990.

김종건,「'구인회' 소설의 공간설정 연구」, 대구대 박사논문, 1998.

_____,『'구인회' 소설의 공간설정과 작가의식』, 새미, 2004.

김종균,「이태준 장편소설「성모」연구」,『건국어문학』제19・20합집, 건국대 국어국문학연구회,
　　　　1995.5.

김종회,「박태원의 '구인회' 활동과 이상과의 관계」, 구보학회,『박태원과 모더니즘』, 깊은샘,
　　　　2007.1.

김주현,『이상 소설 연구』, 소명출판, 1999.

김택호,「이태준 소설에 나타난 모성의 의미-「성모」와「딸삼형제」를 중심으로」,『한국현대문학
　　　　연구』제14집, 한국현대문학회, 2003.12.

_____,「이태준 장편소설 연구사」,『이태준 문학 연구의 새로운 활로-연구사 검토 및 연구 방법론
　　　　돌아보기』(상허학회 이태준 콜로키움 자료집), 2014.6.

김학동,『김기림 연구』, 새문사, 1988.

_____,『정지용 연구』, 민음사, 1997.

_____,『김기림 평전』, 새문사, 2001.

김한식,「구인회 소설 연구」, 고려대 석사논문, 1994.

김해옥,『한국 현대 서정소설론』, 새미, 1999.

동아일보사사 편찬위원회,『동아일보사사』1, 동아일보사, 1975.

문덕수,『한국 모더니즘 시 연구』, 시문학사, 1981.

문혜윤,『문학어의 근대』, 소명출판, 2008.

민병기,『정지용』, 건국대학교출판부, 1996.

민병덕,「한국 근대 신문연재소설 연구-작품의 공감구조와 출판의 기능을 중심으로」, 성균관대
　　　　박사논문, 1989.

민충환,『이태준 연구』, 깊은샘, 1988.

박기수,「서평-'구인회' 그 정체와 지속-이중재,『'구인회' 소설의 문학사적 연구』」,『문학과
　　　　창작』46, 문학아카데미, 1996.6.

박용규,「여운형의 언론활동에 관한 연구-일제하『조선중앙일보』사장 시기를 중심으로」,『한국
　　　　언론학보』제42-2호, 1997.겨울.

_____,「일제하 시대 중외・중앙・조선중앙일보에 관한 연구」,『언론과 정보』제2호, 1996.2.

박헌호,「구인회를 어떻게 볼 것인가」, 상허문학회,『근대문학과 구인회』, 깊은샘, 1996.

_____,「구인회를 어떻게 볼 것인가」,『식민지 근대성과 소설의 양식』, 소명출판, 2004.

배개화,『한국문학의 탈식민적 주체성-이식문학론을 넘어』, 창작과비평사, 2009.

배호남, 「정지용 시의 갈등 양상 연구」, 경희대 박사논문, 2008.

백철, 『조선신문학사조사』(현대편), 백양당, 1949.

_____, 『국문학전사』, 신구문화사, 1987.

상허문학회, 『근대문학과 구인회』, 깊은샘, 1996.

서준섭, 「30년대 모더니즘 시 연구의 현황과 문제점」, 『한국학보』 제29집, 일지사, 1982.12.

_____, 「모더니즘과 1930년대의 서울」, 『한국학보』 제45집, 일지사, 1986.12.

_____, 「1930년대 한국 모더니즘문학 연구」, 서울대 박사논문, 1988.6.

_____, 『한국 모더니즘문학 연구』, 일지사, 1988.9.

_____, 「구인회와 모더니즘」, 회강이선영교수화갑기념논총간행위원회 편, 『1930년대 민족문학의 인식』, 한길사, 1990.

송인화, 「이태준 문학과 '예술 자율성'」, 『상허학보』 제13집, 상허학회, 2004.8.

송하춘, 『한국현대장편소설사전』, 고려대 출판부, 2013.

신범순, 「정지용 시에서 병적인 헤매임과 그 극복의 문제」, 『한국 현대시의 퇴폐와 작은 주체』, 신구문화사, 1998.

신형철, 「'가외가(街外街)'와 '인외인(人外人)'—이상의 「가외가전」(1936)에 나타난 일제강점기 도시화 정책의 이면」, 『인문학연구』 50권, 조선대 인문학연구원, 2015.

심진경, 「이태준의 「성모」 연구」, 『상허학보』, 상허학회, 2002. 2.

안미영, 「'구인회' 형성기 연구」, 『개신어문연구』 15, 개신어문학회, 1998.12.

안숙원, 「구인회와 바보의 시학」, 『서강어문』 10, 서강어문학회, 1994.12.

_____, 『박태원 소설과 도립의 시학』, 개문사, 1996.

_____, 「구인회와 댄디즘의 두 양상」, 『박태원과 구인회』, 깊은샘, 2008.

여지선, 『한국근대문학의 전통론사』, 이회, 2006.

역사문제연구소 문학사연구모임, 『카프문학운동연구』, 역사비평사, 1994.

염무웅, 「1930년대 문학론」, 임형택·최원식 편, 『한국근대문학사론』, 한길사, 1982.

옥태권, 「구인회 소설의 공간전략 연구」, 『국어국문학』 23, 동아대 국어국문학과, 2004.12.

유기룡, 「1930년대 '구인회'의 반이념적 문학의 특성」, 『어문논총』 제31호, 경북어문학회, 1997.8.

유철상, 「구인회의 성격과 순수문학의 의의」, 『현대문학이론연구』 제25집, 현대문학이론학회, 2005.8.

윤병로, 『한국근·현대문학사』, 명문당, 1991.

윤재웅, 「박팔양론」, 홍기삼 외, 『한국현대시인연구』, 태학사, 1989.

이강헌, 「1930년대 모더니즘 소설 연구」, 영남대 박사논문, 1988.

이경훈, 「「가외가전」 주석」, 『이상, 철천의 수사학』, 소명출판, 2000.

이광호, 「문제는 '미적 근대성'인가?—상허문학회 지음, 『근대문학과 구인회』(깊은샘, 1996)」, 『작가연구』 3, 새미, 1997.4.

_____, 『미적 근대성과 한국문학사』, 민음사, 2001.

이근화, 「1930년대 시에 나타난 식민지 조선어의 위상」, 고려대 박사논문, 2008.

_____, 「어느 낭만주의자의 외출」, 최동호·맹문재 외,『다시 읽는 정지용 시』, 월인, 2003.

이동희, 「이무영 연구」, 경희대 박사논문, 1987.

이명찬, 「박용철 시론의 의미」, 오세영 외,『한국현대시론사』, 모음사, 1992.

이명희, 「이태준 장편소설「성모」 연구」,『현대소설연구』 제1집, 한국현대소설연구회, 1994.8.

_____, 「'구인회' 작가들의 여성의식－김기림, 박태원, 이태준을 중심으로」,『어문논집』 6, 숙명여대 국어국문학연구회, 1996.12.

이미경, 「1930년대 '기교주의 논쟁'의 전개 양상과 그 의미」,『한국 낭만주의문학 연구』, 역락, 2009.

이미순,『김기림의 시론과 수사학』, 푸른사상, 2007.

이병렬,『이태준 소설 연구』, 평민사, 1998.

이보영, 「불행한 트릭스터의 공헌－「가외가전」」,『이상의 세계』, 금문서적, 1998.

이상옥,『이효석』, 민음사, 1992.

이상우,『유치진 연구』, 태학사, 1997.

이숭원,『정지용 시의 심층적 탐구』, 태학사, 1999.

이승훈,『모더니즘 시론』, 문예출판사, 1995.

이재선,『한국현대소설사』, 홍성사, 1979.

이정옥, 「「성모」, 끝없이 이어지는 신화의 재생산－이태준 장편소설에 나타난 모성성 연구」, 서강여성문학연구회 편,『한국문학과 모성성』, 태학사, 1998.

이종대, 「근대적 자아의 세계 인식－'구인회' 시인들의 모더니즘」,『동악어문논집』 31, 동악어문학회, 1996.12.

이주형,『한국근대소설연구』, 창작과비평사, 1995.

이중재, 「'구인회' 연구－이태준, 박태원, 이상의 소설을 중심으로」, 동국대 박사논문, 1996.

_____,『'구인회' 소설의 문학사적 연구』, 국학자료원, 1998.

이한철, 「속임/속음의 서사구조－트릭스터의 유형을 중심으로」, 서강대 석사논문, 1988.

이현주, 「이효석과 '구인회'」, 구보학회,『박태원과 구인회』, 깊은샘, 2008.

임규찬 편,『일보 프로문학과 한국문학』, 연구사, 1990.

임명선, 「구인회 소설의 공간 표상 연구」, 부산대 석사논문, 2013.

임화,『문학의 논리』, 학예사, 1940.

장영우, 「정지용과 '구인회'－『시와 소설』의 의의와 「유선애상」의 재해석」,『한국문학연구』 제39집, 동국대 한국문학연구소, 2010.12.

전영선,『19C에서 21C까지 자동차 디자인 120년사』, 자동차생활, 2007.

전혜자, 「발신자시점에서의 구인회」,『박태원과 구인회』, 깊은샘, 2008.

정문선, 「한국 모더니즘 시 화자의 시각 체제 연구－보는 주체로서의 화자와 보이는 대상으로서의 공간을 중심으로」, 서강대 박사논문, 2003.

정인문,『일본 근·현대 작가 연구』, 제이엔씨, 2005.

정지영, 「문학동인 구인회의 소설 연구－기관지『시와 소설』을 중심으로」, 동아대 석사논문,

2000.

정한숙, 『현대한국문학사』, 고려대학교 출판부, 1982.

조동일, 『한국문학통사』 5, 지식산업사, 1989.

조선일보80년사사 편찬실 편, 『조선일보 80년사』 상, 조선일보사, 2000.

조성면, 『한국 근대 대중소설 비평론』, 태학사, 1997.

조연현, 「한국현대문학사(제32회)」, 『현대문학』 제38호, 1958.2.

_____, 『한국현대문학사』, 인간사, 1961.

조영복, 『문인기자 김기림과 1930년대 '활자-도서관'의 꿈』, 살림, 2007.

조윤남, 「이태준의 성장소설 연구―「사상의 월야」와 「성모」를 중심으로」, 『교육연구』 제14권 1호, 2006.6.

조해옥, 『이상 시의 근대성 연구』, 소명출판, 2001.

최동호, 『정지용』, 한길사, 2008.

최소영, 「이태준 신문연재소설 연구―독자 공감 요소를 중심으로」, 연세대 석사논문, 1995.

최정례, 「백석 시의 근대성 연구」, 고려대 박사논문, 2005.

최학출, 「1930년대 한국 모더니즘시의 근대성과 주체의 욕망체계에 대한 연구」, 서강대 박사논문, 1994.

최혜실, 「1930년대 한국 모더니즘 소설 연구」, 서울대 박사논문, 1991.

하재연, 「1930년대 조선문학 담론과 조선어 시의 지형」, 고려대 박사논문, 2008.

_____, 「'거리' 또는 '골목' 안에서 '아픈' '몸'들의 시쓰기―이상의 「가외가전」과 김수영의 「아픈 몸이」에 대한 주석」, 『현대시학』, 2010.8.

_____, 「이상의 「가외가전」과 글쓰기에 관한 의식 연구」, 『비평문학』 42호, 한국비평문학회, 2011.

하정일, 「계몽의 내면화와 자기확인의 서사―이태준론」, 상허문학회, 『근대문학과 구인회』, 깊은 샘, 1996.9.

한계전, 「하우스만 시론의 수용과 순수시론」, 『한국현대시론연구』, 일지사, 1982.

한국현대소설학회, 『현대소설연구』 54호, 2013.12.

한양숙, 「이태준 소설 연구―소외의식과 그 극복 양상을 중심으로」, 계명대 박사논문, 1994.

허만욱, 「상허 이태준의 작가적 진정성과 작위적 글쓰기의 양상 고찰」, 『우리문학연구』 제18집, 우리문학회, 2005.8.

현순영, 「이태준의 「꽃나무는 심어 놓고」에 나타나는 아이러니의 양상」, 『백록어문』 14집, 백록어문학회, 1998.2.

_____, 「이태준 소설의 아이러니 연구―越北 以前의 掌·短篇을 대상으로」, 이화여대 석사논문, 1998.8.

_____, 「이태준 문학 연구의 쟁점과 과제」, 『국어문학』 40집, 국어문학회, 2005.12.

_____, 「회고담을 통한 구인회 창립 과정 연구―구인회의 성격 구축 과정 연구(1)」, 『비평문학』 30호, 한국비평문학회, 2008.12.

_____, 「구인회의 활동과 성격 구축 과정 – 구인회의 성격 구축 과정 연구(2)」, 『한국언어문학』 제67집, 한국언어문학회, 2008.12.

_____, 「구인회와 카프(1) – 선행 연구 검토」, 『비평문학』 31호, 한국비평문학회, 2009.3.

_____, 「구인회에 대한 카프계의 논평 – 구인회와 카프(2)」, 『현대문학이론연구』 제37집, 현대문학이론학회, 2009.6.

_____, 「구인회 연구의 쟁점과 과제」, 『인문학연구』 제38집, 조선대 인문학연구원, 2009.8.

_____, 「구인회 연구」, 고려대 박사논문, 2010.

_____, 「김유영론 1 – 영화계 입문에서 구인회 결성 전까지」, 『국어문학』 제54집, 국어문학회, 2013.2.

_____, 「김유영론 2 – 구인회 구상 배경과 결성 의도」, 『한국문학이론과비평』 제63집, 한국문학이론과비평학회, 2014.6.

_____, 「저널리즘의 상업성과 구인회 – 이태준의 「성모」를 중심으로」, 『백록어문』 제28집, 백록어문학회, 2015.2.

_____, 「김유영론 3 – 카프 복귀에서 〈수선화〉까지」, 『한민족어문학』 제70집, 한민족어문학회, 2015.8.

홍기돈, 「식민지 말기 이태준의 소설과 백산 안희제」, 민족문학연구소, 『탈식민주의를 넘어서』, 소명출판, 2006.1.

_____, 「형극의 시대, 지사의 길」, 『작가세계』 71, 2006.겨울.

홍신선, 「박팔양론」, 『현대문학』, 1990.2.

황종연, 「한국문학의 근대와 반근대」, 동국대 박사논문, 1992.

황현산, 「정지용의 '누뤠'와 '연미복의 신사'」, 『현대시학』 373호, 2000.4.

다치바나 다카시, 이규원 역, 『천황과 도쿄대 – 현대 일본을 형성한 두 개의 중심축』 1 · 2, 청어람미디어, 2008.

마틴 키친, 유정희 역, 『케임브리지 독일사』, 시공사, 2001.

시모어 채트먼, 김경수 역, 『영화와 소설의 서사구조』, 민음사, 1990.

윌리엄 카, 이민호 · 강철구 역, 『독일근대사』, 탐구당, 1998.

제럴드 프린스, 이기우 · 김용재 역, 『서사론사전』, 민지사, 1992.

하겐 슐체, 반성완 역, 『새로 쓴 독일 역사』, 지와사랑, 2000.

M. H. 아브람스, 최상규 역, 『문학용어사전』, 보성출판사, 1994.

M. 칼리니쿠스, 이영욱 · 백한울 · 오무석 · 백지숙 역, 『모더니티의 다섯 얼굴』, 시각과언어, 1994.

S. 리몬-케넌, 최상규 역, 『소설의 시학』, 문학과지성사, 1985.

D. C. Muecke, *Irony*, Methuen, 1976.

제2부

# 김유영

## 1. 구인회를 보는 관점, 김유영에 관한 질문

김유영(金幽影, 1908~1940)은 일제강점기에 활동했던 영화감독이다.
그런데 국문학계에서는 흔히 그를 구인회의 결성을 발의하고 도모했던
인물로 기억하고 있다. 이 책 제2부에서 그를 살피려는 것도 구인회와
그의 관계를 좀 더 상세히 밝혀야 할 필요가 있다고 판단했기 때문이다.

구인회는 1933년 8월에 김유영, 이종명, 조용만, 이태준, 정지용, 이
효석, 이무영, 김기림, 유치진이 창립한 모임이다. 구인회는 창립 당시
에 '순연한 연구적 입장에서의 회원 상호간 작품 비판', '다독다작(多讀

---

1    이 책 제2부 '1장'은 다음 논문을 수정 · 보완한 것이다. 현순영, 「김유영론 1 ─ 영화계
     입문에서 구인회 결성 전까지」, 『국어문학』 제54집, 국어문학회, 2013.2.

多作)', '친목 도모', '자유스러운 입장에서의 예술 운동 촉발' 등을 목적으로 내세웠다. 그리고 창립 후 회원 변동을 적어도 네 번 거치면서, 작품 합평회를 가졌고 집단적으로 칼럼을 연재했으며 문학 강연회를 두 번 열었고 회원 작품집『시와 소설』을 발간했다. 그러고 나서 구인회는 1936년 10월 이후에 소멸했다.[2]

지금까지 구인회에 관한 연구의 주된 흐름은 이른바 '구인회 주요 회원들'의 문학적 특성을 '예술', '기교', '순수문학', '모더니즘' 등의 개념으로 추상(抽象)하고 그것을 근거로 하여 구인회의 문학사적 의의를 논하는 것이었다. 물론 그러한 선행 연구들의 성과는 존중해야 한다. 그러나 선행 연구들이 구인회를 본 관점에 대해서는 문제를 제기할 수 있을 것 같다. 여기서 문제 삼으려는 것은 선행 연구들이 예술적 의도를 가진 '주체'들이 구인회를 결성했다고 보기보다는 사회·문화적 조건이 충족되어 구인회가 '등장'했다고 보는 쪽이었다는 점이다. 즉 선행 연구들은 카프(KAPF)가 퇴조하면서 구인회가 등장했다고 보거나 구인회가 등장할 수 있었던 사회·문화적 상황을 주목했다. 그런데 그러한 관점은 구인회 결성의 주체들을 소외시키는 것이므로 재고할 필요가 있다.[3]

이러한 문제 제기를 통해 구인회에 관한 새로운 연구 과제를 발견하게 된다. 사회·문화적 조건이 충족되어 구인회가 '등장'한 것이 아니라 분명한 예술적 지향을 지닌 '주체'들이 구인회를 '결성'했다고 본다면, 그 주체들이 당대의 사회·문화적 상황을 어떻게 인식하고 그것에

---

2  구인회의 결성, 활동, 소멸에 관해서는 이 책 제1부 '2장', '3장' 참고.
3  구인회를 대상으로 한 선행 연구에 관해서는 이 책 제1부 '1장-2' 참고.

어떻게 대응하며 구인회의 결성을 발의하기에 이르렀는지를 밝힐 필요가 있다. 쉽게 말하면, 영화감독 김유영, 소설가 이종명, 『매일신보』 학예부 기자 조용만이 애초에 구인회의 결성을 발의하고 도모했던 의도를 연구할 필요가 있다.

이 장에서는 이러한 새로운 연구 과제의 일부를 수행하려고 한다. 즉 구인회를 분명한 예술적 지향을 지닌 '주체'들이 '결성'했던 집단으로 보고, 그 주체들 중 한 사람인 김유영을 주목하려고 한다. 구체적으로는 김유영이 영화계에 입문한 때부터 구인회를 결성하기 전까지 벌인 활동을 추적하여 기술하려고 한다. 이것은 김유영이 구인회의 결성을 발의하고 도모했던 의도를 밝히기 위해 반드시 선행해야 하는 일이다.

김유영의 생애나 활동을 '온전하게' 다룬 연구는 영화계에서도 국문학계에서도 찾아볼 수 없다. 조용만이 구인회 회고담에서 김유영에 관해 쓴 것은 그나마 가장 구체적인 언급이라고 할 수 있다.[4] 조용만이 김유영에 관해 쓴 내용을 간추리면 다음과 같다. 김유영은 좌익 색채를 띤 영화감독이었는데 카프에서 탈퇴하여 순수예술 쪽으로 선회했다. 그 뒤 김유영은 이종명과 조용만을 자주 만나면서 순수예술을 지향하는 모임의 결성을 도모했고, 그 결과 구인회가 결성되었다. 김유영은 그 과정에서 매우 적극적이었다. 그러나 구인회가 결성되고 나서 얼마 지나지 않아 김유영은 이종명과 함께 구인회에서 탈퇴했다. 그 이유는 두 가지이다. 먼저, 김유영은 구인회를 통해 카프에 대항하려고 했으나 구인회 회원들의 뜻은 그렇지 않았다. 그리고 김유영은 이태준과 정지

---

4    조용만의 구인회 회고담에 관해서는 이 책 제1부 '2장' 참고.

용이 모임을 주도하는 것에 불만을 느꼈다.

그런데 김유영에 관한 조용만의 회고는 그대로 따르기에는 석연치 않다. 조용만의 회고를 따르면, 김유영은 짧은 기간 동안에 카프 탈퇴, 구인회 결성, 구인회 탈퇴라는 행보를 보였다고 할 수 있다. 그런 행보를 보였다는 김유영은 일관성이 없어 보이고 매우 경솔하거나 변덕스런 인물이었을 것으로 여겨진다. 한 예술가의 지향이 그렇게 쉽게 변할 수 있는가? 김유영에 관한 조용만의 회고는 이런 물음 속에 빠져들게 한다. 김유영과 카프의 관계는 어떠했는가? 김유영이 카프에서 탈퇴한 것이 사실이라면 그 이유는 무엇인가? 그가 카프에서 탈퇴했다는 것은 곧 그가 순수예술로 전향했다는 것을 뜻하는가? 그가 구인회의 결성을 발의하고 도모한 것은 순수예술에 대한 의지 때문이었는가? 그가 구인회에서 탈퇴한 까닭은 또 무엇인가? 조용만의 회고담에서는 이런 물음들에 대한 답을 구할 수 없다. 그래서 조용만의 회고는 석연치 않다. 구인회의 결성을 발의하고 도모했던 세 사람 중 김유영을 가장 먼저 주목하는 것은 바로 이 석연치 않음 때문이다.

정리하자면, 이 장에서는 두 가지 문제를 해결하고자 한다. 첫째, 김유영이 영화계에 입문한 때부터 구인회를 결성하기 전까지 벌인 활동을 근거로 하여 그가 구인회의 결성을 발의하고 도모했던 의도를 논하는 데에 필요한 근거를 확보하고자 한다. 둘째, 김유영이 영화계에 입문한 때부터 구인회를 결성하기 전까지 벌인 활동을 추적·기술하여 조용만의 회고담에서 비롯된, 김유영에 관한 질문들에 명확히 답해보고자 한다. 단, 김유영이 구인회에서 탈퇴한 까닭은 구인회 결성 이후 그의 행적을 추적할 다음 장에서 밝히기로 한다.

## 2. 영화계 입문과 카프 가입

　김유영은 1927년 조선영화예술협회에 들어가면서 영화계에 입문했다. 조선영화예술협회는 1927년 3월, 당시 조선 영화계를 주도하던 인사들이 대거 참여하여 만든 단체이다. 이 협회의 발기인은 이경손, 안종화, 이우, 서천수양(西川秀洋) 등이었다.[5] 이들은 1927년 3월에 인사동의 고급 요정 '장안관'에서 조선영화예술협회 발회식을 가졌고,[6] 현재 을지로 3가에 해당하는 황금정 삼정목 50번지에 사무실을 두었다.[7] 조선영화예술협회는 조선 문단의 명작을 영화화하여 일본을 비롯한 외국에 수출하는 것을 목적으로 내세웠다.[8] 그에 따라 창립 직후 영화로 만들 첫 작품으로 최서해의 「홍염」을 선택했고 이경손이 각색을 맡았다.[9] 하지만 「홍염」은 영화로 만들어지지 못했다.

---

5　1927년 3월 15일자 『조선일보』에 실린 「斯界의 巨星을 網羅한 朝鮮映畵藝術協會」에는 조선영화예술협회의 창립 사실, 창립 회원, 창립 목적이 소개되어 있다. 그런데 창립 회원은 자료가 훼손되어 정확하게 확인할 수 없다. 그 대신에 1927년 3월 18일자 『조선일보』에 실린 「朝鮮映藝協會 第一回 作品은 崔曙海 氏 原作〈紅焰〉」에 조선영화예술협회의 발기인은 이경손, 안종화, 이우, 서천수양 등이라고 적혀 있다. 한편, 안종화는 조선영화예술협회의 창립 회원과 창립 동기, 조직, 발회식 시기와 장소, 활동 등을 자세히 회고했는데, 조선영화예술협회는 이경손, 김을한, 이우, 안종화의 발기로 창립되었다고 말했다. 안종화, 『한국영화측면비사』, 현대미학사, 1998, 132~141면.

6　위의 책, 132면.

7　「映畵藝術協會 研究生을 募集」, 『조선일보』, 1927.7.12; 「朝鮮映畵藝術協會〈除夜〉 撮影 準備」, 『조선일보』, 1927.9.25.

8　「斯界의 巨星을 網羅한 朝鮮映畵藝術協會」, 『조선일보』, 1927.3.15. 한편, 안종화는 조선영화예술협회의 창립 동기는 구태의연한 신파극에서 탈피하고, 지식을 갖춘 신인을 발굴해내며, 영화 촬영소를 마련하고, 영화 각본에 대한 검토와 연구를 하자는 것이었다고 회고했다. 안종화, 앞의 책, 132면.

9　「朝鮮映藝協會 第一回 作品은 崔曙海 氏 原作〈紅焰〉」, 『조선일보』, 1927.3.18.

그런 가운데 조선영화예술협회는 조직을 확충해 나갔다. 조선영화예술협회의 조직 확충은 기존 영화인들을 규합하는 한편 신인을 교육하는 방식으로 이루어졌다.

먼저, 기존 영화인들의 규합과 관련해 1927년 7월에 조직된 '영화인회'를 주목할 필요가 있다. 관련 기사를 따르면,[10] '영화인회'는 당시 영화와 직간접적으로 관련된 일을 하던 인사들이 모여 영화 연구와 합평을 목적으로 만든 단체였다. 회원은 심훈, 이구영, 안종화, 나운규, 최승일, 김영팔, 윤효봉, 임원식, 김철, 김기진, 이익상, 유지영, 고한승, 안석영이었으며, 이들 중에서 심훈, 이구영, 윤효봉은 간사를 맡았다. 그런데 '영화인회'는 조선영화예술협회 안에 또는 그것과 연계해 만들어진 단체였던 것으로 보인다. 조선영화예술협회와 영화인회의 사무실 주소가 일치하고, 조선영화예술협회와 영화인회의 창립 회원이었던 안종화의 회고도 그런 추론을 뒷받침한다. 안종화는 조선영화예술협회는 영화 각본을 검토·연구하고 영화인들이 유기적 관계를 맺게 하기 위해 그 "안에" 영화인 동호회를 조직했다고 회고했다.[11]

조선영화예술협회는 이렇게 내부에 '영화인회'를 조직하여 기존의 영화인들을 규합하는 한편, 연구생을 모아 그들을 교육하기도 했다.[12] 당시에 조선영화예술협회의 연구생으로 들어간 사람들을 모두 정확히 알 수는 없다. 다만, 안종화는 연구생을 모집하자 200여 명이 쇄도했는

---

10  「새로 創立된 映畫人會」, 『조선일보』, 1927.7.7.
11  또한 안종화는 영화인 동호회에 동조한 사람은 고한승, 김팔봉, 안석영, 김영팔, 이종명이었고 이경손, 김을한, 안종화 등이 주동이 되었다고 말했다. 그리고 영화인 동호회는 한 주에 한 번씩 정기적으로 모여 영화 합평을 하는 한편 순차적으로 영화 평론을 발표하기도 했다고 회고했다. 안종화, 앞의 책, 132면.
12  「映畫藝術協會 研究生을 募集」, 『조선일보』, 1927.7.12.

데, 그중·20명을 뽑았다고 회고했다. 그리고 그들에게 1년 동안 영화이론, 분장술, 연기를 가르쳐, 처음이자 마지막인 졸업생을 내게 되었는데, 그때 영화계에 나온 사람이 김유영, 임화, 추영호, 서광제, 조경희 등이었다고 말했다.[13]

이러한 사실들을 근거로 삼아 말하자면, 김유영은 1927년 7월 이후에 조선영화예술협회에 연구생으로 들어갔고, 그것을 계기로 하여 영화계에 입문했다고 할 수 있다.

그 뒤 김유영은 윤효봉의 권유로 1927년 9월경 카프에 가입했다. 그 사실은 권영민이 발굴하여 번역·소개한, 신건설 사건의 예심 종결 결정문과 1심 판결문에서 분명히 확인할 수 있다.

피고인 김영득[14]은 1927년 9월경 경성부 황금정 3정목 조선영화예술협회에서 윤기정[15]의 권유에 의해 전기 결사[16]에 가입하였고 동년 12월경 윤기정으로부터 위 결사의 강령문을 받아 보아 동 결사가 상기 불법의 목적을 가진 결사임을 알면서도 1930년 4월경까지 계속해서 그에 가입하고 있었으며,[17]

(강조 – 인용자)

피고 김영득은 소화 2년[18] 9월경 경성부 황금정 3정목 조선영화예술협회에

---

13  안종화, 앞의 책, 133면.
14  김유영.
15  윤효봉.
16  카프.
17  '신건설 사건 예심 종결문'(권영민, 『한국 계급문학 운동사』, 문예출판사, 1998, 304면) 중에서.
18  1927년.

서 피고 윤기정의 권유로 인해 위 동맹[19]에 그 목적을 알지 못한 채 가입하고 소화 3년 2, 3월경에는 위 동맹의 전시 목적을 알고도 소화 5년 4월경까지 가맹한 채로 있었으며,[20] (강조 – 인용자)

윤효봉은 당시 조선영화예술협회 내 영화인회의 회원이자 간사였으며, 연구생들의 리더 격이었다.[21] 그런데 사실 윤효봉은 조선영화예술협회에서보다는 카프에서 더 중요한 인물이었다. 그는 염군사 출신으로서 염군사와 파스큘라를 단일 조직으로 만들기 위해 노력했으며 카프 결성에 참여한 인물이었다.[22] 카프는 1927년 9월 1일과 4일 임시총회와 중앙위원회를 연달아 개최하여 조직을 정비하고 강령과 규약을 개정했는데, 당시 윤효봉은 카프의 중앙위원이 되었으며 중앙상무위원회의 서무부를 책임지게 되었다.[23] 김유영은 그 즈음 윤효봉의 권유로 카프에 가입한 것이었다.

19  카프.
20  '신건설 사건 1심 선고 공판 판결문'(위의 책, 319면) 중에서.
21  안종화, 앞의 책, 134면 참고.
22  권영민, 앞의 책, 384~385면 참고.
23  위의 책, 405~409면 참고.

# 3. 프롤레타리아영화 감독으로서의 입신

## 1) 〈유랑(流浪)〉 감독

김유영뿐만 아니라 당시 조선영화예술협회의 연구생들 대다수도 윤효봉의 권유로 카프에 가입했던 것으로 보인다. 나아가 윤효봉은 연구생들을 지도하고 카프에 가입시키면서 조선영화예술협회를 카프의 울타리 안으로 이끌려고 했다. 조선영화예술협회에서 안종화가 축출된 일은 그 의도가 단적으로 드러난 사건이었다.

연구생을 모집한 뒤인 1927년 9월, 조선영화예술협회는 또다시 첫 작품 촬영에 관한 계획을 발표했다. 조선영화예술협회는 첫 작품으로 안종화가 감독을 맡아 〈제야(除夜)〉와 〈과부(寡婦)〉를 촬영하기로 했다. 그리고 첫 작품에 연구생 전원을 출연시키기로 하고, 신인 여배우를 모집했다.[24] 그러나 〈제야〉와 〈과부〉의 촬영은 성사되지 못했다. 정작 조선영화예술협회는 1927년 12월에 첫 작품으로 〈낭군(狼群)〉의 촬영을 시작했다.[25] 안종화가 〈낭군〉의 원작자이자 감독이었고, 〈낭군〉의 촬영은 한창섭, 주연은 진혜순과 김철이 맡았으며, 그밖에 김영팔, 임화, 윤효봉도 그 영화에 관계했다. 그런데 1927년 12월 20일 안종화가 조선영화예술협회에서 제명되면서 〈낭군〉의 촬영은 중단되었다. 1927년 12월 24일자 『중외일보』에는 그 사건에 대한 기사가 다음과 같이 실려 있다.

---

24　「朝鮮映畫藝術協會 〈除夜〉 撮影 準備」, 『조선일보』, 1927.9.25.
25　「朝鮮映畫藝術協會 〈일히쎄(狼群)〉 撮影 開始」, 『조선일보』, 1927.12.14.

시내 례지동(禮智洞)에 잇는 조선영화예술협회(朝鮮映畫藝術協會)에서
는 본월 이십일 동회관 내에서 긴급대회를 개최하고 촬영감독(撮影監督) 안
종화(安鍾和)의 부정 사건이 폭로됨에 쌀하 불신임안이 만장일치로 통과되
어 동협회에서는 대회 즉석에서 제명 처분을 만장일치로 가결하고 부득이
일히쎄(狼群)는 촬영을 중지하게 되엇다는데 금후 진행 방침에 대하야는 신
임 간사회에 일임하얏다더라.

幹事 李愚 金永八 李鐘鳴 尹曉峰 徐光霽 金哲 車坤 林和[26]

이 기사만 봐서는 안종화가 조선영화예술협회에서 왜 제명되었는지
구체적으로 알 수 없다. 그런데 사건의 당사자인 안종화는 자신이 윤효
봉과 연구생들에게 축출 당했다고 회고했다.[27] 그의 회고를 따르면, 조
선영화예술협회에서 윤효봉과 연구생들이 안종화를 축출한 명분은 그
에게 지도자의 자격이 없다는 것이었다. 그리고 그 근거는 세 가지였
다. 첫째는 안종화가 경리 부정을 저질렀다는 것, 둘째는 그가 여성 연
구생 조경희를 추행했다는 것, 셋째는 그가 쓴 〈낭군〉이 예술성이 없다
는 것이었다.

안종화가 경리 부정을 저질렀다는 것, 조경희를 추행했다는 것이 사
실인지를 확인하기는 어렵다. 그러나 〈낭군〉의 예술성에 대한 시비는
주목할 만하다. 여기서 예술성이란 프롤레타리아적 계급성으로 이해할
수 있을 것이다. 즉 윤효봉 등은 〈낭군〉에 프롤레타리아적 계급성이 결
여되었다는 것을 이유로 들어 안종화를 조선영화예술협회에서 제명했

---

26  「〈狼群〉撮影 中止－安鍾和 君을 除名」, 『중외일보』, 1927.12.24.
27  안종화, 앞의 책, 134~135면.

을 가능성이 크다. 카프의 요원이었던 윤효봉이 조선영화예술협회의 연구생들을 지도하고 카프에 가입시키면서 조선영화예술협회에서 제작하는 작품의 성격도 주관했을 것임은 쉽게 추론할 수 있다. 윤효봉을 비롯해 카프의 울타리 안에 있었던 조선영화예술협회의 연구생들은 첫 작품에 카프의 예술적 지향을 반영하고자 했을 것이다. 그런데 안종화의 〈낭군〉은 그들의 기대에 어긋나는 것이었을 가능성이 있다. 안종화도 〈낭군〉에 대해 "탈고하고 보니 약간 사회적인 냄새가 풍기는 내용이었으나, 그렇다고 경향파적인 것이라고까지는 할 수 없는 것이었다"라고 회고했다.[28]

조선영화예술협회의, 우여곡절 끝에 탄생한, 첫 작품은 〈유랑〉이었다. 그리고 〈유랑〉의 감독을 바로 김유영이 맡았다. 안종화가 제명된 뒤 조선영화예술협회의 신임 간사를 맡았던 사람들 중 한 명이며 뒤에 김유영과 함께 구인회의 결성을 발의하고 도모하게 되는 이종명이 『중외일보』에 '영화소설' 「유랑」을 1928년 1월 5일부터 1월 25일까지 21회 연재했고, 조선영화예술협회는 「유랑」의 연재가 시작되던 때와 거의 동시에, 즉 1928년 1월 8일부터 〈유랑〉의 촬영을 시작했다.[29] 〈유랑〉의 각색은 김영팔, 촬영은 한창섭이 맡았으며, 출연자는 주연인 임화(이영진 역)와 조경희(김순이 역) 외에 차곤(또는 차남곤. 김순이의 아버지 역), 강경희(서병조 역), 서광제(박춘식 역), 추용호(서윤길 역) 등이었다.[30]

---

28　위의 책, 134면.
29　「本紙 連載 中의 小說 「流浪」 撮影 開始」, 『중외일보』, 1928.1.9.
30　「本紙 連載 中의 小說 「流浪」 撮影 開始」, 『중외일보』, 1928.1.9; 「文士 等 出演−〈流浪〉의 製作 進涉」, 『중외일보』, 1928.1.19; 「〈流浪〉 撮影 完了−不日間 開封」, 『동아일보』, 1928.2.10; 「鄉土詩劇 〈流浪〉 撮影 完了 不日 開封」, 『중외일보』, 1928.2.11; 「農村哀話 〈流浪〉−四月 一日 團成社에서」, 『조선일보』, 1928.4.1.

〈유랑〉의 촬영은 약 한 달 만인 1928년 2월에 끝났다.[31] 〈유랑〉은 그해 3월에 개봉될 예정이었으나 연기되어[32] 4월 1일에 단성사에서 개봉되었고,[33] 흥행에 성공했다.[34]

김유영은 〈유랑〉의 감독을 맡으면서부터 프롤레타리아영화감독으로서의 면모를 드러내기 시작했다고 말할 수 있다. 〈유랑〉의 내용과 주제를 통해 그것을 확인하는 것은 무리가 아닐 것이다. 당시 『조선일보』는 영화 〈유랑〉의 줄거리를 다음과 같이 소개했다.

> 고향을 등지고 칠팔 년 동안이나 방랑의 길을 갓든 리영진(李英鎭)이라는 청년이 다시금 녯마을을 차저왔다.
>
> 그러나 고향에 녯집은 폐허(廢墟)가 되고 친척은 북간도로 쩌나가 버렷다. 그는 할 일 업시 또 다시 뎡처업는 길을 쩌나랴 할 쌔에 우연히 녯날에 갓갑던 로인을 맛나자 가게 되엇다. 로인의 집에는 열닐곱 살 되는 순이(順伊)라는 어엽분 그의 짤도 맛낫다. 그 뒤에 영진이와 순이는 서로 사모하는 사이가 되엇다.
>
> 영진이와 순이는 날이 갈스록 사랑은 깁허저서 영진이는 이곳을 쩌나랴 하야도 쩌나지 못하엿다. 그리하야 그는 농부들을 모아 노코 야학을 시작하게 되엇다. 물론 그 리면에는 리해 업는 자들의 비방과 랭소가 적지 안엇스나 영진이는 그것을 귀담어 들을 사람은 아니엇다.

---

31  「〈流浪〉撮影 完了―不日間 開封」, 『동아일보』, 1928.2.10.
32  「〈流浪〉上映 延期」, 『중외일보』, 1928.3.4.
33  「農村哀話〈流浪〉―四月 一日 團成社에서」, 『조선일보』, 1928.4.1; 「本報에 連載하든 小說「流浪」上映은 今日부터」, 『중외일보』, 1928.4.1.
34  「農村劇〈流浪〉讀者 優待」, 『조선일보』, 1928.4.6.

그러는 가운데 돌연히 큰 문뎨가 생기엿스니 그것은 이 동리에 잇는 부호 강병조(康丙朝)[35]가 그의 차인 박춘식을 식혀서 순이의 집에 준 빗 대신에 자긔의 외아들인 바보 윤길(潤吉)이와 순이와의 결혼을 강청하게 되엇다. 영진이와 순이의 놀나움은 물론이어니와 순이의 부친까지도 여긔에는 크게 분개하엿다. 그러나 더러운 돈의 힘은 순이로 하여금 강병조의 밋며누리로 그자의 집 골방 속에 쑤러박엇다.

그러나 혼인 날도 하로를 격한 밤이엇다. 순이는 모든 것을 한낫 죽엄으로 대신하랴 하고 깁흔 밤에 몸을 쌔처 달밟고 눈싸인 산성(山城)에 다다러 수백 척 절벽 우에서 썰어저 죽을냐고 하는 찰나— 그 째에 순이의 팔을 움켜쥐는 한 개의 손이 잇섯다. 그 손은 천만 의외에도 영진이에 손이엇다. 그리하야 순이의 아버지와 더부러 세 사람은 밤길을 도아 뎡처업는 길을 재촉하야 거러갓다.[36]

위의 줄거리는 원작인 영화소설 「유랑」의 그것과 거의 같다.[37] 그러나 서병조가 아들인 윤길과 순이를 결혼시키려고 순이를 강제로 자신의 집으로 데려가 감금했을 때 서병조의 차인(差人) 박춘식이 순이를 추행하려다 실패하고 도망가는 사건, 길 떠나는 이영진과 순이 부녀를 박

---

35  서병조의 오기. 원작인 이종명의 영화소설 「유랑」에는 '강병조'라고 표기된 곳도 있고 '서병조'라고 표기된 곳도 있다. 그러나 원작에 '병조'의 아들 윤길은 '서윤길'이라고 일관되게 표기되어 있으므로 '병조'는 '서병조'가 맞다고 보아야 한다.
36  「農村哀話〈流浪〉—四月 一日 團成社에서」, 『조선일보』, 1928.4.1. 이 밖에 다음과 같은 기사들에서도 영화 「유랑」의 줄거리와 주제를 소개하고 있다. 「撮影 中의 〈流浪〉 不日 公開」, 『조선일보』, 1928.1.22; 「本報에 連載하든 小說 「流浪」 上映은 今日부터」, 『중외일보』, 1928.4.1.
37  이종명, 「流浪(1~21)」, 『중외일보』, 1928.1.5~25.

춘식, 악돌, 문보가 막아서는 사건, 이영진이 박춘식 일행에 맞서 싸우다가 위험에 처했을 때 윤길이 나타나 박춘식 일행을 쫓아버리는 사건 등은 위의 줄거리에서 빠져 있다. 이 사건들이 각색되어 영화에서 빠진 것인지 아니면 단지 위의 줄거리에 소개하지 않은 것인지는 알 수 없다. 분명한 것은 〈유랑〉은 지주와 빈농의 갈등을 다룬 작품이라는 사실이다. 위의 줄거리를 따르면, 이영진과 순이 부녀가 서병조의 횡포를 피해 길을 떠나는 것이 〈유랑〉의 결말이다. 즉 〈유랑〉은 빈농이 소극적으로나마 지주의 횡포에 맞서고 삶의 길을 찾는 모습을 결말로 삼았는데, 거기에서 프롤레타리아 계급의 각성을 이끌어내려 한 감독 김유영의 주제의식을 가늠할 수 있다.


## 2) 서울키노 창립과 〈혼가(昏街)〉 감독

조선영화예술협회는 〈유랑〉을 개봉한 뒤, 1928년 4월에서 5월 사이에 '서울키노'(또는 京城映畵工場)로 이름을 바꾸고 조직을 개편했다.[38] 그리고 그 취지를 다음과 같이 밝혔다.

　일즉이 본지에 련재되어 독자 여러분의 찬사를 밧든 리종명(李鍾鳴) 씨의 영화소설 류랑(流浪)을 영화화하야 새 경향을 보혀준 조선영화예술협회는 새롭은 견디에서의 파악(把握)을 가진 신진 영화 청년과 더부러 새로운

---

38 「〈昏街〉 製作 開始－서울키노 映畵」, 『동아일보』, 1928.5.27; 「서울키노社 創立－〈昏街〉 製作 開始」, 『중외일보』, 1928.5.31.

조직을 가지고 더 한층 의의 있는 작품을 맨들기 위하야 그 협회를 박구어 그 일홈조차 새롭은 긔운을 가진 '서울 키노'(京城映畵工場)라 충하고[39]

조선영화예술협회는 안종화가 탈퇴하자, 카프의 영향을 받으면서 프롤레타리아영화 운동을 지향하는 인물들의 모임으로 바뀌었다. 서울키노의 창립은 조선영화예술협회의 그러한 변화를 공표하는 것이었다. 즉 인적 구성을 쇄신한 조선영화예술협회는 프롤레타리아영화 제작이라는 목표를 향해 본격적으로 매진하기 위해 서울키노로 이름을 고친 것이었다.

김유영은 〈유랑〉의 흥행에 힘입어 서울키노의 창립을 주도한 것으로 보인다. 그것은 그가 서울키노의 첫 작품인 〈혼가〉의 감독을 맡았다는 사실로써 추정할 수 있다. 김유영은 1928년 5월 중순부터 〈혼가〉를 촬영하기 시작했다.[40] 카메라는 손용진이 맡았고, 임화, 추용호, 이영희, 남궁운 등이 출연했다. 〈혼가〉는 1928년 6월 하순에 개봉되었는데,[41] 흥행에는 실패했다.[42]

서울키노는 본격적으로 프롤레타리아영화를 제작하기 위해 만들어진 단체였고, 〈혼가〉는 그러한 서울키노의 첫 번째 작품이었다. 따라서

---

39 「서울키노社 創立—〈昏街〉 製作 開始」, 『중외일보』, 1928.5.31.
40 다음과 같은 자료들에서 〈혼가〉의 촬영이 시작된 시기, 제작진, 출연진을 확인할 수 있다. 「〈昏街〉 製作 開始—서울키노 映畵」, 『동아일보』, 1928.5.27; 「서울키노社 創立—〈昏街〉 製作 開始」, 『중외일보』, 1928.5.31; 「서울키노 一回 作品 〈昏街〉 全十卷—今月 下旬 開封」, 『중외일보』, 1928.6.16; 「서울키노 一回作品 〈昏街〉 全十卷 今月 下旬 封切」, 『동아일보』, 1928.6.20.
41 「서울키노 一回 作品 〈昏街〉 全十卷—今月 下旬 開封」, 『중외일보』, 1928.6.16; 「서울키노 一回 作品 〈昏街〉 全十卷 今月 下旬 封切」, 『동아일보』, 1928.6.20.
42 김윤식, 『임화 연구』, 문학사상사, 1993, 653면.

김유영은 〈혼가〉의 감독으로서 그 작품을 통해 프롤레타리아영화 제작이라는 서울키노의 목표를 십분 달성하려 했을 것이다. 〈혼가〉의 내용은 작품을 볼 수 없으므로 정확히 알 수 없다. 그러나 여러 논자들의 말을 통해 〈혼가〉가 계급주의적인 주제를 담은 작품이었다는 것을 충분히 짐작할 수 있다. 김대호는, 신기수의 언급을 요약해서,[43] 〈혼가〉는 "조국의 독립을 위해 고향을 떠난 세 사람의 청년—부상당하여 해고된 노동자, 퇴학당한 고학생, 역마차의 화부—의 새로운 삶의 방향을 통하여 도시와 농촌의 모순, 지주와 소작인, 자본가와 노동자의 격렬한 계급 대립, 일제치하 조선의 노동자계급의 비극적 운명과 해방을 위한 투쟁을 주제로 하고 있다"고 했다.[44] 이효인은 〈혼가〉의 원작자를 김유영이라 하고, 〈혼가〉는 "고향을 떠나와 부상으로 해고된 노동자, 퇴학당한 고학생, 역마차의 화부 이 세 청년이 겪는 도시와 농촌, 지주와 소작인, 자본가와 노동자의 갈등을 그린 작품"이라고 했다.[45] 유현목은 〈혼가〉에 대해 "세 사람의 청년들이 자유를 그리워하며 생활과 투쟁하는 모습을 당시의 암흑사회를 배경으로 하여 만든 이 영화는 프롤레타리아영화로서, 무산계급이었던 민족의 서러움을 반영"했다고 말했다.[46] 또, 이영일은 〈혼가〉에 대해 "독립운동을 하기 위해 고향을 등졌던 세 사람의 청년이 새로운 이데올로기를 가지고 살아간다는 것을 당시의 사회를 배경으로 그린 작품"이라고 했다.[47]

43  辛基秀, 「羅雲奎と朝鮮プロレタリア映畵運動」, 『社會評論』, 1976.1, 79면.
44  김대호, 「일제하 영화운동의 전개와 영화운동론」, 『창작과 비평』 57호, 1985, 79면.
45  이효인, 『한국영화역사강의』 1, 이론과실천, 1992, 145면.
46  유현목, 『한국영화발달사』, 책누리, 1997, 112면.
47  이영일, 『한국영화전사』, 소도, 2004, 130면.

# 4. 프롤레타리아영화 운동의 본격적 전개

## 1) 신흥영화예술가동맹의 조직과 활동

김유영은 서울키노의 중심 인물들과 함께 1929년 12월 14일에 신흥영화예술가동맹을 창립했다. 관련 기사들을 소개하면 다음과 같다.

침체 상태에 잇는 조선 영화계에 잇서 금후의 영화에 대하야 만흔 연구와 활동을 할 신흥 시네아스트 제씨는 오래 전부터 시대의 변혁을 수용하야 필연덕으로 합법덕 조직 톄계가 수립되여야 하겟다는 것을 숙뎨로 하여 왓든 바 작 구일(九日)에 효뎨동 이사칠(孝悌洞 二四七) 동회관에서 제반 사항을 토의한 결과 **신흥 영화 리론의 확립 엄정한 영화 비판과 연구 가급덕 이데오로기를 파악한 영화 제작 등을 목표로** 신흥영화예술가동맹(新興映畵藝術家同盟)을 조직하엿다는데 창립 대회는 래 십사일 토요 하오 칠시 반(來十四日土曜下午七時半)에 동회관에서 개최하리라고 하며 발긔인은 좌의 제씨라더라. 南宮雲 金形容 尹曉峰 林華[48] 金幽影[49] (강조-인용자)

이미 보도한 바와 가티 지난 십사일 오후 칠시 반(去十四日午後七時半)부터 시내 효제동 이사칠(孝悌洞 二四七) 동회관에서 다수한 영화인이며 특히

---

48  임화(林和).

49  「朝鮮에서 처음 생길 新興映畵藝術家同盟-創立大會는 來十四日(土曜) 下午 七時半 同會館에서(孝悌洞 二七四)」,『조선일보』, 1929.12.11. 신흥영화예술가동맹의 주소가 이 기사의 부제에는 '효제동 274'로, 본문에는 '효제동 247'로 되어 있다. 그런데 다른 기사들에는 '효제동 247'로 되어 있다.

문단인 기타 제씨의 방청 가운데 신흥영화예술가동맹(新興藝術家同盟)의 창립 대회가 열리어 장시간에 제반 사항을 결의한 후 동 십시 반경에 원만히 폐회하엿다는데 대회의 경과와 선언(宣言)과 강령(綱領) 기타는 아래와 갓더라.

宣言 (畧)

綱領

우리들 現階段에 잇서서 階級意識을 把握한 藝術運動의 一部門인 映畫運動으로써－

1. 新興映畫理論의 確立

2. 嚴正한 立場에서 모든 映畫의 批評

3. 映畫技術의 鍊磨

4. 階級的『이데오로기』를 把握한 映畫人의 結成

5. 階級的 利害를 代表한 映畫 製作

－規約은 畧－

中央執行委員：金幽影 羅雄 林華 尹曉峰

常務執行委員：金幽影 白河路

部署：庶務部－白河路, 撮影部－金幽影, 硏究部－羅雄・石一良, 出版部－尹曉峰・崔星兒 氏 等이며 會員은 南宮雲 外 數十 名이라더라.[50]


신흥영화예술가동맹이 어떤 단체였는지는 1930년 3월에 발간된『신흥영화』[51] 2-3호에 실린 글 두 편, 우에다 이사오[上田勇][52]의「조선의

---

50 「새로운 氣勢로 組織된 新興映畫藝術家同盟－機關紙『映畫街』를 發刊하고 技術硏究와 映畫를 製作한다」,『조선일보』, 1929.12.16・17. 16일자와 17일자에 같은 기사가 실렸다.
51 일본프롤레타리아영화동맹의 준기관지 격이던 잡지로서 1929년 9월에 창간되었다. 영

프롤레타리아영화 운동」과 임화의 「조선영화의 제 경향에 대해」를 통해 좀 더 분명히 확인할 수 있다. 우에다 이사오는 「조선의 프롤레타리아영화 운동」에서 1929년 말 일본에 간 김유영에게 들은 조선 프롤레타리아영화 운동의 근황을 소개했다. 따라서 그 글에 담긴 신흥영화예술가동맹에 관한 정보는 그 동맹의 창립을 주도했던 김유영에게서 나온 것이라는 점에서 믿을 만하다. 임화 역시 신흥영화예술가동맹의 발기인 중 한 사람이었다. 따라서 신흥영화예술가동맹에 대한 임화의 언급도 주목할 필요가 있다.

우에다 이사오는 「조선의 프롤레타리아영화 운동」에서 신흥영화예술가동맹에 대해 다음과 같이 썼다.

조선프롤레타리아영화 운동은 이상과 같은 내용처럼 주관적 상황 속에서 의식적인 전위영화인들에 의해 나오기 시작했다.

신흥영화예술가동맹의 조직이 그것이다. 이 동맹은 김유영의 제창에 의해 작년 12월 14일에 만들어져 전 조선의 거의 모든 전위적 영화인이 가맹했고, 강공한 조직과 함께 비범한 권위를 가지고 있다.

동맹은 서무, 촬영, 출판, 연구의 네 분야로 나뉘며 촬영부 감독으로서는 김유영, 기사는 민우양, 배우부에는 앞에서 이야기한 임화, 김정희(金貞姬) 등이 있으며, 출판부에서는 올해 2월에 『영화가(映畵街)』가 창간되기에까

---

화동맹의 역할이 커지면서 1930년 8월 '프롤레타리아영화'로 개제되었고 성격도 순수 기관지로 바뀌었다. 한국영상자료원 영화사연구소 편, 『일본어 잡지로 본 조선영화』 1, 한국영상자료원, 2010, 213면 참고.

**52** 우에다 이사오는 일본프롤레타리아영화동맹 교토지부와 신흥영화사의 책임자였다. 김유영, 「撮影所巡禮記－日本의 '헐리우-드' 京都의 松竹 日活 '마찌노' '東亞'을 訪問하고 (1)」, 『조선일보』, 1930.5.11.

지 이르렀다.

신흥영화예술가동맹의 강점은 그들의 손안에 서울키노영화공장이 있다는 것이며, 제작 영화는 바로 조선 내에 배급되고 상영된다는 것이다.[53]

또, 임화는 「조선영화의 제 경향에 대해」에서 신흥영화예술가동맹에 대해 다음과 같이 썼다.

이런 중요한 역사적 움직임에 당면한 조선의 영화는, 1929년 말에 이르러 프롤레타리아영화 운동의 조직적 주체를 결성하기에 이르렀다. 그 주체는 '서울키노'의 김유영과 '프롤레타리아예술협회'의 멤버인 대여섯 명의 남자 배우들이 조직한 '신흥영화예술가동맹'이다.

이 단체는 식민지 관헌의 ××한 ××제도와 경제적 무력 등의 모든 불리한 조건 속에서 영화를 프롤레타리아의 것으로 하기 위해 자신들의 계급성과 그 정치적 속성을 대담하게 조직체로 만든 것이다.[54]

정리하자면, 신흥영화예술가동맹은 김유영을 포함해서 카프 회원이었던 영화인들과 그 밖의 많은 전위적인 영화인들이 모여 프롤레타리아영화 운동을 조직적으로 펼치기 위해 창립한 단체였다. 즉 신흥영화예술가동맹은 최초로 구체적인 강령, 규약, 조직을 갖춘 프롤레타리아영화 운동 단체였던 것이다. 그리고 신흥영화예술가동맹은, 앞에서 소

---

53  우에다 이사오, 「조선의 프롤레타리아영화 운동」, 『신흥영화』 2~3호, 1930.3.(한국영상자료원 영화연구소 편, 앞의 책, 203~204면에서 인용)
54  임화, 「조선 영화의 제 경향에 대해」, 『신흥영화』 2-3호, 1930.3.(한국영상자료원 영화사연구소 편, 앞의 책, 210면에서 인용)

개한 강령에서 드러나듯이, 이론과 제작을 망라하는 영화운동을 추구
했다. 신흥영화예술가동맹과 서울키노는 유기적인 관계에 있었는데,
그것은 신흥영화예술가동맹이 영화 제작을 목표로 삼은 실천적인 운동
조직이었다는 것을 의미한다.

　신흥영화예술가동맹은 다양한 활동을 펼쳤다. 먼저, 1929년 12월 30
일에 찬영회 사건을 일으켰다.[55] 그리고, 1930년 2월에는 기관지『영
화가』를 창간했고,[56] 평양에 지부를 설치했다.[57] 그뿐만 아니라, 1930
년 3월 18일에는 서항석, 이하윤, 안석영, 윤기정, 김유영, 서광제, 정
홍교가 토론자로, 강호가 속기자로 참석한 가운데 〈꽃장사〉와[58] 〈회심
곡(悔心曲)〉에[59] 대한 합평회를 개최했다.[60]

---

55　신흥영화예술가동맹 결성의 발기인 중 한 사람이었던 김형용은『신흥영화』2-3호
　　(1930.3)에 쓴「찬영회를 ××하기까지－조선영화인의 폭력결사단 사건의 진상」을 통
　　해 찬영회 사건의 전말을 설명했다. 그는 찬영회를 "각 신문사 연예부 기자들에 의해
　　구성된 반동 단체"로 규정하고, 찬영회는 조선 민족의 입이며 눈인 신문을 이용해 구미
　　(歐美) 영화의 편을 들어 조선 영화를 짓밟고 대중을 기만하고 배를 채워 왔다고 성토했
　　다. 즉 찬영회는 영화의 선전・비판, 영화계 소식이 신문에만 보도되는 조선의 현실을
　　악용해 영화 제작자, 상설 구미 영화 상영관, 여배우 등에게 대가성 향응을 요구하는 등
　　비리를 저질러 왔다고 비난했다. 그는 그래서 신흥영화예술가동맹은 1929년 12월 30일
　　밤 영화인 망년회 때에 각 신문의 연예부를 찾아가 찬영회의 해체를 요구하게 되었고,
　　결국 1930년 1월 1일 찬영회는 해체 성명을 발표했으며 그 사건을 주도했던 영화인들은
　　검거되었다가 석방되었다고 설명했다. 한국영상자료원 영화사연구소 편, 앞의 책, 211
　　면 참고. 한편, 안종화, 유현목, 이영일, 이효인은 앞의 책들에서 모두 찬영회 사건이 1931
　　년 12월에 일어났다고 했는데, 오류이다.
56　우에다 이사오, 앞의 글.
57　「平壤에 新興映藝同盟支部－來九日에 創立」,『조선일보』, 1930.2.7;「新興映畵藝盟 平
　　壤支部 設置」,『조선일보』, 1930.2.14. 신흥영화예술가동맹은 회원이었던 남궁운을 평
　　양에 파견하여 지부 설치를 준비한다. 그리고 1930년 2월 9일 밤에 평양 백선행기념관에
　　서 신흥영화예술가동맹 평양지부 창립대회를 연다.
58　1930년 독립프로덕션에서 제작했다. 최남주(최남산) 원작「가화상(假花商)」을 안종화
　　가 각색했다. 안종화가 감독을 맡았고 최남주, 김명숙, 이규원, 윤명천, 김명순 등이 출연
　　했다. 유현목, 앞의 책, 161・183면 참고.
59　1930년 아성프로덕션에서 제작했다. 왕덕성이 감독을, 이진권이 촬영을 맡았다. 위의

## 2) 일본프롤레타리아영화동맹 교토지부 방문

한편, 김유영은 신흥영화예술가동맹을 조직한 직후인 1929년 12월 중순 또는 1930년 1월 초에 일본프롤레타리아영화동맹 교토지부를 방문했다.[61] 그리고 그 단체를 통해 교토에 있는 송죽(松竹) 키네마 촬영소와 일활(日活) 촬영소 등을 견학하고, 1930년 2월에는 신흥영화사에서 열린 신흥영화좌담회에도 참석했다.

김유영이 송죽 키네마 촬영소와 일활 촬영소에서 무엇을 보고 느꼈는지는 그가 귀국 후 1930년 5월 11일부터 27일까지 『조선일보』에 발표한 「촬영소 순례기—일본의 '헐리우-드' 경도(京都)의 송죽(松竹) 일활(日活) '마찌노' '동아(東亞)'을 방문하고(1~9)」에 잘 나타나 있다. 그 글에서 김유영은 두 촬영소에서 만난 일본 영화인들을 주로 계급적 이데올로기의 소유 여부나 그 정도에 따라 평가하고 그들의 인상을 소개했다. 그리고 그 촬영소들의 조직과 체계 및 영화 제작 기술 수준에 대한 경이감과 부러움을 표현했다. 그가 느낀 경이감과 부러움은 곧 조선의 영화

---

책, 162면 참고.

60  다음과 같은 자료들에서 합평회 개최 일시, 장소, 참석자, 논의 내용을 알 수 있다. 「〈꽃장사〉와 〈悔心曲〉 合評會—新興映畵藝術家同盟서 主催」, 『동아일보』, 1930.3.16; 「〈悔心曲〉, 〈꽃장사〉 合評會 開催—朝鮮映畵藝術家同盟 主催로」, 『조선일보』, 1930.3.16.('신흥영화예술가동맹'을 '조선영화예술가동맹'으로 오기); 「〈꽃장사〉와 〈悔心曲〉 映畵合評會」, 『중외일보』, 1930.3.16; 「〈꽃장사〉〈悔心曲〉 合評會(上·下)—新興映畵藝術家同盟 主催로」, 『조선일보』, 1930.3.23·24; 「新興映畵藝術家同盟 主催 朝鮮 映畵 合評會(上·下)—〈꽃장사〉와 〈悔心曲〉」, 『중외일보』, 1930.3.23·24.('朱紅起'를 '朴紅起'로 오기)

61  김유영은 자신이 일본프롤레타리아영화동맹 교토지부에 도착한 것은 1929년 12월 중순이었다고 썼다. 김유영, 「撮影所巡禮記—日本의 '헐리우-드' 京都의 松竹 日活 '마찌노' '東亞'을 訪問하고(1)」, 『조선일보』, 1930.5.11. 한편, 우에다 이사오는 김유영이 1930년 1월 초에 그곳을 방문했다고 말했다. 우에다 이사오, 앞의 글.

제자 조긴이 열악하다는 사실에 대한 부끄러움과 반성으로 이어졌다.

한편, 김유영은 신흥영화좌담회에 참석하여, 다른 참석자들이 영화 노동자들에 대한 영화사의 횡포와 중간 관리자들의 착취를 고발하고 검열 제도를 비판하면서 그 대책을 논의하는 것을 들었다. 그리고 데이 코쿠키네마에서 제작한 스즈키 주키치[鈴木重吉] 감독의 영화 〈무엇이 그녀를 그렇게 만들었는가〉에 대해 합평했다.[62] 김유영은 그 자리에서는 그 영화에 관해 적극적으로 발언하지 않았다. 그는 귀국한 뒤, 1930년 3월 28일부터 4월 6일까지『조선일보』에 발표한「영화비판-〈판도라의 상자〉와 푸로영화〈무엇이 그 女子를……〉를 보고서(1~8)」에서 그 영화에 관한 자신의 생각을 구체적으로 밝혔다. 김유영은 그 글에서 〈무엇이 그녀를 그렇게 만들었는가〉는 순프롤레타리아영화는 아니고 경향적·프롤레타리아적 영화에 속한다고 평가했다. 즉 선이 너무 가늘고 표현 방법이 센티멘탈하여 프롤레타리아영화로 보기에는 "강미(强味)"가 없으며 대중에게 "위대한 효과"를 주지 못한다고 비판했다.


### 3) 카프 탈퇴

신흥영화예술가동맹이 활동을 활발히 벌이고 있을 때에 카프는 신흥영화예술가동맹 측에 해체할 것을 권고했다. 카프는 1930년 4월 26일 중앙집행위원회를 열어 조직을 확대·개편할 것을 결의했다. 카프는 당

---

62 「신흥영화 좌담회」,『신흥영화』2-3호, 신흥영화사, 1930.3.(한국영상자료원 영화사연구소 편, 앞의 책, 193~202면)

시 서기국과 기술부를 신설하기로 하고 기술부 아래에 문학 부문과 영화, 연극, 미술, 음악 부문 등을 두기로 했다. 기술부의 신설은 카프를 문학인을 비롯한 대중 조직에서 전문 예술인들의 조직으로 전환한다는 것을 뜻했다. 즉 카프는 기술부의 신설을 통해 예술운동의 볼세비키화라는 운동노선을 구체화한 것이었다.[63] 카프가 신흥영화예술가동맹에 해체를 권고한 것도 영화 운동의 역량을 카프에 집결시키기 위한 조치였다.

카프가 신흥영화예술가동맹에 해체를 권고한 맥락은 임화의 다음과 같은 글을 통해서도 확인할 수 있다.

'캅푸'는 昨年(1930년–인용자) 中에서 形式 問題의 討論을 結末짓지 안어서는 안 되엇스며 右翼化의 危險과 싸호지 안어서는 안 되엇스며 (略) 藝術의 確立과 藝術運動 全般의 (略) 他의 問題를 解決하기 爲하야 一切의 漠然한 無産階段藝術과 깨끗이 分離하지 아니하면 아니 되엇섯다.

卽 (略) 主義의 確立과 紙上에 問題을 (略)으로 解決하기 爲하야 若干의 分子를 組織(文學部)에서 放逐하엿스며 가장 組織的으로 紛糾을 거듭하엿든 舊 新興映畵藝術家同盟의 反動化한 分子에 對하야 斷乎한 處分을 加하엿든 것이며 '캅프' 映畵部의 强化를 爲하야 '新興聯盟'을 解體케 하고 排擊한 것이다.[64]

그러나 신흥영화예술가동맹은 카프의 권고를 거부했다. 그리고 다음과 같은 방침을 공지했는데, 주목할 것은 김유영과 서광제의 카프 탈퇴를 알렸다는 사실이다.

---

63  권영민, 앞의 책, 206~215면 참고.
64  임화, 「서울키노 映畵〈火輪〉에 對한 批判(1)」, 『조선일보』, 1931.3.25.

신흥영화예술가동맹(新興映畵藝術家同盟)에서는 새로 이전한 황금뎡(黃金町) 삼뎡목 일백팔십삼번디 동회관 내에서 지난 이십일일 위원회(委員會)를 개최하엿다는대 결의 사항은 아래와 갓다 한다.

◇ 決議事項

一, 朝鮮푸로레타리아藝術同盟과 新興映畵藝術家同盟의 關한 件

(朝鮮의 映畵藝術運動에 잇서서 아직은 新興映畵藝術家同盟의 存在의 必要를 切實히 認定함으로 푸로레타리아藝術同盟에서 한 本 同盟 解散 勸告를 우리는 不應하는 同時 金幽影 徐光霽 兩氏는 푸로藝盟에서 自退하기로 하고 尹基鼎 氏는 新興映畵藝盟에서 自退하게 되엇다.)

二, 委員 補選의 關한 件

尹基鼎의 自退를 承認함

左記 兩氏를 新任 中央執行委員으로 選擧함

石一良 徐光霽

三, 部署 決定의 關한 件

庶務部 石一良 出版部 徐光霽 撮影部 金幽影 研究部 羅雄

四, 日本푸로레타리아映畵同盟 支持의 件

五, 實地 映畵 製作의 關한 件

六, 支部에 關한 件 (保留)

七, 機關誌 『映畵術』 發行의 件

八, 映畵藝術運動의 今般方針(강조－인용자)[65]

65  「新興映藝同盟 今後 方針 決議」, 『조선일보』, 1930.4.23.

위의 기사를 따르면, 신흥영화예술가동맹이 카프의 해체 권고를 거부한 까닭은 그들이 당시 조선의 영화예술운동에 있어서 자신들이 존재할 필요가 있다고 판단했기 때문이었다. 그것을 나중에 서광제는 '매개단체로서 신흥영화예술가동맹을 상존시킬 필요성'이라고 말했다.[66] 그가 말한 "매개단체"란 대중과 카프를 매개하는 단체를 뜻하는 것이었다고 볼 수 있다.

카프의 해체 권고를 거부하고 신흥영화예술가동맹을 유지하자는 결정을 김유영이 주도했을 것이라고 추론하는 일은 어렵지 않다. 김유영이 서광제와 함께 카프에서 탈퇴한 것은 그런 결정을 관철시킨 일이었다고 할 수 있다. 그러나 김유영이 카프의 권고를 거부하고 카프에서 탈퇴한 것은 프롤레타리아영화 운동의 단계와 방법에 대해 카프와 달리 생각했기 때문이지 그 운동의 필요성이나 카프를 부정했기 때문은 아니었다. 김유영은 카프에서 탈퇴한 뒤에, 신흥영화예술가동맹에서도 탈퇴했다.[67] 그리고 여전히 카프를 지지한다고 공언했다.[68] 한편, 신흥영화예술가동맹은 김유영, 서광제 등이 빠진 상태에서 1930년 5월 24일 전국대회를 열어 해체를 선언하는 동시에 카프 영화부를 지지한다는 내용의 선언문을 발표했다.[69]

---

66  서광제, 「映畵化된 〈火輪〉과 〈火輪〉의 原作者로서(上)」, 『조선일보』, 1931.4.11.
67  위의 글.
68  "그리고 徐君과 다른 管見에서 나는 當然히 '갑푸'를 支持한다." 김유영, 「'徐君'의 映畵批評을 再批評(下)」, 『조선일보』, 1931.4.22.
69  「新興映藝同盟—大會서 解體 宣言」, 『조선일보』, 1930.5.27.

4) 서울키노 정비, 조선시나리오라이터협회 창립, 〈화륜(火輪)〉 감독

김유영은 신흥영화예술가동맹에서 탈퇴한 뒤 서광제와 함께 서울키
노를 정비했다. 다음은 그 사실을 알린 기사의 전문이다.

> 과거의 미미한 조선 영화예술운동(映畵藝術運動)에 잇서서 력사적으로
> 잇지 못할 조선영화예술협회(朝鮮映畵藝術協會)가 해산된 후 즉시 신흥영
> 화인(新興映畵人)으로 조직된 영화공장 '서울키노'에서는 여러 가지 사정
> 으로 한 작품만 겨우 세상에 발표한 후 이래 침체 상태에 잇다가 금번 신흥영
> 화예술가동맹(新興映畵藝術家同盟)의 맹원으로 경도(京都)의 각 촬영소에
> 서 실지로 사 개월 동안이나 연구를 하고 돌아온 젊은 감독 김유영(金幽影)
> 씨와 서광제(徐光霽) 씨며 문단에서 김긔진(金基鎭) 씨 외 제씨의 알선으로
> 금월 이십륙일 하오 여덜시에 황금정 삼정목 일백팔십삼번지(黃金町 三丁
> 目 一八三) 동회관 내에서 '서울키노'를 부활식혀 가지고 다음과 가튼 부서
> 를 조직하엿다고 한다.
> ▲ 監督部＝金幽影 ▲ 撮影部＝閔又洋 金容泰 ▲ 企劃部＝石一良 朱紅起
> 金哲 ▲ 出演部＝徐光霽 白河路 南一陽 宋浩 金鴻 金亞浪 河月林 許貞玉 ▲
> 裝置部＝秋赤陽 ▲ 衣裳部＝金壽林[70]

서울키노는 신흥영화예술가동맹과 유기적인 관계를 맺었던 단체였
다. 따라서 김유영이 서울키노를 정비한 것은 신흥영화예술가동맹의

---

70 「復活된 '서울키노'」, 『조선일보』, 1930.4.28.

맥을 잇되 카프와는 별개로 프롤레타리아영화 운동을 전개해 나가겠다는 의지를 표명한 것으로 볼 수 있다.

또, 김유영은 서광제, 안석영, 이효석, 안종화 등과 함께 시나리오의 대중화 및 창작과 연구를 목적으로 내세우며 1930년 5월 26일 조선시나리오라이터협회도 창립했다. 다음은 조선시나리오라이터협회가 창립 당시 내세운 선언과 규약이다.[71]


－宣言－

一. 우리들은 全大衆의 利益을 爲하야 映畵 劇本과 創作과 硏究에 從事함.


－規約－

一. 本會는 씨나리오·라잇터 協會라 稱함.

一. 本會는 同人制로 함.

一. 同人의 씨나리오의 發表는 同人會를 經由하고 發表함.

一. 同人은 一週 一回式 會合함.

一. 會費는 每月 五十錢으로 함.

一. 同會 入會의 資格은 씨나리오의 創作 及 硏究에 從事하는 者로써 同人 三人 以上의 推薦으로써 入會함을 置함.

一. 本會는 幹事 二人을 置함.

一. 同人의 씨나리오의 發表는 本會 規定의 術語를 使用함.(述語 略)


71 「朝鮮 씨나리오 라이터 協會 創立」, 『중외일보』, 1930.5.28. 이 자료는 훼손되어 조선시나리오라이터협회의 사무실 주소와 동인 및 간사 명단은 분명히 확인할 수 없다.

김유영은 서울키노를 중심으로 조선시나리오라이터협회를 아우르며 활발한 활동을 벌여 나갔다. 먼저, 서울키노는 1930년 6월 중순부터 조명희 원작 「낙동강」을 영화화하기로 했다. 개작은 김기진, 감독은 김유영, 각색은 석일량이 맡았고, 추적양과 백하로 등이 출연하기로 했다.[72] 그러나 〈낙동강〉 촬영은 계획에 그쳤을 뿐 실행되지 못했다. 또한, 서울키노는 1930년 7월에, 서울키노와 유기적 관계를 맺는다는 것을 전제로, 영화공장 '평양키노'를 창립하고 그 안에 연구부를 두어 연구생을 모집했다.[73] 그리고, 1930년 10월에는 일본 잡지 『프롤레타리아 영화』와 『프롤레타리아 연극』 1930년 10월호를 재편집해 발간하기도 했다.[74] 특히 『프롤레타리아 영화』는 일본 프롤레타리아영화동맹의 기관지였는데, 1930년 10월호는 식민지 특집호였다.[75] 한편, 조선시나리오라이터협회 동인 김유영, 이효석, 안석영, 서광제는 1930년 7월 19일부터 9월 2일까지 『중외일보』에 시나리오 「화륜」을 연재했다. 서울키노는 그것을 통영삼광영화회사 제공으로 1930년 10월 영화화하기 시작했다.[76] 이효석과 서광제가 편집을, 강호가 자막을, 민우양과 김용태가 촬영을, 김유영이 감독을 맡았고, 촬영은 1930년 10월 10일부터 시작되었다. 김연실, 석금성을 비롯해서 석일량, 황하계,[77] 이엽, 염렬, 박정섭, 김의진, 추적양, 김악 등이 출연하기로 했다는 기사가 여

---

72 「서울키노 〈洛東江〉 撮影」, 『조선일보』, 1930.6.7.
73 「平壤映工 創立」, 『조선일보』, 1930.7.17.
74 「新刊紹介」, 『조선일보』, 1930.10.18・19.
75 「新刊紹介」, 『조선일보』, 1930.10.18; 「目次」, 『プロレタリア 映畫』 제2권 제9호, 1930.10.
76 「'서울키노'에서 〈火輪〉 撮影」, 『조선일보』, 1930.10.8.
77 「'서울키노'에서 〈火輪〉 撮影」, 『조선일보』, 1930.10.8에는 "黃河啓"로, 「씨나리오 作家協會의 〈火輪〉 撮影 開始」, 『동아일보』, 1930.10.8에는 "黃弼晳"으로 표기되어 있다.

러 신문에 실렸다.[78] 서울키노는 〈화륜〉을 적극적으로 홍보했다. 재편집해 발간한 『프롤레타리아 영화』 1930년 10월호에서 〈화륜〉의 스틸을 표지로 쓰고 시나리오를 소개했으며,[79] 〈화륜〉이 완성되면 일본의 일활(日活)과 프로키노에 배급한다는 계획을 밝히고, 〈화륜〉에서는 종래의 조선 영화와는 다른 기법이 구사되는데 일례로 군상 장면에 많은 공장 노동자들이 출연하기도 한다고 광고했다.[80] 〈화륜〉은 촬영 2개월 만에 완성되었다. 최종적으로는 백하로가 주연을 맡았고, 석일량, 황하석, 김해웅, 허림, 이엽, 박정섭, 염철, 김연실, 김정숙 등이 출연한 것으로 되어 있다.[81] 〈화륜〉은 1931년 3월 11일에 조선극장에서 개봉되었다.[82] 그러나 성공을 거두지는 못했다. 〈화륜〉 상영 이후 임화, 서광제, 김유영이 벌인 '〈화륜〉 논쟁'에서 그것을 확인할 수 있다.

---

78 「씨나리오 作家協會의 〈火輪〉 撮影 開始」, 『동아일보』, 1930.10.8; 「連作 씨나리오 「火輪」 撮影 開始」, 『매일신보』, 1930.10.8; 「'서울키노'에서 〈火輪〉 撮影」, 『조선일보』, 1930.10.8.
79 「新刊紹介」, 『조선일보』, 1930.10.18; 「新刊紹介」, 『동아일보』, 1930.10.21.
80 「'서울키노' 映畵 〈火輪〉 撮影 中. 日本에도 配給할 터」, 『동아일보』, 1930.10.21.
81 「서울키노社 〈火輪〉 朝劇서 上映될 터」, 『동아일보』, 1931.1.10. 배우들의 이름이 정확히 표기되어 있지는 않다.
82 「서울키노 一回作 〈火輪〉 全十卷」, 『동아일보』, 1931.3.12.

# 5. 프롤레타리아영화 운동의 한계 인식

## 1) 〈화륜〉 논쟁

〈화륜〉이 상영된 뒤에 김유영은 임화, 서광제와 함께 논쟁을 벌였다. 그런데 실상 그 논쟁은 〈화륜〉에 관한 것이라기보다는 〈화륜〉으로 말미암은 것이었다. 그 논쟁은 김유영에게는 당시 조선 프롤레타리아영화 운동계를 옥죄던 문제들을 구체적으로 인식하는 계기, 프롤레타리아영화감독인 자신의 한계를 자인하는 계기가 되었다. 논쟁의 내용을 구체적으로 살핌으로써 그것을 확인하기로 한다.

임화는 「서울키노 영화 〈화륜〉에 대한 비판(1~5)」(『조선일보』, 1931.3. 25·29·31; 4.2·3)에서 〈화륜〉을 "반동적인 영화"라고 평가했다. 그 근거는 두 가지였다. 하나는 서울키노의 지도자이자 〈화륜〉의 감독인 김유영과 각색자인 서광제는 카프 산하에서 프롤레타리아영화를 만든다고 공언하고 다녔지만 정작 1930년 카프가 신정책을 내놓고 신흥영화예술가동맹의 해체를 권고했을 때에는 그 권고를 거부하고 계급영화운동의 유일한 조직인 카프를 배반한 탈주자들이라는 것이었다. 그리고 다른 하나는 〈화륜〉의 원작자들이 반계급적인 인물들이라는 것이었다. 즉 임화는 〈화륜〉의 원작자들은 조선시나리오라이터협회 소속인데, 그 협회는 김유영과 서광제가 카프에서 탈퇴한 뒤 신흥영화예술가동맹을 해체하고 카프에 대한 새로운 대립 세력을 키우기 위해 만든 단체로서 그 단체 소속인 〈화륜〉의 원작자들은 반계급적이라는 주장을 펼쳤다.

임화는 〈화륜〉의 내용과 기술을 분리하여 모두 비판하겠다고 했으나 실제로는 내용만을 비판했다. 그리고 그 비판의 과정은 곧 〈화륜〉의 '작자(作者)'가 프롤레타리아를 가장한 반동적인 소부르주아에 불과하다는 것을 주장하는 과정이기도 했다.

이해를 돕기 위해 임화의 글을 토대로 〈화륜〉의 내용을 정리하면 다음과 같다. 교원이었던 길호는 3·1운동 때 투옥되었고 10년 만에 출소한다. 그런데 그를 맞이하는 것은 동지들과 무한히 변한 세상뿐이다. 길호는 친구에게 처자의 소식을 묻는다. 길호의 처는 생활난을 이기지 못해 덕삼에게 재가했다. 그녀는 길호가 출소할 때 멀리서 울면서 그를 지켜본다. 그리고 유서를 남기고 한강에 투신하려고 한다. 길호는 그 유서를 발견하고 그녀를 구하기 위해 그녀의 뒤를 쫓고 결국 그녀를 막아선다. 그 뒤 길호는 덕삼 몰래 처자를 데려 오고, 일자리를 알아보러 다닌다. 어느 날 길호는 직업소개소에 다녀오다 옛날 제자를 만난다. 그리고 제자와 함께 어느 공장주 부호와 그의 첩이 탄 자동차에 치일 뻔 한다. 그 일을 계기로 길호의 제자와 부호의 첩은 사랑에 빠지고 결국 상해로 간다. 한편 길호는 공장에 취직한다. 어느 날, 공장에 공장주와 관계가 있는 감독이 새로 부임한다. 그는 다름 아닌 덕삼이다. 길호와 덕삼은 처음에는 서로를 모르지만 나중에는 알게 된다. 그런데 공장은 불경기를 이유로 종업원들의 급여를 삭감하고 종업원 수를 줄이려한다. 길호는 동료 한 사람과 함께 종업원을 대표해 감독인 덕삼에게 항의한다. 그러나 감독인 덕삼은 그들의 항의를 묵살한다. 그러자 종업원들은 파업을 시작한다. 덕삼이 내세운 "반동분자들"과 종업원들 사이에 싸움이 벌어진다. 그리고 길호와 덕삼도 싸운다.

이러한 내용에 대해, 먼저, 임화는 3·1운동에 투신하여 10년 동안이나 수감되었던 민족지사 길호의 형상을 문제 삼았다. 그는 길호가 출소하자마자 처자의 소식을 묻는 것, 자살하려는 처를 신파적으로 쫓아가 살려내는 것, 오로지 처자식과 먹고 살기 위해 직업을 구하고 공장에 들어가는 것은 민족지사답지 못하다고 비판했다. 그러한 비판은 곧 〈화륜〉의 '작자'에 대한 비판이었다. 즉 룸펜적 세계관을 지녔으며 처자와 먹는 것밖에는 아무런 생각이 없는 '작자'가 길호로 치장하여 나타난 것이라고 비꼬았다.

다음으로, 임화는 길호의 제자와 공장주의 첩이 사랑하게 된다는 내용을 비판했다. 먼저, 그는 그들의 갑작스런 만남과 사랑은 길호의 생활과는 유기적 관계가 전혀 없다고 지적했다. 그리고 그들이 상해로 가는 것을 비판하면서 당시 조선의 젊은 남녀들이 무분별하게 상해로 가는 풍조를 개탄했다. 즉 상해가 자유의 세계인지, 그곳에 가기만 하면 모든 문제가 해결되는 것인지 물었다. 결론적으로, 임화는 길호의 제자와 공장주의 첩이 사랑에 빠지고 상해로 가는 내용은 '작자'가 지닌 이데올로기의 불확실성과 소부르주아적인 반동성의 표현이며 관중의 비속한 취미에 영합하려는 상업주의의 노골적인 발로라고 비판했다. 덧붙여, '작자'는 민족주의 지사인 척하면서 돈벌이에도 민감한 "영화적 아편의 소매상인"이며 부르주아적 의미에 있어서도 결코 예술가는 아니라고 단언했다.

또, 임화는 길호와 공장 종업원들의 파업은, 종업원들의 구체적 요구도 명시되지 않았고 파업 계획을 협의하는 과정도 그려지지 않았다는 점에서, 비현실적이라고 말했다. 나아가, 임화는 '작자'가 파업을 무례

한의 편싸움으로 이해하고 치정싸움으로 그려냈는데 그것은 '작자'가 공장 노동자의 생활을 전혀 모른다는 사실을 증명하는 일이라고 말했다.

서광제는 「영화화된 〈화륜〉과 〈화륜〉의 원작자로서(상·중·하)」(『조선일보』, 1931.4.11~13)에서 임화의 주장에 대해 반론을 폈다.

먼저, 서광제는 신흥영화예술가동맹이 카프의 해체 권고를 무조건 거부한 것이 아니라고 했다. 그는 조선의 정세 상 매개단체로서 신흥영화예술가동맹을 상존시킬 필요성이 있다는 것을 당시 신흥영화예술가동맹의 중앙위원이자 카프 영화부의 책임자였던 윤기정을 통해 카프 위원들에게 이해시키려 했다고 말했다. 그러다 자신과 김유영은 신흥영화예술가동맹에서 탈퇴했고, 그것으로써 자신과 윤기정, 카프와 신흥영화예술가동맹 사이의 문제를 완전히 해결했고 신흥영화예술가동맹은 해체되었다고 말했다. 따라서 자신은 임화의 말대로 카프를 배반한 탈주자도 아니며 카프에서 쫓겨난 사실도 없다고 말했다. 그리고 자신은 언제까지나 무산계급예술운동의 역원으로서 당당히 싸울 것이며 자신의 조직체는 카프라고 단언했다.

다음으로, 서광제는 조선시나리오라이터협회에 대해 해명했다. 즉 자신은 조선시나리오라이터협회를 기술 단체로 조직했을 뿐이지 거기에 어떤 사상을 주입하려고 했던 것은 아니었으며 자신이 그 협회에 가입했던 것은 인식 부족 때문이었다고 말했다. 그리고 조선시나리오라이터협회는 모순이 생겨 곧 해체되었다고 말했다.

이어서, 서광제는 영화 〈화륜〉과 원작 「화륜」의 내용이 다르다는 것을 밝히는 데에 주력했다. 그는 원작 「화륜」은 자신과 이효석, 안석영, 김유영의 합작이지만 영화 〈화륜〉은 '김유영의' 작품이라고 단언했다.

먼저, 그는 임화가 영화 〈화륜〉에서 비판한 내용들은 대부분 원작이나 자신이 원작을 각색한 것에는 없고 김유영이 만들어낸 것들이라고 주장했다. 먼저, 십 년 전에 스승인 길호에게 제자인 영식이 교훈을 얻은 적이 있다는 것, 길호와 영식이 직업소개소에서 우연히 만나는 것, 영식이 자동차에 치이는 것, 부호의 첩 정숙이 혼자 자동차에서 내려 영식을 구하고 영식과 정숙이 사랑에 빠지는 것, 영식과 정숙이 상해로 가는 것은 원작에는 없는 내용들이라고 했다. 원작에서는 영식이 공포병과 극단의 에고이즘에 젖은 소부르주아의 전형으로 등장할 뿐, 영식과 길호가 사제지간으로 그려지거나 두 사람이 대면하지는 않는다는 것이었다. 따라서 서광제는 길호와 영식을 사제지간으로 등장시키고 두 사람을 만나게 함으로써 "영화의 줄기가 어지럽고 불쾌하게" 되었다는 임화의 비판에 자신도 동의한다고 말했다. 다음으로, 서광제는 원작에서는 길호와 덕삼의 관계도 치정 관계가 아니라 계급 갈등의 관계로 그렸다고 말했다. 또, 그는 원작에서는 길호와 공장 종업원들의 파업을 그릴 때 종업원들의 구체적인 요구 사항을 제시했고 투쟁 계획도 제시했다고 해명했다. 요컨대, 서광제는 영화 〈화륜〉은 김유영 개인의 창작품이며, 임화가 비판한 대로 그것이 부르주아 영화가 된 책임은 김유영에게 있지 원작자들에게는 없다고 주장했다.

덧붙여서 서광제는 〈화륜〉의 기술적인 실패의 탓도 김유영에게 돌렸다. 그는 "커팅의 불순서", "템포의 부조화", "배우 화장의 실패", "의상의 부주의" 등은 감독인 김유영의 연출력이 부족했기 때문에 생긴 문제점들이었고, 그 문제점들은 작품 실패의 원인이 되었다고 말했다.

김유영은 「서군의 영화비평 재비평(상·중·하)」(『조선일보』, 1931.4.1

8 · 21 · 22)를 통해 서광제를 반박했다.

먼저, 김유영은 카프 영화부와 신흥영화예술가동맹 사이에 문제가 생겼던 것은 서광제 때문이었다고 말했다. 또 김유영은 서광제가 조선 시나리오라이터협회를 창립할 때 "비상한" 활동을 했으면서도, 그 협회에 대해 어리석은 변명을 했다고 비난했다.

다음으로, 김유영은 영화 〈화륜〉이 김유영 개인의 창작품이라는 서광제의 주장을 반박했다. 김유영은 영화 〈화륜〉이 원작 「화륜」과 달랐다는 것은 인정했다. 그는 원작 「화륜」이 비교적 프롤레타리아 계급인 노동자와 농민에게 효과를 줄 만한 내용이긴 했지만 영화로 만들기에는 산만했고 검열 문제와 경제적인 문제 등도 있어서, 원작자들이 모여 의논한 결과 각색을 하기로 했고 서광제가 자진해서 각색을 맡았다고 설명했다. 김유영은 서광제의 각색은 내용이 원작자들이 논의한 것과 달랐고 표현도 황당했으나, 영화 〈화륜〉은 서광제의 각색을 그대로 반영한 것이었다고 주장했다. 영화 〈화륜〉이 김유영 개인의 창작품이라는 서광제의 주장을 반박하는 과정에서 김유영은 서광제가 노동자와 농민을 겉으로만 위하는 척한다고 비난했고 프롤레타리아영화 운동 진영에서는 그와 같은 "변화적 추수주의자"를 원하지 않는다고 말했다.

그러나 김유영은 서광제를 비난하는 것에만 몰두하지는 않았다. 그는 자신을 프롤레타리아를 위하는 계급적 기술자로 규정하고, 〈화륜〉에 대한 자신의 책임을 성찰했다. 김유영은 서광제의 산만한 각색을 가지고 어떤 수단을 써서라도 계급적 견지에서 영화적 효과를 내 보려고 노력했다고 말했다. 그러나 그 노력은 실패했고 그것은 자신이 감독의 임무를 완전히 수행할 실력을 갖추지 못했기 때문이라고 말했다. 그러나 김유영은 프롤레타리아영화 운동의 전선에서 노력하려는 자신의 생각과 행동은 언제까지나 변하지 않을 것이라고 다짐했다.

이어서, 김유영은 임화를 향해서도 반론을 폈다. 그는 영화에서 도시 노동자의 생활이나 공장 노동자의 투쟁을 묘사하려면 반드시 아지프로적인 내용과 전개가 필요한데, 아지프로적인 영화는 조선에서 검열에 통과하거나 상영되기 힘들 것이라고 말했다. 그리고 그는 영화 〈화륜〉이 반동적인 요소를 가지게 된 원인은 거기에 있다고 주장했다. 나아가, 자신은 조선의 현실을 감안하면 아지프로적인 영화보다 리얼리즘적인 내용과 표현 수법을 가진 영화가 더 나을 것이라고 생각하는데 임화는 조선의 객관적 정세는 관찰하지 않고 막연하고 이론적이며 감정적인 비평으로 일관했다고 비판했다.

끝으로, 김유영은 서광제가 〈화륜〉의 기술적인 면에 대해 비판한 것을 반박했다. 그는 서광제가 지적한 "커팅의 불순서", "템포의 부조화" 등에 대한 책임이 편집자나 감독에게만 있는 것이 아니라 각색자에게도 있다고 주장했다. 또, 배우의 화장이 잘못된 것은 카메라맨에게도 책임이 있으며 기후 때문이기도 하다고 말했다. 그리고, 서광제가 "의상의 부주의"를 지적한 것은 조선 영화계가 경제적으로 곤란하다는 사실을 고려하지 않은 언급이라고 반박했다.

앞에서 말한 대로, 임화, 서광제, 김유영이 벌인 논쟁은 〈화륜〉에 관한 것이라기보다는 〈화륜〉으로 말미암은 것이었다. 임화가 김유영과 서광제를 가짜 프롤레타리아라고 비난하자 김유영과 서광제가 각자의 관점에서 임화를 반박한 것이 그 논쟁의 줄거리이다. 그 논쟁은 당시 조선 프롤레타리아영화 운동계를 옥죄던 문제들이 직·간접적으로 드러나는 계기가 되었다. 먼저, 임화 대 김유영과 서광제의 대립은 조선 프롤레타리아영화 운동계가 '카프' 대 '비카프'로 분열되어 있다는 사실을 극명하게 드러냈다. 그리고, 김유영은 임화와 서광제를 반박하면서 조선 프롤레타리아영화 운동계가 자본 부족과 일제의 검열에 시달리고 있다는 것을 증언했다. 중요한 것은 김유영이 논쟁 과정에서 '카프'와 '비카프'의 분열 문제, 자본 문제, 검열 문제를 구체적으로 인식하고 프롤레타리아영화 감독인 자신의 한계를 자인하게 되었다는 사실이다. 김유영의 그러한 인식은 이후 그의 활동에 영향을 미친 것으로 판단된다.


## 2) 프롤레타리아영화 운동의 이론 개진

김유영은 〈화륜〉 논쟁 즈음부터, 프롤레타리아영화 운동을 실천적으로 전개하던 이전과는 달리, 프롤레타리아영화 운동의 이론을 정리하고 주장하는 일에 몰두했다. 김유영은 〈화륜〉과 〈화륜〉 논쟁을 통해 자신이 벌여온 프롤레타리아영화 운동의 문제와 한계를 구체적으로 체감하고 인식했을 것으로 추정된다. 〈화륜〉과 〈화륜〉 논쟁은 영화 제작과 상영을 요체로 삼는 실천적인 프롤레타리아영화 운동을 전개하던 김유영이 프롤레타리아영화 운동의 이론을 개진하는 쪽으로 돌아서는 중요한 계기가 되었을 것이다.

김유영이 그즈음 프롤레타리아영화 운동의 이론을 개진한 글들은 다음과 같다.

[1] 「映畵街에 立脚하야—今後 '푸로' 映畵 運動의 基本 方針은 이러케 하자(1~13)」, 『동아일보』, 1931.3.26~29; 4.3·5·9~12·14·16·17.

[2] 「쏘베트 露西亞 映畵 工場 解剖記(1~5)」, 『조선일보』, 1931.6.4·5·6·9·10.

[3] 「今日의 映畵藝術(1~6)」, 『조선일보』, 1931.8.6·8·12·15·22; 9.5.

[4] 「映畵藝術 運動의 新方向(1~3)」, 『조선일보』, 1932.2.16·17·19.


[1]에서 김유영은 조선의 프롤레타리아예술 운동이 점차 볼셰비키화하고 있다고 전제하고, 그 과정에서 프롤레타리아영화인들은 프롤레타리아영화 운동의 수준과 방향에 대해 적지 않은 이론 투쟁을 벌여 왔으나 지도적 이론을 확립하지 못했다고 반성했다. 즉 속학적·경험적·관념적 탈선, 영웅심의 발로, 소시민적이고 그룹적인 기회주의 색채, 좌익소아병의 비무(飛舞) 등에 의한 마르크스주의 영화 이론의 왜곡과 횡행이 많았다고 지적했다.

김유영은 그러한 문제를 극복하기 위해서는 반동적 영화인의 결성을 "쿠데타하고" 기만적인 소부르주아 영화인들을 "말살시키는" 엄정한 입장에서의 동지 규합이 필요하다고 역설했다. 그리고 김유영은 [1]이, 몇몇 프롤레타리아 영화인들이 과거의 모든 오류를 청산하기로 하고 프롤레타리아영화 운동의 진전을 위해 끊임없이 투쟁하기로 한 상태에서, 프롤레타리아영화 운동의 세부적 활동 방침을 적은 글임을 밝혔다.

김유영은 [1]의 본론에서, 먼저, 프롤레타리아영화 운동의 전제로서 '영화의 정치성'에 대해 논했다. 그 내용을 요약하면 다음과 같다. 부르주아와 소부르주아지의 연합체는 옛 지위를 보존하기 위해 사회주의 방향으로 빠르게 이루어지고 있는 문화 발전을 저지하려고 한다. 즉 그들은 프롤레타리아와는 다른 계급적 요소들을 문화 형식에 넣으려 하고, 대중의 교양에 영향을 미칠 수 있는 수단을 장악하려는 야심으로 프롤레타리아와 싸우고 있다. 프롤레타리아의 과제는 문화 발전의 수단을 장악하는 것이며, 사회주의적 문화 발전의 궤도를 완전하게 하는 것이다. 그리고 문화 건설의 수단이며 문화의 제일 중요한 요소 중의 하나인 예술은 프롤레타리아의 수중에서 최대강력의 무기가 되지 않으면 안 된다. 즉 프롤레타리아 문화를 건설하는 데에 있어서 (사회주의적 문화 발전을 이루는데 있어서) 예술은 농민과 화전민 등에게 사회주의 건설의 과제를 이해시킬 수 있어야 한다. 다시 말하면, 예술은 사회생활, 사회관계, 인간의 개성과 심리에서 생장하고 있는 사회주의적 요소들을 쉽게 설명하기 위한 것으로서 프롤레타리아가 고유물(古遺物)과 투쟁하는 데에 쓰는 예리한 무기가 되어야 한다. 영화는 사회주의적 문화 건설의 수단으로서 예술 가운데에서 가장 중요하다. 즉 영화는 사회주의적 교화와 선동의 강력한 수단이다. 영화의 다음과 같은 장점들을 그 근거로 들 수 있다. 첫째, 영화는 휴대에 편리하다. 둘째, 영화는 염가의 경제적인 예술이다. 셋째, 영화의 관객은 다수이다. 넷째, 영화는 대중적이며 민주적이다. 다섯째, 영화는 관객에게 영향을 준다. 여섯째, 영화는 문화적으로 낙오된 관객의 이데올로기를 촉진시키고 그들의 의식에 영향을 주기에 제일 적당하다. 일곱째, 영화는 형식적으로나 기술적으로 가장 풍부한 예술이다. 여덟째, 기묘하게 연결된 영화 필름은 고급의 예술성과 기술의 표본이다. 아홉째, 영화는 장소를 자유롭게 데먼스트레이션(demonstration)할 수 있는 유일한 예술이다. 이런 장점들이 있으므로, 영화는 사회주의적 문화를 건설하는 데에 다른 예술에 비해 탁월한 대중성과 정치성을 발휘할 수 있다.

이어서, 김유영은 '영화의 정치성'에 대한 이런 이해를 토대로 하여 프롤레타리아영화 운동의 세부적 방침을 밝혔다. 우선, 그는 영화 제작 방침에 대해 자세히 말했다. 그는 영화 운동의 모태는 영화의 제작·상영이라고 전제하고, 조선의 프롤레타리아영화 예술가들이 어떤 조직에서 어떤 영화를 제작하려고 했으며 제작해 왔는지에 대해 말했다. 그 내용을 요약하면 다음과 같다. 조선의 프롤레타리아영화 예술가들은 소부르주아적·순합법적 영화만 제작해 왔다. 최고 수준을 돌파했다는 작품도 경향 영화 즉 '프롤레타리아적' 영화에 지나지 않았다. 또한 그들은 체계가 서지 않은 이론을 가지고 언사와 문필만으로 소위 좌익적 프롤레타리아영화 노동자(예술가)라고 자처해 왔다. 또한 극히 비통일적·분산적으로 규준과 방향을 정하고 사람을 뽑아 작품을 제작하려고 해 왔다. 또, 자본주의 계급이 무산계급 노동자를 이용해 이윤을 추구하는 소규모의 부르주아 영화 제작소에서 영화를 만들었다. 그런데 영화노동자들이 생계를 위해 영화 제작에 노동을 제공하는 것으로는 프롤레타리아영화 운동을 발전시킬 수 없다. 또, 과거에 조선에서만 상영되었던 영화들은 상업적으로 이익을 얻지 못했다. 그래서 영화 제작 노동자들도 합당한 임금을 받지 못했다.

김유영은 영화가 다른 예술에 비해 경제적·기술적으로 곤란하다고 변명할 여지는 있지만, 소부르주아적·패배주의적 영화의 제작·상영은 중지해야 한다고 역설했다. 그리고 프롤레타리아영화 운동계가 객관적 정세를 관찰하여 기본적 활동 방침을 수립하면 상당한 효과를 낼 수 있을 것이라고 자신했다. 결론적으로, 김유영은 프롤레타리아예술운동에서 전위적인 활동을 할 수 있는 "분자"들, 프롤레타리아 이데올로기를 파악한 "분자"들을 모아 "카프의 슬로건 밑에서" 영화공장을 조직해야 한다고 주장했다.

이어서 김유영은 영화공장의 시스템에 관한 구상을 구체적으로 제시했다. 그 내용을 요약하면 다음과 같다. 영화공장에는 내용 취재에 책임을 지는 문예부와 프롤레타리아적 미술 효과를 만들어내는 미술부 그리고 촬영부를 둔다─촬영부 안에는 연기영화반과 문화영화반을 둔다.─그리고 촬영한 필름을 현상하는 현상부, 현상한 필름을 프롤레타리아영화 편집의 독특한 수법-예컨대, 몽타쥬 수법-으로 정리하는 편집부, 그밖에 사진부와 선전부도 둔다. 전조선적으로 지부를 설치한 후, 이동영화대를 조직해 왕래하면서 영화를 촬영한다. 본부와 지부를 막론하고 인선을 할 때에는 과거의 무솔리니식 전제 형식을 지양하고 모든 일을 상호 협의하고 검토한다. 영화 공장의 운영 자금은 기금을 모아 마련한다. 기금을 모으기 위해서는 잡지를 발행하며, 동지들 중 경제력이 있는 사람들에게 기금을 내게 하고, 프롤레타리아영화 운동에 직접 참여하지는 않지만 호의를 가지고 있는 부르주아 계급이나 소부르주아지를 이데올로기화시키는 동시에 그들에게 경제적 후원을 받는다. 영화 제작 비용을 절약하기 위해 소형 영화보다 스탠더드 영화 제작에 주력하되, 인화용 포지티브 필름으로 촬영한 뒤 반전 프린트한다. 이동 촬영대가 농민의 생활 등을 촬영하는 방법으로도 비용을 아낀다.

[2]도 프롤레타리아영화공장 설립에 대한 김유영의 관심을 보여주는 글이다. 김유영은 이 글을 소비에트 영화 친우회의 기관지인 『키노』와 일본의 영화 잡지 그리고 개인적 르뽀 등을 토대로 하여 작성했다고 밝혔다. 김유영은 이 글에서 먼저 소비에트동맹의 5개년 계획이 곧 완성될 것이며 영화 부문의 5개년 계획도 급속히 실행되고 있다는 보도를 전했다. 그리고 1928년 3월 15일부터 21일까지 열린 제30회 전소비에트연방공산당대회 중 중앙위원회 주최로 열린 제1회 영화회의에서 '영화는 당의 수중에서 사회주의 교육 급 아지레숀의 강력한 수단이 아니면 안 된다'라는 선언을 채택했고 그에 따른 실천적 활동이 활발히 벌어지고 있다는 소식을 전하면서 소비에트 러시아의 영화공장들을 소개했다. 특히 대표적 영화 공장인 "쏘유스키노"는 내부까지 상세히 설명했다. 결론적으로, 이 글에서 김유영은 소비에트 러시아의 영화는 전세계를 정복하려고 하며 색채가 다른 만큼 세계의 노동자·농민에게 영향을 미칠 것이라고 전제하고, 조선의 영화인도 그러한 것을 좀 더 연구하여 완전한 영화공장을 만들자고 촉구했다.

[3]과 [4]에는 영화의 내용에 대한 김유영의 관심이 구체적으로 드러나 있다. 그는 [3]과 [4]에서 조선에는 노동자보다 농민이 많은 만큼 농촌 영화 제작에 주력해야 한다고 했다. 즉 농민의 시야와 경험을 확대하여 그들로 하여금 당대의 대세를 계급적으로 인지하게 해야 한다는 것이었다. 그리고 조선의 특수한 정세를 객관적으로 취재해 각본을 써야 하며, 문학자, 시나리오 작가, 감독도 밀접히 연대할 필요가 있다고 했다.

### 3) 프롤레타리아영화 연구 및 교육으로의 선회

여러 글을 통해 프롤레타리아영화 운동에 관한 이론을 개진하던 김유영은 서광제와 함께 1932년 5월 일본의 경도 동활 키네마로 유학을 떠났다. 관련 기사를 따르면,[83] 김유영은 감독부에, 서광제는 각본부에 들어가 3년 정도 공부할 계획이었다. 그러나 김유영은 곧 귀국한 것으로 추정된다. 귀국 후 그는 구인회를 결성하기 전까지 다음과 같은 글들을 발표했다.

> [1] 「映畵藝術研究團體를 于先 設置합시다」, 『조선일보』, 1933.1.2.
> [2] 「映畵村 風景－撮影監督의 立場으로서」, 『조선일보』, 1933.5.28.

이 글들에서 김유영의 생각이 전과는 많이 달라지는 것을 확인할 수 있다. 김유영은 일본에 가기 전까지 프롤레타리아영화 운동의 핵심은 영화 제작과 상영이라고 주장했다. 실천에서 이론으로 옮겨 가는 양상을 보이기는 했지만 그의 관심사는 늘 영화의 제작과 상영을 중심에 두는 프롤레타리아영화 운동이었다. 그런데 그는 위의 글들에서 조선에서 영화를 제작하는 일은 자본이 없어 매우 어렵다는 생각을 적극적으로 토로한다. 그리고 영화 연구와 교육을 중시하는 모습을 보인다.

그의 그러한 의식 변화는 [1]에서 처음으로 나타난다. [1]은 신년을 맞아 조선 영화계에 무엇을 제안하겠느냐는 신문사의 질문에 답한 글이다. 김유영의 답은 한마디로 "자금이 없어서 영화를 계속 제작 못한다고

---

83 「映畵人 徐, 金 兩氏 京都 東活 키네마에」, 『동아일보』, 1932.5.15.

할지라도 진정한 영화 예술을 연구하는 단체를 먼저 설치하자는 것"이었다. 그리고 그는 영화 예술 연구 단체에 관한 구상을 다음과 같이 밝혔다.

會員은 同人制로 하고 各己 會費 支出로서 그 團體를 持續하도록 하며 同人은 될 수 잇는 대로는 相互選定하자는 것입니다.

그리고 이 團體에서 할 일은

一. 外國映畵 中에 技術的으로 取擇할 만한 名畵면은 合評 或은 個人評할 일

二. 映畵講習會를 開催해서 새로운 映畵人을 養成일(혹 日本 撮影所에 紹介할 必要도 잇슴)

三. 各 學校 學生 諸位에게 校內에 映畵 硏究 크럽을 組織하도록 알선하고 背後에서 指導할 일

四. 直屬 映畵 製作 團體를 樹立하야 朝鮮 大衆이 要求하는 映畵를 製作할 것 (여기에는 가장 猛烈한 活動으로 資金調達에 努力하는 後見人을 둘 일)

五. 映畵雜誌를 發行하야 技術과 理論을 發表함에 싸라 一般에게 理解를 갓게 하고 同志를 獲得할 일

그 外에 小規模의 撮影所를 設立하고 토-키와 映畵常設館 朝鮮 映畵의 海外 輸出 等의 方策이 잇습니다.

左右間 쯧에 맛는 동무와 近日 糾合하야 具體的으로 審議한 後에 紙面을 빌러서 여러분께 알리고저 합니다.


그런데 자본을 구할 수 없는 현실에 대한 김유영의 인식은 더욱 분명해지고 냉철해져 간다. 그리하여 그는 영화 예술 연구 단체 설립에 대한 구상까지도 말 그대로 구상에 그치게 되고 말 것임을 스스로 인정하

지 않을 수 없게 된다. [2]에서 그것을 확인할 수 있다.

[2]는 김유영이 일본에 갔을 때 동경 시외의 영화촌을 방문하여 보고 느낀 것을 쓴 글이다. 이 글에서, 먼저, 김유영은 시설이 완비된 영화촌에서 부족함 없이 자유롭게 영화를 제작하는 일본 영화인들 특히 감독에 대한 부러움을 피력했다. 다음으로, 김유영은 조선 영화계에서 자본이 없어서 생기는 문제점들을 지적했다. 그 내용을 요약하면 다음과 같다. 조선 영화계에서는 대자본주가 아니라 한두 편의 영화를 제작할 만한 자금을 가진 자들이 영화제작소를 창립하곤 한다. 그래서 작품을 만들 때마다 제작소가 만들어지고 작품 제작이 끝나면 그 제작소는 사라져 버린다. 영화 제작 인력도 흔히 생활 문제로 흩어져 버린다. 자본 부족은 감독 선정이나 감독의 역할에도 악영향을 미친다. 자금 조달에 공로가 있는 사람이 실력이나 기술에 관계없이 허영심으로 감독을 맡는 경우가 많다. 한편, 제작비 부족으로 인해 감독들은 배우의 화장을 비롯해 영화 촬영 과정 일체를 혼자 맡아야 하는데, 그러면서도 필름을 마음대로 쓸 수 없고 세트가 없는 배경에 인물을 등장시켜야 하며 적은 촬영 일수에 쫓긴다. 게다가, 유성영화가 무성영화의 판로를 막아 조선 영화계의 자금난은 더욱 악화되고 있다.

그런데 [2]에서 김유영은 자금 부족으로 인한 조선 영화계의 문제점들을 극복해 보겠다는 의지는 드러내지 않는다. 김유영은 [2]를 다음과 같이 마무리했다.

勿論 지금까지의 映畵 運動 그 方式은 임이 버려야 한다는 生覺을 가젓고 따라서 새로운 妙策을 생각하고 잇는 바이지만 뜻과 가치 안 될 것을 미리

알고 잇슴으로 이야기할 必要도 업다. 그럼으로 나는 째째로 外國의 映畵村 風景을 눈 압혜 그리고 마음을 조질 뿐이다.

추론컨대, 김유영이 말한 "지금까지의 영화 운동 방식"이란 프롤레 타리아영화공장에서 영화를 제작하고 그것을 상영하는 것이라고 할 수 있다. 그러나 김유영은 조선 영화계의 가난을 냉정하게 인식하지 않을 수 없게 되었고, "지금까지의 영화 운동 방식"을 바꾸지 않으면 안 된다고 생각하게 되었다. "지금까지의 영화 운동 방식"을 버리고 그가 생각해낸 "새로운 묘책"이란 영화 제작을 보류한 상태에서 영화 연구과 교육을 목표로 하는 영화 예술 연구 단체를 설립하는 일이었다. 그러나 김유영은 그것마저도 자본의 부족으로 여의치 않다는 판단을 했던 것 같다. 앞에 인용한 글에는 김유영의 그러한 회의와 좌절이 드러나 있다. 그러나 그러한 절망과 회의가 프롤레타리아영화 운동의 포기 또는 순수예술로의 전향을 암시하는 것은 아니었다. 김유영은 그 뒤에도 프롤레타리아영화 운동의 길에서 벗어나지 않았다. 김유영은 [2]를 쓸 즈음에 이종명과 조용만을 자주 만나면서 구인회의 결성을 발의하고 도모했다. 그는 구인회 회원으로서 활동할 때에도 계급주의적 관점을 견지했고, 결국 카프에 복귀하면서 구인회에서 탈퇴했다. 이에 대해서는 '다음 장'에서 자세히 다루기로 한다.

# 6. 맺음말

지금까지 김유영이 영화계에 입문한 때부터 구인회를 결성하기 전까지 남긴 행적을 추적하여 정리했다. 이제 그 내용을 요약하고, 그것을 근거로 하여, 조용만의 회고에서 비롯된, 김유영에 관한 질문들에 명확히 답해 보려 한다.

김유영은 조선영화예술협회에 1927년 7월경 연구생으로 들어가면서 영화계에 입문했다. 그리고 그는 1927년 9월경 조선영화예술협회 내 영화인회의 회원이자 간사였고 연구생들을 이끌었던 윤효봉의 권유로 카프에 가입했다. 김유영은 카프에 가입한 뒤, 〈유랑〉의 감독을 맡고 서울키노를 창립하고 〈혼가〉의 감독을 맡으면서 프롤레타리아영화 감독으로서 자리를 잡았다.

그후 김유영은 1929년 12월 신흥영화예술가동맹의 창립을 주도하고 일본 프롤레타리아영화동맹 교토지부를 방문하는 등 프롤레타리아영화 운동을 본격적으로 전개했다. 그런데 당시 카프는 예술운동의 볼셰비키화를 내세우면서 프롤레타리아영화 운동의 역량을 카프에 집결시키려 신흥영화예술가동맹에 해체를 권고했다. 김유영은 그에 불응했고 카프에서 탈퇴했다. 하지만 카프에서 탈퇴한 뒤에도 김유영은 여전히 카프를 지지했다. 그가 1930년 4월 서울키노를 정비하고 그해 5월 조선시나리오라이터협회의 창립을 주도한 것은 카프를 부정한 것이 아니라 카프와는 다른 방식으로 프롤레타리아영화 운동을 펼치고자 했던 것이다.

그런데 김유영은 〈화륜〉 이후 프롤레타리아영화 운동의 한계를 극복하기 어렵다는 인식을 갖게 된다. 〈화륜〉은 조선시나리오라이터협회 회원들의 원작을 서울키노가 영화로 만든 것이었는데, 성공을 거두지 못했다. 〈화륜〉이 상영된 뒤에 김유영은 임화, 서광제와 〈화륜〉을 둘러싸고 논쟁을 벌였다. 논쟁 과정에서 김유영은 당시 조선프롤레타리아영화 운동의 문제와 한계를 구체적으로 체감하고 그것을 극복하기 어렵다는 생각을 갖게 된다. 즉 그는 카프와 비-카프의 분열 문제, 자본 문제, 검열 문제를 구체적으로 인식하고 프롤레타리아영화 감독인 자신의 한계를 자인한다. 그 결과, 김유영은 〈화륜〉 논쟁 즈음부터 프롤레타리아영화 운동을 실천적으로 전개하던 이전과는 달리 프롤레타리아영화 운동의 이론을 개진하는 일에 몰두한다.

그러던 중, 김유영은 1932년 5월 서광제와 함께 일본의 경도 동활키네마로 유학을 떠난다. 그러나 그는 곧 귀국한다. 김유영은 도일(渡日) 전까지는 영화의 제작과 상영이 프롤레타리아영화 운동의 핵심이라고 주장했지만 귀국 후에는 조선에서 영화를 제작하는 일은 자본이 없어 매우 어렵다는 생각을 적극적으로 토로한다. 그리고 영화 제작과 함께 영화 연구와 교육을 중시하는 태도를 취한다.

여기까지가 김유영이 영화계에 입문한 뒤부터 구인회 결성을 도모하기 전까지 벌였던 활동의 내용이다. 이 내용을 근거로 하여, 조용만의 회고에서 비롯된, 김유영에 관한 질문들에 다음과 같이 답할 수 있다. 첫째, 김유영은 카프에서 탈퇴했는가? 그렇다면 그 까닭은 무엇인가? 김유영은 1930년 4월 카프가 신흥영화예술가동맹에 해체를 권고했으나 그에 불응하면서 카프에서 탈퇴했다. 둘째, 김유영이 카프에서 탈퇴했다는 것은 곧 그가 순수예술 쪽으로 전향했다는 것을 뜻하는가? 그가 구인회의 결성을 발의하고 도모한 것도 순수예술에 대한 의지 때문이었는가? 그렇지 않다. 김유영은 카프에서 탈퇴한 뒤에도 카프를 지지했고 적어도 구인회를 결성하기 직전까지, 방법을 바꾸기는 했지만, 프롤레타리아영화 운동에 매진했다. 따라서 그가 구인회의 결성을 발의하고 도모한 것은 순수예술에 대한 의지 때문이었다고 보기 어렵다.

김유영이 구인회의 결성을 발의하고 도모한 의도가 조용만이 회고한 것과 다르다면, 그 의도를 조명하는 일은 새롭고도 중요한 연구 과제라 할 수 있다. 그 과제는 '다음 장'에서 다루기로 한다.

제2장 ——— # 구인회 구상 배경과 결성 의도[1]

## 1. 구인회라는 움직임 그리고 김유영

일제강점기에 활동했던 영화감독 김유영(金幽影, 1908~1940)은 구인
회(九人會)의 결성을 도모했던 인물로도 알려져 있다. 이 장의 목적은 김
유영과 구인회의 관계를 자세히 밝히는 것, 특히 김유영이 구인회를 구
상하게 된 배경과 구인회를 만들려고 했던 의도를 추론하는 것이다.

김유영의 구인회 구상 배경과 결성 의도에 대한 물음의 밑바탕에는
'구인회를 어떻게 볼 것인가' 하는 물음이 놓여 있다.

구인회에 관해서는 지금까지 많은 연구가 이루어져 왔다.[2] 그 성과
는 매우 소중하고 또 존중해야 한다. 다만, 많은 연구자들이 구인회를

---

1   이 책 제2부 '2장'은 다음 논문을 수정·보완한 것이다. 현순영, 「김유영론 2─구인회 구
    상 배경과 결성 의도」, 『한국문학이론과비평』 제63집, 한국문학이론과비평학회, 2014.6.
2   구인회를 대상으로 한 선행 논의 및 연구에 관해서는 이 책 제1부 '1장-2' 참고.

본 관점에 대해서는 문제를 제기할 수 있을 것 같다. 연구자들은 대개 카프가 퇴조하면서 구인회가 '등장'했다고 보거나 구인회가 '등장'할 수 있었던 사회적·문화적 상황을 주목했다. 그런데 그런 관점은 구인회의 등장을 문학사적으로 중시하면서도 구인회를 객체화하고 구인회 결성의 주체들을 소외시키는 면이 있어 재고할 필요가 있다. 예술사가 인간사(人間史)의 하나라는 사실을 부정하지 않는 한, 그것이 기본적으로는 어떤 예술적 지향(志向)이나 의도를 지닌 주체들에 의해 전개된다는 사실도 부정하기 힘들다. 당연히, 예술적 주체들의 의식이 사회·문화적 환경 속에서 변화하고 굴절하는 양상을 살피는 일도 소홀히 할 수 없다. 예술사를 이렇게 볼 때, 구인회에 대해서도 좀 다른 관점을 취하게 된다. 즉 사회·문화적 조건이 충족되어 구인회가 '등장'했다고 보기보다는 분명한 예술적 지향이나 의도를 지녔던 주체들이 구인회를 '결성'했다고 보게 되는 것이다.

그런데 구인회의 결성 과정이 특이하여, 누구를 그 결성 주체로 볼 것인가 하는 또 다른 문제가 생긴다. 앞에서 확인한 대로, 구인회의 결성 과정은 조용만이 쓴 이른바 '구인회 회고담'들에 의해 알려져 왔다.[3] 그의 회고를 따르면, 애초에 구인회를 구상하고 만들려고 했던 사람들과 정작 구인회의 결성을 주도했던 사람들은 다르다. 조용만은 영화감독 김유영, 소설가 이종명, 당시 매일신보 학예부 기자였던 자신이 처음 구인회의 결성을 발의하고 도모했지만 정작 구인회 결성 과정은 이태준과 정지용이 주도했다고 회고했다. 구인회의 목적, 운영 방식, 인

---

3    조용만의 구인회 회고담에 관해서는 이 책 제1부 '2장' 참고.

선, 이름 등이 거의 그들의 의견대로 결정되었다는 것이다. 게다가 조용만은 자신과 김유영, 이종명은 구인회가 결성되고 나서 얼마 지나지 않아 탈회했다고 했다. 조용만의 회고를 그대로 따른다면, 분명한 예술적 지향이나 의도를 지닌 '주체'들이 구인회를 '결성'했다고 볼 때, 김유영·이종명·조용만과 이태준·정지용 중 어느 쪽을 그 주체로 간주할 것인지 판단해야 하는 문제가 생긴다.

이 문제는, 다시, '구인회를 어떻게 볼 것인가?', '구인회란 무엇인가?'를 고민함으로써 넘어설 수 있다고 생각한다. '구인회란 무엇인가?'에 답하는 데에 기여해 온 주된 방식은 이른바 '주요 회원'들이 보여준 문학적 특성을 전제로 하여 구인회의 성격과 의의를 논하는 것이었다. 그러나 그 방식은 한계가 있다. 선행 연구를 통해 파악한 대로, 구인회는 몇몇 주요 회원뿐만 아니라 예술적 개성과 지향이 다른 여러 주체들이 입·탈회하면서 만들어진 일련의 움직임이었기 때문이다. 그 움직임은 '두 개의 의도'가 충돌하는 것에서부터 시작되었다. '두 개의 의도'란 애초에 구인회를 만들려고 했던 김유영·이종명·조용만의 의도와 구인회의 결성에 반영되었으며 구인회의 결성으로 실현된 이태준·정지용의 의도를 말한다. 그리고 그 움직임은 이태준·정지용의 의도가 실현된 이후 더욱 은밀하고 복잡하게 진행되었다. 즉 문학적 개성이 뚜렷이 다른 여러 회원들이 입·탈회하면서 구인회의 회원 명단은 적어도 네 번 이상 바뀌었고[4] 그 과정에서 구인회를 주도하는 주체들이 바뀌었다. 이태준과 정지용에서 이상과 박태원으로 또는 이상으

---

4    구인회의 회원 변동에 관해서는 이 책 제1부 '3장-4' 참고.

로. 결론적으로 말해서, 구인회가 무엇인지는 구인회를 처음 구상하고 만들려고 했던 김유영·이종명·조용만의 의도와 구인회의 결성에 반영되었으며 구인회의 결성으로 실현된 이태준·정지용의 의도 사이에 존재하는 차이와 거리, 이태준·정지용의 의도가 실현된 뒤에 일어났던 변동의 과정을 분석함으로써 논할 수 있다. 구인회를 이렇게 본다면, 김유영, 이종명, 조용만과 이태준, 정지용을 '각각' 그리고 '모두' 구인회 결성과 관련된 주체들로 판단해야 할 것이다.

그런데, 지금까지 김유영, 이종명, 조용만을 구인회 결성과 관련된 주체로 보고 '본격적으로 연구'한 예는 거의 없다. 구인회를 일련의 움직임으로 보고 논하고자 할 때, 그들의 구인회 구상 배경과 결성 의도는 가장 먼저 연구되어야 한다. 따라서 여기서는 김유영, 이종명, 조용만 중, 먼저 김유영을 주목하고자 한다. 김유영을 가장 먼저 주목하는 이유는 다음과 같은 사실들이 그에 대한 연구 의욕을 강하게 자극하기 때문이다. 첫째, 김유영은 이종명이나 조용만과는 달리 영화인이었다. 둘째, 조용만의 회고에 의하면, 김유영은 구인회의 결성을 발의하고 도모하는 과정에서 가장 적극적이었다. 셋째, 김유영에 관한 조용만의 회고는 매우 신빙성이 적다. 세 번째 사실에 대해서는 상술할 필요가 있다.

조용만이 김유영에 관해 회고한 내용을 간추리면 다음과 같다. 김유영은 좌익 색채를 띤 영화감독이었는데 카프에서 탈퇴하여 순수예술 쪽으로 선회했다. 그 뒤 김유영은 이종명과 조용만을 자주 만나면서 그들과 함께 순수예술을 지향하는 모임의 결성을 발의하고 도모했다. 김유영은 그 과정에서 가장 적극적이었다. 그러나 그 모임 즉 구인회가 결성되고 나서 얼마 지나지 않아 김유영은 이종명과 함께 구인회에서 탈퇴했다.[5] 그 이유는 두 가지이다. 먼저, 김유영은 구인회를 통해 카프에 대항하려고 했으나 구인회 회원들의 동향은 그렇지 않았다. 그리고, 김유영은 이태준과 정지용이 모임을 주도하는 것에 불만을 느꼈다.

조용만의 회고를 따르면, 김유영, 이종명, 조용만 중 김유영만이 카프 활동을 했던 인물이다. 그가 카프에서 탈퇴한 뒤 순수예술을 지향하여 구인회를 결성하려 했다는 조용만의 회고는 카프와 구인회를 배타적으로 보는 관점을 뒷받침하는 구체적이고 설득력 있는 증거로 활용되어 왔다. 그럼에도 불구하고 그 회고는 신빙성이 적다. 조용만은 김유영이 짧은 기간 동안에 카프 탈퇴, 구인회 결성, 구인회 탈퇴의 행보를 보였다고 했다. 그 행보는 일관성이 없어 보이고 김유영은 매우 경솔하거나 변덕스러웠던 인물로 여겨진다. 조용만의 회고에 대해, 한 예술가의 예술적 지향이 그렇게 쉽게 변할 수도 있는지 묻지 않을 수 없다. 그런 궁금증 때문에, 결국, 조용만의 회고 내용을 회의하게 된다. 김유영이 카프에서 탈퇴했다면, 그 까닭은 무엇인가? 그의 카프 탈퇴는 순수예술로의 전향을 뜻하는 것이었는가? 그가 구인회의 결성을 발의하고 도모한 것은 순수예술을 향한 의지 때문이었는가? 그는 구인회에서 왜 탈퇴했는가?

김유영의 구인회 구상 배경과 결성 의도를 밝히기 위해서는, 무엇보다도 먼저, 조용만이 회고한 내용의 진위를 가려야 한다. 그런데 선행 연구를 통해, 이미, 조용만의 회고가 잘못되었다는 것을 확인했다. 즉

---

5    조용만은 김유영이 1933년 가을에(「九人會 이야기」, 『淸貧의 書』, 교문사, 1969, 20면) 또는 구인회가 두서너 번 회합한 뒤에(「나와 '九人會' 시대(4)」, 『대한일보』, 1969.10.3) 구인회에서 탈퇴했다고 회고했다. 또, 김유영이 구인회에 세 번째 모임부터 안 나왔다고 (『울밑에 핀 봉선화야』, 범양사 출판부, 1985, 135면) 회고하기도 했다.

김유영이 영화계에 입문한 뒤부터 구인회의 결성을 발의하고 도모하기 전까지 벌인 활동을 추적·기술하는 가운데 그의 카프 탈퇴 여부, 카프 탈퇴 이유, 카프 탈퇴 후 활동의 사상적 경향을 파악하여 그는 순수예술을 지향해서 구인회를 만들려고 했던 것이 아니라고 판단했다.[6]

이 장에서는 앞 장의 논의 결과를 주요 근거로 삼아 김유영의 구인회 구상 배경과 결성 의도를 추론하고자 하다. 먼저, 김유영이 영화계에 입문한 뒤부터 구인회를 구상할 때까지 벌인 활동을 재검토함으로써 그의 구인회 구상 배경을 추론하고자 한다. 그리고 다시 그 내용을 근거로 삼아 그의 구인회 결성 의도를 추론하고자 한다.


## 2. 구인회 구상 배경


### 1) 프롤레타리아영화 운동의 한계 인식

김유영은 영화계에 입문한 때부터 구인회의 결성을 발의하고 도모하기 전까지 일관되게 프롤레타리아영화 운동에 매진했다. 그런데 그 과정은 그가 프롤레타리아영화 운동의 한계를 점점 더 구체적으로 깊이 인식해 가는 과정이기도 했다. 그가 운동의 방법을 꾸준히 변화시켰

---

6   이 책 제2부 '1장' 참고.

다는 것이 그 증거이다. 프롤레타리아영화 운동의 한계에 대한 김유영의 인식은 그가 구인회를 구상하게 되었던 중요한 배경이다. 김유영이 '영화계에 입문한 때'부터 '구인회를 구상한 때'까지, 프롤레타리아영화 운동을 일관되게 전개하면서 그 운동의 한계를 인식해 가는 과정은 앞 장에서 밝혔다. 이해를 돕기 위해 요약하면 다음과 같다.[7]

김유영은 조선영화예술협회에 1927년 7월경 연구생으로 들어가면서 영화계에 입문했다. 그리고 그는 1927년 9월경 조선영화예술협회 내 영화인회의 회원이자 간사였고 연구생들을 이끌었던 윤효봉의 권유로 카프에 가입했다. 김유영은 카프에 가입한 뒤, 〈유랑(流浪)〉의 감독을 맡고(1928.1~2), 서울키노를 창립하고(1928.4 또는 5), 〈혼가(昏街)〉의 감독을 맡으면서(1928.5~6) 프롤레타리아영화 감독으로서 자리를 잡았다. 이어서 김유영은 신흥영화예술가동맹의 창립(1929.12.14)을 주도했다. 신흥영화예술가동맹은 김유영을 위시해서 카프 회원이었던 영화인들과 그 밖의 전위적인 영화인들이 모여, 프롤레타리아영화 운동을 조직적으로 펼치기 위해 창립한 단체였다. 신흥영화예술가동맹은 최초로 구체적인 강령, 규약, 조직을 갖춘 프롤레타리아영화 운동 단체였고, 영화 제작과 이론을 망라하는 운동을 추구했다.

김유영이 신흥영화예술가동맹을 중심으로 활발히 활동하고 있을 때, 카프는 그 동맹 측에 해체할 것을 권고했다. 카프는 1930년 4월 26일

---

7  이 책 제2부 '1장'에서는 김유영이 프롤레타리아영화 운동의 방법을 '프롤레타리아영화의 제작과 상영', '프롤레타리아영화 운동에 관한 이론의 개진' '프롤레타리아영화 연구 및 교육에 대한 구상'의 순서로 바꾸었다고 기술했다. 그중 '프롤레타리아영화 운동에 관한 이론의 개진'은 구체적으로는 '프롤레타리아영화 제작에 관한 이론의 개진'으로 볼 수 있다.

중앙집행위원회를 열어 조직의 확대·개편을 결의했다. 카프는 당시 서기국과 기술부를 신설하기로 하고 기술부 아래에 문학·영화·연극·미술·음악 부문 등을 두기로 했다. 기술부의 신설은 카프가 문학인을 위시한 대중 조직에서 전문 예술인들의 조직으로 전환한다는 것을 뜻했다. 즉 카프는 기술부의 신설을 통해 예술 운동의 볼세비키화라는 운동 노선을 구체화한 것이었다. 카프가 신흥영화예술가동맹에 해체를 권고한 것도 영화 운동의 역량을 카프에 집결시키기 위한 조치였다. 그러나 김유영은 카프의 권고를 거부하면서 카프에서 탈퇴했다 (1930.4). 김유영이 카프의 권고를 거부한 이유는 당시 조선 프롤레타리아영화 운동에서 신흥영화예술가동맹이 대중과 카프를 잇는 '매개단체'로서 존재할 필요가 있다고 판단했기 때문이다. 그런데 그는 카프에서 탈퇴하긴 했으나 카프를 계속 지지했다. 따라서 그가 카프에서 탈퇴한 것은 조선 프롤레타리아영화 운동의 단계와 방법에 대해 카프와 달리 생각했기 때문이지 그 운동의 필요성이나 카프를 부정했기 때문은 아니었다.

김유영은 카프에서 탈퇴한 뒤에 서울키노를 재정비하고(1930.4), 카프의 방침을 받아들이려는 신흥영화예술가동맹에서도 탈퇴했다(1930. 5.24 이전). 그리고 조선시나리오라이터협회를 조직했다(1930.5.26). 김유영이 서울키노를 중심으로 조선시나리오라이터협회를 아우르며 벌였던 활동들 중 〈화륜(火輪)〉의 제작과 상영은 그중 가장 주목할 만한 일이다. 조선시나리오라이터협회 회원들 중 김유영, 이효석, 안석영, 서광제가 『중외일보』에 시나리오 「화륜」을 연재했고(1930.7.19~9.2), 서울키노는 그것을 영화로 만들었던 것이다(1930.10~12). 영화 〈화륜〉

은 성공적이지 못했다. 〈화륜〉 상영 뒤에 김유영은 임화, 서광제와 논쟁을 벌였다(1931.3~4). 그 논쟁은 〈화륜〉에 관한 것이라기보다 〈화륜〉으로 말미암은 것이었다. 임화가 김유영과 서광제를 두고 가짜 프롤레타리아영화인이라고 하자, 김유영과 서광제는 각자의 입장에서 반론을 폈고 그 과정에서 몇 가지 사안을 두고 대립했다. '〈화륜〉 논쟁'은 당시 조선 프롤레타리아영화 운동계의 문제들이 노골적으로 드러나는 하나의 계기였다. 먼저, 임화 대 김유영과 서광제의 대립을 통해 조선 프롤레타리아영화 운동계가 '카프' 대 '비-카프'로 분열되어 있다는 사실이 극명하게 드러났다. 그리고, 김유영은 임화와 서광제를 반박하는 과정에서 조선 프롤레타리아영화 운동계가 자본난과 일제의 검열에 시달리고 있다는 것을 증언했다. 중요한 사실은 김유영이 그 논쟁 과정에서 카프와의 불화, 자본난, 검열로 인한 프롤레타리아영화 운동의 한계를 극복하기 어려운 것으로 인식하게 되었다는 것이다.

'〈화륜〉 논쟁' 즈음부터 김유영의 프롤레타리아영화 운동 양상은 다소 달라진다. 김유영은 영화 〈화륜〉에 이르기까지 영화 제작과 상영을 요체로 삼는 프롤레타리아영화 운동을 펼쳤다. 그러나 그는 '〈화륜〉 논쟁' 즈음부터 영화 제작과 상영을 통한 프롤레타리아영화 운동을 추구하기보다는 프롤레타리아영화 제작에 관한 이론을 개진하는 일에 몰두한다(1931.3~1932.2).

그러던 중, 김유영은 서광제와 함께 일본 경도(京都) '동활(東活) 키네마'로 유학을 떠났다가(1932.5) 곧 귀국한다(1933.1 이전). 그 일을 계기로 그의 영화 운동은 양상이 한 번 더 바뀐다. 그 전까지 김유영은 영화 제작과 상영을 실천적으로 추구하거나 그것에 관한 이론을 개진했다.

실천에서 이론으로 옮겨 가는 양상을 보이기는 했지만 그의 관심사는 늘 프롤레타리아영화의 제작과 상영이었다. 그런데 그는 귀국 후 구인회를 결성(1933.8)하기 전까지 발표한 글들에서 조선에서 영화를 제작하는 일은 자본이 없어 매우 어렵다는 생각을 적극적으로 토로한다. 그리고 영화 제작 및 상영과 함께 영화 연구와 교육을 중시하는 모습을 보인다. 즉 그는 영화 연구와 교육을 영화 제작 및 상영의 대안으로 삼으면서 영화 연구 단체에 관한 구상을 밝힌다(1933.1). 그렇지만 곧 그는 가난한 조선 영화계에서는 그 구상마저도 말 그대로 구상에 그치고 말 것이라고 회의한다(1933.5).

그러나 그러한 절망과 회의가 프롤레타리아영화 운동의 포기 또는 순수예술로의 전향을 암시하는 것은 아니었다. 김유영은 그 뒤에도 프롤레타리아영화 운동의 길에서 벗어나지 않았다. 곧 자세히 기술할 것인데, 그는 구인회 회원으로서 활동할 때에도 계급주의적 관점을 견지했으며, 결국 카프에 복귀하면서 구인회에서 탈퇴했다.

김유영은 카프와의 불화, 자본난, 검열 등으로 인해 프롤레타리아영화 운동의 한계를 인식하면서 구인회를 구상하게 되었던 것으로 보인다. 즉 그는 프롤레타리아영화 운동을 잠시 멈추고, 그 운동의 한계를 타개하기 위해 운동의 본령을 성찰하는 가운데 구인회를 구상하기에 이르렀던 것으로 판단된다.

## 2) 프롤레타리아영화 시나리오에 대한 문제의식

김유영은 프롤레타리아영화 운동을 펼치는 과정에서 조선 프롤레타리아영화의 시나리오에 대한 문제의식을 꾸준히 심화·발전시켰다. 대략 그는 '〈화륜〉 논쟁' 전까지는 '누가 써야 하는가'를 고민했으며, '〈화륜〉 논쟁' 즈음부터 구인회를 구상하기 전까지는 '누가 무엇을 어떻게 써야 하는가'를 고민했다. 그 문제의식이 그가 구인회를 구상하게 된 또 다른 배경이었다고 판단된다.

김유영이 조선 프롤레타리아영화의 시나리오에 대한 문제의식을 처음 드러낸 것은 1930년 5월 11일부터 27일까지 『조선일보』에 발표한 「촬영소 순례기-일본의 '헐리우-드' 경도(京都)의 송죽(松竹) 일활(日活) '마찌노' '동아(東亞)'을 방문하고(1~9)」에서이다. 그 글은 김유영이 신흥영화예술가동맹을 조직한 직후 일본프롤레타리아영화동맹 교토지부를 방문했을 때 보고 듣고 느낀 내용을 쓴 것이다. 김유영은 그 글의 곳곳에서 일본 영화 촬영소들의 조직과 체계, 영화 제작 기술 수준에 대한 경이감과 부러움을 표현했다. 그 경이감과 부러움은 곧 조선의 영화 제작 조건이 열악하다는 사실에 대한 부끄러움과 반성으로 이어졌다. 그런데 김유영이 일본 영화 촬영소에서 각본부를 두어 시나리오를 전문적으로 다루는 것을 보고 조선에도 '계급적 이데올로기를 완전히 파악한 전문적인' 시나리오 작가와 원작 각색자가 있어야 한다는 것을 역설한 다음 대목을 주목할 필요가 있다.

우리들은 한시라도 쌜니 時代가 變하여가는 만큼 原作 脚色의 重要性을

더 한層 늦기지 안홀 수가 업다. 그럼으로 힘잇는 同志를 가운데 階級的 이데
오르기를 完全히 把握한 專門的 '씨나리오 라이터'가 나오기를 希望하는 바
이다.[8]


김유영은 「촬영소 순례기-일본의 '헐리우-드' 경도의 송죽 일활
'마씨노' '동아'을 방문하고(1~9)」를 연재하는 중에 계급적 이데올로
기를 파악한 전문적인 시나리오 작가 또는 원작 각색자가 시나리오를
써야 한다는 생각을 실행에 옮겼다.[9] 그는 1930년 5월 26일 서광제,
안석영, 이효석, 안종화 등과 시나리오의 대중화 및 창작과 연구를 목
적으로 내세우며 조선시나리오라이터협회를 창립했다.[10] 그 협회 회원
들 중 김유영, 이효석, 안석영, 서광제는 1930년 7월 19일부터 9월 2
일까지 『중외일보』에 시나리오 「화륜」을 연재했고 「화륜」은 영화로 만
들어졌다. 서광제가 각색을, 김유영이 감독을 맡았다. 말하자면, 영화
〈화륜〉은, 김유영이 추구했던 것 즉 계급적 이데올로기를 파악한 전문
적인 시나리오 작가와 각색자, 감독의 협업을 실험한 결과였다. 그러나
그 실험은 성공적이지 못했다.

---

8 　김유영, 「撮影所巡禮記-日本의 '헐리우-드' 京都의 松竹 日活 '마씨노' '東亞'을 訪問하
　　고(9)」, 『조선일보』, 1930.5.27.
9 　김유영은 프롤레타리아영화의 시나리오가 아니라 시나리오 일반에 관한 글도 썼다.
　　1930년 7월 3일부터 5일까지 『조선일보』에 실린 「映畫街에 입각하야-'씨나리오'의 本
　　質을 究明함(1~3)」은 그런 글이다. 김유영은 그 글에서 민병휘가 직전(1930.6.28~?)
　　에 같은 신문에 발표한 「씨나리오와 小說과 差異點」을 비판했다. 즉 김유영은 민병휘가
　　영화소설, 각색된 시나리오, 감독의 시나리오인 콘티뉴티의 본질을 모르며, 시나리오의
　　작법이 나라마다 다르다는 것도 모른다고 지적했다. 이어서 김유영은 시나리오의 의미
　　와 종류, 영화에 시나리오를 자막으로 넣는 이유 등을 설명했다.
10 　「朝鮮 씨나리오 라이터 協會 創立」, 『중외일보』, 1930.5.28.

김유영은 〈화륜〉이 상영된 뒤에 임화, 서광제와 논쟁을 벌였다. 김유영은 그 논쟁 과정에서 조선 프롤레타리아영화의 시나리오에 대한 문제의식을 심화시키게 된다. 즉 그는 '누가 써야 하는가?'라는 물음을 '누가 무엇을 어떻게 써야 하는가?'라는 물음으로 바꾸고 거기에 답한다.

임화는 〈화륜〉의 원작자들, 각색자, 감독이 반계급적인 인물들이라는 전제 아래 〈화륜〉을 "반동적인 영화"라고 악평하면서 논쟁을 일으켰다. 그는 〈화륜〉의 내용들을 조목조목 비판했는데, 그것은 곧 〈화륜〉을 만든 사람들의 계급성을 따지는 일이었다. 〈화륜〉에서 공장 노동자들의 파업을 그린 대목을 비판한 것도 그 일부였다. 임화는 노동자들의 구체적 요구도, 그들이 파업 계획을 협의하는 과정도 그려지지 않았으므로 그 대목은 비현실적이라고 말했다. 또 그 대목을 통해 원작자들, 각색자, 감독이 노동자의 생활을 전혀 모른다는 사실이 드러났다고 주장했다.

김유영은 임화의 그런 비판을 조선 프롤레타리아영화는 도시 노동자의 현실을 담아야 한다는 주장으로 이해했다. 그리고 그는 임화를 반박하면서 조선 프롤레타리아영화는 도시 노동자의 현실보다는 농촌 또는 농민의 현실을 담아야 한다는 생각을 드러낸다. 그 생각은 그가 논쟁 뒤에 발표한 「금일의 영화예술(1~6)」(『조선일보』, 1931.8.6 · 8 · 12 · 15 · 22; 9.5)과 「영화예술 운동의 신방향(1~3)」(『조선일보』, 1932.2.16 · 17 · 19)에 집약된다.

논쟁 내용과 앞의 글 두 편에 드러난 김유영의 생각을 정리하면 다음과 같다. 조선 프롤레타리아영화가 농촌 또는 농민의 현실을 그리지 않고 도시 노동자의 현실을 그리는 것은 적절하지 않다. 조선에는 노동자보다 농민이 많다. 게다가 노동자의 생활이나 투쟁을 그리는 영화는 일종의 '아지프로'인데, 조선에서 '아지프로적인' 영화는 검열에 통과하거나 상영되기 힘들다.—그런 점에서 〈화륜〉도 잘 못 만든 영화다.—따라서 조선 프롤레타리아영화계는 농촌 영화 제작에 주력하여 농민의 시야와 경험을 확대하고 그들로 하여금 시대의 대세를 계급적으로 인지하게 해야 한다. 즉 조선 프롤레타리아영화계는 조선의 현실을 감안하여, 노동자들의 생활이나 투쟁을 그리는 '아지프로적인' 영화보다는, 농촌 또는 농민의 현실을 사실적·객관적으로 반영하는 '리얼리즘적인' 영화를 만들어야 한다. 그렇게 하기 위해서는 조선의 특수한 정세를 '객관적으로' 취재해 시나리오를 써야 하며, 작가 또는 시나리오 작가, 각색자, 감독이 밀접히 연대해야 한다.

조선 프롤레타리아영화의 시나리오에 대해 김유영이 지녔던 문제의식의 요체는 계급적 이데올로기를 완전히 파악한 전문적인 시나리오 작가, 각색자, 감독이 연대하여 조선 농촌 또는 농민의 현실을 사실적·객관적으로 반영하는 시나리오를 마련해야 한다는 것이었다. 그 문제의식은 그가 구인회를 구상하는 데에 직접적인 배경으로 작용했을 것이라 판단된다.

## 3. 구인회 결성 의도

김유영의 구인회 결성 의도는 조선 프롤레타리아영화의 시나리오에 대한 문제의식에서 직접적으로 파생되었을 것으로 보인다. 즉 김유영은 구인회를 통해 계급적 이데올로기를 파악한 전문적인 시나리오 작가, 각색자, 감독의 연대를 도모하고 조선 농촌 또는 농민의 현실을 사실적·객관적으로 반영하는 시나리오를 얻으려 했던 것으로 보인다. 다음과 같은 사실들을 근거로 제시할 수 있다.

먼저, 김유영이 구인회의 결성을 발의하고 도모했던 과정에서 주목할 만한 사실들이다. 김유영은 이종명과 함께 구인회의 결성을 발의·도모했다. 그리고 이효석을 구인회에 가입시키려 했다.[11] 이종명과 이효석은 그 전 여러 기회에 김유영과 시나리오 작업을 함께 했던 인물들이다. 이종명은 김유영이 처음 감독을 맡았던 영화 〈유랑〉의 원작자였다.[12] 이효석은 조선시나리오라이터협회 회원으로서 김유영과 시나리오 「화륜」을 공동 집필했고,[13] 「화륜」을 영화로 만들 때에는 김유영이 감독을 맡고 이효석이 편집을 맡았다. 또, 이효석은 김유영이 구성한 스틸과 함께 시나리오 「출범시대」를 『동아일보』에 연재하기도 했다.[14]

---

11  조용만, 「나와 '九人會' 시대(3)」, 『대한일보』, 1969.9.30; 조용만, 「九人會 만들 무렵」, 『九人會 만들 무렵』, 정음사, 1984, 52~58면.

12  이종명, 「流浪(1~21)」, 『중외일보』, 1928.1.5~25.

13  김유영·서광제·안석영·이효석, 「火輪」, 『중외일보』, 1930.7.19~9.2. 이효석은 「火輪」 1~8회(1930.7.19~7.26)를 집필했다. 이효석전집간행위원회·이효석문학연구원 편, 『새롭게 완성한 이효석 전집』 6—시·희곡 外, 창미사, 2003, 87면에는 이효석이 「화륜」의 한 부분을 연재한 시기가 1929년이라고 잘못 적혀 있다.

14  이효석, 「出帆時代」, 『동아일보』, 1931.2.28~4.1. 그 뒤에도 이효석과 김유영은 영화

이런 사실들을 근거로 삼아, 김유영은 구인회를 통해 작가 또는 시나리오 작가, 각색자들과 연대하려 했다고 추론할 수 있다.

다음으로, 김유영이 구인회 회원으로서 벌인 활동은 더 중요한 근거가 된다. 1933년 9월 15일, 구인회는 회원 중 이효석과 유치진이 불참한 가운데 제1회 월평회를 열었다.[15] 구인회는 그 자리에서 이종명의 소설 「순이와, 나와」(『삼천리』 42호, 1933.9), 이태준의 소설 「아담의 후예」(『신동아』 23호, 1933.9), 김기림·정지용의 시, 그리고 이무영의 희곡 「아버지와 아들」(『신동아』 23호, 1933.9)을 합평했다. 김유영은 그 자리에 참석하여 정지용의 시를 뺀 모든 작품에 대해 발언했다. 그런데 그는 이무영의 희곡 「아버지와 아들」에 관해서는 1933년 10월 7일 『조선일보』에 「한 개의 自由主義 作品」을 발표하며 재론하는 열의를 보였다. 이무영은 『신동아』 1933년 6월호에 「어머니와 아들」을, 9월호에 「아버지와 아들」을 발표했다.[16] 김유영은 월평회 자리에서는 「어머니와 아들」, 「아버지와 아들」에 대해 인물들이 핍진하게 형상화되었다고만 간단히 호평했다. 그런데 「한 개의 自由主義 作品」에서는, 이무영의 사상성, 「아버지와 아들」의 구성·내용·기법을 두루 논평했다. 그런데 조선 프롤레타리아영화의 시나리오에 대해 김유영이 지녔던 문제의식의 맥락에서 그 내용은 주목할 만하다.

---

작업을 같이 한다. 최금동의 작품 「愛戀頌」을 영화로 만들 때(1937~1939), 이효석은 각색을, 김유영은 감독을 맡았다. 「本社 當選 映畵小說 「愛戀頌」 撮影 開始」, 『동아일보』, 1937.10.29; 「本社의 製作 後援 下에 劇研 映畵 〈愛戀頌〉 遂完成」, 『동아일보』, 1939.6.25.

15  김인용, 「九人會 月評 傍聽記」, 『조선문학』, 1933.10, 84~88면.

16  그리고 11월호에는 「탈출」을 발표했다. 이무영은 잡지 지면이 제한되어 원래 3막극으로 구상했던 「어버이와 아들」의 각 막을 나누어 격월로 발표했다고 밝혔다. 이무영, 「作者로붙어」, 『신동아』, 1933.6, 197면; 이무영, 「作者로붙어」, 『신동아』, 1933.9, 377면.

먼저 內容을 簡單히 말하면 沒落 過程에 잇는 朝鮮 農村의 中産 階級에서 이러나는 時代的 事件을 捕捉한 것인데—卽 어느 農村의 조고만 장터에 사는 子孫들을 대린 늙은 夫婦 貧困한 家庭(外式은 아직도 中流 家庭)이다 그 時代가 가진 正當한 思想(暗示的)을 所有한 老夫婦의 외아들 朴雄이가 外地에 잇다가 歸家한지 멧칠 後의 雰圍氣를 描寫하엿다. 氏의 作品은 언제든지 이러한 時代 가진 正當한 苦悶相을 '리알'하게 그리는 데 中點이 잇다. 그래서 그를 '푸로레타리아' 文藝批判家들은 同件者 作家라고 일칼른 일도 잇다. 나도 거기에 同意하나 作者 自身이 作品을 쓰려고 할 제 同件者 理論의 確立 下에 主點을 두는지 그러치 안으면 目擊하고 想像하는 現實을 自由主義 立場에서 對하는지 作品 上으로 보아서 模糊한 點이 있다. 이번 作品도 思想的이 아닌 **父性愛를 눈물겹게 描寫하는 데에 지나치게 끌여서** 實은 主人公인 朴雄의 態度가 種子 업는 果實과도 가튼 늣김이 잇섯다.

그럼으로 이 作品이 '이데올로기' 上으로 보아서 左右를 가릴 수 업고 다만 純粹한 自由主義的 作品이라고 規定할 수밧게 업다.

**作者가 今年에는 좀더 思想的으로 明確한 線을 그린 그 속에서 活動을 하면한층 더 조흔 作品이 産出될 것을 밋는다.**(강조—인용자)


위에 인용한 대목에서 김유영은 세 가지 점을 강조한다. 첫째, 김유영은 이무영이 동반자 작가로 불린 적이 있으며 그렇게 불릴 만하나, 「아버지와 아들」에서는 동반자 작가의 사상성을 분명히 드러내지 않았다고 논평했다. 둘째, 김유영은 「아버지와 아들」을 "몰락 과정에 잇는 조선 '농촌'의 중산 계급에서 이러나는 시대적 사건을 포착"한 작품이라고 특기했다. 셋째, 김유영은 이무영이 "박웅"의 "사상"보다는 "아버지"의 "부성애"를 묘사하는 데에 더 치중했고, "박웅"의 "사상"은 그나마도 "리얼하게" 그리지 않고 "암시"하는 데에 그쳤다고 지적했다. 요컨대, 김유영은 구인회 회원으로서 같은 구인회 회원 중 '동반자 작가'로 불렸던 이무영의 '희곡'을 논평하면서 '계급적 이데올로기를 완전히 파악한 전문적인 시나리오 작가'가 조선의 '농촌 또는 농민의 현실'을 '사실적·객관적으로' 반영하는 시나리오를 써야 한다는 생각을 간접적으로 드러내었다고 말할 수 있다.

끝으로, 김유영이 구인회에서 탈퇴한 정황은 그가 구인회를 결성하려 했던 의도를 반증하는 근거가 된다. 김유영은 1934년 5월 2일 이전에 조선영화제작연구소의 창립에 동참하면서 카프에 복귀했고 구인회에서 탈퇴한 것으로 보인다.[17] 조선영화제작연구소의 창립을 알리는 기사들[18] 중 하나를 보자.

朝鮮映畵의 眞實한 發展을 圖謀하고 眞正한 藝術的인 映畵製作을 目標로 하야 今般 左記 諸氏가 朝鮮映畵製作研究所를 組織하고 臨時事務所를 市內

---

17 서준섭은 이형우의 「金幽影의 生活年譜」(백기만 편, 『씨뿌린 사람들』, 사조사, 1959)를 근거로 삼아, 김유영이 구인회에서 탈퇴한 것은 "그가 카프 맹원 검거 사건에 연루되었기 때문일 것"이라고 추정했다. 서준섭, 『한국 모더니즘문학 연구』, 일지사, 1988, 46면. "카프 맹원 검거 사건"이란 이른바 '제2차 카프 검거 사건' 즉 일제가 카프 산하 극단인 신건설사 및 카프계 인사들을 검거한 일을 말한다. 그 사건은 1934년 5월부터 시작되었고 김유영은 1934년 8월 26일에 검거되었다. 이 책 제2부 '3장' 참고. 그러나 김유영은 제2차 카프 검거 사건에 연루되기 전, 조선영화제작연구소의 창립에 가담하면서 카프에 복귀했고 구인회에서 탈퇴한 것으로 보인다. 이와 관련해 현재 확인 가능한 구인회 회원 명단 중 1934년 6월 25일자 『조선중앙일보』의 기사 「文壇의 一盛事! '詩와 小說의 밤」에 적힌 것에서부터는 '김유영'이라는 이름이 보이지 않는다는 점을 부기한다.

18 「朝鮮映畵製作研究所 創立」, 『동아일보』, 1934.5.2; 「朝鮮映畵製作研究所 創立－研究生 도 募集」, 『조선중앙일보』, 1934.5.3.

勸農洞 九五番地에 두고 活動 中이라 한다.


　　庶務財政部：金泰植, 全裕協 / 製作研究部：朴完植, 全平 / 脚本部：羅俊
英, 金哲 / 監督部：金幽影, 朴哲民 / 演技部：羅雄, 金光, 朴淳돈, 李貴禮, 崔
玉희 / 美術部：朴振明 / 撮影部：金泰榮, 全平[19]


　이 기사를 제대로 이해하기 위해서는 몇 가지 사실을 상기해야 한다.
먼저, 위의 기사에 적혀 있는 이름들에 관한 것으로서, 전평 · 나웅 · 박
철민의 본명이 각각 전유협 · 나준영 · 박완식이고 김철은 김유영의 또
다른 가명이라는 사실이다.[20] 다음으로, 당시 전유협, 나준영, 박완식은
카프 영화부를, 박진명은 카프 미술부 임시사무국을 막 맡은 상태였으
며 연기부의 이귀례도 당시 카프 회원이었다는 사실이다.[21] 이런 사실
들을 감안하여 위의 기사를 보면, 조선영화제작연구소는 카프의 조직
이었다고 판단할 수밖에 없다. 당시 카프 영화부 또는 미술부의 주요 인
물들이 조선영화제작연구소의 모든 부서에 포진한 셈이었다. 김유영은

19　「朝鮮映畫製作研究所 創立」, 『동아일보』, 1934.5.2.
20　권영민은 「극단 '신건설' 사건으로 촉발된 카프 제2차 검거 사건의 전말, 공판 기록 최초
　　공개」(『문학사상』, 1998.6, 39~77면)에서 '신건설 사건'에 관해 처음으로 자세히 다루
　　었다. 그는 그 글에 당시 총무처 정부기록보존소에 보관되어 있던 신건설 사건 일심 판결
　　문과 복심 판결문을 최초로 발굴 · 번역하여 전재하였다. 그 뒤 그는 그 글에 1935년 7월
　　2 · 3일 『동아일보』에 전재되었던 「신건설 사건 예심 종결서」를 풀어써서 삽입하는 등
　　그 글을 보완 · 수정한다. 그리고 그것을 『한국 계급문학 운동사』(문예출판사, 1998, 292
　　~338면)에 싣는다. 『한국 계급문학 운동사』의 해당 내용은 『한국계급문학운동연구』(서
　　울대 출판문화원, 2015, 346~400면)에 재수록되었다. 권영민이 세 논저에 실은 신건설
　　사건 일심 판결문에서 전평, 나웅, 박철민, 김유영의 이름에 관한 정보들을 얻을 수 있다.
　　김유영은 본명이 '김영득'이고 '김철'이라는 또 다른 가명을 썼다.
21　1934년 2월 10일 조선프로예맹 중앙위원회 토의 내용(권영민, 『한국 계급문학 운동사』,
　　문예출판사, 1998, 423면) 참고.

각본부와 감독부를 맡으면서 조선영화제작연구소의 창립에 동참했는데, 그것은 그가 카프로 복귀했음을 뜻하는 것이었다고 말할 수 있다.

김유영이 구인회를 통해 계급적 이데올로기를 파악한 전문적인 시나리오 작가, 각색자, 감독의 연대를 도모하고 조선 농촌 또는 농민의 현실을 사실적・객관적으로 반영하는 시나리오를 얻고자 했다면, 그가 조선영화제작연구소의 창립에 동참하면서 구인회에서 탈퇴한 것은 오히려 자연스러운 일이었다. 김유영은 카프에서 탈퇴한 뒤에도 계속 카프에 대한 지지를 표명했으며[22] 카프의 슬로건 아래 만들고자 하는 영화공장[23] 또는 영화제작단체에 대한 구상을 밝히곤 했다.[24] 조선영화제작연구소의 인선과 조직에는 그 구상이 많이 반영되어 있다. 조선영화제작연구소에는 당시 카프 영화부와 미술부의 핵심 인물들이 모두 집결했다. 그것은 조선영화제작연구소가 카프에 소속된 조직이었다는 것을 증명한다. 또 조선영화제작연구소는 영화 제작의 각 단계를 맡는 부서들이 연대하는 형태로 조직되었다. 조선영화제작연구소는 영화 제작을 목표로 하는 단체였던 것이다. 특히 조선영화제작연구소에는 각본부가 따로 마련되었다. 말하자면, 조선영화제작연구소는 카프의 슬로건 아래에서 계급적 이데올로기를 파악한 전문가들이 각본 즉 시나리오를 연구하는 등 영화 제작에 관해 연구하고 나아가 영화를 제작할 수

---

22  "그러나 어데까지든지 푸로레타리아 映畵運動의 前線에서 弱하고도 굿센 生命을 앗기지 안코 에네르기가 잇는 技術者가 되겟다는 生覺과 行動은 永久不變일 것이다" 김유영, 「'徐君'의 映畵批評을 再批評(중)」, 『조선일보』, 1931.4.21; "徐君과 다른 管見에서 나는 當然히 '캅푸'를 支持한다" 김유영, 「'徐君'의 映畵批評을 再批評(하)」, 『조선일보』, 1931.4.22.

23  김유영, 「映畵街에 立脚하야─今後 '푸로' 映畵 運動의 基本 方針은 이러케 하자(1~13)」, 『동아일보』, 1931.3.26~29; 4.3・5・9~12・14・16・17.

24  김유영, 「映畵藝術研究團體를 于先 設置합시다」, 『조선일보』, 1933.1.2.

있는 모양새로 조직되었다. 그런 장이 마련된 상황에서, 김유영은 시나리오를 위해 문인들과 연대할 수는 있으나 그들의 이데올로기를 계속해서 문제 삼아야 할지도 모를 구인회에 더 머물 이유가 없었을 것이다.[25] 이와 관련해 조용만의 다음과 같은 회고는 주목할 필요가 있다.

다만 김유영과 이종명이 프로문학에 관여하고 있었는데, 그것이 이유가되어 회원간의 갈등이 빚어졌고, 결국 이들은 모임을 발의했음에도 불구하고 두번 참석한 후에는 다시 나타나지 않았다. 김유영과 이종명은 특히 정지용과의 대립이 자못 심해 서로를 이단시했던 것으로 기억된다.[26]

위의 글은 「이태준 회상기-차고 자존심 강한 소설가」(『상허학보』 제1집, 상허학회, 1993.12)의 일부이다. 「이태준 회상기-차고 자존심 강한 소설가」는 조용만이 직접 쓴 글은 아니고, 1993년 11월 3일 당시 상허문학회 편집위원들이 조용만을 찾아가 그가 회고하는 내용을 채록한 글이다. 그 글은 구인회에 관한 조용만의 마지막 회고를 담은 글이다. 그런데 그 글 중 위에 인용한 부분에서 조용만은 이전 구인회 회고담들에서 김유영에 관해 썼던 내용을 일거에 뒤집고 있다. 즉 이전 회고담

---

25  김유영은 조선영화제작연구소의 창립에 동참하고 구인회에서 탈퇴한 뒤, 신건설사 사건에 연루되어 1934년 8월에 검거·수감되었다. 그리고 1935년 12월, 신건설사 사건과 관련해 최종적으로 징역 2년, 집행유예 3년을 선고 받았다. 석방 후, 1937년부터 1939년까지 〈愛戀頌〉의 감독을 맡았다. 이어서 〈水仙花〉를 촬영하던 중 지병인 신장염이 악화되어 1940년 1월 4일 사망했다. 「〈水仙花〉 監督 金幽影 氏 重態」, 『동아일보』, 1939.12.15; 「消息」, 『동아일보』, 1940.1.5. 김유영이 조선영화제작연구소 창립에 동참한 뒤 사망할 때까지 걸었던 길에 대해서는 이 책 제2부 '3장'에서 상론하기로 한다.

26  조용만, 「이태준 회상기-차고 자존심 강한 소설가」, 『상허학보』 제1집, 상허학회, 1993.12, 410면.

들에서는 일관되게 김유영이 카프에서 탈퇴한 뒤 순수예술을 지향하여 구인회의 결성을 발의하고 도모하려 했다고 회고했으나 위의 인용 부분에서는 김유영이 구인회에 가입한 뒤에도 카프 활동을 했다고 말한 것이다. 이러한 사정을 어떻게 이해해야 할까. 「이태준 회상기ㅡ차고 자존심 강한 소설가」는 월북 문인들이 해금되는 등 우리 문학이 반공주의의 검열에서 다소 자유로워진 시기에 조용만이 회고한 내용을 담은 것이라는 점을 기억해야 할 것이다. 이 글은 김유영에 관한 조용만의 정직한 회고라고 추정된다. 즉 김유영은 카프와 관련된 활동을 벌이는 가운데, 프롤레타리아영화 운동의 맥락 안에서 구인회를 구상했던 것으로 추정된다.


## 4. 남는 문제


구인회는 개성과 지향이 다른 여러 예술적 주체들이 입·탈회하면서 만들어진 일련의 움직임이었다. 그 움직임은 김유영·이종명·조용만이 처음에 구인회를 만들려고 했던 의도와 구인회 결성에 반영되었으며 구인회 결성으로 실현된 이태준·정지용의 의도가 충돌하면서 시작되었다고 말할 수 있다. 구인회를 일련의 움직임으로 보고 그 움직임의 의미를 논하기 위해서는 김유영·이종명·조용만이 처음에 구인회를 구상하고 만들려고 했던 의도를 가장 먼저 연구해야 한다. 그런데 지금까지 그것은 온전히 연구된 적이 없다. 따라서 이 장에서는 김유영, 이종명, 조용만 중 먼저 김유영을 주목했다. 즉 그의 구인회 구상 배경과 결성 의도를 추론했다. 그 내용을 요약하고 의의를 생각해 보면서 논의를 마무리 짓고자 한다.

먼저, 선행 연구를 통해 밝힌 대로, 김유영이 순수예술을 지향하여 구인회를 결성하려 했다는 조용만의 회고는 잘못된 것임을 전제해야 한다. 프롤레타리아영화 운동의 한계를 타개하려는 생각과 조선 프롤레타리아영화의 시나리오에 대한 문제의식이 김유영이 구인회를 구상하게 된 배경이었다고 말할 수 있다. 김유영은 프롤레타리아영화 운동을 펼치는 과정에서 카프와의 불화, 자본난, 검열 등을 극복하기 어려운 장애로 인식했고 그 결과 치열했던 영화 운동의 길에서 잠시 멈춰선다. 그리고 그 시점에 구인회를 구상한다. 즉 그는 프롤레타리아영화 운동을 잠시 멈추고, 그 운동의 한계를 타개하기 위해 운동의 본령을 성찰하는 가운데 구인회를 구상했던 것으로 보인다. 또, 김유영은 프롤레타리아영화 운동을 펼치는 과정에서 조선 프롤레타리아영화의 시나리오에 대한 문제의식을 꾸준히 심화·발전시켰다. 그 문제의식은 결국 계급적 이데올로기를 완전히 파악한 전문적인 시나리오 작가, 각색자, 감독이 연대하여 조선 농촌 또는 농민의 현실을 사실적·객관적으로 반영하는 시나리오를 마련하는 방법에 대한 관심으로 귀결되었다. 조선 프롤레타리아영화의 시나리오에 대한 고민은 김유영이 구인회를 구상한 직접적인 배경이 되었을 것이라고 여겨진다.

즉 김유영은 구인회를 통해 계급적 이데올로기를 파악한 전문적인 시나리오 작가, 각색자, 감독의 연대를 이루고 조선 농촌 또는 농민의 현실을 사실적·객관적으로 반영하는 시나리오를 얻으려 했던 것으로 보인다. 세 가지 사실을 근거로 들 수 있다. 첫째, 김유영은 이종명과 함께 구인회를 결성하려 했고 이효석을 구인회에 가입시키려 했다. 이종명과 이효석은 그 전 여러 기회에 김유영과 함께 시나리오 작업을 했던 인물들이다. 이 사실을 근거로 김유영은 구인회를 통해 작가 또는 시나리오 작가, 각색자들과 연대하려 했다고 추론할 수 있다. 둘째, 김유영은 구인회 회원으로서 같은 구인회 회원 중 '동반작 작가'로 불렸던 이무영의 사상성과 '희곡'을 논평하면서 계급적 이데올로기를 완전히 파악한 전문적인 시나리오 작가가 조선 농촌 또는 농민의 현실을 사실적·객관적으로 반영하는 시나리오를 써야 한다는 생각을 간접적으로 드러냈다. 셋째, 김유영이 구인회에서 탈퇴한 정황을 그의 구인회 결성 의도를 반증하는 근거로 제시할 수 있다. 김유영은 카프계 조직인 조선영화제작연구소의 창립에 동참하면서 카프에 복귀했고 구인회에서 탈퇴한 것으로 보인다. 조선영화제작연구소는 카프의 슬로건 아래에서 계급적 이데올로기를 파악한 전문가들이 시나리오를 쓰고 연구하는 등 영화 제작에 관해 연구하고 나아가 영화를 제작할 수 있는 모양새로 조직되었다. 그런 상황에서, 김유영은 시나리오를 위해 문인들과 연대할 수는 있으나 그들의 계급적 이데올로기를 계속해서 문제 삼아야 할지도 모를 구인회에 더 머물 이유가 없었을 것이다.

김유영의 구인회 구상 배경과 구인회 결성 의도를 추론하는 일은, 비유컨대, '의도론적 오류(Intentional Fallacy)'를 범하는 것이 될 수도 있다. 그러나 그 일은 구인회를 좀 더 깊고 넓게 이해하는 계기가 될 수 있을 것이다. 무엇보다도, 김유영의 구인회 결성 의도가 프롤레타리아영화 운동의 맥락에서 파생되었다는 점을 확인하였으므로 구인회가 카프를 배타적으로 인식하면서 등장했다는 기존의 관점을 구체적으로 재고할 수 있다. 물론, 여기서 언급하고 추론한 내용이 김유영과 구인회에 관해 조용만이 회고한 내용, 많은 연구자들이 의심 없이 수용해 온 내용들과 다르다는 것은 문제로 남는다. 그 차이를 숙고할 필요가 있다.

# 카프 복귀 및
# 구인회 탈퇴에서 〈수선화〉까지[1]

## 1. 프롤레타리아예술 운동의 마지막 국면과 김유영

일제강점기에 활동했던 영화감독이자 프롤레타리아영화 운동가 김유영(金幽影, 1908~1940)에 관한 연구는 애초에 구인회(九人會)의 결성과정을 정확히 밝히려는 의도로 기획되었다. 구인회의 결성 과정은 조용만의 구인회 회고담들을 통해 알려져 왔다. 조용만은 김유영, 이종명과 함께 구인회의 결성을 발의하고 도모했던 인물이다. 그런데 그가 김유영에 관해 회고한 내용에는 모순되는 점들이 많았다. 특히 김유영이 카프(KAPF)에 반기를 들고 순수예술 쪽으로 돌아선 뒤 구인회를 만들려고 했고, 그럼에도 불구하고 구인회에서 곧 탈퇴했다는 언급은 석연

---

1  이 책 제2부 '3장'은 다음 논문을 수정·보완한 것이다. 현순영, 「김유영론 3―카프 복귀에서 〈수선화〉까지」, 『한민족어문학』 제70집, 한민족어문학회, 2015.8. 이 논문은 2014년 정부(교육부)의 재원으로 한국연구재단의 지원을 받아 수행된 연구이다.(NRF-2014S1A5B5A07042107)

---

치 않았다. 따라서 김유영의 생애와 활동을 추적하여 조용만이 회고한 내용의 진위를 판단할 필요가 있었다. 구체적으로는 김유영이 영화계에 입문한 이후 구인회의 결성을 발의하고 도모할 때까지 벌인 활동을 추적하여 그가 구인회를 만들려고 했던 배경과 의도를 추론하는 연구가 필요했다. 연구 결과,[2] 조용만의 회고는 신빙성이 없다는 결론을 얻었다. 즉 김유영은 영화계에 입문한 이후 구인회의 결성을 발의하고 도모할 때까지뿐만 아니라 구인회에서 탈퇴할 때까지도 순수예술 쪽으로 돌아서거나 한 일은 없었고 일관되게 프롤레타리아영화 운동에 매진했다는 사실을 확인했다. 그리고 그의 구인회 탈퇴도 카프 복귀와 맞물려 일어난 일이었다.

선행 연구를 진행하면서 김유영이 구인회에서 탈퇴한 이후 즉 카프에 복귀한 이후 타계할 때까지 벌인 활동에 관해서도 연구할 필요가 있다고 판단했다. 그 연구는 다음과 같은 후속 연구들의 중요한 전제가 될 것이기 때문이다.

첫째. 선행 연구를 통해, 김유영의 활동은 일제강점기 프롤레타리아영화 운동의 주요 국면들과 밀접하게 관련되어 있음을 확인했다. 김유영이 구인회에서 탈퇴한 이후 즉 카프에 복귀한 이후 타계할 때까지의 시기는 조선의 프롤레타리아예술 운동이 와해되던 시기였다. 그런 만큼 그 시기 김유영의 활동을 추적하는 연구는 조선 프롤레타리아영화 운동의 마지막 국면을 파악하는 연구의 중요한 근거가 될 수 있다.

둘째. 선행 연구에 의하면, 영화인 김유영이 구인회와 같은 문학인

---

2    이 책 제2부 '1 · 2장' 참고.

위주의 모임을 결성하려 했던 것은, 간단히 말해, 좋은 시나리오를 얻기 위해서였다. 즉 계급적 이데올로기를 지닌 전문적인 시나리오 작가, 각색자, 감독을 연대케 한다는 것이 그가 구인회와 같은 모임을 만들려고 했던 가장 근본적인 의도였다. 그 의도는 영화와 문학의 교섭을 꾀하려는 것이었던 동시에 계급성과 작품성을 어떻게 모두 갖출 것인가 하는 프롤레타리아예술 운동의 핵심적 질문에서 비롯된 것이었다. 프롤레타리아영화 운동이 와해되던 시기에 김유영이 벌인 활동을 추적하는 연구는 그 질문이 어떻게 변형되는지를 살펴보는 연구로 이어질 수 있다.

셋째. 선행 연구를 통해 입증한 대로, 김유영은 1930년대 문학과 영화의 교류 양상, 일제강점기 프롤레타리아영화 운동의 전개 과정에 접근할 수 있는 매우 중요한 통로다. 김유영의 생애와 활동을 온전하고 정확하게 밝혀 기술하는 일은 문학사 연구 또는 영화사 연구에서 간과해서는 안 될 과제 중 하나다. 그럼에도 불구하고 김유영의 생애와 활동을 온전하고 정확하게 다룬 연구는 영화계에서도 국문학계에서도 드문 것이 사실이다. 따라서 김유영이 카프에 복귀한 이후 즉 구인회에서 탈퇴한 이후 타계할 때까지 벌인 활동을 연구하여 선행 연구 결과에 보탬으로써 문학사나 영화사 연구의 공백을 조금이나마 메울 수 있다.

이러한 연구 필요성에 따라 이 장에서는 김유영이 카프에 복귀한 이후 즉 구인회에서 탈퇴한 이후 타계할 때까지 벌인 활동을 기술하고 그 의미를 논하려고 한다. 여기서 무엇보다도 중요한 것은 김유영의 활동을 증명하는 자료들을 두루 찾아 정확히 제시하는 일일 것이다. 그 일환으로 지금까지 제출된 김유영 연보와 그의 생애 및 활동을 다룬 논문들에서 발견되는 오류들도 바로잡아야 한다.

김유영 연보와 그의 생애 및 활동을 다룬 논문들을 발표된 순서대로 제시하면 다음과 같다.

### 연보

이형우, 「김유영 생활 연보」, 백기만 편, 『씨뿌린 사람들』, 사조사, 1959.

권영민, 「조선프롤레타리아예술동맹 관련 문인 약전-김유영」, 『한국 계급문학 운동사』, 문예출판사, 1998.[3]

향토문학연구회, 「김유영 연보」, 『향토 문학 연구』 제13호, 향토문학연구회, 2010.

### 논문

김수남, 「조선 카프 영화의 개척자-김유영의 영화예술 세계」, 『청예논총』 제15집, 청주대 예술문화연구소, 1998.

김종원, 「유실된 카프 영화의 상징-김유영론」, 『예술논문집』 제45호, 대한민국예술원, 2006.12.

이강언, 「김유영의 삶과 영화 세계」, 『향토 문학 연구』 제13호, 향토문학연구회, 2010.

현순영, 「김유영론 1-영화계 입문에서 구인회 결성 전까지」, 『국어문학』 제54집, 국어문학회, 2013.2.

이효인, 「카프의 김유영과 프로키노 사사겐주[佐々元十] 비교 연구-프

---

3    권영민, 『한국계급문학운동연구』, 서울대 출판문화원, 2015에 재수록.

롤레타리아 영화운동론을 중심으로」, 『영화연구』 57호, 한국영
화학회, 2013.9.

현순영, 「김유영론 2―구인회 구상 배경과 결성 의도」, 『한국문학이론과
비평』 제63집, 한국문학이론과비평학회, 2014.6.

이 장에서는 위의 글들에서 김유영이 카프에 복귀한 이후 즉 구인회
에서 탈퇴한 이후 타계할 때까지 벌인 활동에 관한 내용들을 특별히 눈
여겨 읽고 그중 잘못된 사항들은 각주를 할애해 바로잡으려 한다. 김유
영에 관한 사실들을 정확히 축적하고 공유하기 위해서이다. 선학들의
양해를 구한다.

## 2. 카프 복귀 및 구인회 탈퇴에서 전향 서약까지

### 1) 조선영화제작연구소 창립과 카프 복귀 및 구인회 탈퇴[4]

김유영은 1929년 9월 경 카프에 가입했고 1930년 4월 신흥영화예
술가동맹에 대한 카프의 해체 권고에 불응하면서 카프에서 탈퇴했다.[5]

---

4  김유영이 조선영화제작연구소의 창립에 동참하고 카프에 복귀한 일에 관해서는 이 책
   제2부 '2장'에서 이미 다루었다. 여기서는 그 내용을 간추려 제시한다.
5  김유영이 카프에서 탈퇴한 경위는 이 책 제2부 '1장'에서 상론했다. 이강언은 김유영이
   1934년 4월에 카프에서 탈퇴했다고 잘못 썼다. 이강언, 「김유영의 삶과 영화 세계」, 『향

그런데 그는 그 뒤에도 계속 카프를 지지했고 카프의 슬로건 아래 영화 공장 또는 영화 제작 단체를 만들려는 구상을 밝히곤 했다. 심지어 그는 카프에서 탈퇴한 뒤 결성한 구인회를 통해서도 계급적 이데올로기를 지닌 전문적인 시나리오 작가, 각색자, 감독의 연대를 도모하고 조선 농촌과 농민의 현실을 사실적·객관적으로 반영하는 시나리오를 얻고자 했던 것으로 판단된다. 그리고 김유영은 1934년 5월 2일 이전 조선영화제작연구소의 창립에 동참하면서 카프에 복귀했고, 그와 동시에 구인회에서 탈퇴했던 것으로 보인다.

다음은 조선영화제작연구소의 창립을 알리는 기사들 중 하나다.

朝鮮映畵의 眞實한 發展을 圖謀하고 眞正한 藝術的인 映畵製作을 目標로 하야 今般 左記 諸氏가 朝鮮映畵製作研究所를 組織하고 臨時事務所를 市內 勸農洞 九五番地에 두고 活動 中이라 한다.

庶務財政部 : 金泰植, 全裕協 / 製作研究部 : 朴完植, 全平 / 脚本部 : 羅俊英, 金哲 / 監督部 : 金幽影, 朴哲民 / 演技部 : 羅雄, 金光, 朴淳乭, 李貴禮, 崔玉희 / 美術部 : 朴振明 / 撮影部 : 金泰榮, 全平[6]

위의 기사에 등장하는 전평·나웅·박철민의 본명은 각각 전유협·나준영·박완식이고 김철은 김유영의 또 다른 가명이다.[7] 그런데 전유

토 문학 연구』 제13호, 향토문학연구회, 2010, 69면.
6  「朝鮮映畵製作研究所 創立」, 『동아일보』, 1934.5.2.
7  권영민이 발굴·번역한 신건설 사건 일심 판결문(권영민, 「극단 '신건설' 사건으로 촉발된 카프 제2차 검거 사건의 전말, 공판 기록 최초 공개」, 『문학사상』, 1998.6, 51~63면)

협, 나준영, 박완식은 당시 카프 영화부를, 박진명은 카프 미술부 임시 사무국을 막 맡은 상태였고, 이귀례도 당시 카프 회원이었다.[8] 이런 사실들을 감안하여 위의 기사를 보면, 조선영화제작연구소는 카프계의 조직이었다고 판단할 수 있다. 당시 카프 영화부 또는 미술부의 주요 인물들이 조선영화제작연구소의 모든 부서에 포진한 셈이었다. 김유영은 각본부와 감독부를 맡으면서 조선영화제작연구소의 창립에 동참했는데, 그것은 그가 카프로 복귀했음을 뜻하는 것이었다고 말할 수 있다.

김유영은 조선영화제작연구소를 통해 자신의 오랜 구상과 의도를 구현하려 했던 것으로 보인다. 조선영화제작연구소는 영화 제작의 각 단계를 맡는 부서들이 연대하는 형태로 조직되었다. 특히 조선영화제작연구소에는 각본부가 따로 마련되어 있었다. 말하자면, 조선영화제작연구소는 계급적 이데올로기를 지닌 전문가들이 카프의 슬로건 아래서 각본 작성 등 영화 제작에 관해 연구하고 나아가 영화를 제작할 수 있는 모양새로 조직되었다. 그 모양새는 김유영의 오랜 구상과 크게 다르지 않았던 것이다. 그런 상황에서, 김유영은 시나리오를 위해 문인들과 연대할 수는 있으나 계속해서 그들의 계급적 이데올로기를 문제 삼아야 할지도 모를 구인회에 더 머물 이유가 없었을 것이고, 그래서 구인회에서 탈퇴했던 것으로 보인다.

에서 전평, 나웅, 박철민, 김유영의 이름에 관한 정보들을 얻을 수 있다. 김유영은 본명이 '김영득'이고 '김철'이라는 또 다른 가명을 썼다.

8   1934년 2월 10일 조선프로예맹 중앙위원회 토의 사항 중 부서 정리에 관한 내용(권영민, 『한국 계급문학 운동사』, 문예출판사, 1998, 423면) 참고.

## 2) 신건설 사건과 전향 서약

신건설(新建設) 사건은 이른바 카프 제2차 검거 사건으로서, 일제 당국이 1934년 5월부터 1936년 4월까지 카프 산하 극단 신건설의 관계자들과 카프 관계자들을 검거하여 그중 23명을 기소하고 재판했던 사건이다. 이 사건은 카프 해체의 직접적인 계기가 되었다.[9]

그런데 신건설 사건의 발단 경위는 조금 잘못 알려져 있다. 예컨대, 권영민은 백철의 회고를[10] 근거로 삼아 신건설 사건은 카프 산하 극단이었던 신건설이 레마르크(Eric Maria Remarque) 원작, 무라야마[村山知義] 각색의 「서부 전선 이상 없다」를 가지고 창립 공연을 한 뒤 지방 순회공연을 하던 중 전주에서 당국이 공연 선전 전단 문구의 불온성을 문제 삼아 신건설의 관계자들을 검거하면서 시작되었다고 설명했다.[11] 그러나 당시 신문 기사들을 보면,[12] 신건설 사건의 발단 경위는 백철의 회고와는 다르다.

1934년 5월 전북 금산경찰서는 금산에서 학생 독서회의 결성을 주동하던 선린상업학교 학생 조권형을 검거해 취조한다. 그 과정에서 조

---

9 신건설 사건에 관해서는 다음 논저들을 참고했다. 권영민, 「극단 '신건설' 사건으로 촉발된 카프 제2차 검거 사건의 전말, 공판 기록 최초 공개」, 『문학사상』, 1998.6; 권영민, 『한국 계급문학 운동사』, 문예출판사, 1998; 권영민, 『한국계급문학운동연구』, 서울대 출판문화원, 2015; 이효인, 「일제하 카프 영화인의 전향 논리 연구─서광제, 박완식을 중심으로」, 『영화연구』 45호, 한국영화학회, 2010.

10 백철, 『진리와 현실』, 박영사, 1975, 300~303면.

11 권영민, 앞의 논저들. 이효인도 신건설 사건의 발단에 관해 "1934년 신건설사의 전주 공연을 빌미로 검거가 시작되어"라고 잘못 썼다. 이효인, 앞의 글, 392면.

12 「'캅푸' 中心 運動을 非合法으로 看做, 大部分이 '캅푸' 멤버와 緣故者」, 『조선일보』, 1935.1.15; 「錦山署에서 左翼 靑年 取調 中에 端緖 捕捉」, 『조선중앙일보』, 1935.10.27; 「發覺 原因은 '팜푸렛트' 一卷」, 『매일신보』, 1935.10.29.

권형이 신건설 관계자라는 사실과 그가 서울에서 세브란스 의학전문학교 학생이자 신건설의 관계자인 정병창, 조용림 등의 지도를 받고 있다는 사실, 신건설의 배후에 카프가 있다는 사실을 밝혀낸다. 금산경찰서는 곧 사건을 전북 경찰부에 의뢰하고 전북경찰부는 신건설 관계자와 카프 관계자들을 전국에서 검거해 들이기 시작한다. 이것이 신건설 사건의 발단 경위다.

김유영은 조선영화제작연구소를 창립하여 카프에 복귀한 뒤 얼마 지나지 않아 신건설 사건에 연루된다. 지금부터, 김유영이 신건설 사건에 연루되어 검거된 뒤 형을 선고 받기까지의 과정을 간추린 뒤 다시 상술하기로 한다.

1934.8.26 – 김유영, 검거됨.[13]

1934.8.28 – 김유영, 전북으로 압송됨.[14]

1935.1.25 – 김유영, 전주지방법원에 송치됨.[15]

1935.6.28 : 예심종결, 23명 공판 회부 결정 – 김유영, 공판에 회부됨.[16]

1935.10.28 : 1회 공판(사실 심리)[17] – 김유영, 심리 받음.[18]

---

13 「左翼 文人 層의 檢擧 全面的으로 擴大 形勢」, 『조선일보』, 1934.8.27. 이형우는 김유영이 1933년 11월 '비밀결사 사건'으로 전주형무소에 수감되었다고 잘못 썼다. 이형우, 「김유영의 생활연보」, 백기만 편, 『씨뿌린 사람들』, 사조사, 1959, 234면. 저자도 김유영이 1934년 6월에 검거·수감되었다고 잘못 쓴 바 있다. 현순영, 「김유영론 2」, 『한국문학이론과비평』 제67집, 한국문학이론과비평학회, 2014.6, 398면.

14 「映畫를 通하야 赤色思想을 宣傳」, 『매일신보』, 1934.8.28.

15 「新建設社' 檢擧 事件 書類와 함께 送局」, 『매일신보』, 1935.1.26.

16 「新建設社 事件 關係 廿二名 公判 廻附, 예심 종결로 이십팔일 결정」, 『매일신보』, 1935.6.29. 이형우는 예심 시기를 1934년이라고 잘못 썼다. 이형우, 앞의 글, 235면.

17 「新建設' 事件 公判, 朴英熙부터 審理 開始」, 『동아일보』, 1935.10.29; 「前例 업는 嚴戒裡에 '新建設社' 公判 開廷, 二十八日 全州地方法院에서」, 『매일신보』, 1935.10.29; 「'카프'

1935.11.11 : 2회 공판(사실 심리)[19] – 김유영, 심리 받음.[20]

1935.11.22 : 3회 공판(사실 심리)[21] – 최정희 심리 과정에서 김유영도
심리 받음.[22]

1935.11.25 : 4회 공판(구형 및 변론)[23] – 김유영, 징역 2년 구형됨.[24]

1935.12.9 : 선고 공판 – 김유영, 징역 2년 집행유예 3년 선고됨.[25]

1935.12.16 – 김유영, 석방됨.[26]

---

首腦 等 如出一口 實踐運動을 否認」,『조선일보』, 1935.10.29;「森嚴한 警戒 중에 十三名
全部 出廷」,『조선중앙일보』, 1935.10.29.

18 「被告 大槪는 審問, 次回는 來十一日, 新建設社 事件 公判」,『조선일보』, 1935.10.29.

19 「新建設 事件 續行 公判, 昨日에 事實 審理」,『동아일보』, 1935.11.12;「朴英熙 等 七名
審理, 新建設社 事件 第三回 公判 開廷」,『조선일보』, 1935.11.12("第二回"를 "第三回"라
고 잘못 표기함);「十三被告 異口同聲 合法 運動을 主張, '푸로' 藝盟 事件 第二回 公判」,
『조선중앙일보』, 1935.11.12.

20 「朴英熙 等 七名 審理, 新建設社 事件 第三回 公判 開廷」,『조선일보』, 1935.11.12("第二
回"를 "第三回"라고 잘못 표기함);「十三被告 異口同聲 合法 運動을 主張, '푸로' 藝盟 事件
第二回 公判」,『조선중앙일보』, 1935.11.12.

21 「푸로 藝盟 公判, 權煥 等 六名 審理」,『조선중앙일보』, 1935.11.23.

22 「被告들은 거의 全部 思想 轉向을 表明」,『매일신보』, 1935.11.24.

23 「被告 審理 完了, 求刑은 十五日」,『조선일보』, 1935.11.23;「新建設社 事件 最高 二年
求刑」,『동아일보』, 1935.11.26;「朴英熙, 尹基鼎 等 最高 三年役 求刑」,『매일신보』,
1935.11.26;「無意識의 行動, 實刑 求刑은 過重」,『매일신보』, 1935.11.26.

24 「朴英熙, 尹基鼎 等 最高 三年役 求刑」,『매일신보』, 1935.11.26;「新建設 事件 最高 三年
役 求刑」,『조선일보』, 1935.11.26;「푸로藝術同盟 事件, 最高 三年을 求刑」,『조선중앙
일보』, 1935.11.26. 권영민은 4차 공판에서 김유영에게 징역 1년 6개월이 구형되었다고
잘못 썼다. 권영민, 앞의 논저들.

25 「新建設社 事件, 大部分 執行猶豫」,『매일신보』, 1935.12.10;「新建設 事件 十三名, 十名
은 執行猶豫」,『조선일보』, 1935.12.10;「'캅프' 事件 判決 言渡, 大部分 執行猶豫」,『조선
중앙일보』, 1935.12.10. 권영민은 선고 공판에서 김유영에게 징역 1년 6개월 집행유예
3년이 선고되었다고 잘못 썼다. 권영민, 앞의 논저들. 그런데 그가 발굴해 번역·소개한
신건설 사건 일심 판결문에는 김유영에게 징역 2년 집행유예 3년을 선고한다고 적시되
어 있다. 저자도 김유영이 1936년 2월에 징역 1년 6개월 집행유예 3년을 선고받았다고
잘못 쓴 바 있다. 현순영, 앞의 글, 398면.

26 「十二名 昨夜에 出監, 十七日에 각각 고향으로」,『매일신보』, 1935.12.18;「新建設 事件
判決 後報」,『조선일보』, 1935.12.17; 이형우는 김유영이 1935년 10월 이전에 출감했다
고 잘못 썼다. 이형우, 앞의 글, 236면.

제3장_ 카프 복귀 및 구인회 탈퇴에서 〈수선화〉까지  461

김유영은 1934년 8월 26일에 검거되었다. 그리고 이틀 뒤인 28일 전북으로 압송되었다. 당시 김유영의 혐의는 카프의 별동대인 조선영화제작연구소를 만들어 대중에게 '주의'를 표현하는 영화를 제작하려 했다는 것이었다.[27] 그런데 예심 과정에서 김유영에게 부여된 혐의는 카프에 가입한 것과 이동식소형극장(移動式小型劇場)[28]을 조직한 것이었다. 「신건설 사건 예심 종결서」에는 카프와 이동식소형극장이 궁극적으로 사유재산제도를 부인하고 공산주의사회의 실현을 목적으로 하는 정치적인 결사로 규정되어 있다. 그리고 김유영이 그런 결사에 가입한 것과 그런 결사를 조직한 것은 모두 치안유지법 제1조 제2항에 저촉되며, 카프 가입과 이동식소형극장 조직은 연속 범행이므로 형법 제55조에 저촉된다고 적시되어 있다.[29]

신건설사 사건 공판은 예심 종결 넉 달 뒤인 1935년 10월 28일부터 약 한 달 동안 4회에 걸쳐 진행되었다. 당시 신문 기사들을 두루 살펴보면 김유영은 1,2,3회 공판에서 모두 심리를 받았다는 것을 알 수 있다. 그러나 김유영에 대한 심리 내용을 자세히 알 수는 없다. 다만 1회 공판에서 김유영이 발언한 내용과 3회 공판에서 이루어진 김유영에 대한 심리 내용의 편린만 찾아볼 수 있을 뿐이다. 한 신문은 1회 공판에

---

27  「映畵를 通하야 赤色思想을 宣傳」, 『매일신보』, 1931.8.28. 김종원은 김유영이 신건설 조직에 참여한 것 때문에 검거되었다고 잘못 썼다. 김종원, 「유실된 카프의 상징−김유영론」, 『예술논문집』 제45호, 대한민국예술원, 2006, 286면.
28  「移動式小型劇場 創立」, 『동아일보』, 1931.11.14.
29  1935년 7월 2・3일 『동아일보』에 「'新建設' 事件 豫審 終結書 全文」이 2회로 나누어 실렸다. 권영민은 앞의 논저들에서 「'新建設' 事件 豫審 終結書 全文」이 『동아일보』에 실렸다는 사실을 밝혔다. 그런데 그는 게재일을 1935년 6월 29일부터 7월 2일까지라고 잘못 썼다.

서 김유영이 다음과 같이 말했다고 옮겼다. "김영득은 문예에도 예술에도 실천적 리론은 갓지 안하엿다 다만 영화 기술자로서 활동하엿슬 뿐이라고 대답하엿다."[30] 또 다른 신문은 3회 공판에서 김유영의 부인 최정희가 극단 신건설과 관계가 있는지 심리하는 과정에서 김유영도 심리했다고 보도했다.[31] 피고인들이 최정희는 신건설과는 관계가 없다고 주장하는 가운데 재판장이 김유영과 최정희에게 사상이 일치하여 결혼한 것이 아니냐고 심문했다는 내용이다.[32]

1935년 11월 25일 제4회 공판에서 김유영에게는 징역 2년이 구형된다. 이어서 1935년 12월 9일 선고 공판이 열렸고 김유영에게는 최종적으로 징역 2년 집행유예 3년이 선고되었다. 권영민이 발굴·번역한 신건설 사건 일심 판결문에는 김유영이 사유재산제도 부인을 목적으로 하는 이동식소형극장을 조직한 것, 같은 목적의 카프에 가입한 것은 치안유지법 제1조 제2항에 해당하며 카프 가입과 이동식소형극장 조직은 연속 범행이므로 형법 제55조 제10항에 해당되나 전향을 서약하였으므로 형법 제25조에 의해 집행유예를 선고한다고 적시되어 있다. 선고 공판 일주일 뒤인 1935년 12월 16일에 김유영은 석방되었다.

신건설 사건의 피고인들이 거의 모두 그랬듯이 김유영도 재판 과정에서 전향을 서약했다.─전향 서약문 같은 것은 찾지 못하였다.─그의 전향 서약이 어떤 의미를 갖는지 논하려면 먼저 당시 치안유지법과 전

---

30 「被告 大概는 審問, 次回는 來十一日」, 『조선일보』, 1935.10.29.
31 「被告들은 거의 全部 思想 轉向을 表明」, 『매일신보』, 1935.11.24.
32 권영민은 앞의 논저들에서, 논거를 밝히지는 않고, 김유영이 공판에서 발언한 내용을 다음과 같이 요약하기도 했다. "김유영은 영화에 관한 서적은 읽은 적이 있으나 좌익 서적은 읽은 일이 없으며, 자기는 카프에 들기 전에는 나이가 어려서 아무러한 지식도 갖지 아니하였으나 카프에 가입된 후로 다소 흥미를 가지고 있었다고 답변하였다."

향제도의 관계를 이해해야 한다.[33]

일제는 사유재산제도의 부인을 목적으로 하는 결사를 조직하거나 그런 결사에 가입하는 것을 공산주의사회의 실현을 의도하는 행위로 간주했고 공산주의사회를 실현하려는 것은 궁극적으로 국체(國體)를 변혁하려는 것으로 판단했다. 일제의 치안유지법은 본질적으로 그런 행위를 처벌하기 위해 마련되어 상황과 필요에 따라 정교하게 다듬어지던 법으로서 신건설 사건 당시에는 전향 제도와 결부되어 집행되었다. 전향 제도는 치안유지법에 의해 처벌 받을 피고인들이 공산주의 사상을 버리거나 포기하겠다고 전향을 서약할 경우 형의 집행을 유예하는 제도였다. 그것은 사실 집행유예를 미끼로 사상범들을 회유하여 사상을 포기하게 하는 방법이자 사상범들을 지속적으로 집요하게 통제하기 위한 방법이었다.

신건설 사건의 재판에서도 일제는 피고인들에게 사유재산제도를 부인하고 공산주의사회의 실현을 기도했다는 혐의를 부여했다. 그리고 그 혐의에 대해 치안유지법을 적용해 판결하는 동시에 거의 모든 피고인들이 전향을 서약하자 그들에 대한 형 집행을 유예했다. 김유영도 전향을 서약하고 집행유예 판결을 받았던 것이다.

김유영이 전향 서약을 할 수밖에 없었을 이유는 여러 가지로 생각할

---

33  일제의 치안유지법과 전향제도에 관해서는 다음과 같은 논저들을 참고했다. 김영희, 『1930년대 일제의 민족분열통치 강화』, 한국독립운동사편찬위원회·독립기념관 한국 독립운동사연구소, 2009, 177~226면; 이수일, 「일제말기 사회주의자의 전향론—인정식을 중심으로」, 『국사관논총』 제79집, 국사편찬위원회, 1998; 이효인·김정호, 「카프 영화인 서광제의 전향 논리 연구」, 『한민족문화연구』 제30집, 2009; 이효인, 「일제하 카프 영화인의 전향 논리 연구—서광제, 박완식을 중심으로」, 『영화연구』 45호, 한국영화학회, 2010; 리차드 H. 미첼, 김윤식 역, 『일제의 사상통제』, 일지사, 1982.

수 있다. 먼저, 그는 제도를 이용해 형을 줄이거나 피하기 위해 전향을 서약했을 것이다. 1930년대 일제의 민족분열통치에 대한 김영희의 논의는 김유영이 전향 서약을 할 수밖에 없었을 다른 이유들을 추론 가능케 한다.[34] 김영희는 일제 당국의 조사에 나타난 한국인 사상가들의 주된 전향 동기가 '시국인식(時局認識)'이었다는 사실을 제시한다. 그에 의하면, '시국인식'이란 만주사변·중일전쟁을 계기로 드러난 일제의 국력에 대한 인식으로서 일제에 대한 굴복과 독립에 대한 절망을 야기하는 것이었다. 그리고 그는 전향을 체포·구금이라는 외부적 강제 속에서 일제에 대한 패배의식에 의해 일어났던 현상으로 설명한다. 또, 전향자의 의식구조에는 일본 자본주의의 힘을 불가항력적인 것으로 여기는 논리가 작용하고 있었다고 말한다. 김영희의 논의를 참조하면, 김유영도 체포·구금된 상황에서 일제의 국력 또는 자본주의에 대한 패배의식으로 전향을 서약할 수밖에 없었을 것이라고 추론할 수 있다.

## 3. 전향 서약 뒤의 활동

김유영은 전향을 서약하고 석방된 뒤 여러 가지 활동을 벌였다. 그 활동들을 순서대로 적어 보면 다음과 같다.

---

34  김영희, 위의 책, 181면.

1936.12.24 · 25 · 27, 「영화서신(映畵書信)(1~3)」을 『조선일보』에 발표.

1937.1.19, 경성촬영소에서 제작한 〈오몽녀〉에 대한 합평회를 안석영, 서광제 등과 함께 개최.[35]

1937.8.22 · 24 · 26~28, 단편 시나리오 「백란기(白蘭記)(1~5)」를 『동아일보』에 발표.

1937.8, 서광제, 유치진, 서항석, 정래동, 이무영과 함께 동아일보 영화 소설현상공모 응모작 최후심사.

1937.11, 영화 잡지 『영화보(映畵報)』 창간.

1937.10.23~1939.6, 영화 〈애련송(愛戀頌)〉 연출.

1938.11, 우리나라 최초의 영화제인 조선일보사 주최 제1회 영화제의 위원으로 활동.[36]

1939.11.20, 영화 〈수선화(水仙花)〉 연출 시작.


이 활동들 중에서도 김유영이 지속적으로 주력했던 것은 영화 잡지 출판과 영화 연출이었다. 지금부터 그 두 가지 활동에 관해 자세히 기술하기로 한다.

---

35  「〈五夢女〉 合評會」, 『매일신보』, 1937.1.20.

36  조선일보사 주최 제1회 영화제의 위원은 李明雨, 吳榮錫, 李信雄, 李龜永, 尹默, 金幽影, 徐丙珏, 李基世, 安鍾和, 孫勇進, 金正革, 金兌鎭, 尹逢春이었다. 「第一回 映畵祭, 展覽會와 上映會 等 銀幕界 初有 盛典, 來卄六,七,八日 三日間 開催할 朝鮮 映畵史 '立體圖解'」, 『조선일보』, 1938.11.9. 안종화는 이들 중 이명우의 발의로 영화제가 개최되기에 이르렀다고 회고했다. 안종화, 「처음 개최된 영화제의 이모저모」, 『한국영화측면비사』, 현대미학사, 1998, 258~260면. 그런데 이강언은 이 영화제가 김유영의 발의로 개최되었다고 잘못 썼다. 이강언, 앞의 글, 69면. 또, 향토문학연구회, 「김유영 연보」, 『향토문학연구』 제13호, 향토문학연구회, 2010, 118면에는 김유영, 이구영, 이명우, 김태진, 안종화 등이 영화제의 발기인이었다고 잘못 적혀 있다.

## 1) 『영화보』 창간

김유영이 석방된 뒤에 영화 잡지를 출간하려고 노력했다는 사실을 알려주는 신문 기사가 많이 발견된다. 휴간 중이던 『영화시대(映畫時代)』를 김상혁(金相赫)과 함께 인수하여 속간한다는 기사,[37] 월간 『영화작가(映畫作家)』 창간에 참여한다는 기사,[38] 월간 『영화보(映畫報)』의 창간을 발의하고 편집위원으로 창간에 참여한다는 기사[39] 등이다.

그런데 『영화시대』는 김유영의 의해 속간되지 않았고,[40] 『영화작가』의 창간 여부는 확인할 수 없다. 『영화보』는 1937년 11월에 창간되었다. 발행인은 김정혁(金正革)이었다. 편집 책임은 김정혁과 유영삼이 맡았고 그 둘 외의 편집위원은 김유영(감독), 안종화(감독), 이규환(감독), 박기채(감독), 안석영(감독), 서광제(영화평론가), 양세웅(촬영 기사), 이효석(시나리오 작가)이었다.[41] 『영화보』는 제2집까지 출간된 것으로 추정된다. 제1집은 영인본으로나마 볼 수 있고,[42] 제2집은 발간된 사실만 확인할 수 있다.[43]

『영화보』는 두 가지 점에서 중요하다. 먼저, 『영화보』는 영화 관련

---

37 「學藝 消息, 『映畫時代』 續刊」, 『매일신보』, 1936.8.8.
38 「씨나리오 文學硏究者 數氏 月刊 雜誌 『映畫作家』 創刊」, 『동아일보』, 1937.6.3.
39 「映畫雜誌 『映畫報』 出版」, 『동아일보』, 1937.10.29.
40 「映畫雜誌 『映畫時代』 續刊」, 『동아일보』, 1937.11.7. "過去 六七年 間 우리 映畫界에 만흔 貢獻이 잇든 映畫月刊雜誌 『映畫時代』는 오랫동안 休刊 中에 잇엇는데 最近에 그前 主幹 金幽影氏의 諒解를 얻어서 朴O越氏가 責任을 지기로 하고 不遠間 出版하리라 한다. 그 編輯 事務所는 京城府 勸農町 一七三番地에 잇다."
41 「映畫雜誌 『映畫報』 出版」, 『동아일보』, 1937.10.29.
42 아단문고, 『아단문고 미공개 자료 총서 2013-영화 · 연극 잡지』, 소명출판, 2013, 1~102면.
43 「新刊紹介」, 『동아일보』, 1937.12.28.

잡지가 전무하던 때에 창간되어 영화계의 출판 공백을 메우는 역할을 했다. 당시 독자들도 그런 점에서 『영화보』의 창간을 매우 의미 있게 받아들였던 것으로 보인다.[44] 다음으로, 『영화보』는 영화 제작에 관련된 문제들을 구체적이고 전문적으로 다루었다. 그것은 감독, 촬영 기사, 시나리오 작가 들이 편집위원을 맡았다는 사실과 제1집의 내용으로 확인할 수 있다. 『영화보』 제1집에 실린 서광제의 「푸로듀서론」, 박기채의 「조선 영화 이상론」, 한인택의 「영화 원작과 현실성」, R.Y.S의 「촬영소의 조직과 기획 과정」[45] 등은 영화 제작에 관련된 실질적이고 기술적인 문제들을 다루고 있다.

김유영은 『영화보』 제1집에 글을 싣지는 않았다. 그러나 그가 영화 관련 잡지가 전무하던 때에 영화 제작에 관련된 전문 지식과 정보를 다루는 영화 전문지 『영화보』의 창간을 발의했다는 사실은 그가 당시 어디를, 무엇을 향하고 있었는지를 시사한다.


## 2) 〈애련송〉·〈수선화〉 연출

1936년 여름, 동아일보사는 상금 이백 원을 걸고 '영화소설'을 공모한다.[46] 공모 광고에는 공모 대상인 영화소설이 어떤 것인지 설명되어 있다. 그것은 재래의 "영화소설"과는 다른 "일종(一種)의 영화소설" 즉

---

44  孔鎬, 「『映畵報』 出版을 듣고」, 『동아일보』, 1937.11.6.
45  R.Y.S는 유영삼으로 추정된다.
46  김종원은 상금 액수를 "1만원"이라고 잘못 썼다. 김종원, 앞의 글, 286면.

"영화와 문학과의 유기적 종합이 가능함을 구체적으로 보여주는 새로운 형식의 독물(讀物)", "지상에 게재하면 '읽는 영화'가 되고 다소의 씨나리오적 각색을 더하면 곧 촬영 대본이 될 수 잇는 것"이라고 적혀 있다. 그리고 광고에는 공모작의 내용과 길이에 대한 규정도 명시되어 있다. 내용에 대한 다음과 같은 규정은 주목할 만하다. "전조선(全朝鮮) 저명한 승경고적(勝景古蹟)을 되도록 많이 화면에 나타나게 하되 이야기의 구성을 흥미 잇고 무리 없이 할 것(승경고적에 얽힌 로맨스를 더러 솜씨 잇게 끌어 엮고 또 유모러스한 장면을 가끔 재미나게 섞어 너허 주엇으면 조켓다.)"[47]

애초에 동아일보사는 영화소설 공모 마감일을 1936년 10월 말일로 정했었다.[48] 그런데 정작 공모는 1937년 7월 말일에 마감되었다.[49] 공모 마감이 늦춰진 이유는 『동아일보』가 이른바 일장기말소사건으로 정간되었기 때문이었다.[50] 정간 기간은 1936년 8월 29일부터 1937년 6월 2일까지였다.[51]

『동아일보』가 속간되면서 영화소설 공모도 계속되었다. 당시 『동아일보』에는 공모 대상이 재래의 영화소설과는 다른 "일종(一種)의 영화소설"임을 재차 강조하는 기사가 실린다. 그 기사에서 "일종의 영화소설"을 "읽는 영화"라고 바꿔 지칭하며 상술한 대목은 주목할 필요가 있다.

---

47 「藝術의 新境地를 開拓하라, 映畵小說 懸賞公募」, 『동아일보』, 1936.7.28. 같은 광고가 『동아일보』에 여러 번 반복해서 실렸다.
48 위의 글.
49 「本社 公募 映畵小說 應募作品 百餘 篇」, 『동아일보』, 1937.8.4.
50 위의 글.
51 채백, 「일장기말소사건」, 『신문』, 대원사, 2003, 140~143면; 「동아일보 기사DB-미발행일 정보」, dongA.com, http://www.donga.com/news/dongadb/dongailbo_db_25.html(검색일 : 2015.6.29).

우리는 세나리오 文學이라는 文學의 한 새로운 "잔루(장르-인용자)"의 成立이 可能함을 믿는 者이다. 그것이 "映畵的"이어야 한다는 것은 根本的으로 要請되는 條件이어니와 同時에 이것이 文學인 以上 文字로써 表現되는 때에 映畵가 가진 合種의 表現 手段에 立脚하야 映畵的 이메-지를 讀者의 머리 속에 그리어 讀者로 하여곰 그것이 이메-지임을 잊고 文學을 通하야 直接 現實의 世界를 自己의 속에 再現시키게 하는 것이라야 하겟다.

그러므로 그것은 詩도 아니오 小說도 아니오 戲曲도 아닐 것이다. 이 點에 있어서 "傑出한 씨나리오는 小說의 形式을 取해야"라 한 에이젠슈타인 流의 結論은 틀린 것이어니와 從來 우리 文壇에는 아직 映畵의 表現 手段과 約束에 對한 知識이 아직 一般化되지 못한 關係로 本格的인 씨나리오는 讀者를 거이 가질 수가 없엇엇고 오직 小說形으로 된 映畵的인 讀物이 映畵小說이라는 名稱을 가지고 讀者와 親해왓엇다. 그러므로 그 慣例를 仍用하야 우리도 잠간 우리의 公募物을 "一種의 映畵小說"이라고 부르기는 하엿으나 生硬한 대로 "읽는 映畵"라 하는 것이 도리어 詔文한 本意에 가까울까 하는 感도 잇다. 다시 말하거니와 本社 公募 中의 映畵小說은 在來의 이른바 映畵小說은 아니오 새로 創造될 한 개의 文學 形式이다.[52]

이 설명을 풀어 이해하면, "읽는 영화"는 영화의 표현 수단을 숙지하고 적용해 써야 하는 것이다. 즉 그것은 영화의 표현 수단을 적용함으로써 독자에게 어떤 이미지를 줄 수 있어야 한다. 그러나 "읽는 영화"는 문자를 매개로 하는 문학이기도 하므로 독자가 읽고 직접 이미지를 떠올

---

52  「本社 公募 中인 映畵小說에 對하야」, 『동아일보』, 1937.6.19.

릴 수 있게 해야 한다. "읽는 영화"는 새로운 문예양식(장르)인 것이다.

공모 기간이 결과적으로 길어졌던 만큼 응모작은 100여 편에 이르렀다.[53] 동아일보사는 4차의 예선을 통해 응모작 중 5편을 추렸다.[54] 그리고 영화계의 김유영·서광제, 문단의 유진오(불참)·유치진, 사측의 서항석·정래동·이무영을 심사위원으로 하여 최후심사회를 열고 5편 중 1편을 뽑았다.[55] 당선작은 신인 최금동(崔琴桐)의 「환무곡(幻舞曲)」이었다.[56]

「환무곡」은 "애련송(愛戀頌)"으로 개제되어 『동아일보』에 1937년 10월 5일부터 12월 14일까지 50회 연재되었다.[57] 「환무곡」 즉 「애련송」의 형식은 그야말로 그전 영화소설들[58]과는 달랐다. 그전 영화소설들은 형식이 일반 소설과 크게 다르지 않았으나 「애련송」은 시나리오에 가까웠다.[59] 그리고 연재 형식도 달랐다. 그전 영화소설들은 일반적인 신문소설들처럼 삽화와 함께 연재되었는데 「애련송」은 실사(實寫)의 스틸과 함께 실렸다.[60] 스틸은 극예술연구회(이하 극연) 영화부가 맡았다.[61]

---

53  「本社 公募 映畵小說 應募作品 百餘 篇」, 『동아일보』, 1937.8.4.
54  「總 應募 百餘 篇 中 豫選 入選이 五篇」, 『동아일보』, 1937.8.31.
55  「映畵界 文壇人 招請 最後審査會를 開催」, 『동아일보』, 1937.8.31.
56  「朝鮮 씨나리오 文學의 魁一力作 '幻舞曲' 當選」, 『동아일보』, 1937.8.31.
57  「懸賞 映畵小說 當選 '愛戀頌'('幻舞曲' 改題)」, 『동아일보』, 1937.10.1; 崔琴桐, 「愛戀頌 (1~50)」, 『동아일보』, 1937.10.5~12.14.
58  최금동의 「愛戀頌」 이전에 신문에 실렸던 영화소설들로 다음과 같은 작품들이 있다. 김일영, 「森林에 囁言」, 『매일신보』, 1926.4.4~5.16; 김일영, 「山人의 悲哀」, 『매일신보』, 1926.12.5~1927.1.30; 이종명, 「流浪」, 『중외일보』, 1928.1.5~25; 김팔봉, 「前導揚 揚」, 『중외일보』, 1929.9.27~1930.1.23 등.
59  「애련송」이 '읽는 영화'로서 지니는 특징을 파악하기 위해서는 「애련송」의 형식과 당시 신문에 실렸던 다른 문예양식들 즉 소설·(재래의)영화소설·시나리오의 형식을 면밀히 비교·대조해 보아야 한다. 또, 당시에 각 문예양식이 어떻게 이해되었는지도 살펴야 한다.
60  1937년 『동아일보』의 "여인부락"이라는 난(欄)에는 단편 시나리오들이 스틸과 함께 연

「애련송」이『동아일보』에 연재되는 가운데 극연은 동아일보사의 후원을 받아 그 작품을 영화화하기로 하고 1937년 10월 23일 촬영을 시작한다.[62] 극연은 1937년 6월 19일 정기 총회에서 극심한 자금난을 타개하기 위해 영화부를 설치하여 영화 제작에 착수할 것을 결의했던 것이다.[63] 그리하여 첫 작품으로 선택한 것이 「애련송」이었다. 극연은 김유영과 양세웅을 초빙해 영화부에 가입시키고[64] 각각 〈애련송〉의 연출과 촬영을 맡겼다.[65] 그런데 극연은 〈애련송〉을 촬영하던 중 1938년 3~4월에 일제의 강압으로 해체되고 "극단극연좌(劇團劇硏座, 이하 극연좌)"로 개편된다.[66] 〈애련송〉의 촬영은 극연좌가 승계한다.[67]

재되기는 했다.

61　「懸賞 映畵小說 當選 「愛戀頌」('幻舞曲' 改題)」,『동아일보』, 1937.10.1.

62　「本社 當選 映畵小說 「愛戀頌」 撮影 開始」,『동아일보』, 1937.10.29; 「全發聲 八卷物로, 劇硏 會員 總出動」,『동아일보』, 1937.10.29; 다음 글에는 〈애련송〉 촬영이 1937년 10월 30일에 시작되었다고 적혀 있다. 이두현·유민영, 「극예술연구회 연보(1931~1939)」, 『연극평론』 5권, 한국연극평론가협회, 1971, 78면.

63　「東西南北」,『동아일보』, 1937.6.19; 「風聞과 事實, 劇藝術硏究會, 每月 公演을 標榜터니 六月 休演에 風說이 區區」,『동아일보』, 1937.6.24; 「風聞과 事實, 劇藝術硏究會, 一大 飛躍 앞두고 質的 向上을 企圖, 柳致眞氏 談」,『동아일보』, 1937.6.24; 이두현·유민영, 앞의 글, 78면.

64　『영화보』 제1집, 1937.11, 36면.(아단문고,『아단문고 미공개 자료 총서 2013 － 영화·연극잡지』, 소명출판, 2013, 34면) 향토문학연구회, 「김유영 연보」,『향토문학연구』 제13호, 향토문학연구회, 2010, 118면에는 김유영이 신건설 사건으로 수감되었다가 석방된 뒤 대구 본가에서 정양 중이던 1935년 10월에 극예술연구회 영화부에 가입했다고 잘못 적혀 있다. 김유영은 1935년 12월에 석방되었고 1937년 6월 이후 극예술연구회 영화부에 가입했다.

65　「全發聲 八卷物로, 劇硏 會員 總出動」,『동아일보』, 1937.10.29; 「〈愛戀頌〉 製作 關係者 一人一言」,『동아일보』, 1939.6.30. 김수남은 김유영이 오랜 침묵 끝에 〈수선화〉의 메가폰을 잡았다고 잘못 썼다. 김수남, 「조선 카프 영화의 개척자－ 김유영의 영화예술 세계」,『청예논총』 제15집, 청주대 예술문화연구소, 1998, 141면. 김종원도 "애련송"를 "수선화"라고 잘못 쓴 곳이 있다. 김종원, 앞의 글, 286면.

66　「劇藝術硏究會를 '劇演座'로 改名, 宣言書도 發表」,『매일신보』, 1938.4.15; 이두현·유민영, 앞의 글, 78면.

67　「劇硏 映畵部 作品 〈愛戀頌〉 近日 完成」,『매일신보』, 1938.6.27 등.

극연은 애초에 〈애련송〉을 1937년 11월 중에 완성하고 1938년 1월 초에 개봉할 계획이었다.[68] 그러나 앞서 얘기한 극연의 사정 등 여러 가지 이유로 〈애련송〉의 완성은 지연되었다. 〈애련송〉은 1939년 6월에 이르러서야 완성되었고 1939년 6월 27일 명치좌에서 개봉되었다.[69] 영화 〈애련송〉에 대한 정보를 정리하면 다음과 같다.[70]

제작 책임 : 서항석

원작 : 최금동

각색 : 이효석[71]

대사 : 유치진

연출 : 김유영

촬영 : 양세웅

음악 : 홍난파

미술 : 강성범

자막 : 최일송

조명 : 이상남

---

68 「本社 當選 映畵小說 「愛戀頌」 撮影 開始」, 『동아일보』, 1937.10.29.

69 「本社의 製作 後援 下에 劇研 映畵〈愛戀頌〉 遂完成」, 『동아일보』, 1939.6.25; 향토문학 연구회, 「김유영 연보」, 『향토문학연구』 제13호, 향토문학연구회, 2010, 118면에는 〈화륜〉이 1939년 9월에 개봉되었다고 잘못 적혀 있다. 김종원도 〈애련송〉이 1939년 9월 10일에 개봉되었다고 잘못 썼다. 김종원, 앞의 글, 287면.

70 「本社 當選 映畵小說 「愛戀頌」, 撮影 開始」, 『동아일보』, 1937.10.29; 「全發聲 八卷物로, 劇研會員 總出動」, 『동아일보』, 1937.10.29; 「〈愛戀頌〉 錄音次 渡東」, 『동아일보』, 1938.11.1; 「本社의 製作 後援 下에 劇研 映畵〈愛戀頌〉 遂完成」, 『동아일보』, 1939.6.25; 「關係者 一人一言」, 『동아일보』, 1939.6.25; 「〈愛戀頌〉 製作 關係者 一人一言」, 『동아일보』, 1939.6.30.

71 김수남은 최금동의 「애련송」을 김유영이 각색했다고 잘못 썼다. 김수남, 앞의 글, 148면.

동시녹음 : 조선영화주식회사, 일본에서도 동시녹음 작업을 함

의상 : 백상회(白商會)

배역 : 문예봉-안남숙(역), 김치근-이철민(역), 이웅-강필호(역), 김일
영-안영만(역), 이백수-송병희(역), 송관섭-천재일(역), 신태선
-김영호(역), 윤방일-임동섭(역), 안복록-의사(역), 강정애-남
숙 모(역), 김복진·김신재·윤기연-남숙의 학우(역), 곽장액-여
급사(역), 서항석-주례(역), 유치진-신부(역), 정래동·이강성·
이백산·김정혁·유영삼-이사(역), 기타 엑스트라 600여 명

영화 〈애련송〉의 내용을 살펴볼 필요가 있다. 그런데 현재 그 필름은
발견되지 않고 있다. 따라서 〈애련송〉의 내용을 파악하기 위해서는 다
른 방법을 쓸 수밖에 없다. 먼저, 이효석이 최금동의 영화소설 「애련송」
을 각색하여 쓴 시나리오 「애련송」을 읽는 방법이 있다. 다행히 이효석
전집에 시나리오 「애련송」이 실려 있다.[72] 아니면, 당시에 영화 〈애련
송〉을 관람한 사람들이 적은 〈애련송〉의 줄거리를 읽는 방법도 있다.
이 두 번째 방법으로는 영화의 내용뿐만 아니라 글의 문체나 어조를 통
해 필자가 영화를 어떻게 수용했는지도 가늠할 수 있다. 여기서는 두 번

---

[72] 이효석, 「애련송」, 이효석전집 간행위원회·이효석 문학연구회 편, 『새롭게 완성한 이효
석 전집』 6−시·희곡 外, 창미사, 2003, 130~166면. 이효석의 시나리오 「애련송」은
『영화보』 제2집(1937.12)에 실렸던 것으로 추정된다. 『영화보』 제1집, 1937.11(아단문
고, 『아단문고 미공개 자료 총서 2013−영화·연극잡지』, 소명출판, 2013, 33면)에 "映
畫報 第二輯엔 李孝石 씨나리오 愛戀頌(劇硏 製作)을 全篇 揭載합니다"란 예고문이 있다.
한편, 여운희는 영화 〈애련송〉을 보기 전에 "모잡지"에서 이효석의 시나리오를 읽었다고
썼다. 여운희, 「映畫 〈愛戀頌〉의 印象」, 『매일신보』, 1939.7.2. 그가 말한 "모잡지"는 『영
화보』 제2집일 가능성이 크다. 『영화보』 제2집은 발간된 사실만 확인된다.(「新刊紹介」,
『동아일보』, 1937.12.28)

째 방법을 택해, 영화 〈애련송〉에 대한 최초의 수용 텍스트(rezeption text)라 할 수 있는 신문기사에 적힌 줄거리를 읽어 보기로 한다.

해당화 꽃피는 몽금포(夢金浦) 해변에 여름방학을 이용하야 놀러간 Y여자 전문학교 음악과 학생 안남숙(安南淑)은 거기서 이철민(李鐵民)이라는 청년 음악가와 알게 되어 나중에는 두 사람 사이에 첫사랑의 실마리가 매듭을 짓게 된다. / 여름방학도 끝날 무렵 어느 날 돌연 남숙에게는 아버지가 위독하다는 전보가 온다. / 남숙의 아버지 안영만(安榮萬)은 평양 청구중학교(靑丘中學校) 교장으로 二十년 동안 그 학교를 경영하여 오는 터인데 최근에 그 학교가 경영난에 빠지자 어떠케 해서든지 구해내고자 애쓴 남어지 드디여 병들어 눕게 된 것이다. / 그래서 교무주임은 경성에 올라와 각 방면으로 활약한다. 그러나 뜻대로 되지 아니하고 최후에 청년 부호 강필호(姜弼浩)와 교섭이 되게 된다. 강필호는 안해와 갈려진 후 후취를 물색하는 중인데 얼마 전에 남숙의 아름다운 자태를 교내 음악회에서 보고 마음에 흡족하게 여겨 구혼한 길을 찾던 차이라 청구중학교에 대한 원조를 승낙하는 동시에 교무주임을 통하야 남숙에게 구혼한다. 강필호는 본대부터 교육 사업에 돈을 쓰려는 생각을 가지고 잇은 터이니, 사랑도 얻고 사업도 하게 되면 그 우에 더 이를 데 없다는 의미에서 겸하야 구혼한 것이언만, 교무주임은 결혼을 조건으로 하여야만 원조를 승낙한다는 것으로 알고 안교장에게 그러케 권한다. / 안교장은 자기의 외딸 남숙을 후취로 줄 수는 없다고 반대한다. / 철민은 친구들의 도움으로 음악공부를 계속하러 동경(東京)으로 건너갔다. 굳은 약속을 하고 철민을 보낸 뒤에 필호로부터의 구혼이 잇는 줄을 알은 남숙은 혼자서 괴롭기 한이 없엇다. / 청구학교에서는 여러 번 이사회(理事

會)를 열고 유지 방침을 강구하엿으나 별반 신통한 길이 나서지 아니하엿다. 이리하야 청구학교는 그 二十년 빛나는 역사의 마조막 날을 맞이하지 안흐면 안되게 되엇다. / 그래서 안교장은 남숙에게 청구학교를 살리기 위해서는 어쩌는 수 없으니 기어코 강필호와 결혼하여 달라고 애원한다. 남숙은 이 아버지의 이 애원을 거절할 수가 없었다. 남숙은 최후의 결심을 하고 모든 것을 단념해 달라고 철민에게 최후의 편지를 썻다. / 청구중학교는 갱신의 ○○○○○○친다. 이어 강필호와 안남숙의 결혼의 날이 왓다. / 남숙의 편지에 분개하야 뛰어나온 철민은 바로 결혼식장으로 달려가 보앗으나 벌서 식은 끝난 후이엇다. 사랑에 배반을 받고 히망을 일허버린 철민은 타락하야 매일 술이 없이는 살 수 없는 몸이 되엇다. / 남숙 역시 본의 아닌 결혼 생활에 실증이 나서 드디어는 수도원(修道院)으로 종적을 감추고 만다. 강필호는 그제야 남숙에게 철민이라는 애인이 잇은 줄을 알고 자기의 결혼이 다른 사람의 행복을 깨엇다는 것을 뉘우치는 동시에 남숙의 아름다운 히생을 더욱 귀히 여겨 이철민을 찾어 만나서 이후도 전재산을 바쳐서 청구학교를 원조하겟다는 말로 자기의 심경을 이야기하자 철민은 또 철민대로 여지껏 품고 잇던 남숙에 대한 오해를 풀고 새로운 히망을 안고서 남숙을 구하러 수도원을 향하야 봄의 열차에 몸을 실는다. / 그러나 수도원의 남숙은 고민 끝에 드디어 다시 일지 못할 병을 얻어 철민이 수도원에 당도하기 전에 죽엄의 세계로 가고 만다.[73]

---

73 「本社의 製作 後援 下에 劇研 映畵〈愛戀頌〉遂完成」, 『동아일보』, 1939.6.25. 'O'는 자료가 훼손되어 확인할 수 없는 글자이다. 여운희도 〈애련송〉의 줄거리를 소개했다. 여운희, 앞의 글.

동아일보사는 〈애련송〉의 개봉을 앞두고 그 특색과 장점을 다음과
같이 광고했다.

　一, 劇硏座의 制作, 本社의 製作 후원 이것이 첫재의 특색으로서 모든 장점
이 여기서 우선 규정된다.
　二, 지금까지 백여 개로써 헤이는 조선 영화는 대개가 조선의 농촌, 어촌,
산촌의 生活面을 그려 왓엇지마는 〈愛戀頌〉은 中流 以上의 가정과 사회를
배경으로 극적 사건을 취급한 것.
　三, 평양 대동강까의 古典色과 몽금포 해안의 優雅한 砂丘와 金剛山의 절
승 이외에 경성 근처의 여러 경치와 창경원, 부호 故 金鍾翊 氏 저택(駱山莊),
故 朴榮喆 氏 저택의 내부, 조선호텔, 부민관 천향원, 본사 강당 등에서 실지로
촬영하야 화면의 朝鮮的 華美를 다한 데 잇어서 첫 손가락에 꼽힐 만한 것.
　四, 조선 영화게의 최고 인끼 배우 文藝峯 양을 비롯하야 극연좌의 一流
연기자가 총 출연한 것, 그것보다도 一流 문단인, 一流 음악가 전문학교 교
수 신문 잡지의 진보적 쩌날리스트가 혹은 뒷스탶에 관게하고 특별출연을
한 것 단연 전례 없는 이채(異彩)인 것.[74]

이런 광고에도 불구하고 당시 영화 〈애련송〉에 대한 평가는 좋지 않았
다.[75] 평자들은 자본의 부족과 기구의 미비 등 영화 제작의 난점들을 인
정하면서도 원작·각색·연출·연기의 미흡함을 조목조목 지적했다.[76]

---

74　「本社의 製作 後援 下에 劇硏 映畵〈愛戀頌〉遂完成」, 『동아일보』, 1939.6.25.
75　여운회, 앞의 글; 김태진, 「〈愛戀頌〉映畵評과 作品 價値를 檢討하면서(1~3)」, 『동아일
　　보』, 1939.7.11·12·14.
76　〈애련송〉은 국내에서 악평을 듣는 가운데 일본에서 개봉되었다. 「朝鮮 映畵 繼續 封切,

그러나 〈애련송〉은 영화와 문학의 유기적 종합이라는 새로운 형식을 지향하며 창작된 원작을 바탕으로 했다는 점, 김유영이 처음으로 만든 상업영화이자 토키(talkie)였다는 점에서 의미가 있다고 판단된다. 김유영은 〈애련송〉에 대해 다음과 같이 말했다.

> 나의 처음으로 맨든 토-키- 作品이다. 나는 이 作品에 나의 十年 隱忍의 精力을 傾注하엿다. 機構의 未備, 組織의 不完 等을 탓하려면 얼마든지 탓하겟고 이 作品에 흠이 잇다면 大部分 그 탓이라 하겟다마는 그래도 그것은 愛戀頌만이 아니라 朝鮮 映畵가 現在 노혀 잇는 處地가 그런 것이니, 누구를 탓할 것도 없다. 그러나 나는 나의 이 作品이 朝鮮 映畵의 現在 水準에서 한 걸음 나아간 것을 自負하는 바이다.[77]

김유영은 1939년 11월 20일부터 새 영화 〈수선화(水仙花)〉 촬영에 착수했다.[78] 〈수선화〉의 크랭크인을 알린 신문 기사에는 〈수선화〉는 조선영화주식회사의 세 번째 작품으로 남일로의 「처녀호(處女湖)」가 원작이며 각색은 이익이, 카메라는 황운조가 맡고 문예봉, 김일해, 김신재, 김복진 등이 연기한다고 적혀 있다.[79] 그런데 그 기사에서 〈수선화〉의 원작으로 언급된 남일로의 「처녀호」는 확인되지 않는다. 대신 『문

---

東京·大阪에서 活躍」, 『동아일보』, 1939.7.27; 「朝鮮 映畵가 續續 內地에서 上映 中」, 『매일신보』, 1939.7.27.

77 「關係者 一人一言」, 『동아일보』, 1939.6.25.

78 「朝映 〈水仙花〉 二十日부터 크랭크」, 『동아일보』, 1939.11.16. 그런데 향토문학연구회, 「김유영 연보」, 『향토문학연구』 제13호, 향토문학연구회, 2010, 118면에는 김유영이 1939년 10월에 〈수선화〉의 연출을 시작했다고 잘못 적혀 있다.

79 「朝映 〈水仙花〉 二十日부터 크랭크」, 『동아일보』, 1939.11.16.

장』1939년 11월호에서 김유영이 쓴 시나리오 「처녀호」를 찾아볼 수 있다. 『문장』에 실린 김유영의 시나리오 「처녀호」 말미에는 다음과 같이 작자의 말이 부기되어 있다. "이 씨나리오는 촬영대본(콘티뉴이티)과는 대단한 차이가 있겠습니다. 너무도 시급하게 쓰게 되어서 '미정고(未定稿)'를 발표함은 죄송합니다. 그리고 이익(李翼) 군의 조력이 컸다는 것을 말해 둡니다. (…중략…) (작자의 망언(妄言))." 김유영이 시나리오 「처녀호」를 썼다는 사실과 「처녀호」 끝에 부기된 작가의 말을 근거로 삼아 〈수선화〉는 김유영의 창작 시나리오 「처녀호」를 영화화한 것이라고 추론할 수 있다.[80]

김유영은 〈수선화〉를 촬영하던 중 지병인 신장염이 악화되어 1940년 1월 4일 타계했다.[81] 〈수선화〉는 조감독들에 의해 완성되었다.[82] 1940년 8월 9일에는 〈수선화〉 시사회가, 1940년 8월 13일에는 경성보총(京城寶塚)극장[83]에서 김유영 추도 〈수선화〉 유료 시사회(로드쇼)가 열렸다. 그리고 〈수선화〉는 1940년 8월 21일 경성보총극장에서 개봉되었다.[84]

80 김종원도 영화 〈수선화〉가 김유영의 시나리오 「처녀호」를 영화화한 것이라고 썼다. 김종원, 앞의 글, 288면.

81 「〈水仙花〉 監督 金幽影 氏 重態」, 『동아일보』, 1939.12.15; 「消息」, 『동아일보』, 1940.1.5; 「映畵監督界 重鎮 金幽影氏 永眠」, 『매일신보』, 1940.1.5. 그런데 이형우는 김유영이 1939년 11월 25일에 사망했다고 잘못 썼다. 이형우, 앞의 글, 240면. 그런가 하면, 『향토문학연구』 제13호에 실린 「김유영 연보」와 이강언의 글에는 김유영이 1940년 11월 25일에 타계했다고 잘못 적혀 있다.

82 김종원, 앞의 글, 289면. 그런데 이강언은 김유영이 사망한 뒤 조감독 민정식이 〈수선화〉를 1941년에 완성했다고 썼다. 이강언, 앞의 글, 72면. 그러나 민정식이 〈수선화〉를 완성했다는 사실은 확인되지 않고, 〈수선화〉가 1941년에 완성되었다는 것은 오류이다.

83 자료에 따라 경성보총극장은 성보(城寶)극장 또는 경보(京寶)극장으로 표기되기도 했다. 국도극장의 전신이었다.

84 「〈水仙花〉 城寶서 로드쇼」, 『매일신보』, 1940.7.23; 「〈水仙花〉 封切, 八月 第四週」, 『매

현재 영화 〈수선화〉도 찾아볼 수 없다. 그 내용을 파악하기 위해서는 김유영의 시나리오 「처녀호」를 읽거나 당시 영화를 본 사람들이 적어 놓은 줄거리를 읽을 수밖에 없다. 여기서는 두 번째 방법을 택해 안종화가 회고담에 적어 놓은 「수선화」의 줄거리를 읽어 보기로 한다.

영남(嶺南) 어느 촌락. 산천이 수려한 그 촌락은 김씨 일가(金氏一家)가 마을을 이루고 있었다. / 마을 앞에는 푸른 물이 맑게 핀 호수가 있는데, 그 앞을 혼례(婚禮)의 일행이 지나가고 있었으니, 마상(馬上)의 신랑은 열세 살 된 김씨 문중의 외독자(外獨子)였고, 사인교(四人轎) 속의 신부는 열일곱 살 된 유씨(柳氏)였다. / 그러나, 이들의 결합은 이년 후에 신랑이 갑자기 세상을 떠나매 종말을 고하게 되고, 세월은 흘러 그로부터 이십년이 되었다. 유씨는 그 시모와 더불어 쓸쓸한 공규(空閨)를 지켜 가고 있었다. 외로움에 견디다 못한 유씨는 동길(東吉)이라는 원척(遠戚) 아이를 양자로 맞았고, 그래서 오랜만에 쓸쓸한 웃음일망정 웃을 수가 있었다. / 마을의 유일한 학원인 소학교는 본시 유씨의 시아버지가 세운 사립 학교였지만, 그가 죽은 후로는 돌보는 사람이 없어서 줄곧 방치 상태에 있었다. / 어느 날, 동길의 종형(從兄)이 서울에 있는 그의 친구인 백(白) 선생을 불러, 그로 하여금 학교를 운영케 한다. 백 선생은 그 마을 동석(東錫)의 집에 짐을 풀게 되는데, 동석(東錫)은 동길이보다도 근척(近戚)이었으나 저능아인 탓으로 양자가

일신보』, 1940.8.3; 「〈水仙花〉完成 金幽影 追悼 有料 試寫會」, 『동아일보』, 1940.8.11. 그런데 『향토문학연구』 제13호에 실린 「김유영 연보」와 이강언의 글에는 김유영 추도 〈수선화〉 유료 시사회가 1941년 7월에, 〈수선화〉 시사회가 1941년 8월에 열렸다고 잘못 적혀 있다. 또, 김종원은 김유영 추도 〈수선화〉 유료 시사회가 1940년 8월 14일에 열렸고, 〈수선화〉는 1940년 8월 25일, 경성보총극장에서 개봉되었다고 잘못 썼다. 김종원, 앞의 글, 289면.

되지 못한 아이였다. / 이윽고, 한때 잠잠하던 문중이 시끄러워지기 시작한다. 그들이 유씨네 재산에 눈독을 들인 때문이었다. / 동석의 아버지는 고집통이 영감이었다. 백 선생이 자기 집에 유숙하게 되자 동석을 잘 가르쳐 달라고 부탁하는데, 백 선생이 모자라는 동석이보다도 동길을 더 귀여워하매 동석이네 식구들은 마침내 엉뚱한 계략을 꾸미게 된다. 백 선생과 유씨가 좋지못한 일을 저지르고 있다는— / 동석의 어머니는 유씨의 집 하인인 삼술(三述)을 달래고 마을 사람들을 매수하는 등하며 계획을 진행시킨다. 어리석은 삼술은 이 사실을 석매(石梅)에게 알리게 된다. 석매는 펄쩍 뛴다. / "너 그따우로 하문 내가 니 미워할끼다." / 삼술은 대번에 참회한다. / 석매에게서이 얘기를 들은 유씨는 서글픈 웃음만을 짓는다. / 이튿날, 호숫가에는 유씨의 시체가 떠 있었다. 유씨의 유서를 석매에게서 전해 받은 백선생은 그녀의슬픈 유서이자 연서를 펴 보고 눈물을 흘리는 것이었다.[85]

〈수선화〉에 대한 당시 평문으로 김정혁이 김유영 추도 시사회에 참석하고 나서 쓴 것으로 보이는 「서정과 향토미—김유영 유작 〈수선화〉」(『매일신보』, 1940.8.15)가 있다.

---

85  안종화, 앞의 책, 253~254면. 원문에는 같은 한자가 반복적으로 병기되거나 섞여 씌었는데, 인용문에는 몇 단어만 1회씩 한자를 병기했다.

## 4. '영화 기술자'의 길

이상에서 김유영이 카프에 복귀한 이후 즉 구인회에서 탈퇴한 이후 타계할 때까지 벌인 활동을 기술하였다. 이제, 그 활동이 어떤 의미를 지니는지 생각할 차례다.

김유영은 본질적으로 영화 기술자였다. 김유영은 계급주의를 견지하고 있었을 당시에 자신은 '영화 기술자'라고 말한 바 있다. 즉 '〈화류〉 논쟁' 당시, 그는 "계급적 기술자"로서 돌진하려고 노력하고 있으며 "어데까지든지 푸로레타리아영화 운동의 전선에서 강하고도 굳센 생명을 아끼지 안코 에네르기가 잇는 기술자가 되겠다는 생각과 행동은 영구불멸일 것"이라고 말했다.[86] 그런가 하면, 김유영은 계급주의를 감추거나 버려야 했을 때에도 자신은 '영화 기술자'라고 말했다. 그는 신건설 사건 1회 공판에서 "문예에도 예술에도 실천적 리론은 갓지 안하엿다 다만 영화 기술자로서 활동하엿슬 뿐"이었다고 말했던 것이다.

이런 사정 속에서, 김유영이 카프에 복귀한 이후 즉 구인회에서 탈퇴한 이후 타계할 때까지 벌인 활동은 그가 '계급주의에 봉사하는 영화 기술자'에서 '가치중립적인 영화 기술자'로 변모한 과정을 보여준다고 의미화할 수 있다. '전향 서약'은 그 변화의 기점이었다. 김유영은 전향을 서약하고 석방된 뒤 타계할 때까지 여러 가지 활동을 벌였다. 그러나 그는 신건설 사건 전처럼 프롤레타리아영화 운동을 전개하지는 않

---

86  김유영, 「'徐君'의 映畵批評을 再批評(中)」, 『조선일보』, 1931.4.21. '〈화류〉 논쟁'에 대해서는 이 책 제2부 '1장-5-1)' 참고.

았다. 그는 전향을 서약한 대가로 석방된 상태 즉 집행유예 상태에 있었으므로 동일 '범행'을 저지를 수 없었다. 게다가 1936년 12월 공포·시행된 조선사상범보호관찰령은 그를 법적으로 더 구속했을 가능성이 있다.[87] 또, 당시 카프는 이미 해체된 상태였고 프롤레타리아예술운동 진영은 사실상 와해된 상태였다. 김유영이 법적 구속을 무시한다고 해도 프롤레타리아영화 운동을 재개하기는 어려운 상황이었던 것이다. 그렇다고 해서 김유영은 다른 이데올로기를 지향하지도 않았다. 프롤레타리아영화 운동을 재개하지도 않았고 다른 이데올로기를 지향하지도 않았던 김유영의 행보를 어떻게 이해해야 할까? 그 행보는 '가치중립적인 영화 기술자'로의 선회였다고 할 수 있다.

요컨대, 김유영은 계급주의를 견지했을 때는 계급주의를 전파하는 수단인 영화 기술을 어떻게 발전시키고 쓸 것인지 고민했고, 계급주의를 감추거나 버렸을 때는 가치중립적인 것으로서의 영화 기술을 어떻게 발전시키고 세련할 것인지를 모색하는 자리에 머물렀다. 그가 카프에 복귀한 이후 즉 구인회에서 탈퇴한 이후 타계할 때까지 벌인 활동은 그러한 변화의 과정을 보여준다는 점에서 의미를 지닌다.

---

87  김영희는 조선사상범보호관찰령에 관해 다음과 같이 설명했다. "조선사상범보호관찰령 시행규칙 총칙 제1조에 따르면 보호관찰은 범인의 사상전향을 촉진 또는 확보하기 위한 것이라고 밝혀, 이 법안이 사상전향을 위한 것임을 분명히 하였다. 이 법의 제정 취지를 내세워 기소유예·집행유예를 언도받고 혹은 가출옥을 허락받은 자와 만기 출옥한 자를 대상으로 적용하였다.(집행정지·집행면제를 받은 경우는 적용하지 않음) 적용대상자 중 의연히 '불온사상'을 품고 있다고 판단되면 비전향자 또는 준전향자에 대해서는 전향하도록 추진하였고, 완전 전향자에 대해서는 전향의 확실한 보증을 받고자 하였다. 그리고 전향했어도 재범의 위험이 있다고 판단되는 전향자를 계속 감시하고, 그들이 완전히 전향했다고 판단될 때까지 감시토록 하는, 이전에 비해 법적 구속을 한층 강화한 것이다." 김영희, 앞의 책, 187면.

덧붙여, 김유영이 전향을 서약한 뒤 다른 인물들처럼 친일·반민족의 길로 들어서거나 하지 않았던 것은 그의 생애가 그럴 겨를 없이 빨리 소진되고 있었기 때문만은 아니었다. 그는 가치중립적인 기술자로서 영화 기술을 발전시키고 세련하는 자리에 머물려고 함으로써 서둘러 변절하지 않을 수 있었다. 물론 영화 기술을 발전시키고 세련하는 일은 자본의 토대 위에서만 가능하다. 김유영과 당시 영화 자본의 관계도 검토할 필요가 있다.


## 5. 맺음말


지금까지 일제강점기 영화감독이자 프롤레타리아영화 운동가였던 김유영이 카프에 복귀한 이후 즉 구인회에서 탈퇴한 이후 타계할 때까지 벌였던 활동을 기술하고 그 의미를 논했다. 주요 내용을 요약해 결론으로 삼고자 한다.

김유영은 1934년 5월 조선영화제작연구소 창립에 동참하면서 카프에 복귀했고 구인회에서 탈퇴했다. 그는 카프의 슬로건 아래서 계급적 이데올로기를 지닌 전문가들과 함께 각본 작성 등 영화 제작에 관해 연구하고 나아가 영화를 제작한다는 구상을 조선영화제작연구소를 통해 실현하려 했던 것으로 보인다. 그러나 김유영은 신건설 사건에 연루되어 1934년 8월 검거되었다. 그 뒤 그는 지지(遲遲)한 재판 과정을 거치면서 전향을 서약한 뒤 징역 2년 집행유예 3년을 선고 받고 1935년 12월 석방되었다. 석방된 뒤 김유영은 여러 가지 활동을 벌였다. 특히 그는 영화 잡지 출판을 위해 지속적으로 노력했고 영화 연출에 혼신을 다했다. 그는 〈애련송〉에 이어 〈수선화〉를 연출하던 중 지병인 신장염이 악화되어 1940년 1월 4일 타계했다.

김유영이 카프에 복귀한 이후 타계할 때까지 벌인 활동은 그가 전향 서약을 기점으로 하여 계급주의에 봉사하는 영화 기술자에서 가치중립적인 영화 기술자로 선회한 과정을 보여주므로 의미가 있다. 김유영은 계급주의를 견지했을 때는 계급주의의 전파 수단인 영화 기술을 어떻게 발전시키고 쓸 것인지 고민했고, 전향을 서약하며 계급주의를 감추거나 버렸을 때부터는 가치중립적인 것으로서의 영화 기술을 어떻게 발전시키고 세련할 것인지를 모색하는 자리에 머무르려 했다.

# 참고문헌

## 1. 자료

### 1) 칼럼·평문·기타

孔鎬, 「『映畵報』出版을 듣고」, 『동아일보』, 1937.11.6.

金幽影, 「映畵批判-〈판도라의 箱子〉와 푸로映畵〈무엇이 그 女子를……〉를 보고서(1~8)」, 『조선일보』, 1930.3.28~4.6.

_____, 「撮影所巡禮記-日本의 '헐리우-드' 京都의 松竹 日活 '마씨노' '東亞'을 訪問하고(1~9)」, 『조선일보』, 1930.5.11~27.

_____, 「映畵街에 입각하야-'씨나리오'의 本質을 究明함(1~3)」, 『조선일보』, 1930.7.3~5.

_____, 「世界 푸로映畵 發達史(1~7)」, 『조선일보』, 1930.9.6·10·12·19·20~22.

_____, 「朝鮮은 어데로 가나?-映畵界」, 『별건곤』 34호, 1930.11.

_____, 「映畵街에 立脚하야-今後 '푸로'映畵 運動의 基本 方針은 이러케 하자(1~13)」, 『동아일보』, 1931.3.26~29; 4.3·5·9~12·14·16·17.

_____, 「'徐君'의 映畵批評을 再批評(上·中·下)」, 『조선일보』, 1931.4.18·21·22.

_____, 「쏘베트 露西亞 映畵 工場 解剖記(1~5)」, 『조선일보』, 1931.6.4·5·6·9·10.

_____, 「今日의 映畵藝術(1~6)」, 『조선일보』, 1931.8.6·8·12·15·22; 9.5.

_____, 「映畵藝術 運動의 新方向(1~3)」, 『조선일보』, 1932.2.16·17·19.

_____, 「映畵女優 希望하는 新女性群, 朝鮮映畵 監督者의 立場으로써」, 『삼천리』 제4권 제10호, 1932.10.

_____, 「映畵藝術研究團體를 于先 設置합시다」, 『조선일보』, 1933.1.2.

_____, 「映畵村 風景-撮影 監督의 立場으로서」, 『조선일보』, 1933.5.28.

_____, 「映畵 短評-〈아름다운 犧牲〉을 보고(1~4)」, 『조선일보』, 1933.6.6~9.

_____, 「映畵 製作 解說」, 『조선일보』, 1933.8.20·24.

_____, 「世界 名監督 紹介(1~10)」, 『조선일보』, 1933.9.2·6·8·10·17·19·20~23.

_____, 「映畵 短評-〈OF氏의 튜렁크〉」, 『조선일보』, 1933.9.3.

_____, 「한 개의 自由主義 作品」, 『조선일보』, 1933.10.7.

_____, 「映畵書信(1~3)」, 『조선일보』, 1936.12.24·25·27.

金仁鏞, 「九人會 月評 傍聽記」, 『조선문학』, 1933.10.

金正革, 「抒情과 鄕土美-金幽影 遺作〈水仙花〉」, 『매일신보』, 1940.8.15.

金兌鎭, 「〈愛戀頌〉映畵評과 作品 價値를 檢討하면서(1~3)」, 『동아일보』, 1939.7.11·12·14.

閔丙徽, 「씨나리오와 小說과 差異點」, 『조선일보』, 1930.6.28~?.

徐光霽, 「映畵化된 〈火輪〉과 〈火輪〉의 原作者로서(上·中·下)」, 『조선일보』, 1931.4.11~13.
아단문고, 『아단문고 미공개 자료 총서 2013 – 영화·연극 잡지』, 소명출판, 2013.
안정숙, 「발굴 한국 현대사 인물 33 – 김유영, 스크린에 쓴 일제하 노동자 계급의 삶과 투쟁」, 『한겨
　　레신문』, 1990.7.20.
呂運喜, 「映畵 〈愛戀頌〉의 印象」, 『매일신보』, 1937.7.2.
李無影, 「作者로붙어」, 『신동아』, 1933.6.
＿＿＿, 「作者로붙어」, 『신동아』, 1933.9.
李鍾鳴, 「〈流浪〉의 原作者로서」, 『삼천리』, 1933.10.
林和, 「서울키노 映畵 〈火輪〉에 대한 批判(1~5)」, 『조선일보』, 1931.3.25·29·31; 4.2·3.
趙容萬, 「九人會의 記憶」, 『현대문학』, 1957.1.
＿＿＿, 「九人會 이야기」, 『淸貧의 書 – 趙容萬 隨筆集』, 교문사, 1969.4.
＿＿＿, 「나와 '九人會' 시대(3·4)」, 『대한일보』, 1969.9.30; 10.3.
＿＿＿, 「九人會 만들 무렵」, 『九人會 만들 무렵』, 정음사, 1984.
＿＿＿, 『울밑에 핀 봉선화야』, 범양사 출판부, 1985.
＿＿＿, 「이태준 회상기 – 차고 자존심 강한 소설가」, 『상허학보』 제1집, 상허학회, 1993.12.
한국영상자료원 영화사연구소 편, 『일본어 잡지로 본 조선영화』 1, 한국영상자료원, 2010.

2) 기사(시기순)
「斯界의 巨星을 網羅한 朝鮮映畵藝術協會」, 『조선일보』, 1927.3.15.
「朝鮮映藝協會 第一回 作品은 崔曙海 氏 原作 〈紅焰〉」, 『조선일보』, 1927.3.18.
「새로 創立된 映畵人會」, 『조선일보』, 1927.7.7.
「映畵藝術協會 硏究生을 募集」, 『조선일보』, 1927.7.12.
「朝鮮映畵藝術協會 〈除夜〉 撮影 準備」, 『조선일보』, 1927.9.25.
「朝鮮映畵藝術協會 〈일히떼(狼群)〉 撮影 開始」, 『조선일보』, 1927.12.14.
「〈狼群〉 撮影 中止 – 安鍾和 君을 除名」, 『중외일보』, 1927.12.24.
「本紙 連載 中의 小說 「流浪」 撮影 開始」, 『중외일보』, 1928.1.9.
「文士 等 出演 – 〈流浪〉의 製作 進涉」, 『중외일보』, 1928.1.19.
「撮影 中의 〈流浪〉 不日 公開」, 『조선일보』, 1928.1.22.
「〈流浪〉 撮影 完了 – 不日間 開封」, 『동아일보』, 1928.2.10.
「鄕土詩劇 〈流浪〉 撮影 完了 不日 開封」, 『중외일보』, 1928.2.11.
「〈流浪〉 上映 延期」, 『중외일보』, 1928.3.4.
「農村哀話 〈流浪〉 – 四月 一日 團成社에서」, 『조선일보』, 1928.4.1.
「本報에 連載하든 小說 「流浪」 上映은 今日부터」, 『중외일보』, 1928.4.1.
「農村劇 〈流浪〉 讀者 優待」, 『조선일보』, 1928.4.6.
「〈昏街〉 製作 開始 – 서울키노 映畵」, 『동아일보』, 1928.5.27.
「서울키노社 創立 – 〈昏街〉 製作 開始」, 『중외일보』, 1928.5.31.

「서울키노 一回 作品 〈昏街〉 全十卷 − 今月 下旬 開封」, 『중외일보』, 1928.6.16.

「서울키노 一回 作品 〈昏街〉 全十卷 今月 下旬 封切」, 『동아일보』, 1928.6.20.

「朝鮮에서 처음 생길 新興映畵藝術家同盟」, 『조선일보』, 1929.12.11.

「새로운 氣勢로 組織된 新興映畵藝術家同盟」, 『조선일보』, 1929.12.16・17.

「平壤에 新興映藝同盟支部−來九日에 創立」, 『조선일보』, 1930.2.7.

「新興映畵藝盟 平壤支部 設置」, 『조선일보』, 1930.2.14.

「〈꽃장사〉와 〈悔心曲〉 映畵合評會」, 『중외일보』, 1930.3.16.

「〈꽃장사〉와 〈悔心曲〉 合評會−新興映畵藝術家同盟서 主催」, 『동아일보』, 1930.3.16.

「〈悔心曲〉, 〈꽃장사〉 合評會 開催−朝鮮映畵藝術家同盟 主催로」, 『조선일보』, 1930.3.16.

「〈꽃장사〉〈悔心曲〉 合評會(上・下)−新興映畵藝術家同盟 主催로」, 『조선일보』, 1930.3.23・24.

「新興映畵藝術家同盟 主催 朝鮮 映畵 合評會(上・下)−〈꽃장사〉와 〈悔心曲〉」, 『중외일보』, 1930.3.23・24.

「新興映藝同盟 今後 方針 決議」, 『조선일보』, 1930.4.23.

「復活된 '서울키노'」, 『조선일보』, 1930.4.28.

「新興映藝同盟−大會서 解體 宣言」, 『조선일보』, 1930.5.27.

「朝鮮 씨나리오 라이터 協會 創立」, 『중외일보』, 1930.5.28.

「서울키노 〈洛東江〉 撮影」, 『조선일보』, 1930.6.7.

「平壤映工 創立」, 『조선일보』, 1930.7.17.

「目次」, 『プロレタリア 映畵』 제2권 제9호, 1930.10.

「'서울키노'에서 〈火輪〉 撮影」, 『조선일보』, 1930.10.8.

「씨나리오 作家協會의 〈火輪〉 撮影 開始」, 『동아일보』, 1930.10.8.

「連作 씨나리오 〈火輪〉 撮影 開始」, 『매일신보』, 1930.10.8.

「新刊紹介」, 『조선일보』, 1930.10.18.

「新刊紹介」, 『조선일보』, 1930.10.19.

「'서울키노' 映畵 〈火輪〉 撮影 中.日本에도 配給할 터」, 『동아일보』, 1930.10.21.

「新刊紹介」, 『동아일보』, 1930.10.21.

「서울키노社 〈火輪〉 朝劇서 上映될 터」, 『동아일보』, 1931.1.10.

「서울키노 一回作 〈火輪〉 全十卷」, 『동아일보』, 1931.3.12.

「移動式小型劇場 創立」, 『동아일보』, 1931.11.14.

「映畵人 徐, 金 兩氏 京都 東活 키네마에」, 『동아일보』, 1932.5.15.

「朝鮮映畵製作研究所 創立」, 『동아일보』, 1934.5.2.

「朝鮮映畵製作研究所 創立−研究生도 募集」, 『조선중앙일보』, 1934.5.3.

「文壇의 一盛事! '詩와 小說의 밤'」, 『조선중앙일보』, 1934.6.25.

「左翼 文人 層의 檢擧 全面的으로 擴大 形勢」, 『조선일보』, 1934.8.27.

「映畵를 通하야 赤色思想을 宣傳」, 『매일신보』, 1934.8.28.

「'캅푸' 中心 運動을 非合法으로 看做, 大部分이 '캅푸' 멤버와 緣故者」, 『조선일보』, 1935.1.15.

「'新建設社' 檢擧 事件 書類와 함께 送局」, 『매일신보』, 1935.1.26.

「新建設社 事件 關係 卄二名 公判 廻附, 예심 종결로 이십팔일 결정」, 『매일신보』, 1935.6.29.

「'新建設' 事件 豫審 終結書 全文(1·2)」, 『동아일보』, 1935.7.2·3.

「錦山署에서 左翼 靑年 取調 中에 端緒 捕捉」, 『조선중앙일보』, 1935.10.27.

「'新建設' 事件 公判, 朴英熙부터 審理 開始」, 『동아일보』, 1935.10.29.

「'카프' 首腦 等 如出一口 實踐運動을 否認」, 『조선일보』, 1935.10.29.

「發覺 原因은 '꽘푸렛트' 一卷」, 『매일신보』, 1935.10.29.

「森嚴한 警戒 중에 卄三名 全部 出廷」, 『조선중앙일보』, 1935.10.29.

「前例 업는 嚴戒裡에 '新建設社' 公判 開廷, 二十八日 全州地方法院에서」, 『매일신보』, 1935.10.29.

「被告 大槪는 審問, 次回는 來十一日, 新建設社 事件 公判」, 『조선일보』, 1935.10.29.

「朴英熙 等 七名 審理, 新建設社 事件 第三回 公判 開廷」, 『조선일보』, 1935.11.12.

「新建設 事件 續行 公判, 昨日에 事實 審理」, 『동아일보』, 1935.11.12.

「卄三被告 異口同聲 合法 運動을 主張, '푸로' 藝盟 事件 第二回 公判」, 『조선중앙일보』, 1935.11.12.

「푸로 藝盟 公判, 權煥 等 六名 審理」, 『조선중앙일보』, 1935.11.23.

「被告 審理 完了, 求刑은 卄五日」, 『조선일보』, 1935.11.23.

「被告들은 거의 全部 思想 轉向을 表明」, 『매일신보』, 1935.11.24.

「無意識的 行動, 實刑 求刑은 過重」, 『매일신보』, 1935.11.26.

「朴英熙, 尹基鼎 等 最高 三年役 求刑」, 『매일신보』, 1935.11.26.

「新建設 事件 最高 三年役 求刑」, 『조선일보』, 1935.11.26.

「新建設社 事件 最高 二年 求刑」, 『동아일보』, 1935.11.26.

「푸로藝術同盟 事件, 最高 三年을 求刑」, 『조선중앙일보』, 1935.11.26.

「'캅프' 事件 判決 言渡, 大部分 執行猶豫」, 『조선중앙일보』, 1935.12.10.

「新建設 事件 卄三名, 卄名은 執行猶豫」, 『조선일보』, 1935.12.10.

「新建設社 事件, 大部分 執行猶豫」, 『매일신보』, 1935.12.10.

「新建設 事件 判決 後報」, 『조선일보』, 1935.12.17.

「十二名 昨夜에 出監, 十七日에 각각 고향으로」, 『매일신보』, 1935.12.18.

「藝術의 新境地를 開拓하라, 映畵小說 懸賞公募」, 『동아일보』, 1936.7.28.

「學藝 消息, 『映畵時代』 續刊」, 『매일신보』, 1936.8.8.

「〈五夢女〉 合評會」, 『매일신보』, 1937.1.20.

「씨나리오 文學硏究者 數氏 月刊 雜誌 『映畵作家』 創刊」, 『동아일보』, 1937.6.3.

「東西南北」, 『동아일보』, 1937.6.19.

「本社 公募 中인 映畵小說에 對하야」, 『동아일보』, 1937.6.19.

「風聞과 事實, 劇藝術硏究會, 每月 公演을 標榜터니 六月 休演에 風說이 區區」, 『동아일보』, 1937.6.24.

「風聞과 事實, 劇藝術硏究會, 一大 飛躍 앞두고 質的 向上을 企圖, 柳致眞氏 談」, 『동아일보』, 1937.6.24.

「本社 公募 映畵小說 應募作品 百餘 篇」, 『동아일보』, 1937.8.4.

「映畵界 文壇人 招請 最後審査會를 開催」, 『동아일보』, 1937.8.31.

「朝鮮 씨나리오 文學의 魁-力作「幻舞曲」當選」,『동아일보』, 1937.8.31.

「總 應募 百餘 篇 中 豫選 入選이 五篇」,『동아일보』, 1937.8.31.

「懸賞 映畵小說 當選「愛戀頌」('幻舞曲' 改題)」,『동아일보』, 1937.10.1.

「本社 當選 映畵小說「愛戀頌」撮影 開始」,『동아일보』, 1937.10.29.

「映畵雜誌『映畵報』出版」,『동아일보』, 1937.10.29.

「全發聲 八卷物로, 劇研 會員 總出動」,『동아일보』, 1937.10.29.

「映畵雜誌『映畵時代』續刊」,『동아일보』, 1937.11.7.

「新刊紹介」,『동아일보』, 1937.12.28.

「劇藝術研究會를 '劇演座'로 改名, 宣言書도 發表」,『매일신보』, 1938.4.15.

「劇研 映畵部 作品〈愛戀頌〉近日 完成」,『매일신보』, 1938.6.27.

「〈愛戀頌〉錄音次 渡東」,『동아일보』, 1938.11.1.

「第一回 映畵祭, 展覽會와 上映會 等 銀幕界 初有 盛典, 來卄六, 七, 八日 三日間 開催할 朝鮮 映畵史 '立體圖解'」,『조선일보』, 1938.11.9.

「關係者 一一人一言」,『동아일보』, 1939.6.25.

「本社의 製作 後援 下에 劇研 映畵〈愛戀頌〉遂完成」,『동아일보』, 1939.6.25.

「〈愛戀頌〉製作 關係者 一人一言」,『동아일보』, 1939.6.30.

「朝鮮 映畵가 續續 內地에서 上映 中」,『매일신보』, 1939.7.27.

「朝鮮 映畵 繼續 封切, 東京・大阪에서 活躍」,『동아일보』, 1939.7.27.

「朝映〈水仙花〉二十日부터 크랭크」,『동아일보』, 1939.11.16.

「〈水仙花〉監督 金幽影 氏 重態」,『동아일보』, 1939.12.15.

「消息」,『동아일보』, 1940.1.5.

「映畵監督界 重鎭 金幽影氏 永眠」,『매일신보』, 1940.1.5.

「〈水仙花〉城寶서 로드쇼」,『매일신보』, 1940.7.23.

「〈水仙花〉封切, 八月 第四週」,『매일신보』, 1940.8.3.

「〈水仙花〉完成 金幽影 追悼 有料 試寫會」,『동아일보』, 1940.8.11.

「동아일보 기사DB-미발행일 정보」, dongA.com.


3) 작품・작품집・전집

金幽影, 「處女浩」,『문장』, 1939.11.

金幽影・徐光霽・安夕影・李孝石, 「火輪」,『중외일보』, 1930.7.19~9.2.

金一泳, 「森林에 囁言」,『매일신보』, 1926.4.4~5.16.

_____, 「山人의 悲哀」,『매일신보』, 1926.12.5~1927.1.30.

金八峰, 「前導揚揚」,『중외일보』, 1929.9.27~1930.1.23.

영화진흥공사 편,『한국 시나리오 선집』제1권, 집문당, 1982.

李無影, 「어머니와 아들」,『신동아』, 1933.6.

_____, 「아버지와 아들」,『신동아』23호, 1933.9.

_____, 「脫出」, 『신동아』, 1933.11.

李鍾鳴, 「流浪」, 『중외일보』, 1928.1.5~25.

_____, 「純이와, 나와」, 『삼천리』 42호, 1933.9.

李泰俊, 「아담의 後裔」, 『신동아』 23호, 1933.9.

李孝石, 「出帆時代」, 『동아일보』, 1931.2.28~4.1.

이효석전집간행위원회・이효석문학연구원 편, 『새롭게 완성한 이효석 전집』 6-시・희곡 外, 창
   미사, 2003.

崔琴桐, 「愛戀頌」, 『동아일보』, 1937.10.5~12.14.

## 2. 논저(소논문・단행본・연보)

강호 외, 『라운규와 그의 예술』, 조선문학예술동맹출판사, 1962.

권영민, 「극단 '신건설' 사건으로 촉발된 카프 제2차 검거 사건의 전말, 공판 기록 최초 공개」,
   『문학사상』, 1998.6.

_____, 『한국 계급문학 운동사』, 문예출판사, 1998.9.

_____, 『한국계급문학운동연구』, 서울대 출판문화원, 2015.

김대호, 「일제하 영화운동의 전개와 영화운동론」, 『창작과 비평』 57호, 1985.

김수남, 「조선 카프 영화의 개척자-김유영의 영화예술 세계」, 『청예논총』 제15집, 청주대 예술문
   화연구소, 1998.

김영희, 『1930년대 일제의 민족분열통치 강화』, 한국독립운동사편찬위원회・독립기념관 한국독
   립운동사연구소, 2009.

김윤식, 『한국근대문예비평사연구』, 일지사, 1976.

_____, 『임화 연구』, 문학사상사, 1993.

김재용, 『카프 비평의 이해』, 풀빛, 1989.

김종원, 「유실된 카프 영화의 상징-김유영론」, 『예술논문집』 제45호, 대한민국예술원, 2006.

백철, 『진리와 현실』, 박영사, 1975.

변재란, 「1930년대 전후 프롤레타리아영화 활동 연구」, 중앙대 석사논문, 1989.

서준섭, 『한국 모더니즘문학 연구』, 일지사, 1988.

안종화, 『한국영화측면비사』, 현대미학사, 1998.

역사문제연구소, 『카프문학운동 연구』, 역사비평사, 1989.

유현목, 『한국영화발달사』, 책누리, 1997.

이강언, 「김유영의 삶과 영화 세계」, 『향토 문학 연구』 제13호, 향토문학연구회, 2010.

이두현・유민영, 「극예술연구회 연보(1931-1939)」, 『연극평론』 5권, 한국연극평론가협회, 1971.

이수일, 「일제말기 사회주의자의 전향론-인정식을 중심으로」, 『국사관논총』 제79집, 국사편찬
   위원회, 1998.

이영일, 『한국영화전사』, 소도, 2004.

이형우, 「김유영의 생활연보」, 백기만 편, 『씨뿌린 사람들』, 사조사, 1959.

이효인, 『한국영화역사강의』 1, 이론과실천, 1992.

_____, 「일제하 카프 영화인의 전향 논리 연구－서광제, 박완식을 중심으로」, 『영화연구』 45호, 한국영화학회, 2010.

_____, 「카프의 김유영과 프로키노 사사겐주[佐々元十] 비교 연구－프롤레타리아 영화운동론을 중심으로」, 『영화연구』 57호, 한국영화학회, 2013.9.

이효인·김정호, 「카프 영화인 서광제의 전향 논리 연구」, 『한민족문화연구』 제30집, 2009.

임규찬 편, 『일본 프로문학과 한국문학』, 연구사, 1990.

채백, 「일장기말소사건」, 『신문』, 대원사, 2003.

최영철, 「일본 프롤레타리아영화 운동과 경향영화에 대한 연구」, 『영화－감독의 미학』, 한국학술정보(주), 2006.

향토문학연구회, 「김유영 연보」, 『향토문학연구』 제13호, 향토문학연구회, 2010.

현순영, 「구인회 연구」, 고려대 박사논문, 2010.

_____, 「김유영론 1－영화계 입문에서 구인회 결성 전까지」, 『국어문학』 제54집, 국어문학회, 2013.2.

_____, 「김유영론 2－구인회 구상 배경과 결성 의도」, 『한국문학이론과비평』 제63집, 한국문학이론과비평학회, 2014.6.

_____, 「김유영론 3－카프 복귀에서 〈수선화〉까지」, 『한민족어문학』 제70집, 한민족어문학회, 2015.8.

리차드 H. 미첼, 김윤식 역, 『일제의 사상통제』, 일지사, 1982.

스티븐 제이 슈나이더 편, 정지인 역, 『죽기 전에 꼭 봐야 할 영화 1001』, 마로니에북스, 2008.

후지타 쇼조, 최종길 역, 『전향의 사상사적 연구』, 논형, 2007.